收获

NOVEL HARVEST

长篇小说 2022 冬卷

上海文艺出版社

目录 2022 冬卷

- 2 烟霞里 …… 魏微
  - 172 小人物与大时代的直接对话 …… 阎晶明
- 178 太白金星有点烦 …… 马伯庸
- 298 戴花 …… 水运宪

烟霞里

魏微

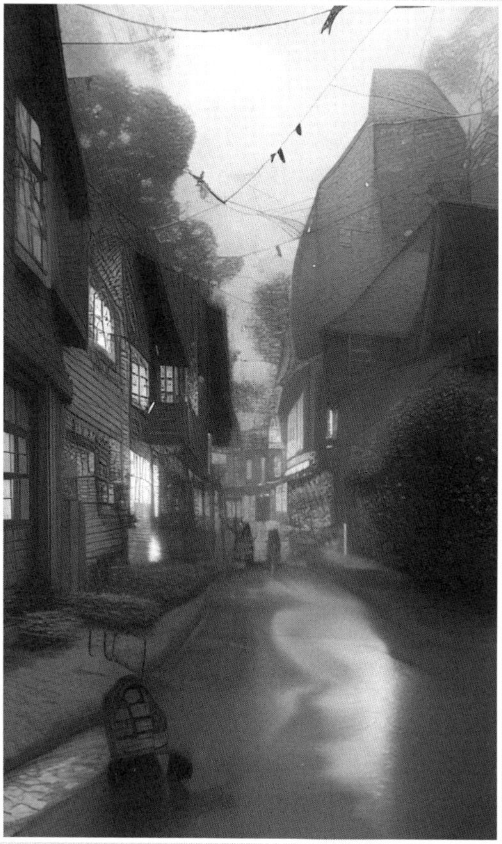

话语响亮，人生平凡
　　　　——题记

谨以此篇纪念田庄女士。

她生于1970年，清浦人氏。2012年辞世于广州，卒年四十二岁。

百度百科上曾有她的词条：田庄（1970年12月27日—），当代青年学者，中山大学文学硕士，现供职于岭南文化艺术研究院，著有《敞开：诗歌与摄影的对话》《被预言了的命数》《喧嚣为何停止》《我们需要怎样的文学批评》《有难度的写作》《从乡村回到乡村》《广州城记》《梁启超与他的时代》等。

这是十多年前的事了，现在，百度百科上已无田庄，她作为词条不知何时湮灭了，好像世上未曾有过这么个学人，未曾写过那些著作。她生前获过一些荣誉，譬如"青年英才""岭南文化新锐"等，广州的媒体曾作过她的专访，配上她的书房照，她倚着书柜，半低着头，手不释卷的样子还挺好看的。白纸黑字，立此存照，然而文字和图像都是速朽的，转瞬即逝，过眼烟云。

她的专著曾被图书馆收藏，贴有分类编号，厕身于浩如烟海的著作中，跟那些死去、活着的作者挤在一起，肩并肩，看上去挺亲密。是的，他们终将在一起，成为故人。

田庄生前，她的专著就无人问津，默默无闻地躲在角落里，不卑不亢地占着自己的位置，她挺害羞，觉得自己不配。她这不是自卑，而是谦卑，以笔者的眼力，不配上书架的人多了去，也不在乎多她一个。首先是她的影响力，作为学者她太年轻了，她不炒作，也不造声势，不想误人子弟。她是工兵型的学者，兢兢业业做自己的事，天分不足，但勤能补拙；好比足球场上，所有人都在奔跑，但天才球员总是少之又少，田庄也在跑，铲球、补位，做自己该做的，尽量做好，这是她的本分，也是职业球员的素养。她是拿学术当饭碗，某种程度上，她对得起这饭碗，哪怕没什么才气，这碗饭她吃得太辛苦。

生前，她的影响只限于同仁圈，十年后的今天，许多同仁也忘了她。她的专著怕是从图书馆下了架也未可知。

十多年前，她所在的单位，岭南文研院的人事档案上，列有她的基本情况，诸如姓名、性别、民族、籍贯、出生年月、毕业院校等，在此不多赘述。需要说明的是，参加工作时间：1997年7月。结婚时间：1997年7月。"简介"一栏写的是：

1977年，就读于清浦县李庄小学。

1979年，就读于清浦县实验小学。

1982年—1988年，就读于清浦县中学。

1988年—1992年，江城大学中文系在读本科。

1992年—1994年，《江城日报》记者。

1994年—1997年，中山大学中文系在读硕士。

1997年—至今，岭南文研院编辑、副研究员。

"父母、兄弟姊妹及子女姓名，现在何地、何单位工作"一栏写的是：父亲田家明，清浦县县志办主任；母亲孙月华，清浦县鼓风机厂副厂长；弟弟田地，清浦县公安局巡警；妹妹田禾，清浦县民政局办事员。女儿王田田，幼儿园在读。

不用说，人事档案随着她的辞世也处

理了。我们在整理她的文件时，幸得一份复印件，想来是她为了申请项目之用。

她的猝然辞世震惊了我们，才四十二岁。媒体上发了讣告，称她"英年早逝"。我们再不会想到，她仅是开始，在她辞世的十年间，我们送别了太多的同龄人，六〇后、七〇后，都在四五十岁，都是英年，多是猝死。这才恍悟，我们这代人已经老去，告别的时代业已来临。

笔者均为她的生前好友，她辞世不久，我们即成立治丧委员会，开了追思会；又整理她的文章、笔记，又约人写她的回忆文章，凡此种种，未想竟催生出这一篇长文章，起因虽是她的死，全文却全是她的生，我们试图复原一个普通人的几十年，琐屑的、斑斓的、时而寂静，时而嘈杂；她的来龙去脉；她在人际关系里，也在时代关系里；她作为女儿、孙女、外孙女；她作为姐姐，作为同学、同事；她作为妻子、母亲、儿媳；是的，一场大戏。帷幕徐徐拉开时，背景板波澜壮阔，时代的光照亮了每一个人，没有人能置身其外。以笔者之见，时代的光非但照亮了舞台，也照亮了观众席，也映射到了剧场外，那熙熙攘攘的大街上，人潮涌动。人人都是主角。

本篇以编年体写就，从她出生的1970年写起，年年岁岁，直到她去世，共五卷。中间几度停笔，以致耗时十年才得以完工。这十年，正是我们从中年走向中年，往深里陷下去，诸多人生体悟跟开篇时已完全不同，有时我们会自问，田庄是谁？我们是谁？

承蒙《收获》杂志抬爱，发表三卷；也感谢小说家魏微，为本篇作统稿润色；也感谢作家凌志军，他的《变化：1990—2002年中国社会实录》一书，为本篇的撰写提供了壮丽的时代底色。为了方便阅读，现将田庄的最初五年（1970年—1975年）作一概述：生于清浦县李庄，乳名小丫。她是回乡知青田家明和村姑孙月华夫妇的头生子。两岁去了江城，随爷爷奶奶一起生活，从此她奔波于两个家，乡下的家穷得朝气蓬勃，城里的家老而孤独，家里只剩祖孙仨，极偶尔，去内蒙插队的姑姑田家凤会回家，跟小丫一起玩儿；1976年，外出当兵的叔叔田家亮也回江城探亲，可把小丫开心坏了。

《收获》的选本是从1976年开始，至1994年。特此说明。

《田庄志》编委会
2012年—2022年

卷一　李庄与江城
| 1976年—1979年 |

1976年　六岁

这一年是中国历史的转折年，发生了很多事，已成定论。可是这一年对于小丫而言，只是她成长过程中极平凡的一年。先是元旦过后，叔叔要回江城。小丫还没见过叔叔呢，照片上就见他甜蜜蜜的，每张照片都在笑，引得看照片的人也想笑。奶奶说："他怎么跟吃了糖鸡屎似的！"

"吃了糖鸡屎！"小丫都快笑死了，"哎呀，他就是这么个人，傻乐傻乐的！"这一来，奶奶也笑了。她倒不是笑儿子，而是笑孙女，说话老腔老调的。

小丫是很喜欢叔叔的，他哪有一点解放军的样子？！解放军不当是威武、严肃的吗？不当是雄赳赳、气昂昂的吗？可是你看他，除了一身军装，整个就是一小甜蜜。

一听说叔叔要回江城，可把小丫给激动坏了，家里提前过年。小丫勤快到不行，帮奶奶扫屋子、洗床单、晒被子。叔叔房间是北向的，常年关门闭户，是小丫提出来要打开窗户，通风透气。小丫打扫叔叔的房间时，尤其仔细，连床底都钻到了，拿扫帚扫灰尘，拿抹布擦床腿。爷爷奶奶的房间她也就糊弄糊弄。

忙完了叔叔的，她就忙自己的。爷爷一下班，她就黏着爷爷带她去百货公司买衣裳，答应过她的。爷爷心不在焉。去年上半年，他被调回到区委上班，但上得不安心，不踏实。最近风声又紧，形势陡变，大字报贴得满城皆是：坚持文艺革命，"反击右倾翻案风"。

从去年底开始，爷爷一回家就唉声叹气，匆匆吃完饭，把从单位带回来的一摞文件、材料、报刊铺在桌上，埋头研读。奶奶很识趣地带小丫回避，说："爷爷心情不好，咱们离他远点。"就带小丫出去串门，或者回房睡觉。

小丫也很识趣，走路都是轻手轻脚，尽量不打扰爷爷。有时临睡前，她会到客厅里略张一张，回来跟奶奶耳语："他一个人在发呆呢。"隔一会儿又下床去张望，跟奶奶汇报："在叹气。他不会有事吗？"

奶奶说："这个不用你操心！为了不睡觉，尽玩鬼花样！你以为我不知道呢！"于是小丫钻进被窝，把身体贴着奶奶，一边挠奶奶的胳肢窝玩儿，一边想起爷爷，由不得也要叹两口气，就这样睡去了。

可是买新衣裳这件事，是爷爷前头答应的；再说，叔叔回来毕竟是大事，她穿得鲜鲜亮亮，难道不是礼数？当然小丫黏爷爷，也是有眼色的，最注意技巧。一看情势不对，她就转去黏奶奶，说："你去跟他说！"

"说什么？"

"衣裳，百货公司的新衣裳！他答应过的。"

奶奶把小丫看了看，觉得稀奇：叔叔回来，她亢奋什么劲儿呢？都没照过面！她俨然把自己当主人了，照这阵仗，爷爷奶奶都得往后靠，她要像明星一样登场，吸引叔叔的目光。有时她也不自信，问奶奶："他当真知道有我这么个人？也见过我的照片？也知道我长什么样子？"

"哎哟，好了！"奶奶不耐烦了，"都问过一百遍了！知道你长什么样子，站在爷爷奶奶脚下，缩头缩脑，照片不是你自己挑的吗？"

小丫伏在奶奶腿上咯咯笑："挑得不好，我都后悔了。"

叔叔临回来的头天晚上，小丫早早睡觉，因为第二天要起大早，去汽车站接叔叔。她太兴奋了，不时尖叫。几次爬起来检查闹钟，怕出故障。第二天她比闹钟还醒得早，一骨碌从床上爬起来，摇醒奶奶去做早餐，自己也忙着梳洗打扮，搽百雀羚、雅霜，又搬来小板凳，站到镜子前，左看看，右看看，一边把手抚抚自己的头发。

穿衣裳的时候有点犯难，拿不准是不是要穿新买的花罩衫，好看是好看，是不是太隆重了？显得那啥。于是她从衣橱里找了件旧罩衫穿上，爬到镜子前看了看。又换上新罩衫，再爬上去看看。五次三番，忙得一头汗。

直到出门前，奶奶才留心到她穿了件旧衣裳，"咦"了一声说："那件新的呢？你忘了？"说完就要回房，拿新衣裳给她换上。

爷爷等不及了，转身就走，说："你们在家歇着吧，我一个人去！娘们儿真是烦死人！"

奶奶也跟上爷爷，拉上小丫就走，说："不换了，就这样吧。"

一家人赶到汽车站的时候，天色已大亮。广场上熙熙攘攘，像在赶集。小丫从来没见过那么多的人，由不得要抬眼四看。候车室门楣上贴着"庆祝元旦"，一边一个大红灯笼，煞是好看。广场边上是毛主席的巨幅画像，很慈祥，他一手叉腰，一手指向前方。毛主席上方，写着一行大字：东方红，太阳升。

然而那天是阴天，太阳未升。一家人往出站口走去，小丫紧紧跟着爷爷，一路小跑，一边要回头照应奶奶，站下来等等她，一边跺跺脚、暖暖身子。这时，突然听到有哭声，小丫转过身去，看到一个女人抱着孩子，蹲在地上抽泣，旁边的男人也在抹眼泪。

哭声越来越大，似乎会传染，瞬息整个广场呜咽声四起。爷爷也愣住了，停下脚步，戳在那里，就像雕塑。小丫紧赶两步，跑到爷爷身边，直到这时，爷孙俩才听到哀乐声，那样的缓慢低沉。广场上有人大喊一声："周总理啊！"一时悲声再起，哭成一片。

爷爷像是不能相信似的，一时慌了神。他拉着小丫的手，明显在颤抖。这时广播开始说话了，大意是，伟大的无产阶级革命家、杰出的共产主义战士周恩来同志，于1976年1月8日在北京逝世，终年七十八岁。周恩来同志永垂不朽！

昨天的事，小丫想。为了叔叔回江城，她一天天在撕日历，昨天她撕去的是1月8日。

这时，爷爷蹲下身来，抱着小丫哭。他的哭式很特别，不出声，只落泪，浑身在颤抖。奶奶也立在一旁抹眼泪。小丫受了感染，由不得也要哭。她把哭声放得很响，是真的伤心。周总理她认识的，很熟，《人民日报》上见过好几回呢。有一次他和一个外国人拉手，爷爷还教她道，你看周总理的站姿多好，腰板笔直；你呢，成天摇头晃脑，还弓着身子，多不雅观！

小丫越哭越伤心，是真的把自己哭进去了。那是她第一次感知到死亡，离自己很近，呈现具体的形样。广场上乌云密布，天寒地冻，她很害怕，很孤独，仿佛天地间只剩下她一个人，哪怕爷爷奶奶都在，广场上那么多的人，那一刻她也是她自己。

或许，死亡就是一个人孤零零的，是严冬腊月，浑身寒凉。那也是小丫第一次感受到孤独，天色灰蒙蒙的，世上只剩下她一个人时，一切都须她自己去承受，痛苦、伤心、离别……没有人可以替代她。就连哭，她也必得自己哭。

她哭了好久，没留心身边一个小青年也在哭，爷爷奶奶围着他。想必就是叔叔了。奶奶哭道："本来要进去的。接你。听到广播里。没了。周总理。"

叔叔说："车上。广播里。听到。都哭了。"

出站口人潮涌动，一窝窝往外挤，都

是红眼睛，神情悲戚。一旦走出出站口，他们便大放悲歌，拿手砸地、砸墙，说道："周总理啊！您一路走好！"本来小丫已经止了哭，看到这一幕，又开始号啕。

叔叔也留心到小丫了，本来要问候一声的，又被人潮冲到一旁。爷爷说："回去吧，站在这里算什么。"于是爷儿俩带头走，奶孙俩跟在后。大家都不说话，小丫也哭累了。这是叔侄俩的初相见，没有预想的新鲜兴奋。悲伤笼罩着他们。

小丫和叔叔是直到一周后才熟起来的。起头两天，叔侄俩虽有共处，但很少交流。这在小丫是因为国丧期，人人都板着脸，一副沉痛的表情，她不敢显得太热情。有时，叔叔也会跟她搭讪两句，她不多讲话，很克制地管住自己的嘴，要么点头，要么摇头，表情管理也很到位，神情严肃，不露一丝笑容。周总理在上，她怕他知道了会不高兴的，并且，也是大不敬。

直到有一天，叔叔要带她出去玩儿，问："去不去？"

她点点头。

叔叔说："你好像不大情愿的样子，一副苦瓜脸。"

她使劲地摇摇头。

"那你笑一个给叔叔看看。"

她这才展颜笑了，一笑就有点收不住，好不容易才忍住。

叔叔不依不饶，指指自己的脸颊，说："香一个？"于是她就凑上去亲一个。叔叔还嫌不够，又指了指另一边，她又亲了一个。

两人这才上路，去的是电影院，一起看了朝鲜电影《卖花姑娘》，小丫都快爱死了，花妮怎么那么好看，把她艳羡得！主题歌也好听得不得了：小小姑娘，清早起床，提着花篮上市场，穿过大街，走过小巷，卖花卖花声声唱……

可是这里有个问题，叔叔有那么无聊吗？非得带她去看电影！他只有二十天的探亲假，忙得基本不归家，爹娘也难得见上他。他哪有时间看电影？并且，还是和小丫一起看！

是的，叔叔也是没法子了，为了能多看一眼他心爱的姑娘——他的姑娘在电影院卖票。两人是中学同学，近一两年才辗转联系上，通了十几封信。叔叔这次回家，就是想敲定关系，见见双方父母。

他很喜欢她，天天想见她，可是他一个穿军装的，总出现在售票窗口算什么呢？若是换上便服，就更说不过去了，流氓阿飞才这样！带上小丫刚刚好，又能见面，还能扯淡。那天晌午，他到售票窗口只一站，姑娘就开了侧门，叔侄俩走进屋去。

姑娘看了一眼小丫，笑道："你孩子？"

叔叔"卟哧"一声笑道："别瞎说！她人小鬼大，什么都懂。"

小丫确实什么都懂。一进门，她就认真地端详那姑娘，觉得面熟，好像在哪儿见过。突然想起人民照相馆的橱窗里，有她一张半身像，侧身坐在草地上，双手后撑，回头笑。——好看是好看，但小丫一点都不喜欢，从她开口说第一句话，就知道她不严肃，不端庄，有点风骚。当然，小丫也未必懂得什么叫风骚，她是照奶奶的眼光来审视她的，心里想，肯定通不过，浪！

此外，她对叔叔也不大好，有点充大。售票窗口有人买票，她半天不应，仍旧跟叔叔说笑笑。人家催了一句，她掉过头去，凶道："催什么催？催命鬼！"

小丫很看不惯。脾气臭的，不是善茬。

姑娘递过来两张票，跟叔叔说："赶快，还有五分钟就要开场。亏得这是下午场，要不根本剩不下票。"

叔叔坐着不动，问："你呢？"

姑娘说："神经！这是上班时间好不好？"

叔叔不大愿意看电影，可是小丫急得不行了，在他脚下动来动去。

叔叔问小丫："你要看？"

小丫很生气，板着脸，不说话。

姑娘笑道："好了，好了，赶快进去吧。"

那是叔叔一生中看的最无聊的一场电影，却是小丫看得最感动的一场电影，哭得稀里哗啦。叔叔百无聊赖，看手表的次数，明显多过看银幕；中途还溜出去过，跟小丫说："坐着，不准动，我一会儿过来找你。"他是直到电影散场了，才进来找小丫，带她回家。

路上，他问小丫："卖花姑娘和卖票姑娘，哪个更好看？"

"啊？"小丫沉浸在电影里还没出来，这才想起有个卖票姑娘。公正讲，都好看，可她不愿这么说；两个姑娘，一个让她心疼，一个让她生气，或许也不叫生气，总之不喜欢，心里堵了一口气；于是拖长腔调说："当然是卖花姑娘了，那一个哪比得上！"

叔叔大笑，弹了一下她的脑壳，说："小人精！还挺挑剔！"

小丫问："你俩好上了？"

叔叔笑道："你同不同意嘛？"

小丫不置可否，说："奶奶会不高兴的！"

没想到奶奶很高兴。一个周日的中午，卖票姑娘来到家里，奶奶提前一天得到消息，家里忙得又像过年了，买菜、扫尘、擦桌子……这一次，小丫就不那么积极了，奶奶叫她打个下手，她半天不吱声，就是吱声也没好声气，说："没见我忙着吗？"

奶奶骂："小改常的，又是哪根筋搭错了？"

小丫瞪了奶奶一眼，对她很不满意。事先已经告诉过她，那姑娘是橱窗里的人，不大好！奶奶笑道："橱窗里的是她妹妹，徐家的三个闺女，就数小的最好看，两个大的都不及妹妹！"这叫什么话？小丫想，一会儿见面你就知道了。

没想到见了面，奶奶把眼睛都笑弯了，拉着卖票姑娘的手，看来看去，越看越喜欢。相貌倒在其次，更重要的是身份，门当户对，有单位，不比孙月华——孙月华怎么了？！小丫很不高兴。

卖票姑娘走了以后，她和奶奶赌上了气。平时也就罢了，奶奶说孙月华的坏话，她一般不回嘴。可是这次不行，小丫要替母亲抱不平。凭什么拿母亲跟卖票姑娘比？她哪里比得上母亲了？母亲比她白、比她好看、比她爱笑！

奶奶说："哟！来劲儿了你！"

小丫哭了，坐在地上砸腿攒脚，受够了。想回李庄去！一家子全让她生气，憋足了劲儿与她不一致。爷爷、奶奶、叔叔都喜欢卖票姑娘，她讨厌！起头她也没怎么样，叔叔领着卖票姑娘进门时，小丫虽然不大热情，但礼数是有的，只是少言寡语。卖票姑娘与她说话，她多是低着眼帘，要么摇头，要么点头。

饭桌上大家欢声笑语，奶奶更是肉麻得不得了，一个劲地攫菜给卖票姑娘，叔叔看不下去了，说："可不能冷落我们小丫！"给小丫攫了块咸鱼。小丫头也不抬，

9

把咸鱼又搛回叔叔碗里。一家人都在对眼色，偷偷笑，以为她不知道呢！饭吃不下去了，只能放下碗筷，回里屋去。

奶奶的声音："她怎么了？"

卖票姑娘的声音："莫不是在吃我的醋？"

一屋子的人全笑了。

奶奶的声音："有的。才和叔叔混熟两天，就被人抢了去。"这一来，就连爷爷也笑了，叔叔笑得最欢。

小丫躺在床上，都快羞愧死了。最恨卖票姑娘，其次恨奶奶，顺带着把爷爷、叔叔也一块儿恨了。她其实没搞明白，吃醋是人之常情，许多人吃过以后，就不再吃了，好比小儿得麻疹。

譬如奶奶，头一回她吃孙月华的醋，到了小儿媳徐招娣，她也就那么回事了。习惯了，适应了，有了免疫力。嗐，由他们去吧，也可说是自暴自弃了。

九月初，小丫回了趟李庄，父亲来江城出差，顺带将她捎回家去。她有些依依不舍，叔叔还有个把月就要结婚了，她不想错过叔叔的婚礼。小丫和卖票姑娘后来混熟了，改称徐阿姨。叔叔不在的日子，小丫多看了两场电影。

当然她不是一个人去，由邻居带着，抱着她往售票口晃一晃，说："田家亮！"徐阿姨就笑了，也不说话，拿眼睛问小丫，小丫点点头。于是徐阿姨开了侧门，递出来两张票。

倘是紧俏电影，徐阿姨也会送票过来，有一次跟小丫说："上次你带过去的是什么人？流里流气的！他身旁那个女的也不是好货色，妖精一样。要不是你，我压根儿就不理他们！"

小丫很感动，原来自己也有面子。

奶奶说："该不是黄毛吧？十六七岁模样？不怕的，邻居家小孩，就是穿衣有点拖沓。"

徐阿姨笑道："您老知道什么叫拖沓？人家那叫时髦！"

奶奶说："你们年轻人的事，难懂。"当然她也不感兴趣。

可是母亲感兴趣。小丫一回李庄，她就问七问八，问的最多的是徐招娣。母亲说："瞧这名字起的！她爹娘怕是生不出儿子来吧？"小丫一听声气不对，吓得不敢说话。心里想，难道母亲也在吃醋？可是她吃的是哪门子醋呢？两人都没见过。

母亲说："听说长得不错？"

小丫淡淡地说："嗨，就那样吧。"母亲看着她，忍住笑。

小丫趁热打铁补了一句："没你白。"

这次母亲没忍住，笑个不停，照她头上拍了一下，说："狗东西，学会察言观色了！"

母亲又问："奶奶对她印象怎么样呢？"

小丫说："一般般。"

"一般般？哪样一般般？还能说得具体点？"

这个太难回答了，小丫想了好久，说："哪样都一般般，也就胜在是个城里人。"她以为这话说得很讨巧了，没想到母亲把眉头一皱，拉下脸问："胜在是个城里人？这话是你奶奶说的？"

小丫苦着脸，把头摇来摇去。

母亲说："一听就不是你的话！"上来戳她的脑门，说："你糊弄鬼呢！替她担待！"

小丫都快烦死了。她俩到底怎么回事，把她夹在中间问来问去！上次回江城，奶奶奶问的是："新年怎么过的？家里是不是来亲戚了？"

小丫问："外公算是亲戚吗？"

奶奶笑得很有意味："当然是了！年前来的吧？"

小丫奇怪地看着奶奶，她怎么什么都知道？千里眼吗？

奶奶冷笑道："两手空空来，扛着一麻袋东西走！这闺女养的，赚大发了！卖了个好价钱！"

小丫问："你怎么知道他是年前来的？"

奶奶说："傻孩子！年关难过呀，不来闺女家巴点东西，他一家吃什么、喝什么？怎么过得了年？！还偷偷摸摸的，不敢大白天走，怕村里人看见，这不是偷是什么？！"

原来外公来李庄备年货，李庄的亲戚自然也去江城找爷爷奶奶备年货。李庄什么事能瞒得过奶奶？她孙月华肚里有几条蛔虫，打量她不知道呢！

奶奶叹道："最可怜的就是你爸了！在外拼死拼活的，风里来，雨里去，一年忙到头，敢情全贴了人家去！"

奶奶渐渐有哭腔了："我的儿！家明啊！大木瓜！猪脑袋！不听老人言，吃亏在眼前！叫你不找农村人，偏找！你怪谁去？你活该受罪！"小丫稀奇地看着奶奶，说出这等狠话来，却一边在抹眼泪。

她略微听明白了，农村人不好，可是，"我是不是农村人呢？"小丫问。这个倒把奶奶难住了，想了半天，说："你是十三不靠！两边都不沾，随你妈就是农村人，随你爸就是城里人，实在说，你两边都不是。"

小丫又一次听明白了："也可说，我两边都是。"

奶奶香了她一下，说："我大孙女最聪明！"

小丫确实两边都是，只是她都需要调适期。这次乍回李庄，她就不大适应。她已经有好长时间没回李庄了，临行前穿得漂漂亮亮，一件藕粉色的连衣裙、一双绣花鞋。裙子是徐阿姨送给她的，徐阿姨说："出门就要有出门的样子。"

那天清晨，父女俩离开江城，坐上车不久，小丫就觉得异样，一路荒郊野岭，往下落的感觉。及至到了清浦县城，稍稍好一些，但也比江城矮了一大截。街上也有穿连衣裙的小女孩，小丫照身上看了看，还是自己的好看。

再往下走，就更不像样了。小丫把脸贴着汽车的窗玻璃，巴巴地看着田野、山岭、驴车、行人，实在她也没看出什么来，就觉得满目荒凉，心里空落落的。汽车拐了个弯，突然一个急刹车，一车的人东倒西歪——对面闪出来一辆手扶拖拉机——司机摇下车窗，照着手扶拖拉机，把人祖宗八代骂了个遍。

小丫叹了口气，说："一级不如一级！"

父亲愣住了，问："你说什么？"

小丫又重复了一遍。

父亲笑坏了，说："你不愧是爸爸的女儿！"

父女俩直到傍晚才进家门，小丫已是一身灰头土脸。她略有些认生，安安静静地坐在堂屋门口，隔一会儿，弟弟也搬来小板凳坐在她身旁。两小孩对了对眼睛，不大好意思讲话。

有人从院门口经过，进来说："哟，姐姐回来了？"把她端详半天，嘴里啧啧有声："真漂亮！十足城里的小孩！"又看了眼弟弟，说："把你比下去了吧，乡里乡气！"

11

小丫想，明天就不穿裙子了，既回了农村，就得有农村人的样子。次日她换上一条青黄格子裤，谁知还是太显眼，众人都夸："这裤子洋气，穿上去跟个美国佬似的！"

又说："看看这黑皮鞋、白袜子，乖乖，不得了！就是不耐脏！"小丫低头看看，果然袜子已脏了一大片，皮鞋上也沾了泥。后来她就随便多了，皮鞋、裙子都不穿了，没那个必要，太碍事儿。

有天晚上，小丫陪母亲回小学校拿作业本——母亲当了民办教师已有两年了——走在漆黑的村道上，小丫不小心踩了水洼，喷了一身的泥水，她生气道："村里怎么没路灯呀？！黑咕隆咚的！"

母亲笑道："慢慢你就习惯了！"

吃的方面也不可口，难以下咽，炒菜都不见油星子。就吃窝头、咸菜，连咸鸭蛋都没有，更别提肉了。这才想起江城，顿顿荤素搭配，包子、油条、白米饭，雪菜肉丝最下饭，天天在过年啊！

不过，小丫的好处在于适应能力很强，也就三五天工夫，她就缓过劲儿来了。能吃能睡，也不怕黑了，也不嫌没路灯了。常常和弟弟匍匐在地上，玩蒸馒头的游戏。院子里堆起一个小土堆，弟弟撒泡尿来浇浇、和和，起头小丫很嫌弃，弟弟说："不臊，妈妈说的，小孩的尿最金贵。"小丫俯身闻闻，确实不臊，于是拿根小树枝搅匀了，不干不稀，能成形，再翻箱倒柜找出酒盅，把泥土装进去，倒磕过来，一个下午能蒸几十个馒头。

有时，姐弟俩会玩赛跑，弟弟跑得飞快，小丫追不上，一急就蹭了鞋，光着脚丫子跑，满乡满野地跑。追上弟弟，她也累得躺倒在地。或者呢，姐弟俩无聊了，就互相挠胳肢窝，笑得在地上滚来滚去。不复几月，小丫就入乡随俗，混成了泥土本身，十足一个乡野小孩了。

及至隔一阵再回江城去，哪怕洗得干干净净，也穿新衣裳，还是显得乡气，说不清道不明的，也不知在哪里，又似乎是在神情里。奶奶见了她，惊了半天，笑道："我的娘！哪里来的小土妞！"

小丫有点难为情，把脸都红了。进屋换了连衣裙，又从包裹里拿出黑皮鞋，把脚蹬进去，跟奶奶说："能穿了，我在农村一直舍不得。"

小丫回李庄不久，有一天母亲吃完午饭，正要去上课，突然听得喇叭里声气不对，哀乐响起。母女俩都把身子定住，一动不动。母亲后来说，她当时有种不祥预感，上半年走了周总理、朱德委员长，这次会是谁呢？难道是？不敢想。

她的预感应验了，是毛主席。

母亲愣了好一会儿，把眼看着窗棂，一时不能反应。隔了老半天，她喃喃说一句："天塌了。"随即起身，往学校跑去。

小丫也懵懵懂懂的。毛主席逝世，母亲跑掉，家里只剩她和弟弟——那一个还在午睡。她很害怕，很难过。拿不准是不是要哭，主要是没那个氛围。院子里很空寂，村庄也悄没声息。小丫怕自己会哭醒弟弟，吓着他。她也怕吓着自己，于是就没怎么哭，很隐忍。

村里确实很安静，哪怕沉浸在巨大的悲哀里。小丫不记得谁哭天恸地，也未曾出现江城站的场景，拿手砸墙、砸地，全城呜咽。或许，乡里人表达感情的方式最含蓄，大哀即静，不作兴那样夸张、闹腾。又或许，生老病死见多了，甚事他们都能接受，很达观，很认命。

这一天是9月9日，毛主席与世长辞。当天下午，中共中央、国务院、中央军委发出《告全党全军全国各族人民书》。

……
　　我们一定要继承毛主席的遗志，坚持以阶级斗争为纲，坚持党的基本路线……
　　我们一定要继承毛主席的遗志……深入批邓，继续开展反击右倾翻案风的斗争，巩固和发展无产阶级文化大革命的胜利成果……
　　我们一定要继承毛主席的遗志……加强军队建设……加强战备……随时准备歼灭一切敢于入侵之敌。我们一定要解放台湾。

十月中下旬，叔叔婶婶来到李庄，他们还在度蜜月。叔叔是在10月9日结的婚，离毛主席辞世正好一个月。国丧期间，婚礼从简，也没请客吃饭，只是备了点喜烟、喜糖，散给街坊邻居，叫他们知道有这么个事，不是非法同居，不是搞腐化、轧姘头。

叔叔并不知道，在他们结婚的前三日，10月6日，"四人帮"已被制伏。结婚前一日，爷爷带回来这个消息，似也不能确定，只说都在传，还没接到通知。《人民日报》一声不吭，都在悼念毛主席。

父子俩关上门，悄悄议论了一会儿。叔叔说："是不是太快了？去世才一个月。有可能吗？"

爷爷摇了摇头，不置可否："是该结束了。"

这次谈话十天后，10月18日，中共中央发出党内通知，宣布粉碎"四人帮"。10月22日，《人民日报》突然标红，一连红了四天，报道"四人帮"的反党罪行、全国人民额手称庆等。

叔叔婶婶正是在这个节点上来到李庄的。夫妇俩都惊讶于李庄的安静，像没那回事似的。父亲说："也庆祝的。县城热闹一些，大家聊得起劲。农村么，也就这么回事，离他们太远了，感受没那么深，上面叫做什么就做什么，也学习，也批判，一样都不落。"

母亲指了指屋梁上的小喇叭，说："我们主要靠听这个。"

小丫说："我们什么都知道。"

小毛说："我也听的。"

婶婶说："哎呀，江城那个热闹，吃不消。一连好几天都是几万人大游行，我瞧着心慌，不如来这里透透气，顺便看看大哥大嫂。"

叔叔说："爹的意思，婚礼既然没办，不如趁这一阵出来走走，就当旅行结婚了。我们下一站准备去内蒙。"

小丫"啊"了一声："姑姑！我要去看姑姑！"

母亲说："家凤什么情况？"

父亲说："明天搁家里请两桌客，我替你们补办婚礼，把本家亲戚都叫过来，大家一起热闹热闹。"

母亲把父亲看了一眼。

婶婶急忙说："不用，不用。谢谢大哥大嫂的好意。哪有叫兄长操办婚礼的道理？这一趟已经打扰你们了。"父亲也没再坚持。

晚饭后，小丫小毛送叔叔婶婶到大队部歇息，那里有一间客房，倒是比家里干净；另则李庄有个风俗，夫妇俩走亲戚，不能同宿一张床，会坏了主家的运气。

路上，小毛跑在前头，打着手电筒，把光束摇来晃去。他是不能好好走路的，呈"之"字形一路小跑，假想自己是一只鸟，双翅展着，在空中飞行。小丫把手攥在婶婶手里，倒是安安静静。

婶婶问："回家挨打了没有？"

小丫想了半天，谨慎地说："你问的是哪一个？爸爸还是妈妈？"

婶婶说："爸爸也打你？"

"不打。"

"那妈妈呢？"

小丫不予回答。心里想，又来了！总喜欢把她夹在中间问，一听就有话外音。

婶婶也甚识趣，就此打住。换了个话题，说："小丫长得像爸爸，没妈妈白。"

小丫问："像爸爸，好不好呢？"

"当然好！爸爸端正诚实，妈妈精明小气！"小丫也没留心她说的是两回事。

婶婶又说："妈妈虚伪。小丫不要像妈妈。"

小丫问："什么叫虚伪？"

"就是假模假式，看上去很热情，爱笑。其实她的笑是浮在脸上，皮笑肉不笑。"

叔叔"嘖"了一声说："好了哇！哪那么多废话！"

小丫很难过，婶婶一语中的，母亲确是这么个人。

姐弟俩从大队部回来，刚进家门，就觉屋里气氛不对。父母坐在条凳上，姿势背对背。母亲在抹眼泪，父亲铁青着脸。他们干架了？姐弟俩对了对眼色。

母亲掉过头来，问："院门关了没？堂屋门也关上！门栓插上！"

小丫很警惕："你们要干什么？"

母亲说："关上！"把眼看向小毛，小毛乖乖地关了门。

母亲说："你让俩小孩评评理！都过成这样了，还打肿脸充胖子！还请客！轮得着你办酒席吗？你算老几？也不撒泡尿照照自己的影子！"

父亲怒道："明天我还就非办不可了！不行，我带到公社吃去，我把钱给到五婶，让她办去！我看你脸往哪搁？"

"你敢？！"

"你看我敢不敢？！"

母亲把大腿一拍，哭倒在地，说："日子没法过了！"于是开骂，"绝八代"不离口，接连爆粗口；小丫气得不行，她敢骂我家祖宗！

父亲怒道："嘴巴放干净点！下流话收回去，搁你娘家身上！当着孩子的面，别给脸不要脸！"

母亲爬起来道："怎么着？你还打人不成？你打，你打，你打！"一边往父亲身上凑。两人扭在一处。小毛见势不妙，转身去拔门栓，被母亲一声喝住："干什么去？你再去叫五奶奶来试试？当心一顿好打！"

小毛这才作罢，掩上门。却见姐姐奋不顾身，已夹在父母中间，拉这个，拽那个，昂着她那刘胡兰的头颅，恶狠狠地看着他们。小毛也奔上前去，一阵推搡拖拉，又顺势抱住父亲的大腿。

小丫这才腾出精力专门对付母亲，气得照她妈的屁股打了两下。父亲那边叫唤："哎哟喂，你们俩挤进来干什么？碍手碍脚！"

俩大人这才住了手，低头看，俩小人儿都躺在脚底下，累得满头大汗。俩大人忍不住想笑，又不好意思笑，憋着。

俩小孩见势爬起来，呼哧呼哧直喘气，

把他们打量。

弟弟问姐姐:"好了?"

姐姐咯咯笑:"好了!"

于是一家人都笑了。第二天办了两桌宴席,全村人都来相帮衬,借来桌子椅子,碗筷备齐。从天亮忙起,直到下傍晚才散席,收拾洗掇干净。

村里人说,田家明这一对,把兄嫂做得真漂亮、真仁义。这一句,嫂子倒是听进去了,蛮开心,一边也心疼她的钱。

叔叔婶婶住了两日就离开了。临行的那天清晨,他们来到家里,见兄嫂正在厨房忙碌,小丫小毛还在睡觉。叔叔闲来无聊,领着婶婶来到床边,把姐弟俩摇醒,逗他们玩儿。

小毛撒娇撒痴道:"叔叔,你会变魔术吗?"

叔叔想了想,说:"会的。"叫婶婶取下围巾,又叫俩小孩闭上眼睛。

隔了一会儿,叔叔说:"我来了!"

俩小孩睁开眼睛,只见叔叔把围巾蒙着头,朝他们探过身来,尖叫道:"我是四人帮!"把姐弟俩吓得直往后缩,又开心,又害怕,发出凄厉的笑声。

叔叔撸下围巾,露出头脸,朝姐弟俩鬼魅一笑,说:"我是江青!"俩小孩一声尖叫,滚进被子里。

叔叔说:"我是张春桥!"俩小孩很好奇,从被窝里探出头来,只见叔叔阴沉着脸,朝他们扑过来。姐弟俩笑得咯咯的,一骨碌又拿被子罩住脸。

叔叔说:"我是王洪文。"朝他们做鬼脸,凶恶相。

叔叔说:"我是姚文元。"歪头斜眼,没精打采。

那天早上,姐弟俩开心之至,那是他们童年记忆中最俏皮的一幕,"四人帮"以花头巾、扮鬼脸的形象深入他们的心灵,那样的鲜活,叫人又是怕来又是笑。

1977年 七岁

九月里,小丫上学了。学校在大队部隔壁,两排平房,中间是操场。最气派的是操场边上,横向里几间青砖大瓦房,坐北朝南,高门阔户,走廊上立着几根大红柱,颜色斑驳。

这几间豪阔的房子,原是李氏祠堂,很多年前村塾也设在这里,现在用来做校长室、教师办公室,难得一见的青石板地面,边边角角长了青苔。小丫是很喜欢这里的,就觉得堂皇,把隔壁的大队部比得像个要饭花子。

有一次听父母聊天,母亲说:"破四旧时,怎么没把祠堂推掉?留得它在村里招摇!太显眼了。"

父亲说:"难推。大半个村子都是李家人,从村干部到贫下中农,哪家不跟李万材家沾亲带故?"

母亲说:"也是!我看李庄也就这样了,搞阴奉阳违最有一套。"

父亲说:"也未必是坏事。不推,天也没塌下来。"

母亲说:"就是!我也没看出推的必要。"

小丫是很喜欢父母这样聊天的,她不关心他们聊的什么,她关心他们怎么聊,天一句,地一句,很闲适,是家的味道。家的味道有很多种,悲伤的、困窘的、愤怒的、喜悦的、甜蜜的……种种味道中,小丫独喜欢闲适,让她觉得放松,长久且安全。

譬如喜悦和甜蜜，谁不喜欢呢？只有小丫觉得它不可靠，有一阵没一阵，不是常性；并且乐极生悲，他们家常常是高兴一阵就要生出事端，爸妈是这样，她和小毛也这样。也因此，小丫宁可喜欢常性的东西，哪怕平淡些呢？——平淡才是家的味道。

她父母的感情在庄户人家里算是好的，父亲周末回家，倘若天色尚早，吃完晚饭后又没事，夫妻俩就会出去逛逛，走走小河边。村里人看见了谁不羡慕？私下里叹道："瞧人家日子过的！也只有他们家有这闲工夫！"

确实是有闲工夫，当然主要还是闲心。最困难、最忙乱的日子已经过去，小丫小毛已经脱手，可以充当看门狗。非但如此，小丫成天一副小大人样，能干得不得了，家里样样事她都要参与，得了个绰号"小当家"。她当然当不了家，但她喜欢做出当家的样子。父母聊天她总要插一杠，小毛说话她动辄就瞧不上。

家务活样样经手，会烧锅，会拉风箱。能摘青椒、拔萝卜。捡牛粪她不在行，干牛粪还凑合，闭着眼睛，拿粪勺一勺，刮进粪筐里。湿的就不敢，尤其是新鲜牛粪，热烘烘的，上面一个小尖尖，总觉得恶心，要绕着走。

当然她也没捡过几次牛粪，她妈不让去捡，没那个必要，不差那几颗。她家是李庄的过客，她的儿女就不是当农民的命。因此捡牛粪，权当是小丫对自己的严格要求，好比放学回家了还要读课外书。

小丫做家务虽然夹生，但是有热情，当个"人"用是没问题了。譬如去小卖铺买个酱油醋，小账她全会算，几角几分，加加减减，眼珠子转两圈就估价得出。有时她也会带上小算盘，遇上复杂些的，她就拿出算盘珠拨弄拨弄，把卖杂货的苗老师给笑坏了，跟孙月华说："你家小丫最会弄阵仗，打酱油还要带算盘，搞得煞有介事。"小丫听了怪难为情的，心里想，以后做事要低调，不显山露水才好。

再譬如父母外出，由小丫领着小毛看家，他们就放心。单是小毛一个人，不行！他会掘地三尺，爬梁上柱，不知惹出什么祸来！

就是不出门，小丫也会赶他们，说："赶快的，出去谈恋爱吧，要不天就晚了。"谈恋爱这个词，也是小丫从苗老师那里听来的，用在父母身上正合适。

苗老师的原话是："你父母最气人！结了婚还谈恋爱，村里的姑娘小伙都不带这样玩儿的！"

父母确实是在谈恋爱。一周见一次，小别胜新婚；关键是日子明显向好，具体说，就是父亲转干了，岗位也换了，不再当技术员，不再各个村镇跑，经风雨、历寒暑，换成了坐办公室。他的办公室两人一间，窗明几净，门楣上写着三个字：秘书科。

父亲现在成了局长的秘书，专门给领导写材料。有时，他也会跟着领导下去视察，替领导开门、遮阳、拎包。他自己的包夹在胳膊底下，另一胳膊上还挂着领导的外套。碰上重要的视察，他也会提前下去打前站，上传下达，指挥布派，务必做好接待工作。领导讲话的时候，他埋头做记录；讲话完毕，带头鼓掌。中间还要出去跟接待方接洽，处理他们的请示，说："没事，照我说的做就行了。"

他是领导的左膀右臂，可以当领导的半个家。实在太忙了，常常眼观四路、耳听八方；忙得头发都会耷拉下来，他把头发往上一甩，伸手捋捋，头发就各归其位。眼镜也会滑落，卡在鼻梁上，没关系，往上推推就是了；有时不滑他也会推，推成习惯了。

当他伴随领导左右，错开半个身位，跟在领导背后一路小跑，似也不能说他是点头哈腰，但他身子站不直也是真的；有时又须冲上前去，挡在领导前头，像是在引路。有他在，领导甚事不用操心，渐成白痴，也因此，领导对他很满意，主要是眼头活，心思细，会揣摸上意，心里被他熨得服服帖帖。领导多次表示："小田这个人哪，有才！好用！"

父亲三十岁了，仍是一张娃娃脸，看上去嫩得很，像小大哥。在他这个年纪，又是当秘书的，就是做小伏低也不怕，低得起，不丢人。但单位难免有人议论，说他急吼吼的，十足一个马屁精。

母亲辗转听说了，怒道："放屁！谁说的？传话的人也不是好东西！有意挑拨离间吧？我看是赤裸裸的嫉妒！"

父亲说："嘴巴长在人身上，你还管得了？我们尽自己的本分，心里做到不亏欠就好。"

父亲是不是马屁精另当别论，就他个人而言，状态明显回升，整个人像是活过来了，不再是从前那个盹着了的人。现在，他是以积极的态度在过积极的生活。究其原因，还是看到生活在变化、在流动、在一浪一浪往前涌，如此，人就会生发希望，就会蠢蠢欲动。

实在说，不单是父亲，这一年几乎所有的中国人都在蠢蠢欲动，上访的，平反的，回城的，招工的，考学的……大家都在河里，使劲拍打，奔涌向前。

死水但有微澜，那是会要人命的，好比黎明冲过暗夜，哪怕发出第一缕晨光呢，也会惠及万民；又好比暴风雨即将来临，啊，让它来得猛烈些吧，更猛烈些！让它冲破堤坝、消除藩篱，如此，死水才能汇入汪洋，万物重将复苏。

从私意上讲，父亲的积极有为，也是为家庭谋福利。举家上县，虽然一直是孙月华的执念，但多年来耳鬓厮磨，父亲也认同了。并且两地分居，总不是个事儿。这一层，领导也看出来了，说："小田啊，生活上有什么困难，就提出来啊！看组织上能不能出面，干革命也得稳定大后方，是不是？"

遇上这样的领导，简直了！在双方都有投桃报李之意，父亲更是"滴水之恩，当涌泉相报"了。这一年，举家上县已提上日程，当然这不是件容易的事，先是房子，再是家属的户口、工作，小孩上学等……浩瀚的系统工程！

目前房子已经有了，准确说是职工宿舍，两人一间。室友是个单身汉，家住城郊，也是逢周末就回家。偶尔，李庄小学的民办教师孙月华就会带着她的一双儿女，来县城度周末。锅碗瓢盆置办起来，又拎着菜篮子，摇摇走向菜市场，一边挑挑拣拣，一边说说笑笑，别提有多惬意。等于是提前演练城市生活，先适应适应。

匆匆吃完饭，一家人逛街去：前街、后街、人民路、解放路、县政府、东关、西关……俩小孩走在前，夫妻俩跟在后。有时，孙月华会把胳膊伸进丈夫的肘弯里，田家明不大自在，把她的手拿开，说："注意点形象！人家看着呢。"

孙月华笑道："有什么好看的！我自己的男人，连手都拉不得！偏拉！"再次把胳膊伸进男人的肘弯里。

走到新华书店，把姐弟俩叫住，说："喏，买书的地方。"

走到邮局，说："将来寄信就来这儿，发电报、打长途都可以。"

到了影剧院，说："以后每周末，合家要来看电影。"

影剧院门口她突然不走了，也不为什么，就是要停下来，喜不自禁，让春风尽情吹拂，让这一刻稍作停留，好记住。四月的春风确实舒爽，吹在脸上、身上，就像有小手在抚摸。向晚时分，对面的河岸上柳条婆娑，上面光影闪烁。她看了一会儿，心满意足就又前行了。

实在说，这时连俩小孩都乏了。小毛的乏主要是因为新鲜激动，一路跳跳蹿蹿，又要与姐姐赛跑，自己先带头跑，让姐姐追；跑了一大截，见姐姐还在原地，他再跑回来，重新来过。不消一会儿，就把自己跑得浑身湿透。

小丫淡淡的，一副过来人的样子。江城她都住过，县城又算什么？她就看不惯这一家人没见过世面的样子，含蓄一点好不好？非要那么显山露山！尤其是小毛，她都不知道怎么说了，乡下小孩，可怜见的，眼皮子浅，也没见过大阵仗。

其实小毛是见过大阵仗的，至少去过江城，只是待的时间太短，没什么记忆。另则他才五岁，还没城乡概念，之所以那么激动，不过是换了个地方，觉得新鲜。

小丫呢，虽自恃见过世面，可是她的世面，也仅限于江城的一个大院里，平时难得出院门。偶尔跟爷爷去单位，跟姑姑去过医院。此外还有汽车站、电影院，还坐过公交车，走过人民南路、解放北路……再没别的了。可是她喜欢做出那一副淡淡的、见过世面的样子，就由她去吧。

田家明一家正是处在这样的态势里，1977年，这一家正在抬头，往上走。人逢喜事精神爽，所以夫妇俩欢天喜地也正常。有一回他们骑车外出办事，回家路上，遇见了几个野孩子，朝坐在后座的孙月华起哄，说："小大姐，不要脸！小大哥，风流鬼！瞒过爹娘，小树林里来幽会！"

孙月华笑道："你妈！还小大哥小大姐，我都能养出你们来！"

这一来倒是提醒她了，叫丈夫刹车，说："下来走走。"恋爱瘾犯了。

丈夫说："俩小孩还在家里呢！"

"哎呀，出不了事！"径自爬上了小山坡，春天里，野花野草，烂漫一片，她蹲下来摘了一大束，找一块石头坐下，把眼看着山坡下的河滩，屈膝抱腿，是她年轻时的坐姿。

丈夫坐在她身旁，木呆呆的，很不配合。孙月华拿手肘抵抵他，说："呆子！"

田家明说："干什么？无不无聊?!"

恋爱没法谈了，孙月华笑了笑。主要是没那个心态，当年她多害羞，心里头小鹿乱撞；家明也很腼腆，看她的眼神都是黏的，有时又躲闪，动辄就抿嘴笑。现在全没了，两人再好也就剩下个说说笑笑。她站起身来，说："行了，家去吧。"扫兴之至。

回到家里，见"能干豆"小丫正在扫院子，扫得满院都是灰尘，呛人。她自己也成了个小泥人。孙月华问："弟弟呢？"

小丫不说话，扔下扫帚，端来一盆水，浇院子，还一蹶一蹶的。夫妻俩对了对眼色，知道小丫是生气了。

小丫当然要生气！一个下午就没闲着，累死累活，饿到现在！他们倒好，谈恋爱谈得忘了家，手里还拿着花！小丫不看见花还好，看见花就更生气了，凶道："还好意思问呢！弟弟快饿死了！饿死了！"坐下来号啕大哭。

孙月华吓了一跳，跑上来问："弟弟怎么了？啊？人哪儿去了？你倒是说啊！死了吗你！"顺手打了小丫两下。

小丫哭得更厉害了，憋屈死了。小毛被她送到邻居家蹭饭了，可怜巴巴的，几次跑回来问，爸妈回来没有？小丫自己也饿，硬挺着！忙了一下午，把家归归拢，本来是指着得到表扬，指着他们中的一个将她搂在怀里，亲亲弄弄，说："噢，大乖！"她也未必稀罕这些，但肌肤相亲的感觉是真不错。

结果呢，一切都不落好，到头来还挨了几巴掌，她哭得直噎气。小丫对家的甜蜜、快乐之所以不信任亦在于此，他们家是一旦甜蜜过后，总要哭一场，以孙月华摘野花的那个傍晚为证。

这一年，小丫对家开始有概念了。这个概念，大抵只有小丫这个年纪才能体会，一则她是小大人，忽而灵光，忽而迷糊——倘若全然长大，则彻底迷糊，这个概念就不易得。另则她是生于李庄，又不受李庄的桎梏，反能以局外人的眼光来打量，如此她对李庄的家，便有一个如果不能说是精准、至少也是别致的观照。

有时，她会拿李庄与江城作比较，两个都是家，有什么不一样吗？当然！江城温暖、有序、衰老、孤独；李庄贫寒、年轻、蓬勃、混乱。她不知道自己更喜欢哪一个，很痛苦。

这一年，爱住进了小丫心里。这个词很重，中国人一般不用，当然爱祖国、爱人民除外；针对个人而言，这个词太浓，个人消受不起，容易受伤。因此中国人宁愿换个说法，称作"感情"，很平凡、很平实的两个字，比如感情蕴藉，有温度，热量却降了一层，不烫人、不伤人，刚刚好。

但是，爱搁在七岁的小丫身上却合得上。人之初，爱之烈，并且亲情也伤得起，不怕的。很多年后，田庄都坚持她的观点，亲情是一切感情里最不易受伤、最皮实的：血肉相连，割不断，很牵连。也因此，她一生最受亲情拖累，被伤惨了，一直到她的死。

当然，亲情之伤也不是一蹴而就的，必得靠几十年的时间去积怨、和解、再积怨——几年、十几年是不够的，不比夫妻，林中鸟一般，但凡散了就是陌路；亲人则一直在那里、在家里。

再者，小丫又是个不长记性的，打骂完毕，不一会儿就消气了，都忘了是为什么打她的，毛病一样没改，一家人照样说说笑笑，打不打都一个样。

无论如何，是从这一年开始，小丫懂得爱了，具体说就是施爱。以前她是被爱，虽然有回馈，比如她爱爷爷奶奶、姑姑叔叔，爱父母弟弟，似乎都是不自觉的，爱得懵懵懂懂，好比婴孩饿了就会哭。

这一年，小丫成了爱的主体，带有主动性，整个人就不一样了。她浑身被爱充满，有时喜悦，有时宽宏，有时带劲儿、有力量，有时又软弱，变得多愁善感。有时，她觉得自己仿佛亮了，发出光来——身体当然不会发光，那一定是心里，俗话说的，心里有明灯闪耀。

并且，视野变得开阔，能看见蓝天白云，天地间她家的小院子，她会去思量，去体悟；能留心她家所在的小山村，她会挨家挨户走过，一眼扫过去，充满温柔缱绻——但是路上最好别遇见人，还得打招呼，如此她的思绪就会被打断。

有了爱的小丫，最大的变化在哪里呢？实在说，没什么变化，一家人都没看出来。有时懂事，有时淘气，照样跟她妈顶嘴，跟她弟弟怄气；并且有了爱以后，她在表达上反而弱了些，不大好意思，怕自己太过分，她妈会说她肉麻。不妨说，倘若有变化，这种变化也只是在她心里。爱本来就是心里的事。

母亲自己也很肉麻，虽然她不喜别人肉麻。小丫念初中了，还动辄就被她拉过来亲，叭叭不绝，亲完了就笑。小毛就更不用说了，十六七岁在家洗澡，母亲还不放心，要帮他洗，吓得小毛急忙转过身去，把身子夹紧。

母亲都快笑死了，觉得滑稽，跟父亲说："他知道害羞了！"

父亲嗔道："废话！你十六七岁不害羞？"

母亲这才恍然大悟，道："还真是！全给忘了。"

母亲确实忘了，但姐弟俩却样样记得清楚，他们对她是既爱，又怕，又亲近，又不尊重，总之她不大有威严。小丫六七岁时，就把母亲学得惟妙惟肖。家里来客人了，母亲总显得很热情。有一次小丫就学她，看着院门口，说："哎呀呀，来来来，家里坐！"

接着小丫把双手一拍，说："这不该好嘛！"把身子笑得前合后仰。

父亲正在吃饭，笑得把饭喷了一地。

母亲问："我是这样子吗？"

父亲笑道："你可不就是这样子！"

母亲待笑不笑的，瞪了小丫一眼，骂道："绝种！"

小丫见她不像生气的样子，很庆幸自己今天涉险过关，一家人欢乐开怀。

姐弟俩对父亲是敬重的，顶天立地，脊梁骨一样的存在。可是这个脊梁骨有点怕母亲，准确说是让着她，不与她一般见识，好男不跟女斗的心理。这就很麻烦。就是说，这个家庭的权力结构已经出现问题了，孩子怕父亲，父亲怕母亲，母亲爱孩子，可是孩子又不尊重她。

不过，在姐弟俩还是童年时，这一切尚无大碍，这个家庭正在蒸蒸日上，充满活力，繁荣发展掩盖了一切，系统性的崩坏远未来临。

每到周末的傍晚，小丫就会领着弟弟去村口，迎父亲回家。两人坐在村口的大柳树底下，巴巴地看着太阳落山的场景，是小丫一生中对于"浪漫"的最初记忆。以前，姐弟俩也来村口接过父亲，但自从小丫心里有了爱，这件事就变得不一样了，顶庄严，顶重要，似乎爱就有了形式，有一种尊仪。

父亲本来并不是每周末都回家的，但姐姐弟弟等在村口，一看见他就雀跃的样子，朝他飞奔，冲他喊叫，像两只小狗似的，他心里就很痒，再累也要回家去。

有时家里没人，小丫就会搬来小板凳，一个人坐在院子里。看着蓝天白云，想着天底下有这么个小村子，这么一户人家，小小的院子，院子里有个小人儿，莫名她就很感动。

好像一切都连在一起，成了一片——在她那个年纪，她绝对表达不出的一种感受、一个词汇。很多年后，我们代她说出来，整体性，或称完整性。即，父母都在，朝气蓬勃；姐姐弟弟，相濡以沫。而这一切,都合在李庄,罩在天底下。连带着她把天地、李庄也爱了一层。

我们认为,差不多从这一年开始,小丫形成了她与世界的关系,置身其中,脱身其外——尤其是后者,在她有生之年,对于世界她未曾真正进入过,处于一种边际状态。

正如奶奶说的,她是十三不靠,两边都沾一点点,又两边都不是。这实赖于她的童年经历,不专属于某个地方、某个人,如此,她才有可能属于所有地方,成为所有人。

小丫上学的事,这里也须提一下。三天打鱼、两天晒网式的,有点吊儿郎当。一是她的程度高,读《人民日报》开的蒙,非但识字,还有政治觉悟,逗号句号也会用,营词造句没问题。就是有点概念化、口号式。比如打人的"打",在她是打倒;走路的"走",在她是走资派;作业本的"本",你猜她造出了什么?造出了"资本主义"。把苗老师给惊着了,跟孙月华说:"孙老师,你这闺女养的!将来一准当县长!"

当然小丫也不单是政治词汇,她还有古诗词的底子,会背十几首唐诗呢。几年前姑姑回家治病,教她背过一阵,有些诗她两三遍就过,因为有场景,比如:"黄四娘家花满蹊,千朵万朵压枝低。留连戏蝶时时舞,自在娇莺恰恰啼。"喜欢之至,仿佛看到春天来临,有院子、草屋子,门前桃花李花,蝴蝶黄莺穿梭其间。时时舞、恰恰啼尤其好,也不知好在哪里,就觉得咬在嘴里,清脆爽朗。

略微复杂些的像《乌衣巷》也能体会,哪怕是字面意思呢:"朱雀桥边野草花,乌衣巷口夕阳斜。旧时王谢堂前燕,飞入寻常百姓家。"很安静的春天的傍晚,太阳快要落山了。小桥,巷子,野草和花儿;一只燕子倏地从天空掠过,飞进一户人家。小丫想,天黑了,燕子也要回家了。莫名有些忧伤。

父亲也说,以小丫的水平,读三四年级不在话下。小丫深以为是,她坐在一年级的课室里,不大带劲儿。另则她也怕生,不大习惯集体生活。她虽然在家是个能干豆,动辄凶巴巴的,一到外面就挫得很,是个窝囊废。

母亲说:"你有什么好怕的?他们怕你才是!你妈是老师,你爸是干部,你穿得比他们好,吃得比他们好!你看他们都穿成什么样儿了?一群小叫花子。吃得也不如你,天天挨饿。他们都羡慕死你了!你还自卑!"小丫确实自卑,她是一种反向自卑,生怕跟别人不一样,怕自己出挑。

课间连厕所都不敢上,一直憋到放学,等大家都走了,她才跑出去,没到厕所就尿了,裤子全湿了。她哭了,又羞又气,把自己恨得要命。也不敢去办公室找妈了,自己一个人回家去,拿书包前遮后挡,就怕别人看到她的裤子。

路上遇见五婶,跟她搭讪两句,小丫把脸都涨红了,又不敢跑,一跑,五婶准看见她的裤子。于是她就蹲下来了,五婶说:"你怎么了?"拉她起来。

小丫赖在地上,怎么都不起来,一边哭了。

五婶猜出七八分了,扳开她的腿只一瞧,笑道:"拉尿了?怕挨妈妈打?我不告诉她就是!"

不过那晚,孙月华还是知道了,破例没有打,找女儿谈了谈——她也是一阵阵的，好起来的时候也挺要命，问："怎么回事嘛？是不是在学校憋的？"小丫羞得号啕大哭，一边点点头。

孙月华戳了戳女儿的脑门心，说："你很麻烦，知道不？太孤僻！"这也是没法子的事了，天性。小丫终其一生都在与孤僻赛跑，怕被追上。她成年以后略好些，也交游，也有朋友，社交场合落落大方，但正因为她不是落落大方的人，应酬后回到家里，简直累死。

家是她一生的关键词，心心念念所在。也只有在家里，她才能自我完成，做回她自己，开朗，明亮，自由自在。哪怕家里没人呢，她也觉得很丰足，很圆满。

很多年后，她都记得她在自家的院子里，看弟弟打陀螺，心里想，真好啊！时间你不要走，让这一刻永停留。一家人吃饭的时候，说笑的时候；或者一家人走在路上，父母低声说话，弟弟蹦蹦跶跶，这一幕幕都让她感动，希望每时每刻都停留。

晚上就着煤油灯，和母亲一起批改学生作业，这个她最喜欢了。一般她先过一遍，遇上病句、错别字，就做个记号；接着母亲再过一遍，划勾、打叉、写评语。有时母亲也会教她，说："这一句没问题，你为什么要打记号？"

小丫拿过作业本，重新看一遍。看着看着就笑了，走神了。煤油灯下的母亲最美丽，说话也温柔。

倘若这时有人来串门，她都会觉得扫兴，破坏了家的气氛。已经很圆满了，不必再有外人，哪怕单是与母亲在一起呢，煤油灯下，昏黄的光。倘是白天，则白云悠悠，正午的日头底下，人的影子肥而短；及至下午，光影打在院墙上，显得很好看。

他们家关起门来就是一个小世界，很充盈。

1978年　八岁

春节前，小丫一家去了江城，参加姑姑的婚礼。姑姑二十八岁了，回到江城一年有余，被安置进了港务局。婚礼定于2月7日，大年初一。

姑父是个很神秘的人，不久前才现身，与姑姑一起出现在田家明面前。元旦过后，田家凤先致电哥哥，说要来清浦走一趟。

田家明说："干吗？清浦还是李庄？说清楚点！"

姑姑说："不定，李庄清浦无所谓。主要是见你，到时我带个人过去，先征求你的意见。"

田家明笑了。妹妹的婚事，一家人都快愁死。老大不小了，又不去相亲，也不知什么意思。去年夏天，他送小丫回江城，爹娘在他面前直叹气。已经做好最坏准备了，实在不行，就说个二婚头的也可以，当后妈也不要紧；年纪大些也不怕，四十多岁也能接受。

"四十多岁？"家明皱了皱眉，说，"都半老头子了好不好？何至于！你们把自己的女儿都看成什么样儿了！"他那年三十岁，想起单位里那些四十多岁的办事员，个个面色晦暗，谢顶凸肚，一副人生无望的样子，心里很不是滋味。

"你以为呢？"做娘的抹泪道，"虚二十八了！这搁以前，也就是做填房的料，找个四五十的怎么就不行了？"

田家明想，或许妹妹已经谈上了呢，时机不成熟，还不到通知家里的时候。果然，半年后他就得到通知。家凤在电话那头说："这事就你一人知道，先别告诉爹娘。"

"就我一人知道？什么意思？"

家凤笑道："先给你打个预防针，别到时吓一跳。"

家明一听这声气，沉吟半晌才道："不会是个老大爷吧？长得猪头狗脑？好好，我不说了。你好自为之吧，只要是个男的就行，本来对你也没指望。"

虽如此，见面那天，田家明还是吓了一跳。星期三上午，妹妹出现在他办公室门口，他走出来，四下里看看，问："人呢？"

家凤回身就走，说："在院门口呢，不敢进来。"

家明跟在后头，丈二和尚摸不着头脑："搞什么呢？"

家凤突然停步，回头看了一眼哥哥，半笑不笑地说："你答应我！见了面不要咋咋呼呼。"

这一来，做哥哥的不由得警觉了，也停下脚步，说："你别吓我！什么人哪？你说清楚，不行我就不见了。"

田家凤笑道："来都来了，肯定得见！"拉他就走。

到了水利局门口，竟然是李勇！一开始也没认出是他，他站在路边，背身看街景，一边把脚蹭着马路牙子。瘦多了，穿一件深蓝棉袄，围一条浅灰围巾。

家凤"嗨"了一声，他转过身来，把眼看着田家明，只是笑。

田家明愣在那里，惊得下巴都掉了。李勇走到他跟前，他都不能反应。李勇照身上看了看，自嘲道："今天为了见你，捯饬了一下。不会认不出来吧？"

"我操！"田家明说，"你们怎么弄一块儿去了？"

"讨厌！"家凤打了她哥一拳，说，"不准爆粗口！不是说了嘛，不要咋咋呼呼。走，找个地方吃饭去！"说完就过马路，往一家饭店走去。两个男的跟在后头，一时不知该说些什么，尴尬之至。

李勇咳嗽一声，说："本来早该跟你说的，但一直不知怎么开口，家凤也拦着。一年多了。这次也是拖不下去了，想着还是先见你一面，听听你的意见。"

家明恼道："你们这是听意见吗？我要说不行，你们会散伙？"

李勇笑道："你会说不行吗？"

田家明狠狠地给了他一拳，把他按在墙上，笑道："玩这手！以后敢对她不好，我往死里揍！"

家凤停在饭店门口，回头看了他们一眼，笑着走进屋去。

李勇与家凤打小就见过，但并不怎么熟。念中学的时候，李勇来过家里，印象中田家明有个妹妹，长得像个假小子。有一回，他母亲告诉他，田家明妹妹还没结婚呢。

李勇问："你怎么知道？"

"我怎么不知道？她来中医院看了大半年的病，熟得不得了。当时一看病历，就猜着是你同学妹妹，一问还真是。"

母亲看了一眼儿子，笑道："回内蒙去了，我手里有她地址。"找出小纸条来，塞给了儿子。

李勇哭笑不得。田家明妹妹，那个小丑丫？就她？他妈也不知怎么想的，见个雌的就拉过来与他配！再者，一个在内蒙，一个在江西，这怎么可能？

两年前，两人都回了江城。都是家里托的关系，一个进了港务局，一个进了城郊中学当代课老师。李勇积极相亲，有时一个周末能见好几个。也不挑了,都三十了,只要雌的就行。可这时,人家开始挑他了,嫌他年纪大,教书匠也就罢了,还不是正式的。

遇上家凤那会儿,他正与针织厂的一个女工在谈,看过两场电影,双方都不大有诚意,视如鸡肋,有骑马找马的意思。他与家凤的相遇极偶然,家凤与他妹妹李贞共一个闺蜜,有一天,两闺蜜来到李贞家,正好叫他遇上了。眼前一亮,英气!

当得知她是田家凤时,他笑道:"田家明妹妹?"又打量她一眼,说:"怎么长变了?小时候乱七八糟,成天跟在你哥身后,身上脏乎乎,头发像鸡窝。"

家凤笑道:"我有那么邋遢吗?你肯定认错人了。"死不认账。后来,两家老人都说,这一对是有姻缘,转了一圈,到头来还会遇上。

婚礼是大办,请了十几桌客,以双方同学、同事为主,多是一中二中的老三届们,其时已陆续回城安置;或是一时无法安置的,也都趁着春节,回来托关系、走门路。

因之姑姑的婚礼,整个就是一场知青大聚会。小丫才回江城,就见家里人来人往、嘈嚷不绝。姑姑忙于接待,连婚礼都来不及筹办。送走一批,又来一批。成天就听她的小屋里,哭一阵,笑一阵,唏嘘一阵,好不热闹。有时,家里不方便,她就带他们下饭店,一直混到深更半夜才回家。

田家明也成天应酬,和李勇一道,忙于同学聚会。席间少不得有人要拿他们开涮,也是笑一阵,叹一阵。后来,连叹气都来不及了,好像太奢侈。很多人十来年没见面,离别时十八九,恰同学少年,如今已是而立之年,天南海北走遍,还能活着回来,该高兴才是。于是喝酒、猜拳,说:哥俩好啊,三星照,四喜财,五魁首呀,六六顺,七个巧啊,八仙寿,九连环,全来到!

越猜越有兴致,还抑扬顿挫,都疯了,嚷得饭店里的客人都躲得远远的,骂道:"这拨知青,全他妈野种,一点文明礼貌都不讲!"

服务员也跟着骂:"狗娘养的,没一点教养!天天来,天天醉,有时还一天两顿,你说要命不要命?还不能说,一说就撒酒疯,掀桌子!几句话不合就大打出手!"

田家明也连着醉。不醉就不够意思,不讲交情。晚上回家倒头就睡,次日,酒还没醒呢,中午又被拉出去喝。午后走在大街上,太阳煌煌地照着,可是天极冷,风一吹,人就醒了,有醉生梦死之感。

这天中午散了席,他随李勇去看婚房。婚房位于人民路的一个大杂院里,是港务局的职工宿舍。十二三平方,不大,倒是收拾得干干净净:刷了墙,新漆了门窗。沿窗摆着一张床,上面摞着几床棉被,都是锦缎被面,织成龙凤呈祥、鸳鸯戏水的图案。

两人进屋的时候,田家凤正在睡觉。她翻身坐起来,眼睛红红的,显见是哭过。田家明把屋子看了看,赞道:"不错,不错,比我结婚时好多了。"说完就坐下,向家凤道:"怎么还有心思睡觉?家里都忙成一锅粥了。"

家凤不语。心里很难过。她躲出来两三天了,只在晚上回家去,做出很忙乱的样子。家,她是怕回,一是躲着同学,一是躲着父母。可是后一个她说不出口,只拿前一个做借口，跟爹娘说："我去人民路了。有人来找，别跟他们讲。手头一大堆事呢，哪有时间跟他们啰嗦？"她说的也是真心话。婚期定错了，就不该定在春节，合着变成同学聚会了。

同学聚会，偶尔为之还可以，有新鲜感。说说这十年来的见闻，几乎人人都是一本大书，人人都是主角，且人人都是观众，在想象的舞台上，与同龄人一道，汇成那业已成为往事的壮丽景象。舞台确实曾壮丽过，帷幕徐徐拉开时，见得青春，理想，光芒万丈。

如今大戏结束，帷幕拉上，只觉得苍茫。高昂的调子也变成了大悲咒，嗡嗡的，嘶哑的，人人都觉得自己受了伤。那演戏的、看戏的，聚到一处，难免总要哭两场。田家凤也哭过，她在内蒙待了九年，心硬了，等闲哭不出。没想到回到江城，结婚前赶了几场同学聚会，席间哭成一片，她把心一软，重新开哭。

哭了几场后，就哭烦了，把心重新硬起来。没这样聚法的，哪能天天这样哭？都哭成笑话了。事情搁心里才叫事情，但凡能讲出来、哭出来，就显得轻浮，像一场滑稽剧。

她在女生中算是晚婚的，又嫁了她哥哥的同学。什么？李勇你没听说过？嗐，当年赫赫有名的红卫兵头头，江城兵团就是他组建的！呀，这样的人怎么还逍遥法外？也没进去？跟你讲，非但没进去，还考上了江城大学，攀上了田家凤，摇身一变就成了天之骄子！

那田家凤也不是什么好鸟。当年在学校时，人缘顶不好，跟女生处不来，最爱跟男生一起混；长得不怎么样，眼界还高；当然了，也没哪个男生看得上她，否则也不会等到现在才结婚。这一等，竟让她等着了，嫁了个大学生，自己又进了事业单位，以工代干，这一两年就要转干。一样都是初中生，插过队，当年成绩好的大有人在，现在被她撂了一大截，还有阴阳两隔的呢，这理儿，你到哪儿说去！

那谁谁死了，救火时被烟呛倒，烧成了焦炭，虽说被追认为烈士，隔了十几年回头看，还有谁记得她？真是不值当！还有好几个自杀的，也有死成的，也有没死成而落了残疾的。传奇多了去！

更多的人，回城后进了国营厂、大集体，也有在家待业的。他们六六届的老初三，能考上大学的凤毛麟角，程度低，没什么竞争力。还有更糟的呢，烂在乡下回不来了，娶了，嫁了，当了倒插门女婿。

有的是当地不放人，没政策呀，哪能随便放？只能进京上访呀！省里根本拦不住，连公安都出动了，奈何知青们也不是吃素的，血书都写好了："我是知青我怕谁？"真正连命都不足惜，只为回城。谁敢拦着，就卧轨自杀去！他们才是赤脚不怕穿鞋的！壮烈！

她田家凤何德何能？还不是靠家里的关系！什么？她爹快退了？赶快退！这拨当权派、大老粗，真他妈不是玩意儿，私字当头，搞特权，十足社会主义的蛀虫！"文革"怎么单单漏了这批人？啊，也挨过整？那整得还不够，要狠狠整，往死里整！免得出来再祸害人，行不公义！噢，只是靠边站？嘀，倒是便宜了这老东西！不对呀，里头有问题呀！"文革"没遭罪的，你想能是什么好东西？怕是整人了吧？

田家凤辗转听说了，心里一阵冷笑，知道自己被嫉妒了。她理应生气，却生不起气来；她现在是高高在上，起点就不一样，被人骂两句也正常。她本来就不爱跟女生玩儿，心细，嘴碎，充满恶意，是非多得要命，从今以后，少跟她们啰嗦，直接玩失踪。

这天上午，她躲回人民路的婚房去，跟家里说，那边还有些东西没落定，她过去再添补添补。

孙月华说："你开个清单给我，我带小丫替你布置去。"看了一眼小姑子，拉到一旁耳语道："你怎么回事？成天不归家！哪有你这样当闺女的？做田家人还能做几天？好歹也得陪陪上人吧，没见他们这两天孤落落的吗？我瞧着都难过，心里满不是滋味。"

家凤把眼圈一红。她正是怕这个呢。家里没法待了，屋子里一股感伤情绪，随时可能引爆。她不喜欢这样，宁愿自己躲开去，眼不见心不烦。她爹才退居二线，一时不大适应，搁家里坐不住，一会儿摸摸这个，一会儿搬搬那个，忙得团团转，但神情是木的，失了魂一样。

她娘也忙，颠着小脚，又忙不出头绪来。还动辄就背身抹眼泪。有时她也会偷偷打量家凤，一边微笑，一边出神，笑不上一会儿，就又转身抹眼泪。

家凤全当没看见。她是不信那一套说辞的，嫁出去的姑娘泼出去的水，从此就归了李家人。没有的事儿。嫁不嫁，她都是爹娘的女儿，并且同住一城，对于她，结婚也就是搬个家而已，至多晚上不回来住了。当然了，偶尔回来住住也不是不可以，家里替她留着房呢。

她的伤心在于，爹娘老了。随着她的出嫁，他们无可避免地老了。三个孩子都已成家，仿佛雏鸟飞出了老巢，从此老巢就空空荡荡。是这个叫家凤伤心。衰老、孤独的气息，她并不是临嫁前才闻见，早些年就有，一年比一年浓郁。这气息很难描述，不大愉快，很腐败，像烂菜梗子的气味，说不清楚在什么地方，又似乎到处都是，凡是爹娘走过的地方，这气息就在。它们在各个房间里，在爹娘睡过的床上，在床单、被褥、枕套上。它们在衣柜里，在洗净的、叠得整整齐齐的衣裳里。对了，这气味来自他们的身体，具体说，来自他们的口腔、牙龈，开口说话时那一股陈腐气息，像没刷牙，有口臭。

田家凤心灰意冷。

她又不好跟嫂子明说，只扭头别脸，忍住眼泪。说起来，她的婚礼得亏嫂子，喜宴虽然定在饭店，但琐事还是太多，单是喜糖、喜果的分装，就费了她和小丫一两天工夫；另有来客登记、礼金登记……林林总总，都是由嫂子统筹。爹娘是不中用了，田家明只管自己喝醉；弟媳徐招娣回娘家坐月子去了，家亮还在部队。

家凤哽咽道："家里你照应着，我去那边忙去！主要不想见同学，我真是怕他们了，没时间扯闲篇！"说完匆匆往外走。

孙月华看着小姑子的背影，心里哪有不明白的？同学只是借口，她是怕见爹娘。遥遥想起八年前，自己做新娘子那会儿，是个暖冬，棉衣穿不住，身上隐隐冒汗了，脑子里也冒汗……虚浮得像一场梦。

田家凤走出家门，就开始哭。真要命，那边走过来一个邻居，看来是要打招呼，她也不管三七二十一，转身就跑，七弯八拐避到一个墙角，把手扶着墙面。她慢慢地蹲下来，那姿势就像在解手。

后来，她总记得1978年春节，她的结婚与同学聚会，一片一片。总记得她的哭，为爹娘哭，为自己哭，好像大半生已经过去了，来日无多。当然，她也为同学哭，哭得比较复杂，也不能说她虚情假意，但眼泪极具繁殖力也是事实，家凤裹挟其中，为一窝窝的泪泡所感染，就像流行感冒也是感冒，头疼脑热也是真的。

实则是，家凤哭着哭着就会走神。感同身受她是有的，但问题在于，她对自己在内蒙的遭际也未见得就有多少同情——田家人的冷血亦在于此，首先是不自怜，最狠莫过于对自己。当然，她也曾自怜过，那会儿还小，干活干得昏倒在地。十年后回头看，就觉得不算什么，一则是身心俱老，把什么都看淡了；二则她已安顿妥当，一个过了河的人，与一群尚在河里扑腾的人，自是两样心情。

那天午后，她哥、李勇来到婚房，三人简单聊了聊。共同的感受是，都疲于见同学，没多大意思。田家明说："你们赶快把婚结了，初二我就回李庄去！实在吃不消，天天见，陈谷子烂芝麻都抬出来了，每次见面都尴尬。有人要报仇，有人要算总账。"

家凤惊道："报什么仇？"

"世仇。"李勇淡淡道，"你们同学中没有吗？张三的爹打倒李四的爹，李四的爹睡了王五的娘，王五的娘检举张三的爹，什么解放前跟过国民党，这样张三的爹只好去坐牢，后来死在牢里了。"

"什么乱七八糟的！"

"本来就乱七八糟的。现在'文革'结束了，世仇还在，你说做儿女的怎么办？"

家明、家凤换位想想，确实不知该怎么办。倘若田书记被人诬陷致死，做儿女的总归要牢记在心；倘若田书记诬陷别人，置人于死地——怎么可能？！证据呢？家凤的心思是死不认账！她爹就不是那样的人！证据也算不得数，里头有出入！肯定是别人诬陷在先，他才被逼反抗。

家明的想法是，算了算了，认账吧。好言好语，宽慰人两句，诸如上一代人的事，忘掉它吧，生活还得继续！时代害人不浅呐，理解万岁！

可是，倘若田书记一而兼三，既诬陷别人，也被别人诬陷过，还顺便睡了什么人的娘，那又怎么说？家明、家凤在这一点上，终于达成了一致意见，那就拉倒！没他妈闲工夫扯闲淡。事实上，田书记是怎样的人，在"文革"中有哪些作为，做儿女的一概不知道。

李勇说："最好别知道，一笔糊涂账，没法算。我不是说你们家老爷子。"他说的是自己。在赣州那些年，曾以知青身份被结合进了公社革委会当常委，"挖肃"期间，公社书记挨整，由他主持工作。不久他也遭"逼供信"，被捆在招待所里，皮带抽、皮鞋踹，还不让睡觉，几百瓦的大灯泡照着，几个人轮流上。这些他跟谁说过？连家凤都不知道！

当然，家凤最好别知道，他之所以遭"逼供信"，很大程度上是他动了别人的蛋糕。蛋糕姓苏，本人也酥酥糯糯，公社大院里不少人都尝过，都觉得好。蛋糕的男人原是裁缝，手艺不怎么样，老婆却是个衣裳架子，披个麻袋都有人回头看。她与李勇相好时，裁缝已进了供销社当营业员，这一天她提出要求，想为男人谋个代销社主任当当。李勇没答应，这方面他倒是公私分明。睡是睡了，但不办事儿。

蛋糕气得嘤嘤哭了。从来没见过这样的人渣、畜类！吃豆腐吃到老娘头上来了，这不是欺负人是什么？要不凭什么跟你睡？凭你长得俊？凭你活儿好？你妈！提起裤子就不认人了！这点小事都不办！戳你祖宗十八代！还他妈公私分明！有本事你别睡啊！牲口！

镇上的人也不站他，说，这姓李的不仁义。凡事都讲求个道义，娼有娼道，寇有寇道，你既搞了破鞋，就得按破鞋的道儿，把人家的事儿给办了，两消。要不然，就请管好自己的裤腰带。

李勇没能管好自己的裤腰带。那年他二十二岁，头一次跟一个女人。就是现在，偶尔他也会想起她，也不知老了没有？走在街上，是否还像从前那样荡漾？为了她，他差点被人给弄死，后来花钱消灾，回到队里，大半年都走不出来，姑娘媳妇面前更是羞得抬不起头来，自己远远就避开了。夜里常常披衣坐起，身心俱痛，难受。

现在，他把眼睛看向家凤，见她小绵羊一样呆呆的神情，眼泡还肿着。家凤在内蒙的经历，他一概不知；偶尔家凤也会讲起，他嗯嗯啊啊，很少接话。是真的不感兴趣，也是态度。有一回他差点提醒她，什么话当讲，什么话不当讲，你总该知道。别好好的生别扭！

其实，他这是多虑了。家凤在内蒙的经历苍白得很，甚或称得上乏味。她这一生最大的壮举不是去内蒙，而是为了去内蒙大闹教育局、知青办，从此开了个坏头头，连累许多江城的学生也外放出省。她是出道即巅峰，临行前在市政府广场上的告别式最激动人心，把毛主席像捧在心窝，未知毛主席他老人家能否听到她的血液在奔涌。

到了内蒙后失望之至。许多知青的经历，就像内蒙草原，乍一看辽阔壮美，时间一长就觉乏味。每日上工、下工，闲时串串门、想想家。女生之间传点闲话，生出矛盾来，能好几月不说话。男女之间免不了那些事，但家凤是绝缘体，不大开窍，不懂风月——田家人都有这毛病，后来田庄也是，天生不是那道上的人。

所谓"广阔天地，大有作为"，照实说，没多大作为。广阔天地确是见了，但也仅限于路上，坐了几天几夜的火车，末了落于一个小村子。所见所闻多是村子里那些事儿，也认识了几个村民，也有处得不错，很多年后还有记得名字的，还能想起他们的样子。但也仅限于此，各享各福、各受各罪去吧。

农事都晓得，农活也干的，不会把麦苗当韭菜——起头，是有人闹出那样的笑话的。主要是饿、累，再没别的了。如果要加上形容词，那就是连饿、累都显得苍白乏味，已经日常化了。

跌宕是有的，也不能否认波澜壮阔，但毋庸讳言，那主要是靠讲述，确切说，如何讲述。

因之家凤一旦逃离内蒙，便把它忘得干净。没什么可回忆的，苦是白吃了。本身又不是多情人，不比有些知青，很多年后故地重游，有缅怀之意；再不喜那穷山恶水，奈何是与自己的青春联系在一起，是对青春的祭奠。家凤不做那些拖泥带水的事儿，顺道可以，千里迢迢跑回去就没必要。青春反正是回不来了，祭不祭奠都一个样。

1978年春节，三个前知青坐在人民路的婚房里，都陷入了回忆。屋子里窗明几净，一切簇簇新。就在李勇回望赣州的那只蛋糕时，家凤也在想心事。婚房里没生火炉，嫌冷，下午三四点钟的阳光落在她身上，她把身子往阳光里靠了靠。

她想的不是内蒙，而是十七岁那年，

跟几个同学去抄家的事儿。她踹了一个老太太，六七十岁模样，肉墩墩，穿着家常的斜襟小褂、大腰裤，看不出是资本家的阔太太，倒像是学校里烧锅炉的王大娘。

他们来晚了一步，家已经被抄了。院子里乱七八糟，皮箱、抽屉、书报扔了一地。老太太就跪在这些物件中，双手反绑，脸上有淤青。问什么都不说，跟聋了似的，只低着头，后颈处能见得几道血印子，想见是被抽过。

邻居们围过来看热闹，说："差不多了。抄也抄了，打也打了。今天你们可是第三回了。"家凤一行进屋转了转，都有些扫兴，够晦气的！今天尽吃剩饭了！

邻居说："赶快的！还赶得及下一家！"

一行人才要走，突然有同学从一堆书报里扒拉出一张婚纱照，一对青年男女，男的穿黑西装，戴白领结；女的穿白裙，戴长长的白手套。两人都很沉静，似笑非笑样。

那同学对着照片，把老太太的下巴颏儿抬了抬，说："是你吗？"

老太太不说话。

家凤也凑在一旁看。

院门口有同学喊："赶快的！别磨蹭了。"

那同学撕了照片，劈脸朝老太太扔去。

老太太抬眼看着她，面无表情，亦可说是凌厉，那是那天下午她对他们唯一的反应，表明她还是个活物。

同学恼了："看什么看！"照脸一巴掌，骂道："不服气？妈了个巴子！打的就是你！"

欲扬手再打时，被家凤挡住，顺势拉起来，道："赶快的，别落下了！"两女生转身就跑，跑过老太太身边时，家凤跟玩儿似的，来个后勾腿，像反踢毽子，把老太太踢得磕倒在地。

跑到大门口时，她特意回头看了看，这一幕就永远定格了：老太太把头磕在地上，屁股撅着，维持她被踢时的最初姿态。

这姿势太奇怪了，让人惊心。家凤下面的抄家便有些敷衍。次日她一个人踅回来，见大门紧闭，她凑上去听了听，里头没什么动静。死了吗？昨夜送火葬场了？她心里发慌，急得在院门口转来转去，又怕邻居认出她来，就避在一棵梧桐树后。

等了一上午，终于看到院门打开，一个中年人拉着板车，上面几筐破烂，想来是昨天抄家的成果。她松了口气，不像死人的样子。

几年后，她从内蒙回来看病，绕道这里，得知这户人家已被扫地出门，老太太在这一带捡垃圾，就宿于垃圾站里。丈夫儿子都死了，儿媳带着两个孙女不知去向。邻居说："这户人家就算绝了。"

家凤叹了口气。院门口站了站，这一带是全城最美的地段，临江，夏天林荫蔽日，秋天则满地都是银杏叶，温柔灿烂的黄，一路铺开去。家凤将永远记得那年秋天的黄，银杏叶也这么好看，小小叶片，可怜可爱。她捡起一枚，静静端详，慢慢摇着叶茎。

很乏。走不上几步就气喘，后来索性坐在马路牙子上。垃圾站就在附近，她很可以去找她，道个歉，给她些钱。六七年过去了，家凤自己也变得知轻重、懂深浅。普泛来说，对万物不乏体谅同情。她没有去找她。

人行道尽头，有个环卫工人正在扫落叶，家凤也很可以上前打探，说有这么个老太太，资本家出身，从前这一条街都是她家的……不，家凤没有，她像钉子一样坐在原地。不打听，不道歉，不忏悔，拒绝相认。她只祝福老人家身体健康、长命百岁，同时也知道，这样的祝福对老人家而言未必不是咒语。

这事她谁都没说。后来"伤痕文学"兴起，她读过几篇，很奇怪怎么普天下都是受伤的人，在控诉、在揭露。施害者在哪儿？不知道，亦可说没有。人人都是无辜的小白兔。

家凤不觉得自己是无辜的。人人都是刽子手，都有罪，都不干净。她只保持沉默。不揭露，也不诉苦，苦，是她该得的。这也不叫报应，也不是赎罪。躲不掉的事儿，平心静气去接受。

后来，"反思文学"兴起，她也懒得读了，有一天问李勇："你说有用吗，反思？"

"什么？"李勇没听清。

家凤笑了笑，不再言语。答案她早就有了，没用。

反思若是有用，世上就不会有悲剧。人，常常会在同一地方摔倒，她自己就有这样的经验。现在，她当然不会去踹人，但倘若时光倒流，她又回到了轻信无知的十七岁，她并不能保证她不去踹那个老太婆。抑或很多年后，她的儿女也在十七岁，没准也会反踢毽子，来那么一脚，跟玩儿似的。

那天午后，田家明很无聊。新婚夫妇若有所思的样子，连带他也把从前过一遍。他比较清白。结婚早，不比李勇有艳福，什么蛋糕奶酪，没机会搞那些花里胡哨的——他的花里胡哨是直到晚年，突然开窍，搞了一个又一个。

他也不比妹妹，据我们所知，他没抄过家，也没打过人。想来想去他就觉得讽刺。初中时就立志下乡当农民，实在也没当几天农民，现在被孙月华逼得给领导送礼，为的是全家进城。

走到这一步，食之无味，弃之可惜。去考大学吧，又丢不下公职。这方面，他倒是羡慕李勇。去年十月恢复高考，李勇仓促应考，全是凭以前的好底子，分数压着北大清华线，却只报了江城大学。

李勇也是疲了，"除却巫山不是云"的心理，只想过过小日子。三十出头了，还能怎样？已经有家室了，上大学都臊得慌。他主要是为解决身份问题，谋一份公职。从前心比天高，现在掉了个儿了，只争眼前。家明、家凤也是这种心理。也不能说他们在混世，老实说，混世他们都没资本。

当此潮起潮落之际，他们就像小虾小蟹，看着沙滩上哀鸿遍野的同类，很庆幸自己暂时落脚于一个安乐窝里，也未必牢靠，须把爪子不停往深处探，扒牢、紧固，以防大潮再起，他们不会被带到水沟里。

他们无法预知，是年底，十一届三中全会召开，《人民日报》上铺天盖地，确有一些新提法，诸如解放思想、实事求是、改革开放等，接下来免不了要传达贯彻。他们不会想到，这一贯彻就是四十年，关涉到每个中国人，直到田庄辞世，她与这一切也就脱离了干系。

在田庄还叫小丫的1978年春节，她参与了一场盛大婚礼，却只留下了忧伤记忆。整体来说很混乱，东一榔头西一棒子，又是哭来又是笑，连小毛都不安心，大过年的，哭成这样，这一年怕是要晦气。

婚礼次日，新婚夫妇回门，一家人出去照了全家福。很多年后，田庄才辨得出其中的意味，团聚之日，亦是告别之时。

尤其对于爷爷奶奶而言，这张儿孙绕膝的照片，意味着团圆、美满、幸福，枝枝叶叶围绕他们，人生盛大，夫复何求？

爷爷奶奶坐在条凳上，小丫小毛分立两旁。奶奶膝上，是尚未满月的堂妹田苗。后排，田家明三兄妹一字排开，中间穿插各自伴侣。这张照片，后来跟着田庄来到广州，很多年后，她把它扫描了，存进电脑里，又存进云盘里，得以永存。

或许，每个中国家庭都有这样一张全家福，中青年夫妇、老人孩子……照片中，人人都在笑。那是典型的中国人的笑，很含蓄，不张扬，知道镜头在对着他们，因而笑得很好看，很腼腆。

摄影师说，再笑笑。茄子、茄子。小朋友，笑得过头了，不要露牙齿，不要摇头晃脑。说的就是你，右边那个小弟弟。看这里、看这里——伸出拳头来——我数三二一。

有那么些年，田庄沉迷于读全家福，因为工作需要，她读了足有几百张照片，细细揣摸中国人的神情，跟她家没什么两样。除了衣着不同，比如穿长衫、马褂与穿人民装、干部服总是有区别，但脱了就一样了，换着穿也像。一样害羞沉静，一样自喜自足。

五官各有不同，人人都很具体，但看多了就很抽象。某种程度上，人人都是一人，家家都是一家。时空被挤掉了，时代也不知去向，只有一个叫做"家"的存在，源远流长，超脱于时间之上，又置于时间的笼罩下，代代相沿，与时间相始终。

乱世、盛世穿行于时间中，盛衰交替是常有的事儿，个体的枯荣也须纳入其中……唉，遇上盛世就盛世，遇上乱世就乱世，是有造化这一说的。也有的人家，是逢治也乱，有决心，往下坠，就这么一路枯下去、枯下去。田庄的母家便是。

四十出头的某一天，田庄整理旧相册，翻出了这张摄于1978年2月8日的全家福，心头一震。她看了好一会儿，一家子十几口人，她挨个挨个去打量，直到头昏脑涨。

她执著于一个事实：我怎么比父母还老？再过十几年，我跟照片里的爷爷奶奶也成了同龄人，八岁的小丫见了我，是不是也得叫我一声奶奶？那时她并不知道，她没能活到爷爷奶奶的年纪。两年后她即辞世，她没能做成自己的奶奶。

1978年的小丫，今天我们看着仍很真切。穿着碎花小棉袄，小凸脸，茄子式的微笑，很标准。她站在奶奶身旁，把手搭着堂妹的小包被。她确实长大了，这一两年尤其明显，具体说，不那么好玩了，说话叫人喷饭的场景极少出现。她妈也说，她现在有点闷。

奶奶说："你等着吧，过两年还得闹腾，够你受的。"她想起家凤十几岁时，不知有多讨嫌。

现在，小丫确实很安静，不怎么爱表现。大人说话时，她很留心去听，搬个小板凳坐在身后，也不吱声。1978年春节，家里人声鼎沸，悲喜交加，姑姑的那些同学，她也有见过；知青、插队她也知道怎么回事，这些跟她也没关系，却构成了她成长的极重要背景。

她没有随父母回李庄，而是留了下来，陪伴爷爷奶奶。这是姑姑的意思，说要用她一阵，至多个把月，不耽搁她上学。怎么用呢？

"随便用！就跟以前一样，"姑姑笑道，"你这人用起来最称手，哪怕闯祸、淘气

31

呢,他们也喜欢。"

小丫点点头,爷爷奶奶很孤独。头一次她觉得自己被需要,身上的担子陡的重了许多。

1979年　九岁

三月里,妹妹田禾出生。

年初,大队妇联主任来过,官方称作周主任,可是这个身份她很少用,多数时候她叫建军妈,也有叫她来旺盛家的。当她以周主任这个身份登门拜访时,说明这户人家一定出事了,不外是夫妻斗殴、闹离婚、偷人养汉、婆媳不和。

这天傍晚,周主任走进了小丫家。起头,孙月华只当她是建军妈,双手一拍,笑道:"这不该好了!来来来,屋里坐,吃了没?"以为她是来串门的。

周主任当然不是来串门,可是一开始,她必须做出串门的样子,笑道:"门口路过,也没什么事儿。"拣个小板凳坐下,说,"你们杨校长可来信了?"

孙月华笑道:"什么我们杨校长?人家现在是武汉的大学生。这一走,跟李庄还有什么关系?"

"怎么没关系?"建军妈诡秘一笑,低声道,"小山的眉眼像不像他?就在你眼皮子底下,你最清楚!"

"啊?"孙月华吓了一跳。她是个大迷糊,这事她略微猜出些首尾,自己都不能肯定,没想到村里传成这样。

"你这人!"建军妈叹道,"说机灵也机灵,犯起傻来又没了边!要么说灯下黑呢,这事也就瞒着你们学校,以为神不知鬼不觉,实则全村人看得跟明镜似的。都当大家是瞎子呢!还是那句话,要想人莫知,除非己莫为。这世上哪有什么秘密!"

"明亮还知道?"孙月华问。

"那个十三点、二百五!"建军妈长叹一声,"才刚路过小卖部,你猜怎么着?两口子正在逗娃呢,那叫一个和乐!"

"噢,明亮回来了?倒是难得!"

"才回来,工装还没脱呢。"建军妈摇头咂嘴,"苗秀英啊苗秀英,你倒是不亏待自己!当初嫁过来时,我还替你叫屈,鲜花配牛粪,糟蹋了!没想到你倒是自己找补回来了,还生了个野种,还一家三口!有两下子呀,你个狠人!"

孙月华不说话。她跟苗老师是好朋友。

建军妈犯愁道:"这事瞒不住,明亮终有一天会知道。有的闹呢!到时我又不知忙成什么样儿了!"

孙月华说:"明亮那性子,唉!结婚这么些年,也没见生个一儿半女来,都说是他的毛病,还去县城看过医生。小山是他的也说不定。"

建军妈笑了笑,把闲话收住,现在,是进入正题的时候了。但是这个正题,也还须有个过门。把头转了转,见小丫坐在她身后,正竖耳听呢。她问小丫:"弟弟呢?最近你俩可磨牙了?"

小丫正听得入神。杨校长、苗老师的事儿,她撞见过,怪怪的。她一个小孩子家,也不知哪儿来的印象,觉得这事不好,须替他们瞒着,因此孙月华面前她都没讲。此时,见建军妈在问话,她倒愣住了,一时不知怎么回答。

好在建军妈也不需要她回答,转头跟孙月华说:"还是你好,儿女又全,现成一个好字!再生一个,无论男女都是多余。"一边把眼看着孙月华的肚子,笑眯眯的,接连叹气,一副欲言又止的样子。

孙月华把心"咯噔"一下,这才知道,今晚她不是建军妈,而是周主任。计划生育,近一阵她略有耳闻,但谁也没当回事儿。周主任说:"就是!谁知最近突然当了真!你身上挂了这么一大幌子,我们又没法装看不见!"

孙月华说:"你的意思是?"

周主任叹道:"我没啥意思。例行公事。就跟你讲,悠着点儿,反正这事不大好弄。"

这事虽不大好弄,但也还是要弄。孙月华思来想去,要想留得肚子,保险起见还得舍得银子。隔了两天,她便找大队书记、妇联主任行贿去了。贿物包括:鸡蛋、桃酥、衣料、袜子……腆着肚子走进人家,此外,她还得觍着脸。实在这套操作,她也不是很在行,屋里头略坐了坐,便把竹篮子上的遮布掀开,一样样往外拿东西。

人家说:"哎哟喂,月华,你这是干吗?"

孙月华笑道:"来看看二叔二婶不行吗?平时多得二老照顾,都记在心里呢。一点小意思,也不值几个钱。"

又拉着二婶的手,亲热地说闲话。扯了一堆没用的,肚子的事却说不出口。孙月华很犯愁,说吧,嘴贵,开不了口,又指着这事是不是应当心照不宣,说了反而多余;不说吧,来这一趟又是为了什么,费了不少钱呢。

闲话说完了,再不走就是赖在人家了。她忍心拿起空篮子,扶腰站起。二婶一直把她送到大门口。这下好了,现成的机会,还有不用的?她抄起二婶的手,看着自己的肚子,柔声道:"二婶,我们娘儿俩就指着你了。"

二婶攥了攥她的手,说:"放心!听听风声再说。这种阴损缺德的事儿,你以为你二叔想干?还不都是被逼的!这次我来跟他讲,只要上面不催,你这肚子留得住。"

回家路上,孙月华一直在微笑。今天干得漂亮,非但肚子保住了,行贿也行得自然。水到渠成的事儿,有什么难的?下次得教教田家明,但凡让他给领导送礼,他就皱眉!

是时候说说李庄了。聚散终有时,再见亦有期。

这一年,村里的知青、下放户走得差不多了。田家明一家也隆重迁徙,成为城里人。之所以说隆重,在于后来他们把祖宅也卖了,断得彻彻底底。这也是孙月华的意思。好不容易逃脱这鬼地方,谁还会再回来?!

她并不知道,这层意思,她婆婆在十年前也说过。那会儿,田家明还是个小大哥,不听父母言,非但回乡当知青,还娶了个村姑!婆婆气道,好不容易逃出那鬼地方,你倒又回去!

婆婆又说,你娶了她,再想回城可就不容易了。

果然,田家明没能回到江城,而是打了个折扣,举家迁往清浦县。县城位于江城、李庄间,三地连缀,正好呈一条直线。李庄处于末端。这确实是个鬼地方,丘陵地带,略有起伏,称之为小山村并不为过。它是方圆几百里地的一个例外,一马平川式的所在,只在这一带凸起几座小山包,村户高低错落,显出山意来。

更多的是水。这一带的地名,多带有水气,曰湖,曰荡,曰港,曰渠,曰洲……山间有竹林,水里生芦苇。村外就有一个芦苇荡，亦称苇塘，大片大片的，连着山影。风一吹，芦苇就会摇，人的心里也开始荡。常常的，田家明夫妇会去那里散步。

村中有一条小河，每年夏天，河水总会吞没几个小孩。因之小丫小毛终生都是旱鸭子，不会游泳。大人不让，就怕河神爱上，把他们带走。

那死了小孩的人家，大人就会哭道："小七子啊，你个龟孙子！你好生去吧，此生吃不饱，穿不暖，河神见你生得俊俏，性情厚道，有意挑你过去当女婿。从今你就享福去吧，留下爹娘来受苦。从今你不会忍饥受冻，你上身穿绫罗、下身穿锦缎，想吃米饭就米饭，想吃面条就面条，鱼虾河蟹管你饱！"

李庄就处在这山水间，青山绿水有之，穷山恶水更有之。常常的，整个村庄雾气缭绕，两三步之外只听人声，不见人影。小丫最喜欢在雾中穿行，很神秘的感觉，又害怕，又新奇，仿佛村里只剩她一个人，听得见人声、狗吠、鸡鸣，而村庄消失了，懵懵懂懂像是在梦里。

后来，每当田庄回望她的出生地，在几千里外的广州家里、在单位、在上下班的路上，不拘什么时候想到李庄，她都有一种雾蒙蒙的感觉，似是而非的，什么都看不清、都不确定，像水墨画里的写意，寥寥几笔，意思是有了，但是很抽象。

大体上，这也是田庄对于人生的印象，包括她的出生地、她的小县城、她的安息地；四十多年间她所认识的人、所经历的事……一切都是雾蒙蒙的，大抵记忆本身就是一团雾状物。她中年以后记性不好，脑子总起雾，常常中午赴了饭局，晚间就忘了，想不起在哪儿吃的、与谁吃的，如此，就等于没吃过。

倘若有人提醒，她就会笑道："哎呀，想起来了，确实吃过。"可是隔一阵又忘了，还是没吃过。

她自己也说，她这一生是白过了，未曾活过。可能，也许，大概，她是活过的，但因记忆故，约等于没活过。

李庄并不总是上雾，晴雨天也常有。晴天里，空气也是湿漉漉的，全因这一带河湖交汇，水气氤氲。小河流出村外几里地，就汇入江河，不是长江，也不是淮河，却泛称江淮地区，斜刺里又生出一条运河来凑热闹，总之水域宽广，气象辽阔，一眼望不到头。河面上，常见小汽轮满载河沙，突突向前。人立于船头，确有一种乘风破浪的感觉，岸边的景致迅疾后退，唯有人在勇往直前，无止无息。

李庄便是这方圆几百里地无数村庄中的一个，江河湖泊把它们串在一处，端的是星罗棋布。虽然傍河而居，但打鱼毕竟是副业，种田才是他们的心头好、命根子。这里的田叫水田，也是大片大片的，沟沟渠渠，归拢得很清楚。也有梯田，占满了整个山坡，缓缓地下来，与平地连成一片。稻麦轮种，一年两熟。百十户人家，五六百口人，点缀于山水间，都是破房舍，穷人。

很多人一生没走出过镇上，县城对于他们来说就是大城市了。到县城去，这里称作"上县"，一个"上"字，高低立现。他们的低，是可以低到泥土里。只有沾泥带土，他们才会安生。

田庄就生长于此，也游离于此，九年。及至举家上县前，孙月华才文绉绉地跟女儿说："这一走，这地方就是你的故乡了。"

田庄把眼看向大门外，傍晚时分，空

气里一股焦炭味,田野也显得暗淡朦胧,隐隐见得薄雾飘过,那或许是炊烟也未可知。很多年后,"故乡"二字在田庄脑海里所对应的,就是她九岁那年看到的黄昏、田野、晚炊;闻到的火腥气。她觉得这个词很重,温暖又忧伤。

她问母亲:"以后还回来吗?"

母亲笑道:"还回来干吗?故乡就是用来离开的。"

田庄不吱声。故乡她并不怎么熟,总觉得隔了一层什么,难进去。这一两年,江城她很少回了,这也是她妈的意思,以上学为由,不叫回。跟田家明说:"不能总惯着他们!把小丫当什么了?当小棉袄?当小火炉?笑话!谁还没有老的时候!自己担着去!霸着小孩算什么!"

她还有一层意思,小丫一身的坏毛病,太忤逆,不服管,也是叫江城给惯的!稍微责骂两句,她就闹着要回去!须早点断了她的后路,留在身边严加管教。

小丫离江城远了,但也并不因此离李庄更近。确切说,是不贴,不亲近,不热络。似也不能说格格不入,但完全融入也非易事。这小孩子的性格,这一两年间发生了很大的改变,从前多么开朗,心很热。一回到李庄,就把弟弟亲来亲去。哪怕人在江城呢,但凡想到李庄,她就眼泪汪汪。

奶奶问她:"想家了?"

她点点头。

奶奶问:"想哪一个呢?爸爸还是妈妈?"

她就不说话。

奶奶说:"肯定想爸爸!"

她还是不说话。她能说都想吗?她能说想爸爸的时候,也想妈妈吗?只要带上妈妈,奶奶就会不高兴,就会啐她一眼,说:"没良心的东西,我是白疼你了!"

家不是一个整体吗?除了爸爸妈妈、还有弟弟,还有她家的小院子、堂屋、锅屋、灶台、豁嘴碗、拉风箱的声音、灶膛里的火烧得很旺,有炸裂声。父亲劈柴的声音。母亲呵呵笑。院门口的小园地里,种着青椒、西红柿、青菜、萝卜、黄瓜。还有清晨和傍晚。点灯时分她最高兴,煤油灯的气味好闻极了,常常她会深呼吸。

还有她家门前的村路,那么多的街坊邻居。左首的黄翠兰家与她家有矛盾,两家妈妈吵过架,小孩子见面都不讲话。有一回,黄翠兰家的树梢长歪了,伸到了小丫家的院墙上,孙月华二话不说,拿个锯子就上树。底下围了一圈的人,孙月华俯身跟众人说:"大家评评理!有这么欺负人的吗?她家的树,凭什么长到我家院里?"

她一边锯,黄翠兰一边在地下啐,呸呸不绝。

周末丈夫回家,孙月华说:"看来还得再生一个!小门小户,光一个男孩够?!我要是多生几个儿子出来,她敢?还用得着我上树?她自己就砍了去!"

右首的李二婶家,却是与小丫家合家交好。两家隔墙就能说话,这家缺个什么,那家就从墙头递过来。李二婶是村里有名的利落人,五六十岁样,中年守寡,落下她娘儿四个,如今也都熬过来了,没饿死一个。

她家在村里算是有根底的,主要是儿子出息,个个识字。大虎是民兵营长,二虎是生产队会计,三虎长得最俊俏,十八九岁的一小大哥,唇红齿白,跟个大姑娘似的。镇上念的高中,毕业后回村,家还没焐热呢,就被推荐上了大学。

村里人说:"这还不是该当的!兄弟几

个都是村干部，把公社那些人的屁股舔得一个舒服，他不上大学，谁上大学？"

也有人说了公道话，说："本来成分就好，正经的贫下农，他爷爷是李万材家的厨子，虽说是堂亲，少不了要照顾他些，但下人终究是下人。另有呢，他爷爷也不争气，好不容易置了几亩地，又赌输了，赔了个干净。阴差阳错，儿孙后代竟为这个转了运，你说是不是命？"

这一来，就说到了李万材家。如今，李良人的孙女也十来岁了，叫李春花，与小丫玩得最好，却是个文盲。这里有个缘故，李春花家住得离小学校不远，常抱着弟弟春明过来玩儿。早个三四年前，小丫还没上学时，也会带着小毛来找母亲，四个小孩常一起聚。

尤其是两个姐姐，闲时总坐在学校的走廊上晒太阳，隔着廊柱，一边一个，一起把廊柱上的红漆抠抠掉。

小丫问："你为什么不上学呢？有没有十岁了？"

春花不说话，把眼痴痴地看着操场。操场那边是麦田，隔壁课室传来朗朗读书声。隔了好一会儿，春花说："家里穷，念不起。"

又隔了一会儿，春花补了一句："成分高，不叫念。"

小丫热切地说："念书不一定非得坐在教室里，你可以站在后门口听，我跟我妈说去，她准答应！"

春花摇了摇头，说："那倒不必。我认不认字不要紧，要紧的是那个。"朝匍匐在地上的春明努了努嘴，道，"也不指着他有大出息，好歹不当睁眼瞎就是了。"她并不知道，这话她太爷爷李万材也说过，其结果就是，成全了放牛娃田伢子这一支。

春花说："男孩是要念书的，我爹就是吃了不认字的亏，从小到大被人欺负。过两年实在不行，我跟学校说情去，叫春明当个旁听生，到时你跟孙老师也说一声。"

小丫说："行，我一定说去！"

有一回，孙月华在走廊上遇见了春花，说："这里原是祠堂，你还知道？"

春花愣住了，问："什么祠堂？"

孙月华指了指廊柱，又指了指办公室，说："这几间青砖大瓦房，村里头就数它亮堂，你还知道来历？"

春花摇了摇头。

孙月华叹了口气："这里原来是私塾，还出过秀才呢。"

说完就走回办公室去，跟苗老师叹道，可怜孩子，到头来成了文盲！家大业大有什么用？隔了几代就翻了个儿了！她祖上也不知作了什么孽？！

苗老师把头探向窗口，见两个姐姐一起说话，两个弟弟一边玩耍，叹道："全村人都可当文盲，就他家出了文盲叫人叹气！"

孙月华说："也没什么可叹气的！两代文盲，他们自己都习惯了。春花倒是机灵，像她娘。可惜了！"

这一来，又得说说小学校了。除了家，小丫最熟的地方就是这里了。没有门牌，没有院墙；两排瓦屋，五间课室，宽敞且轩亮。课桌、凳子、黑板、粉笔……样样不缺。这是李庄最特别的存在了，哪怕吃不饱、穿不暖，他们也要先保孩子上学。

杨之华校长三天两头就往公社跑，当然他本来就是镇上人，有关系，要钱容易些。公社拨了钱，大队也爽气，坚决不挪用。大队书记拍胸脯、打包票说："这钱系着娃儿们的未来，我要是挪用，还是人吗？

杨校长跑断了腿要来的钱，我们能挪用吗？"

不过据说还是挪用了些，否则至少会起个院子，挂个门牌，写上"李庄小学"四个大字，描红烫金，够鲜艳！

杨校长很遗憾，再对照隔壁的大队部，虽然有院子，却都是矮趴趴的草房子。村里的"中南海"都这么寒碜，可见大队书记有良心，经费没全吞，他当感激才是！

杨校长很年轻，那些年也就二十出头。高中毕业就来到李庄，当了小学校长。在这里，他遇上了结婚才两年的苗老师，见她生得好，嫁得屈；见她常常肿着眼泡。两人不好才怪呢，孤男寡女。

杨校长住在学校，而苗老师的小卖部就开在大队部，常常的，她要守到深更半夜才回家。有一天晚上，他去大队部找人聊天去，很奇怪院子里没人，各房间黑灯瞎火，唯有小卖部亮着灯。他在院子里站了站，抬头看星空，很想走进小卖部去，迈了两步，又停住，很怕很怕走进去。后来到底退出了。

苗老师也是。本来她守店，也没个准点，早早关门也是有的。可是自从杨校长来到李庄，她每每就成了大队部最后走的人。在等他。一般也等不来他，即便他来到院里，也多是去会议室，和人说闲话。她一个人趴在柜台上，把眼看着煤油灯，有时挑挑亮，侧耳静听他的声音。

两人晚上是这等情形，白天却正常。同事么，说说笑笑也是常有的事。两人都以为这事过去了，一场幻觉。到了晚上又恢复原样。苗老师都不敢回学校，作业本忘了拿，她还要改作业呢。末了只好把钥匙给别人，请人帮忙去拿，只推说自己走不开。

杨校长也一样，大队部越发少来了，尤其是晚上。就是买东西，他也会叫学生去买。或者跟苗老师说："噢，毛巾破了，你那儿还有？得空捎个过来。"

苗老师问："还要什么？我一总带上。"

"牙膏也带一管吧。先记账。"

苗老师笑道："当然要记账，这个我不会忘。"

杨校长也笑了。

是啊，白天多么好！

有一回，孙月华跟丈夫说："苗秀英是不是有毛病？守店守到深更半夜！我看不大对劲儿，她跟杨之华怕是不干净！"

田家明说："你又闲得骨头疼了！"

孙月华说："有天晚上我路过学校，看见厕所旁边，闪出来两个人，吓了我一跳。女的是苗秀英，男的我没看清，估摸是杨之华，身板像。"

田家明说："这个不在理。两人干吗要到厕所去？校长室多方便！"

"我也纳闷呢！难道是我看错了？"

小丫心里说，你没看错，是他！

此时她已睡下了，躺在床上悄没声息，眼睛却骨碌碌在转。父母说一句，她就在心里应一句，忙得一个欢。厕所边上她不知道，校长室里她却看得清亮，大白天里，两人抱在一处，直把她给吓死。

又有一回在小卖部，小丫正在买肥皂，见杨校长踱了进来，把眼看着货柜，笑眯眯的，不是买东西的样子。后来，他把半截身子朝柜台上一趴，似是看货柜，其实是看人。

苗老师怪不自在的，把眼看着小丫。小丫也怪不自在的，拿了肥皂就跑。心里想，苗老师这恋爱谈的，比她爸妈去小河边散步好玩！

孙月华叹了口气道："倘是真的，苗秀英也算找了个依靠。嫁了那么个人！二傻子似的，缺根弦！也就图他在城里上班，日子比庄稼人暄和。要么图他什么？图他哥是当官的？"

田家明说："李明朗那算什么官？"

"化肥厂车间主任！公社、大队哪个不巴着他？要不然，苗秀英凭什么把小卖部开到大队部去！"

田家明说："为了这点小便宜，把自己一生都耽误了。"

孙月华气道："要么说五婶可恨呢！自己过得不三不四，还把娘家的侄女也坑了去！李明亮脑子不好使，她又不是不知道！偏要给侄女做媒！苗秀英好歹初中毕业，要不是她爹死得早，家里倒了顶梁柱，定能嫁个好样的！"

田家明叹道："都是穷闹的。听说彩礼不少，可供她弟弟上学。"

孙月华再次说："五婶可恨！"

这一来，又得说说五婶了。这也是个蹊跷人，十六岁嫁来李庄了，次年，丈夫被拉伕的带走，七八年没音讯，都以为死了。谁知有一年竟回来了，是个级别不小的军医，还拖家带口。他的天津老婆穿布拉吉，小模小样。孩子尚在襁褓中。

他这次回来只为离婚。五婶他都不照面，只把老娘接来镇上，当着民政股长的面，扑通给老娘跪下了，把头磕在她膝上，涕泪交流，任是谁都扶不起来。他老娘也是个厉害人，劈头打去，打了几十下，一边打，一边哭，打得血肉模糊。

离婚后，五婶和她婆婆一起过了几十年。天津军医按时给老娘寄生活费，于是五婶就不改嫁了，婆媳两人相依为命，处得反比以前好。村里人替她算了一笔账，改嫁不值当，守着男人不如守着婆婆。守着男人照样挨饿，守着婆婆却过得滋润，住得瓦房，吃得猪肉。

五婶跟小丫一家走得近，她是奶奶的干姊妹。村里人常拿她们作比较，说，家明娘真个好命！田英俊有良心，解放了，也不抛弃原配！

有一度，小丫也跟着父母叫她五婶，把五婶给笑坏了，捏了捏她的脸蛋，说，五婶是你叫的？你得叫我五奶奶！下次回江城，跟你奶奶问个好！

后来回江城，小丫就提起五婶，可把奶奶的话匣子打开了，想起从前的老熟人们，挨家挨户过一遍。

说到建国娘，小丫接道："我知道，小宝奶奶，常来我家找小宝。她家跟王一平家挨着住。"

奶奶问："王一平是谁？"

小丫说："芜湖下放户。你猜他老婆是怎么洗衣服的？不是手搓，是用脚踩，再拿棒槌砸两下，就搁河里过水。村里人都说，哪有这样洗衣服的？稀罕！王一平跟我爸处得好，两人常一起下棋。"

李庄哪一家不跟她家有关系？家仅仅是家吗？不也包括街坊邻居、整个李庄？从前在江城，只要她一想家，就把李庄一块想了，包括小学校、苗老师、小卖部、晒谷场。包括大雾天，学校里的钟声；夏天的晚上，一家人坐在院子里聊天，她和弟弟躺在小凉床上找牛郎织女星，找了半天，也没耐心，就互挠脚底板玩儿，笑得要命。

她妈大喝一声："吵死了！"

姐弟俩这才静了静，突然听见蛙声一片，父母继续聊天，母亲笑得咯咯的，跟父亲说："你又嚼蛆！"

这些，跟奶奶还说得清？家仅仅是爸妈吗？还更想爸、更想妈?！家是囊括了小山村的，有山川、江河，院子里能看见星空……就像祖国。大体上，家就是国，国也是家。要不，这两字怎么总搁一块呢？

这些，跟奶奶当然说不清，她也不关心。奶奶只关心孙月华，嫌她拖累了儿子！连累小丫、小毛做了乡下孩子！脾气又暴，大咧咧，动辄就把她的大孙女打得鬼哭狼嚎！

奶奶气道："你那狠心的妈！好好的孩子，就这样给打坏了！"

可是在孙月华，首先是小丫被江城给惯坏了，她才要打。有一回母女俩怄气，一连好几天没说话。相爱容易相处难，小丫在八九岁时就深有体会了。从前在江城，一想到李庄她就心痒，急吼吼的。如今回来了，也就那么回事儿，淡淡的。总被她妈呵斥，这也不是，那也不是，她稍一回嘴，就要挨打。而她是不可能不回嘴的，认死理。

打完了，孙月华也消气了，隔了两天就把小丫搂在怀里哄，可是小丫还没消气呢，半推半就倚在她妈怀里，挂着脸，把眼看向虚空，心里说，早干什么去了？晚了！

小丫之所以没消气，在于她不像从前那样一打就跳，情绪饱满去对抗。她现在是压着，憋着，于是心就伤了。她总是背地里抹眼泪，悄悄哭，有时走在路上也哭，想到江城也哭。江城的好处，她是直到这两年长住李庄才有体会，想得心都疼了，尤其是挨打之后。

孙月华看出苗头不对了，跟丈夫说："完了，完了，这个死小丫！好好的小孩，被你妈给教坏了！我早就说过，小孩不能

送出去！现在打也打不得，骂也骂不得，稍微说她两句，她就记仇！"

田家明气道："怎么怪上我了？不是你让送出去的吗？"

孙月华把眼眶一热，哽咽道："我上辈子作了什么孽啊！你看她那样儿，就是把心掏出来，都焐不热她。对大人没感情，回家就像走亲戚，生分！都是你妈挑拨离间的！老太婆就不是个东西！"

田家明说："行了，行了，不要乱咬人！我女儿哪样不好了？没毛病！就是脾气犟些，这是天性！"

没一个人愿意担责任。小丫自己也不担责，心里想，我天性多好！好好的小孩，都叫你们给打坏了！我以后还要坏！偏坏！我气死你们！

田家明一家走得干净斩截。九月里，孙月华就辞了小学校，挨家挨户去告别。她虽然遂了愿，绷不住一脸喜气洋洋，动辄说笑，声音比平时更响亮。但照实说，李庄她是有感情的，住了十年了！山山水水，闭上眼睛她都不会走错路。虽说过够了苦日子，可是苦，也是她生活的一部分！

她后来进了城，发达了，对乡下人总不免心有恻隐，能拉一把是一把。再后来，乡下人的日子也好过了，而她却落了穷，哪还有人出手相救？连她的三个小孩都置她于不顾！她这才看透了，寒意袭身，周遭冰冷，人间不值她走一回。

那天傍晚，五婶来家里坐坐，问："都收拾差不多了？"

孙月华说："也没什么可收拾的。缝纫机是要带走的，再有就是床和樟木箱，家里也就这几样值钱东西了。"

五婶说："买家也谈拢了？听说是后庄

39

老林家?"

孙月华点点头,说:"林家老大。大孝子一个!不久就要退下来,他老娘在城里住不惯,闹着要回来,偏又和老二家处不来。老大只好买了这处房,回来陪老娘养老。"

五婶说:"可叫一个折腾!当年闹着走的也是他,如今又回来!"

孙月华正色说:"五婶,不一样的!他这是告老还乡。出去走一遭,现在甚事不做,每月还有退休工资入账!村里人哪个不羡慕他!"——她想到"衣锦还乡"一词,估摸着五婶听不懂,因而也就没出口。

又说:"您老是没受过穷、没吃过苦,虽说一直住在庄上,可是庄稼人的难处,您哪里晓得?剜心割肉一样,我是受够了,也过怕了。"

五婶沉吟一会儿,道:"还是你做事了当!当年你婆婆犹豫再三,舍不得卖,给自己留了后手,指着有一天可能会回来。谁知她没回来,倒是家明回来了。"

"还是卖了好!卖了,或许家明就不回来了呢!"

五婶笑道:"还是你果决!"

孙月华笑了笑。想着就这两天吧,家明就要回来了,县运输公司会派来一辆小卡车,也不知能否进得了村。这一阵他甚是辛苦,来回奔波多少回了。从李庄到县城不过四五十里地,骑脚踏车须四个小时,倘是坐车,只能先走到公社,再换乘,差不多也要半天。可是从李庄到县城,她家竟走了十年!

十年啊,登天一般!她两口子使出吃奶的劲儿,咬紧牙关,白手起家,如今终于跳出了这穷山沟。说起来当高兴才是,可是不知怎的,莫名她却有些伤心。受的那些罪啊,终于到头了,确实是扬眉吐气!可是她动辄就眼泪汪汪也不知怎么回事。她擦了眼泪,叹口气,一边笑着,一边又去抹眼泪。

又想起公公婆婆,她家走了十年的这条路,如果算上田家明父母,则老田家花了几十年时间,历经两代人辗转,才最终迁徙为城里人。

变成乡下人倒是容易!田家明回李庄插队,也就换了两趟车,再坐船,再步行,费时七八个小时就到了。扑通一声,天上掉下来似的。很快。直接落户。

小丫和父亲是最后走的。在母亲带着弟弟、妹妹离开后,父女俩又逗留了几日,做最后的交割。白天,父亲出去办事,小丫就一个人守家。实在说,那已经不是她的家了,屋子里空空荡荡,连小竹椅、小饭桌都被孙月华带走了,样样舍不得,把个卡车塞得满满当当。

院子还是从前的样儿,鸡舍、猪圈、井台、水缸……农具归归拢,铁锹、锄头、镰刀、石磨、扁担、铡刀放在一处。孙月华临走前,上前扒了扒,看有什么可带上的,又站定,把院子看了看。

田家明骂道:"你妈!还磨蹭!没听到村口在按喇叭吗?催了多少回了!老母猪要是不卖,你恨不得把老母猪都带上!"

孙月华瞅了一眼丈夫,笑眯眯骂道:"绝相!"

这才从小丫手里接过妹妹,又亲亲小丫,又把妹妹往小丫脸上送,说:"亲亲姐姐!跟姐姐说再见!过两天,我们一家城里见!"

于是父女俩领头,母女俩跟后,往村口走去。一路上走走停停,逢人就打招呼,彼此客气一番。这个说,这就走了?没事常回来看看!

那个说,常来常往!有事上县,到我家认个门去!

其实彼此都知道,常来常往是不可能的。没事谁会回来?有事上县,大概率也不会去你家认门,交情不够!

村口更是围了一圈的人,都跑来看小卡车,真个巧致!天蓝色,三人座,乖,比手扶拖拉机洋气!这并不是村里第一次开进来汽车,可是娃儿们激动到不行,不消一会儿,就把汽车围得一个紧实,扒着车窗,脚踩踏板,把红领巾扬着,学电影里红旗飘扬。

小毛也兴奋坏了。此时他坐在驾驶座上,又滑下来,把方向盘搬来搬去,把喇叭按个不停。忙乱中突然听到他妈一声吆喝:"田地!你给我死下来!"小毛乖乖下了车。他已经摸着规律了,小毛是通常叫法;叫毛孩子,表明他妈要撒娇,要拉他入怀亲亲捏捏;叫田地则肯定不是好事,等着挨扁吧。

可是这次,孙月华却不像扁他的样子,抱着妹妹从人堆里穿过,一路说笑、道别,回头把妹妹交给父亲,从另一边上了驾驶室,又接过妹妹,安然坐定。

小毛愣住了,这才想起今天他要上县。搬家的事,他是不同意的,为此闹过,被他妈敲了一顿,哭了好久。他舍不得走。李庄他那么熟,走了,谁跟他一起玩儿呢?丢下小宝、小广、二郎毛,他们可怎么办呢?谁跟他们一起玩呢?

这天,他被母亲叫下车,再上车可就难了。躲在父亲身后,哭哭啼啼,怎么说都不行。田家明不耐烦了,一把夹过他,扔进驾驶室去,他才要下来,被孙月华一把拉住,差点把妹妹给带下车来!要死呢!你个断头、绝种!孙月华气得照他身上就打。他是一路哭到县城的。

小丫不比弟弟那样有感情。实在说,弟弟也未必是感情,他主要是玩心重,懵懵懂懂,毛茸茸跟个小虫子似的,他知道什么叫感情!小丫是知道的。爱都体会过了,感情又何在话下!

可是小丫的感情,却是三言两语说不清的,极复杂。进城这件事,自始至终她都很平静,从记事起,她就知道这里非久居之地,离开是迟早的事儿。她家在李庄很特殊,夹在村民和下放户之间,城不城,乡不乡;不是外人,深究起来也还是外人。村里人看她的眼神都不大一样,江城长大的孩子,还有什么好说的?!是高看一眼的意思。同学中有人跟她攀比,说:"田庄考得还不如我呢!"

苗老师说:"你拿什么跟田庄比?你们是乌龟和兔子的关系,你加倍努力都未必赢得过她!你跟她比!你加倍努力是为你自己!"

村里人跟田家明说:"就知道有这一天!十年前你刚下来那会儿,大伙儿就说,不是长久计,终有一天会离开。"

"噢,是吗?"田家明笑道,"十年前我刚下来时,可不这么想。"

村里人说:"知青也好,下放户也好,我们一打眼就知道,三年五载的事儿。怎么说?心不定!人呐,得待在自己该待的地方!"

田庄在村里,也常会生出一种——暂且称作陌生感吧——哪怕家家户户都很熟,她也有"在外围"的感觉,一步一步,就是踏破了鞋底也走不进去。很多年后我们认为,称之为"异质感"或许更妥帖,她跟李庄不是自己人,虽然貌似自己人。

疏离是难免的，但这并不表示，她对"上县"就感欣喜。总一副淡淡神情。迈出这一步，对她家的意义不言而喻，她从小到大就听父母讲过，讲多了，也听疲了。她只是一副淡淡神情。

临行前，她按母亲的旨意，请了四五个同学来家里做客。孙月华特意去队里买了几尾鱼，盛情款待。跟女儿说，同学一场，是这么个意思，将来可供回忆。将来想到李庄——嗯，故乡——时，你就会想到这一场，多好！给你四五个名额，你自己定。

小丫第一个想到了春花姊弟，虽然春花不是她的同学，可是春明已经上学了。不是旁听生，也没有托关系。成分似乎不再是问题了，地主、贫下中农也不大有人提了。

那一阵，小丫常一个人出去走走。也不敢走太远，村庄越走越大，她有点害怕。她对李庄确实不熟，惯常走的是上学、放学的路，经过几户人家、一片麦田。前庄、后庄，还有山坳里的那些人家，她都没去过。自己存了个心，就要离开了，好歹也得看看，可是走不上几步就停下，害怕。还是走回熟悉的路。

她妈整天把故乡挂在嘴边，大抵是这个词好听，像嘴里含了金，牙缝里塞着肉屑，起一个装饰作用。小丫也觉得这个词好听，脆生生，文绉绉，带一点儿忧愁。她想起那些天里，她和父亲寄宿在五婶家，晚上一边吃饭，一边聊天。黄昏慢且长，吃饭、说话都很安心；夜色是一点点来临的，既瞬息万变，又地久天长。

那天清晨，父女俩离开了，五婶一直把他们送到村口。父亲骑上脚踏车，小丫坐在后座上，不时朝立在村口的五婶扬扬手。五婶慢慢小了，看不见了。那一刻小丫恍然入悟，觉得五婶既是在清晨，也像在黄昏。走到高岗上，再拐个弯，就算出村了。小丫把手扶着后座，回头瞥了一眼村子。终其一生，她都记得自己这一瞥，那般郑重。可是这一瞥，与其说她瞥的李庄，勿宁说她瞥的故乡。确切说，她瞥的是词汇里的故乡，是千百年来，经过千万人唠叨过的、被压得很重很重的那个故乡。

卷二　清浦县
|1980年—1988年|

1980年　十岁

是年，一封信正在酝酿中。在八竿子打不着的一个地方，有个人在写信。这封信，跟田家明一家有关系，可是写信的人，却是他一家打死都不会想到的。超出了他们的想象力。等于是，凭空冒出这么个人来，写来这一封信。

事实上，信去年就写了，也寄了。至今杳无音讯。此人百折不挠，决定再写。

春天里，田家明一家基本落定了。先是住在水利局他原来的宿舍里，室友挪出来，他一家五口住进去。房间太小，两张床就占满了。门口做饭，门口吃饭。

冬天就不开伙，到食堂吃去。后来想出一招，把小饭桌搁床上，一家人坐床上吃去，是东北人的吃法。那时，田庄还不知有东北这么个地方。再说人家是炕，小饭桌搁上去稳当；江淮一带是棉被，汤汁动辄就落床上。

后来又想出一招，把缝纫机摆床前，权当饭桌用。吃饭的时候，大人坐床沿，姐弟俩站着吃。孙月华说："不是个事儿，得换个房子！你跟领导打个报告呢，罕？"

后来，田家明一家果然换了房，还是职工宿舍，一个通间，十五六平方，宽敞多了。门前搭了个简易厨房，这就像个家了。

孙月华先当的小学老师。那些年老师不算金贵，太清素，主要是不够"社会"，没什么身份地位。不比局啊、所啊，来得体面。哪怕是站呢，比如粮站，一听就庄重，跟吃有关系，叫人肃然起敬！

所，当然更好了，比如派出所、工商所、税务所……个个穿制服、戴大盖帽，走路生风，高高在上。

到了局一级，则是机关衙门了，够上天的单位。清浦县约摸四五十个局级单位。局长、副局长多说也有一两百人，全县人口一百余万，算得上万里挑一了。当然，田家明现在还不是局长，他是局长后面跟着的秘书，差远了，可是架不住挨着近！挨着近，就有戏！猴年马月把"秘书"两字去掉才好，直接当局长！唉！

水利局位于解放路上。这是县城的主街道，这条街最不缺的就是局了，什么粮食局、农业局、林业局、人武部、多种经营局……挨个挨个排过去，这就到了县政府。县政府坐北朝南，高门阔户，里头庭院深深，还有好几幢楼呢，气派堪比江城的区政府。一样都有门岗，里头是传达室，外头有两个当兵的站岗。

县政府门前，是一条宽敞的林荫道，名曰人民路，跟解放路交汇成丁字型。人民路上，横向里一条小河，名唤清河。这名字起得讽刺，是照着反意来的。河两岸都是逼仄的住家户、大杂院。青石板小路，一级一级探到河边去。

河水混浊，上面映着蓝天白云，也载着烂菜梗、破麻袋等物，悠悠淌过。一大清早，居民们就来这里涮马桶，涮了多少年了，臭味是有历史的，经年不散。河边，隔几步就有一垃圾堆，拾荒者时不时就来这里走一走。

每到傍晚，这里就热闹开了。说书的、唱戏的、玩杂耍的都来了，有时人还没到呢，观众就候着了，挑一个石墩坐下来，等着街坊邻居来聚拢，天南地北先扯一通，等于是先热个场。或者周遭走一走，走到棋摊旁就止步了，侧身挤进去，一看就入了神，没听到那边铜锣响，已经开场了。说书的是个长者，照例声音沙哑，语速缓慢，一字字口吐莲花，一字字都能勾魂。开句是："远看忽忽悠悠，近看飘飘摇摇，众人打鼓江边瞧，一个个指手画脚……"

那边正说着呢，这边看棋的却是上了头，气道："车不立险地，这个都不知道？"急赤白咧，下棋的人朝他翻了个白眼。

田家明一家也会来这里走走。住了大半年，边边角角走得差不多了，旮旯里也看了，那些穷街陋巷……城里人的穷跟乡下人是不一样的，这里是脏，乡下是绝望。孙月华叹了口气。光环已散去，幻象消失了，县城恢复了它本来的模样。

初来乍到，她确有诸多不习惯。首先是涮马桶，怎么可以当众涮呢？跟当街大小便有什么不一样？再者，为什么非要用马桶呢？不是有公厕么？李庄再脏，也不会脏到这个程度去！李庄的小河多清澈，河水哗啦啦地流，都看得见鱼。李庄再脏，也不会刚涮完马桶，就来河边下棋、听书、唱小曲！

此刻，她立在桥上，把手扶着桥栏，一边活动活动筋骨。清河穿城而过，蜿蜒十里长。河上几座石桥，连着街面，把县城割成井字状。

纵横交错几条街，每个十字路口都立着雕像。各条街上都是县城最堂皇的单位：公检法、学校、医院、银行、公园、百货公司、人民剧场、新华书店……这是县城的门面。

门面后，"井"字里，充塞着数以万计的人家，挨挨挤挤，密密匝匝，把个县城支棱得就像锦囊里塞着的破棉絮。县城人何以为生，这在田庄始终是个谜。很多年后田庄才知道，清浦县是农业县，工矿企业不多，并且多数亏损。

县政府最大的政绩，就是求爷爷告奶奶也要参评贫困县，评上了就长舒一口气，下面等拨钱吧。

田庄的同学中，也有很多穷孩子，父母干什么的都有：缝纫工、修鞋工、码头工……也还好吧。至少穿衣上看不出，不比李庄的孩子，穷是穷在外面。有一回她跟赵小红回家去，见她路上捡了一只牙膏皮、一小块洋铁皮，高兴得跟个什么似的。

赵小红说："以后你也留心点，卖了可以买冰棍。"

田庄说："嗯？"

赵小红说："这个都不知道？一只牙膏皮能换两分钱呢，一根冰棍才五分钱。你算算嘛。"

小红家住在大杂院里。进门的时候，她妈正在踩缝纫机，她外婆在床上糊火柴盒。她爸死得早，丢下她母女俩，外婆过来帮忙过活。她家是老清浦，县城住了好几代了。

小红妈说："你家住水利局？那好呀！不是一般人家。"

田庄不好意思了。怎么不是一般人家？太一般了！她家住得多小，只一间房。她家还在床上吃饭呢。

小红妈说："那也不一样。你家是不是新搬来的？"

田庄点点头。

小红妈说："这就是了。乡下搬来的？"

田庄又点点头。

小红妈说："全叫我猜着了吧？放心吧，你家会越过越好，房子也会越住越大。吃机关饭的，又是乡下来的，多难的事儿都叫你家给办成了，下面还有办不成的事儿?!"

又说："这城里啊，最穷的就是老清浦了，一代代住着，一代代没希望。有希望的是什么人家？就是像你家这样的外来户，乡下来的。谁说乡下人的日子不好过？清浦城里，当官的全是乡下来的！"

又有一回，田庄带陈丽丽回家去。孙月华问："你家住哪块啊？"

陈丽丽说："东关赵家楼。"

"噢，那一块啊。家里是做寿衣的？"

没想到陈丽丽很敏感，脆生生道："我家才不做寿衣呢，也不卖花圈。我家弹棉花。"

孙月华后来跟田庄说："她以为弹棉花好过做寿衣呢，其实弹棉花才挣几个钱！一样都是小市民。"

田庄这才知道"小市民"是什么意思，是穷、俗、精明、计较的代名词。是吃不了皇粮的，国家也不养着。非但不是机关里的人，也不是国营厂的，也不是大集体的，连街道办的小厂都进不去。只能自己靠自己，靠打零工、卖苦力、靠手艺，做点儿小本生意。

孙月华很好奇。乡下人的穷她是看得见的，哪怕吃不饱穿不暖，地在那儿呢，实打实的，瞧着踏实。小市民的穷，她真不知道怎么个穷法，靠什么活呀？上不着天，下不着地的。

她这也是瞎操心。很多年后她就知道了，穷法虽各式各样，但活法只有一样：熬。就是说，怎么样都可以活下来，享不完的福，受不完的罪。弹性极大，大到超乎她的想象。很多年后，她数次想自杀，也扬言要自杀，但也只是想想、说说而已。想想、说说她就满足了，似乎已经自杀过了，死过好多回。她现在还活着，除了高血压、心脏病、髌骨软化，身体没大毛病。住在租来的房子里，欠了一身债——她有生之年再也还不完的债。很沉默，常常把眼看着玻璃窗外，呆呆的，不自觉嘴边就会泛出笑意来，那是她的希望又起来了。

1980年的她，其实也是个穷人，那时她也有希望，但不一样。那是真正的希望。很年轻，才三十二岁，步履轻快。那时，她并不知道她的时代已经来临，好日子即将开始。听收音机里唱《在希望的田野上》《我们的生活充满阳光》，那欢快的调子是她的心情写照。她连骂小孩都像在唱小调，带一点气声，像发嗲。

每天上下班，备课，改作业，拿微薄工资，忙得要死。主要是小孩太烦人！两个大的吵吵闹闹，小的还在蹒跚学步，脱不了手。她母亲倒是可以来家带妹妹，但是又没地方住。那就送妹妹下去吧，跟我妈一起住？合适吗？有什么不合适？田庄被带成那样。田庄被带成哪样了？都是江城的不是！……你少来！你妈跟我妈能一样吗？偏送下去！

那时，她什么都不知道。只是迷瞪瞪，自喜自悦。仍须省吃俭用，三十块钱就是一笔钱了，可以压箱底，或者塞信封里。有一天打开信封，发现少了一张"大团结"，咦？没人动过啊，田家明拿去用了？不会啊，用钱他都说一声。难道是小毛？小绝种最近放野马，放学了也不归家！打小就难缠，坏事没少干，三岁学抽烟，四岁偷酒喝！有一次家里请客，剩下小半瓶酒，她搁在碗橱里，结果叫他翻出来喝了，起头只是尝一尝，辣嘴；再尝一尝，突然就天旋地转，醉翻在地上！

那晚她没声张。等儿子回家后，抄了他的书包，果然里头全是吃的：爆米花、棉花糖、奶糖、水果糖……顿时她眼前一黑。你妈！这还了得？抽烟喝酒也就罢了，现在竟偷起钱来了！

当即两口子开庭审判。三下五除二，威胁兼恐吓，还有不招的！免不了一顿好打，赃款追回，还剩七块八，那也是钱！

田庄也难缠，挑三拣四的！六一儿童节，学校要求穿白衬衫，她就替女儿做了一件，还特意去大百货门前的小摊上买了绿花边，镶在衣领上。结果田庄大哭大闹。错了，错了！谁让你镶花边的？我不穿！我不穿！——你不穿拉倒！你不穿，今天就别想上学去！说，穿不穿？还不穿？好勒！你妈！别仗着你成绩好，我就打不得你！我叫你不穿！我叫你不穿！

那天田庄倒霉透了。白白挨了一顿打，末了还是穿上了白衬衫，还迟到了！全班人都在看她，看她的绿花边！不是绿花边不好看，是太好看了，她不愿被人看！她不要成为中心！不要，不要，不要！她不想出挑！她只要自己默默无闻，成绩是中游，被人忘掉。走在街上、融入人群——是的，融入人群，她那样一个平凡的小姑娘，就像小溪汇入江河，就像一滴雨落入大地，把她吞没。她觉得安全。

遗憾的是田庄没能做到，至少小学时代没做到。她成绩好，光芒夺目，奈何奈何！无师自通，且好学。她的好学不是苦学，是兴趣所致。读小人书读得咯咯笑也就罢了，读《参考消息》《半月谈》也读得进去，苏联入侵阿富汗她都知道！有时，还会和她爸聊聊心得。

她妈说："整天尽跟她扯那些没用的！你叫她好好学习，将来考个好大学！"

她爸说："什么叫有用，什么叫没用？你怎么那么功利呢？四个现代化就靠我女儿这一代人去实现！"

她爸也在自学，这么说吧，奋起直追！学英语，读函授。他中学学的俄语，英语没一点儿基础，是从 abc 学起的，就这也学！更要学！先跟着收音机学，次年又买了收录机学，磁带倒过来翻过去听，还常按暂停键，埋头做笔记，用汉语拼音做标注。再后来，就学忘了，统共也没记得几个单词。

函授他读的汉语言文学，这个孙月华倒是支持的。汉语言好学，文凭好混。将来有文凭吃遍天下，得赶快拿下！

孙月华自己也在学。她学的什么呢？会计。她倒不是为了拿文凭，纯出于实用主义。1980 年，这两口子凭着一股敏锐的嗅觉，或许也不叫敏锐，很多人都嗅到了。春江水暖，当老师真是浪费，并且还是民办的，一时半会也转不了正，就是转正了工资也低。

而且当老师吧，介绍起来尴尬，人家说，这是红星小学的孙老师。

噢，你好，你好！矜持地笑笑。

倘若她不是孙老师，而是派出所、粮站的，那态度就不一样了！肯定春风满面，热情洋溢跟你套关系，有的没的也能说出一大堆。

当然了，派出所、粮站她也不敢指望。听说光明鞋厂待遇不错，新换了个厂长，就这一两年工夫，效益上去了，除了解放鞋，连皮鞋也开始做了，请了两个福建师傅做指导，销路还不错。你跟工商局的张科打个招呼呢？他动个嘴皮子的事儿。

街道办的小厂你也去？

嗯，你看呢？要么去吧。反正民办教师也好不到哪里去！鞋厂的奖金可是不错。

这是孙月华进企业的开始，从质检员开始，后来又做了财务。她一生都在企业里打转，做管理岗。后来换了好几个工厂，好好坏坏。无数次想出来单干，又不敢，犹豫了几十年，直到晚年奋起一搏，赔了个干净。

无论如何，她是 1980 年"春江水暖鸭先知"里的那只鸭，一只摇摆的鸭，精明又迷糊的鸭，一只有欲望的鸭，因而也是痛苦的鸭。一只曾被命运眷顾过、又遭抛弃的鸭。一只起了大早、却赶了晚集的鸭。她确实赶了，虽然没赶上，到的时候集市已散，天黑了。

1980 年，田家明一家都在学习。屋里小，容不下那么多读书人。晚饭后，田家明就会带着姐姐弟弟去他办公室做作业，留孙月华在家啃读《简明会计原理》。有时她也会去厨房，一边烧开水，一边把书铺在膝盖上，读着读着，突然闻到一股焦糊味，跳起来道："要死了！水烧干了都不知道！"

办公室里，田家明很闲适的，学英语、看报，读字帖、读棋谱，跟玩儿似的。他不像妻子那么焦虑，有时也焦虑，一阵阵的。他主要是看领导的节奏，领导也是一阵阵的，忙起来的时候火烧屁股，闲下来时，就端着搪瓷茶缸各个办公室串串，打个哈哈，没一点领导架子。就这，还有人说他是笑面虎。

领导也很孤独，一个人坐在办公室里，一杯清茶，一张报纸，就这样打发一个上午。他跷着二郎腿，不时颠一颠，有时也会跳起来，把毛哔叽裤子上的烟灰掸掸掉，把皱褶抚抚平。很无聊。

因此领导宁愿下去走走，搞调查研究。领导一搞调查研究，田家明就忙开了，要准备各式材料，要写讲话稿，要开座谈会，会后还要写总结报告。下面也忙开了，水文站、桥梁所、大坝管理所……全乱成了一锅粥，工作也不干了，都忙着整材料去了，还有接待。因此，下面宁愿领导不搞调查研究，就办公室待着去！

常常的，田家明写讲话稿会写到深更半夜。想想就生气，整个水利局，就忙他和领导两个！当然，几个副局长偶尔也会忙一忙。其余的人都在喝茶、看报、扯闲淡！都他妈一拨什么人！

田家明虽有怨言，但是他的忙，很快有了成果。这一年，省报上刊发了他一篇文章，名曰《清浦县水利事业创辉煌，为保卫四化建设立新功》，虽只有几百字，位置也不显眼，但"本报通讯员 田家明"这几字，还是把清浦县给震了震，至少把清浦县秘书圈的人给震了震。一样都是当秘书、写材料的，偏这小子吉星高照！下面等着提拔吧，他算是熬出头了。

其实也还好，没那么快。倒是局长拿着报纸上蹿下跳，跟县政府汇报，跟江城水利局汇报，说，这些年我们真抓实干，创辉煌、立新功！为了四化建设我们也是拼了！

因之局长升得最快，不久就调到市里当了副局长。田家明反而很低调，不声不响，只拿省报上的文章偷偷来读，读了一遍又一遍，差不多会背了。再对比他的原文，删了不少，也改了不少，基本上不是他的文章。只有"田家明"三字是他的，人家没动。

他是次年进的县委办，还是写材料。场子可是大多了，文章也越写越好，是县城有名的笔杆子，列名清浦县"四大才子"。

才子这个称呼，自从他的名字上了省报，就叫开了。才子么，就得有才子的样子，不好整天急吼吼的，苦大仇深样，又要出名，又想当官！除了给领导写材料，读书也好，学习也罢，他反比以前洒脱些，不那么穷凶极恶的，难看！

再者，才子虽说是写出来的，但很大一部分也是做出来的，得有那股子劲儿；再者，才子也不真正是写出来的，笨鸟才先飞，飞死了，青云直上也还是蠢相。当然了，笨鸟也不会在乎这些，能青云直上的，还会是笨鸟吗？这个田家明倒没想到。笨鸟在乎的是青云直上。

总之，田家明自从当了才子后，就见不得那些功名利禄之徒，粗蠢油滑全写脸上了。他是逍遥、淡定、不争不抢，脸上就显得干净。当然他的干净，谁也没看出来，只有他自己倍儿清，每天上班前照照镜子，嗯，干净！

他虽然自甘淡漠，对儿女倒是严格要求，有一度教田庄临字，说，万事开头难，贵在坚持。临字是这样，读书也这样。将来还靠这个吃饭。指了指脑子。说完，他就跑出去找人下棋去了。

水利大院里，办公室、宿舍区是连在一起的。领导开会，传达上级文件时，习惯性地会侧身看向窗外，有时一看能看半天。有一回，他咳嗽一声道："向阳，是你家的？"

大家看向窗外，只见吴向阳家门口，晾绳上挂着奶罩、女式裤头。

领导说："光天化日的，啊，你家也太不讲究了吧！不止一次了！回去跟你老婆说，以后注意点形象！晾屋里就行了！哪有这样招摇的？你让大家怎么想？我这正学习呢，还怎么学？"

大家都笑趴了，说："还大号的！"

水利大院里住了二十多户人家，多数是从乡下迁来的，跟田家明家有点类似，丈夫在城里发达了，就举家上县。起头，大家都不免农村人习性，但慢慢就脱尽了。田庄姊弟刚来那会儿也不适应，胆小，怕生。有一回，姐弟俩并肩站在大院门口等母亲，被大院里一个叫小强的孩子给撞开了，说："一边去！碍事儿！"

姐弟俩面面相觑，手拉手往后退，贴墙站着。

小强也并肩站过去，问："乡下来的？"

姐弟俩不说话。

小强说："耳朵聋了？问你们话呢！"一边说，一边拿身体挤他们，就这样把姐弟俩挤进墙角。

小强说："不敢做声了吧？一说话就露馅！乡下人！"

此时，恰好孙月华经过，小毛飞身向前，抱住母亲的大腿。田庄也眼泪汪汪地走上前来，再看小强，早没了人影。

孙月华问清原委，先骂田庄："没出息的，还有脸哭呢！你就应当直接怼回去！怕他什么？打起来又怎样？你们两个对付不了他一个？小王八羔子，才进城几天？就忘了本！乡下人怎么了？乡下人就低人一等？以后他再敢，二话不说，给我打！"

这里有个疑问，田庄不是江城长大的吗？怎么也怵了？她忘了？

是的，她忘了。哪怕没忘，两年的乡村生活，已让她气焰全无，活脱脱一小村姑，心理上就矮了一截。

孙月华因为是正宗的村姑出身，自从嫁了田家明，受够了婆婆的势利眼。对田庄就很留心，生怕她被人欺，怕她自卑。首先在孩子的穿衣打扮上，她最不肯马虎，田家的孩子虽不能说穿得有多光鲜，但至少干干净净，按季添置衣裳，样样合身。委实比城里的小孩更像城里小孩，不捉襟见肘，不拖拖沓沓。

田家明一家都有点"金玉其外"的意思，这是孙月华价值观的体现。有一次，她跟田庄说，吃、穿、住三样，我最看重的就是穿和住。这两样人家看得见，嘴上不说，心里有敬重。吃得好有什么用？你就是顿顿吃肉，人家也看不见，你也不能顿顿说去！说了人家也不信，口说无凭！不像穿衣、住房，屋里头擦得雪净，家具满满当当，客人一打眼就知道，哎呀，这户人家活得体面！

1980年，田家明一家明显不够体面，住得不行。十五六平方，勉强摆下小饭桌，但走路仍须侧身。家具也没法添置，用的还是李庄带来的那几件。

孙月华说，不是个事儿，得想法子解决。

水利局她是不指望了，那几间公房她

也没看上。她想自家建房子，三间正房，东西各两间厢房。再起一个院子，高门阔户，门口最好留块空地，好种点瓜果蔬菜什么的。没错，她是照着李庄的家来构想的，在上县之初，甚至还在李庄时，她理想中县城的家就是李庄的样子，或称升级版、奢华版的李庄。

只是这层意思，一时半会还说不出口，怕田家明会上火。有一回，在一家人像东北人那样吃饭的时候，孙月华不失时机提过一回，果然丈夫恼了，说："你怎么想一出是一出？还造房子？哪来的地？你以为这是李庄吗？是谁闹着要进城的？进了城，又要住乡下的大房子！你怎么那么贪得无厌！"

孙月华含着脸，一声不吱。心里想，我怎么贪得无厌了？县城不就是个大乡镇！我上县来，盖个房子怎么了？还贪得无厌！

她这话也没错。清浦县坐落于清浦镇上，城关之外都是农田。东关就有一条骡马街，时不时就有驴车倘佯在城中。

城关之外，照例是公社、大队、生产队。孙月华母子初来乍到，吃的是定销粮，落的是定销户，连户口簿的颜色都不一样，城里人是紫红色，她母子几人是深绿色。就是说，还不是城里人，虽然已进了城，但户口只能落在城郊，一个叫河西的生产队。

小队长是个活络人，一来二去跟田家明混熟了，他妻弟到清浦闸上工，就是托的田家明的关系。他那时已经开始卖地，其实也不能叫卖，他是河西一带的王，闲地太多，荒着也是荒着。有一次跟田家明说，你既已开口了，按说户口落在这里，过来住也在情理。你先转转，相中了，告诉我一声就行。确实有王的派头，指点江山的意思，连口吻都是淡淡的。

这一年，进了城的孙月华总惦念着乡下，田禾不是送去她娘家了么？每到周末，她一家就下乡去，跟田庄姊弟说："走，到外婆家去！"

啊，外婆家！小毛激动坏了，外婆家比李庄还好玩！外婆家的村子也有一条小河，他常在河边走，也不会挨打！有一年冬天，他到河上溜冰去，叫外婆看见了，喊他不应，就下来捉他。哪里捉得住？祖孙俩在冰面上你追我赶，跟玩儿似的。都笑得要命。后来，到底是他摔了个大仰巴叉，才叫外婆赶上了，一把拎上岸来。

外婆家还有小姨、小舅，还有外公，个个他都喜欢。小姨小舅常带他去镇上，外公会在竹竿上套个网，教他捉知了。他在外婆家住过不知多少回了，就像姐姐常住江城，他也常住外婆家。

田庄也来过外婆家，来得少，纯属于走亲戚。可是感觉好极了，温暖，热闹，这一点江城就比不上。江城太冷清了，就爷爷奶奶两个，光她一个"小火炉"哪够！烘不暖，也烤不热，反把她带得也冷了去。

奶奶对孙月华虽然看不上，对孙月华的母亲却是极钦佩。俩亲家第一次见面，奶奶就给震住了，都忘了吃醋，不在一个等量级上。年轻，俊！俊也有各式俊法，外婆的俊法就深合奶奶的心意，不轻不佻，也不俏，而是很端丽的，稳稳地坐在那儿，压得住场子。她说话又慢声细语，声调不高不低，字字在理，句句入心，叫人一听就明白。

奇怪，她那些年四十多了吧，怎么看上去那么嫩相呢，顶多三十出头。把你妈给比的呀——奶奶说,就一粗使丫头,给她倒尿壶都不配!还有性子,你妈还有的比?小心眼全长脸上了,还当别人是傻子!你外婆怎么生出这么个东西来!

外婆家所在的镇叫兴安镇,有一度改称向阳公社,最近又改回原名了。她家的村子叫七里村,离省道不远,十几分钟的路程。上了省道,骑车个把小时就到了县城,很方便。这一带是平原,日子相对暄和些,不比李庄夹在山旮旯里,穷八代!

每次田家明夫妇拌嘴,孙月华会骂"穷八代",七弯八拐就带上了李庄,说:"倒了八辈子霉了,眼都瞎了,嫁了这么个地方!"

她心理上有优势,总以为自己是"下嫁"!田家明"嗤"一声笑了,把眼看着她,很不屑。

现在好了。一家人终于逃脱那"穷八代"的地方,上县来了,离娘家也近,说走就走。每到周末,两口子分骑两辆脚踏车,带上田庄姐弟,跟郊游似的,心情舒畅。

尤其是春秋两季,一路上都是好景致,麦苗、油菜花次第开展,绿的绿,黄的黄,大地的颜色,看久了就会淌眼泪,给晃的!秋天里则是金黄一片,是丰收的味道。常常孙月华会深呼吸,鼻翼翕动,体会稻谷的原香,隐隐约约,很暧昧。米饭的味道则是清、甜、香,很撩人。并且好看,颗颗饱满,粒粒晶莹。她喜欢至极。

她喜欢的不是米饭,而是跟稻谷、米饭相关的一切,回娘家路上她看到的、嗅到的、感受到的……这一切都跟她有关系。哪怕朝露、晚霞,哪怕田野里暮色苍茫,这一切都不在话下,她统统收下。因为她和孩子们在一起,和丈夫在一起,并且即将见到田禾,噢,我小乖!并且很快见到母亲,还有她父亲、弟弟妹妹,还有七里村她的老熟人……衣锦还乡的感觉尤其明显。

离开娘家她也喜欢,是上县——噢,不!是回家,是柴米油盐、上下班,每月盼着发工资,每周盼着星期六,好回乡下!

路上和田庄姐弟瞎扯扯她也喜欢。有一次田庄坐在她车后,她突然说:"以后不叫你小丫了。你是大孩子了,童年结束了。"

"啊?"田庄想,"就这么结束了?"她不乐意!

"那弟弟呢?"

"弟弟还小,可以叫小毛!但我最近都叫他田地了,不想惯着他!"

又有一次,她跟田庄说:"大乖啊,我有预感,好日子快来了!你妈我要大干快上了!"说完,她加快车速,箭一般冲出去。

很多年后,田庄都记得她这句话,记得她的腔调,她蹬车时的矫健身形。她那时多么年轻,在1980年代的春光里,在那首响彻街头巷尾的"美妙的春光属于谁?属于你,属于我,属于我们八十年代的新一辈"的歌声里。

是的,连田庄也知道1980年代来临了,这方面她很留心。

1981年 十一岁

两年过去了,寄信人没有等来片言只字。

有一天他走在上班路上,突然想起那两封信,也不知走哪儿去了?可到了收件人手里?或许是,早不在人世了?

二三月间，街上已见得些许春意，可是南国的春天不大像春天，四季含混不清，冬天也绿树成荫，因而春天就不焕然一新：不恣意，不勃发，没有乍从萧索里逃出的那股子欢畅、烂漫劲儿。

事已至此，他也无可如何了。要不要再寄呢？

夏天，田家明一家搬到了河西。这一带是县城近郊，离水利大院不过四十分钟的路程，骑车十几分钟就到了。他家住在山坡上，远远能看见村落，青砖红瓦，绿荫掩映。下雨天则雾蒙蒙的，自是另一番景象。

孙月华心满意足，既进了城，还能享受农村人的便利，有地皮，还能自家建房子。两边的好处都沾了。时不时她会站在自家门口，把眼看向远处，说："一样都是农村，李庄那穷八代的地方，也配叫做村？猪窝、狗窝都不如！"

田家明都懒得搭理她。

还有风水，这个她顶在乎，虽然没找算命先生看过，可是去年来看宅基地的时候，她一眼就相中了，说："这块山头不错。"

小队长说："这也不叫山头，充其量就一小高地。"

孙月华笑了笑。"高地"更好，这称呼吉祥，高一尺也好，高一丈也罢，她不在乎高多少，只要高就好！一高就兴——都高高在上了，还能不兴旺吗？

小队长转头跟田家明说："你家孙会计眼光好。巴掌大这么一地方，最近突然成香饽饽了，原以为田间地头，城关人看不上呢。"

田家明说："噢？"

小队长笑了笑，没接话。他那些年也就三十出头，姓王，人称"河西王"，退伍不几年就当了生产队队长。三中全会才开完，他就笼了几个村民搞了个五金小作坊，从本地国营厂弄些原材料，加工一下，卖到外地国营厂去，谁知销量奇好，供不应求。于是，他就想到了扩大再生产，钱不凑手，只能打土地的主意了。

他卖地这件事，当然也不好声张。而且花样繁多，有的他都不卖，直接送了，比如工商局、税务局……还未必送得出去！谁稀罕那个？尤其到了局长这一级，谁家不是住在"井"字里头？谁家不是宽门敞户？巴巴跑河西干什么去？

科长、股长们因为住得不宽敞，难免有些心动。犹豫来犹豫去，就算答应下来，也是施恩的神情，似乎给了小队长很大的人情。主要是手头紧，别说买地，就是白送都盖不起房子。何苦来?!

田家明因为不是官，又不在要害部门，但人家好歹是"名人"，照这势头，官还得往上升；再就是小队长的妻弟，一心想进事业单位，哪怕临时工都行，名头好听，娶个城关姑娘都有可能。田家明这方面倒是乐于助人，帮他通了关系。

这么算下来，田家明的地虽是买，也是送，总之买得比较舒服；并且，那时也没有地价这一说，多多少少，全靠"河西王"一张嘴。

河西这块宅基地，是孙月华做主买的。多年以后她挺骄傲，以为自己眼光独到；其实真未必，她不过是沿袭了乡下人的习性，攒些钱就买田置地，谁知几十年后竟翻了上百倍，算是他们两口子挣下的第一桶金。

几十年间他们一直住在这里，眼看它

起高楼，眼看楼塌了，一路都是拆、拆、拆；眼看农田消失了，沟堑变通途；村庄成为记忆，农人外出打工；清浦县改为清浦市，虽然还是县，但叫起来好听多了。

城市越来越大，臃肿，痴肥，县长市长不知进去多少个了，有的现在还在坐牢。有的升到省里还被抓了。更不用说工商局长、土地局长、公安局长……银行行长卷钱跑路了。总之，一路都是抓、抓、抓。

田庄在这里住到十八岁，后来去了江城，再后来去了广州。因为她的故乡——父母住的地方，父母一直住在这里，时不时她总要回来看看。某种程度上，这里才是一个叫做"家"的地方。

李庄，有那么些年她都忘了，直到爷爷奶奶葬回这里，合了坟，田野里竖起一块小小墓碑，她才与这小村子又有了联系。

每次她从广州回来，必先落脚县城，在家住两天，尔后就回李庄看爷爷奶奶去，烧个香、磕个头。有一回她去李庄，想起好多年前，她家上县之前，她妈跟她说的"故乡"那回事，突然感念丛生，哽咽不止。就觉得委屈之至，够了，够了，无论李庄还是清浦。

后来稍稍平静些，她一个人坐在墓碑前，想起几十里外的清浦城，她父母正在家中忙碌，杀鸡、剖鱼，也当了爷爷奶奶了，也成了外公外婆，怎么都当不像，也不知怎么回事。为了她、弟弟、妹妹两家人会回来吃饭，院子里必定欢声笑语，就像过年。

她父母家的过年，不跟节令走，只以她的时间为准。她哪天回来，哪天就是大年三十。因之她实在怕回来，太重了。那天离开李庄前，她在田野里站了站，看着墓碑，长叹一口气。逝者已矣，生者如斯。

清浦才是她的故乡吧，毕竟父母尚在，家在那儿呢，她住了八年的家，离开后每年都回来的家。一个剪不断、理还乱的家，一个衰老、混乱的家。一个正在糜烂、她无力振兴的家。一个她能躲则躲、当然也躲不掉、偶尔也会想念的家。

那么，李庄算什么呢？爷爷奶奶的家，两位老人的安息地。后来坟平了，墓碑也推倒了，爷爷奶奶也不知去向了。每年她照样回来，不怕的，大体方位知道，就在这块地头，麦田下边，在土里。

她在田边跪下来，磕了头，又烧了些纸钱，又跟爷爷奶奶唠叨了几句家常，说："大孙女给你们送钱来了，该吃吃，该喝喝，别省着。家里一切都好，放心吧。就是你们那大儿子，还有大儿媳，难搞得不得了！得空带个梦给他们，叫他们醒醒吧，一把年纪了，还当自己是年轻人，整天不消停，一门心思钱、钱、钱！他们又不缺钱！贪婪得不行了！现在闹得一家子鸡犬不宁。老实说，要不是为了你们，我都不愿回来！什么李庄、清浦，跟我有什么关系？还不是为了你们！"

说完她就爬起来，跟爷爷奶奶三鞠躬，实在她也不知爷爷奶奶在哪里，就对着田野乱鞠一通，也可理解为，她是对着李庄鞠。

鞠完以后，她作了一个界定，她的故乡是在清浦，那儿不是还有"家"么，父母还守着呢！李庄，就当它是原乡好了。

谁知这一界定不久，李庄又成了她的故乡，她父母回去了。不是养老，而是搞新农村建设去了，当房地产开发商去了！又开了工厂，又做出口贸易……这一年，田庄三十七岁。从此，一家人越发忙乱，辗转于李庄、清浦、广州三地，一路都是吵、吵、吵。

1981年搬家那天,孙月华喜不自禁,有意挑了个好日子。她那些年真是没的说了,要风得风,要雨得见,没法子,势在那儿呢,挡都挡不住。只有她想不到的,没有她做不到的。

有些事她确实想不到,比如光明鞋厂,当时一咬牙就去了,迷迷瞪瞪,只听说效益不错,没想到好成那样,还真有奖金!衬得田家明那点工资,也只够塞塞牙缝!另外鞋厂还有个好处,一家人穿鞋跟不要钱似的,尤其是皮鞋,虽说是次品,但看不大出,比正品不知便宜多少去!都是内部处理价,白捡一样。

因之有几年,田庄一家最不缺的就是皮鞋了。在整个清浦县城,满大街还穿布鞋的时候,她家就进入皮鞋时代了。田庄有时都难为情,进教室时须小心翼翼,生怕皮鞋擦着水泥地,发出那一种古怪的声音。

有时,孙月华也会带回来几盒处理品,叫田家明送送同事,说,这双42码,这双43的。也不管那么多了,大了就叫他垫个鞋垫去。小了嘛,他就送人去。横竖是人情。

倘若是送领导的,那就郑重多了。得先问码数,送的也是正品,倘若不合脚,还可以换!

有时孙月华也纳罕,她也没做什么呀,就上上班,车间里转转,办公室里坐坐,拨弄几下算盘珠,报报销,做做账,也未见得有多苦、多累,怎么待遇堪比国营厂?可能比国营厂还好些都说不定!

当然鞋厂的人也勤快,非但不迟到、不早退,还乐于加班!再有就是厂长,整天忙个不停,连走路都是带小跑,厂里难得见到他,动辄就往浙江、福建跑。

还有一件事也是孙月华没想到的。去年来河西看地的时候,周遭还空荡荡的,今年已兴起一片房子。三家两户,一坨坨杵在高地上,有的已经入住了,有的还在打地基,一幅兴轰轰的样子。

乔迁那天,家里特意放了鞭炮,邻居们都来看热闹,顺便道个喜。孙月华说:"这不该好嘛,来来来,屋里坐。地方小,别见笑。"

地方确实小,只有三间房,旁边搭个小棚舍当厨房,后面是茅厕。等于是,她的宏伟蓝图没实现,院子没起,东厢房、西厢房也只好待在图纸里。手头太紧了,这两年就没落下几个钱,要不是她在厂里上班,挣点活钱,就这三间房也盖不起!盖到一半,都没钱上梁了,她只好跟厂里借,每月从她工资里扣!

可是话到了她嘴里,就变成了这样:"唉,先凑合住吧。水利局的房子实在吃不消,住得一个窝囊!我这人是急性子,一天都等不及,一边住一边盖吧。"

邻居们笑道:"大家都一样!一边住一边盖!"

确实是一边住一边盖。在往后的两三年间,孙月华手里就像拿了根魔术棒,这里一挥,那儿一点,于是院子起了,厢房盖了,屋里塞得满满当当,电视机、洗衣机、电冰箱……全是那个时代的紧俏货。后来又换了彩电,又换了双门冰箱;又添置了沙发、组合家具;又把水泥地面换成了瓷砖。

屋里折腾完了,再没新花样了,就开始折腾院子。院墙推翻,把地界又扩了些,扩到不能再扩了,否则邻里间就要翻脸了。土地局、规划局也来人了,尺子量了量,说:"就这样了,中间要留过道!"

新院墙高了许多,青砖砌就,雅致之至。墙头上插着碎玻璃,起一个防盗的作用。再后来,院子也玩不出新花样了,怎么办呢?突然灵机一动,不能长胖,还不能长高吗?

于是就开始起高楼,把堂屋顶掀了,一层一层地往上摞,先是两层,再三层,再四层……当然这是九十年代的事了。整个1990年代,孙月华一直在起高楼,在1981年的基础上,芝麻开花节节高,她恨不能直冲云霄!

有那么些年,田庄一回家就皱眉头。父母忙于攀高峰,比得她和弟弟妹妹就像无所事事的二混子,什么都插不上手,也无需他们插手,实在说,也无权插手。父母全包了。无所不能。比得她姊弟仨,怎么说呢,不像那个时代的人,慢而迟重,跟不上时代的节奏,像盹着了,一点都不活泛,没昂扬的精气神,没那个时代有枣没枣也要打一竿子的精神。仨孩子都淡淡的,常常叹气。

家早已不是家了。几十年来,它有时是家,有时是工地,但归根结底还是工地。屋里落满了灰尘,推土机"轰隆隆"响彻昼夜,脚手架搭得到处都是,水泥板、钢筋、钢管、砖头、石灰、沙土……院墙也拆了,厢房也拆了,只有堂屋一直在拔高、拔高。

有一年春节,一家人是在工棚里吃的年夜饭。又有一回,孙月华把工地上的一个小桌子搬到床上,下面垫了块塑料布,说:"床上坐,实在没地儿,乱七八糟的!"

怎么又像东北人那样吃饭了!这跟在水利局有什么两样?一夜退回了解放前!

田庄强忍不快,没忍住,索性就脱口而出了:"以后不回来过年了!哪还有个家的样子!"

"什么?"孙月华把眉毛一挑,"不回来拉倒!我稀罕你回来!好吃好喝侍候着,还给我撂脸子!我容易吗,一年忙到头,还不是为了你们!这房子能不盖吗?楼层能不加吗?你看看街坊邻居,都盖到什么程度了!都疯了!"

田地、田禾异口同声说:"罢了,罢了!你要盖楼,别拿我们说事!我们也不担这名目!"

田庄气得丢下碗筷,出去转了一圈。"高地"已经面目全非了,家家都在起高楼。有消息说,市政府将会搬来河西,下面还会有一系列大动作,广场、学校、医院、超市……高地的拆迁是迟早的事,按平方算钱,家家户户能不上楼层吗?

那天是大年初三,工人还没回来上班,但家家户户也不闲着,工地上一幅热火朝天的景象,和水泥、拉石子……田庄在高地上转了转,没吃几口热乎饭,穿着羽绒大衣还嫌冷,一阵风吹过,她倒吸一口凉气,更是从里冷到外。可是街坊们已经脱了棉衣,只穿卫衣、毛衣、单衣,一边拿锤子敲石头,一边抬手肘擦汗。到处都是工地!在人家是汗流浃背,在田庄却是荒寒一片。

县城她每年都回来,每年都大变样!拆了建,建了拆。在她长大成人的过程中,具体说,自从她十八岁离开清浦,极少看到不变的东西,变,才是硬道理。心里动荡,满眼都是沙土、砾石,她又冷又饿又气,心里想,我让你变、变——变死了,我都不认!

这话须分两头讲,她认不认是一回事,

变不变是另一回事。这里单说前者,她认什么呢?认她十八岁之前的小县城,有一股欣欣向荣的气象。那时,她家还没起高楼,院子还在,厢房没拆。母亲爱笑。每到过年,姐弟仨就爬高下低,忙着扫屋子、擦桌子、贴春联。

家里窗明几净,人人都洗了澡,还有新衣裳。晚上一家人聚在堂屋里,一边包饺子、捏汤团,一边看春晚。凌晨将近时,弟弟开始放鞭炮,再放烟花,一家子站在院子里,巴巴看着院子上空,鲜花着锦般繁盛,那样灿烂且短暂。这时,田庄就会在心里祈祷,新年快乐!祝我家今年平平安安、和和顺顺!少吵架!

孙月华也会在心里祈祷,她是有称呼的,各路神仙都照顾到了:老天爷、观音菩萨、如来佛祖……托各位大神的福!去年我家过得好,今年要更好!一家子平平安安、和和顺顺;升官的升官,发财的发财!仨小孩个个听话,成绩好,能考上好大学,仨小孩个个都要当官发财!

那时,街坊们也都安居乐业——其实那时已经开始动荡了,但十八岁前的田庄哪里看得到?忙于青春期的许多烦恼,看什么都新鲜、都好、都烦恼。有时也会和母亲怄怄气,可是隔一阵子,只要放学回家,看见母亲坐在客厅的沙发上打毛线,她就觉得这一幕真好,似乎地久天长,有安定、繁荣的味道。

她十八岁离开清浦,从此清浦就变了样。当然要变样,因为她的青春期结束了,个子不再长,看世界的眼光也略为恒定些。可是清浦却在野蛮生成,横冲竖撞、跌跌爬爬在生长。往高里长,也往胖里长。"井"字街道不在了,十字路口的雕塑也消失了,路名也换了,连清河都清了!

清浦的标识在哪里?没有了。只在河西、高地、她家里。后来她每次回清浦,出门必有人接送,否则就迷路,找不着回家的路。再后来她就很少出门了,只守在家里。现在,连家里也待不得了!

市政府后来没动迁,消息有误。河西人这才松了口气,终于可以歇歇了。但仰望自家楼层,比邻居矮了一大截,心里不得劲儿,哪里还歇得住?革命尚未成功,同志仍须努力!往上擤!

孙月华家的楼层,后来一直攀到七层。直到有一年,温州的一家上市公司来到清浦,看上了河西,连带"高地"一起拿下了。河西人得了消息后,又开始勇登高峰,包括孙月华在内,没日没夜加盖楼层,终于赶在上门量尺寸之前,攀上了九层。这是2012年的事。

等于是,孙月华夫妇在高地一住就是三十年。那时,她家的颓势已显。加盖的那两层,还是从田庄手里抠来的钱,又跟亲戚借了些。

炸楼的那天,老"高地"人从城市的四面八方涌来,见证他们一生中最具震撼性的一刻:他们奋斗了几十年的事业,将在一瞬间夷为平地、化为乌有。这一瞬间里浓缩着他们的青春、理想、欲望、汗水、爱憎……虽然变了现,也是安慰,也是惘然。

孙月华那天也从城东赶来了,和老街坊们一起,远远站着,只等爆破的那一刻。她巴巴地看着自家的房子,脸上现出迷茫的神情,像是不认识似的,想把它看得更清楚些。

爆破是一片片的,随着"轰"的一声巨响,先从中间炸起,随即前后左右,开花似的,眼前扬起漫天灰尘。孙月华目睹了整个过程，反而是自己家的坍塌，没怎么看得清，为灰尘所遮掩。房屋的坍塌至多几分钟，有的是陷下去的，有的前倾，有的后倒，像电影里的慢镜头，孙月华呆呆看着，似乎有一生那么长。当灰尘散去，高地已沦为平地，上面落了一堆沙石砾土，她长叹一口气，觉得过去的三十年也随之坍塌了，像一场梦。

上文交待了"高地"的前世今生。可是在1981年，这里还显得荒凉，周遭为农田所环绕，城关人看不大上。

只有像孙月华这样的外来户，初来乍到，把河西视作宝。也有一些机关干部，家里住得太局促，不得已搬来这里。可是既然来了，又都挺高兴。视野开阔，空气清新；邻里间也都和和气气，大家都有一种开始"新生活"的喜悦新鲜，城里上班，郊外生活，骑车至多二十分钟的路程。并且，不同于河西人，他们是城镇户口，有单位。

不久，"河西王"一家也搬来了。他家在村里有房，留给父母、妹妹住了。远亲不如近邻，他的小五金厂不是离不开这些局啊、所里的"官老爷"么么？再说高地确实不错，他倒是找算命先生看过，人家只说了一句话，三十年河东，三十年河西。下面就是摇头咂嘴，一字不落了。

河西王猛然悟道："着呀！这儿不就是河西嘛！三十年呢！"

他给自己挑了个好位置，向阳，居中，坐北朝南。很低调的样子。其实他还有更好的选择，住在制高点上，帝王般俯瞰一切。不，水满则溢，月满则亏，这道理他懂！他既居中了，别的人家只好四散开去，不拘住哪里，都把他围着像众星捧月，好比从前北京城里，只有皇帝住紫禁城，平民百姓依次四散开去。

他家是一步到位，起了院子，三间堂屋，东西各两间厢房，青砖红瓦，明丽照人。在1981年的高地上，统共十来户人家，他家就算是"紫禁城"了。

搬家那天，田家明夫妇去贺喜，别的还好，只有电视机这一样，把孙月华给惊着了。私人家有电视机，她这是第一次看到。那两年，清浦城里虽有电视机，但多是单位买的，水利局就有一台，端端正正地供在会议室里，还特意打了个电视柜锁着，平时都舍不得看。只在周末，为"丰富职工文化生活"，才打开柜门，摆弄大半天，屏幕上雪花一片，一屋子人急得要命。

孙月华带着儿女去凑过热闹，那次电视机心情好，很配合，他们看了京剧《武松打虎》，武松在舞台上一连好几个空翻，落地后，脸不红来心不跳，还能"咿咿呀呀"唱，引得一屋子叫好。

孙月华没多大兴致。心里想，还不如看现场呢。前阵子，人民剧场里演的《狸猫换太子》，扮相好，唱功佳，把她看得心潮起伏。

这次来小队长家贺乔迁之喜，她对电视又发生了兴致。看是没啥好看的，最近有个《敌营十八年》还行，她瞄过几眼，也没心思看。但是，谁说电视是用来看的？谁说它不是家具！就供在那儿，当装饰！家里来客人了，打眼一看，嚯，这户人家阔气！

回家路上，孙月华心猿意马。区区一个小队长，家里都有电视了！可怜李庄人，估计听都没听说过。她也是这两年上县来，才见得这些稀罕物，又是录音机，又是电冰箱……真是眼花缭乱，心也乱。具体她也说不上。慢悠悠过了三十多年，怎么突然加速了，兴奋之余，略有些慌乱，怕跟不上，怕一觉醒来，这世界变得她都不认识了。

小队长哪来的钱？他的五金作坊是印钞厂么？最近，鞋厂日子不好过却是真的，奖金都停发了，厂长也唉声叹气，浙江福建很少去了，那边也愁得不得了。全国上下，风声鹤唳，一片"打击投机倒把"声，在报纸上，在收音机里。大街上也开始挂横幅：严厉打击经济领域的犯罪行为！字字带狠劲儿，叫人看了不寒而栗。报纸上称之为"整顿"。

孙月华说："蹊跷！他家还买得起电视机？我就不相信他的小作坊还能盈利，就怕钱来得不周正。"

田家明说："你管人家呢！"

孙月华瞥了丈夫一眼。心里想，你倒是轻描淡写！不管外面怎么风吹雨打，你的工资却是一分不少！

她唉声叹气道："挣钱不容易，这回我可是知道了！"

这一阵她常常加班，上面派了个工作组，整个光明鞋厂都在应付检查，厂长也点头哈腰，派烟敬酒，鞋盒一堆堆带来饭店，吃饭之前先试鞋，说："合脚不？走走看！别脱别脱，先吃饭！就这么点家当了，留个纪念。车间你们也看了，停了，不当资本主义的尾巴。"

工作组的人说："谁让你们停产了？什么是资本主义的尾巴？"

"嗯？"厂长愣了一下，"你们这是？"

工作组的人摆摆手，说："吃饭，吃饭！"

工作组走后，厂长借着酒劲跳脚大骂："我操你妈祖宗十八代！什么意思嘛？让干不让干，你给我说清楚！"

工作组哪说得清？他们只不过是执行命令，上面口径就不统一，乱成一锅粥了，姓社姓资吵翻了天。

孙月华想，再等等看，实在不行就回去当小学老师吧，当然最好能进事业单位，什么局啊、所的，当然是不容易，慢慢谋吧。企业这口饭，看来不那么好吃！有时好吃，有时难吃，但关键在于没谱儿，好吃难吃全在上面一句话，拿捏不好规律。唉，没多大意思，吃起来可叫一个胆颤心惊。以后她也不求挣钱了，只求安安稳稳拿个死工资，凭它外面闹个翻天覆地，她一家五口饿不死、撑不着就好。

她那时已打定主意，他们两口子中至少有一个人要吃"公家饭"，为一家人守底线。这个人当然是田家明，死心眼，不活泛，只知埋头苦干！

她家搬来河西不久，她就把妹妹孙月亮接来家里住了，带田禾。田禾已经两岁了，会走路，会说话，总搁乡下也不行。主要是孙月亮十八岁了，初中毕业才两年，上门说媒的就排成了队。

孙月亮不大情愿，她想自谈。

孙月华说："自谈不自谈是小事，遇上合适的，就是结了婚也可以谈。关键是在哪儿谈。我可告诉你，不能在乡下谈！"

原来，她跟二老已经商量过了，得把妹妹接到城里去，先找工作再嫁人。也不知从什么时候开始，她成了她娘家的当家人，也可说是一家之主，哪怕称之为"家长"也不为过。权柄的交接极其自然，不知不觉中完成的，因而连她自己也没意识到，她爹娘也没意识到。

家里有事，又拿不定主意时，二老就说，要么等月华回来商量吧，也不急着这一时。

月华回来了,她是不把自己当外人的,可是在娘家人看来,哪怕她不是外人,毕竟还有姑爷呢,还有外孙、外孙女呢,因此只当他们是贵客临门,又是打酒又是割肉,安置得一个妥帖。又腾出一间房来,专预备他们回来,床单、枕巾是现成的,洗净了收在箱子里,质量比自家用的要好,镇上买的,价钱也贵些。

孙月华是很喜欢回娘家的,不拘束。是自家人,却享受贵宾般的待遇。但问题在于,贵宾都没她自在,贵宾好意思一觉睡到自然醒么?贵宾好意思端菜上桌的时候,顺便捏个油炸花生米往嘴里扔?

一回娘家,她就彻底放松,真正做到了饭来张口,衣来伸手,什么事都不用她沾手。倘若闲得无聊,她就跑去厨房烧个火、拉个风箱什么的,拉拉着田禾跑过来了,她就扔下风箱,抱着田禾瞎转悠,这么就转到了邻居家,东家长,西家短,笑得呵呵的,直到家里叫她回去吃饭。

娘家人也喜欢孙月华回来,热闹,欢欣,凭空多出四五口人呢,忙也忙得开心。尤其是中午,田家明喝了点酒,最喜欢逗小舅子孙月明说话,有一次他就问:"听说你在学校里有相好的了?"

孙月明把脸都红了。他确实有相好的,是隔壁班的同学。有一回,他骑车带着相好的,被他母亲看见了,他吓得掉转车头,冲进了一条巷子里。惊心动魄。母亲追了几步,骂道,小明子,你整天不学好,偷鸡摸狗打溜秋,还逃课!——姐夫指的是这个?

田家明笑道:"有了,有了。脸都红了。到什么程度了?亲嘴了?"

孙月华打了他一下,道:"你烦死了!当着小孩的面讲这些!"

田家明瞥了一眼田庄田地,两小孩急忙低头刨饭,他笑得那叫一个开怀:"不好意思,不好意思!我的意思是,是不是嘴对嘴了?"

孙月华啐了一眼丈夫,说:"一喝酒,就这死样子!"

午饭后,田家明睡觉去了。孙月华就会和父母聊聊天,偷偷给父母些钱。确实是偷偷给的,丈夫、儿女都不知道。其实大家都知道,丈夫假装不知道,儿女都猜得到,否则外婆家的日子不会过得这么好,至少比周遭邻居好。田庄也觉得正常,母亲挣了钱,当然要贴外婆家!要不贴谁去?指着她贴爷爷奶奶?没门!

二老说:"又给钱!你自己拿着用吧,一家五口,花钱地方多呢,你也算计点,别大手大脚的。"

孙月华说:"既给了,你们就拿着!"硬把钱塞过去了。

她说话时自带威权,很严肃,也是"家长"的腔调。她这个家长,比她在自己家做得还像。她自己家,田庄有时还会反抗,田地不服管,她跟丈夫也常怄气,她家是没理顺,有点乱。反是她娘家,万物各归槽道,关系和和顺顺,服她,敬她,认她。她也喜欢回家,很温暖,一切都很省心,比田家人好搞。很多年后,当她意识到她对娘家的权力时,自己也很奇怪,从什么时候开始的?

是啊,从什么时候她开始反哺这个家庭?是上县吗?不,更早!早到她出嫁那一天,当了田家媳妇;早到她在李庄累死累活,哪怕自己省吃俭用,也要省下一口余粮,给到娘家。她一生只为两个目标活,一个是她生养的,一个是生养她的。她那时对娘家，已不自觉地在肩负重任，只因她嫁得不错，先富带后富。

现在上县了，条件略好些，她越发大包大揽，非但兴安镇她娘家，还有桑镇她舅舅家，还有胡集她小姨家……想想都头疼，怎么帮啊？几十口人呢！唉，也不管那么些了，一个个来吧，先从孙月亮开始。

1982年　十二岁

小姨孙月亮是兴安镇有名的美人，十四五岁就很有模样了，引得男同学纷纷给她写信。她也没心思念书了，也不给人回信，也不说好，也不说不好。就整天笑眯眯的，低头看信，有的信她能看好几遍，揣摩人家的意思，有的句子她都会背，写得很美，又很含蓄，貌似情深意浓，但又什么都没说。这个最要命！

小姨最喜欢看这样的信，让人猜心思。又想起写信的人，文绉绉，戴着眼镜，成绩也好，还会打篮球！这样的人也给她写信？她都不敢相信！小姨那时还不太自信。她是好人家的姑娘，乖巧，胆小，不敢跟人去约会，怕传出去名声不好。

她略微猜得自己长得不错，有时又疑心自己猜错了，不大肯定。但挡不住那些男生给她写信，她也蛮开心，搁心里焐着，焐着焐着就忘了，新的信又来了。

她走在路上，常有一簇簇男青年向她吹口哨，她都不敢回头看，怕人家起哄。有时会有二流子来上来搭讪，问个路什么的，她才要回答，一抬头看见对方涎着脸，她就慌了，把脸一红，道："什么？"

人家又说了一遍，笑眯眯把她来打量。

小姨把脚一跺道："不知道。"掉头就跑。只听后面一阵哄笑。

也因此，她上学这件事就变得很麻烦。必有人陪着。那时她弟弟孙月明还在村里念小学，不得已，只好她爹每天骑个破脚踏车，送她出门，接她晚归。

她家的这辆破脚踏车，用了几十年了，孙月华未嫁时就买了，可见她家在村里还不错，日子暄和。她不是有个在武汉当军官的叔叔？这辆脚踏车就是她叔出的钱。

"文革"期间，她爹就是靠着这辆脚踏车，来回奔波上千里，偷偷运些花生、红薯之类的，贩到安徽、湖北一带，再从那边带些便宜货，赚个差价，典型的"投机倒把"，否则光靠种地，哪儿吃得饱？更别说供她姐弟几个上学！

现在，她爹也老了，跑不动了！好在姐姐家又起来了。孙月亮没怎么过过苦日子，虽说出身穷人家，一样是娇生惯养，又没娇惯坏，心地慈柔，特别疼她爹娘。她爹接送她上下学那一节，她心里很不安，就盼弟弟快点长大，考到镇上念中学。

舅舅比小姨小三岁，他考上兴安中学的时候，孙月亮已经念初三了。他早等着这一天了，一步不错地跟着姐姐，一直跟到她初中毕业。哪个男的敢朝姐姐多看一眼，来来来，试试看？拳头侍候着！

忙完了姐姐，他也松了口气，稍微歇了歇。没歇几天，突然开窍，原来谈恋爱这么好的?! 就忙着自己谈恋爱去了。

孙月亮的恋爱却还早着呢。她从去年来到大姐家，就帮忙带孩子、做家务，跟她家保姆似的。这话说的吧，有点那啥。她确实干着保姆的活儿，洗衣烧饭带孩子，要不她还能干什么？总不能像她大姐一样，回到七里村就大摇大摆，说说笑笑，跟天女下凡一样。

孙月亮这是走亲戚！可说是走亲戚吧，

也不大像。姐姐一家五口，除了姐夫，个个她都很亲。姐夫这人吧，说不大上，时而嘻嘻哈哈，时而严肃——田家明当然要严肃，姐夫与小姨子的关系，中国人一听就明白，想发笑。从前，田家明总是拿这个开涮人家，现在，轮着人家开涮他了，说："哟，带回家了？长得挺漂亮！"

田家明只好笑道："别胡说！"

家里多个小姨子，实在难搞，添了许多不方便，比如夏天，他就不好打赤膊，吃饭时，也不好跟老婆胡说八道，说话也不带脏字了，因为家里有个大姑娘呢。

方便在于，一回家就能吃上现成饭，家里收拾得干干净净，床单两周一洗，连锅盖都擦得雪亮。他有一次批评孙月华道："一娘生九子，九子各不同！你看看人家！"

孙月华说："哎呀，别烦，在算账呢！"

她是事业型的，后来有一个词叫"女强人"，指的就是她这一款。家务事顾不上，就是顾上了也做不好，心思不在那一块儿。第一，毫无乐趣；第二，找不到成就感。别看她整天甚事不做，一下班就躲屋里，实则脑子没停过，琢磨的都是家国大事。家，也就罢了；国，她也琢磨吗？琢磨的！须看看报纸，上面一有风吹草动，就影响她的工资和奖金。

她瞅了一眼田家明，说："整天不归家！还好意思说我！"

田家明说："什么叫整天不归家？哪天不归了？"

"行了，行了。"孙月华摆摆手，一副不跟他计较的样子。

田家明很忙。他不是去年调去县委办了吗，节奏比水利局快多了，熬夜写材料是常有的事。他不是不归家，只是晚归，有时喝到深更半夜才回来，一家人都睡下了，他醉醺醺往床上一倒，第二天醒来时，看玻璃窗外，阳光落在树梢上，他能静静地看上好一会儿。

这样的生活他过了好多年，自从调去县委办，他基本不回家吃饭。家，他仅仅用来睡觉，其余的功能都放弃了，就是一免费旅馆。相应的，权力也放弃了，但义务还在，比如帮小姨子找工作什么的，还需他出面周旋。"男主外，女主内"的格局，在这个家庭已经生成，经过多年的实践，男女都"主"得不错。男的严格遵守这一格局，家里的事全放手；女的是家里"主"得不大好，但妙在她能把娘家人接来做家务，一边还要插手男的事务，这个就有点乱。

孙月华对丈夫的"不归家"听之任之，甚至有点沾沾自喜。她不像很多女人，一定要把丈夫看在家里，两相厮守，腻腻歪歪，离了男人就不能过的样子。她才不！她对丈夫是"大撒手"，何谓大撒手？就是抓大的，小的撒手。

隔三岔五她就要问问丈夫单位的情况，丈夫的同事她全知道，虽然没全见过。丈夫跟谁喝酒，她也知道；有的没的瞎问问。酒友的性格、人品、能力、家里有几口人，住哪儿……她全知道。感兴趣。独独她对丈夫不怎么感兴趣了。也不能说不感兴趣，是一颗心不能集中在他身上，某种程度上，这也可说是放心。

丈夫当然是忙，不忙的时候就去喝酒。田家明从前不胜酒力，可是自从去了县委办，应酬多了，慢慢也爱喝两口，慢慢就喝出滋味来了，一开始很微妙，后来就妙不可言了。人都说，喝酒是当官的前奏，酒都不喝，一辈子也只好写写材料去！其实何止当官，酒是一切的前奏，包括就业、求学、看病,后来也包括开工厂、办公司、找投资、签订单……无酒不欢啊。有酒才能说得上话;有酒,甚至连话都不用说,一切都在酒里头。喝得越多,话越少,事情反而越容易办。

田庄这几十年,可说是目睹了一场场盛宴,她成年后也有参加过,觥筹交错、笙歌燕舞,比她父亲那代人奢侈多了。广东在吃喝上又是无所不用其极,蛆都敢吃,高蛋白!富有富的吃法,穷有穷的喝法,路边摊、大排档都能喝出花样来,那叫一个登峰造极!没办法,肯动脑子,有创造力!但无论如何,在她的印象中,盛宴始于1982年,以她父亲的醉醺醺为证。

田家明的应酬,起头只限于同仁圈,几个志同道合的同事,年纪不拘,职位却差不多,没事约着打打牌、喝顿酒,顺便编排一下其他同事的笑话,当然也有可能是坏话,很尽兴。

后来酒友圈越来越大,层次也越来越高,基本上把清浦县的几十个局、所全给喝了,就是说,上到局长,下到科员,少有他不认识的,全喝成了朋友。即便他不认识,人家也认识他,他是"名人"么,后来又当了局长。人家跟他打招呼时,他虽然一头懵,也会热情地跟人握手,说,你好!你好!心里想,怎么那么面熟呢,肯定酒席上见过,没准喝得还挺热乎。

起头,他也是瞎喝。或许,瞎喝才是喝酒的真义!带着目的性去喝,不就成了交易?心无旁骛,脑子放空,喝得开心,成了朋友,一回生二回熟,互相托个事就容易,也好开口。这就不叫交易了,是情分。比他妈的孙月华总让他给领导送礼好多了。

田家明在外面喝,孙月华很满意。虽然见他醉醺醺的,她也嫌弃,说:"怎么喝成这样了!差不多就行了,整天醉生梦死,以后少喝点!"

她这话,自己都不当真!没本事的男人才整天守家里呢。东北话怎么说来着,老婆孩子热炕头;孙月华对此的理解是,老婆孩子坐在热炕头上,男人外面待着去!

有一次,她笑着跟田庄说:"发现没?你爸不在家,家里就清亮!"

田庄很不高兴,把脸沉了一下。敢嫌弃我爸!家里怎么清亮了?就多他一个吗?

家里确实就多他一个。姐夫不回家,孙月亮也很自在,不再有寄人篱下的感觉,话也多了,笑嘻嘻的。虽然干着保姆的活儿,却跟自己家差不多,她在七里村不是也抢着做家务?

但还是有区别,她在七里村,家务活并不是非做不可,不做她也心安理得;在姐姐家就不行,不好意思,家务活全包了,好像是自己的分内事。做得极勤快,有点走火入魔。有时孙月华不让她做,说,我来洗碗,你去看《会计原理》去!我带回一本旧账簿,你对照着学。

她就回屋去,刚坐下就觉得不妥,跑出去把碗洗了,说:"又不在这一时,洗碗才花几分钟!"

洗完了再回屋,她就安心。

常常她会想家,想爹娘,想弟弟,想她那一间小小闺房,没事的时候可以躲进去,一个人静静。姐姐家就不行,她跟田庄姐弟住一屋,两张床,仨小孩不拘谁都想跟她挤一挤,闹死了!她又爱干净,田地一身尘土就往她床上扑,简直没法睡。诸多不适应。

还有田庄,有时跟她妈赌气,连带她也不理了;叫她也不应,尥蹶子。十八岁的孙月亮讪讪的，寄人篱下的感觉又来了。有时，姐姐会带回来一筒衣料、裤料，叫她做衣裳去，她不要。

姐姐"啧"道："怎么回事？跟我还见外！难道让我替你做去？"

后来，姐姐就学聪明了，直接给钱，又怕妹妹推来让去，直接塞信封里，说："搁你枕头底下了。"说完就上班去了。

星期天，孙月华在家带田禾，叫田庄陪小姨逛街去。这个田庄最感兴趣，尤其是陪小姨逛街，为什么呢？小姨不是长得好吗？一上街，就有人回头看她，看一眼还不够，还要看第二眼。小姨这边还不待怎样，田庄已经展颜笑了，乐开了花。

她也不知道自己为什么乐，可能是那一种年轻、旺盛的气息，在她十二岁那年，她已经嗅到了。有一点汗味，是夏天的味道，带一点青葱气，又是春天的味道，蓬勃的、暧昧的、丰富的，花枝招展的，哎呀，好极了！是从小姨开始，田庄才真正留心到"姑娘"这个物种，并为自己有一天当姑娘做准备。

原来，姑娘这么好的！首先是好看，真的，没有哪个姑娘不好看的。很多年后父亲也说，年轻人都好看！确实，人人都好看过，都美过。但是姑娘的好看有一个问题，三五年一茬，换得很快。就像韭菜，割了生，生了割，韭菜春常在，但已经不是那一棵韭菜了。

是从小姨开始，田庄留心到清浦街头，永远都有好看姑娘，十六七岁搁家里坐不住了，就开始上街晃荡去，窈窕的，害羞的，高冷的，拽拽的……几十年来都这样，都是姑娘，可是那一个姑娘哪去了呢？

有一回，小姨骑着脚踏车，带田庄逛街去，路上遇见了两个也骑脚踏车的男青年，留长头发、八字胡，穿喇叭裤，一看就不是好货。他们也不知在哪儿瞥上了小姨，就一路跟过来了，把车子挨近；前面的把车龙头晃来晃去，跟玩杂耍似的，后面的把双腿叉开坐，皮鞋底擦着地面，手里拎着录音机，里头唱着邓丽君。

待要开口说话时，后面的人把录音机音量拧小了，跟邓丽君说，别吵，现在顾不上你了。于是前面的那个就笑，问小姨："尊姓大名啊？哪个单位的？上哪儿去呢？家住哪儿呢？交个朋友怎么样？"

小姨加快车速，他们也猛踩脚踏，保持平头并进，后面的犹嫌不足，戳戳前面说："骑快点！"前面的会意，往前错开半个车位，这样后面的人就跟小姨平行了，笑嘻嘻地侧头看她，有意做出陶醉的神情，小姨把脸绷得紧紧的。

后面的说："干吗那么严肃？笑一个呐！这个要求不高吧，就笑一个！不是二笑、三笑！"

小姨忍住笑。

前面的很开心，跟后面的说："有望，有望！再说两句，保准笑！"

这次是真笑了，却是田庄。田庄在后面哈哈大笑，她也是憋了好久，一旦"扑哧"笑出声，就收不住了，扶手没抓牢，差点翻下车去，把两个男青年吓了一跳，这才留心到车后坐了个小姑娘。怎么会笑成这个鬼样子，莫名其妙！简直就是来搅局的，还笑！

后面的问田庄："她是你什么人？"

田庄半天没回答。她得先收住笑，太难了，怎么那么好笑，这两男的跟二傻子似的。

后面的又问："你家住哪儿？"

田庄说："嗯？"

小姨伸手拍了下田庄。田庄还有不明白的？本来也没想告诉他们，但现在她得说了："嗯，住在公安局。"

"公安局？"

田庄说："我爸叫王大头，刑警队大队长，你们打听去！"

小姨也会意了，拐个弯就往公安局宿舍区骑去。两个男青年停在十字路口，小姨回头看了看，两个男青年朝她做鬼脸、竖拳头。于是小姨也笑了，田庄跟着笑，姨甥两人是一路笑到家的。

小姨后来教田庄："以后不用搭理他们，你说话，他们就来劲儿！"

田庄说："嗯。我是逗他们玩儿。"心里想，反正我还小，他们不会跟我计较的。

田庄十二岁了，她也拿不准自己是小孩还是大人。自从两年前，她妈单方面宣布她是大人以后，她心里就有点抵触。不乐意，不开心，赖在童年里不想挪窝。

这是她来到县城的第三个年头，县城的每条街道她都走过。东关到西关，十里不转弯；南关她逛过，北关她最熟，离实验小学不远。北关有一小截破城墙，城楼是早不在了，但拾级而上，见得上面杂草丛生，夏天可以逮蛐蛐儿。城墙外，一片广阔麦田，青禾摇曳的样子可爱至极。春天里，到处都是植物气息，土壤松软了，小虫子也醒了，欢快地破土而出。麦田那边，是一片片青砖红瓦，也是绿荫掩映，跟河西差不多。

河西么，这一两年变化挺大，高地上住满了人家，虽然周遭还是麦田，看上去却不那么荒凉了。

最奇的是赵小红家也搬来了，也起了三间房。她妈手巧，做衣裳别致。她家订了《上海服饰》，田庄常去她家翻杂志，就见上面都是姑娘，好看得不得了，穿连衣裙、高跟鞋，还有几个烫了大波浪，笑吟吟并排站着，或侧身，或叉腰。田庄都看傻了。

小红家就没断过人。她妈开裁缝铺开出了名，全城的人都来河西找她做衣裳。关键是她妈有主张，客人来了先看杂志，叽叽喳喳问个不停，脸上有新奇，也有犹疑。

这时候，就需要小红妈给出意见了，先问人家贵姓？怎么称呼？是哪个单位的？有三十了？"哟，倒是看不出，还以为没结婚呢！孩子多大了？是吧，真是看不出，显年轻！"

问清楚了，小红妈就笑道："她姨，你要是信我呢，就一切交我。下周过来拿衣裳，不满意还可以改，再不满意，大不了我自己留着，再给你做一件。"

客人还有不满意的？首先这态度、这诚意！再有小红妈也确实用心思，常常赶工到深更半夜。有时踩缝纫机都会走神，把眼睛定定地看向一处。小红告诉田庄，她这是在想样式，不能照搬杂志上的，穿上去怪里怪气。

果然，经小红妈的一双巧手，全城爱美的姑娘媳妇，都穿上了好看衣裳，既有大城市的时髦，又不过分时髦；走在街头，男的会回头看，女的会赶上来问，你这衣服是在哪儿做的？不至于背后被人指指戳戳。可说是县城版的"上海服饰"。

赵小红也常来田庄家，两人共同的爱好是听磁带，借口听 abc，田家明就翻出他学了一半的英语磁带，说："难得难得！万事开头难，要坚持下去才好！"

实则是，两小孩把房门一关，就听起

了邓丽君。怎么又是邓丽君？当然！不听邓丽君听谁去？听刘文正？好啊好啊，两小孩一声尖叫，喜得又抱又跳。刘邓都很好听，必须偷偷听，犯罪一样去听，愈犯罪愈好听！刘邓都是赵小红从舅舅家顺来的，听不上几天就得还回去，因此越发珍惜。听邓丽君、刘文正之余，两小孩也听苏小明、朱明瑛以换换口味，这两人可以尽情歌唱，不怕大人听见。

暮春将尽，初夏来临，两个小女生听得鼻尖上冒汗了，身上也汗涔涔的。两人坐在屋子里，一动不动，脑子里却快马加鞭，跟着歌声四处游荡，上天入地，一片一片。有时，她们也会互相看上一眼，看阳光怎样落在各自的脸上，先是在墙上，后来阳光就落到她们身上，又跳到她们的脸上、眼睛上，长睫毛一眨一眨的，于是就彼此笑笑。

后来，阳光就掉到地上了，一团团，轻轻在跳。下午多么漫长，当阳光消失之际，西窗上已见得红殷殷的，晚霞的光影把她们照亮。俩小女生很自觉，不等大人催，就自己关了收录机，打开门窗透透气。

那是六月的一个星期天，孙月华正在门口收床单，看见赵小红出来了，就说："家去了？英语难不难学？才考完试，先放松放松，别把脑子学坏了。"

两人确实才考完试。一周前，她们参加了人生中的第一场重要考试，小升初，都报的清浦县中。也就是说，这是她们小学阶段的最后一个暑假，两三月后，她们将升入中学。

两人都有点犯愁，长大令人不愉快，充满了血污、肮脏、羞耻。去年，班里就有女生来了"那个"，弄脏了裤子。全班女生都侧目而视，背后指指点点。一边又庆幸自己还小，天使一样。

赵小红告诉田庄："这叫月经，我妈说的，女生人人都会有。"

田庄叹道："你妈真好！"

她想起自己的母亲，甭提了！有一回，就因为这个还挨过打。喏，本来也没想偷看，谁让她妈鬼鬼祟祟，以为自己能瞒天过海！越这样，田庄越想看！不让看，偏看！结果被敲了一顿暴栗子。

班上还有个女生，已经戴上了胸罩，她长得有点胖，衬衣里明显一道肉印子。田庄为她感到难过。

田庄虽然懂得姑娘的美妙，却不希望自己成为姑娘，赵小红也是，感兴趣，却不希望自己是那一个。有一次她告诉田庄，最烦同桌陈国金，娘娘样！你猜娘娘怎么着？有一天他从铅笔盒里拿出两支水彩笔，一支绿，一支红，并排摆一起，说红花配绿叶，就好比同桌你和我，看到没，两人正躺一块儿呢！

赵小红说："气得我呀！拿起水彩笔画了一条三八线，敢过线看看，非踹死他不可！"

田庄骂道："真不要脸！怪不得男生都叫他二姨子。"

"这事我谁都没说，你也别告诉人去。"

田庄点点头。心里想，这可是秘密！我是不是也得说一个呢？想了半天，突然问："你还知道避孕套？"

"什么？"赵小红一脸新奇。

田庄未语声先笑，就说起她弟弟有一回吹气球，被她妈给呵斥了一顿，问从哪儿来的，说是人民医院的同学给的。

赵小红吓了一跳："啊？那个！白的，透明的，是不是？哎呀，我也吹过！老大老大了！糟了糟了，不会出事吧？"

田庄说:"吹炸了没有?"

赵小红摇摇头。

"那就不怕。吹炸了才会怀孕。"

赵小红想了想,疑惑道:"你弟弟要是吹炸了呢?"

田庄肯定道:"他当然不会怀孕。所以这个东西男孩能吹,女孩不能吹。"

七月底,成绩下来了。实验小学五(三)班的两个高地女生都考上了县中,两家大人下了特赦令,可以出去玩儿,不必天天学英语。于是剩下的假期,俩人都玩疯了,学骑自行车,到新华书店侧门口的书摊上租小人书看。正门口则排起了长队,足有百十人,摆书摊的人摇头咂嘴,道:"疯了,就为了买本爱情诗选,犯得着吗?"

爱情?田庄和赵小红对了对眼睛,笑了,低下头继续看小人书。

不一会儿,摆书摊的人大笑不止,说:"买错了?不叫爱情诗选?那叫什么?怎么写?艾草的艾?青草的青?是个诗人?没听说过。好,好!买错了好!叫这拨狗日的赶时髦!"

田庄和赵小红再次笑笑,又低头看小人书。

有时她们也会去邮局,看邮局门口那个摆摊的老大爷,正低头在看线装书,一长桌,一方凳,他坐得端端正正;上面笔墨纸砚、茶缸烟盅,样样备齐。他写信也是竖排的,跟人说:"我也不靠这个挣钱。一样是看书写字,家里哪有这儿好?这儿还能看看野景。"

邮局确实是看野景的好地儿,解放路与淮海路的交汇处,县城最著名的十字街头之一,参天古树,浓荫蔽日,阳光在柏油路上撒下了点点碎金,里头全是光阴。

隔壁就是二百货,门楣上镶了个闪闪发光的红五角星。二百货比大百货会搞事,入口有个哈哈镜,小孩子最喜欢跑进去,对着哈哈镜照来照去,笑死了个人。收银员忙得抬不起头来,坐在两人高的玻璃罩里,从钢丝绳上取下小夹子,现金归归拢,发票盖个章,再夹回钢丝绳上,伸手那么一甩,从哪来,回哪去,潇洒得不得了!

整个暑假,田庄和赵小红都在这一带出入,闲来无聊,就倚着树桩看街景。两人都穿连衣裙,都出自小红妈之手,样式新颖别致。但没人留心她们,男的不回头,女的也不会上来问,这裙子哪儿做的?

她们自顾自美着去!

两人都是小个子,身高不足一米五,胸脯没肿,屁股没翘,就是翘了也未见得就怎么样。总之,越发觉得自己晶莹剔透,轻灵之至。

马路对过,又冒出来两个男青年——那年头,为什么男青年都爱出双入对呢?一样骑脚踏车,穿喇叭裤,和小姨遇上的那一场不同,后座上的男青年不是叉腿坐,他是直接站在后座上,弯腰搭着骑车人的肩膀,顺手把前边的头发搞搞乱,有时自己也会扭扭屁股。

他的屁股圆又肥,可能是被紧身裤包的,那一刻,田庄和赵小红觉得眼睛发烫,满世界就只剩下了他的屁股。这还不算,骑车的人又反手捏了捏他的屁股,再用手指沿着他的股沟一路划下去,一边把眼看着路人,打量他们是不是在笑。

田庄、赵小红果然笑了。还有这样恬不知耻的人?当即两人笑作一团。突然听到旁边有咳嗽声,却是两个民警,穿白制服,戴大盖帽,冷眼看着两个男青年,道:"哪天不要死我手里才好!"

两个男青年当然不会听到。可是看见

65

了民警,他们突然来劲儿了,手压嘴唇,吹了一声长长的唿哨,一路欢呼而去。

民警看了看两个小姑娘,批评教育道:"有什么好笑的?赶快回家去!这些你们看都看不得,还笑!"

正说着,那边晃过来一辆驴车。赶车的光着上身,四仰八叉躺在车上,一边跷着二郎腿。时不时他会向空中打一个响鞭,说:"驴——驾!"声调长长的,油腔滑调。因此驴也不理他,照样慢慢地晃。

两个小姑娘又一次笑了,一边把眼看着民警,嘻嘻哈哈跑掉了。

赵小红说:"真好玩!样样不搭,合一块儿挺好!"说完就穿街走巷,带田庄去她舅舅家。她舅舅两口子上班去了,只有两个小表妹在家,才要出门买冰棍,见表姐带人进来了,少不得家里要留人,于是大的跟小的说:"你去买三根冰棍,还有表姐一根。"

小的才要出门,大的看了一眼田庄,说:"嗯,要么四根吧。"

小的"噢"了一声。走不上两步,大的又说:"还是三根。"

就这么三根、四根,她改了好多遍,自己也拿不准。

田庄也难为情了,心里想,我要不要吃你这根冰棍呢?

赵小红也犯犹豫。两个表妹太不懂事,大的与她一般年岁,怎么一点礼数都不懂?要么两根,要么四根,哪有她们三人吃冰棍,让田庄一旁看着的?要么她也不吃,可是嘴里又生津,她身上又没带钱,又不好叫买四根,又不忍叫买两根……正为难间,只听田庄说:"我去外面等你,一会儿我们在巷口会合。"

赵小红如释重负,抱歉地笑笑。

田庄也如释重负,一个人走到巷口看街景。下午四五点钟光景,下班的人汇成河流,满街是骑脚踏车的,源源不断地淌过去,公文包挂在车龙头上一晃一晃。田庄很满足,吃冰棍的难堪已经过去了,管它三根还是四根,谁稀罕!有时她的眼睛会跟着一个姑娘,或者跟着姑娘的影子,直到影子消失了,拐进一条巷子里。

她真的很满足。看——不拘是看人、看事——在她是一生所好;被看她却不乐意,主要是不自在。她这个年纪刚刚好,未及被人留意,满大街都是陌生人,她可以看个饱。落在眼里的一切都么好,那么新鲜明亮,哪怕夜里都会看见光。

她那时并不知道,三年蜕变,她已成了十足的县城小姑娘,满身都是县城味,赶驴的和穿喇叭裤混合的味道。她那样一个小小姑娘,当时并不知道她的县城多么小,穷街陋巷,井字街道狭窄而暗淡,满街都是青灰老蓝,可是不知怎的,她的眼睛就像点金石,点到哪里,哪里就亮。随眼看去,一切都光明亮堂、流光溢彩。

是啊,1982年的县城或许正待发光,像黎明时分,起大早的人已忙碌开了,大部分人仍将醒未醒,不过也快了,光线将会刺得他们睁开眼睛来。田庄无所谓醒得早或晚,她十二岁了,念初一,视野比实验小学开阔许多,新开了地理、历史、生物……样样她都喜欢。

流行歌差不多都会唱,有时会把歌词抄在小本子上,不时拿出来看看,当诗读。她听歌一直听到了二十四五岁,后来就不听了。我们认为,差不多从二十四五岁开始,她与这个世界就不大有关系了,确切说,不那么黏腻了。

总之1982年,十二岁的县城小姑娘田

66

庄看街景的那股新鲜劲儿，走笔至此，我们也很感动。虽然她只是一旁看着，可是很投入，真正去爱、去感受，是把自己砸进人群，是和街景连在一处，是跟他们在一起，融进去、融进去，把自己化为无形。

后来她就跳出来了，单作为一个旁观者，慢慢变平静，变坚强，变迟钝，至于衰老，至于死亡。为什么我们有时会眼眶发热？因为她映射了我们每一个人。

远方来信终于找到了田家明家，确切说，是找到了孙月华。

两封信均写自台湾，寄自美国，躺在县邮局有些时日了。寄件人徐志海，时任台北某国中校长。头一封信是写给他堂弟徐志河的，地址是：清浦县安峰山乡陈田村。这地方位于清浦、清河两县交界处，解放后划归清河县。并且他堂弟也改了名，现叫徐江淮。哪儿找去！

第二封信是写给他姨弟章映琦的。地址是：清浦县郝巷1号院。也是旧址，解放后改为人民路，现在是一个大杂院。他姨弟倒是没改名，1948年解放军才进城，他就躲乡下去了，后来一直住在那里：桑镇。现在是个老实巴交的农民。

类似的信件，县邮局已积累了不少封，亟待处理。这些信多发自香港、美国，要么是地址不详，要么是收件人不知归处。后来才知道，这些寄自美国、香港的信，有很大一部分是写自台湾。因海峡两岸不能直邮，须经第三方转寄。

台湾来信的源起，是始于1979年大陆发表的《告台湾同胞书》，刊于《人民日报》头版头条。鉴于这封信对田家明一家的重要影响，现摘其概要。

亲爱的台湾同胞：

今天是一九七九年元旦。我们代表祖国大陆的各族人民，向诸位同胞致以亲切的问候和衷心的祝贺。昔人有言："每逢佳节倍思亲"。在这欢度新年的时刻，我们更加想念自己的亲骨肉——台湾的父老兄弟姐妹。我们知道，你们也无限怀念祖国和大陆上的亲人……

中国政府已经命令人民解放军从今天起停止对金门等岛屿的炮击……由于长期隔绝，大陆和台湾的同胞互不了解……我们希望双方尽快实现通航通邮，以利双方同胞直接接触，互通讯息，探亲访友，旅游参观，进行学术文化体育工艺观摩。

……

《告台湾同胞书》的发表，孙月华未留心，或许连报纸她都没看到。那时她正在李庄，筹备上县事宜。她眼里只有县城，那个光鲜亮堂的地方，那个经过她十年奋斗、一步一个脚印，即将抵达的地方。那是她梦想的终极地。她一生止于此矣！

她把孩子们带到这里，好比起飞前的助跑，这一助跑很重要，起点就不一样。较之李庄，有如云泥之别。她常跟孩子们说，我的任务完成了！下面就靠你们自己了，要好好学习，天天向上！

上到哪儿去，她其实并不知道。囿于想象力，也是苦日子过惯了，根本不敢痴心妄想。那时，她怎么会想到台湾？怎么会想到在台北的一间小小公寓里，一封信正在酝酿，目的就是为找她。这封信，从一个公寓辗转到另一个公寓，被人带上飞机，穿过太平洋，来到洛杉矶。再由洛杉矶寄出，再穿过太平洋，来到清浦县邮局，躺了总有一两年。

67

清浦县邮局烦不胜烦，邮递员快跑断了腿，就为寻找那些不存在的村庄、不存在的人。后来对台办、港澳办、派出所等奉命成立工作组。再后来，整个江城地区的邮电系统开始协同作战，活要见人，死要见坟，务必处理好每一封海外来信，凡是信封上写有繁体字的，定要搞个水落石出！阻碍"台海关系"的罪名，谁敢担？

大陆是如此热切，台湾却颇高冷。当局是不鼓励，不阻挠，睁一只眼闭一只眼，全当不知道。官方是这样情形，民间却正相反。譬如孙月华，那封《告台湾同胞书》别说没读，就是读了必也泛泛，她对台湾无从想象。

可是那个叫徐志海的台北校长，自从得知这一消息后，就再也坐不住了。可能对他而言，故乡突然明晰了，具体可感，可触摸，可回忆。三十年来，他虽然也回忆，但是很混沌，够不着，忧伤且绵长。

这一年他五十五岁，有生之年还回得去吗？他的故乡不止于清浦。他要走很多地方，他的出生地、读书地、工作地。他是从南京开始逃亡的，经上海、浙江，又绕道青岛，又南下福建，他在广东滞留大半年，末了搭轮船逃离，在机枪的扫射下，船上死伤大半。他也病倒，至于奄奄一息，都不知道怎么活下来的。

这些地方，他都想回去看看。是旧梦重温的意思，他生命中最重要的一截，才二十五岁。想起来就涕泪交流，委屈之至。

这些地方，山东、江苏、上海、浙江、福建、广东……这广义上的故乡，最终落于一个小山村：清浦县安峰山乡陈田村。他家的出发地。当时祖宅还在，由大伯看守，家有良田百余亩，想来必是大地主无疑了。也不知活着否，儿孙安在？

于是第一封信，他是写给大伯的儿子、堂弟徐志河的，问及家里情况，说，未知此信能否收到，如若收到，请速回信！报一声平安！另，请告知映璋及芸儿的情况，在哪里？可安好？

很简单的一封信，像电报。也是指着此信可能落空。

次年，他又致信姨弟章映琦，当年也就二十出头，贪玩至极，绰号清浦"第一公子"。他父亲曾做过几年县长，1937年死于任上。他两个哥哥都挺能干，老大致力于教育，战后做了清浦县教育局局长；老二经商，创办了县城第一家百货公司，名曰"开洋百货"。

他这个姨弟，其实是他堂弟志河的姨弟，两人共一个外婆，两人的母亲是亲姊妹。而他和志河，是共一个爷爷，两人的父亲是亲兄弟。三人是这么个关系。

他致信章映琦说，请告知家里情况；你姊姊映璋和芸儿可安好？念念！切切！

两封信在清浦邮局沉睡两年，及至1982年，终于抵达了收件人之一徐志河手里，孙月华称他为小舅，时任县招待所所长。这在县城就算体面人家了。

说起来，田家明夫妇也够可怜的，除了这个小舅，他家在城里就没亲戚。他家刚上县那会儿，小舅没少帮忙，田庄姊弟的入学，孙月华的工作，都是由小舅出面落定的。

孙月华叹道："我小舅路子广，有一门阔亲戚真好！"

她也是怕了，从来只有她帮人，很少有人来帮她的。就是小舅妈略有些势利。小舅妈在人民医院当护士长，典型的职业女性。她对孙月华不错，对乡下的穷亲戚却是看不大上。

有一回，两人去小舅家做客。小舅妈说："以后要多走动啊。你们上县，我最高兴了。可怜这几十年，把我们家给孤独的，连个走亲戚的地方都没有。"

孙月华想，怎么没有？都是穷亲戚，不入你法眼。

小舅妈像是猜透她心思似的，说："月华啊，不要怪我说你！你们初来乍到，先把小日子过好。有些事量力而行，我知道你心肠好，差不多就行了。你又不是观音菩萨，轮不上你来普度众生。"

孙月华没接话。

回家路上，她跟丈夫说："刚才那一席话，你还听明白了？由她嘴里说出来真不容易！开始主动认亲戚了！她眼里有过谁啊？也就是你有面子，江城下来的，家里有背景，又在机关工作，在她看来就是有出息。我就不信，我要是嫁个乡下人，她会跟我认亲戚！"

耿耿于怀自己念初中那会儿，来小舅家玩儿，小舅妈拿她萝卜不当青菜的，淡淡的。她臊得脸都红了，坐也不是，站也不是，很快就离开了。走出小舅家就开始哭，回家告诉她妈，又哭。

她妈说："你既委屈，以后少去就是了。"

她妈又说："你舅妈就那样！你是不是太多心了？"

她当然多心！乡下穷孩子，又自尊，又自卑，又要强。

这一点上，田家明倒是体谅小舅妈。他就是所谓的"阔亲戚"，他父亲打下的江山，除了儿女受用，亲戚没沾一点儿光。也不是心冷，穷亲戚太多了，没法帮。帮了这家，得罪那家。他娘心软，禁不住穷亲戚上门告苦，总不能让人空手回去吧？

他父亲那一门还好，等闲不开口。他母亲娘家最要命，有一年像是约齐了，年关一起来家里。那天他放学回家，见他娘坐在床头抹眼泪，他爹一旁板着脸。他就知道怎么回事了。要钱呢！

外间，穷亲戚们讪讪地坐着，也不说话，寒寒缩缩的。家明把眼看着他们，从他爹的角度，当然会绝望，嗷嗷待哺，没完没了，个个都想把他家生吞活剥了去！

因此，他跟妻子说："我挺能理解你小舅妈的。脑子清楚，她这不叫势利。她家那么有根底，也不用求我办事！"

孙月华说："这才叫势利呢！你以为势利是什么？势利是求你办事么？那是巴结好不好！势利就是不求你办事，也愿意跟你交往。稍微次一等的，都不在她眼里！"

田家明说："那她是高看我了。"

孙月华说："你们呀，正经没受过穷，没遭过罪，不能体谅乡下人。我小舅在乡下待过，他懂。"

这一天，小舅从邮局取了信，一时有些恍惚，两封信都在找映璋和芸儿。他稍微定定神，径自来找孙月华。那时她也才下班回家。

小舅一进门就问："家明呢？还没回来？"

孙月华迎上来，道："还没呢。"

她有些纳罕。小舅面有忧色，是出大事的样子。

小舅说："也好。有事要说，芸儿把门关上！"

孙月华愣住了。这称呼多少年不用了，早死了。自从她改名孙月华，那个叫芸儿的女孩就死了。

小舅柔声道："去关门，有话说！"

孙月华关了门，回身时眼眶湿了。她

69

把身子靠在门上,说:"小舅,你别吓我!我猜着了。"

"你猜着什么了?"

孙月华哭道:"跟台湾有关系。"

小舅点头道:"你不用害怕,不是你一个人的事。大家一块面对!"

孙月华说:"他还活着吗?"

小舅从公文包里拿出信来,说:"两年前写的,今天才拿到。"

孙月华哆嗦着接过信,一看到信封上写着徐志河、章映琦,她就放声大哭。也是久违的名字。也早死了。又见信封上写着安峰山乡陈田村,那是她老家啊,一直住到十二岁才离开。

她哭道:"怎么找到的?地址、人名都不对。"

"他托人打听了。台湾有老乡,有的已经跟这边联系上了。"

小舅很快离开了,不是谈事的时候。他说:"信先搁你这儿。第一,你要平复心情,把信交给家明看,要和盘托出。第二,要把你妈几个都接过来,大家一起商量,回不回信,怎么回,这都是问题。我的倾向是可以回,用桑镇的地址,万一出事,映琦多担待点,他在乡下,没什么可怕的。我跟家明须提防点儿,有公职的人,以防万一。"

孙月华哭道:"为什么呀?小舅,为什么是我们?"

小舅看了孙月华一眼,说:"下面掘地三尺,会翻个底朝天的。"

1983年 十三岁

自从接到台湾来信,父母就鬼鬼祟祟。尤其是孙月华,很神秘的样子,动辄就发呆,眼泡哭得肿肿的。有时又会犯痴,满足和幸福全写在脸上,藏都藏不住——她是真想藏,奈何本事不够,性情太外露,连田庄、田地都看出猫腻来了,四岁的田禾也忧心忡忡,跑过来跟哥哥姐姐说:"妈妈为什么总哭?"

田庄略微听说一些,家里有封台湾来信。收件人章映琦,是她母亲的三舅,田庄称作三舅公。五十多了,很朴素的一个乡下小老头,时不时会来家里坐坐。他话不多,手拿旱烟袋,动辄就往嘴里送,喷出浓浓的烟雾。不得已要说话时,他必先清清嗓子,咳嗽两声,射出一口浓痰,吐在地上。

孙月华看了看痰,也不好说什么;小孩子进进出出,就从痰上跨过。等三舅公走了,孙月华找来煤灰盖在痰上,拿脚踩踩,说:"我三舅真是的,怎么一点都不注意,这又不是乡下!"

孙月亮说:"他已经很注意了,今天特地穿了件干净衣裳,这也就是进城他才会穿成这样。"

事实上,早于台湾来信之前,母系氏族就走进了田庄视野里,乌泱泱一大堆,这里简单理一下。母系氏族,主要是指外婆以及外婆的弟弟妹妹。外婆原来兄妹五个,她大哥生死不明,二哥解放后被一枪崩了。现在只剩姊弟仨,处得不错,三家常走动。她弟弟叫章映琦,她小妹没名字,田庄称作姨奶奶。

其实弟弟本来也没名字,五六十了,谁会叫他名字?都是代称。比如他爹、他舅、他叔……是因为台湾来信,田庄才留心到三舅公姓章,还有这个好听的名字:章映琦。不比她那些同学,什么建军,有富,丽丽,红梅……俗气得不行。老实说,田庄这名字她都不喜,田地也不好听,乡里乡气。田禾还行,比较秀气,可以入诗。

三舅公生了四个儿子,没闺女。他家在桑镇过得不错,养蚕户。四个儿子都是读书的料,两个大的念到初中就止住了,供不起。后来就去学泥瓦匠、油漆匠。老三章道广最用功,是举全家之力供他上的县中,去年考上了省公安专科学校,临行前他来表姐家道别,孙月华跟他谈了谈,无非是叫他好好学习,给他压担子,振兴家族的希望就落在他身上了。

孙月华说:"我就告诉你,喝水不忘掘井人,你好好学习不单是为了你自己,你后面还有一家子人呢!章家就出了你一个大学生,容易吗?为了你,你四弟主动退学不念了,他的脑瓜子比你还聪明!你二哥的婚礼也耽搁了大半年,钱都紧着你花了,你自己估量着去!"

章道广是小白脸,一副斯文样。他来表姐家,一般就堂屋里坐着,坐到该吃饭了,他就上桌吃饭去,很腼腆。席间孙月华两口子聊天,他也不多嘴,该笑的时候,他自然会笑。问他什么,他就回答什么,三言两语说完了,他就松了口气,好像完成任务似的。

他跟孙月亮也有点不好意思,似乎男女有别,他格外要注意瓜田李下。两人也聊天来着,属于搭讪型的。孙月亮倒是毫无芥蒂,一口一声"三哥",他听了就会脸红。

他跟田庄、田地也不知道怎么相处。两小孩放学回家,看见他在,叫声"三表舅"就混过去了。田地很调皮,有时会走近他,朝他伸舌头乱眨眼,或者"啪"的打他一下,掉头就跑,引他来追。他就笑笑,站起身来转转,不像追的样子。田地等了半天,扫兴之至。

他每次来表姐家,必得咬牙才能前行。实在怕来,又不得不来,否则就是不懂事了。孙月华在他念书这件事上,是帮了大忙的。当年他从桑镇初中考来县城读高中,家里的意思是不叫念了,回家养蚕去。

孙月华不同意,跟她三舅说:"就两年,家里咬咬牙就过去了!要是念三年,我都不开这个口了!实在不行,就别住校了,来我这里吃住。我问问田家明,看水利局还有没有空床铺,过来挤一挤就是了。书得读啊,三舅,都到这分上了,不在乎再多读两年,啊!"

三舅公叹道:"那就读吧。还是住校去,巴巴跑到你这里住算什么?别叫家明难做人,影响他前程!"

有一度,三表舅逢周末必来家里吃饭,这也是孙月华给的任务,必须来的,给他开荤。要么就是炒肉丝雪里蕻,装满一大玻璃罐,压得紧实实的,送到县中去。或者她手头稍微宽绰些,也会给他些钱,说:"拿着!你好好学习,桑镇的事不用你操心,有我呢!"

三表舅有点怵孙月华,帮忙帮得太狠了,比他爹娘还得力。都是雪中送炭,他心里很不安,怕自己无以为报,虽然人家也未必指着他回报。他也怕自己考不上,每当他想偷懒,就会想起大表姐那殷切的眼神,给他送雨衣、雨鞋、送雪菜肉丝;给他做红烧肉……他就没法玩了,回教室头悬梁、锥刺股去。

收到录取通知书那天,孙月华比他还高兴。一大家子都高兴,但孙月华尤其高兴:把表弟供成大学生,桑镇她舅舅家,她就不用操心了,以后全交章道广去,她身上的担子也轻一些。她说:"一家但凡有一个出息的，这家子就有望。一人带一家，慢慢就带出来了。"

后来的事实证明，章道广也未必带出来了。他兄弟几家，小忙他能帮帮，大忙不行，累死！另则他也有妻儿，自己还要过小日子呢。因之章家四兄弟，后来各行其道，各顾各家，他们的儿孙后代干什么的都有：做泥瓦匠的、当木工的、养蚕的、去东莞打工的……还是自己靠自己。后来做木工的开了一家板材厂，养蚕的做起了蚕丝生意，起起落落，不及详述。

章道广后来分到了清河县，当了派出所所长。他儿子考上了西安交大，现供职于深圳华为。广深两地，其实也就个把小时路程，但是他和田庄极少联系。就连章道广，后来也和孙月华走淡了，他的大表姐已不复是从前的大表姐了。

总之桑镇章家，还是章道广一家过得最好。有一次孙月华叹道："龙生龙，凤生凤，老鼠的孩子打地洞。我真也没话说了。"

她当然没话说了。先富带后富，这是她的浪漫想象；也有带的，也有不带的，这个只能靠自觉，似也不能强迫人家。就是愿意带的，譬如孙月华，她也未见得就带得好，惹来一堆麻烦事。

很多年前，田家明就骂过她："爱管闲事，手伸得太长。"

她反唇相讥："谁像你们田家，个个冷血。"

田家明说："你先把自己家搞搞好，弄得一个乱七八糟！"

她叹了口气。主要是家家都寒碜，她看不下去！她对母系负有责任，她母亲的亲兄妹啊，血肉相连，断了骨头还连着筋。她小时候就是姨带大的，在舅家也住过好多年，不能一阔就翻脸不认人吧。

舅家还能出个章道广，姨家简直了，没法说！奇葩一家人！姨父姓胡，家住胡集，十八九岁就去参加抗美援朝了，回来后继续当农民，当得不怎么样，好吃懒做，生儿子却是在行，弹无虚发，一连生了七个儿子，没闺女。把姨给苦的啊，绝望的日子一直绵延几十年，直到晚年信了主，她才略微得了些安慰。

她的七个儿子，有三个是文盲；老大文化程度最高，念到初一就辍学了，家里穷，打了一辈子光棍。孙月华后来叹道："胡家的种不好！"七个儿子没一个出息的，扶不起的阿斗。虽如此，她还是叫田家明给她姨弟找临时工干，就是城里扛沙包也比在家种地强！

后来，山西一个小煤矿来清浦招合同工，她七个姨弟去了俩，老大干不上半年就跑回来了，惜命！老三脑子不大灵光，就留在山西挖煤，一挖十几年。这中间他回来娶妻荫子，女方叫王小琴，是高中生，因娘家贪彩礼，又图他是矿工，他姨姐又在城里有势力，就同意了。谁知嫁过来后，才知男人是文盲，脑子不大好，把王小琴气得大骂，连孙月华她也骂，搁嘴里千刀万剐；孙月华的儿女她也骂，子孙后代一个个诅咒，被她五马分尸儿多回了！过了嘴瘾后，这王小琴犹嫌不足，就一个个睡过去，全村的男人差不多都睡了，她大伯子也不例外，他不是光棍么，雨露均沾去。后来，渐至于把桑镇的表兄也睡了，也就是章道广的大哥。气得桑镇表嫂喝了敌敌畏，还没死成，原来那敌敌畏是温州出品，掺了假的。被抢救回来后，她跑去胡集小姑家大闹一场，两个表妯娌抱在一起亲亲啃啃，互相扯裤子。

她小姑，也就是孙月华小姨，得了消息后早躲开了，拔腿就往县城走。她也管不了那么些，一家子烂得透透的，到姨侄女家消消气去。她这个姨侄女，比她的七个儿子不知好到哪里去，她格外疼。一到孙月华家，她就心平气顺，家里的那一摊烂事全丢脑后，绣绣花，纳个鞋底，把自己沉浸到一针一线里，岁月静好。

或者田庄姊弟缠着她讲"古诫"，这个她也不在行，推不过，就硬着头皮乱讲，说："从前有个员外郎……"

田庄姊弟不答应："不行不行，姨奶奶糊弄人，每次都讲这个！"

是的，每次都讲这个，而且每次都讲不完。这一次也是，才开了个头，就被孙月华打断了，把小孩子赶跑，嗔怪她小姨道："你可真有闲心！家里过成那样，你跟没事人似的！"

她小姨讲："要不还能怎样？我劝你少管些，烦不了！"

"你以为我想管！你们家那些不肖子、绝八代，死了才好！死了跟我有什么关系？要不是因为你，我连见都不想见他们！最近王小琴可骂你了？"

"骂就骂呗，我只当没听见。"

孙月华正色道："怎么骂你的？说我听听。"

她小姨"啧"一声，道："你打听那么些干什么？就不能让我静静！"她确实嫌姨侄女啰嗦，乱操心。因此她也懒得多讲，孙月华问三句，她答一句，三心二意的，往轻里讲。

这一次，她虽然往轻里讲，孙月华还是听出严重性来了：桑镇到胡集闹事来了，两个表妯娌正在开撕。

孙月华大怒，把王小琴骂得一个狗血喷头："不要脸的烂货、妓女，人都叫她丢尽了！"骂完了犹嫌不尽兴，其实骂的时候她就不大有底气，情知王小琴是绝望，嫁了个缺心眼的男人，生了两娃，想走舍不得，想留不甘心，只能破罐破摔了。

于是，她又转骂桑镇她表弟媳，骂起来可叫一个响亮，心里踏实。骂的是："丢人现眼的东西！桑镇丢人还不够，丢到胡集去！睡就睡了，你男人身上又不会少块肉，还闹！"

老三家乱成这个样，老二也不省心。姨家的七个儿子，就数老二最伶俐，讨老婆不用花钱，还能挣些。小时候在村里就勾三搭四，及长，慢慢收了心，想着该成家了，就自己出去转一圈，不多天就带了个大姑娘回来，跟爹娘说："腾出一间房来，今晚结婚。"

他爹娘说："这怎么行？还得筹钱呢！"

老二说："不用！有地方睡就行。"

隔一阵子，新娘子的娘家找到庄上，见自家姑娘已怀上了，还有什么好说的？留下来吃了顿饭，悄没声息离开了。

二姨弟也穷。按说以他的机灵，又遇上了那样一个活泛的年代，不当穷的，可还是穷。他不是悲苦、麻木的穷，而是野狗觅食般的穷，到处瞎转悠，就是找不到挣钱的门路。所谓"穷则变，变则通"，这话没错，但是有一种穷，不在此列。有一种穷，它是宿命，是中了魔咒、遭了天谴的，是无关能力、智力、欲望，甚至无关机遇。机遇来了，他都不知道。有一种穷，它永远是错过，再怎么鼎力都帮不上，孙月华的姨家便是。

她有一次叹道："我姨命不好，嫁了这么个人，生了这一窝。"

其实她姨父也还好，不振作而已，抠

抠索索，身上没有热乎劲儿，大抵还是穷的缘故，自尊心又强。孙月华对她姨父横竖看不上，嫌他不努力、没能力，让姨遭了罪。姨家她很少去，但二姨弟结婚那回，她带着丈夫、儿女都去了，就是为了给姨家撑门面，叫全村人知道，她家在县里有人。

二姨弟活络，有事没事就进城，来大姨姐家坐坐，带些花生、红薯、粉条之类，一口一声大姐、大姐夫，把孙月华两口子哄得很开心。两口子一开心，他就有活儿做，挣点小钱没问题。

他虽活络，却也忤逆，不孝敬爹娘。有一次跟大姨姐聊天，话不投机，被孙月华拿起板砖就打，边打边骂，骂："你个绝种，龟孙子！你们一家子全欺负她，欺负她没闺女，欺负她没人疼！狗娘养的东西！畜生！"

二姨弟任由她打骂，跟挠痒痒似的；可是听到她骂"狗娘养的"，他忍不住笑了，说："大姐，您这是骂哪儿去了？我是谁养的？"

孙月华扔了板砖，又朝他身上打了两下，自己也笑了。

母系一族里，就数外婆家过得好，关系清楚，没那些烂七八糟的。外公叫孙开吉，世代务农，他爹娘死得早，就落下他兄弟两个。他是长兄如父，很早就结了婚，把他弟弟孙开利抚养成人，又送出去当兵。他弟弟果然争气，后来留在武汉部队里，又反过来哺养他兄长家。

外公是中年丧妻，落下四个孩子。后来经人说合，就娶了外婆，两口子合脾气，一辈子没红过脸——外婆的脾气，估计跟谁都合得来。他们这一生，正经是讨生活的一生，守着过日子的底线，温饱是他们的最大理想。再有就是，一家人最好能平平安安、和和顺顺，别生病，别出门给车撞死；如果再贪求一点，那就是孩子们都能读书识字，不当睁眼瞎。

外公外婆实现了这一理想，他们家七个孩子没一个是文盲。家里和和顺顺，外公前妻的四个孩子都已成家另过，大儿子被他叔叔接到武汉去了，在铁路上当扳道工；三个女儿嫁到外镇，逢年过节，偶尔也会回来看看。她们喊外婆不叫妈，叫娘。后娘的简称。关系处得还不错，但也不亲。不能否认，是外婆带大了他们，替她们做的嫁衣。上学那么奢侈的事，外婆咬牙支持，不说一个"不"字。她们回到娘家，看到外婆，就说："我娘！"就算招呼过了。看到外公就不一样了，可叫一个亲，有时会把外公拉到一旁，说会儿悄悄话；看到小姨、小舅也亲，拍拍打打，说说笑笑，这也是没法子的事，血缘决定的。

外婆照样高高兴兴，张罗小姨、小舅去镇上割肉，她自己则忙得团团转。倘若女婿也来了，当然要打酒，称得上隆重了。

外公外婆的七个孩子里，说起来还是孙月华最贴心，当然她也有这能力，从小就爱张罗事儿，天性使然。心热。有一度，家里像是进入了"共产主义"，动辄就来人，兴安镇的、桑镇的、胡集的……以母系氏族为主，之所以这么说，在于父系的李庄偶尔也会来人。

孙月华这方面倒是一视同仁，逢家里来客人了，她就张罗吃饭。有时一家人刚坐下，客人就进门了，孙月华说："来来来，吃了没？一块儿吃！"说完就拖来凳子，又叫田庄去拿碗、添筷，又跟孙月亮说："家里还有挂面？"

74

孙月亮起身去厨房煮面，田庄也跟过来了，耷拉着脸。

孙月亮笑道："五分钟就好。我给你做个鸡蛋面。"

田庄气道："我不吃面！"

孙月亮说："米饭留着客人吃！早不来，晚不来，赶在饭点来！早来一个钟头多好，我多加半碗米就有了。"

正说着，孙月华进来了，厨房里略张一张，问："家里还有什么？再加个菜呗，土豆没了？那就炒鸡蛋吧。"

田庄气得眼泪都掉下来了，大冬天里，又冷又饿，一路跑回家，就为吃口热乎饭。中午时间又紧，一会儿还要上学呢！她家怎么回事，吃顿中午饭都不消停！于是怣个蹶子就往外走，头也不回地跟她妈说："我不吃了，上学去！"

被她妈一把拽回来，低声骂道："你还是人吗？不识好歹的东西！一点教养都没有！我看你是欠揍！"

正说着，田地哭丧着脸进来，说："饭菜凉得透透，我也不吃了。"

孙月华怒道："敢？今天吃也得吃，不吃也得吃！吃完赶快滚蛋！"

当然客人也未必都上桌吃饭，都什么年代了，谁还稀罕一顿饭！有的是在街上吃的，就是没吃，也说吃过了。之所以赶在中午过来，也是为了凑孙月华的时间，跟她见个面，托个事儿。

有时孙月华也犯愁，家里人来人往，一家不一家，两家不两家，来了都是亲戚，不分你我他。尤其是她娘家的亲戚，事情多得不得了；随着田家明的退出，整个1980年代在田庄看来，就是一母系氏族社会。孙月华当家做主，说一不二，比得田家明就像一个装饰。他这个装饰很重要，少了他，这个家就不堂皇、不亮堂。非但如此，少了他这个家就转不起来，孙月华的很多事也没法办，也因此，与其说他是装饰，勿宁说他是工具，是孙月华带领亲戚奔小康的工具。

单就家庭内部而言，田家明夫妇的关系有点像慈禧和光绪。君不见，慈禧颁个诏书都要以光绪的名义，否则便名不正言不顺，不能号令天下。一国无君，正如一家无长，田家明便是名义上的家长，少了他还真不行。当然他的地位高于光绪，他负责这个家庭的外部，可说是名义上的君主兼外交大臣，进而为家庭所用。

家里的事，他主要是懒得烦，随孙月华折腾去。他妈的她整天能不够，爪子伸得一个长，自家的事都顾不上，小孩也不管，儿子的成绩报告单一塌糊涂，好几门不及格！就知道打，平时干什么去了，嗯？

待要找她聊聊，一回家，就听见家里人声杂沓。母系氏族的成员看见他这个外人，都挺尊敬，站起来招呼道，家明回来了？或者叫声"姐夫"，毕恭毕敬。

他就坐下来，参与他们的聊天，有时也会给出自己的意见。他这人要么不说，一说就不同凡响，都是洞见。母系氏族的成员笑道："那就照家明的意思办，一团乱麻的事，在人家三两句话就理清楚了。"

连孙月华对他都很崇拜，私下里又是笑来又是捶。有时叫他办事，他略显不耐烦，孙月华还是一边笑来一边捶，亲热地踹他两脚，又上前揉揉他的头发，说："好了好了，就这一回，下不为例！"

逗小孩呢。把他当儿子一样。他也是没法子了，头疼。

整个1980年代，田家明两口子仍恩爱如初，度蜜月一般。家里蒸蒸日上，院子起了，厢房盖了。桑镇、胡集的表兄弟、姨兄弟都来了，砌墙的砌墙，弥缝的弥缝，省了不少工钱。家里人声鼎沸，做饭的、干苦力的都是母系。又多了几间房，又打了几张床，这样又可以留人住宿了，越发像个大家庭。

自从接了台湾来信，这个家就更热闹了，平添一股紧张、神秘气息。对此田庄也能理解，台湾，多敏感的词儿。从前看小人书，就知道有个宝岛台湾，是中国不可分割的一部分。那儿到处都是阶级敌人、汉奸特务，人民处在水深火热当中，就盼着人民解放军去收复。当然现在不这么说了，但陡的那边写信来，传出去可算是里通外国？

外婆三姊弟来得越发勤了，常一起嘀嘀咕咕。连孙月亮也纳闷，有一天下班回家——她去医药公司上班有一阵子了——问田庄："听说有封台湾来信？"

田庄点点头。

"怎么回事儿？"

田庄摇摇头："我哪天问问姨奶奶去！"

田庄跟姨奶奶最亲，甚至比外婆还亲些。主要是外婆闲不住，来家里就干活儿，没工夫闲聊。外婆来家里，就连孙月亮都能偷偷懒了，一下班就躲屋里去，大小姐一样。并且外婆嘴紧，基本问不出什么来。

这也不是说姨奶奶嘴敞，她是"静"字功夫一流，她来姨侄女家可不是为了干活，她主要是逃避。一旦被儿子、儿媳气着了，她拿起小包裹就上县。她家离县城又近，走路两三小时就到了，因此隔三岔五就过来。孙月华特意留了一把钥匙给她，预备她来家里消气。她一进家门就开始绣花，悄没声息的，一坐就是一天，绣得很认真。

孙月亮把饭做好了，说："小姨，吃饭了。"

她就吃饭去。吃完了继续绣。绣得消气了，她就收起小包裹回家去；倘若气还没消，证明绣得还不够，那就住一宿，第二天再绣，直到消气了再回去。还有，姨奶奶长得好看。她那些年也五十多了，瘦瘦气气，虽然有皱纹，也看出年岁了，但是身形没垮，脸没塌。她长得有点像电影演员王丹凤，没王丹凤媚，而是清清素素，很干净。

你很难想象，她那样一个农村小老太，穿的是自家纺的老粗布，随便缝缝，瞎穿，她也不要好看。被儿媳污言秽语地骂，她听不入耳，只好走开去。拎个小包裹，一肚子气，飞快地走上田埂，拐上大道，简直是健步如飞。风吹进她的衣裳里，使她的宽袍大袖又鼓出一块儿，可她还是好看。

外婆两姊妹都是美人。外婆的美，田庄未能充分感受到，大体上她已成了传说。从记事起，外婆就是老太太了，一个很端方的农村人，五官匀净，穿大腰裤、黑布鞋；穿斜襟、对襟小褂；梳鬏，用簪子别起来，很老派。

小姨是年轻版的外婆，没外婆白，眼睛也不顶大；因而小姨的美，田庄也未能领略到。但是，既然那么多男青年尾随她，向她吹嗦哨，想必是好看的吧。姨奶奶说："你小姨啊，她是搭得好，单看五官，也未必样样出挑。"

这个，就超出田庄的认知范围了。田庄这辈子对"美"素无研究，对"不美"却很清楚。因为那阵子又跟她妈赌上了气，她跟姨奶奶说："反正你们几人中，就数我妈最难看！"

不巧这话叫孙月华听见了，从身后打

了她一下,说:"背后乱嚼蛆!谁难看了?我看你是骨头痒了,欠揍!"

这一打并不重,但是田庄未提防,因而吓了一跳,"啊"了一声,朝她妈怒目而视,随即眼泪就汪出来了。

孙月华大咧咧地走过,说:"动辄就哭!就你尿汁多!看来还是打得少!"

姨奶奶眉头微蹙,向孙月华说:"她是大姑娘了,好吧!"

说完继续绣花,嘀咕道:"整天没大没小,就没个上人样子!"

田庄为什么喜欢姨奶奶呢?说话、做事上路子,拿她当大人待,有的聊。那晚姨奶奶还在生儿媳的气,决定继续绣花。于是田庄就来到她屋里,问起了那封台湾来信。

姨奶奶抬起头来,说:"这事太复杂,不大好讲。"

田庄说:"你就告诉我,写信的是什么人?"

姨奶奶想了想,说:"往远里说,你可叫他舅公,徐志河的堂兄。往近里说——"她摇了摇头,长叹一声道:"都这个时候了,还来什么信!大半辈子过去了,没的扯出一堆事来!"

这一年,街上穿喇叭裤的少了,二流子们不知跑哪儿去了,瞬间人间蒸发。不再把录音机放得震天响,不再留长发,也不听邓丽君,也不戴蛤蟆镜,个个老实得要命,都从良了。严打开始了。

赵小红说:"你信他们?照样听,搁家里听,还跳贴面舞!"

田庄说:"嗯?跳贴面舞?"

"就是男女搂搂抱抱,脸贴贴!还亲嘴!"

"啊?"

"我听舅舅说的。他们单位有个小青工,在家里开舞会,叫公安局一窝端了。全进去了。现在还不知怎么判呢。男女作风问题,搞腐化,搞破鞋。"

田庄想起不久前,街上开着的车队,七八辆呢,上面都是犯人,五花大绑,身前挂着牌子。其中有个女青年尤为显眼,上写"流氓犯崔丽霞",长得挺好看,虽然半低着头,脸微微侧着,很倔强的样子。看是看不出流氓样,一点都不时髦:编两根麻花辫,穿黄军裤,上身是一件普通的灰蓝外套。

满街的人追着她看,打听是谁家的姑娘。也有说不是姑娘,死了男人,在家卖淫,收费不便宜。但贵有贵的道理,人漂亮,就这么躺躺,挣得也比上班多。

田庄本来也要追的,被孙月亮拉住了,说:"别去!瘆得慌。"

孙月亮有点紧张。她这两年来到县城,明显时髦了。前一阵子才跟同事学会了烫头发,叫"火钳烫",把火钳子烧热了卷头发。还没出师,偷偷试了几次,不怎么敢下手,怕烫大发了,挨姐姐骂。

又想起街上那些二流子,她虽不理他们,却并不讨厌,就觉得流里流气,不务正业罢了,怎么现在都成了罪?她单位那些跑采购的小青年,天南海北走遍,最是见多识广,抹头油、穿尖领衬衫,皮鞋擦得锃亮……最近都收起来了,换上深灰老蓝,风纪扣扣得很严实,说:"最近悠着点,别撞枪眼上。"

这话是有因由的。民警都在街上瞄着呢,群众也会举报。清浦县抓偷盗抢劫、流氓犯罪是有指标的,须完成定额,也因此,县公安局的压力很大,已出动全体警力，分片区包干。

何为严打？偷鸡摸狗都能判刑，强奸未遂直接毙了。田庄有个同学的表哥，因恋爱不成，被女方告了个流氓罪，他家砸了重金还判了八年，要不也没命了。公安局的人说，活该你家倒霉，偏偏这个节点上提分手！女方当然不好，但你家也不占理，女的那么好睡么？睡了又不跟人结婚，告你个流氓罪，一点问题都没有。

公安局也烦不了，累死！上半年抓"二王"，下半年搞严打，全凑一块儿了。是的，赫赫有名的"东北二王"，家喻户晓的名字，令人心惊。手拿手枪，腰别手榴弹，手提包里还有几百发子弹。整个春夏，全国人民都牢记这兄弟俩的长相，贴在墙上、公告栏上、电线杆上。家家户户都在聊，连田禾都知道。但凡她无理取闹，大人只消说："二王来了！"她立马变得很乖。或者她正玩得开心呢，哥哥姐姐说："二王来了！"她也不玩了，转身就往屋里跑。很好逗。

田地对二王的态度有点矛盾。他恨不得自己就是二王，手握五四手枪，左右开弓，一个个全撂倒。一边又把自己想象成人民警察，徒手肉搏，使的是霍元甲的功夫，一勾拳，一飞腿，耳边响起"万里长城永不倒"的歌声。

可是二王实在太厉害了，全国投了几万警力都拿不下，末了民兵、解放军、人民群众一块儿上，还愣是在枪林弹雨中，让他俩骑着自行车飞檐走壁，逃到山林里，直至被击毙。

田地想，邪不压正，我还是当个好人吧。

田庄想的是，那个叫崔丽霞的女流氓是不是真的在卖淫？这个都能挣钱？小姨叫她别偏听偏信，也许人家是在糟践她。她会判几年？会去死吗？那么好看的姑娘，扭头别脸，扎着小辫，穿得也不鲜艳。她的样子真是惹人怜，双手铐在身后；还有人向她吐唾沫，她看见了吗？听见了吗？秋冬之交，寒凉的空气吸进胸腔里，至少那一刻，她还活着，还在呼吸，是吧？

是的，至少那一刻，田庄已超脱了善恶、正邪，普泛对于生命有同情。她觉得1983年乱糟糟的，天都灰了。

1984年　十四岁

这一年，"改革开放"才算真正进入田庄视野里，慢慢入脑入心。早几年，"改革开放"就声声相闻，遍及四野。它们在报纸上、在收音机里，在电视新闻里。它们满大街都是，刷在墙上，挂在横幅上，写进春联里，写的是"改革开放春风起，万丈高楼平地升"。

另一户人家的春联写得比较别致："小平力主复高考，学子攻读步校门。"想来是寒门小户，家里出了个大学生。

外婆家的院墙上，也叫村委会刷了几个大字："改革开放就是好！"很直白，跟人赌气似的，咬牙切齿。她家因为住在路边，连猪圈上都叫人刷了字，是关于计划生育的："该扎不扎，房倒屋塌。"估计猪看见了都会打寒战。单就表述而言，后者明显好过前者，有文学的力道，生动形象。

田庄有一回随学校去春游，看见郊外一截黄泥土墙上，赫然写着："打倒不肯改悔的走资派邓小平！"她吓了一跳，虽知是陈年旧迹，但历经多年风吹雨打，字不灭，形尚在，亦算是百折不挠。尤其是那大大的惊叹号，透着一股狠劲儿，力透墙背！

这一带是四不管地带，原是一家化工厂所在地，后来工厂搬了，落了几间厂房，还有这一截黄泥土墙。

不远处的村庄，"改革开放"却搞得一个兴兴轰轰，跟外婆家的七里村差不多，也是写在墙上，挂在横幅上。村委会最热闹，满眼都是改革开放，墙上写着"谁致富谁光荣，谁贫穷谁狗熊"，横幅挂着"解放思想，实事求是，团结一致向前看"。站在村委会门口，远远能看见那截黄泥土墙，眼神好的同学依稀辨出"打倒""邓小平"几字。

班主任说："看到没？这就叫反衬。你们回去写游记去，谁能把这一节写出来，写出意义来，写出意思来，我就推荐给校刊发表。"

没一个写得出。写出"意思"已经很难了，写出"意义"难上加难。意义何在？没什么意义。"意思"却是有的，在田庄是饶有趣味，心里能体悟，笔头却写不出。于是敷衍了一篇写春景的文章，诸如"春风吹又生，麦田绿油油"之类，交差了事。

村委会正在学习，听得外面叽叽喳喳，就派一个村干部出来看看，那人是个小青年，手里拿着《人民日报》，学习学得头昏脑涨；一听是县中的学生来踏青，他没多大兴致，却得了个由头不回去了，伸了个懒腰说："唉，正好出来透透气！整天学个没完！"

班主任很好奇，问："都学什么呢？"

村干部说："改革开放呗，还能学什么？"

班主任越发好奇："改革开放还要学吗？做不就得了！"

村干部瞥了一眼班主任，那眼神就像看天外来客，说："当然要学！不学，怎么传达贯彻落实？不学，怎么解放思想，一边促生产，一边抓整顿？"

班主任笑了笑，把眼看向远处，田野里有几个农人在锄禾，千百年来他们一直这么锄着，生生不息重复这一动作，超越了时间、生命，只剩下动作本身。那边开过来一辆"小四轮"，开车的是个年轻媳妇，头扎花围巾，把脸包得很紧实。

班主任想，这些人又不是傻子，你们少指手画脚，他们就有的活。当然，这些人到底是不是傻子，班主任也未必知道。

身后传来咳嗽声，村干部回头看了看，说："来了来了，刚才出去撒了泡尿。"

这就出来一个中年干部，把青年干部踢进去，道："赶快的！一开会，你就尿多！"说完点了一支烟抽上，骂道："妈个巴子，整天学！光学不做，没一点思路，尽在那儿磨洋工！"

青年干部所谓的"县里下文"，就是田家明一拨人起草的，他们也是根据县委指示，都是党的好干部。其实县委也没什么思路，"改革开放"学了几年了，不知从何入手，一边搞活，一边整顿，上边叫干什么就干什么，那就学呗。这不，省里刚下了文，要求解放思想、真抓实干，力戒形式主义、官僚主义，县委第一时间传达贯彻，又叫秘书科起草文件，落实措施一二三四，好跟市委汇报。

实在说，省委也是落实中央精神，中央就知道地方有些党员干部，形式主义到了极致，思想僵化，照本宣科，整天就知道学、学、学！学习最安全，不会犯错误！改革开放推行不下去！

田家明当然更是没少学。他们做秘书、写材料的，视学习为天职，比领导还先行一步，比领导更学深悟透，因为领导的讲话稿就是他们写的。什么"精读文件领会实质，联系实际加深理解"，什么"学好文件，边整边改"，这一套他们拿捏得透熟，手到擒来。

县委四套班子每天都在开会学习，开学习班、研讨会、务虚会；开动员大会……解放思想大家都懂，但怎么解放却有点懵。

领导说："那就证明学得还不够，还要继续学、努力学！我都学了几十遍了——"拿起一沓文件，翻给大家看，"我做了几万字的笔记，有的段落我都会背！虽然，但是，我还是学得不够，离党中央的要求差了一大截。"

田家明一本正经坐在台下听，埋头记笔记，心里想，别吹了！那是我写的。虽然，但是，领导念完田家明写的讲话稿，大家热烈鼓掌，田家明也跟着鼓掌，他是自己学自己！

学完了，还要一个个发表学习心得，田家明说，通过这一阶段的学习，我感觉自己进步很大。国家振兴，民族富强，实现四化，关键在于解放思想。而解放思想的关键，我认为主要在于打破习惯势力和主观偏见的束缚，研究新情况，解决新问题。

等于没说。因为新情况不是他能研究出的，新问题他也解决不了。他处于一个庞大的体系里，这个体系陈陈相因千百年，有它自己的语言和腔调，官话、套话、大话……总之都是正确的话；很多时候，越是声嘶力竭、表情越是伟光正就越安全。

当然田家明的腔调平和。第一天性使然；第二，还没到那个位置。他现在谦卑得很，整天忙得晕头转向，连酒席都推了，实在没时间。他的改革开放主要是开会学习，读文件，写材料。另外就是私下里聊，也可说，他是舌尖上的改革开放。

这一年年初，邓小平来到深圳、珠海，很低调，只看不说。《人民日报》都没上头条。有一个著名的细节，就是那句"时间就是金钱，效率就是生命"的标语，矗立深圳两年了，引来全国围攻。负责人问邓小平，这个标语是不是犯忌了？我们不要求小平同志当场表态，只要求允许我们继续实践。

于是大家都笑了。

"时间就是金钱，效率就是生命"就这样响彻全国，成了那个时代最惊世骇俗的一句话，连清浦县初二学生田庄都知道了，莫名有些激动。她也不知道自己为什么激动，可能是瞎激动。

也有可能是，这个读《人民日报》开蒙识字的小姑娘，从小熟读打倒美帝苏修、打倒资本主义，及至她十四岁，"金钱"突然成了香饽饽，进入标语，成为口号，行走于光天化日之下，可以大摇大摆；也可以竖拳头、喊口号；对着远山喊，对着虚空喊；也可以手持喇叭状，对着大街小巷喊，总之想怎么喊就怎么喊。

她看到了对她童年时代的反动，并从反动中她看到了一丝光亮，突然就光芒万丈。1984年真的亮了，肉眼可见的亮，不是被她的眼神点亮，而是1984年点亮了她的眼神，互相映照。

这一年"整顿"还在提，但"改革开放"明显更有底气，叫得也欢畅。出现了很多新事物，及至这年国庆阅兵，田家明一家守在电视机旁看直播。孙月华说，嗯，三十五周年，我得看看。——她比共和国长一岁，叹道："要死了，时间过得太快，一晃都中年人了！"

当游行队伍经过天安门广场，镜头里突然晃出一条标语，"小平您好"，由几个年轻人举着，欢呼而过。孙月华激动得直打田家明，说："快看，快看！"

她嗅到了一股气息，不再是英明领袖、伟大万岁，而是很平民化的，连同志都不叫，就一声"小平您好"，自家人一样。怎么想起来的？那么自然亲切，那么朴素，直叫人感动！

田庄也很感动，主要是她妈都感动了，难得难得！

田家明是激动，整天学解放思想，这不就是解放思想吗？

表达感情的方式，还是这一句最妥帖，千言万语，各种委婉，全在这一句里，且是自发的！

这一年，太多新鲜事儿，令人眼花缭乱。深圳、下海这样的词汇，也挤进了田庄耳朵里。连顺德她都知道，做热水器的地方，"万家乐，乐万家"她记得牢。孙月华把眼瞥着荧幕，说："买了这个，冬天就不用去澡堂洗澡了？我不信！能冻死！"

田庄姐弟仨说："买吧买吧！可以天天洗！"

孙月华断然说："不行，太费水！"

这一年，家里新添了冰箱、洗衣机，又把黑白电视换成了彩电，一时手头有点紧。论"现代化"程度，高地上除了"河西王"一家，就数她家最齐备。哪来的钱？先搁下不论。

大体上，田家明一家是清浦县最先富起来的那部分人，富得尊严体面，不像赵小红她妈，每天踩缝纫机到深更半夜，没什么身份地位。肉联厂有个临时工，洗猪大肠洗成了万元户，全县人仰羡至极。

孙月华也仰羡，她家离万元户差了老远，但她的态度有点暧昧。她不是吃不了苦，而是没到那份上；再者，她也丢不起那个人。主要得顾忌田家明的脸面，还有田庄姐弟，在学校怎么做人？同学一准会嘲笑，说，她妈是洗猪大肠的！

洗猪大肠的她见过。有一回她经过棚户区，有人指给她看，说："就那家！还能看出是万元户？"

当然看不出！五六十岁的一个邋遢小老头，佝偻着身子，一家人正在弯腰洗肠子。

孙月华想，这样的万元户我不当也罢。

她坐在家里，有时打眼看去，就觉得很满足。屋子里温暖清洁，什么都有。客人来了，看见她在结毛线、读小说，或者坐在写字台边做账，就会说，你家收拾得真好，跟电视上差不多。这才是家的样子！

慢着，孙月华怎么会读小说？

我们倒要问，她怎么就不能读小说？人家读的还是"纯文学"呢！那两年，她家订了《青春》《作品》《儿童文学》《少年文艺》……改革开放难道仅是钱、钱、钱？不也包括精神、观念、文化、生活方式？二流子都穿上了喇叭裤，她怎么就不能读文学？这么说吧，改革开放无所不在，就像炸爆米花，这里"嘭"一下，那里"嘭"一下，简直是四面开花，文学也"嘭"过。

自从举家上县，她家的文化生活就没断过，那些年的爆款文学差不多都读过，话剧《第二次握手》、电影《天云山传奇》也有看过。有时田家明没空，她就带着姐姐弟弟去电影院，遇上什么看什么。有一回看的是外国电影，男女主人公面对面站着。她心里犯嘀咕，不会亲上吧？小孩还在呢。

谁知真的亲上了，她说："这不要命

吗?"瓜子撒了一地,伸手把俩小孩的脑袋给按下去,说:"有什么好看的?还来劲了你们!"

后来她跟田家明说:"以后不带他们去看电影。外国人真够呛,亲亲抱抱也算了,女的还光胳膊露腿,有的还上床!"

不久中国片也亲了,《庐山恋》火得不得了。她听说了,就自己跑去看了,蛮好蛮好,穿得也时髦。《苦恋》她都读过,跟同事借来的旧杂志,读哭了。有一天闲来无聊,就跟田庄复述,说不上两句又落泪了。

田庄稀奇地看着母亲,心里想,还挺多情。典型的浪漫主义!

田庄怎么会晓得"浪漫主义"?她爸不是在读函授大学吗?她把教材翻了翻,记住了浪漫主义的两个漂亮面孔:拜伦和雪莱。略微知道他们的脾性,多情、热烈、忧愁、暴躁,跟她妈正好合得上。

为了跟她妈不一样,她宁可当现实主义者。其实现实主义她不大喜欢,都是些老头子,比如托尔斯泰。

田家明一家的文化生活,截止1984年也快结束了。主要是孙月华顾不上,她开始焦虑了。这一年,空气里充塞着火药味,划根火柴就能引爆。人人都在聊深圳,那么个小渔村,三五天一层在起高楼,疯了吗?

田家明也在聊。他的改革开放分两类,一类是文件里的改革开放,主要是读和写,上班时间完成。下班以后,他主要靠嘴,也就是唇齿间的改革开放。很显见,后者更对他的胃口,也更显他的性情,越聊越起劲,激动之至,有时会一拍大腿站起来,说:"我操,时代都发展到什么程度了!"

孙月华烦不胜烦。夏夜,邻居来家里看电视,看到荧屏说再见,他们还不散去,就听田家明在那儿瞎吹。她本来心平气和,小日子过得挺滋润。离开鞋厂快两年了,自从前年整顿,鞋厂的效益就不大好,新换了个厂长,坚持社会主义,又做回了解放鞋。

她现在的厂叫工艺美术厂,大集体性质,木工、铁艺、藤编、珍珠项链……什么都做。她照样坐办公室,当管理层。进厂不久就捡了个便宜,给家里换了一套家具:沙发茶几、五斗橱、衣柜、写字台……也是内部处理价,很划算。她心满意足。工艺美术厂也未见得好,瞎混混,工资有的拿。最近突然兵荒马乱,有好些人离开了,跑浙江福建去了;有的更离谱,直接杀广东了!还有两个师傅就留在清浦,带几个徒弟单干,听说接单接得手软,加班加点赶活儿。

孙月华不知道该怎么办,有点慌。常常呼吸不畅。焦虑是一种很严重的传染疾病,不需要人体接触,通过空气、眼神、唾沫星就能传染。在往后三十年间,孙月华时不时就会发作,属于间歇性焦虑。

起头,她也未必是贪婪,很大程度上是出于对未知世界的疑惧,下面还有几十年呢!现在好,不等于将来好,她家的好日子才开始,很脆弱!在这样一个变幻的时代,眼前的一切都不算数,抓在手里的可能还会失去。大家都在动,你不动,就有可能被甩在身后!

她本来已经很烦躁了,田家明又在一旁添柴加火,说得唾沫星乱溅,那天夜里等邻居散去,她朝田家明撂脸子了,说:"以后还能少说点,整天放屁拉膘!要么说我最看不上你们这些混机关、吃闲饭的,也就剩一张嘴了!改革开放,就应当先把你们革掉！要本事，没本事；胆子嘛，一个比一个小！还不如我们厂那些工人，走得一个坚决，头都不回的！人家不跟你们玩了，以后凭本事吃饭去！"

田家明莫名其妙。又他妈犯神经，吃了枪药了！怒道："有本事你也走啊！走得越远越好！"

孙月华瞥了一眼丈夫，没吭声。要照以前，两人必得大吵；今天她没心思。辞职下海这件事，她想了好久；辞职干什么呢？她手里又没技能，要不给人做账去？这也不需要辞职啊，兼职就能干！

去年厂里就有人去了深圳，回来以后说，也不是遍地都黄金，还有露宿街头的呢。就算有黄金，也得看见了才算，还得跟人去拼、去抢！还未见得抢得过！孙月华就有点犯犹豫。"下海"在她就像单相思，忘掉不容易，想追又不敢。1984年，家里的一切像落了层灰，不再光鲜亮堂了。她常常叹气，很不开心，若有所失的样子。人家赚了她就心动，人家赔了她又庆幸。

那晚临睡前，她去田庄房间张了张，见女儿还躺在床上读书，她上前合了书，见是《射雕英雄传》，气道："还有心思读这个！眼睛都读瞎了哇！暑假后就初三了，以后不准读小说！我也不读，杂志明年也不订了！哪有心思读闲书？都什么年代了，大老粗都当了万元户！"

田家明家的文化生活就这么结束了。

田庄的"改革开放"主要是听。整个暑假，就听父母在嘀咕，"下海"是他们家的下饭菜，这道菜不大好吃，至少孙月华不下饭。

田家明说："你都烦死了，你本来就在海里！你们那百十号人的小厂子，又不是大国营，你用得着下海么？"

孙月华说："我是说辞职。"

"辞职你干什么？开饭店？开杂货店？这些不要投入的？赔了怎么办？"

孙月华说："这可是你说的啊！那我就不辞了！"

田庄一声不吱，吃完饭就回屋去。她有自己的小世界。暑假她要写一篇作文，交由老师寄到四川雅安中学，跟一个叫杨春晓的男生交换，两人写同题作文，互寄切磋——两校文学社成立了"写作互助组"。本来是可以直接通信的，不需要老师过手。前面两人通过信，除了切磋作文，也写写各自的烦恼，期中物理没考好，大人管手管脚，和同学闹矛盾，阴雨天心情不好。两人都很好奇，隔着十万八千里，远方多么神秘；也不知道对方长什么样儿。写信却是一本正经的，开头是："杨同学，您好！"那边回复是："田庄同学，您好！"

两人都字斟句酌，用了很多形容词。有一回田庄写信：春天来了，麦田绿油油——她对"绿油油"有执念——晓风和煦，杨柳青青……心里很得意，把"杨春晓"三字嵌进去了，像玩填字游戏。

那天是星期天，她正写得起劲，突然听得推门声，她慌了，来不及收信，拉过一本《大众电影》盖在信上，那期封面是电影明星龚雪，田庄把手肘压着龚雪，双手托腮，看着窗外。心里紧张得要命，她妈要是拿起《大众电影》，她准死定！

孙月华没拿，她那一阵心情不错，喜欢撩小孩；上前看了看，说："怎么又看《大众电影》！可着劲儿看！你难道想当电影明星？别做梦！你长得又不好看！"

田庄哪儿禁得起这么撩，本来好话坏话就听不大懂；气得眼泪都出来了。什么人呐！有事没事就来屋里，都不敲门！谁说我要当电影明星的？我本来不想当，现在偏要当！我好不好看关你什么事！

写信的兴致也消失了。等她妈走了，她把信纸团了团，塞裤兜里；把头磕在桌上，号啕大哭。

后来，双方老师介入了。信只能寄给老师，供文学社聚会讨论。

老师说，我本来不想这么做，是你们自己不自觉。有的同学上课时还写信、看信，看了一遍又一遍，写得什么乱七八糟的，无病呻吟，整天想入非非，搞那些风花雪月的混账玩意儿。

田庄吓了一跳，他在说我吗？

隔壁班赵小红说："你没听说啊？出事了！情书都写起来了，我爱你，叽叽叽，肉麻得不得了！叫老师抓了正着。"

"谁？"

"王少聪。"

"啊？"田庄说，"他去年还在淌鼻涕呢！黄浓浓的两坨，还能吸回去，恶心死了。还追着往人身上抹。"

赵小红说："今年没淌。个子蹿出一大截。没留心吗？鼻涕才没，花痴就犯，看人的眼神都是直的。"

两个女生都快笑死。

这一年，她们自己也在长个子，只大半年就拔高了将近十厘米，属于"见风长"，心慌慌，连走路都不大稳当。往后几年，她们还会再长几公分，但是慢多了。1984年猝不及防，生理卫生课上，月经和遗精公然写在课本上。老师说，这也没什么不好意思的，嗯。啊。你们自己读去！

底下哄堂大笑。

老师也笑，说："还装模作样！你们什么不懂？《少女之心》都读过，还一脸懵懂！"

男生中确实有人读过《少女之心》。黄色小报、盗版《今古传奇》等也进入校园，读几段就开始"下三路"了，高年级男生说，这是抄了《肉蒲团》的。武侠小说更是硬通货，女生则爱读琼瑶和三毛。初二学生极少有省心的，多数人成绩一落千丈。青春期到了。

校长虎着脸，每年他都要在大礼堂对初二学生进行训话，今年训的是《少女之心》，痛心啊痛心！清浦县中是省属重点，每年不上几个北大清华都算是教学事故。他说："我都羞于启齿，还祖国的花朵！你们也配？祖国的花朵会去读黄色小说？谁？有种的给我站出来！没有，是吧？一个个都干干净净，是吧？好嘞！叫我查出来，别怪我不客气！直接给我滚蛋，清浦县中容不下这样肮脏的学生！"

底下嗡嗡声一片。大家扭头四顾，个个无辜得要命，干净且稚气，看不出谁是读过黄色小说的。

校长快六十了，老花又近视，临行前偏偏忘了戴眼镜，远近他都看不清。但是他做出看得清的样子，一个个望过去，定定神，又看向另一个人，神情严厉。某种程度上，他也确实看得清。教了一辈子书，学生他见多了，资质有高低，就是出几个旷世天才也不稀奇，中间夭折了都说不定。绝大多数都将成为普通人，按部就班，归于平庸，无常来了也只好认领，谁知道什么样的命运正在等着他们，或者哪个环节出了问题，就有可能改变一生。

那天田庄也扭头四顾，很漠然地把眼看向她的同龄人。就没几个像样的，五官全糊一起了，有的还在流鼻涕，有的个子还没开长，跟她弟弟似的。他们会读《少女之心》？他们知道什么是少女？

少女就是她这样的，至少某一类少女是她这样的。个子接近一米六，瘦得像根芦柴棒，动辄跟她妈赌气，时而傻笑，时而哭丧着脸，对男的根本不上心。说她不懂吧，似乎也懂一些；说她懂吧，又不是那么回事儿。路上喜欢看美女。一看到好看的就眼睛发亮，顿时心都化了，不拘男女。

到了高二还买明星贴纸，把林青霞、张国荣、张曼玉看来看去，喜欢得不得了。课间几个女生凑在一起，围着课桌看明星贴纸，时不时就会开怀大笑。都希望自己长成那样，把明星的头脸剪下来，安在自己身上。

清浦县也不乏美女，各个年龄层都有，从十几到三十多，没断层，在梯队建设方面，该县可说是经营得不错。1984年的美女，不像后来那般花哨、争妍斗艳，但不花哨的美女才是绝对的美女。都说"人靠衣装马靠鞍"，但绝对美女显然超越了这一层级，走在暗淡街头，哪怕穿破衫都会有人回头看。

有一天放学回家，田庄就遇上了这样的美女。三十来岁，梳短发，穿深灰老蓝，一点都不打扮的。但就是吸引人，五官是不用说了，静朗如美玉，条子也好，走起路来纹丝不动，像一棵正在行走的树。否则身后骑自行车的男人，也不会走过她还连看好几眼。

田庄把眼看向那个男人，天哪，爸爸！

她脑子"嗡"了一下。他怎么会看女人？他还有这个爱好？女人是你看的么？你一已婚男人，孩子一大堆，大女儿都上初三了，你还看女人！成天道貌岸然，假正经！不知把我妈骗了多少回！我那可怜的妈，整天操劳的妈！时而嬉笑、时而怒骂、越来越胖乎乎的妈！男人在外这副德行，她没准正傻乎乎在家织毛线呢！

孙月华倒没在织毛线，她窝在沙发上看电视，眼睛却定定看向墙面，她在想心事。大概率想的是钱。见女儿气喘吁吁地跑进来，她说："先回房间做作业，一会儿吃饭叫你！"

"我爸呢？"田庄问。

"出去了。今晚有局。"

田庄挨着她妈坐下了，把脚一跺道："你怎么也不管管他！你整天快钻钱眼去了！"

"怎么啦？"孙月华吓了一跳。

田庄就把路上的事给说了。

孙月华的表情很古怪。把眼看着女儿，似笑非笑，像努力在憋笑。

她这个样子，田庄都没法讲了。

孙月华说："你讲嘛，讲嘛。"

田庄继续讲。

孙月华低下头，把手掌盖着脸，这样田庄就看不到她在笑。等田庄讲完了，她笑得歪倒在沙发上。她一边笑，一边翻身坐起来，不由分说搂过女儿，朝她脸上"啵"了一下，说："我的大乖乖！你快把老娘笑死了！"

田庄也是没法子了，擦了擦脸颊，说："你一点都不在乎？"

孙月华："我在乎个屁！你爸不是那样的人！再说，我哪有空操那个心！每月如数交工资，他就是孙悟空也跳不出我如来佛手心！"

她瞥了一眼女儿，倒是眼前的这个让她不放心，都念初三了，怎么行为举止还像个低龄儿童？

这年十月，台北校长徐志海办完退休手续，离开了他供职三十年的校园，一个人走回家去。他住在台北西宁南路的一栋小公寓里，平时不开伙。他一个人住。

他来台湾未有婚娶，女朋友没断过，谈了一辈子恋爱。他也说不清自己为什么不愿结婚。不全因为大陆有妻女，事实上，她们是不是活着他都不知道。几十年来，大陆他也淡了。那边喊"解放台湾"，这边喊"光复大陆"，让他们喊去，他是不大当真的。

不当真，可能是他一生的关键词，来台湾后越发明显。蹉跎几十年，有游戏人生的意思。伤透了。有幻灭感。就觉得不值。挫败之至。

这年他六十岁，患有高血压、心脏病。近几年身体发虚发胖，寄往大陆的照片也是白白胖胖，发际线抬高。他很不满意。于是又寄去两张年轻时的照片，倜傥俊俏，自己都看不够，越看越恍惚。内中有一张是他在拉小提琴，把琴身抵着脖颈，很甜蜜。

他那年二十五六岁吧，赴台后身体才康复，心情差得要命，落在镜头里却甜蜜兮兮，看不出是死过一回的人。多年来他忧生伤世，自从跟大陆妻女联系上，他越发头重脚轻，前世今生，交替闪回。

大陆那边也寄来了照片。妻子当然是老了，女儿晓芸也人近中年，眉眼跟他一模一样，他心里一暖，会痴痴看上好久。女儿的三个孩子，他也一个个打量；女婿长得不错，戴着眼镜，是读书人的样子。他回信说，芸儿，我很欣慰，看上去你们过得不错。女婿和孩子也都体面，不丑。你们要是都能在我身边，该多好！

妻女的照片他看得最多，都印在脑壳里了。看着看着就会淌眼泪，他擦了眼泪，继续看，不能自已。妻子已变了个人，完全不认识了，细细端详，神情如旧，可脸上是时间的刀削斧斫，几十年过去了，哪里认得出？只恨手头没有她年轻时的照片，她自己也不留，全烧了。

他在脑子里拼命搜索，有时清楚，有时糊涂。有那么个大体轮廓，镜中花、水中月一般，细节是记不住的。只记得她长得好，性情温柔。离别时她才二十五，犹记得那天清晨，她抱着芸儿来送别，在南京总统府门口，车来人往，人声杂沓。两人连话都来不及说，她也魔住了，只喃喃道，你好好保重！要活着，我们都要活着！

说完这一句，她似乎才醒过来，离别在即，前路漫漫，一家人都不知何时再相聚，她一下子失声哭了。那时他们岂敢相信，这是他们家的最后一面！

他从妻子手里接过女儿，那小孩子才七八个月，粉粉糯糯。他不由分说抱紧她，用力，再用力，亲来亲去，说："芸儿，爸爸要走了，跟爸爸说再见！"

那小孩子也不理会，在他怀里忙得很，把脑袋转来转去，看一切都新奇之至，双手拍打，"噢噢"不停。后来，这一幕就印在他脑子里，被他带到台湾，时不时就会想起，恍然如梦。那是1949年4月，渡江战役即将打响。那天他丈母娘也来送行，他一向喊作三姨的，他说："三姨，映璋母女就交给您了。别回清浦，到福建去！千万千万！"

这是他的最后一句话。他丈母娘摸摸身上，尚有两块银元，塞到他手里。他跳上车去，这是他落在她们眼里的最后一个动作。

他是1924年诞于江城，祖籍清浦县安

峰山乡。他父亲徐义仁，少年学医，后入职江城仁慈医院，协助一个叫钟爱华的美国医生工作。1941年日本偷袭珍珠港，钟医生回了美国。仁慈医院由他父亲主持，父亲当院长一直当到1948年秋天，直到解放军进城，他才带着女儿徐志洋连夜奔赴南京，那里有一架飞机，从福州派过来的，他连襟是国民党福建军区司令员——志海、志洋称作大姨父。父女俩先到了海峡那边。

他母亲死得早，得年三十五岁。那年，母亲回清浦办事，她娘家有一个堂侄，族里都传他是共产党，事实上他也是。那天他被日本人追捕，就跑来家里。母亲把他藏进地窖里，日本人找不到人，就押走了母亲。隔天她被抬回家时已气息奄奄，不久就死了。后来徐志海总说，他妈是为了救共产党才死的。

话是这么说，账却没法算。一笔糊涂账。

他母亲出身清浦大家，名叫米贞，大名鼎鼎的"米氏姊妹"中的妹妹。十九岁考上江城女子师范，还未毕业，就叫家里许给了徐家二公子徐义仁，这是1922年的事。母亲贤淑贞静，写一手好字。她临死前的样子很狰狞，鼻青眼肿，已经破相了。

真正的母亲是美丽的。志海手里有她一张半身像，后来他把它洗印了，寄回大陆。再后来，孙月华把她祖母的照片放大，镶了框，摆在客厅里。每回田庄回清浦，总静静端详她的曾外祖母，齐耳短发，身着短袖旗袍，神仪明丽，眉目清朗，是民国女生该有的样子。

有时田庄会不能自已，想着世上曾有过这么个女子，她活过，但是现在不在了。家里时空交错，民国、抗战、南京、台湾、"文革"……横七竖八，躺在各个角落里。

空气浑浊，人影幢幢，嫌挤，但又相安无事。人人都笑眯眯，守着自己的一小块天地，待在该待的地方，在墙上、床头、抽屉里，在玻璃台板下，在影册里。

母亲死后，志海就被他大姨接走，辗转去了重庆，先读的抗战中学，后来报考中央军校，1945年日本人投降，他才毕业。等于没上过战场。他是1946年结的婚。妻子章映璋是他堂弟徐志河的姨姐，从小一块儿玩大的，可说是青梅竹马。他在重庆时，就与映璋书信传情。

婚后安家南京，其时他已入职"京沪卫戍总司令部"。两年后他上了战场，这便是史上著名的"淮海战役"，台湾称作"徐蚌会战"。他任连长，隶属于国民党徐州"剿总"第一绥靖区第四军。不到两个月即全军覆没。他只身逃回南京，与妻女只厮守三个月，又奉命去了上海，加入重新改建的国民党"京沪杭警备总司令部"，后来一路南下，自觉像狂风骤雨中的一片落叶，身不由己，死生由命而已。1949年10月，他从广东去了台湾。

他一上岸就进了军医院，几死。后来遇上同乡，得知父亲、妹妹正在找他。那天父女俩来到医院，一家人形同做梦，只拿手互相摩挲，肉与肉的接触中，人体温暖柔软，方知这是人间。

他父亲赴台后开了家诊所，妹妹徐志洋1951年嫁了一名海军军官，丈夫英年早逝，落下两男两女，由他和父亲抚养成人。志海心灰意冷，不久退役，寄身于一所中学，当了国文老师。

起头，一家人四处打听映璋母女。后来听表亲说，她们多半还在大陆。1949年初夏，这位表亲在福州遇上了映璋二哥章映理，得知映璋母女已回清浦。二哥本来

87

也要渡海的,奈何身上有军饷,犹豫了一下,回身北上。表亲揣测,他可能怕被国民党正法,毕竟军饷关系重大。

二哥后来被共产党枪毙了。后来映璋母亲说,她家老二逃不过一死,这是命。卖了"开洋百货"去支持国民党,不是豪赌是什么?输定了!

她摇头叹道:"眼力见儿不行!老大也不行!"

老大后来失踪了。校长当得好好的,抗战胜利后,偏要去当什么教育局局长!其实只要好好做事,政治都不沾,生意人也罢,教书匠也罢,凭它怎么改朝换代,也未见得就必死无疑。盘下"开洋百货"的赵家,解放后就做了县工商联主席,公私合营后,他当然是"家里蹲"了,可是共产党照样发薪水,一直发到"文革"。

徐志海眼力见儿也不行。他逃到台湾后,有好几年缓不过劲儿来,都不知道怎么会落到这副田地,到底输在哪里?丧气丧得厉害!

反是他父亲徐义仁看得开,做了几十年医生,只知治病救人。当年他在江城医院,不知救了多少伤兵!国民党收,共产党也收。有一回他跟儿子说,别待南京了,我怕你将来会上战场,你们打不过共产党!

这话说在1946年。其时抗战胜利还不到一年,举国上下,一片欢腾。说起来,那是徐志海一生中难得的几年好时光,新婚,甜蜜,安定,南京一派歌舞升平,虽破败,也新兴。他家住在夫子庙边上,出门就是秦淮河,离乌衣巷不远。两家合租的一个小院,他家住三间正房,进门是会客室。

映璋只带了个老妈子过来,也是她奶娘,从小跟到大,作为陪嫁来到徐家。章映璋结婚时,章家已大不如前。八年抗战,把家产赔了一半;及至她结婚,家里只陪了几亩薄田、两个老妈子并两个女佣。映璋母亲很难为情,跟女婿志海说:"一家人不说两家话,你知道就行。只能尽点心意了,还能怎样?"

徐志海和父亲发生争执,正是在他回江城结婚期间。照他父亲的意思,干脆别回去了,跟政府有什么好搅和的?不如替他管理医院。将来打起仗来,江山跟谁姓都说不定!

志海听了甚为诧异,他父亲竟然站共产党!

他父亲说:"我两边都不站!你是当局者迷,我是旁观者清。这么些年来,国军、共军我见得多了,两边都有熟人。真是不比不知道,一比吓一跳!先不说得道失道,精气神就不一样!"

1985年 十五岁

田庄终于弄清楚了台湾来信,五雷轰顶。寄件人徐志海是她母亲的生父,她凭空多出一个外公来!

母亲原名徐晓芸,十二岁那年随外婆改嫁到七里村,跟了孙姓,做了贫下中农的女儿。等于是脱胎换骨,洗心革面,把原罪也脱去了。外婆章映璋也改了名,七里村的户口本上写着章一兰,笔画简单,符合贫下中农的身份。

章一兰这名字,她也是临时瞎起的,是照着她妹妹改的名。她妹妹章映珊,早年结婚时改名章一花,也是怕拖累她的新婚丈夫,才从朝鲜战场回来的人民英雄胡广大。其实无论章一兰、章一花,没人在意。外婆姊妹的新名字,只有她们自己当回事儿。改名在她们是一种仪式，是跟过去诀别，是隐姓埋名，屈尊就卑，慢慢就真的卑了。是把自己藏起来，混迹于贫下中农这个群体。其实贫下中农也未必在乎，用今天的话说，别以为穿个马甲我就认不出你！

七里村人后来都知道外婆的来历，婆家、娘家都是大地主出身。她一家全得过国民党的好处，她爹做过国民党的县长，她大哥是教育局局长，她二哥做生意，有传县城一条街都是她家的。她男人是国民党军官，后来不知去向，是死是活都不知道。

截止1985年，家里总有七八封台湾来信，田庄一封封都读了。母系太复杂，跟教科书上略有些错位，主要是声气不对。教科书是大义凛然，字字剑拔弩张，凡事肯定。而家书则温情脉脉，充满了失败、悔恨、无力，是对无常的慨叹，人的血泪浸濡其中。

自从读了台湾来信，田庄最爱学历史。她是国史、家史交错进行，对教科书上的说法反而不大采信。很快她就知道，其实家书也不可信，亲人之间也有粉饰。台湾来信中，有一封必须提及，读得千里之外的田庄眼泪涟涟。这封信写于1983年，当徐志海收到大陆回信，得知妻女还活着，他的肝肠寸断可以想见。他是这么回信的：

晓芸女儿，我这样称呼你，在一阵陌生的不自然的感觉中，带着无限的惭愧、歉意与不安。首先第一句话，千言万语只浓缩成一句话，我对不起你和你母亲，也对不起你外祖母。芸儿，我的第二句话是道歉，我向你道歉，向你母亲及你外祖母道歉！我未有尽到为父者的责任，我一走了之，我害了你们祖孙三代人！三十余年，转瞬即逝。我老了，我们这代人都将成为往事，湮没于历史中默默无闻。在人生的最后旅途终点，行将归去之时，我收到你们的来信，得知你们还活着，与我共此时，我死而瞑目矣！

芸儿，自从接到你的来信，我读了千百遍，数日不眠不休。你祖父也失眠，以致病倒，进了医院。你姑妈大哭。我们都大哭。

可是芸儿，只要活着就好，哪怕低微卑贱，我心里亦慰藉万分。来信可告知家里情形，写得具体点，比如女婿情形，你母亲情形……

末一句最费周折。"你母亲情形"，孙月华头疼之至，她母亲有啥情形？改嫁了呗，过得挺好！是不是如实相告，这是个问题。依她母亲的意思，改嫁就别提了，先瞒着再说。

孙月华说："我妈，这事瞒不住的！总有一天会捅出来。你这是老实人做干蛋事，怎么想起来的？改嫁怎么啦？不改嫁，我哪有今天？你含辛茹苦把我带大，他感激还来不及呢！"

道理上是这样，情义上却过不去。外婆一生受情义所累，这是她性格上的一大软肋，未知能否称作美德。1948年9月她诞下芸儿不久，她公公徐义仁、小姑子徐志洋经南京逃往福建，登机前来夫子庙家中，意思是带走她母女。她不同意，念及丈夫还在战场，生死未卜，说，我不能丢下他！他要是有个三长两短……哽咽不止。说好要等他回来的，是死是活她都得等。

几个月后，她在南京等来了丈夫，不久他又赶赴上海，临行前嘱咐她往福建去。

哪里还走得脱？南京城乱得不能再乱，人人都在逃窜，那景象亦是壮观。她们主仆四人挤了几天火车，挤不上去。不久解放军进城，本着哪来哪去的原则，将她们遣回老家清浦。

那时清浦已是解放军的天下，她陌生且害怕。她娘家的郝巷大宅已归新政府所有；她夫家在县城也有房子，院门贴了封条。县城的亲戚们逃得七零八落，都跑乡下去了，所谓"小难逃城，大难逃乡"。没处去，就往乡下去。那里天宽地广，有容乃大，最安全。

她主仆四人先回的桑镇。章家的田地、房舍都分了出去。她弟弟妹妹那会儿都还没有结婚，与二嫂、侄儿侄女共住。一阵丧魂落魄之后，似乎也习惯了。没什么大不了的，活着就好。

不久，她姨弟徐志河从安峰山赶来，接她娘儿俩回徐家祖籍落户。志河那年也就二十出头，一家人死的死，逃的逃，他就当起了家长，替堂兄照顾姨姐，其实是他嫂子，不过小时候叫惯了，他还是叫大姐。

志河是个有料的人。毕业于扬州农校，后来入职清浦县农业技术委员会。农技会有个余老师，有一天叫他赶快回乡下，把田地处理了，越快越好。他后来知道，余老师是共产党。

清浦解放，出于本能他躲回老家去，他家在安峰山人缘不错，田亩只处理了一半，剩下的都分了，政府也没拿他怎么样。

他是1950年离开的，重新上县去，找活路。眼看乡下吵吵嚷嚷，斗地主斗得太厉害，他怕自己永无翻身之日，就找到已经上任清浦县中学教导主任的余老师。

余老师说："来吧，天无绝人之路。不过现在形势紧，你换个名，免得麻烦。先来学校食堂藏身，过些时候再作打算。"

他这才改名徐江淮，当了母校食堂的勤杂工。那天，他回乡跟映璋告别，说："大姐，我走了，芸儿你照顾好！我走，或许将来还能帮上你们些；不走，就真烂一块儿了。有事上县找我去！过两年看看形势，有条件的话，我把你们接过去。"

映璋是1949年6月来到安峰山的。这地方人生地不熟，虽说是丈夫老家，其实丈夫也很少回来。村里给了她两间房，一房睡觉，一房烧灶。孙月华——那会儿还叫徐晓芸——出生八个月就来到这里，一直生活到十二岁，才随她母亲去了七里村。也就是说，她天生是村姑的命，却没有村姑的名分。国民党女儿这个身份，一直跟着她离开这个小村子。这身份，委实比地主、富农更卑贱，倘不是小舅徐江淮回来托关系，她凭什么上学去？徐江淮是她父亲堂弟，按说她该叫小叔，也是因为避嫌，她只认他是母亲姨弟，叫小舅。

父亲，在她记忆中是虚无。那样一个莫须有的人，却给了她无形的屈辱，等同于一团肮脏空气。她自生下来，身上就带着血和肮脏的东西，她自卑、敏感、好强。自觉低人一等，视自己为泥土、粪坑，每当有人喊"打倒国民党反动派"，她就神经绷紧。在学校挨人欺，动辄就被打得鼻青脸肿。当然她也不是好惹的，人啐她，她也啐人，有一回干起架来，同学围了一圈，说："快来看，共产党在打国民党。"她，是国民党的化身。

从记事起，她就跟母亲相依为命。五岁，她就会干家务活儿了，烧锅、洗碗、扫地、拾柴火；晚间，她主动去抱草，以备第二天早炊之用。六岁她会推磨，跟她

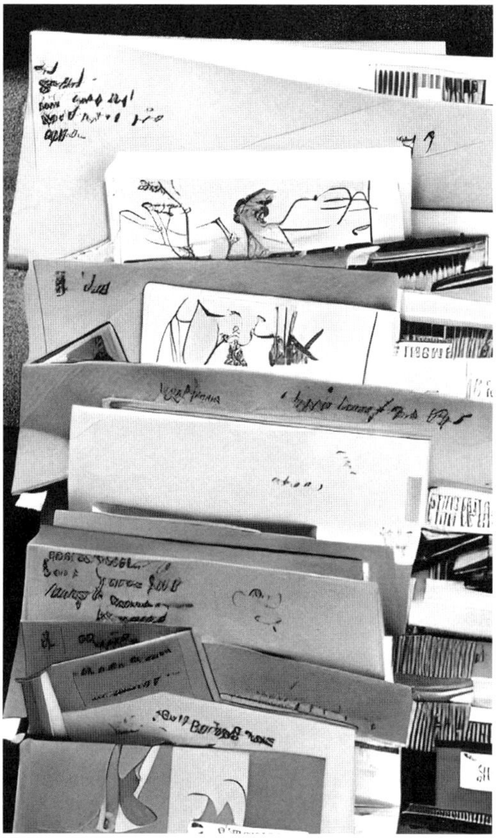

妈一起；她妈把磨棍放在腿上，她个头小，磨棍只能挨着脸，她用嘴唇、人中并双手往前推，使出吃奶的劲儿，脸涨得通红。七岁她自己做饭，装在瓦罐里，给她妈送饭——她妈正在麦田里抢收。

收麦的人看见她，就会说："章大姐啊，你有盼头了，晓芸能帮你做事了！"村里人叫妈妈"章大姐"，也是有讲究的，她是寡妇，丈夫又是打入另册的，叫她一声"章大姐"是尊重。她男人就这样被过掉了，再次成了莫须有。

那时，她外婆和小姨也常来家里，帮忙干活儿。她小姨那些年也二十好几了，找不到婆家，主要是挑剔，想找个成分好的，最好是贫下中农，这样儿孙后代就有活头。可是贫下中农谁敢要她？也只有英雄胡广大，仗着自己出生入死，腰杆直，才敢收留她。

晓芸外婆姓赵，也是富家出身，否则也不会嫁到章府去，男人还做了县太爷。这三个女人——晓芸外婆、母亲、小姨——从小就尊贵惯了，手不能提，肩不能挑；如今却都是种田的好把式。习惯了就好。

晓芸念到四年级就辍学了，因为她妈被抽去当河工，清浦话叫做"扒大河"，那地方离家几十里，她妈没法照顾她，就将她送去桑镇外婆家。她三舅章映琦那会儿已结婚，找了个邻镇姑娘，也是大地主出身。两人挺般配，互不嫌弃，贫贱恩爱过一生。

章映琦，从前的纨绔子弟，清浦第一公子，被兄长骂作"败家子"的，现在温良恭俭让，因为没的败了，很本分。他本质上是个良民，一辈子胆小怕事，倒也安生。正应验了那句"到啥山头唱啥歌"。

章家三姊弟，就这样认领了自己的命运，不抱怨，不叫屈。似乎他们也觉得，这是报应的结果。并不全是官家教育出来的，而是从前大家庭里，勾心斗角，机关算尽，散了也好。里头骨骨节节，太多闹心事，都说不出口。章家姻亲也多，环环相扣，哪里保得了干净？

总之花无百日红，按理说，好日子是得轮流过，也有说富不过三代，哪有让一家占便宜的理儿？天都不容！

闲时，外婆也会告诉晓芸她的来处，戴罪之身，跟别的孩子不一样。叫她感谢共产党讲慈悲，叫她有饭吃，有书念。外婆说着说着就哭了："可怜孩子，生下来没享过一天福，尽受罪！你那倒霉爹妈生下你做什么？又不能代你去受罪。"

晓芸也哭了。

外婆说："你要悔过自新，在外面好好做人，凡事恭敬谦让！以后只能靠自己了。第一，读书上你要用心，吃得苦中苦，方为人上人；第二，将来找个好婆家，就能把自己的出身洗干净。"

晓芸后来的路，基本是按外婆的意思来的。她读书不错，在老家念小学时，年年拿奖状。四年级辍学来到舅舅家，顶有眼色了，主动帮舅舅家干活，捡柴火、挖野菜，一出门就是大半天。

就这么荒了两年学，在她却是无忧无虑。倘不是外婆说起，她大凡想不起她的出身，桑镇好过安峰山，不歧视人，也因为她是走亲戚，大家对她都挺客气。倘不是外婆说起，她也不知道自己过的是苦日子，没享过福，无从比较，以为生活本该这样。再说了，那时家家都一样，还有过得不如她的呢。

所谓苦难，是叙述出来的。晓芸还好。

外婆哭，她也哭，但明显她是陪哭，比不上外婆那么伤心。她的伤心是直到几十年后台湾来信，这才想起从前遭的罪，自哀自怜好多年。

也因此，我们认为苦难是回忆出来的，身在其中的人未必自知，必得抽身出来，静静端详，用心体会，那怜悯才会生出来。

晓芸是穷孩子，那年头少不了挨饿，主要是没油水，吃了就饿，有时会拿野菜充饥。这说的是1960年，境况越来越难了。映璋改嫁的事也就提上了日程。

改嫁这件事，最先是小舅徐江淮的意思。映璋不同意，三十好几的人了，早歇了那个心。当然也是念着徐志海，倘若他还活着，倘若他就在台湾呢！倘若哪一天要是见面了呢！

徐江淮说："姐，不要等了！是死是活都不知道，你也对得起他了，守了十多年！现在只好看碟下菜，渡过眼前难关再说。你就算不为自己着想，也得为芸儿着想吧，得给她换个好出身，将来读书、考学、嫁人都用得上。我是你们两边的弟弟，这事我来做主，好不好？倘若你们还有相见的一天，也只好认命了。就算他活着，怎见得他未娶？这事就这样了，活命要紧，一切都是为了芸儿打算。"

于是映璋就去相亲，男的是兴安镇七里村的孙开吉。见了面她把心都灰了，没看上。拿他跟前夫比，哪里比得上？夜里她就披衣坐起，一坐能坐一夜，默默地淌眼泪。要照她的意思，她宁愿自己过，她能扛，还有力气，再苦再累也不怕，总能养活女儿，没到非嫁不可的程度。可是一想到芸儿的出身，她还要考学、嫁人，她就有点害怕，怕自己太自私，耽搁了芸儿。

后来一咬牙还是嫁了。1961年，徐晓芸消失了，孙月华诞生。这是一桩利益婚姻，条件是要供她女儿读书，读到她读不下去为止。可是这样的利益婚姻，反而维系得不错，公正说，那是外婆一生中最平静适意的二十年，在于她把自己埋葬了，从章映璋变成了章一兰。

次年，她生下小女儿孙月亮。大女儿孙月华从小学四年级开读，后来考上了兴安中学，很多年后她还记得她的作文得了满分，题目叫《我戴上了红领巾》，写得情真意切，笔端摇曳着幸福。她在学习上很拼命，情知母亲为她牺牲太多，她要报答！只有考上中专，她才会成为"公家人"，有城市户口，有工资孝敬爹娘。

1966年她读初三，大家都闹革命去了。有时她会跑回教室坐坐，有人骂她"读书做官论"，她也不敢再学了，就回家挣工分去了。

那两年，嫁人是她唯一的出路。田家明之前，她相过两回亲，两个都是高中生，条件不推扳。一个是公社书记的儿子，长得好，动辄"我家老头子"，以此自重，孙月华嫌他不上台面，拒了。另一个是邻镇的，父亲是省农业厅的干部，但问题在于，他父亲抛妻别子，在省城又娶了一房，乡下儿子还能指着沾他的光？

相对而言，田家明的条件是最好的了，她一眼就相中，性情稳重，又不吹牛。相亲不久，田家明第一次上门，她跟爹娘商量，老两口都有点心不定。男方条件呱呱叫，红二代出身，比得自家太寒碜。关键是孙月华的身世，面子上是贫下中农，里子却是国民党，七里村万一有人透给田家明，这门亲事准黄。

她爹说："要么我挨家走走，打个招呼？"

她娘说："不妥。反而此地无银三

百两。"

当下商议，就自家吃顿饭，也不请外人作陪了。务必不让他跟村里人单独见面。

其实田家明压根没想到那一层。他初次登门，工地上有人给他支招，说，找媳妇，关键是看丈母娘。闺女随娘，八九不离十。

田家明傻乎乎就去了。到了七里村，眼见孙家收拾得清清爽爽，虽说是穷人家，一点都不邋遢。孙月华爹娘也都面善，尤其是她娘，有仪态，说话不卑不亢，神情舒舒展展，农村妇女里难得有她这样的，直把城里人都比下去了。

他本来就对孙月华印象不错，又有这样的娘！那还用说，喜上眉梢。及至娶进门才后悔不迭，也有闺女不随娘的！一家人把他骗了，娶了个悍妇，他也只好自己消受去了。那天吃饭时，老两口跟他拉呱。月华妈问："听说你父亲是新四军？"

家明恭敬回答："是，他参加过淮海战役。"

淮海战役？月华妈笑了笑，给未来女婿搛菜道："蛮好，蛮好！"

孙月亮结婚了。她对象何冲，一个白白胖胖的小帅哥，县国棉厂的机修工。国棉厂那么多女工，"厂花级别"的就有十几个，美得各有千秋，没一个能"艳压群芳"的，因而小青工聚在一起，就不说厂花，只说厂花级别的。

当然了，"厂花级别"的也未必轮得上何冲，都叫厂部管理岗、技术员、外面那些局、所的人给娶了。但另一方面，何冲也没太上心，他家是清浦大族，真动了心，拿下个"厂花级别"的也不是大问题。

清浦虽是小地方，家族观念却根深蒂固。小年轻谈恋爱，大人就会问："家里是干什么的？"最看重门当户对，所谓"笆门对笆门，板门对板门"，门第观念甚重。虽不乏势利，其实也是秩序所在。像田家明娶孙月华，在老清浦人看来就是乱了方寸，承平时代绝无可能发生；也只有"文革"那样的乱世，上山下乡才能搞出这一节来。

这一点上，田庄后来也承认，她家一直以来就没大没小，无尊卑，少教养，要么"啵"来要么吵，少有中间状态；"蕴藉"二字更是无从体会。想来这应归于门第混乱，板门娶了笆门之故。有一次她跟她妈吵架，就把这层意思给说出来，被孙月华骂了一句"放屁"，说："还笆门、板门！也不怕人笑掉大牙！谁稀罕你们田家？放牛娃出身的穷八代，还跟我说这些！你们姓田的才翻身几年，就张狂成这样！"

清浦城里，非但城乡之间少有通婚；就是城里人嫁娶，也有算计的，干部子弟、工人阶级、小市民、待业青年……一层一层，等级分明，不好乱来的。倘若寒门小户出了个大学生，又另当别论，找对象可以往上够一层，还不算高攀，因为"大学生"这个身份，已足够他脱离原来的阶层。

还有"家世"一说，这个词很难讲；底层人是无所谓家世的，但是像田家明一家，虽然不在底层，也还称不上"家世"，历史纵深感不够，即便算上田庄爷爷，他家也才两世。而且人丁不兴旺，兄弟姊妹分居两地，不聚气。论田家明一家，至多说他家过得不错，条件不错，再没别的了。家世是谈不上的。

家世必跟家族相关联。家世是纵深，家族是广大，枝繁叶茂，多子多福。田家明一家也称不上家族，他家就没"族"，小门小户，不开放，城里也没几门亲戚。不是大户。清浦有不少"大户人家"，几十、上百口的大家庭，虽分出去另过，但逢年过节总要聚一聚：堂兄弟、表兄弟、姨姊妹、妯娌、连襟……态势滔然，景象壮观。

何冲家就属于这样的"大户"。老清浦了，他爷爷辈兄弟六个，三四十年代就在码头扛沙袋，到茶庄、钱庄当学徒伙计，五十年代初都被收进了国营厂，成了响当当的工人老大哥。他父亲是五十年代的技校生，兄弟中排行十四，人称"何十四"，可见何家的人多势众，多数人一生都在工厂里打转。有好事者搞了个清浦"四大家族"名单，何家有时忝列其中。有一回何冲听说了，就回家告诉父母去。他父母深为纳罕。他家是大家族没错，但"四大家族"怎么听上去那么别扭！

他妈说："谁那么无聊？"

何十四呵呵笑道："解放前就有这一说，什么章米赵徐，后来全端了，怎么现在又弄出来了！吓死了个人！我们不当，晦气！"

他妈说："有些人就喜欢搞四字头，什么四大才子、四大美女，闲得没事干了，还四人帮呢！四儿四的！"

何冲那年十几岁，对"四大家族"很上心，多有面子的事儿，这是给自己家脸上贴金呢。就说，我看也没什么。说明我们家过得好，人多力量大。

他爸笑了笑，没说话。"四大家族"可不单是人多力量大，还有一个必备条件，须跟"官商"二字沾边儿，有名望，有地位，光是人多有什么用？他家无"商"可言，资本主义那一套，批了多少年了，怎么可能蹚那浑水？官，倒是有的说一说。从他叔叔辈开始，1949年以后，会记账、会读报的都当知识分子用了，很受待见。先从车间做起，慢慢到管理岗，有的升了厂长、经理。

及至他这一代，都是受过教育的，念到初中就差不多了，高中也凑合吧，再念就有点高不成低不就了；考上大学最要命，他家出了两个大学生，一个留在东北，一个分配去了贵阳，真正为国所用，于家无补。一年到头难得回清浦，慢慢就远了，家里有事根本帮不上。

还有两个女孩儿，也算是有出息的。一个考了戏校，县剧团唱青衣的；一个考了师范，当老师之余喜欢画画儿，算是"文艺战线"的，蛮好蛮好，锦上添花的事儿，名头好听。每逢有人跟他家开玩笑，说："你家是文曲星高照，有文化细胞，读书的，唱戏的，画画的，都叫你家占全了。"

他家听了就挺高兴，脸上有光，像穿了件名贵衣裳。既是衣裳，就得有所附丽，光挂在那儿可不行！后来这两女孩儿，画画的嫁得好，很多年后她男的当上了供销社主任，夫贵妻荣，上了官宦阶层，何家的砝码更重了一层。那唱戏的没脑子，嫁给了剧团里写剧本的，男的一辈子恃才傲物、落落寡欢，因为没当上团长，没才的人反成了他的领导。夫妻俩感情也不好，成天吵。就算当上团长又怎样？至多上新戏的时候，送几张免费票。除此，他还有什么用？帮不上家里任何忙。反而是他事多，还需何家出手相助。

因之，何十四也是看透了。他不是文化人，却比文化人更能理解文化二字，不是必须的事儿。有它不嫌多，没它不嫌少，关键是看怎么兑现。何家这两个女孩，一个他堂姐，一个他表妹，现在也都老了，一个兑成了显贵，尽享安富尊荣；一个还

95

是戏子，过得一个仓促糊涂。

就那么回事吧。他家最出息的子弟，都跟文化沾边儿，其实也就是"外面光"，没附上权贵，连外面都不光。他儿子回来讲"四大家族"，他觉得好笑，要那名头干吗？但是论实力，何家却够得上，主要是家大业大，何家子弟走遍清浦都不怕。这么说吧，清浦城里，就没有他家办不了的事儿。这靠的什么？靠的文化？一边待着去！

靠的是像他这样的中流砥柱，少以父荫，初中毕业就去念技校，有技能、有知识，先不说能力有多强，只要不是赖里叭叽，就是混资历、熬年头都必出头；何况他家根深叶茂，触角遍及清浦各个角落，子侄辈也都安置妥当，正是悠然岁月，咱们工人有力量！

何冲提及"四大家族"那会儿，何十四已当上造纸厂厂长，人称何厂。他老婆是针织厂车间主任。那是何家的盛世，两代经营，光芒四射。孙月亮是八年后嫁过来的，盛世仍在延续。

起头，孙月亮对何冲不大满意，嫌他是个小胖子，非但眼睛大，脸上还不干净，青春痘没褪尽。孙月亮喜欢单眼皮的，她单位供销科就有一个，姓许，个子不高，清癯样子，一笑眼睛就眯成了一条线，而他又很爱笑，绰号"一线天"。

两人其实不甚熟，极少有机会碰面。孙月亮是站柜台的，而小许在后院上班。他们跑供销的，平时难得来公司，就是来了，大凡也不会到门店去。有一回办公室有人聊天，说门店来了个小美女，引得顾客多了许多，有事没事就来柜台晃晃，次数多了，自己都不大好意思，就顺便买些止疼片、胖大海之类。

小许一听就笑了。这种事他以前没少干；在他们那个年纪，哪个单位出了美女全知道，耳朵灵得很；有空就约着一起去看，也没什么目的，好玩儿。他说："我一会儿也看看去，肥水不流外人田，得紧着本单位的人呐。"

说完也没去看，忘了。他那阵子谈了个对象，略微收了心，得空就陪女朋友去。他是半年后才见到孙月亮的，在公司门口，见她支了自行车，往门店走去，才想起同事说的。确实好看。于是上前打了个招呼，问："你是孙月亮？"

孙月亮疑惑地看着他。

小许笑道："供销科的，得空来后院玩儿。"

后来他也来过门店几次，和大家一起说说笑笑。孙月亮对他印象很好，活泛，讨人喜，尤其是他的细长眼睛，虽然笑起来看不见了，可是整张脸灿烂得要死。小许也在动心思，女朋友动辄闹脾气，分分合合两回了，他也懒得哄了，要不算了吧，等她提分手。他对孙月亮似乎有点把握，因此又多来了两次。

门店的人看在眼里，打趣小许道："最近有情况啊？快把我们门槛踏破了！"小许不说话，拿眼看了看孙月亮，一边含了眼睛笑。

就在这时，何冲来买胖大海，买得多了，孙月亮情知怎么回事，她也落落大方，挺客气。何冲脸皮薄，每次不好意思自己来，必得带个人过来，这次带的是他弟弟何海。

何海旁观者清，提醒他哥道："事不宜迟，得赶快下手了！"

何冲愕然。他不知道怎么下手，或许从来没想过要下手。

何海跺脚道:"直接跟家里人说去,找人提亲吧。"

那年何海十七岁,对男女事新鲜有主见,某种程度上,是他促成了兄嫂的婚事,这是孙月亮最引以为憾的事儿,没谈恋爱就结婚了。结婚的人不是她的菜,虽然两人后来挺恩爱。

确定恋爱关系后,她常常哭。孙月华探得情况后,跟她妹妹说:"你什么眼光?那小许我又不是没见过,长得还没何冲好呢!"

孙月亮哭道:"谁说我是为了他?我是为了我自己!"

孙月华说:"真是莫名其妙!这事你要想清楚,现在后悔还来得及,别到时怪我身上来,我可没逼你!何冲哪点配不上你了?你看不上人家,人家还看不上你呢!"

何冲家确实没看上孙月亮。除了模样,没一样合意的。农村户口、合同工,娶进来有点跌份儿。他家的这两个傻儿子,小的起哄,大的当真了:不去提亲,绝食不起!倘不是看在她姐姐家过得不错,他家都不好意思找人说媒去,图她什么呀?光漂亮有什么用?

媒人多势利!清浦县的社会层级都在脑子里呢,眼珠子转一转,几斤几两就估量得出。于是,媒人跟何十四夫妇说:"行!我跟孙月华说去,这事准成!孙月华多精明,小账算得一个清!你家上门提亲,不是我说,她睡着了都会笑醒!姑娘条件一般般,但这些年住在姐姐家,形同一家人。田家明去年才提了县委办副主任,要不然我都不会应下来,替你家不值!"

何十四说:"田家明当不当副主任,跟我们没关系。毕竟是姐夫,不是亲家。"

媒人说:"结了婚,他跟何冲就是连襟了。"

何冲妈蓝主任说:"就这么着吧。天要下雨,娘要嫁人,自家儿子就是这么一货,由他去吧。"

何冲对孙月亮很迁就。有什么办法呢,谁让自己喜欢呢!就是受她些脸色,也是该当的。脸色受多了,他就说:"你要是对我不满意呢,就说一声,不处就是了。可能真未必合适呢。"

他这样一说,孙月亮把心一软,对他的印象反而好些了。其实,本来就印象不坏,或者说没什么印象。毛病在于她被人挑了,而不是她挑选别人。人家孙月亮也是有主体性的人呢。每次上班看见小许,下班后她对何冲就会撂脸色。

其实小许她很少见到,门店他基本不来了。孙月亮处对象的事,他怅然若失。男方条件那么好,两家是过了明处的,还能怎样?当然他也可以问问她,可是女朋友又找上门来了——被他晾了许久,也不去哄;这一来,人家反过来哄他了,还要再处。

后来当然没处好。拖了四五年,还是结婚了,因为女方年纪大了。一辈子不合。他后来外面养了好几个女人,也有私生子,荒唐至极。生意也做砸了,中年以后就颓了。偶尔他也会想到孙月亮,一念之差的事儿,可能也是火候没到,使他错过了一个好姑娘。

那天下午,孙月亮看见小许推着自行车,和女朋友走出公司门口。他看到她了,眼神躲了一下,也没介绍。孙月亮呆呆看着他俩的背影,心里想,他要是回头,我明天就跟他说去。

他没有回头。

孙月亮转身去开自行车的锁,手有点

抖。后来她直起身来，对着梧桐树站了站，虽然眼里汪着泪水，可是莫名松了口气，像是卸下了一副重担。那天傍晚，她是推着自行车走回去的，一步一步，很坚定地迎着夕阳走去。

田家明夫妇忙飞了。一边是改革开放，一边是台海关系，更有各式鸡毛蒜皮，把小孩给忙忘了。

田庄成绩一落千丈。这年中考，倘不是临时抱佛脚，怕是连县中都考不上。田地更不用说了，成绩没好过。田禾还在念幼儿园，但是三岁看到老，唐诗记不牢，可是电视连续剧的主题歌一听就会，坐在自行车前杠上，从幼儿园一路唱回家，引得路人纷纷回头笑。

田家明跟妻子说："仨小孩身上，你还能用点心思？不立规矩，哪成方圆？不能这么信马由缰的！"

孙月华说："还要怎么立规矩？打也打了，骂也骂了！"

田家明说："光打骂有什么用？不讲方法的？你就是没耐心！要么娇纵，要么责骂！你看仨小孩的性格都成什么样儿了？说话就像吵架，目无尊长，叽里哇啦；一出门就都怂了，不敢跟人打招呼，畏畏缩缩，一点都不大方！这不是你的责任吗？搁家里就窝里斗，出去没一点用！你不是最爱当家吗？你怎么当的家？"

孙月华稀罕道："你这人真是！怎么全赖我身上了？你干什么去了？你不是家长吗？你什么时候关心过小孩？家里甚事不问，还好意思说我呢！"

两人都不关心小孩，没时间，没精力，都要实现自我价值。孙月华最看不惯那些"望子成龙"的家长。有一回她说，那是大人自己没希望了，才会把宝押在小孩身上，好比抓了一根救命稻草，让小孩帮自己实现理想。

田家明夫妇不当那样的父母。他们要自己奋斗，挣自己该得的；人生灿若星辰，他们未必做成最亮的那一颗，但尽力就好，总得发些微光，否则人生真就瞎了。其实他们也关心孩子的，但田家的孩子须格外用力也是事实。太难带了，个个不省心。

中考头两天，田家明帮女儿把时政捋了捋，说："爸爸也帮不上什么忙，就这个最在行。像南极考察站、农村经济十条、科技体制改革，有可能会考到。你稍微准备一下。"

又递给她几张《人民日报》说："回答论述题，就照党报的调子。抓几个关键词汇，改革开放，繁荣富强，往上靠就行了。"

田家明当然是忙，尤其是升了副主任以后，连走路都要带小跑。应酬更多了，有的推都推不掉。他只有少年时代卓尔不群，有理想，有朝气，攒足了一口气。后来结婚生子，他那口气就泄了，有点随波逐流的意思，也不是颓，主要是陷于事务里不能脱身。

在他的场域，按说官阶是他唯一的奔头；可是，就连这方面他都没想法、没规划。可能对他而言，哪怕现在还在李庄，他也心安理得，只要忙起来，动起来，种好自己的一亩三分地，累了倒头就睡，闲时找人聊聊天，一样也是充实人生。

孙月华也忙。她虽然是个女强人，却一生致力于家庭。无论丈夫孩子，还是乡下亲戚，她都拢在身边，老母鸡一般护着、罩着。她在外面没什么朋友，不爱交际，慢慢也不会交际了。只有跟家人在一起，

98

她才能做回本色的自己，舒服自在，不用虚与委蛇。

她初中有几个同学，后来也迁来城里，闲时总约着聚聚，她偶尔也去，不大好意思拒绝，实则没多大兴趣。吃饭、搓麻，整个星期天都赔进去了，不值。主要是心思不在这一块儿，尤其是两个女同学，过得不如她。她又太露声色，说到老公孩子时，幸福满足全写脸上了。两个女同学常常会对眼色，很不屑。孙月华莫名其妙，心里想，难道是嫉妒？至于？我这都压着呢，没敢开讲。

两个男生倒是很周到，把三个女生一视同仁。借着酒劲儿，想起从前当学生时，谁暗恋谁、谁跟谁好过。又说，你们三人都是冰美人，我们当年想都不敢想。孙月华再次莫名其妙，心里想，都快四十的人了，怎么对这些还感兴趣？

她整个是踩不上点，跟不上节奏。又不会打麻将，好不容易熬完饭局，就丢下他们，急匆匆赶回家去。谁都看出她的如释重负，她也不掩饰，应酬本来就累！因之后来再聚会，人家也不叫她了。这正合她的心意。宁愿在家发呆，都不愿出去交际。所有的精力都用于家庭，所有的感情都给了亲人，心甘情愿被他们占有，为他们所用。

1986年　十六岁

孙月华脾气急，在这个以母系为主的家庭里，她的性格决定了家庭的基调。她高兴，家里便一团和气；她生气，小孩子都小心翼翼。有时她非常的情绪化，不定什么时候就会翻脸、斥责。当然她也未必是真生气，半真不假，跟玩儿似的。

比如早上叫起，她大凡没好声气，吆三喝四，小孩子就都瑟瑟。有时田庄正在酣睡，被她掀开被子，朝屁股上就是一巴掌。这一巴掌真是惊魂！并不是真的打，有点不三不四，把十六岁的大姑娘田庄打回去至少十年，成了稚童。

田庄气得一骨碌坐起来，朝她哇哇乱叫，在床上掼脚。

早上她们家最热闹，各个房间都在鬼哭狼嚎。一边嚎，一边下床洗漱去，抽抽啼啼吃早餐，尔后上学的上学，上班的上班。

早餐一般田家明做，烧个粥、煮个面什么的，或者外面去买烧饼油条，不费什么事儿。可是田庄不高兴，家庭主妇干什么去了？这种事还要男的做？

嗯，家庭主妇正在赖床。那会儿妹妹还小，孙月华正在床上给小女儿穿衣服，田庄张了一眼，她有事做就好。倘若家庭主妇闲着，男的却在忙家务，田庄就要发表意见了。有一回她冲进厨房，跟她爸说："以后你不要做饭！让她做去！她不做，我们就饿着！一家子全饿着！"

她说话又急又快，一副恨铁不成钢的口吻。

田家明莫名其妙，这一家子怎么就不能好好说话？

孙月华却看得明白。有一回她跟田家明说："心疼你呢！她就是见不得我闲着，我稍微享点清福，她就剜心割肉！"

田家明便笑了。

孙月华跟丈夫说："你笑什么？称心如意了？"一边把眼睛横向女儿，装作生气的样子。其实也还好，没真的生气。但女儿令人不快也是事实，浑身是刺，神情太硬，走起路来梗梗的，烦人！

有一度女儿像是长变了，没小时候好看。孙月华又是个直肠子，一天吃饭时脱口而出："怎么越长越丑了？"

田庄把筷子朝桌上一放，低下头哭了。

孙月华向田家明说："你看看她这个样子！她这死样子！"

田家明呵斥女儿道："什么态度！"

田庄把心都伤透了。就觉得活着没什么意思，自己百无一是，不死干吗呢？我这种人还有什么价值？万人嫌，她自己都嫌。心里动辄一团无名火，不能自控，总得找个出口，她妈是最好的出口。

母女俩的战争并不始自现在，或许娘肚里就暗戳戳，但是这几年尤其尖锐。成长是件难言的事，带着新鲜、鲁莽、混乱、毛里毛躁；力量横冲竖撞，陷于混沌里，只能自我消耗。从混沌走向光明，一般需要几年，有人用了几十年，有人一生未长成。

我们不会一味指责家长。如今我们也为人父母，深知父母与儿女的遇合，也是件难言事。大家都是第一次，父母不知会生出什么样的儿女，儿女亦不知会落在什么样的家庭，这些都无从选择。事实上，田家并不具有特殊性，他家在中国家庭里都算是好的了，有时还能开开玩笑，爱将他们维系在一起，虽然小孩子也没感受到；责骂倒是全记得了。

刚接到台湾来信那会儿，孙月华顾不上别的，首先是焦心。她跟她妈、她小姨说，我无所谓的，受罪也是应当的，谁让我是他亲生的呢？可是田家明怎么办啊，有公职的人呢！还有三个小孩，不会因为这个受连累吧？

当时形势不明，两口子确实有压力。有时夜里，她也会把田家明摇醒，千头万绪，也无从说起。田家明"嗯"了一声，懵懵懂懂中只听她长吁短叹，他侧了个身，又睡去了。才睡着，就听她发声了，说："这事怎么弄呢？要不要回信呢？怎么回呢？"

见田家明半天不说话，她气道："你怎么还有心思睡觉？你倒是不急不躁，天塌了你都不管！不睡觉你会死吗？"

田家明就很上火。

两口子那阵子常吵架。常常的，田庄深更半夜会被他们吵醒。她躺在床上辗转反侧，心里想，她妈的性格真要命！霸道，不讲理，说话做事全不留余地，直把人逼进死角，引得她们家整天吵吵嚷嚷。她爸娶了这么个人真是不幸！

她跟自己说，你可不能像她啊，你将来一定要做个贤妻良母。

有时田庄是很有耐心的，黑暗中静静听他们吵，等他们停下来！等了半天，那边还恶声恶气呢，她就不耐烦了，大喊一声："还让不让人睡觉？"

那边才算熄火。

有时田庄更过火，直接跳下床去，一脚踢开房门，道："你们还有完没完？我明天还要上学呢！"

虽然嘴上说的"你们"，但是她的踹门，主要是踹给她妈看的！为她爸抱不平！实在看不下去了，家里女强男弱，逼得她只好奋起反抗，为她爸出头。

孙月华也是怪了，女儿这等忤逆，她跟没事人似的，说："行了行了，不说了。"她虽然暴脾气，却是一阵阵的，视心情而定。

后来，两口子吵架少了。大抵是田家明改变了策略，一发火反而无助于睡眠，不如听她唠叨，他"嗯嗯啊啊"应付着，中间还能打打盹。孙月华讲累了，自己也会睡去。床上夜话，是田家明夫妇保持一生的习惯。其模式，主要是孙月华在说，田家明在听。跟他小时候对待父母一样，听完自行其是，等于没听。

田家明是凡事不上心，饱饱睡一觉，次日醒来，天光大亮。他才是个有耐心的人，时间会解决一切难题。孙月华正好相反，极敏感脆弱，屁大的事她都会伤脑筋。当然她的说，主要在于"说"本身，男人听不听，她也未必在意；他只要做出听的样子就好。否则就得吵。

后来田庄长大成人，每年回家就听鸡声鹅斗，夫妻吵、母子吵、母女吵……常常年夜饭吃得不欢而散，有时桌子都掀了，有时摔门而去。田庄一般不参与，她是远道而来，身份比较超脱，隔岸观火一般。等一家人都散去，她独自一人坐在桌旁，看残羹冷炙，心里想，这家人真有本事，能把年夜饭吃成这样！她起来收拾碗筷。母亲心疼大女儿，说："外面看电视去，我来搞。"

田庄才要转身，母亲说："你爸呢？"一边扬声道："田家明啊，过来把碗洗了。"

田庄又回到洗碗池旁，跟她妈说："我来洗。多大的事儿，一家人推来让去的！你以后别把我爸支使得团团转，他又不是你儿子，他就是你儿子，你也不能这么使唤吧？"

"洗个碗怎么了？"

田庄说："洗个碗是没什么。我是说你的态度！"

正说着，田家明进来了，说："你们俩都出去，我来洗。"

母女俩来到客厅，说起吵架因由。起头是弟弟两口子因钱生事，孙月华帮闲，田家明劝和，夹三带四，四面开火，吵成了一锅粥。

孙月华叹道："都说家和万事兴，这些年，家里触霉头了，样样不顺！一家子不齐心！人人有主见，谁都不服谁，没个一言九鼎的人！我做梦都想不到，我老来会过成这样，全是一地鸡毛。"

田庄不吱声。心里想，怪谁呢？你们是做惯家长的，现在家里塌成这样，你们不当负责任？要民主没民主，要威权没威权。事实上，威权在她家就没真正存在过。有一度她寄希望于父亲，他本来有这能力，可是却自动缺位，夫权、父权一概不行使，现在正乐颠颠地跑去厨房洗碗呢！

母亲呢，当然问题更大。任性得像个小孩子，凡事独断专行，又没威信，只好狐假虎威，拿田家明当说辞，小孩子只好听命。稍一反抗，她就施以呵斥、打骂。同时她又忍辱负重，为家庭竭心尽力，想起来也挺疼人。六十多岁了，还要当家做主，一味争强好胜，滥用权力，又没有制衡。

其实早该退了，让下一代当家做主；但问题在于，多年来打压式教育，孩子们也未必有担纲领衔的能力。田家的孩子，在外面都装得人模狗样，可是一回到家里就都变成了小孩子，撒娇撒痴，挑三拣四，不成熟是真的。就是说，家庭结构出现了问题，系统已经崩坏，开关样样不灵，好运气玩完了，厄运已经来临。

田庄因为离家早，受父母影响较小；并且客观上说，三个孩子里她是最有出息的，理应当起家长，责无旁贷去抢班夺权。但她是心有余而力不足，一回到家里，碍于积习，沉浸在几十年来形成的家庭氛围里，包括父母关系、姐弟关系、兄妹关系……包括每个人的性格，说话的口吻腔调，包括旧家具里散发出的那一种陈年气息，包括昏暗的灯光，都让她伤感之至。似乎又回到小时候，她十几岁时，那样一个懵懂无知的小姑娘，深感无力。

有一度她倒是想振作，也试着去做了。她是难得回清浦，一回来就想从根子上解决问题，否则三个孩子永无宁日，须不停地替老两口收拾烂摊子。根子么，当然是在母亲，绰号慈禧太后，大权独揽，固执贪婪。总怂恿父亲外出做事，两人退而不休，脑子明显不够用，想一出是一出，凭一股蛮劲儿，把家庭带向万丈深渊。

两口子是一条绳上的蚂蚱，老而无力，可是合在一起，又会形成一股强大的反作用力，弹得他们自己都疼，常常互相指责。田庄说，要么你们离婚吧，别在一起过了，我看着都难受。

一家人都笑了，这是她们家常玩的梗。在孩子们还小的时候，夫妇俩就常玩"离婚"游戏，主要是为了"分孩子"。先问孩子，想跟爸爸过，还是跟妈妈过？姐姐弟弟都不说话，懒得搭理。姐姐虽然更爱父亲，却宁愿跟母亲过，为什么呢？因为母亲温暖，她胖乎乎坐在沙发上的形象，很稳，整个能把家充满。母亲在，家就在。父亲么，本来就是个形式，可有可无的存在。

孙月华最喜欢玩"分孩子"的游戏，一玩就掂得出轻重。轻的是丈夫，重的是孩子。三个孩子她个个舍不得。于是跟丈夫说："你一个人净身出户！工资全部上交！胆敢外面有小老婆，我带三个孩子闹上门去，打你个片甲不留！"

以前是说着玩儿的，如今，她倒真想分开过。跟田庄说："离就离！我也受够了，多一天都不想跟他在一起！"

田庄把眼睛看向父亲，问："你呢？"

田家明倒是识大体，明大义，笑道："你搞得跟真的似的！哪有你这样逼父母离婚的？你妈就那样，她是刀子嘴豆腐心，说话不过脑子，你别跟她计较。"

田庄说："我有什么好计较的？我是为了你！你们可是天天在一起！都不知你这些年怎么受得了她的。一说话就呛人，蛮不讲理！"

田家明说："嗨！两口子过日子，就这么回事吧。总要有人忍让些，凡事多包容、多担待。"

公正讲，成年后的田庄和母亲处得不错，有时还能聊聊，在于孙月华有见解，具备一定的思考力；有决断，虽然固执得要死。她说话接地气，有基本的沟通能力，倘若心情好的话。

田家明呢，大凡嗯嗯啊啊，说话有理论高度，用词抽象，口吻是老干部式的，不是高高在上，而是很和蔼、很驯服，凡事他能理解，人人他都包容。但是你不知道他在说什么，没观点，没态度，可能他自己都一团糨糊。田庄听他讲话，常常会走神。孙月华更绝了，直接走开，把眉头一皱道："烦死了！"一边抵抵田庄，示意她也走人。

田庄不好意思走，就坐在沙发上玩手机。田家明看着妻子的背影，稍微说两句，就自动收了尾。

根子的问题，当然是权力分配出了问题。有一回，田庄找弟弟妹妹商量，想发动"家庭政变"，把慈禧太后给搞下台，不叫她当家。奇怪的是，他们在商讨政变的时候，孙月华就在一旁听着，笑眯眯的，有时还会给出一点意见。这也是田家独有之怪现象。

孙月华说:"我巴不得啊!谁爱当家谁当去!我都快累死了!一辈子辛辛苦苦,我何尝享过一天福?你们赶快选出一个当家的,我跟你爸也享享清福!谁来当家?"看了看儿子,"你来当?"

田地摇了摇头。

孙月华又问大女儿:"要么你来?"

田庄忍不住笑了:"你也不用来这套!我过两天就回广州,我怎么当家?电话遥控?"

孙月华问田禾道:"你呢?"

田禾皱眉道:"尽说些没用的!我劝你们早点歇手,别拖累儿女!害了自己还不够,还要害第二代、第三代!良心哪儿去了?"

这话说的!孙月华把脸一冷,才要发作;田庄把大手一挥,止住了母亲,转头跟妹妹说:"要么你试试,把这个家撑起来!我顶你!"

田禾看了一眼姐姐,笑了。大姐也三十好几的人了,怎么还那么幼稚?都不知道这些年在外面怎么混的。

孙月华说:"喏,这不能怪我吧?是你们自己不担当,不作为!儿女但凡有料,当爹妈的就不会累成这样!动辄就说我独断专权,我想这样吗?我没法子!我的儿女不顶用,我只好自己上!我还能怎样呢?我巴不得你们个个争气,个个顶天立地,当省长、市长、县长,你们是那材料吗?"

田家明一旁帮闲道:"过过小日子,也未必要当什么省长、县长。就是家里投资失败,又不想拖累你们,才想着去外面做点事儿。"

田庄心想,投资失败也就罢了,还去外面借高利贷!利滚利,现在少说也有上千万!还不算借亲戚朋友的钱。你让我们怎么还?又怎怪家里鸡飞狗跳、个个没好声气!当然,做儿女的确实不顶用,她妈说得没错。田庄很早就外出了,如今离家十万八千里,帮不上家里。弟弟妹妹倒是留在清浦,过得还不如她,主要是没混上一官半职。如此,老两口越发要争气,为田家挣个脸面!

私下里,田禾劝姐姐道:"你难得回来,最好别吱声。就当自己是瞎子、哑巴,是木偶人。心里有气,也只好吞着、咽肚里。陪他们吃个饭,说些不相干的,大家呵呵一笑,承个欢,就算尽了你的责任,过完年赶快离开,你就算完成任务了。"

田庄说:"这个家没救了?"

田禾摇摇头:"烂到底了!"

田庄说:"慈禧太后太强势,我爸的日子不好过!"

田禾说:"我劝你看开点,他们两口子毕竟是两口子,一个愿打,一个愿挨,他愿意活受罪,他就受去,你操什么闲心呢?你管得了吗?一个爸,一个妈,你站哪头?我知道你心疼爸,可人家是两口子呀,天天在一起,吵了几十年,关键时刻从来齐心协力,一致对外。我们才是外人呀,姐,你要搞搞清楚!"

沉吟一会,田禾又说:"你是只见慈禧太后凶悍、不讲理,她这人就吃亏在这一点,嘴巴能杀人,实则是个没用的人,心又软,又没心眼。你怎么就不想想光绪,能把人气得死过去!你都不知道他在外面做的那些邋遢事!我妈还不是照样忍着,替他擦屁股!她擦得着吗?一个六十多岁的老太太,外面没任何关系,还不得指着我们去擦!这个家落成这样,仅仅是她的责任吗?你总怪她!你是不是太偏心了?"

田庄不说话。她父亲的问题，多年前她就意识到了，高中学"二战"史，什么希特勒、张伯伦、绥靖政策，她不懂什么叫绥靖，特意查了字典，原来是她爸！对她妈一味迁就，姑息容忍，惯得她一身毛病。可是，你若把这层意思跟父亲讲，田家明就会说，唉，你也别上纲上线，家事不同于国事，哪有那么多是非、原则？

家事确实不同于国事，但性质类似。有一回两口子拌嘴，田庄给父亲支招，说："不能惯得太狠了啊！该出手时就出手！拳头是干什么用的？"

这话说在1986年，把两口子都说笑了。孙月华作势打女儿，道："你还挑拨离间！你让他打看看？男人打女人，还要脸吗？"

1986年，田家明夫妇仍是恩爱夫妻，家里顺风顺水，两口子都还年轻，脑子拎得清，未到昏庸时。两人又都勤勉，孩子们正在长成，同时"改革开放"也开足马力，一路狂飙，好比进入夏令时。

时代突然热了，高温持续了两三年，然后戛然而止。城里新换了一批有钱人，孙月华不知他们姓甚名谁，家住哪里，但县城到处都是他们的传说。孙月华笑笑，也没太上心。那一节，家里事情太多，她顾不上。还有比改革开放更重要的事？有。台湾来信。

另有各式鸡零狗碎，生活开始狼奔豕突，不受控制。盛年已经来临，而她一事无成。春天的午后，她坐在院子里，身边一小团影子，很分明知道自己是在时间里。才吃完午饭，脑子不大清爽，犯困。下午一两点，日头最高点，恍惚中她觉得这一刻很像自己，不消一会儿就得往下坠，像抛物线。

姐姐弟弟都愁死人，没一个懂事的。大女儿尤其讨嫌，动辄顶嘴，你说一句，她回三句，从小没少挨打。谁愿意打她？三两句话就说得你上火！好话坏话也听不懂，你有时跟她开个玩笑，她就大哭大闹，跟疯了似的。田家明那么好的脾气，有一次也差点动手，忍了半天，拿手敲女儿的脑门，说："你哪来那么大的气性，啊？我就问你，你怎么就不能好好说话？你走上社会，将来还不知怎么死呢！"

你猜她什么反应？头昂得高高的，一脸桀骜不驯，很应景的，做出一副英勇就义的壮烈神情。

孙月华把双臂交叠，冷笑一声。

田家明喝道："回屋去，自己面壁思过去！"

田庄掉头就走，走到她妈跟前，丢下一句话："你得胜了是吧？"

孙月华把双手一拍，朝田家明说："这不要命嘛！她这跟谁说话呢？"上前一步，照头就是两巴掌，又拽住她的头发，朝地上按，又是踢来又是踹。田庄倒地，双手护头，任由她妈打骂："反天了你！你把老娘当什么了？敢跟我这样说话！我今天不治死你，我也不配当你妈了！"

田家明说："行了，行了。"

孙月华打得兴起，哪里止得住？一边打，一边破口大骂，满嘴脏话。她这些脏话也不知哪学来的，张口就来，粪水般泼向女儿，着实比拳头有力量，尤其是女儿才十几岁。都说言语杀人，这就算杀人了。

有时田庄被骂急了，就拿头撞墙。还能怎样，遇上这样的母亲。她又不敢哭出声来，母亲那边还没消气，一俟听她号啕，肯定会过来打。因之她只好咬紧牙关，小声呜咽。有时她会给爷爷奶奶写信，还没落笔，眼泪就落下来。她一边写，一边哭，眼泪墨水糊成一片。她告诉爷爷奶奶，她很想念他们。她很难过，想离家出走。

有一回，姑姑来清浦出差，顺道来家里看看。发现一家子欢声笑语，侄儿侄女都很明朗，并不像田庄在信里说的。

姑姑就觉得很奇怪。把田庄拉到一边，问："怎么回事儿？"

田庄也说不大上。她那阵子和母亲又好上了，忘性大，恩怨情仇全抹掉，跟没事人似的。

姑姑说："喏，奶奶让我捎个话给你，说离家出走不在这一时。让你再忍忍，忍到十八岁，你就可以结婚嫁人了。这不是我的意思啊，我只是传话。"

田庄突然想起来了，跟姑姑说："你猜她怎么骂我的？"

"怎么骂你的？"

"她叫我去养野男人！"田庄哭了，"我才十六岁，她就叫我养野男人！她的嘴就是粪坑！我们学校男女生都不讲话的。我跟男生都不讲话的！"

姑姑说："有这回事？也太离谱了吧。"

田庄说："她自己没威信，管不住小孩，就拉上我爸！两人一块儿打小孩。我爸要是不打，他们俩就得干架！"

姑姑沉吟一会儿，道："可是庄庄，难道你不用反省自己吗？怎么会弄出这个局面来？我不是为你妈讲话，她有她的毛病。谁没毛病呢？我们改变不了任何人，那就先做好自己，将心比心，换位思考。先从反思开始，你说呢？长大不是件容易的事，谁是一帆风顺的？反思是一种能力，很多人不具备，姑姑希望你有！"

是的，反思是一种能力；虽然反思也不是万能的，无效反思居多。无论如何，这是对田庄影响至深的一次谈话，她像大人一样被对待。姑姑的话，她愿意去听懂；父母的话她则充耳不闻，听来就皱眉头。那时她心里有兽，她本身也是一头小母兽，只跟父母发作，精力全部耗尽，因而忘了早恋那回事儿。未知田家明夫妇是否感到庆幸。

姑姑才走，母女俩又干架了，那一回田家明不在家，孙月华少了依傍，田庄则越发放肆。起头是孙月华叫女儿擦窗户，女儿不乐意，孙月华就过来打，偏叫擦。田庄只好去擦，怎么擦的呢？她端来一盆水，二月天，她把手浸在冷水里自残。春水如刀，一片片在削，肉体的痛苦可以换来精神的愉悦。她疼得眼泪都下来了，心里却是愉悦的。

她这边正在自残，孙月华那边仍在骂骂咧咧。田庄结束自残，一脚踢开水盆，回她妈道："下流话你收回去，都是骂你自己的！"

这还了得？孙月华抄起鸡毛掸就打，田庄挣脱了，掉头就跑。孙月华追了两步，跑进厨房拿了一把刀；此时田庄已跑出大门口，两人相距十几米，眼看追不上了，孙月华扬手将刀向女儿扔去。

田庄回头看刀，落在她身后四五米的地方；她停下来，把眼看着她妈。孙月华也止了步。两人都觉得这一幕很恐怖。

这事是怎么收场的并不重要。这成为田庄一生中最惊恐的记忆，成年后她数次从噩梦中惊醒，她梦见母亲在追她，而她身陷泥淖里，双腿迈不动，醒来后发现腿是蹬着的。

后来田庄问过外婆："你怎么会生出这样的女儿来？"

外婆也很稀奇，说："她小时候不这样的。顶害羞的一个人，谁知结了婚会躁成这样?"

姨奶奶说："没爹的孩子，性格上有缺陷，少管教。"

田家明说："你别跟你妈计较，她就那样，骂完就忘。你想，初中都没读完的人，小学老师出身，素质能好到哪儿去?"

很多年后台湾外公徐志海呵呵一笑，告诉田庄："你妈呀，典型的红卫兵性格，无法无天，没教养是真的。但她这人不装，心思单纯，没那么多弯弯肠子，这一点好过你外婆。"

弟弟也常挨打。他主要是有偷钱的毛病，一直到初中都改不了。既偷钱，就派生出撒谎。就打他这俩毛病。田家明夫妇绝望至极。道理是讲不通的，温言软语，批评教育，所有的方法都试过，每月按时给零花钱……可是田地照偷不误。不是钱的问题，他手痒，不偷就难受。

有一回他被吊起来打，拿皮带抽。门窗紧闭，怕邻居听见。那晚田庄已躺下，就听隔壁弟弟哀号，一下一下都像抽在自己身上。她跳下床去，拍门打窗道："开门啊，让我进去。"

孙月华开了门，田庄冲进来抱住父亲的大腿，替弟弟求情。跟弟弟说："就说你以后不偷了，再不偷了!"

田家明气得浑身瘫软，皮带都抽断了。孙月华又气又疼，又见儿子身上一道道血印子，她索性坐在地上号啕大哭。

妹妹的挨打，还要再等些年。妹妹更犟，说话就像放机关枪，不分青红皂白，乱扫一通。她念初中那会儿，有一回挨打，气得在纸上写道："君子报仇，十年不晚，我一定要卧薪尝胆!"字写得力透纸背，一家人都快笑死。哥哥姐姐也笑，那时他们已长大成人，全然一副大人心态，见妹妹整天嘴巴巴，别说父母，他们都想动手。

仨孩子是在暴力中长大的。但这种事，也别太较真。一代代都是这么过来的，机制所致。大人是天，小孩子必须绝对服从，温良恭俭让非但是行为上的，亦是道德。但问题在于，田家明夫妇的青春期是这样度过的：群魔乱舞，以革命起家，如今当了家长，却要求孩子温良恭俭让，这怎么可能?

几乎每一代中国孩子都是在反抗父权中长大的，然而父权屹立不倒，因为父亲源远流长。田家因为父权不昌，母权旺盛，因而母女间的冲突尤其激烈。同时，田家的母权又不够独立，必得依靠父权才能运行，孙月华动辄就说，你爸说了。这也是你爸的意思。回头我告诉你爸去!"挟天子以令诸侯"，小孩子只好认怂。

就是说，父权还是有的，只是田家明不作为，常为母权所用。打小孩，向来是夫妇联手，哪怕田家明不动手，只一旁站着，不怒自威，小孩子也有顾忌，不敢太放肆。

这年暑假，田庄跟母亲大闹一场后离家出走，跟一个同学下乡去，到她爷爷奶奶家住了几天。一家人都快找疯了，后来还是田地给的消息，原来这中间，田地给姐姐捎去换洗衣裳。田地很高兴能下乡来，出来换换气，说："你差不多就行了。他们已经怀疑我了，我怕自己顶不住，哪天就说了。"

姐姐问："打你了没?"

"打了。我坚贞不屈!"

姐弟俩都笑了。弟弟说："我看这一招

好用，把他们急得什么样！"

是父亲下乡来接田庄的，一句责备话没说。在农家小院里坐了坐，向人家致歉、致谢，田庄坐在一旁抹眼泪，把眼看着父亲，心疼不已。心疼他，也心疼自己，就觉得一切太难了，人人都不容易。父女俩走上田梗，父亲推自行车的背影略显疲惫，他把身子稍稍弓着，在黄昏里。父亲叹道："你什么时候能长大啊？"

父亲又说："回去给你妈认个错，再怎么着也是你妈。你弟弟正在家写检讨呢。两人合起伙来对付大人！"

进了家门，孙月华看了一眼女儿，啐道："你给我跪下！"

田庄看了一眼父亲，就哭了。

父亲说："跪下吧。"

于是田庄就跪下了，屈辱之至。然而这屈辱也是看在父亲的面上。孙月华"哼"了一声，道："还跟我斗！你斗得过吗？"

田庄想，是，斗不过！每回必输。可是那又怎样呢？赢得过孩子算本事吗？不过是让我们顺服，当你的奴才！你的话就是圣旨，怎见得圣旨就全是对的呢？怎见得我一定要服从呢？

社会就是一大机器，人人都是螺丝。田家明夫妇作为过来人，哪怕是为了维持家庭秩序，也得把孩子们锻造成螺丝。他们如愿以偿，三个孩子后来都挺本分，没给社会添乱。问题是太本分了，混得也不好。真成了螺丝，做父母的也挺失望。

人变成螺丝何其之难，这中间必得浴火重生，历经苦痛、煎熬、绝望、怨恨……这一过程，田家的孩子走了许多年。田庄是很多年后才体谅父母，深以为生下三个忤逆的孩子，原是父母的大不幸。

弟弟妹妹也牢记从前的皮肉之苦，主要是恐惧，精神上太受挫。然而小孩真的打不得吗？也未必。有的打好了，有的打坏了；田家的孩子是打变了。

有一回，弟弟跟母亲"秋后算账"，说起小时候因偷钱挨打，就不是他偷的，也赖他。有好几次都是屈打成招。说着说着他就眼眶发热，委屈之至；又想起姐姐因为顶嘴，不知受了多少罪！他跟母亲说："你知道你多狠吗？就因为她顶嘴，你拿火钳子吓她！烧得红红的火钳子，你作势要烫她，非逼她保证，以后再也不顶嘴了！"

孙月华都懵了，说："有这回事？我怎么不记得了？"

田地说："她吓得尖叫！你逼她说，以后再也不顶嘴了，她就说了。然后你就笑。你怎么笑得出来？你还是妈吗？你虐待她！"

孙月华眼眶一热，气得眼泪都下来了，哽咽道："依你的意思，就不能管你们了？就由着你们？你们小时候有多气人，不记得了？脑子全糊掉了，软硬不吃，就知道跟大人作对！"

弟弟便心一软，擦了眼泪。说这些有什么意思呢？账算得清吗？暴力之余，也还有爱、温暖、包容、欢声笑语……在一点点消解这个家庭的怨恨。他们自己就没毛病吗？整个1980年代，姐弟仨处于一种野蛮生成的状态，反抗是他们唯一的姿态。当家庭处于和平、温馨状态，不具备反抗条件时，他们仨就内部生事，尤其到了寒暑假，闲来无聊，他们自己也会瞎搞搞。那时田禾还小，免不了要当受气包。哥哥姐姐不拘谁欺负她，她就会扑向另一个的怀抱，寻求保护；二对一，以道义的名义，如此弱小的田禾就得以自救。

道义是真的有。有一回家里只有姐弟

仁，田庄不由分说当了家长，把不听话的妹妹抱到雪地里罚站，画地为牢。大雪纷纷扬扬，田禾几次跑出牢圈，想进屋不得，姐姐当门站着，四肢叉开，左右移动，像足球场上的守门员，妹妹休想破门而入。

田地看不下去了，跑出屋搂住妹妹，冲姐姐喊叫："她冻成这样，你眼睛瞎了？"

田庄如雷轰顶，把脑子给轰明白了，怜悯生出来，对人有同情。她哭了。弟弟教训了她，委实比父母的打骂更有效。这年她十二岁，身上有蛮力，忽而蒙昧，忽而清明。

姐弟俩更是常怄气。他们的关系也是女强男弱，身量上就不对等。弟弟有点怕姐姐，动辄生气，蛮不讲理。每回田庄挨母亲打，回头就朝弟弟撒气，弟弟稍不服气，两人就打。孙月华下班回家，见儿子挨了欺，心疼不过，就打姐姐。恶性循环。

弟弟虽然打不过姐姐，但他有一绝，卡着母亲快下班了，就开始哭哭啼啼——本来已经哭过了，中间自己还玩了一会儿，现在重新开哭，就是为了报复姐姐，借母亲之手打她。田庄吓坏了，也不敢凶神恶煞了，反过来求弟弟，谈条件，给许诺；弟弟边听边哭，主动权在他手里，他要视心情而定。

姐弟俩磨牙，一直磨到田庄十五六岁，从此就太平了。因为弟弟开始长个子了，与姐姐齐肩高。起头，田庄也没太留心，直到有一天两人开战，弟弟本能地还手，把胳膊一抬，稍微带点儿力，就把姐姐推搡在地。两人都吓了一跳，弟弟想不到姐姐竟如此弱，整天凶巴巴，原来是纸片人。

姐姐坐在地上，把头抵着桌腿，伤心地哭了。弟弟竟然敢还手！他以前从不这样的，他以前都是畏畏缩缩。她再次感到了如雷轰顶，看到力量在生成、在变化、在此消彼长。她甚至看到了自己的弱小，父母强大也就罢了，现在弟弟也强大了。她眼前一黑。

三个孩子虽然反抗强权，同时也服膺强权，也利用强权。如果有条件的话，他们未尝不想成为强权。父母不在家，哥哥姐姐是大王，两人轮流当家，把妹妹使唤得团团转。可是妹妹也不怕的，两边传传话，稍一离间，两个大王就开战，如此她也能保一己平安。

哥哥姐姐搞团结，是妹妹最不愿看到的。两强联手，她还有好日子过？不怕，妹妹有她的杀手锏，哥哥姐姐都说过父母的坏话，她牢记在心，时不时拿出来用用，威胁说，她要告诉父母去！

哥哥姐姐对了对眼色，都有点怕。

当然，妹妹也说过父母的坏话，哥哥姐姐也用这招，把妹妹拿捏得死死的，像小奴仆一样使唤她，随叫随到，把他们侍候得很周到。

1980年代中前期，田家的三个孩子像身处野生动物园，耍的是丛林法则，欺软怕硬、弱肉强食，文明时醒时寐，"本能"凸显。可是除此之外，还有更大的法则在笼罩他们，那便是对于强权的敬畏，并以此互相制衡，抵达某种平衡。

1987年 十七岁

这一年，是台湾来信的第五个年头，改革开放热度不如台海关系。本来，改革开放在田家就是口头上的，孙月华有心无力，现在，她连心都淡了。以她的意思，只要跟台湾搞好关系，自然等于改革开放。此话怎讲？台湾寄钱来了，都是美钞，少则几百，多则上千。

因之整个 1980 年代，田家虽一时忘了改革开放，却通过致力于台海关系，间接在进行改革开放。他家是闷声大发财，很逍遥的，每日上上班，不定什么时候就有美钞寄到。起头，孙月华还挺不好意思，两口子致信表示感谢，说，家里不缺钱，请勿再寄；我们正当年，足以自食其力；请爸爸保重身体，存钱以备不时之需。

那边回信说，芸儿、家明，这是我能力范围内的事。我孑然一身，几无家累。现在老了，更无需花钱，治病也是包免。我心有愧疚，一生未尽养育之责，就当是花钱赎罪，在我亦是安慰。

孙月华也就由他去了。挺高兴。

当然，台海关系也不是一蹴而就的。初接到台湾来信时，孙月华的第一反应是惊慌，怕连累丈夫小孩。及至通上音讯，她一边紧张，一边伤心，哭了整整两年。跟她妈、她小姨、她三舅、她小舅一起，把前世今生翻了个遍。

她对生父徐志海，本来并无印象，也谈不上多少感情。可是自从有了书信往来，又看了照片，自己简直就是他的复刻版，才知生养、再造之意，血缘多么神秘。她把心一疼，又感念，又委屈，又幸福，父亲死而复生，似乎她也复活了，徐晓芸还魂，与孙月华合二为一。她自己都觉得错乱至极。

信是寄到桑镇，上写"章映琦先生收转"，三舅公接了信，就送来城里，有时外婆和姨奶奶也会过来，大家一起读信、看照片，一边说些前尘往事。孙月华坐在旁边听，一副小女孩的神情，大人讲话，她不吱声，不时把眼睛眨一眨。祖上人来人往，一条街的繁华，住精舍，着锦衣，好个烟火华灯。她巴巴地看着她妈、她小姨、她三舅，这几个都是上了年岁的人，衣装寒素，风霜、劳苦全刻在额头、眼角、神情里。然而那边却是鲜衣怒马少年时。

孙月华偶尔会打断大人，问些细节，照样还是小女孩式的口吻，得到回答后，她点点头，很满足。当小女孩多么好，坐在大人身旁，地久天长。祖上的繁华她没经历过，可是听听也好，不胜向往。

每次接到台湾来信，家里就鬼鬼祟祟。田庄得知此事是 1985 年，彼时空气晴明，街上都出现了外国人，有传是法新社记者，走四川、上湖广，这一天来到清浦县，由县委宣传部派人跟着，拍改革开放中的中国小县城。

田庄有个初中同学，前一阵随父母移居香港，她爷爷奶奶在那边，一家人过去奉养。田庄羡慕得不得了，回来说："香港噢，翁美龄待的地方。她以后穿衣不知有多洋气！"

孙月华搞不大清翁美龄是谁，她也不关心，心里说，那也没什么，你外公还在台湾呢！

田庄说："她去香港就不念书了，听说工厂都找好了。"

孙月华心上说，不怕！我们不去香港，我们将来去美国！我们也不当工人，我们是去留学！——原来，台湾来信说了，只要孩子们考上大学，就出资供他们赴美留学。

可是那年中考，田庄发挥失常，差点连县中都没考上。孙月华急了，看来美国梦要泡汤。这才找女儿谈了谈，又拿出一摞信来，说："自己看去，只别告诉弟弟妹

109

妹，免得他们出去吹牛。海外关系以前是大忌，现在又颠了个儿，成了香饽饽。你外公说了，中国人好攀比，最仇富，要我们一家勤俭度日，低调做人。"

田庄想，这话主要是说给你听的！

孙月华又说："美国，可不是开玩笑的，上天的节奏！这一步跨出去，可就大发了，把人甩出去十万八千里！你再看赵小红，考砸了吧？跟她妈去白云市场摆小摊了，常熟、绍兴去过好几回，为省几块钱住宿费，她娘儿俩睡在汽车站里，容易吗？哪个挣的不是辛苦钱！"

说完叹了口气，沉吟道："你们这个年纪，一步错，步步错，真不是玩儿的。隔个十年二十年你再回头看，差别大了！"

隔个十年二十年，田庄确实回头看了，似乎并不像她妈说的，一步错，步步错。话是没错，但说错了时候。在她长大成人的过程中，学习并不是唯一的出路，甚至，考上大学也未见得就是出路。那时，条条大路通罗马，人群蜂拥而至，从四面八方赶来，都在往罗马奔去。

这中间倘或走错了路，不碍事，折回来就是。哪怕一条路走到黑，突然峰回路转亦有可能。你可以错，一错再错，没有指路明灯，大家都在幽暗中横冲竖撞，尔后，路就撞出来了，啊，那是一条通往罗马的路。

甚至，那些只想过过小日子的人，那些没理想、没朝气的人，那些平庸、守成的人……在往后的三十年间，不自觉都身陷其中，随着波浪汹涌、潮起潮落，间歇性的，从来就没停过。只要合上节奏，守株也能待兔。很多人稀里糊涂就暴富了，自己也搞不大清楚。

遍地都是机会，错过这一拨，还有下一拨。然而成功者只是少数，概率并不比任何时代更多。都说"有志者，事竟成"，错！也有成的，也有未成的，很多一败涂地的人，破产的、自杀的、入狱的……至老一声叹息，至死不能瞑目。无关志向、眼光、勇气、魄力；也无关胸怀、意志、诚信、道德。

田庄这几十年，她不知道成功者长什么模样，甚至，她都不知道什么叫成功。有钱人吗？身居高位者？名人、名流？名字见诸报端，人人仰羡，然而不消几年，名字就会被遗忘，荣光也随之泯然无迹。

一时荣显，不过是命运亲睐，时代的陨石砸下来，总会落在一些人身上，没有必然性的。给你的，你接了就是；甚至你接了都不算数，有一天倘若收回去，你就什么都不是。

譬如"河西王"，1987年他出事了。以贪污罪、行贿受贿罪被判五年，不久因病取保候审，他后来是死在医院里，还不到四十岁。人都说，他是窝囊死的。作为清浦县"五金大王"、市优秀农民企业家、省劳模，他是早期"改开"的标杆人物。家里奖状、证书一大摞，他老婆都收进柜子里。还特意做了剪报，厚厚一本，上面有他的头像、名字、光荣事迹等，诸如"优秀村支书，致富带头人——记河西村支书王显荣"之类。

"河西王"跟他老婆说："你弄这些干什么？闲得蛋疼了！"

他老婆小李说："好歹也是荣誉，归归类，将来或许用得上呢。"

后来当然没用上。他死后，小李本想把证书、锦旗、剪报烧了，随他一起去；又念及丈夫不是好名之人，生前对这些就不在意，烧了如同讽刺。另则她自己也舍不得,想丈夫的时候,她就会把剪报拿出来看看,跟两个女儿抱头痛哭。

"河西王"确实不好名。他后来把厂子做起来了,全身心扑进去,连轴转。十年前那个只有六七人的村镇小作坊,经他之手,成长为清浦县的参天大树,光工人就两三百口,取名"浦江万向节厂",占有相当的市场份额,是清浦县的纳税大户。

他做企业把脑子做活了,非但看淡荣誉,还避之不及。无奈上面要拿他做典型,他有什么办法?之所以看淡荣誉,一是无意于仕途,虽然村官也谈不上什么仕途;主要是精力顾不上,视产品为至上,一心想把企业做大做强;二则他没儿子,本来想偷生一个,当了村官,还怎么生?计划生育是硬指标,他自己不带头,还怎么抓人结扎?

也因此,上面提他当村支书时(他原来是小队长),他是拒绝的。推辞再三,没推掉,糊里糊涂就上了。谁知就栽在这里。出事的时候他正忙着呢。到处被请去做报告,介绍改革开放的成功经验,来工厂参观的人更是络绎不绝,他还要酌情接待。跟人握手、拍照,或者领着去参观工厂……人怕出名猪怕壮,他隐隐感到不妙。

后来,高地人替他抱屈,图什么呢?辛辛苦苦,造福一方,最后落得这样的下场!早知道就辞了村支书,自己做民营去,挣多挣少全是自己的,谁敢说半个不字?何至于落一个贪污!还行贿受贿!不行贿,他这厂子怎么做?银行、工商、税务……他敢不一个个喂饱?倒爷打打电话,几十万到手,他累死累活,落一个贪污!

有知情人说,被人做了局了。上面没侍候到位,自己又站错了队;他对下面苛刻也是有的,内应外合,先拿下再说。下面等着看好戏吧,清浦会有大地震,肯定扒拉出一大堆贪官污吏,有的斗了!几家欢乐几家愁。说到底,谁是干净的?不过是分赃不均罢了。

有人想起几年前,算命先生说的"三十年河东,三十年河西",这还不到十年,就倒了一个"河西王"。然而有什么关系呢?铁打的河西、流水的王,河西不久就有了继任者,继续搞改革开放,虽然搞得不怎么样。他倒了,厂子自然也倒了,换了两任厂长都救不了。

时代大潮滚滚向前,把一切裹挟其中,藏污纳垢,德才与私欲齐飞,能人共奸邪于一色,总有人作为淤泥烂在河底,而生存者将继续前行,欢快且动荡的,随着大潮奔向远方。

外婆再婚的事瞒下来了,直到1987年还没爆雷。这事当然不妥,无奈外婆坚持。第一次撒谎时,孙月华就说:"我妈,我明天寄信去,这事你再想想,开弓没有回头箭,一谎须用十谎圆,您这是何苦来?"

外婆不说话。宁可被揭穿,也抹不开这脸面。可能她也没想那么多,六十多了,还能活几年?能瞒一时是一时。她没想到的是,她和两个外公都活了很长,某种程度上,三人都未得善终。

自从收到台湾来信,她的劫难就算来临。她女儿哭了两年,她是不大哭的,整夜整夜睡不着,于是就披衣坐起,把自己浸在黑暗里,一边等曙光升起。窗外一有亮色,她就下床忙碌,扫院子,做早餐,把三个小孩摇醒……忙碌真是件幸福的事,忙碌使她忘却,聚精会神于做家务,如此她就解脱了。忘了有那回事。

她本来就闲不住,自从接到台湾来信,

越发勤快了，有事没事就四处摸索，不让自己静下来。记性也不好，一大清早先写备忘录，把当日的事记下来，按部就班做事去。等一家五口都走了，她就刷锅洗碗、洗衣服。家里是有洗衣机的，她不爱用。上午十点半，她准点到菜场买菜去，路上遇见邻居，也能站下来说两句，笑呵呵的。

邻居跟孙月华说，你家母亲性格真好，说话慢吞吞的，做事却是干净麻利快。整天就见她忙不歇，把家里归得水清滴净。

她确实是干净麻利快，走路也快。田庄在屋里做作业，就见她急匆匆地跑进来，手里拿着勺子，进屋她就愣住了。进屋干吗呢？忘了。

祖孙俩都笑。

她说："你看我这脑子！"说完就赶回厨房去，走了一半又折回来，原来是叫田庄替她打酱油去。

午后她能稍稍眯一会儿，倦极。睡着在她也是件幸福的事，万事皆休，如同死亡。醒来后就心生遗憾，在那懵懵懂懂的一瞬间，看见阳光落在墙上，一漾一漾；听见窗外鸟雀啁啾。她会吃惊地问自己，我怎么还活着？挺遗憾。

夜里最难熬。一个人坐在床头盼天亮。黑夜太长，往事把她缠绕。她照样没眼泪，可能也是早年哭尽了，忘了哭是怎么一回事。就这么枯槁地坐着，分秒如年。那时她怎么知道，她下面还要活几十年。

她这个样子，在女儿家还能对付，回七里村就没法弄。夜里辗转反侧算什么呢？因此她宁愿住女儿家，也是为逃避。可是七里村毕竟离不开她，儿子常来城里接她回家，时有啧言。

台湾来信不上几月，她就掉了二十斤肉。

心思很重的一个人，什么都不说，面上如常。她是打碎了牙齿往肚里吞，很要强。唯一能体谅她的就是妹妹了，因之那几年，姨奶奶也常来家里，老姊妹一起做针线，说些陈年往事。她把妹妹视作救命稻草，不叫她回家去。两人坐在屋檐下，哪怕什么都不说，只埋头做针线，一边听挂钟"滴答"走动的声音，她也觉得安心。

姨奶奶有一回劝孙月华道："随你妈去，你别掺乎太多。我也知道这事不妥，有什么办法呢？她心理上过不去，还不单是面子问题，她是觉得情义上亏欠一节。那边单身几十年，虽说不是为了她，可她改嫁总是事实吧。你想想她是什么滋味？"

孙月华叹了口气。她父母是少年夫妻，从小就有意，脾性合得来。十来岁时，就常被人取笑，说"成双捉对，配对配对"，及至结婚了，还有说是天作之合。结婚三年即永别，能想起的全是好日子，温柔缱绻，难舍难分。两人都年过六十，自从通了音讯，突然想起"爱情"那回事。因聚少离多，越发珍贵。

他们的爱情是历经时间的考验，却未经日常的磨淬；虽两小无猜，其实直到二十五岁分别，共处的日子，统共没几天。其余都是在思念。也就是说，他们的爱情，是抽空了柴米油盐，也不闻尿臊屎臭，没有难堪，也不怄气，也不说狠话；也不见寻常夫妻的怨怼，离乱把他们的爱情升华了，变得很抽象。

或许，抽象的爱情才是真爱情。

有一度，两人都略带小儿女形态，好似"鸳鸯蝴蝶派"里的男女主。通电话时——那时，家里已装了电话，号码是四位数的；平时闲置不用，小孩子也打不出去，县城有电话的人家没几户。倒是台湾偶尔会来电。第一次通电话最新鲜，一家人挨个儿挨个儿去接听，好让台湾听听声音。

外婆是最后一个接过话筒的。一家人都在竖耳听。孙月华领着孩子们把外婆围住，一边笑眯眯地把头凑近话筒。外婆有点不大好意思，嗫嚅一声，先问好，说："吃过了？"

那边突然说："映璋啊，你声音怎么一点都没变，跟从前一个调。"

外婆笑道："你这可是瞎说！几十年过去了，早老腔老调了。"

挂了电话后，一家人都笑了。

孙月华评价道："我爸真会！"

外婆把脸一红，说："他一直就这样，从小家里就叫他小甜嘴。"

徐志海虽然是小甜嘴，虽然中间谈了几十年恋爱，也谈疲了，有时三心二意；但是他对映璋，却始终葆有纯情，脑子里都是她二十五岁前，她憨敦敦的童年，她青涩的少女时代，她初嫁的样子，她做了母亲，当了少奶奶。映璋的生命截止二十五岁就结束了。

现在的映璋，他有时会看照片，陌生得很，跟从前不是一个人。显老。大陆人不注重保养，当然是穷，几十年她也遭了不少罪；她这个样子，看上去跟他是两代人。

他长叹一口气，对她是既怜悯也心疼，尤其是得知她独自把芸儿抚养成人，他把五脏六腑都疼碎了。写信道：

映璋，来信收悉。连读之下，自不免又是"泪湿芳缄情未了"。你忍辱负重，冒死不辞把芸儿养大，功劳太大了！我欠你太多太多！！这一生是还不完了，来生，我愿做牛做马，当你的奴隶，报答你的大恩。跟芸儿讲，大家不要再哭了，该笑了！得悉你在芸儿和家明的照顾下，与他们一起美满生活，我心甚慰。

你未嫁，我未娶，公平合理。人生悲喜剧，我俩都尽了演员的责任。我的生活极简单，三十年来教书育人，无有变动。目前正在办理退休手续，我住在五楼的一个小公寓里，两房间，一饭厅，一客厅，另还有洗澡间、抽水马桶，这是一个小家庭的住宅，现在我一个人住，有点空荡荡的。

我将来若是老得不能动了，只有一条路，进养老院——这种养老院，生活都很好，但有点死气沉沉的，像墓地一样。但也没有办法呀！

我俩对人生都要看开一点。人生如逆旅，就这么一小段，长短、好坏都有定数，有什么关系呢？在这永恒的宇宙里，个人的悲欢何足挂齿！我们不是第一人，也绝不是最后一人。

上次寄了三百美金给芸儿，家明来信很客气，我读了甚是惭愧，念自己未尽父责，只是补偿而已。今次再寄两百美金与你，你可全权处理。另，你手里须攒点零花钱，用于看病、补充营养、偿还人情等。你弟弟映琦、妹妹映珊两家，还有志河一家的恩德情意，我们是"大恩不言谢"，只有将来待机补偿吧。

啊！映璋！云海遥隔，难阻惦怀之意。江河长流，不尽离别之情。我只能抄李商隐的两句诗，来表达我的情意了。"身无彩凤双飞翼，心有灵犀一点通"。最后祝你健康，并多善自珍重为盼！

志海手书

田庄读了台湾来信后，找她妈聊了聊。她对台湾外公也没概念，照片是见了，年轻时俊得像个电影明星，他妹妹也是个美人。妹妹的四个孩子也都整齐。老太翁过八十五岁生日，一家人照了全家福。田庄端详半天，港台那一路的，跟她不是一个世界的人。

读台湾来信，她最先想到的是七里村外公，心有恻隐。那个高高瘦瘦的小老头，现在也不知在干什么。最是沉默寡言的一个人，说话在他似乎是件难为情的事。除非不得已，一般他以笑代替。对小孩子很亲，尤其是弟弟妹妹，从小在他家长大的，彼此都有感情。

从前一家人下乡，一进家门，他招呼一声，摸摸弟弟的头，捏捏妹妹的脸，喜得双手交握，把骨节按得吱吱响。吃饭时他也不吱声，陪女婿喝酒，一杯又一杯，把脸喝得红红的，很害羞的样子。

当然这些年去得少了，跟台湾来信有关系。孙月华推托是忙，其实是没法面对。隔阂已经存在，孙月华一分为二，不全是孙家的女儿，她没法装作徐晓芸不存在。

田庄很难过，问她妈："七里村知道吗？"

孙月华说："暂时还瞒着呢，就或是知道也不一定。"

"那下面怎么弄？"

"还能怎么弄？两边都糊着吧。"

田庄想了想说："一个生你的，一个养你的；你要一碗水端平，不能偏心！人总得讲点良心是吧？"

孙月华稀罕道："你跟你妈怎么讲话的？跟我说这些！轮得上你来说我吗？"

田庄说："好好的写什么信来！本来日子过得好好的！"她没敢说下去，怕她妈生气。等于斜刺里杀出一个外公来，就怕从此多事！

孙月华确实生气了，横了一眼女儿道："你这话说的！你将来去美国还指着他呢！再说那是我爸，找他失散多年的女儿，有什么毛病？换了是你，你爸来找你，你会说这种话？你脑子坏掉了！"

田庄不吱声。心里想，这么多年来，你没这个爸，不也过得挺好？现在说都说不得！

又想起外婆。田庄对外婆虽心存敬重，但这事做的吧，说不上。于是跟她妈议论道："你不觉得这事做得有缺陷？为什么要瞒？我就觉得不磊落！"

孙月华倒也坦率："当然有缺陷！我有什么办法呢？她是我妈，我阻止得了吗？我跟你说，瞒不下去的！一个七里村，一个台湾，头顶上这两只靴子，现在一个都没落下。我天天在等，紧张得要命。"

1987年，台湾的靴子终于落下了。十月里，孙月华姑姑徐志洋来电说，台湾当局颁令，允许岛民回大陆探亲，她想明年回来看看。

孙月华吓了一跳，半天才说："就你一个人？"

姑姑说："就我一个人，先探个路。你爸身份特殊，跟共产党打过仗的人，想七想八，心思复杂。你爷爷年纪大了，腿脚不便。"

孙月华长吁一口气。

田庄突然开窍了。整个暑假都在用功，九月她就要升高三了，高考的压力从来就有。她妈又爱唠叨，常说，田家没出过一个大学生，我看就你有希望！又说，砸锅卖铁也要供你念大学。她家当然没到砸锅卖铁的程度，但以此可见孙月华的热切。田庄只当耳旁风，未予置理。多年来她悠哉游哉，把自己混成了一个中等生。

她在班里是最平庸的那类学生，都不及差生有存在感。自从进入青春期，她对自己就很嫌弃。整天丧魂落魄，像在梦游。初二以后就变了个人，身体在下坠，很重很重，浑身不得劲儿。心思也重，不能集中注意力。头脑不再灵敏，做一切都很吃力。她常常哭。

总一副看穿世事的样子。世事她未曾经历过，谈何看穿？只能说，这是她的姿态。有一回在饭桌上，孙月华说起她要报名参考会计证，竞争很激烈。田庄嗤一声笑了，面露不屑。

孙月华怒道："你笑什么？看不上？我考个会计证怎么了？你什么意思？大人但凡说事，你就这个样子！你小小年纪，哪来的世故？"

是世故吗？说不上。她妈做任何事，她都嗤之以鼻。偏见既已产生，傲慢如影随形。她就想，争那名头干吗呢？当然，争名是为了获利，有了会计证，孙月华的工资就会上一级。但还是没必要。家里衣食无忧，又不在乎她妈多涨那一级工资。似乎生活在田庄看来，就是一吃饭问题，温饱足矣。

这个很要命。倘若世人都像她这样，改革开放还怎么进行？毋庸讳言，一部改革开放史，无论怎样书写：民族复兴、伟业、盛世……不可忽略是无数个体的欲望。无数像孙月华这样的人，自1980年代初欲望就被唤醒：挣钱的欲望、成功的欲望、荣华富贵的欲望、名利欲、权力欲……一山还有一山高，欲望总也喂不饱、填不足。贪婪是真的。但唯因贪婪，才会生出热情、创造力、想象力、柔韧性、坚忍心。人类不贪婪，上帝都不让。孙月华晚年命运不济，败于"贪婪"二字；但贪婪造就了多少巅峰人生，一步步去勇攀高峰，一代代去拓展极限。没有贪婪，人类将止步不前。

母女俩为这个不知吵过多少回。孙月华希望女儿成功、幸福——请注意顺序。意思是，假如不能兼得——孙月华说："什么叫不能兼得？你想兼得就能兼得！都拿下，一个都不落下！"她是什么都要，横竖不愿取舍。但还是请注意顺序，毕竟，她是把成功摆在第一位。女儿还很年轻，人生广阔，前途无量。她说："要好好学习，天天向上！吃得苦中苦，方为人上人！"田庄一听这话就皱眉头。本来还想学习的，现在好了，不学了。

她后来逼女儿升官、发财、出名；女儿那个行当出不了名，她说："哪个行当都有名人！养猪还能出状元呢！追求卓越，做最好的自己！"

她希望女儿像明星一样耀目。有一回她看娱乐新闻，某电影明星出行巴黎的阵仗，把她羡慕得不得了：带了几十个箱子，后面跟着一众随从，明星妈夹在随从里，也在推箱子。

她拍腿嗟叹道："我要是有这样的女儿多好，人生不枉活一回！"

田庄想，你做梦吧！在家待着去！想出风头，我都不同意！

后来，眼看女儿成名无望，也没当官，也没发财；退而求其次，她希望女儿当阔太；当然最好当官太，因为官太也是阔太。

她说："你长得又不丑，好好挑一个！"

这下田庄来劲儿了，这不是找怼吗？说："你不是一直说我长得丑吗？现在改口了，我告诉你，晚了!"说完挺得意，有报复的快感。

孙月华都快气死。龟孙子！没法聊！猪脑子！个缺心眼！

确实没法聊。母女俩价值观不同，南辕北辙，鸡同鸭讲。一个追求卓越、无限；一个服从平凡、有限。其实，多数人的一生是摇摆于这两极间，先追求卓越，后归于平凡；中间起起落落，无名目的消沉、挣扎、奋起，再消沉，直到生命终了。

勿宁说，母女俩只是表达方式不同。孙月华强悍的表达，把女儿逼向她的反面；也可说，母亲的言语方式、措辞、腔调、口吻使女儿不快，觉得难看，因而誓死不从。其实人生没什么不同，无关内容，表述而已。有一回母女吵架，田庄被逼急了，说："你不就是想要飞黄腾达吗？当官、发财、出名，还有吗？都说出来！又能怎样？人能不死吗？"

孙月华气道："是，人人都会死。但我告你，死跟死还不一样呢！"

"怎么不一样了？"

"坟墓还有大小呢！有的草席子卷了，有的几十万做道场，死也死得堂皇！死都死得气派！你以为呢？"

田庄想了想，好像确实不一样。但再想想，其实还是一样，死了就什么都不知道了。

某种程度上，我们认为田庄是与"改革开放"精神"背道而驰"的人，主要是低温、寡欲、不参与；拒当"弄潮儿"——潮水来了，她都不想去蹚蹚弄弄。很克制的，不让自己瞎激动；她生长于这个大时代，却几同外人。她花纳税人的钱，拿国家俸禄，一生无所作为。

几十年来她没创造任何价值，未生产一件产品。当然她写过几篇论文，上过国家核心期刊，以此用来评职称；她也出过书，拿来送送同事，表示有这么个事儿。她自己都不当真，同事也不当真；单位人人都出书，谁都看不上谁的。

她的书没有读者，一俟出版就算完成了任务——拿了国家的社科基金，属于收讫两清。就算有读者又怎么样？书太多了，读完就忘，跟没读一样。因之，她认为她的书甚至连"产品"都配不上，产品至少还有用途、价值。她的书却是负资产——如果不能称作垃圾的话。当然她这么说的时候，是把她的同事也包括在内，虽然他们不愿承认。

每隔几年，出版社就为清空库存大费周折，无数和她一样的同行、同事的书，躺在仓库里不见天日，末了要么赔本贱卖，要么销毁。田庄这名字，不知被销毁过多少回。她活着的时候，尚有三五好友记得她，虽然书已销毁。现在人书俱亡，真的是干干净净。人的寿命比书长。

她在生前，已洞穿她工作的性质，既无意义，也无价值。吃人的嘴软，拿人的手短，为了不给社会添堵，减轻国家负担，她宁可自己省吃俭用，也不申请项目。单位觉得不可思议，白送的都不要？不单是钱的问题，还事关身份、地位，附加值很多。她哪根筋搭错了？以后不混了？

不混了！其实也还在混。她不是还有工资么，已经白吃白喝了。有一回她说："做不出真东西来的，钱太多，都跑去抢钱了。做得越多，越丑态百出！学问本来不值钱，现在砸那么多钱，谁还做学问去？我们慎用纳税人的钱，少制造点垃圾，也是为社会作贡献！"

也正是她的这一席话，促使我们在她

辞世不久，撰写这一篇长文，回顾她不算漫长的一生，经过的事、见过的人，以及这一切在她身上的折射。我们谨以此篇记录一个平凡人，一个身处十八线却照样吃了时代红利的人，一个没创造过价值却也心安理得的人，一个局外人，一个厌食症患者，沾荤带腥使她难受，白粥咸菜她就满足。

1987年的田庄，大抵不会想到她后来会变成那样。她虽然自甘平庸，十七岁那年却突然赖账了，向卓越迈进。整个暑假她都在用功。有时双手托腮，把眼看向窗外。啊，窗外，每个十七岁女生都曾做过的动作，把脸好看地围起来，像林青霞。有人想着恋爱，有人想着未来。她们的视线越过有限的存在，直抵虚无飘渺。田庄想的是先考上大学，"美国梦"照得她通体透亮。

她对美国无从想象。自从台湾外公允诺，只要她考上大学，就送她去美国留学，她就记牢了，身心鼓荡得像长了翅膀，有时会喘不过气来。有限的一点美国知识，是来自中学课本：五月花号，南北战争，伟大的林肯。噢，当然还有伟大的华盛顿，《独立宣言》和自由女神。

《读者文摘》上有关于美国生活的短故事，自由浪漫，洒脱不羁，那气味她喜欢。还有好莱坞剧照：好看的脸孔、绅士淑女、踢踏舞。摩天大厦、爵士乐……和着金碧辉煌的背景，带着纸醉金迷的气息，她再次感到喘不过气来，醉了醉了。

那时她再也不会想到，有生之年她也会遇上这一幕，空气里一股物欲的气息。她所在的广州城里，到处都是摩天大厦，晚上更是富丽堂皇，美得像梦，具体说，美得像好莱坞。许多人一掷千金、挥金如土，有钱人太多了。她不算有钱人，但也像这城市的绝大多数中产者一样，买了车，换了房，住在市中心的一幢大公寓里。一清早起来，拉开客厅的落地窗帘，美丽的珠江横亘眼前。这一幕非常的好莱坞。下午有些无聊，这就不是好莱坞了，像欧洲的文艺片。

1987年，好莱坞电影她只看过《乱世佳人》，中央电视台播过。原著《飘》她也读过。原著更好看，虽然费雯丽迷死人。她把原著读了不止一遍，恋爱场面更是字字珍惜，把食指抵着下颏，时不时就会微笑，白痴一样。她和赫思嘉一样爱上了卫希礼。噢，卫希礼，那个懦弱、无能，跟着旧世界一起坍塌的老派人。

而现在，她坐在自家的院子里。人生十七年，她只走过三个地方，李庄、清浦、江城，三地相距不过两百里，可是放眼窗外，遥想"大鹏同风起，扶摇九万里"的场景，似乎她能听见梦想展翅时的声音，真的，动人至极。

此外，班主任也助她一臂之力。班主任姓吕，教英语，那些年还不到三十，新派人物，打扮也入时。男生私下里叫她小吕，或者亲切地称她"继红"，说起她来眉飞色舞，总之，你懂的。她对男生毫不客气，调皮的她要拳打脚踢。因此调皮的越发多了，宁愿挨她拳头，就当是抚摸。

她对女生则心思细腻，可见青春期那回事，她还没忘记。像田庄这样的女生，她有点犯愁。成绩不差，却自甘边缘。每逢大考，倘有一门上高分，必有一门拖后腿。班主任都不知道怎么说她，这样一个小女生，敏感，内向，横竖不出趟。班里组织联欢晚会，叫她出个节目，朗诵徐志摩的诗歌《再别康桥》，她吓死。当观众她倒是挺自在，和同学交头接耳，有时鼓鼓掌，有时发发呆。

灰色在她似乎是最安全的颜色，是混沌色，也是大地色。黑白都太鲜明，黄昏使她安宁，看着暮色一点点来临，灰心且丧气，就希望暗夜瞬息降临。因为暗夜有灯，光影落在屋子里，她远远看着，觉得柔和至极。

吕老师想，她父母也不知是干什么的。别的家长动辄就来学校，问问孩子的情况；她家倒好，她教了田庄两年，家长一次没见过。

那天傍晚，她邀请这女学生出去跑步。田庄感念在心。她遇上了一位良师益友，姐姐般的人物，对她抱有平等、耐心、体谅、期待。或许每个人的一生中都曾遇过这样的师友，在人生的关节点，陪自己跑上一小段。这样的师友，田庄后来遇上过很多，否则人生走不下去。有一回她去杭州永福寺，住持跟她说，你这一生，享朋友的福，受父母的罪。她听了醍醐灌顶，如痴如醉。

那天傍晚，她跟在老师身后，跑得气喘吁吁，索性停了下来。

吕老师站下来等她，说："老师陪你跑步，知道为什么吗？"

田庄点点头。

吕老师说："明年你就要高考。来得及的。老师等你的好消息。"

田庄再次点点头，转身时哭了。她不好意思立刻回教室，踅到报栏旁站了站。玻璃橱窗里一张过期的《人民日报》，一行通栏大标题格外醒目：旗帜鲜明反对资产阶级自由化。

田庄擦了眼泪。她心上说，不管，我还是要去美国！——自然她也没搞清楚，美国和资产阶级自由化到底是不是一回事。

1988年　十八岁

三月里，姑奶奶徐志洋回到清浦。她今年整六十，看上去至多四十出头，中等身量，风姿绰约。乍一看比孙月华还年轻些。姑侄俩长得像，但气质明显不一样，姑姑好得多，站有站相，坐有坐相，走起路来不疾不徐，很稳当。一双白皙的手，随身带护手霜，十指交叉，擦来擦去。孙月华傻傻地看着，很稀罕手也配享受这样的待遇。

姑姑说："你洗手去！"

孙月华乖乖洗了手回来，姑姑往她手背上挤了一坨，她闻了闻，喷喷香。舍不得擦手，先递到田庄鼻下，说："你闻闻，是不是比大宝好闻？珍珠膏都不如它！"

一边说，一边拉过田庄的手揉揉捏捏，又朝女儿脸上抹了抹，发出"唔叽"的声音，表示亲她。她简直是喜不自禁，一边把女儿拍拍打打，笑个没完。

田庄任由她摆弄，做出很无奈的样子。

姑奶奶笑道："你们母女是这样子啊！"

姑奶奶住在县委招待所，床头柜上一堆瓶瓶罐罐，还有各式刷子。她出门要化妆，须踅饬个把小时。孙月华问："大姑，你不嫌烦？"

大姑说："习惯了就好。"

她把头转向侄女儿道："你看看，是不是气色好些了？"

还真是。踅饬了半天，跟没化妆一样。但眼泡不肿了，眼神清清亮亮。脸也小了，更紧致；脸上原来红红白白，涂了十几层，现在也清扫完毕，很匀净。天生一张美妇人的脸，有清贵气。早春她穿一件暗金织锦小袄，黑裤子，平底鞋，外罩一件米灰色大衣，走在1988年的清浦街头，堪称天外来客。

也不能说清浦人没见过世面。法新社记者都来过，还要怎样见世面？他本是来采访的，结果被人团团围住，先把他看了个饱：主要是毛太长，也是猴子没进化好；另则身上还有味道，香水掩不住的膻味，引得苍蝇都追着他跑。县城人津津乐道，想起来就笑。

还有一年，街上走过来两个年轻人，是从香港回来探亲的。一样穿喇叭裤、花衬衫，可是人家穿着"像"，人衣合一！不比清浦街头那些二流子，土不土，洋不洋，夹生！

姑奶奶徐志洋则是另一类。上了年岁的人，还有这样优雅的！她是凡事讲究，连洗头都要去理发铺。当然现在不叫理发铺了，叫发廊。县城有三家最时髦的发廊，都是外地人开的：广州发廊、深圳发廊、温州发廊。生意火爆得不得了！也是会起名字，改革开放最具代表性的三个城市扎根清浦，都用来开发廊了。就冲这名字也得进去瞧瞧。

县城还有一家"上海发廊"，名字没起好，招徕不到顾客；至于北京，呵呵，它跟发廊有什么关系？中国这两个著名大城市，县城人愣是没看上。讲真，1980年代的中国，有它俩什么事儿？

孙月华领姑姑去了"广州发廊"。这发廊她来过，烫过两次头发，确实好看，跟换个人似的，把她抬得上了一个层次。可是单为洗头来发廊，她却是第一次。

唉，台湾人穷讲究，洗头都花钱的！她那时不知道，既有洗头花钱的，就有洗脚花钱的。十几年后，清浦城到处都是洗脚房、桑拿房、娱乐城、卡拉OK厅……顿顿山珍海味，酒酣饭饱；夜夜笙歌燕舞，豪情万丈。那阵仗，怕是台湾也自叹弗如。

田庄是在一个周末的傍晚来看姑奶奶的。一屋子的人，没有她说话的份儿。她听话听音，想来外婆再婚的事已经告诉姑奶奶了，她答应加入圆谎队伍，回台湾瞒着她哥哥去。

她跟外婆说："你不用对他抱愧的！"把眼看着田庄，拿不准是不是要说。

孙月华道："不怕，家里的事都不瞒她。"

姑奶奶这才说起她哥哥来："他也就是担了个未婚的虚名，一辈子没闲过，情债欠得太多！我知道名字的就有四五个。有个叫黄樱的还为他自杀了！两人同居了四五年，都以为会结婚的。结果他提出分手，黄樱想挽回，闹得很不开心。我都不想说他。就不知道他夜里醒来，会不会良心不安！"

孙月华问："是黄樱配不上他？"

"哪里配不上他？他女朋友没一个难看的！黄樱还是台湾中央大学毕业的呢，后来自己做外贸，满世界跑，比他有钱、有能力！也不知道图他什么？"

孙月华骄傲地说："我爸有女人缘！"

姑奶奶笑道："也只好这么说了。"一边把头看向外婆，见她怔怔的，说："你是没跟他过到头。过一辈子看看？现在是不是散了都不好讲。"

她又看向田庄说："你将来结婚，千万不要找有女人缘的。什么有女人缘！男人有那个心，女人才会来撩，他还装出一副无辜样！跟你讲，有钱的、有才的、有貌的、有身份地位的都不可靠！"说得自己都笑了，这意思是，没人可找了？

孙月华说:"对,对,就找她爸那样的。田家明憨,就是有女人撩,估计他也懵头懵脑,搞不大清爽。"

姑奶奶笑道:"她两个舅舅也还好。"她指的是自己两个儿子,均已在美国成家立业。前几年台湾来信,都是寄至小儿子家里,再由他转寄大陆。

姑奶奶说:"婚姻就是命咯。年轻时哪里看得清?有的指腹为婚,还有过得好样的;有的千挑万选,还有过不到头的。"

田庄静静听着。心里想,她的命也不知怎么样;那个人在哪里?姓甚名谁?想象不出。

她当然想象不出,在她长成女青年后的十几年间,中国的婚恋观发生戏剧性的大反叛:人人都很开放;妻妾成群是男人普遍的理想;"外面彩旗飘飘,家里红旗不倒"成了一句流行语,通过央视春晚走进千家万户,家家都会心一笑;离婚率逐年递增,结婚的却越来越少。

有一度,大家对婚恋抱有一种"嬉皮"的态度,饭局上总拿它开玩笑,段子满天飞。爱情像奢侈品,人人想要,却不是人人都能得到,即便得到了也犯疑惑,或许好的还在后头。太难了。既然得不到它,那就鄙视它,人人都看得开,很潇洒。

中国人一下子轻松了,那感觉就像在飞。乍从重压中走出来,有什么东西坍塌了,往死里作践。相对于山珍海味、燕窝鱼翅,政治和性才是真正的下酒菜。饭局上没几个精彩段子,主人会觉得没面子,对不起客人。吃,是没什么可吃的了。老广财大气粗,一顿饭花个十几万不在话下。真正金贵的是精神食粮,是原创,嗯,是段子。

是精彩的、诙谐的、出其不意的段子。是带着反讽、隐喻,因而显得人生睿智的笑话;是经主讲人眉飞色舞的演绎、先抑后扬的腔调,是油腔滑调;是话语间埋着包袱,一心等他抖出来;是一旦抖出来,立马全场喷饭,笑得跌倒、岔气、揉肚子,总之全失了分寸。全场都是笑话。是笑出了眼泪,频频干杯;是酒中带泪,泪中带笑。

有那么些年,中国人除了段子不会说话了。同事打招呼都是段子:"早上好!离了没?"

"好,好!离了好!祝贺祝贺!"

"好玩"是田庄这代人的口头禅,在那个"娱乐至死"的年头,似乎这也是他们唯一的价值。转折发生在她们从女青年变成主妇后,发现不对劲了。丈夫们都还年轻,身未老,心不死,个个都很活泛,心思就像单身汉。看到漂亮女人就会很害羞,忘了自己已经结了婚。把眼瞟来瞟去,心里头小鹿乱撞,脸上放出好看的微笑;瞟一眼,对上了眼色。心里把大腿一拍,啊,这事成了!整个人容光焕发,笑得把牙花子都露出来了。

田庄这代女青年是中国"绝望主妇"的开山鼻祖者。因为她们的丈夫虽然出去幽会,却对家庭负有责任,除非不得已他们不愿离婚。于是谎言、欺骗在所难免。两边都欺骗,也真够他们喝一壶的。

似乎也不宜对田庄这一代的男青年过多指责。青春期来得晚些,以前太压抑,糊里糊涂结了婚,糊里糊涂为人夫父。及至长到三十多,物质极大丰盛,自己也站稳了脚跟,有钱,有闲,意外地发现自己还挺多情,格外有魅力。以前真他妈白活了。满街都是桃红柳绿,空气里充斥着一股过剩的荷尔蒙气息。岭南又是湿热之地,对,就是那股黏稠的、不干净的、汗涔涔的气息,也可说是欲望的气息。树欲静而风不止,你想清净都不可能。

不好讲他们"花"的,他们是通过爱女人来爱世界,爱不过来啊,个个都很可爱。有一瞬间,他们想把整个世界都拥揽在怀。唉,慢慢来吧,他们是极有耐心,并且虔敬,对爱情小心翼翼。每一回都是初恋,第一回都想一生一世。其实挺纯情。

田庄这一代女青年则抓瞎了。天知道她们从"绝望主妇"成长为平静的、豁达的、开通的女人之间经历了怎样的过程。说好的忠诚呢?说好的天长地久呢?丈夫们前脚去约会,她们后脚就去捉奸;要么就装聋作哑,全当没那回事;慢慢的连他的手机也不看了,免得生闲气,丈夫们为此挺高兴,直夸老婆懂事、通达,不愧为现代女性。要么实在气不过,就自己约会去!娘,搞个婚外恋谁还不会?——你以为呢!丈夫们跟谁约会去?全是主妇。难不成他们跟男的约会去?

可是1988年,田庄看不到这些。她那时严肃得很,对于婚恋全无概念,甚至连"初恋"她都不能确定,也没跟人约会过。心里头倒是约会过好几次,朝秦暮楚,是很虚幻的男生形象,是集张国荣、梁朝伟、四大天王于一身的美好男生形象的总和。她那时也看不到,女人的长成之路何其之难,严格说来,她花了四十多年、直到生命终了都未长成。此间经过多少劫难苦痛、自我消耗、自我修炼……末了都不算了。在于后来烦了,懒得搞那么些,爱谁谁去!

更严格说来,这话对谁都适用。人何以为人,此题无解。

那天在县招待所,田庄偶尔会看一眼姑奶奶,她不好意思看太多,怕自己不礼貌。以前看照片就觉惊艳,现在见了真身,才知她不上照。志海、志洋两兄妹当然是模子好,长得像母亲米氏。但说到底还是生活优裕。台湾还有两家关系不错的表亲,也寄来了全家福。穿衣打扮不景气,猛一看就像大陆人。打听之下,果然过得不行,寄身底层。

孙月华说:"原来台湾也有阶级啊。"

像外婆这样的,搁大陆不算推扳,很体面的农村老太太,可是被姑奶奶一照,老了何止二十年!田庄后来想,这二十年,可能也是当时大陆和台湾的距离。

姑奶奶这一阵是好些了,刚来那会儿不行,动辄哭。尤其是乍见嫂子章映璋,她伤感得不行。比照片上还老,面相老,体态老,神情也老。她拉着嫂子的手,老树皮一样,硌人。她把嫂子的手攥着,摸来摸去。她哭道:"叫你受罪了!"

她不能想象嫂子受了哪些罪,但想象从来大于现实,因此哭得越发厉害了。对了,嫂子的神情和步态让她想起多年前她家的下人——她不知道的是,有一度映璋在乡下过不下去,托小叔子徐志河在县城给她找户人家当帮佣。志河给她找了两户人家都未成,两家都是共产党干部,嫌她出身不好,成分复杂。就是说,做下人她都不配。

姑奶奶看到映琦、映珊兄妹俩,也哽咽难止。这几个,都是她从小一块儿玩大的。她虽然长在江城,却是每年都回清浦。县城的旧街名她都记得,七姑八姨她一个个打听,拿手绢拭泪。她私下里告诉孙月华:"你没见过你妈年轻时的样子,长得好!你小姨也是个美人。你三舅当年一个洋派!怎么现在都塌成这样了?"

又说:"你妈当年是下嫁!章家场子

121

大,你大舅二舅都是场面上的人;你外公又做过县官;还有你外婆的赵家。都是一等一的人家。单论家世,我们徐家比不上。你爷爷一直就在江城,家里全靠我大伯去经营,乡下一摊,城里一摊,勉为其难。你奶奶米家后来也落了。"

姑奶奶这次回清浦,章米赵徐几家她都见了。她发现一个奇怪的现象,凡是在乡下的都不行,譬如章映璋姊弟;凡是在城里的就好些,比如她二哥徐志河,很体面的共产党干部,虽然已经退休了,但作为招待所前所长,饮食起居、车辆出行他都安排得妥妥当当。

姑奶奶叹道:"晓芸,大陆的乡下怎么那么穷?不是改革开放了么,怎么街上还有穿打补丁衣服的?"

孙月华说:"比以前好多了!你要是十年前回来,可没这个样子!那时还有讨饭的呢。你是没见过穷人!凡是能上县来的,都算是活络人。还有一辈子没出过镇的呢。"

她心想,改革开放怎么了?谁能保证改革开放就一定没有穷人?

那天,田庄从招待所出来,回学校上晚自习去。心里颇不平静,离高考还有三个月,想起来就要窒息。教学楼后面有个小松林,她走进去站了会儿,仰头看天,长吁一口气。

姑奶奶当然是好命。她是1951年结的婚,嫁了个海军军官,丈夫英年早逝,丢下她和四个孩子,全由她父兄抚养成人。她做了一辈子家庭主妇。她父亲赴台后开了家诊所,她偶尔会过去照看。一生虽不算富贵,却安享清福。她是年轻时靠父兄,老来有儿女。几十年过得像熨过的丝绸,除了中年丧夫这一节,人生没一点儿皱褶。她的脸也像丝绸一样,神情也是丝绸的,柔软、漂亮,有光泽。

那是一张没被生活欺负过的脸。很难得的,身上也没有日常气,少被油盐酱醋浸过,因而就显得干净。这一点,孙月华都比她不得。孙月华当然是操心——瞎操心也是操心,事事放不下,身上有烟火气,说穿了就是俗气。姑侄俩的差距是在这里。

可是田庄又想,俗气的妈才更像妈。孙月华整天一副"妈"样,胖乎乎的,有点分量。家里乱七八糟,或许乱七八糟的家才是家。

她难以想象姑奶奶是怎么当妈的,"妈"味太少,小孩子会不会觉得太冷清?像姑奶奶这样,做女人是百分百,当妈怕是要打折扣。虽然孙月华当妈也不怎么样,但田庄习惯了,以为当妈的都是她这一款。一时她也拿不准,自己是要当百分百的女人还是当百分百的妈,想了半天,恍然大悟:坚决不能像她妈!

姑奶奶身上还有一股少女气,平时看不大出,很端庄。只有吃到好吃的,她的神情才会不一样,满足得就像小姑娘。她离开故乡四十年,念念不忘有个叫"潮牌"的小吃,类似烧饼。方才田庄去看她,她正吃得不亦乐乎,说:"哎呀,松脆!"这是用清浦话说的。

隔了一会儿,她操国语道:"小时候的味道!"感动之至。她一连吃了两块"潮牌",把故乡嚼嚼碎,全咽进肚里,说:"吃撑了!可是我还想吃,怎么办?"一屋子的人都笑了。

田庄也笑。就觉得姑奶奶很可爱。那样无辜的腔调,她都未必说得出,那是没受过伤的腔调,清清白白的腔调,自然的腔调，未经风雨和世事的腔调，一直被爱、被呵护的腔调。时代的大风浪把所有人席卷而去，她却安然无恙。

田庄想，我将来要像她这样！我不要经风雨。大风浪来了，我就一旁看看，最好躲屋里去。我身上不要沾水腥气，哪怕一生过得苍白些也无所谓。因为老来好看。

她那时已留心到"命运"这回事，在县招待所的那个小房间里，她妈、她外婆、她姨奶奶、姑奶奶坐在一处，显得触目惊心。

命运明显偏袒姑奶奶，虽然未被命运顾及的那几位也未必有多伤心。尤其是外婆两姊妹，苦难被她们消化了，跑到身形、面容里，神情反而显得很平静。未知这可叫认命，很达观就是了。看到姑奶奶，她们只有高兴；说起小时候的糗事，她们笑得可叫开心。

反而是姑奶奶，一边笑来一边哭，动辄就侧身拭泪。这或许再次证实了苦难的旁观者视角，身在其中的人未必知晓。就连孙月华，对自己的遭际也抱有一种现实主义的态度。姑姑说起当年去南京接她上飞机，孙月华笑道："我到现在还没坐过飞机呢。"

姑姑叹道："就那一回。上了飞机就不一样了。"

外婆说："下面还有呢。第二年挤火车也没挤上，本来要去福建的。有一回我抱着晓芸已经上车了，我妈跟吴妈又落在车下，还能怎样？总不能丢下她们吧？"

田庄说："哎呀，可惜了。"

孙月华说："也没什么可惜的，命里不当走。"

那晚，田庄被"命运"搞得神魂颠倒，就觉得这个词波谲云诡、变幻莫测，一念之间即千差万别，而人完全不知道。最令她神魂颠倒的是自己，未知什么样的命运正在等她。

七月底，高考成绩下来了。田庄正常发挥，上了江城大学。家里的反应很寻常，淡淡的，说不上。聊胜于无吧。至少将来包分配，不用大人为她找工作。

孙月华说："转了一圈，又回了江城！"

田庄当然也不满意。她第一志愿报的中山大学。为什么是中大？因为广东时髦呀：广州、深圳、粤语歌……全国万众一心，好比红星照耀中国。光是"珠三角"三字，就令她心浮气躁，有汗渍淋漓的感觉。去年夏天，家里的万宝冰箱嗡嗡响，她找来说明书，给厂家打了电话。等了半天，那边才有人接听，很熟悉的"广普"，跟香港连续剧里的一模一样。那边敷衍了几句，不了了之。

田庄却开心得不得了，本来也没指着有结果。就是一时兴起，想听听那边的声音；一对一，在跟她交流，在回答她的疑问。似乎这样，她跟那边就建立了联系，一下子近了许多。

不过江城也不赖，一想起爷爷奶奶，她就心暖。反正是考上了，她在班里进了前十，已经很不错了。还有一半同学要复读呢。毕业典礼那天，全班一下子放飞了，男生喝得大醉，摔酒瓶子、打架、向女生表白。在空旷的夜空下，一个人仰天长啸，喊着某女生的名字，说，我一定要娶你！哭了。很孤独。

女生新奇之至，又害羞，又激动。自己还有这样的魅力？够面子！原本男女生都不大讲话的。至少田庄不大讲话；其他人也许讲，也许偷偷抱上了都说不定。面上都很正经。

田庄也想讲话来着，但不知道怎么讲。高二时身后坐了个调皮的男生，时常拉她的小辫子。她一回头，就见他双手伏在课桌上，假装埋头看书。她也不知道说什么，后来把小辫子盘起来，这样他就够不着了。这样人家也挺扫兴，就转去拉别的女生的辫子。

男女生虽然不讲话，可是男生没少把女生议论，全吃透了。班里牡丹、玫瑰、樱花、雏菊……个个千姿百态。分给田庄的是兰花。

花儿们本来很懵懂，处于自生自灭的状态，但毕业聚餐一经男生说出来，突然醒了、活了、开心之至。人人都觉得自己是班里最卓越的花儿，田庄也不例外。兰花？啊，她喜欢兰花。实则兰花她都没见过。但不是有个词叫"空谷幽兰"么？这意思好极。自顾自地开着，在空谷里，也不招惹谁。但倘若你来空谷走一遭，遇上了，哼！她乐个没完，很知道这一乐，就不大像兰花了。

女生既是花儿，那男生呢？也是花儿。田庄有个好朋友叫李芸，高二时喜欢上了高年级的一个眼镜男，也不知人家姓什么，就擅自替他取名夏莲。这夏莲有个好友，长得也不错，得名雨荷。两人常结伴打篮球。李芸说："我们一块儿喜欢吧，你喜欢雨荷去。"

田庄见雨荷长得还行，爽快答应了。

怎么喜欢的呢？两个女生也不去篮球场，就趴在教室的后窗口，把夏莲、雨荷上篮的身影远远来眺望，一边谈谈体会。李芸说："哪天我要是喜欢上了雨荷，怎么办？"

田庄说："没事。那我就喜欢夏莲去。"

两人都快笑死。两人觉得夏莲、雨荷都不错，也不知道自己更喜欢哪一个。其实哪一个都行。作兴这样么？作兴！暗恋不是恋，也没指着要跟他们约会，是把他们当兄弟。这是两个新鲜出炉的年轻姑娘乍投向红尘的最初一瞥，就像走在早春街头，看见花草树木、阿猫阿狗都忍不住要驻足停留。

1988年夏天美妙至极。毕业典礼改变了一切，酒喝了，话说了，眼神也瞄了，满心喜悦。男女生从此亲如一家，天天勾连，走东家、串西家，三五人坐在一处，有时也不说什么，把眼看向地面，空气里有异性的味道，脸上就泛出微笑，神秘得像蒙娜丽莎。

有一天，一个男生来找田庄，被引进小房间里坐了一会儿。家里太吵，于是田庄关上房门，两人说了一会儿话。

孙月华凑到门边听，一脸忍俊不禁。

妹妹也不放心，准确说是好奇。就直接推开房门，搬了个小板凳，坐在姐姐脚下听，一边把眼看着男生，有时还会插两嘴。

田庄说："你出去嘛。我们讲话，你不要听。"

妹妹说："我当然要听！我妈叫我来的！"

田庄都被烦死了，只好送人出来。走到门口，听见她妈跟她爸议论："还关门！想干什么？"

田庄瞪了她妈一眼。简直了，这一家子！

她真没想干什么。十八岁，以她目前的能力，还谈不出伟大曲折的爱情来。她想等到二十来岁，搞一把大的，弄出一个荡气回肠来。一定要泪流满面。现在她很克制，和男生之间保持发乎情、止乎礼的局面，已让她很甜蜜，有时会犯晕。

爱情她还不怎么会，想起来就很神往，再想又有点害怕，也不知怕什么，可能还是自忖能力不够，担当不起伟大曲折的爱情。爱情小说读了不少，各式爱情她都体会过，有时比主人公还投入。相比狂风骤雨——主要是心脏受不了——和风细雨是另一种好，小甜蜜，小忧伤，哪怕仅仅是牵手，内心必会有小波浪。

总之在谈恋爱之前，她还有很长的路要走，有很多功课要做。第一紧要的，恐怕是要学会做个姑娘。此话怎样？她难道不是姑娘么？当然是姑娘。但姑娘也要看怎么"做"，得有技巧。比如有一回，她和一个男生去见另一个男生，约好在县中门口会合，田庄生怕迟到，一路疾走。和她同行的男生说："你还能别这样？矜持点！"

田庄便笑了。心里想，这个也要装？

男生说："让他等着去！男的都犯贱。你跑成这样，人家会误以为你迫不及待，对他有意思。你不会对他有意思吧？"

田庄惊讶道："我怎么会？"男生是这么看问题的？奇了！

就连田地，有时也会教姐姐。田地十六岁了，狐朋狗友一大堆，常来家里找他玩儿。有一回，他的一个同学踅来田庄房间，说："姐，我渴了。给我弄杯冷饮还好？"

田庄"噢"了一声，就去给他做冷饮。不一会儿，田地走出来，把同学支走，跟姐姐说："你回屋去。怎么谁都可以使唤你？"

姐姐问："什么意思？"

"我看着不对劲。屋里头玩得好好的，一回头怎么人没了？以后不用理他们。都挺坏的！以后我有同学来，你最好躲起来，别露头露脸的。"

姐姐说："行啊你，跟我这么说话了！"

弟弟笑道："你这人脑子不大好使，真叫人操心。"

卷三　江城、清浦与李庄
|1990 年—1994 年|

1990 年　二十岁

1990 年代的开局之年并不顺利，充满了混乱、迷茫气息。全世界都在闹事，没事地方也在期盼发生点儿什么。世界再次成了年轻人的了，大家不约而同走上街头，挥拳头，喊口号，人人都很激动，血液在沸腾，心很躁。烈日当空下，他们身上在流汗，也有的在流血。比如东欧。

但是这一年，中国还算平静。据说，新年第一个月，北京接到的告状信有几万封；上海有几千人因吃了不洁毛蚶而感染了甲肝，尽管大都痊愈，却还抱怨不已。广州有几个大公司的经理逃到国外去了；云南发现了 146 个艾滋病毒感染者。还有杀人的、吸毒的、贪官污吏、卖淫嫖娼。还有环境污染、社会不公……有人在骂娘，有人在上访。

此类消息，自然不会全部见诸报端。但老百姓抱怨，那年头大家脾气急，都爱骂骂咧咧，骂官倒、骂物价飞涨、骂人心不古……当然也有赞美的，这一类倒是常见报，电视里也看得到。有一回，江城电视台上街采访，镜头给到一个修鞋的老大爷，记者上前聊了两句，让他发表感想。

老大爷说："我没什么感想。"

记者启发道："您看，这些年您的日子红红火火，这都是托了改革开放的福啊！"

老大爷说："改革开放确实不错，我举双手赞成！至于说我的日子红火，那却谈不上。一般般吧，比以前好些。主要是儿女们自立了。我现在挣多挣少没所谓，跟玩儿似的，消消停停，不焦心。"

记者说："既然日子比以前好了，咱们得感谢党和政府，是不是？"

老大爷笑笑，说："您说了算！"

记者说："我说了不算，得由您来说！"

老大爷把眼看着镜头，憋了半天，把脸都涨红了。突然他捂脸笑道："姑娘，你就别难为我了。我心里有，但这一类话我说不出口。"

清浦电视台也有过类似的采访。他们把摄像机扛到田间地头，把话筒递给一个老大娘，让她表达感谢之情。这个老大娘倒是挺大方，说起感谢话来毫不羞涩，但问题在于，她听不懂记者在说什么——记者讲的是普通话。

她听了半天，打断道："姑娘，咱们一家人不说两家话。刚才你还好好的，怎么一转头就不说人话了？"

记者把脸都红了，只好说回方言。

老大娘开怀大笑道："这不该好嘛！共产党的恩情，我牢记在心！不瞒你说，我天天搁心里念叨，比菩萨还灵！"

大体而言，八九十年代之交，抱怨声是多了些，隔了几十年回头看，我们认为这不算什么，没有完美的社会，除非乌托邦。其实乌托邦里住久了，人都会烦闷，照样会抱怨。我们认为，人只有在两种情况下不抱怨，第一，抱怨没用，沉浸于苦难和绝境中的人是不抱怨的，因为太轻了；第二，抱怨会遭举报，所谓"道路以目"。

也因此，我们愿意从良性角度来看待八九十年代之交的诸多负面情绪，改革遇上了困难，改革不是一帆风顺的。一个只听颂扬的社会是可耻的，一个能听到批评声的社会是可爱的、人性的。

那时节，几乎人人都在骂娘。在饭馆、茶楼，在办公室里，夹三带四，含沙射影，骂者畅快，听者舒坦。骂得巧妙的，还能博得阵阵掌声和欢笑。孙月华也骂，她主要是骂物价飞涨。田庄刚考上大学的那个夏天，清浦发生抢购风潮，大家跟疯了似的，见东西就买，买了就是赚。孙月华不能免俗，也跑去商店凑了回热闹，囤了一麻袋毛巾、牙膏牙刷、底裤、汗衫、拖鞋、卫生纸、花露水、痱子粉……为此她挤掉了一只鞋跟，是跛着脚走进家门的。

她心里一团无名火，还有不骂的？骂谁去？太抽象了，没个实体。先把虚空骂了一通："我操你妈祖宗十八代！绝种！剁头！"她蹲在院子里，从蛇皮袋里翻出战利品，骂道："今天倒了血霉，把鞋挤丢了！什么世道啊！逃荒逃难也不过如此！"

及至田家明下班，实体出现了：他既在县政府上班，还是党员。于是孙月华开骂："你妈！你们大院里干什么吃的？整天搞来搞去！再这么玩儿，下面没活路了，我现在都不敢去菜场买菜，一张大团结剩啦没了！小老百姓哪经得起你们这么玩儿！"

田家明黑着脸，才进家门就遭当头棒喝，真他妈莫名其妙。他支住自行车，怼道："跟我有什么关系？是我叫涨价的？你没钱买菜，你跑去买这一堆破烂玩意儿干什么？"

孙月华余怒未消道："你不是党员吗？还口口声声老百姓，你们什么时候关心过老百姓？你们只顾着自己升官发财！还老百姓！你们大院里有几个是干净的？认真查起来，少说一半人得进局子！跟你们领导反映一下，当然你们领导也不是好东西！告状信散得满城都是！"

田家明不知道她说的哪个领导，因为他的几个领导，上到县委书记、县长，下到县委办主任，都有人在告。告状信确实满城都是，街上有人发传单，连田庄都读过。什么买官卖官、鱼肉百姓……指名道姓，也有实证。大家一笑了之，事不关己，高高挂起。连田庄也见怪不怪，这类信太多了，还能怎样？她心想，不得已才出此下策吧？告不倒，那就搞臭！

田家明不怒反笑，向妻子道："别整天十三点好不好？你朝我发什么火呀？我又不是贪官污吏，我也没行贿受贿。我也不想当官发财，我还好吧？没那么急吼吼吧！反而是你，最急吼吼的是你！整天念着升官发财，还让我给领导送礼，这人是你吧？"

孙月华笑道："你放屁！"

后来田庄去江城读大学，发现爷爷也在骂。爷爷骂的什么呢？这么说吧，什么都骂，即谩骂。他是什么都看不惯：官倒、腐败、男盗女娼……这世界他早就不认识了，心里堵得慌。一切又颠了个儿了，他抛头颅、洒热血换来的新世界，全让这拨不肖子给糟践了！很难过。真的，太难过了。很孤独。

他每天看报学习，听广播、看电视；老干部活动中心他也会去坐坐，看人打牌、下棋，他扶着拐杖呆呆地坐着，常常走神。他还住在原来的大院，换了几次房，现在是一个独立小院，三间房，有一块小菜地，时不时他会摆弄摆弄，浇浇水，施施肥，也是寄托。生活过得很规律。可是田庄很难过，常常眼里就汪着泪水。

她是逢周末就回家去——这难道不是她的家吗？难道只有清浦的家才是家吗？这里有她的一间房，家里到处都是她的东西：连衣裙、高跟鞋、球鞋、羽毛球拍。磁带、报刊、零食堆得到处都是。还有润肤露的清香，她自己闻不见，可是奶奶闻得见。

常常的，奶奶会来孙女儿的房间坐坐，一个人嗅空气里的清香，隐隐约约的，雪花膏的味道、药皂的味道、脂粉香……种种香味合在一起，是她孙女儿的味道，带着年轻人的气息：朝气蓬勃的、开展明亮的，奶奶自言自语道："瞧这房间乱的！"幸福的腔调。

这院子太需要年轻人了。田庄把它当成一种责任，一种"舍我其谁"的责任。这责任在她八岁时就有了，那年姑姑出嫁，她留下来陪爷爷奶奶，虽然只有两三个月，可是她尽心尽力。十年后，她又回归这个家庭，百感丛生，有时走在回家路上，她都哽咽不止，为长大，为衰老。有时她会把身子背对马路，假装观赏墙头的迎春花，实则是眼里汪着泪水，怕路人看见。

她后来觉得这是天意。大学四年，实在她也没学到什么，瞎混混，时常旷课，寝室里睡懒觉，读点闲书。尔后就是周末回家去，风雨无阻。正经是为了爷爷奶奶念的大学，陪他们走过生命的最后一截。让他们看到她、念叨她，盼着周末，让他们有个念想，看到生活在流动，行走于无垠的时间中，她是他们的航标、参照物。生理意义上，他们并不需要人陪，身体尚好，就是孤独。

十年来，她每年寒暑假都会回江城看看，爷爷奶奶一年比一年衰老。一年年，他们会重复一句话："今年就不如往年。"她接到江大录取通知书时，爷爷奶奶高兴得不得了，考上北大清华他们都不会这样。电话里说："回来吧，赶快回来！收拾一下，今天就动身。"

隔了两天，又来电说："什么时候过来啊？房间都给你收拾好了！床单被套都是姑姑新买的。"

姑姑也是逢周末就回家。姑父来得少，太忙了，他官运亨通，两年前就提了工商局副局长，是个肥缺。他本人也"肥"了回去，白白胖胖，笑容可掬，来家里就打哈哈，姑姑私下里骂他"油腻"，说："脑满肠肥的，跟猪头肉一样！整天胡吃海塞，没个正形，人怎么会变成这样？他年轻时不这样的！"

这话要是叫她哥听见了，准要发表意见："他年轻时什么样儿，你去哪儿知道？"别说现在当了工商局副局长，就是当年在赣州当大队书记，他都油腻得不行。他只有落势时才清秀些，像个人，一当官就不行。

姑姑回家，当然会带上女儿李想。李想小田庄十岁，是个跳跳蹦蹦的小学三年级生。姑姑一门心思全在女儿身上，每天接送，课余时间还要带她去学舞蹈、练钢琴。

田庄考来江城，姑姑也挺高兴，说："你来了最好，替我陪陪老人！要不然我真能累死，上有老下有小，两边都得顾着！人老了吧，有点黏人。看着孤苦伶仃的！就盼着家里来人。我回去他们就高兴；一走，他们就那种眼神，哎呀，我学不上。凄凄楚楚的。"

那个周末，难得姑父也回来了。于是爷爷开骂。平时他很少骂，因为家里都是女的，没人接他的话，他兴致不大。姑父一现身，爷爷来劲儿了，笑眯眯的。知道下面要扯淡，男人能扯什么？无非是政治。有的骂了。

爷爷说："哟，李勇来了？有一阵没见你了，挺忙？"

李勇笑道："嗨，瞎忙！"

爷爷说："我看也是瞎忙。个个都钻钱眼去了，不是瞎忙是什么？我怎么听说省纪委来人了，要办张明军？"张明军是市委书记。

李勇朝妻子、田庄笑笑，说："老爷子，您真是通天啊！这事我怎么不知道？"

"你不知道？假装不知道的吧？贪污几十万，够不够杀头的？男女作风还不干净，七搞八搞，把市一招的女服务员给提拔了，安插进了建行，去年才提的处长，有这事不？你们这些党员干部，都什么玩意儿！还改革开放！我看改革开放的名声都叫你们给糟蹋了！"

"罢了，罢了，老爷子！"李勇双手合十，做了个告饶状，笑道，"您怎么把我给夹进去了？您的女婿是那种人吗？第一，我没贪污；第二，我也没七搞八搞，我在外面都不跟女的讲话，不信你问家凤。是吧，家凤？你得给我敲个证明，要不我以后还怎么进这个院门？"

田家凤说："我没法证明，我又不能一天二十四小时盯着你。"

李想说："我就不信你不跟女的讲话，讲话怎么了？我们班男女生还讲话呢！你们工商局没女的?"

一家人都笑了。

田庄说:"喏,爷爷您消消气!时代不一样了,跟您当年的艰苦朴素不是一回事儿。并且您也骂错了人。"她就说起前年,她妈因为抢购风潮,夹三带四把她爸也骂了。

李勇说:"你说我们冤不冤?招谁惹谁了。党员干部就不是人?就不是爹妈养的?就都是金刚不坏之身?哪个群体里没坏人?别人贪污,我们挨骂!不分青红皂白,搁一锅煮了。"

田庄倒是挺高兴。她喜欢听爷爷骂人,带劲儿,整个人都活了。声如洪钟,气壮山河。同时她又难过。爷爷以前不是这样的,顶内向、顶得体的一个人,一般不臧否人物。太孤独了。他的那个时代过去了,整个就是一外人。他不甘心。

这一年,田庄略有些消沉。前路漫漫,她不知道自己该怎么办。"美国梦"泡汤了,赴美留学看来要延宕,一辈子去不成美国都有可能。中美关系再次紧张,以美国为首的二十多个国家制裁中国,外资纷纷撤离。

农业部说,夏季粮食减产,形势严峻。

国家统计局说,工业生产下滑,经济形势严峻。

外经贸部则说,出口下降。

去年1月1日,《人民日报》在《元旦献词》里坦诚写道:"我们遇上了前所未有的严重问题。最突出的就是经济生活中明显的通货膨胀、物价上涨幅度过大,党政机关和社会上某些消极腐败现象也使人触目惊心。"如此论调,《人民日报》何曾有过?太不寻常了。

今年《元旦献词》,《人民日报》重新高调起来。大抵被制裁了,民族自尊心陡增,准备自力更生,勒紧裤腰带过日子。现摘录两节,题目叫做《满怀信心迎接九十年代》:

伴随着1990年代的第一记钟声,二十世纪九十年代来到了。回顾过去十年的征程,展望未来十年的情景,我们满怀豪情,充满信心。

在八十年代,我们以经济建设为中心,坚持四项基本原则,坚持改革开放,社会主义现代化建设取得了举世瞩目的成就。国民经济继续增长,国民生产总值翻了一番,已经上升到世界第8位。教育、科学、文化事业和国防建设都取得了巨大成就,综合国力显著增强,人民生活明显改善。……

写得挺好。回望过去,大家有目共睹;展望未来,是不是人人都"满怀豪情,充满信心",恐怕未必。我们不妨认为,这是自己给自己打气呢。老实说,直到1992年邓小平南方视察,各级官员一直忙来忙去,拉好防御的架势。

报纸上的论调叫"治理整顿,深化改革",会读报的人一看就明白。物价是压下来了,但老百姓也不买了,都在节衣缩食。工厂停产了,农民工进城转一圈,只好打道回府。连城里人都找不到工作,那时不好意思称作"失业",叫"下岗"。江城工商局副局长李勇也深有感触,八九十年代之交,来工商局办营业执照的人呈断崖式下降。民间经济一蹶不振,大家空有一身力气,闲得骨头疼。

其实那两年,"治理整顿"都不是最重

要的。"意识形态"再次成了关键词，姓社姓资又开始干架了。还有一个关键词，几十年后是没人提了，当时却人尽皆知，叫做"反和平演变"。

新年伊始，《人民日报》刊文说，八十年代我们取得了举世瞩目的伟大成就。九十年代将继续建设中国特色社会主义。不论世界局势发生什么变化，和平与进步的历史潮流不可逆转。

世界局势发生了哪些变化？噢，天！东欧！东欧啊！

这一年，田庄也还好；或者说，她这一代的青年都挺正常；扩大一点说，全中国的老百姓照常过着小日子，抠抠搜搜的，都挺不容易。之所以关心国际形势，实在说，世界闹到这份儿上，那就瞄一眼，全当八卦看。政治八卦也是八卦。也可说，政治才是最大的八卦。

看完了，聊一聊，叹一叹，心里头略有些小动荡，回家就正常了。该干嘛，干嘛去！一百多年前，外国人乍来到晚清中国，会吃惊于中国人的脸：麻木的、平静的、冷漠的、忍耐的、好脾气的、狡黠的、精明的、实利主义的……一百年后的1990年代，其实还是那张脸，一样的神情。

田庄未知是天性使然，还是刻意与父辈保持距离，自从念大学开始，她就知道自己是怎样一个人，或者说，她希望自己做怎样一个人。做一个旁观者、局外人，不是冷漠的，而是带一点温情，游走于边际状态。绝不为激情所驱使，也不为时潮所动，哪怕是改革开放的时潮，因为她父辈曾身陷"文革"的时潮。

她将拒绝一切盲从的理想、主义。远离政治，如果不能说是她这一代人的追求，至少是她个人的追求，做一个生活中的人，保有日常化；简单说，就是做一个平庸的人。一个小人物。时代大潮在她面前翻飞起伏，她一旁看着，偶尔会有点小激动，同时也会为自己的激动感到害羞。

有人说，八九十年代之交是中国人在精神上的分水岭，理想主义丧失了，享乐主义盛行。说这话的人，应当是非常失落。几年后的1994年，似乎是在上海，有一场"人文精神"大讨论，声势浩大，惊动了全国；那时田庄已到了广州，她把文章找来读了，心领神会，但也不以为意。人文精神丧失了吗？连教授都去卖大饼，但是又有什么关系呢？又不是所有的教授都去卖大饼。

很多年后，那些为"人文精神"呼号呐喊的人，未知是否变了个人，变成了自己反对的人；反而是田庄这样的小市民——准确说，她也算不得小市民，虽自诩为小市民，其实做得不够彻底；她后来择业不慎，误入"知识分子"这个群体，后悔不及；较之理想主义、人文精神，她宁愿自己是个市侩，那就是务实、不高蹈、不虚枉、不浮夸、不博名、不好利——末一点使得她把"小市民"也没做像。

总之，反而是像田庄这样的人，一生毫无建树，庸庸碌碌，来这世上走一遭，跟没走一样；她是十三不靠，就这么悠悠晃晃几十年，因为未曾有过理想，所以也不曾失望。反而是她这样的人，几十年后我们回头打量，时代大潮卷走了多少人，她还站在原来的地方，虽然有时也会摇摇晃晃。

她后来有个观点，今记录在此，供大家讨论："理想主义"难道不需要反思吗？这世上如果都是理想主义者，那才可怕呢！

130

罗兰夫人有言，"自由，多少罪恶假汝之名以行"，田庄的意思是一样的："理想，多少罪恶假汝之名以行！"

东欧大厦剧烈摇晃之时，田庄这一代的中国青年也把身体剧烈地摇晃，蹦迪去了。每个周末的晚上，学校食堂就张灯结彩，迪斯科女王张蔷的声音充斥全场，是的，嗨起来吧，《别再问我什么是 disco》：

打开录音机，打开唱片机，让音乐开始，让节奏不停，不要不理我，不要讨厌我，我们的约会，你不能迟到。每当音乐一响起，假装我们还是在一起，你能听到我的心在咚咚跳，你却假装什么都不知道。迪斯科扣，你怎么可能不知道？迪斯科扣，你怎么可能都忘掉？

全场都疯了，人人躁得要命。彩灯闪烁不停，直能晃瞎人的眼睛。男生中有"人来疯"的，跳着跳着突然双膝跪地，人群只好让开，让他单手撑地，把身体悬空转圈，还一边作抽搐状。

众人起哄，一边把身体扭动。人来疯再次双膝跪地，借助余力，把双膝滑出去，身子往后跌去。

田庄暗想，他的膝盖不疼吗？牛仔裤怕是会磨出破洞。需要说明的是，八九十年代之交，田庄这代青年已经穿上了仔裤、T恤，跟现在差不多。时髦些的青年，白T上还会印着标语口号，像"别理我，烦着呢""我是流氓我怕谁"等。

喇叭裤是早落伍了。后来有一度流行紧身西裤，也是把屁股裹紧，男生一般没屁股，因此看上去倒也窈窕，效果比喇叭裤美观。

女生也穿仔裤、T恤；也穿裙子、高跟鞋，偶尔是得扮扮淑女。田庄学会了化妆，跟室友切磋技艺，那一套流程她顶熟，宿舍里化妆，出门前洗去。没必要搞得那么隆重。那年头的审美是清新自然、清水出芙蓉。是的，那年头田庄是按男生的审美来塑造自己的，虽然这也是她的审美，但主要还是男生的。她那时还没有自我。

大家在跳迪斯科的时候，田庄就在一旁扭扭，挺开心，也挺躁的，但不好意思太投入。迪斯科一般是压轴，前边是慢三、慢四，这个她顶怕，因为会有男生来邀舞；她跳得不好，主要是紧张，身体有点僵，因为肢体在接触；当然她也不好意思拒绝，太打人面子了。人家不来邀吧，自己又没面子。横竖不自在。

其实男生也挺不好意思。跳舞这事吧，与其说是兴趣，勿宁说是责任。很多人是咬牙在跳。有一回，一支舞曲结束了，众人四散开去，田庄听到一个男生吁了口气，说："终于跳完了！"田庄看了他一眼，扑哧一笑，原来有同党。害羞在中国普遍被视为一种美德，但是害羞对于当事人来说，是极痛苦的体验。简单说，就是别扭、紧张、不舒展。刻薄一点说，就是欠大方、小家子气。

既然说到张蔷，怎能不说崔健？一样都是躁，前者是身体之躁，后者可说是心灵之躁。其实身体与心灵，有时没那么对立，至少在"躁"这件事上，灵肉是合一的。1990年代是从"躁"开始的。这年年初，崔健在首都工人体育馆再次"摇滚"，为下半年的亚运会集资义演。

"体育馆里座无虚席，如同沸水之锅，"一个记者写道，"发狂的歌迷点燃打火机和火柴，有的点燃节目单，在空中挥舞。"那天大雪纷飞，气温零下十五度，体育馆却热得要命，呐喊声一浪高过一浪，人们和崔健一起大喊大叫、摇摇晃晃，声浪把崔健压下去了，比崔健还狂浪，仿佛崔健成了听众，没他什么事儿似的。体育馆外也甚壮观，那些没有买到票的人，就在雪地里站着，把自己弄成了个雪人，等待崔健出来给他们签名。

开场曲便是那首著名的《新长征路上的摇滚》：

怎样说，怎样做，才真正是自己
怎样歌，怎样唱，这心中才得意
一边走，一边想，雪山和草地
一边走，一边唱，领袖毛主席
噢……一二三四五六七

拱形棚顶产生巨大的回响，又兼万众合唱，声震数里。场外的人也跟着呐喊摇晃，跟醉了似的。那夜大雪纷纷扬扬，北京城苍苍茫茫。没人能说得清那晚的北京是怎样一种情绪，1990年1月28日，有人在哭，有人在笑，有人消沉，有人亢奋……而这一切，都在崔健的歌声里水乳交融，合成一片。

那晚激情四溢，不得不说，它也混杂着痛苦、压抑、宣泄、迷茫；混杂着颓废、激昂、挣扎、反抗；交织着绝望与希望。它整个是"四不像"，却又包罗万象。说到底，可能还是荷尔蒙在作祟。

写到这里，我们不由得想到1966年，十九岁的田家明率队奔赴井冈山时，途经浙江省人民剧院，上台和观众大合唱的场景，那天他们唱了《国际歌》《在北京的金山上》《我为祖国献石油》；二十四年后的1990年，崔健们在首都体育馆，和观众合唱《新长征路上的摇滚》。两者有什么不一样吗？

我们认为，没什么不一样。换了个形式而已。也可说是换汤不换药。药还是那个药：崔健穿黄军裤、把裤腿卷起来；脑门上绑一块红布；他就唱《一块红布》，他也唱《新长征路上的摇滚》、唱《红旗下的蛋》；他还唱《南泥湾》。他把《南泥湾》唱得怪腔怪调，调子、歌词还是从前的，听上去却不大对味儿。老同志们不高兴了。其实他们没搞明白，也就是换了汤水，是二和药，毕竟时代不一样了。新时代唱旧歌，是得换个唱法，要不才叫怪呢！

要说有不同，可能是田家明那代人只承认自己有理想，不好意思承认荷尔蒙；崔健、抑或说听崔健长大的田庄一代则正好相反，首先承认是荷尔蒙，简言之就是"躁"，再由"躁"生出别的，比如理想。

抱歉抱歉，这么说并不容易。我们作为田庄的同龄人，年轻时也不会承认；几十年后的今天，我们已年过半百，这才意识到：人生没什么不同；未知能否称作旧瓶装新酒。

今年是田庄辞世十周年，在统稿的过程中，我们百感交集，恍若跟她一起活回去了。1990年的田庄，当然不可能跑去北京听崔健的演唱会。她主要是听磁带，早年听崔健，后来听黑豹。全懂，全懂。张楚的歌词写得好，何勇得去看现场，贼带劲儿，嗨得要命。

她去看过何勇的现场？当然没有，这不合她的性格。就看看录像，知道她的同龄人已经到玩儿这份上，挺骄傲。知道自己正年轻，连呼吸都顺畅，一听摇滚她就躁。她的躁法很别致，面上看不出，搁心里躁。有一回，她看见一个男生走在食堂路上，唱起了《一无所有》，那样苍凉、孤独的腔调：我要给你我的追求，还有我的自由……他不是在唱，而是仰天长啸。

田庄驻足，就觉得这一幕真好，两颊麻酥酥的，身上起了鸡皮疙瘩。她微笑，放眼远方，简直想飞上天去。在她辞世前一年，她在网上偶遇了一段视频，"红磡1994"，那场著名的演出，年轻的"魔岩三杰"，嫩得不像话。她愣了好长时间，这才想起自己也曾年轻过。

1990年还有一个现象：毛泽东热。校园里，崔健高呼"一边走，一边唱，领袖毛主席"；校园外，则满大街都是《红太阳》，那却是原汁原味的，以李玲玉的歌声最为嘹亮。

敬爱的毛主席，
您是我们心中的红太阳，
我们有多少贴心的话儿要对您说，
我们有多少热情的歌儿要给您唱。

这盒叫《红太阳》的磁带，收录了三十余首红歌，都在歌颂毛泽东，诸如《太阳最红，毛主席最亲》《毛主席的话儿记在我们心坎里》……卖疯了，月售一百余万盒。崔健哪里比得上？

"要不是满街西装、牛仔，到处新潮、精品，差点以为时光倒流，回到了先前的时代。"上海有家报纸这样说。

"毛泽东热"何以在八九十年代之交再次兴起？而这仅仅是开始，在往后几十年间，不定什么时候，"毛泽东热"忽而就来那么一下，估计他老人家也未必开心：子孙后代太不消停了，就不让他安生！

事实上，"毛泽东热"早于两年前就开始了。确切说，1988年下半年，北京人开始翻箱倒柜，把压在箱底的"毛主席像"找出来，少则数十，多则上千。这些像章诞于二十年前，用造飞机的铝材铸造，花了三十五亿，弄得毛主席说"还我飞机"！可是那些年，所有人都觉得他的头像比飞机重要。

及至1988年，造型各异的"毛主席像"开始走出千家万户，进入流通渠道。那时，收集毛主席像章的还真不少，有的堪称"发烧友"，家里收藏了六万枚还嫌少。还有的开了博物馆。

1990年，全国的旅行者们涌向湖南，往韶山冲奔去。据"毛泽东故居"工作人员统计，1990年，每天有二千五百人来到这里，1991达到二千八百人，单计这两年增加的人数，就比整个1980年代还要多。

毛泽东故居旁住着一个汤姓老太太，每天花一块七毛钱买来一袋绿豆，在自家门口煮绿豆稀饭，一毛钱一碗，大受欢迎。从此她一发不可收拾，把绿豆稀饭变成了"毛家菜馆"，占领全国各大城市，就像当年毛泽东从这里走向全国一样。

1990年的"毛泽东热"跟1970年的"毛泽东热"是一回事吗？不是一回事吗？没人说得清。

1991年　二十一岁

是时候说说田庄的恋爱了，顺便回顾一下她的青春期。田大小姐二十一岁了，难道不是个青年？怎么还在青春期？是的，还在青春期，早着呢！她是直到做了母亲后，才稍微像样些。此前，脑子一直在犯迷糊，除了个子长足了，贪玩、爱笑，偶尔会装装淑女，智力上没怎么太长进，还停留在初中阶段。当然，这说的是爱情上的智力；其他方面的智力，我们不作定论，因为没有实证。

大体上说，她的少女时代和青年时代没有明显界限，糊成一片了，就是跟着大家一起瞎玩玩，您就当笑话看。

十年前，她因为看到小姨孙月亮长成姑娘，后面跟着一众男青年吹嗯哨，她就留心到姑娘这个物种，挺美妙，恨不能自己立马长成姑娘，代小姨跟男青年们过过手，切磋切磋。不过她很快就忘了这事。她在初高中阶段有几个好朋友，均属高瞻远瞩之辈，偶尔会讨论爱因斯坦去了美国算不算背叛祖国这一类无解题。田庄那时挺爱国，就觉得他应该留在德国。

"不，"她的同学张茜说，"他的祖国正在犯罪！这样的祖国活该背叛！科学无国界，哪里有正义，哪里就是祖国！"

田庄觉得她挺牛。张茜确实牛，爱读书，爱思考，不人云亦云。成绩也好，有甜美的歌喉。她会唱程琳的所有歌，《酒干淌卖无》《小螺号》。她也唱《妈妈的吻》，唱得情深意浓。

她后来说，她是瞎唱。心里没感情，却能唱出感情来。她的经历跟田庄类似，也是从小跟着爷爷奶奶长大，及至上学了才回到父母身边，关系不亲，挺冷淡。她说："主要是我冷淡。我喜欢自己冷淡！"

田庄笑了笑，都有点崇拜她了。就觉得魅力四射，都是金句啊，这还了得！须知，那年她们也就十二三岁。张茜有一回来家里玩儿，被孙月华喜欢上了，恨不得上前捏她的脸蛋儿。她私下里跟田庄说："长得比你好，小天使一样！你看看人家的大眼睛，炯炯有神！你再看看自己的大眼睛，大而无当！"

田庄想，你懂个鬼！逗你们大人玩儿，在她是小菜小碟！

极有主见的一个女孩。她是学校合唱团的领唱，万众瞩目，自己却不以为意。后来主动退出了，太影响学业。她说："又不靠这个吃饭！"歌星她愣是没看上。她后来考上了山东大学，毕业后进了青岛一家制药厂。后来药厂倒闭，她就回家带孩子去了。她丈夫开公司。

几年前我们去青岛找她，想了解一下田庄的成长经历。她淡淡的，略微谈了些，对田庄之死表示了适当的哀悼，挺得体。倘不是根据田庄手记，我们难以想象眼前的这个中年妇女曾是那样一个酷女孩，美得像小天使，冷静又明晰，她对人生有设计，曾拥有绝对的掌控力。后来当然没掌控住，过糊了。才四十五岁，看上去像五十出头，主要是胖了，眼皮耷拉着，有点呆。

除了张茜，还有杨蕾、周明明，一样都是好女孩。四人常一起玩儿，俗称"四人帮"。那些年《少林寺》大火，想当和尚、尼姑的不在少数。田庄四人报了武术班，学过站桩、蹲马步。想着有一天练就飞檐走壁功夫，就去少林寺旁边找个尼姑庵，深山老林里过一辈子。

常常的，她们会为人生犯愁。人生有三味：快乐、幸福、充实，她们该选哪个呢？噢，天！太痛苦了！如果不能兼得，要么就选"充实"吧。很多年后，未知她们是否记得这一节。人生何止三味？五味杂陈里，空虚无聊是底色，尤其是结婚以后，如果摒弃了功名心，对金钱、名望、地位、男女苟且事没太多兴致，那日子真的不好过。就剩一个空虚。她们后来都庸庸碌碌，母亲和职业女性之间，她们不能兼顾，累得跟狗似的。

夜深人静的时候，自己一个人跑到客

厅里坐坐，试图清清脑子，问问自己身在何处——就连这个都做不到。脑子不聚焦，像春天里的柳絮，一片片在飘。独自发会儿呆，就回屋睡了。有时焦虑之至，也会莫名哭一场，淌儿滴浊泪，然后抹了眼泪，复归平静。就剩一个空虚。

高中是另一种状态，反而落地了些。眼里能看到更具体的事物，比如审美、时尚、性格、兴趣爱好、人际关系。眼里也会看到男生，虽然心里未必有——有时有，有时没有。田庄的好朋友也换了一拨，除了前面提及的李芸，还有一个徐徐。

这两个女生也深得孙月华喜欢，并不因为是"别人家的孩子"，而是她们本来就好，干净、体面、清清朗朗，成绩也不错。有一回，孙月华跟女儿说："你这人虽然不怎么样，眼光还行。"

田庄笑笑，挺骄傲。

孙月华尤其喜欢徐徐。徐徐从小学四年级开始，就跟她母亲一起熟读《红楼梦》，母女俩都喜欢薛宝钗，而不喜林黛玉。后来田庄就把这事告诉她妈，孙月华说："那倒是！林黛玉本来就不讨喜。徐徐有点薛宝钗的风范。"

"那我呢？"田庄说。

"你？"孙月华说，"你不就是贾母房里的那个傻大姐？"

田庄笑得咯咯的。

孙月华严肃地说："我不是开玩笑！你不笑还好，一笑就更像傻大姐了！"

这一来，田庄当真了，撂脸而去。

有一次徐徐来家里玩儿，孙月华说："你要是当我的女儿多好！回去跟你妈说一声，我们两家能不能换女儿？当然你家会吃亏！"

"才不呢！"徐徐笑道，"我妈巴不得！我妈最喜欢田庄了。她说田庄像《红楼梦》里的一个人，孙阿姨您猜猜看！"

孙月华把《红楼梦》里的人物过了一遍，猜不出。

徐徐笑道："史湘云。"

孙月华大声叫唤："怎么可能？"简直气坏了，替史湘云不值！一边把眼看向田庄，说："你也配？"

田庄虽然被她妈糟蹋成这样，其实没那么差，从她交朋友上就看得出。她的女朋友个个卓异，虽然后来都落了个平凡人，泯然人世，但至少不俗、不丑，比今天所谓的名流、当权者、成功人士好看多了。

反过来也可说，也正是因为她们要"好看"，顾着脸面，才不可能做成名流、当权者、成功人士。

今天，您若是在大街上遇上某个老阿姨，干巴巴，或者肥嘟嘟的，买菜时翻翻拣拣、大声嚷嚷；或者她们就是卖菜、摆地摊的；或者她们坐在主席台上，一副得意、昂扬的嘴脸，一副真理在握的马列主义老太太的口吻，脸上放出那一种俯瞰众生的神情——哪怕她们没有俯瞰，只要坐上主席台，本身就是俯瞰。

或者您在某商场、某个饭局上，遇上个把俗不可耐的中年阔太，或粗声大气，或忸怩作态，上万的衣服叫她们穿成了地摊货，几十万的珠宝叫她们戴得黯然无光……请不要鄙视她们，也不必同情她们，也不要被她们的虚张声势所吓倒。

她们是田庄的同龄人。田庄经历的，她们都曾经历过。至于后来怎么会变成这个鬼样子，那就只有天知道！请不要小瞧她们，在1990年代，她们还是女青年那会儿，估摸着也曾单纯过、可爱过，哪怕是装可爱，只要装得像，蒙过男青年，也等于可爱了。

嗯，估摸她们中都不乏"理想主义者"。

或者蹦过迪、玩过时尚，胸前别着格瓦拉像。穿迷彩裤、马丁靴，那样子酷毙了！大踏步地走路，跟男青年七搅八搅，搞得人神魂颠倒。诸位，今天的时尚，是你们妈妈辈玩剩下的，玩上那么几年，乏了，也尽兴了，就收了心，回家生下了你们。

当然，林子大了，什么鸟都有。女青年中也不乏功名之徒，一门心思往上爬；也有巴结奉承的；也有品行不端、爱打小报告的；也有搬弄是非的；也有浅薄、庸俗之辈；也有心计深的——今天叫"绿茶"，简称"茶"，俗称"茶里茶气"。这个"茶"字，男青年是辨不出的，他们就好这一口，诓他们简直一诓一个准。傻乎乎的。

诸位，请不要小瞧你们的妈妈辈。今天大街上走着的中老年妇人、今天窝在沙发上看连续剧的那一堆腐肉⋯⋯噢，天！她们年轻时极有可能是卓越之辈。哪怕资质平庸，年轻时长得不怎么样，只要有那么点"茶"味，就能把你们的父辈耍得团团转。没爱情时，她们享受青春；有爱情时，她们就把自己砸进去！请相信她们谈恋爱时的天真、单纯。1990年代在她们可说是"百花齐放"。

田庄呢？啥情况？

嗯，她的情况有点特殊。爱情这回事，她没怎么搞清楚，这不是她的长项。倘若有哪个男青年喜欢上了她，那可真是瞎了眼，有一种空拳打在棉花上的无力感。跟她谈恋爱，简直没法谈，颇具喜感，时不时就会笑场。笑了几场以后，就不了了之，变成了哥们儿。因为她不性感，身上少那么点儿"雌"味，当然她也没有"雄"味，雌雄跟她都没关系，脑子处于一种混沌、蒙昧状态，像是被门夹过似的。

这里说明一下，我们以这种腔调来描述故友的爱情史，似乎有失恭敬。但我们有把握，田庄在天之灵，一定会很满意。她活着的时候，用的也是这种腔调，尤其是回望爱情时，充满了戏谑反讽。我们相信，这也是我们这个年纪该有的腔调。这文章若是写在二十年前，当然不是这种话风，应当纯情许多；这文章若是写在二十年后，我们七老八十之际，没准还会抒情。

田庄自从高中毕业，简直忙飞了，奔波于清浦、江城间，一个字：耍。两个字：好玩。其实她也没玩出什么名堂来，都是瞎玩。她那时性情未定，她妈希望她做淑女、走甜美路线，教她要"笑不露齿"，她对着镜子练过几回，太别扭了。笑点又低，一笑就忘乎所以、前仰后合，肢体语言很丰富、很投入；正投入着呢，突然想起"笑不露齿"来，急忙收住，就有点不三不四。

她自己的理想是做个帅女孩，酷酷的，很洒脱，很倜傥。照样也没做好，因为不是真洒脱。她对男生普遍有点紧张，心理上不占优势，所以没法倜傥。对年纪小的男生，比如弟弟的同学，她稍微放松些。拿他们当小屁孩。有一回她在街上遇见几个小痞子，十六七岁样，趴在护栏上看姑娘。看到她时，突然来劲儿了，大声嚷嚷："姑娘姑娘，手枪手枪！停下停下，寂寞啊寂寞！"

她笑了笑，就想拿他们来练练手。她刹了车刹，一脚支地，身子稳稳地坐在车座上，先把表情整理好，很洒脱地那么一回头，把他们瞪了一眼。因为她妈说了，她的眼睛虽然大而无当，瞪起人来却挺吓人。可是那天，男孩们没被她吓倒，反兴奋地发出"哦哦"声，还挺有节奏。她就不好意思再瞪下去了，怕自己绷不住要笑。于是回身，拿脚勾了一下脚踏，竟然没勾住，又勾了一下——俏傥大打折扣——这才蹬车而去。

后来，渐至于对弟弟的同学也开始紧张。田地的同学也都十八九了，妥妥的大小伙子。看见她都有些生涩，于是她也跟着生涩，简直了，没法弄。她就自动躲起来，把自己关进房间里，照弟弟的吩咐，不要在他的同学面前绕。

弟弟说："我这是为你好。"

她就笑，顺手给了弟弟一拳，开心得不得了。

弟弟的同学一走，她就摇出来，跟弟弟说说笑笑。那些年，姐姐弟弟对"爱情"都挺新鲜，又没经验，常常一起探讨。一聊就聊到深更半夜，笑得不像样子。有时妹妹循声而来，朝床上一跃，夹在哥哥姐姐中间，三人贴墙坐着，高兴起来就会玩"挤干饭"，挤得妹妹开心坏了，尖叫声能掀掉屋顶，这样就把母亲给吵醒了，起来上厕所。

如厕后，来房间张了张，见三个"剁头的"神采奕奕，脸上放光，骂了句"神经病！还不死去挺尸呢！"就径自回房睡了，留下姐弟仨继续探讨。弟弟就说起他一个同学，因为回头看姑娘，把自行车骑到电线杆上了。他学得很像，一边回头，一边双手扶着车龙头，突然把脸弹了一下，又疼又懵懂。妹妹笑得跌倒在姐姐怀里，都快岔气了，还嫌不尽兴，说："再来一遍！"

弟弟哪会听她的？他的笑话多着呢。

又说起男孩们上街勾搭美女，也不知人家姓什么，他问："你们猜猜看，他们是怎么勾搭的？"

"怎么勾搭的？"

"他们就走上前去，装作很熟的样子，说，哟，这不是小她吗？"

姊妹俩都笑了，妹妹笑得尤其响亮。

弟弟又学了一遍，流里流气的腔调，把下巴颏抬了抬，挤眉弄眼道："哟，这不是小她吗？"

这一次，妹妹笑得跌倒在哥哥怀里，一边揉肚子，笑道："小她，哎哟，小她。怎么想起来的？"

哥哥姐姐止了笑，把妹妹看上半天：犯神经了！怎么她那么亢奋？这里有她什么事儿？

妹妹当然要亢奋！这年她十二岁，新鲜坏了，简直等不及要长大。姐姐的高跟鞋她偷偷穿过，虽然不合脚，扭来扭去，还崴了脚！粉底、口红她也试过，下手不知轻重，脸上涂得红红白白，幌子还未及洗去，被姐姐发现了，心疼得直跳脚，骂："你这个猪头！不要钱是吧？我自己都舍不得！被你挖去一大半！你赔我、赔我！"

"猪头"是姐弟仨的绰号，按顺序排列：大猪头、二猪头、三猪头！有时会用简称：大猪、二猪、三猪。

这天夜里，三个猪头开心坏了。最小的猪头尤其不像话，发出的笑声很奇怪，非但尖利，还带拐弯、岔气、呻吟，欢脱得跟个鬼一样。哥哥姐姐看不下去了，说："你回屋挺尸去！这儿是你待的么？这些话是你听的么？"

哼，才不！妹妹把身子往后靠了靠，更稳当地倚在墙上，一边拿身子撞了撞哥哥姐姐，讨好的样子。

姐姐说:"那你消停点,不要发出猪叫声。"

有那么一会儿,姐弟仨挺安静,并排坐着,都在微笑。弟弟很会搞气氛,说:"要不要来点音乐?"

来嘛,来嘛。齐秦?王杰?童安格?随便随便。那就罗大佑吧。《恋曲1990》响起……啊,那样苍凉不羁的唱腔,伤感又深情。

弟弟把台灯扭来扭去,明一点,暗一点,好了好了,刚好"柔和"。一边回头看了看姊妹俩,陶醉得跟个傻子似的,撩道:"两只猪!"又顺势在她们的大腿上拍了两下。一时,屋里只听"嗶嗶叭叭"声,三人笑成一片。

田庄后来的恋爱,差不多就是这种形态,跟她和弟弟妹妹在一起没什么两样。要说有区别,就是起头有点紧张,熟了以后,就形同跟弟弟妹妹在一起,也就落个说说笑笑、打打闹闹。

那些年,田庄对男生确实犯怵。她这人虽无关雌雄,"异性"的感觉却又明显。为了掩饰这一点,她会装作满不在乎样,对男女她都一视同仁,无差别对待。她妈都快急死了,骂:"你这个大眼无珠的东西!"

田庄说:"怎么了?"

孙月华说:"你看人怎么没一点内容?"

田庄都懵了。看人还得有内容?这个怎么有内容?直勾勾的?或者做出那一种迷离眼神?娇羞的、黏搭搭的、欲说还休状?或者跺个脚、扭个身子?或者天生一双电眼?啥话都不用说,一抬眼就能把人给撂倒?

这些都非田庄所长,她一抬眼就是迷茫。她是真迷茫,实在不知怎么弄,心里紧张,有时还空洞,常常走神。她又是近视眼,且不戴眼镜,看起人来须凝神聚气,那样子就是直愣愣。

孙月华骂:"你妈!白长了一双大眼睛,乱眨!"

田庄对自己的眼睛当然也不满意,她的理想是做个单眼皮女生。她从二十岁开始就想去整容——那时已经有了整形医院——先把眼睛给做小,五官全换掉,不食人间烟火的干净模样,具体说,就是修道院气息,今天称作"禁欲系"的。

其实,她的长相本来就挺"禁欲",另有眼神加持,越发跟欲望扯不上边。试想,男青年找这么个人当女朋友,不是瞎了眼是什么?当然,瞎了眼的男青年不在少数,也可说,人在年轻的时候都瞎过,找了这一个,就错过那一个。而错过的那个永远是更好的。

田庄后来没去整容,嚷了几十年,懒得动。说到底,她对自己的容貌未必有多在乎。人家田大小姐就不是"以色事人者"!她以什么"事人"?这么说吧,她是什么人都不想"事"。她那会儿一根筋全在自己身上,并且,她对自己也不满意,总想成为另一个人,成为她这辈子不可能成为的人。后来,有一个说法叫"生活在别处",套在她身上倒是挺合适。也就是说,她是身在此岸、眼观彼岸的人;一个丧失了现实感的人,一个整天晕头转向的人。

女儿脑子不顶用,孙月华挺着急,决定越俎代庖,亲自干预。每逢寒暑假,家里就成了年轻人的天下,一屋子欢声笑语。

清浦城里,田家的客厅最有魅力。首先,客厅大,能容纳十几个人,蓝丝绒窗帘美丽至极。茶几上摆着水果、点心,随便吃；边柜上几束小野花，白瓷花瓶亭亭玉立。硬件不错，够得上沙龙的水准。

软件也好，家里有两个年轻人，都爱玩儿。弟弟的同学，姐姐别想沾边；可是姐姐的同学，弟弟介入颇深，慢慢就玩成了自己的朋友，一个个拉拢，全成了他的铁哥们儿。有时，姐姐的同学来家里，进门就问："你弟弟不在家？"抱歉地跟姐姐笑笑，"不是来找你的噢！"当然也有一种可能，弟弟只是借口；一个人跑来看姐姐，又说不出口，只好跟弟弟玩儿。心不甘情不愿。

有时客厅坐不下，弟弟就带走几个人，去他房间搓麻、甩扑克。孙月华下班回家，未语声先笑，先来客厅张一张，和年轻人一起说说笑笑，说笑间就把男青年的情况摸了个大概。倘若有条件不错的男青年，比如名牌大学、干部子弟、长得顺眼、性情温和，她就热情得不得了，笑声也格外响，还一定要留饭。

因此，这才是关键所在：田家的客厅之所以著名，原是女主人极好客。又没有家长架子，顶开朗，顶有眼色。当然，她也不是每次都留饭：弟弟的同学，她就不留饭！姐姐的同学，倘若是女生，她就虚让一下；男生呢，也得看人——必得她看得上的，对人家有企图的，想替女儿钓个金龟婿。

真情和假意之间，她拿捏得恰到好处，可谓炉火纯青，小青年们都看不大出，可是田庄看得出。她最烦她妈的势利眼、肉麻样，说："你还能别这样！"

她妈说："我怎么样了？"

"太露骨了！简直是赤裸裸！"

孙月华开心大笑，打了一下女儿，道："你懂个屁！这个年纪的小青年最好钓，傻得不得了，你不表示一下，他就不知道。遇上个好的，得赶快拿下，要不就被人抢了去！"

她算是有眼色的，年轻人聚会时，她一般不参与；但年轻人中倘有她看得上的，她就不管三七二十一了，准上前去凑个热闹，助女儿一臂之力。女儿坐在沙发边上，她就一旁歪着，坐沙发扶手上，一边说些闲话，一边挨个儿挨个儿端详，委实比女儿还心花怒放。

年轻人的好处，她只有比年轻人更懂，只可惜他们自己懵懵懂懂，全不知道呢。眼神毛茸茸的，皮肤嫩得能掐出水来，新鲜得像春天的水蜜桃汁；小动作、小眼神全逃不过她眼睛，她的脸上就会泛出微笑。

当然，年轻人的好处，原是留给外人看的，抑或很多年后靠自己去回忆，当事人断无可能搞得清。孙月华作为过来人，又有经验——其实她谈恋爱的经验也不足，主要还是靠天分，当年不费吹灰之力拿下田家明就是明证。只可惜女儿不像她，比她爸还傻。

有时，她会拿手肘抵抵女儿，示意她跟男生多说两句，不要冷落人家；可是她的二百五女儿，只顾跟女同学聊得起劲，一边哈哈大笑，全不顾仪态。

她再次暗戳戳地抵抵女儿，说："小杨问你话呢！"

田庄把肩膀拽了拽，都快被她妈烦死了。家里一来男同学，她就瞎掺乎，皇帝不急太监急！一屋子人呢，叫人看了算什么？也不怕人笑话的！有一次，她跟她妈说："我的事不用你管！又不是你谈恋爱！整天瞎起劲！你喜欢他，你跟他谈去！"

孙月华骂："绝种！剎头！死了才好！"

田庄气道："我知道你什么意思！恨不

得叫我扑上前去！恨不得叫我整天放电、放电！"

孙月华笑道："我是这意思吗？你要是会放电，我就谢天谢地了！"

这天，她既提醒女儿"小杨在问你话呢"，田庄只好收住话头，把眼看向小杨，说："嗯？"她眯着眼睛，努力想看清他。

孙月华气得"一骨碌"站起身来，说："你们聊着！"你妈，教都教不会！鼓着一双死鱼眼，还有什么戏！

田庄到底恋爱了。一家人都说不上，她自己也提不起劲儿。主要是太熟了，整天混在一起，跟自家人一样。他有时还住在家里，比如弟弟约他来搓麻，搓得不分昼夜，困了倒头就睡。有一天午后，田庄看见他睡眼惺忪地从洗手间走出来，吓了一跳，问："你怎么在这儿？你昨晚睡这儿了？"

他"喊"了一声，都懒得搭理她，又摇回房里睡去了。

也因此，当田地得知姐姐在跟他的麻友交往，神情很怪异，仿佛姐姐抢走了他的人似的。其实他搞错了，那正经不是他的人，是姐姐的同学，先被他抢了去。现在，姐姐又把他抢回来了。

此人名叫王少聪，田庄的初中同学，一块儿参加过文学社。高中他读了理科，彼此忘了个干净。贪玩，成绩或上或下，中学他是大名人，主要是脑瓜子好使，但不入真，被老师视为天才、又常常挨骂的那类学生。高考他报的武大，差了两分；主要是被一个女生忽悠了，两人眉来眼去大半年，他心猿意马；反而是女生考得不错，上了武汉的华中大，接到录取通知书后，对他就不大热情。

他哭了一回。有同学把他的情况告诉了华中大女生，那女生说："他误会了吧？我跟他有什么呀！"

他后来叹道："乖，女的都是狠角色！"

谁知后来他遇上个更狠的：田庄。主要是死不开窍，还打人！

他后来上了江城大学，跟田庄又做回了同学。有这么一层关系，等于是整天泡在一起，熟到没法谈恋爱。纯属于瞎谈。

两人自从高中毕业就串上了。他是田家的熟客，起头是来找姐姐，后来发现跟弟弟更对脾气，玩得一个昏天黑地，两人常一起干些见不得人的勾当。那会儿田地已到公安局上班了，正在学坏。夜里巡警，到录像厅里一坐就是大半夜，花里胡哨的片子没少看。姐姐的男同学，几乎都跟田地去看过片子。哪怕田地不在，只须报上他的大名，老板也会行方便，不收费。

但是田地第一回看片子，却是由王少聪引路的。有一回他来家里找田地，发现弟弟不在，就跟姐姐聊了两句，一不小心说漏了嘴，收不回来了。

田庄惊讶地问："什么片子？"

王少聪笑道："没什么片子。你听错了。"掉头就走。

田庄窜上前去，挡住了他的去路，说："你今天非给我说清楚不可！"

王少聪说："好了呀，田大小姐，我怕你还不行吗？"田大小姐这个称呼，就是他叫起来的。

田庄说："你刚才说什么？黄色录像？"

王少聪惊讶道："这个你都知道？你看过？"

田庄把脸都气红了。第一，他带弟弟看过黄色录像；第二，他还倒打一耙，跟她用这种口气说话！不由分说，上前揉了一把，手脚并上，说："我怎么不知道有黄色录像？我还用看？送我看，我都不看！恶心！"她趿着拖鞋，踹起来不得力，就捡起拖鞋来，朝他身上连着打。一边打，一边哭，一边骂："我让你教他学坏！好好的小孩，全让你给带坏了！要不要脸？啊？你们这拨下流胚子！下流、流胚子！"都结巴了。

正打着，孙月华推着自行车进了院门，一看这阵势，大喝一声，扔了车子，奔过来拉架，说："这不要命嘛？怎么打起来了？"一边也照田庄身上打，骂："不知好歹的东西！你凭什么打人？啊！"

王少聪趁机抽出身来，抬脚就走，田庄跟在他身后大喊大叫："以后不准进这个家门！你再来，你就不是人！"

孙月华一边打女儿，一边把她往屋里拖，回头跟王少聪说："你等着！不准走！"

到了屋里，见女儿激动得浑身颤抖；盘问半天，才知是这么个事，孙月华笑道："多大的事儿？我说，天塌了吗？你也是多管闲事多吃屁！这事也值得你打人？你还打人！一点家教都没有！真是气死我了！你出去给人赔个不是！"

田庄见她妈不上路子，跟她不在一个节奏上，朝床上一扑，放声大哭。

孙月华转身来到院里，王少聪早没了人影。她心里惴惴，把女儿恨得牙痒痒的。不懂事的货！要命啊，什么时候能开窍？

晚上田地回家，她摸了摸儿子的头，喜道："最近看黄色录像了？"

田地一听炸毛了，跳起来道："怎么可能？什么黄色录像？"

孙月华说："哎哟，装得还挺像！"

田地问："怎么回事？"

孙月华朝田庄屋里努了努嘴，把王少聪的事说了。母子俩都觉得这事很严重，田地说："太不识好歹了！竟然把我朋友给打了！这事不得了！我以后还怎么跟人相处？"

当下母子俩商议，明晚搁家里请顿饭，罚姐姐做饭。道歉就算了，这事也不必说透，免得王少聪没面子。父母作陪，再叫上姐姐的几个同学，大家喝顿酒，这事就算过去了。

次日家里请客，却是田地做的饭。田庄一大早就溜出去了，当晚都不敢回家。她的同学来家里，问田地："你姐呢？"

田地笑笑："去江城了，明后天回来。她在家，我都不好意思请你们，碍手碍脚的！"

那会儿，王少聪只是田庄的一个男同学，虽然常来家里走动，主要还是田地的朋友。若说他对姐姐没意思吧，也不是；若说一门心思都在她身上吧，也谈不上。他那时还是玩心太重，顾不上，一上麻台就下不来，能搓三天三夜不合眼；得闲也会想想女同学，看看眼风，试探一下；探不出眉目来，又跑去搓麻了。奔波于麻将和女生之间，实在也是忙死。

那会儿，田家对王少聪印象都挺好，就觉得这小伙子长得精神，除了贪玩没什么毛病，聪明，有眼色，是个明白人。及至他成了田庄的男朋友，就有点怪怪的。首先是田地不自在，一起干坏事的好朋友，陡然成了姐姐的男朋友，没准将来还得叫他姐夫，你说他什么滋味？

孙月华是另一种滋味。略有点遗憾，那个劲儿上不来。女儿值得更好的，虽然眼前的这个也不坏。江城大学一般化，家境也推扳——少聪父亲在建筑二公司做后勤，不是当官的。

田庄说:"江大怎么了?我不也是江大的?"

孙月华说:"你废话!能一样吗?找对象,女方要高攀的!女高中生得找男大学生,女大学生得找名牌大学生!懂不懂?"

田地撩酸拨咸道:"像她这样的,能有人看上就不错了。我都发愁,怕她嫁不出去!"

田庄上前给了他一拳。

孙月华把儿子拉到一旁,耳语道:"看紧了!"

田地笑眯眯的,一副心领神会的样子。

孙月华朝儿子拍了一拳,笑道:"你懂的!"

其实田庄也懂,很不屑地看着母子俩。不就是怕她和王少聪突破"男女之大防"吗?纯属多虑!她都生气了,把她当什么了?她是那种人吗?并且,典型的双标!去年父母出差,田地趁机带女孩回来住宿,被妹妹抓了个现行,告诉父母。田家明未反应,孙月华喜得似嗔似笑,把双手一拍,道:"这不要命嘛!以后别这样!"意思是,以后还可以这样。她觉得儿子是占了便宜的。女儿不行!毫厘不让!

因之王少聪自从跟田庄谈了恋爱,反而家里住不得了。麻将可以打,三天三夜都没人管。这中间他但凡出来上个厕所,都有人跟着,尤以妹妹跟得紧。

王少聪说:"田禾,你回避一下嘛。你是大姑娘,好意思的?"

田禾守在洗手间外,说:"我又不看你!"

王少聪说:"有声音的。"

田禾"咯咯"笑个不停,拿双手塞住了耳朵,说:"现在你可以撒尿了,我听不见!"

王少聪私下里跟同学抱怨道:"这个恋爱谈瞎了!"

他跟田庄说的是:"你们家怎么回事?个个掺乎进来!除了跟你没谈恋爱,我感觉我跟你爸、你妈、你弟、你妹都在谈。江城那边也一样,我跟你爷爷、奶奶也在谈,还有你姑姑一家!"

田庄笑道:"算了吧。你也太把自己当回事儿了!我们家没那么多人关心你。男的还好,女的有点无聊,闲的呗!"

王少聪提出单独相处,田庄翻了个白眼,说:"你想干什么?你一看过黄色录像的人,还要跟我单独相处?"

王少聪跺足道:"我靠,你想多了吧?"

田庄忍不住笑了,挥拳给了他一下。

两人就是这么谈恋爱的。

姑姑也不看好这一对。男孩玩心太重,女孩太不成熟。她跟侄女说:"你先谈着吧。结婚前总要谈一次的,要不太吃亏了。谈完拉倒,就算给自己有了交待。恋爱这事儿,切忌不要搞复杂了!"她得得出,她这侄女儿,心思浅,野心大,总想搞一把大的,又害怕,又向往,能力又不行。她得好好看护才行。

田庄信任姑姑,凡事都愿跟姑姑说,跟她对母亲的忤逆正好相反。大学四年,侄女儿那么点小破事,田家风全知道。有一回在图书馆,有个胖胖的男生走到她面前,说:"同学,请出来说句话。"

田庄就跟他出来了。小胖自报家门,姓甚名谁,哪个系、哪一级,尔后开门见山地说:"我注意你好几天了!我决定为中华崛起而奋斗终生!我会成为孙中山的,你愿意做宋庆龄吗?"

"什么?"田庄吓了一跳。

小胖镇定地说:"我正在组建政党,做

142

我的助手吧!"

田庄想了想，说："算了吧，我做不来。"

"宋庆龄哦?"小胖很吃惊，"你们俩有点神似，真是天赐我也！你肯定行！"

田庄忍不住笑了。心里想，我肯定不行。你恐怕也未必行。

姑姑得知此事后，也快笑死，说："你们这代人是这么玩儿的?"

田庄说："我遇上了个神经病！"

姑姑说："对，鬼扯！希望你遇上个正常人！"

遇上个正常的也不行，因为她侄女就不大正常。王少聪之前有个仲生，来过家里几次——和三五个同学一道，受邀来家里吃饭。姑姑说："这个男孩可以谈。稳当！"

田庄苦恼道："我紧张。"

姑姑说："紧张就对了。"

紧张虽然是对的，但太紧张也不行，恋爱照样谈不成。两人暧昧了好长时间，有一度仲生鞍前马后，每天来宿舍楼接送，两人也常出去散步，说些闲话，田庄装作没那回事似的，落落大方样。有时并肩走在街上，熙熙攘攘的人群里，两人的衣袂会擦在一起，眼角会落进对方的肩膀、手肘；都在微笑。

有时田庄会抬头看天，心里想："不能再好了！时间你定格吧！定住，定住，不要再往前走！"这么想着的时候，仲生会迅速地扭头看她，两人把微笑绽放了一下。田庄攒足力气，决定回望过去，却见仲生已收回了眼神，两人再次微笑了一下。

这不是已经谈上了吗？没呢。还差一个拉手。

这个拉手太难了。田庄就栽在这个动作上，没迈过去。常常的，两人之间的气氛已经快窒息了，连空气都在颤抖，就差一句话。然而那句话很难出口。有一回仲生决定说了，为郑重起见，还预备了鲜花，约她晚上八点在食堂门口会合。

田庄紧张道："干什么?"

仲生说："有事要说。"

"噢。"田庄扭头就走，腿肚子有千斤重，迈不出去。

那晚见了吗？没见。很不地道的，田庄做了回孙子，躲回奶奶家去了，一个晚上心神不定。仲生被人放了鸽子，气得把鲜花扔了，有好一阵子没理她。后来气消了，决定不表达，直接上手。这层窗户纸一定得捅破，否则整天磨洋工，白忙活。

有时，眼看就要上手了。两人走在路上，田庄把她的小肉拳攥着，手心全是汗，微微在颤抖；仲生低头看了看她的手，心里想，再等等，不要轻举妄动，等坐到阶梯教室门口再说。

及至坐到阶梯教室门口，剧本变了。她的手不在合适的位置，需要去够，这样就不自然，太生硬。他学着田庄的样子，把手肘压着膝盖，把半截身子再压手肘，他把手腾出来，悬空搁着，端详自己的手。他咳嗽一声。田庄扭头看他，顺着他的眼势看他的手。

他心里想，你也像我这样，把手伸出来，悬空搁着，我就去拉。

田庄没有。她突然抬起身子，把双手撑在阶梯上。

仲生大喜，心里想，这样也好，更方便。

于是他也抬起身子，把双手撑在阶梯上。两人的眼角都见得对方的手，有一只在挪动。仲生想，你稍安勿躁，等我，等我。

可是，田大小姐是"稍安"之人吗？

143

天生躁脾气。那会儿她浑身僵硬，手指抖个没完，实在受不了啦；在仲生的手快够上她的一瞬间，她突然把手一扬，弯腰捡起脚下的一片梧桐叶，夹在手指间摇，同时轻轻吁了口气。

这一招她自己也没料到，仲生更没料到，吓得魂飞魄散，从此魂魄再没回来。他后来真是懒得烦了，没什么意思。小年轻脸皮薄；自己已经做到位了，女方没诚意，止于玩暧昧，那就算了。他后来冷淡许多，田庄若有所失，又不好意思去找他，及至有一天听说他有女朋友了，她也看见两人手牵手，田庄哭了。当晚跑去姑姑家，说："我要不要把他抢回来？"

姑姑想了半天，说："你自己拿主意。换我就不会。错过就错过啰，好的又不止他一个。你们俩太别扭，把事情搞复杂了！"

田庄在宿舍里哭了整整一周，还未及恋爱，她就失恋了。她从此认清了自己，跟伟大曲折的爱情没多大关系，谈不起，也不配。甚至连"爱情"她都不配，她不配享有恋爱的自由，她这种人，只合父母给她指配，说："就这个人吧。"这是她最好的结局。

仲生之后，她就跟王少聪好上了。那么容易好上吗？容易！两人是发小，她不紧张。拳打脚踢好多回了，也算是一种肌肤相亲，拉手就容易些。她确实常常打王少聪，几个同学坐在草坪上聊天，一高兴，她的拳头就对准王少聪抢一下。王少聪有点发楞，搞不清她的拳头里是有特殊信息呢，还是纯粹瞎抡。

他后来搞明白了，纯粹是瞎抡。他那一阵子也三心二意，不恒定。有一首歌是这么唱的，"世上所有的女子任我爱哟"，正合他的心意。跟华中大的女生还在扯，还有本系的两个女生也在给他递眼色，一边又跟田庄形影不离，常去她家蹭饭。

田庄说："以后不要你来接我。爷爷奶奶都怀疑了，还以为我们什么关系呢。"

"什么关系呢？"

田庄气道："我到现在还没男朋友！都是你害的！有意的吧？"

"切！"王少聪说，"是你黏我好不好！动不动就来宿舍找我！我都不爱搭理你！"

他跟仲生不熟，田庄家里见过两回。就见两人眉来眼去的，看不入眼，烦人！田庄一看不妙：不会打架吧？太难看了！后来约同学来家吃饭，她就把两人分开叫，或者都不叫。

姑姑笑道："你还会玩这一手？我劝你别搞，太拙劣了！不玩，你还落个本分；一玩就漏洞百出。"田庄扭头别脸，笑个没完。

好在王少聪也有别的女生要应酬，一时脱不开身。一年后，两人把手里的人都玩完了，一天校园里遇上，就坐下来说说心得体会。说不上两句田庄就哭了。王少聪笑眯眯地看着她，拿起她的手去拭泪，说："喏，自己的泪，自己擦！"

田庄甩掉他的手，蹲在地上号啕。

王少聪说："你太惨了！被人欺侮成这样！要不是看在你可怜巴巴的份上，我真不会收留你。有什么办法呢？我这人心软，跟你家也不是一般关系。"

田庄一边哭来一边笑，擤了鼻涕，拿他的裤腿揩了揩手。

1992年　二十二岁

这一年，有人称作"盛世元年"，虽然

不免夸张，但意思是有了。这一年，是举国上下被激情、狂热、躁动点燃的一年。有论者认为，在二十世纪的中国史上，这一年堪比 1911 年、1945 年、1949 年、1978 年。

这一年发生的故事，后来俗称"春天的故事"，其实就邓小平南方视察的时间——1992 年 1 月 19 日，农历腊月十五——离春天还远着呢；节气上这一天是"大寒"，一年中最冷的日子。哪怕是在广东，也得穿毛衣、大衣。

他今年八十八岁。

他曾有言："退就要真退。"

在他退休的两三年间，东欧各国一直在打趔趄。去年，在田庄过二十一岁生日的前两天，即 1991 年 12 月 25 日，苏联也宣告解体。戈尔巴乔夫发表电视讲话："我将要终止我担任苏联总统这一职位所履行的一切行为。"与此同时，苏联国旗从克林姆林宫降下，俄罗斯三色旗徐徐上升。

国旗没了，总统没了，军队、警察都没了，但"苏联"作为一个国家还是多存在了一天。12 月 26 日，最高苏维埃举行最后一次会议，代表们举了举手，苏联就在法律上消失了。这一天，恰是毛泽东诞辰九十八周年，无数的人往韶山冲奔去。

邓小平拥有彻底务实的精神。他常说："不争论""发展是硬道理""一百年不动摇""白猫黑猫""一国两制""摸着石头过河"……针对东欧剧变，他的态度是冷静观察、沉着应对、韬光养晦。

那时，大家都有点慌，难免七想八想。哪怕像田庄这样的女学生，也常生出一种错愕感。

常常她走在路上，像夹在某种缝隙里，又像来到十字路口，这种感觉很奇妙，具体说，它跟一些抽象的词汇有关系，比如时间、历史、荒野之类。只有经历过那个时代的人，才会明白这种感受。国家正处在十字路口，并且，一步都不能错，生死攸关。

事实上，经历过那个时代的人也未必明白，或者说，当时明白，待云开日出后，很快就忘了。很多事我们也忘了，是因为撰写这篇文章，我们翻阅了大量公开出版物，才得以理解 1992 年邓小平南方视察对于我们国家以及我们这一代人的意义。

某种角度讲，1990 年代是从这一年始发的；"改开四十年"是从这一年再出发的。如今，一晃三十年过去了，田庄也辞世十年，我们这一代人也已经老去，也因此，我们愿意不吝篇幅来回顾 1992 年邓小平南方视察：它构成了我们这个波澜壮阔时代的背景，确切说，它是波澜壮阔本身。

1991 年大年初一，上海《解放日报》开始发表"皇甫平"的系列文章，鼓励人们"敢为天下先"。

尤其是这一句引人关注："如果我们仍然囿于姓社、姓资的诘难，那就只能坐失良机。"把某些理论家给惹火了。

可是，皇甫平是谁？

行家一望而知，"黄浦江评论"的谐音。为什么会在 1991 年大年初一发声？因为邓小平在上海过年。

广东人不爱争论，当然也是嘴皮子不溜，"广普"说起来太拗口，吵起架来不占便宜；于是他们就去做，闷声大发财是他们惯用的伎俩。其实上海人也不爱争，但是他们喜欢跟北京人较劲：好似跷跷板的两端。

于是 1992 年，邓小平就来广东过春节了。此时，距离他第一次南方视察已经过去八年了。八年前的1984年春节，他来到深圳，使得清浦县初中生田庄都关心起深圳来，知道这里原是个小渔村，却天天在起高楼；知道"时间就是金钱，效率就是生命"，她激动得要命，因为新鲜。

八年前他来深圳，只看不说，不表态，不题词；因为深圳的争议太大了，有人说什么"深圳除了五星红旗，已经看不到社会主义了"，说什么"特区姓资不姓社了"……八年前他很审慎。

事实上，他的到来本身就是态度。他终止了争议数年的"姓社姓资"的嚷嚷声，迎来了1984年—1988年中国社会的蓬勃发展，这个蓬勃是全方位的：政治、经济、文化、生活方式、观念、思潮……八年后他又来了，还是为了制止"姓社姓资"的嚷嚷声。

这一次，他一反八年前的沉默，开始滔滔不绝。据陪同他的省市领导说："他一边看一边谈，他不是在一个时间谈，他整个进程都在谈。他的谈话不像老人谈话，没有废话，没有重复的话，思维非常敏捷，语言非常准确，深入浅出，很精辟。"

鉴于他的谈话是"有的放矢"，是说给某些不在场的人听的，我们有理由相信，他在深圳并不全是和蔼可亲，有些话他说得咄咄逼人，不留一点余地。

有些理论家、政治家，拿大帽子吓唬人的，不是右，而是左。左带有革命的色彩，好像越左越革命。左的东西在我们党的历史上好可怕呀！一个好好的东西，一下子被它搞掉了。右可以葬送社会主义，左也可葬送社会主义。中国要警惕右，但主要是防左。

说这话时，他正坐在快艇上，由深圳驶向珠海。坐在他对面的省委书记、珠海市委书记听得惊心动魄。

他的两次南方视察都是来过春节，不属于公务活动。1992年，他更是个退休老人。随行只有一个记者，他是当地政府最信任的记者之一，他得到了所有指示中最重要的一条："此事绝密，不得外传。"

记者忠于职守，每日"屏住呼吸，快笔疾书"，晚上回到办公室，把零星的记录勾连成完整段落。他严守保密原则，可是到了第三天，他就发现自己不再是唯一知情的记者了。外媒介入了。

当时，香港几乎所有的媒体包括《大公报》《文汇报》《明报》《东方日报》《信报》《新报》；另有新加坡《联合早报》、日本共同社、英国BBC、台湾地区"中央通讯社"都报了消息。标题如下：邓公此行必有大作为；邓小平鼓励大胆改革，称谁不改革谁就下台；邓称三中全会路线要讲百年，广东二十年赶超四小龙……

那时，香港报纸在内地很少见，只有外资企业、高级饭店、政府机关才有，由此带动了一门产业：街头复印社。因为盯着"南方视察"的可不止达官贵人，还有凡夫俗子，他们从官媒上找不到他们想要的东西，就拿了那些报纸去复印。

伟人之所以能够影响历史进程，乃是因为他的身后有着广泛的社会情绪。2月28日，即《深圳特区报》发表评论的第八天、《解放日报》发表评论的第二十四天、邓小平南方视察的第四十天，北京将邓小平的讲话整理成册，下发各级党委机关，要求"认真学习，深刻领会"。

《深圳特区报》叫来那位唯一的随行记者，让他赶快写文章，把"南方视察"和盘托出。文章是一边写一边发排。这篇题为《东方风来满眼春》的文章堪称杰作，它把邓小平深谋远虑的行动公开在普通中国人面前。文章被广泛转载。央视也作了报道。

人们把"扶大厦之将倾，挽狂澜于既倒"送给邓小平。在四川广安县邓小平的旧居，这句话作为楹联被刻在正门两侧的立柱上。没有人愿意看到大厦倾、狂澜倒，对于普通中国人来说，"家国"从来是一体的，覆巢之下，安有完卵？

1992年三月，全国两会在北京召开，"南方视察"是最热门的话题，一百多名记者围着广东省省长，他只说了句"小平同志1月在广东视察……"就赢得满堂喝彩。

春夏间，全国有一百万的官员去了深圳。深圳市委接待办的人说："我们一天里接待过六十批考察团。"进出深圳的飞机、火车人满为患：国务院的部长、省委书记和省长、市委书记和市长、县委书记和县长，还有镇长、乡长、村支书。还有三十八名少将和二十六名中将。

《粤港信息报》说："改革无禁区。"

《中国经济时报》说："让思想冲破牢笼。"

北京《半月谈》因为去年"挺"上海，被有关部门严厉批评，今年他们放开胆子，豪迈喊道："让改革开放的旋风来得更猛烈些吧！"

春天里，广深两地都搞起了"赛马俱乐部"，当时不好叫"赌马"，叫"猜马"。广州的"猜马"引来两百多名记者，其中包括七十多名外国记者。老外居心叵测地说："这是资本主义的东西！"

广州市长笑眯眯回答："马在哪里都可以跑，它不姓社，也不姓资。"这是那个时代的经典语言，放之四海而皆准。直到很多年后，人们还认为它是1992年焦点所在。

京沪两地都在举办"选美"，应征者蜂拥而至。

今天我们熟悉的一切，或者记忆中熟悉的一切，都兴于1992年。政府机关再次兴起"下海热"，铁饭碗不要了，官也不当了。那年头，谁在乎当官呀？那得是多俗的人！据《中华工商时报》统计，这一年全国至少有十万党政干部下海经商，俗称"92派"。

我们并不清楚，当年"十亿人民九亿商，还有一亿在观望"——那么多"下海"的人，有多少上了岸？多少人被海水淹死？多少人半死半活、至今还在苟且？

1992年，十亿人民看不到这些，也来不及想那么多。他们身上汗涔涔的，有一股蛮力，火烧火燎，那确乎是春夏之交的气息、七月流火的气息，鼻孔简直要流血。今天，我们把它称之为"活力"，人人都年轻了十几、二十岁，像回到了青春期。都有激情、都充满希望，大咧咧走在大街上，突然朝树桩来一个飞腿，或者跃起来去够空中的一片叶子。就是那种自由感、解脱感、年轻旺盛感，想去创造、想去犯规、想张开四肢往虚空扑去，或者大喊大叫，朝虚空"啊"两声。

1992年，十亿人民的荷尔蒙集体爆发。嗯，连空气都潮乎乎的，躁。当然，最躁的是知识分子这个群体，或称知识界、读书界、文化界，反正你懂的，我们也说不清是什么界。此界中人，一般给人安闲、淡漠的错觉，其实不是。他们最躁，几乎时时刻刻在躁，不是这拨人躁，就是那拨人躁。此起彼伏。

1992年，经济学界办了个"市场经济研讨会"，大佬们全来了，他们手拉手、拥抱、拍头，笑声朗朗，说："终于等到这一天啦！"

说："中国第二次思想解放的高潮已经不可避免地到来了！"

说："现在提出市场经济正是时候！"

文艺家对经济一窍不通，可是并不妨碍他们发生联想："经济理论界已出现绿洲，文艺理论界没有理由成为荒漠。"

一批有影响的知识分子开始批评极左。作家们也不例外。冰心说："男女老少的作家们，都鼓起气来，冲出左的怪圈。"

夏衍说："我期待着这一天的到来，把左的束缚和阻碍文艺生产力发展的东西统统去掉。"

巴金说："文学创作一定要突破左的禁锢！"这样他就能安静些，他说："我需要安静，但是我会得到安静么？"

小平同志说："不争论！"

1992年夏天，田庄大学毕业，进了《江城日报》社。上半年，她就来这里实习，姑父托的关系。那些年，大学生很金贵，虽然江城大学不是什么好学校，但毕竟也是大学。这一年，五十六万大学生走向社会，全中国有九十万岗位在等着他们。这并不是说他们就有选择的自由；自由只有像田庄这样的学生才配享有，父母有关系，家里也有阔亲戚。这也是没法子的事了。

这一年她确实挺自由，要么留江城，要么回清浦，倘若想去省城，努努力也未尝不可。好单位多得很，她反而没所谓了。就在她的大多数同学被分配到乡下当中学老师时，她成了《江城日报》的一名记者。或有人问，公平何在？

我们倒要问，这世上有公平吗？"世人都晓神仙好，唯有功名忘不了"，田家明当县委办公室副主任的时候，主任有专车，他只能骑脚踏车，公平何在？！当然他现在也有专车了。江城工商局副局长李勇不存在专车问题，但是他的办公室比局长少了二十多平方，他倒也未必在乎，但等级从来比人长久，中外同理。

是谁搞出"人生而平等"这句混账话的？引诱得晚生后辈沸腾不止。唯一能撬动功名、等级的可能就是金钱了，因此《红楼梦》里又有言："世人都晓神仙好，唯有金银忘不了。"升官和发财的错综关系，容后文再叙。田庄因为家庭关系，毕业分配上占尽了便宜，如此，平民出身的孩子就没希望了？也未必。考研不失为一条出路，王少聪就考上了武大，此时距离两人分手尚有两月。

田庄是直到"南方视察"后才想起要考研，她想考中山大学，直接杀广东去；讲真，《江城日报》人家还没看上呢。慢，她的美国梦呢？哎呀，还真忘了，早丢爪哇国去了！再说此一时彼一时，家里的态度也不太积极。孙月华说："跑那么远干吗？我这闺女白养了？费了那么多心血！养了二十多年！"她要捞本。

田家明笑道："你妈乱讲，撒娇撒痴呢！我的意思是先放一放。一则千里迢迢，我们也不放心；二则也没到那程度，不是说国内就活不下去了。"

田家凤说："哪儿都别去，就留江城！清浦也别回了，小县城！我发现一个现象，你在江城还算正常，一回到清浦就说不上奶嘎嘎，乱怄气！"

李勇说:"看来好时候到了。也是怪,邓小平南方视察才几天?办营业执照的就多起来了,工商局门口都排起了长队!明显躁了!"

其实,最先躁起来的是报社。春江水暖鸭先知,报社的鸭子们叫得最欢,兼听则明,京媒、沪媒、粤媒几十份呢,小鸭子田庄没有说话的份儿,就埋头读报,那篇《东方风来满眼春》她读了好几遍,学会了写新闻,五"W"什么的摸得透熟。

可是这一来,她反而不想当记者了。突然心浮气躁,连胸腔都在鼓荡。她那时对"左右"搞不大清爽,可是很明显,报纸上的腔调开始和风煦煦,一幅柳暗花明景象。

田庄做实习生的那个春天,自觉已和春天沆瀣一气,主要是报社大院不消停,总编室、要闻部动辄拍桌打板,激动的!她不能清静!她,她想去深圳!想站在深圳河边,望一眼对岸的香港城;想去中英街看看,哪怕买个力士香皂;想走在熙熙攘攘的人群中,看看街两旁的繁体字招牌,什么"泰利金饰""澳门茶餐厅"……这些,都是她读报读来的。啊,受不了啦!血液沸腾!

咦,她不是要做个旁观者么?她不是说过,她将不为任何激情所驱使,也不介入任何时潮,哪怕是改革开放的时潮?呵呵,她的话你也信?也就这么说说而已。她不是常为自己的激动感到害羞?呵呵,她一边害羞,一边激动,不行么?

她是七月正式入职,朝秦暮楚,心不在焉:江城已经盛不下她了。不久姑姑拿走了她的身份证,和几十张身份证一起装进包裹,寄往深圳,由一个叫王浪的小青年收取,这个人后来成了她的丈夫。

1993年 二十三岁

三月里,爷爷去世,虚八十。他在医院里躺了大半年,肝癌晚期,死得很痛苦,浑身疼,常常他会叫唤。但是倘若身边有人,他就忍住,一声不吭。吃不下饭,瘦得皮包骨头,肚子却鼓得大大的,田庄后来知道那叫"腹水"。

刚查出病因时,医生就说:"也就半年时间。"姑侄俩抱头痛哭。奶奶也哭。两个儿子第一时间赶到,当下商议,还是告诉他实情。爷爷听了很平静。他后来跟奶奶说,他希望过完整寿再走。

其实病发前,他才过了整寿,江城的习俗是"七十九"当"八十"过。他贪恋这世界,不想走。后来他就不说这话了。太痛苦了,死亡对他未尝不是解脱,他想早点离世。

他确实没有等来下一个生日。但这年春节,一大家子聚在一起,团团圆圆过了年,其实是在告别。叔叔一家是从济南赶过来的,堂妹田苗十五岁了,和田禾、李想立在爷爷的床边,爷爷把眼看着她们,一个个端详,眼睛"巴搭巴搭"的。

田庄也顺着爷爷的眼光,把三个少女来打量。她心里想,爷爷在想什么呢?是不是也在想自己的十五岁?那个叫田伢子的少年,到镇上报名参军,从此天地陡地一变;是不是也会想到他的放牛娃时代?十二三岁模样,躺在山坡上,双臂当枕,把眼看着蓝天白云,觉得天地很大,而自己太小。

她不知道十五岁的爷爷长什么样,想来当年的田伢子也和这三个少女一样,粉嫩嫩,懵懂懂,只知道好玩,不知道死是怎么回事。二十年后的1949年，已改名田英俊的他去解放上海，在照相馆里照了半身像，名如其人，真的称得上英俊，气宇轩昂的一个革命者形象。

田庄转身来到院子里，把眼看着菜园。爷爷病了，菜园子也荒了，塑料布底下，埋着几棵香菜、小葱。那年春节阴冷阴冷，爷爷将不久于人世了。田庄静静地淌眼泪。医生的意思是，病人不宜太折腾，就留在病房里过年好了。

姑姑哭道："最后一个春节，他想回家过。过完年三十、年初一，我们就送他回来。"

爷爷的最后半年，就数姑姑和田庄最忙。某种程度上，也是她俩最动情，宁愿代爷爷去疼、去死。因为姑侄俩还年轻，有心力，可以承受生老病死。爷爷吃不下饭，奶奶就在家里熬粥：南瓜粥、红枣粥、山药粥……姑侄俩轮流送饭、陪护。有时，田庄会跟爷爷说："爷爷，你别忍着，要是疼，你就大声叫唤！"说着说着，她就会哭。

姑姑夸田庄道："好孩子，爷爷奶奶没白疼你！小孩跟谁长大，就跟谁亲！"

姑父也会来病房，问问情况，跟医生聊聊。象征性的存在，做客一般。其实父母、叔叔婶婶也像来做客。叔叔婶婶也就罢了，济南离得远，来回不方便。清浦多近啊，个把小时的车程，下班后过来看看，当晚赶回去都来得及。可是半年里，她父母也就来过三四次。真也做得出的，哪怕装装样子呢！

姑姑说："没必要！儿子本来就指望不上！不用装样子，太虚伪！"

孙月华说："哎呀，忙死了！你外婆要去台湾，正在给她办手续呢，各种繁琐。

有你服侍就行了，我们家也算出了人力；你叔叔家还没出人呢！过分！"

葬礼是有级别的。这方面田家明倒是挺尽心，把县委书记都弄出来讲话了。其实爷爷跟清浦没多大关系，他一生辗转于李庄、江城间，清浦只是路过。这一次也是。先在江城火化，骨灰盒送回李庄安葬。途经清浦时，搞出这么大一阵仗。

爷爷的官位，在清浦跟县太爷是同级；但这无关爷爷的事，主要还是儿子的脸面。田家明已当上了劳动局局长，风光得要命：全县人的饭碗都在他手里；没工作的人得巴着他，有工作还想换个好工作的也得巴着他……这么说吧，全县人都得仰仗他。

人一旦风光起来也麻烦。很多事身不由己，是被人架着往前走，不走都不行。比如爷爷去世，他携家小去江城奔丧，总得带上司机吧？这事虽未有张扬，本单位的人总瞒不住吧？知道了总得有所表示吧？田家明好说歹说止住了，意思是不办。江城也不是他的地盘，接待太麻烦，诸如此类。但尽管如此，精明强干的办公室主任还是带着几个手下来到江城，随了礼，磕了头，然后忙前忙后，不亦乐乎。

田庄很好奇，问她妈："他们怎么找到这儿的？又没来过家里！"

孙月华说："这有什么难的？他办公室主任不就是干这个的！"

办公室主任虽然是干这个的，但清浦县的办公室主任乍来江城，还是派不上用场。人家江城就没办公室主任么？当仁不让的，院子里迎来送往，指挥若定，跟自家人一样。人家这是主场！忙得喧宾夺主，把他的领导都架空了，都没李勇什么事儿了。

江城工商局来了不少人，把小院都塞

150

满了。非但如此,还有很多半生不熟的面孔,李勇上前握手时很茫然,把办公室主任拉到一旁,说:"怎么回事?很多人我都不认识!账单、人名不能乱,有的你要酌情处理,别搞大发了,留下后遗症。"

江城办公室主任低眉、恭顺道:"李局请放心!这事我会办好!"

另一边,清浦办公室主任一看没自己什么事儿,就把田家明拉到一旁说:"头儿,您看还有什么事要办?"

田家明说:"你回去吧。过几天我带回去安葬,李庄你下去看看,对接一下。"

清浦办公室主任领计而去,结果"对接"得大发了,借烈士陵园的一间展览室,开起了追悼会,还成立了治丧委员会。田家明只好请来县委书记。那天,人人戴孝、别小白花,敬献花圈、挽联。哀乐响起,大家一脸肃容。县委书记用低沉的声音念了稿子,悼词的第一句是:"青山不语,苍天含泪!今天,我们怀着万分悲痛的心情……"他确实很悲痛,首先是声音悲痛,神情也挺配合。

他一悲痛,田庄反而不悲痛了。怎么会弄成这个样子?爷爷地下有知,一定会不高兴。他这一生最讨厌场面上的事。悲痛本来是亲人的专利,连筋带肉,是真的痛。外人一掺乎进来,仪式是有了,场面也堂皇,但浓度反而稀释了,假模假式。那天的追悼会,田庄尽顾着走神了,打量各位来宾,端详他们悲戚的神情。她没落一滴眼泪。

心里想,怪不得男人都爱当官呢,原来当官竟这等有脸面,挣得一个外面光!她家有两个当官的:她爸、她姑父。分别在各自的主场搞得一个兴师动众,可真叫光宗耀祖!

其实,她这是冤枉她家的官人了,都是迫不得已,官做到这份上,在当地都是有头脸的人物,有时反而没那么虚荣,因为官位本身已足够虚荣。本心讲,他们很想低调,想压下来,奈何压不住啊,被人拱着走,脚不沾地,实属被逼无奈。唉,做官不容易!简直累死!谁能体谅他们的痛苦?那曲里拐弯的、微妙难言的痛苦!

田家明确实很痛苦,主要是累。他调来劳动局已三四年了,先是副局长,后来主持工作,去年才上的局长。劳动局摊子大,几十号人,互相搞来搞去。领导层不统一,四个副局长就分三派,最后一个是骑墙派。下属几个科室也互相搞,有时联合起来搞领导,或者联合领导搞另一个领导。乱极了。

田家明作为一把手,深知他的主要工作是搞平衡,各方安抚,以保安定团结;但是积习难改,他是秘书出身,主要精力都用来开会学习、读文件、看文件、改错别字。这方面他很擅长,并且上瘾。他事必躬亲,沿袭从前做秘书的操作,下属科室写个例行报告他也要一字字过目,有没有病句,语意顺不顺;有时他会加一句、减一句,左右推敲;咦,竟然还有错别字?他恶狠狠地拿笔画个圈,拉到空白处改正,心里那叫一个舒坦,颇有成就感。

一边又打电话,叫来写错别字的人,批评教育道:"怎么回事?小学生也不至于犯这种错误吧?是态度问题,还是水平问题?不是我说,你们劳动局的公文水平也真够呛!差到我都不好意思说!格式、措辞全乱套!你们就是这么干活的?"

写错别字的人双手垂立,一声不吭。心里却嚷个没完:"我们就是这么干活的!我们干得挺好!还你们劳动局?你都来了几年了,还以为自己在县委办呢!自己不把自己当领导,谁把你当领导!怪不得劳动局的人都看不上你!"

劳动局的人确实看不上田家明。他一个外来户,上面硬压下来的,要能力没能力,要水平没水平,他也就是写写稿子,老实说,稿子都未必写得好!这样的人,也配当我们的领导?也配统筹全县的就业安置、职工保障?也配给改革开放保驾护航?改革开放是靠你写稿子写出来的?是靠你改错别字改出来的?

这些话,田家明当然听不到。他就觉得劳动局太复杂,不比他在县委办的环境,人少、单纯,围着领导转,把稿子写写好,不搞那些勾心斗角。他其实忘了,县委办也复杂,哪个单位都复杂,凡是有人的地方就复杂。伟人有言:"与人斗,其乐无穷。"其乐无穷,才肯干活。当然劳动局更复杂些,权力单位,盘根错节。

常常他有捉襟见肘之感,内讧太厉害,今天这个来告状,明天那个来说坏话,简直头大。搞平衡的诀窍在于"糊",他这方面的经验尚嫌不足,还不够老油条。当然也是顾不上,太忙了,凡事兢兢业业,比如,兢兢业业地改错别字。

下属虽然在他面前互讲坏话,岂不知,下属更多的是讲他的坏话。凡是当领导的,还有不被骂的?不骂领导的下属还是好下属?换句话说,你官都当了,挨骂也正常。总不能得了便宜又卖乖吧?总不能什么好处都沾吧?

或有问,怎样才能堵住下属的臭嘴?答曰:提拔他们当官!但问题在于,领导都被骂了,为什么还要提你当官?如此恶性循环。

劳动局的人骂田局长什么呢?骂他无能、迂腐、死脑筋!典型的形式主义、官僚主义!整天就知道学习传达贯彻!这种人就应该回到"文革"去!这种人简直是祸国殃民!

骂:"像他这样的,就应该一辈子写材料去!写到抽筋、吐血!"

但是依着国情,没有人会一辈子写材料的。还没写到抽筋、吐血,就都当上了领导。因此有人说:"像他这样的,至多当个副手。当一把手,他不是那块料!出身决定的,一辈子改不了秘书的毛病!"

这些话,似也不能说全是编派他、歪怪他;比如,就没人说他作风有问题、搞不正之风、是贪官污吏。可见,群众的眼睛是雪亮的。他主要是"无能"。以前,劳动局的人最恨贪官污吏,任任局长不干净,已抓了好几个了,不得已才提了田家明。起头,劳动局的人还挺高兴,他上任不久才发现,无能的清官比能干的贪官还可恨、还坏事!

当然,也有不说他坏话的,比如办公室主任,比如司机。因此,这两位最得他器重,当自己人。一般而言,被领导当自己人的,一定会遭同事冷落,民主投票时得票最少,害得领导还要为他们做手脚。

这一回,田家明被办公室主任赶鸭子上架,满心不情愿。瞎搞,影响多不好!可是办公室主任并没有僭越,人家是早请示、晚汇报,处处征得领导的同意。公正说,田家明虽然不情愿,也是半推半就。

追悼会正开着,他就略显疲态,恨不能赶快结束,赶到李庄去,入殓、下地,这事就算结束了。他中年以后,处理事情尽量不带个人感情,做一件,了一件。然而事情总是源源不断,这件还没了,那件就来了。奈何奈何!

他这边正累着呢，站在他旁边的老婆比他还累。孙月华虽然爱慕虚荣，但是场面上的事她搞不掂，怕应酬。不得已需要应酬的时候，她一般都是"三板斧"，先哈哈大笑，然后双手一拍，显得很热情的样子，说："这不该好吗？来来来，屋里坐。"

但今天是追悼会，她的"三板斧"用不上。此刻，她和丈夫并排站着，身后是田家凤夫妇、田家亮夫妇、田庄扶着奶奶、长孙田地，还有田苗、田禾、李想。大家都庄严肃穆，来宾过来握手告别，说："节哀！保重！"

孙月华苦着脸，竭尽哀伤之能事；但她这人比较天真，装不大像，变成了苦瓜脸，反不及田家凤木呆呆的神情来得自然。逢着有人走到跟前，孙月华就低着头，双手握着，表示感谢。把一双手都握麻了。

上午九点半，车队准点开拔，缓缓地绕城一圈，又进了城，几条主干道也走了一遍。哀乐响彻整个小城。路人会停下来，打量这车队，六七辆车呢，车头蒙白纱、扎小白花。路人想，瞧这丧事办的！不知是哪个贪官污吏死了爹娘？

田家明一家坐上了开路车。田地第一回当个人用了，披麻戴孝，捧着爷爷的骨灰盒。田庄看着骨灰盒，喃喃道："爷爷，咱们回家了。咱们回李庄去！"这才悲从中来，结结实实哭了一回。一家人全哭了。

坟地是早就选好的。山水之间的一小块荒地，专作坟场。离村子还有几里地。田家没搞特殊化，就在坟场为他安了家。那密密麻麻的坟冢里，或许有他的老熟人，小时候的玩伴，还会"伢子伢子"地叫他。他不会感到寂寞。

坟场已候了好些人，看见车队，就都迎上来。那是李庄的乡亲们啊，还有田家的族亲。寒寒缩缩的，照样还是穷人。这才是真正的伤心地，田家十几口人百感丛生，啜泣不止。

乡亲们打招呼道："家明，月华。"这对夫妇他们最熟。奶奶相对熟些，她的同辈人大多走了，年轻一辈不熟识。家凤、家亮也不熟，回乡太少，没一块儿玩过。

小丫、小毛他们倒是熟，但是认不出来了，惊讶道："去哪儿认！十几年就没回来过，都长成小大哥、小大姐了！那时候才这么高！"比了比腰。

一众人往坟场走去。早春的田野，青禾招摇。遥遥能见得村子，还有山影，那边河流在奔涌不止。田庄想："这地方我来过吗？"她已经转向了。脑子里对应的还是她八九岁时的李庄，这块坟场没她熟悉的坐标。

路很难走，是崎岖小径，大太阳底下，无数的人影子交织摇晃，田庄犯晕，几度趔趄。她站下来，定了定神。坟场里远远立着几个人，正在挖坑，旁边堆起一个小土堆。那儿就是爷爷的家了。

那一刻，田庄突然想匍匐在地，想大声号啕。不单是为了爷爷，是为了爷爷跟这一切连在一起，是生于虚空葬虚空，化为烟尘，埋入故土。是人生八十年，诞出这一家十九口人，现在都聚拢在一起，陪他回乡。是这个山清水秀、穷山恶水的小村子，这么些穷人。是此刻、田野、村户。是她自己。

爷爷去世，使田家和李庄又建立了联系。有这么个小坟茔，心里就有惦记。叔叔每次回江城，总要来清浦、李庄走一走，先到兄嫂家住一晚，再赶回李庄扫墓。

奶奶感叹："爷爷一走，一大家子反而

常聚了。"

还真是！爷爷活着的时候，叔叔回来没那么勤的。有一回他出差到扬州，致电家里说，他明天中午到家。

次日奶奶做了顿大餐，一家人守到下午两点也没守到他。那会儿还没手机、呼机，联系不上他。急得要命。两天后他才疲沓沓地进了家门，原来在扬州喝大了，当晚送医院去了。他是从医院赶回来的。

爷爷气得大骂："不成体统！你也三十好几的人了！"

他是直到爷爷去世后才突然长大成人，孝顺起奶奶来简直不要不要的。也不出去找同学了，就在家陪老母，具体说，就是让老母看见他，做好吃的给他吃。吃了睡，睡了吃。聊是没什么可聊的。老母叨唠，他就听着，偶尔也接两句，心不在焉的。

有一回他不放心，问田庄："你以前是怎么陪的？"

田庄笑道："跟你一样。"

叔叔苦恼道："她说话我接不上。"

田庄说："你不用接。她自说自话呢。你熬时间，她忙起来，这就好。"

田庄从十八岁来到江城，陪了爷爷奶奶四五年，这方面很有心得。念大学那会儿，常常带同学回家吃饭，可说是她的独创秘诀。男生会陪爷爷聊天，女生则像蝴蝶一样飞来飞去，帮奶奶择菜、洗菜。爷爷奶奶一个个叫得出他们的名字，私下里会有议论，哪个姑娘长得好，哪个小伙儿不错……有时会跟田庄打听打听。还未及熟透，下回田庄又带来几个新客，都不重茬的。老两口简直新鲜坏了，目不暇接。

有时，田庄会事先作安排，跟男生说："你陪爷爷下棋，要输给他！不能输得太惨，要不他会怀疑。"

男生说："吃你们家一顿饭真不容易！"

田庄笑道："那是！我们家饭好吃！"

每回家里来同学，小院里就叽叽喳喳，充满了欢笑、打打闹闹，委实比过年还热闹。同学走了，爷爷奶奶还要回味一下，一个个加以评判。有时田庄会参与他们的评判，这就称得上是"聊天"了，及物！不比平时，他们总没话找话，跟孙女儿说，要好好学习！保重身体！天冷了，要加件衣裳！最近成绩怎么样？

这话当然没法接。是"死"话，不是流动的话。

家里来同学，最受益的还是田庄。她是雪中送炭，她的同学才是锦上添花！这是大学四年她做的最正点的事，否则光她一个人陪老人，真不行。姑姑带着李想过来，也不行。太日常了，缺少变化。小院里不生动、不流动，是死的。暮气太重。常常田庄会有消沉感，懒得动。生起感情来就会哭，太无力了，帮不上他们；连带自己也像坠入虚空，感觉肉体在腐烂，一寸寸在烂。她才二十出头呀！

叔叔在江城待上几天，就开了工商局的车回清浦、李庄。他宁愿自己一个人走，独自陪他父亲，坟头坐一坐，除除草，添几把新土。哀伤这件事，其实不能分享。人多了，味道就会冲淡，不能集中注意力，有时都不好意思哭。叔叔是太需要跟他父亲一起坐坐了，他少小离家，父子俩太少相处。偶尔回江城探亲，晃晃悠悠，跟玩儿似的。父亲一走，他突然恍然大悟，并且恐慌，自己已四十多了，老话讲，黄土已埋半截身。吓人的！

他回去扫墓，却难得一个人。也是一家子兴师动众，江城带一窝，清浦带一窝，跟赶集似的，苦不堪言。有一回田庄递点

154

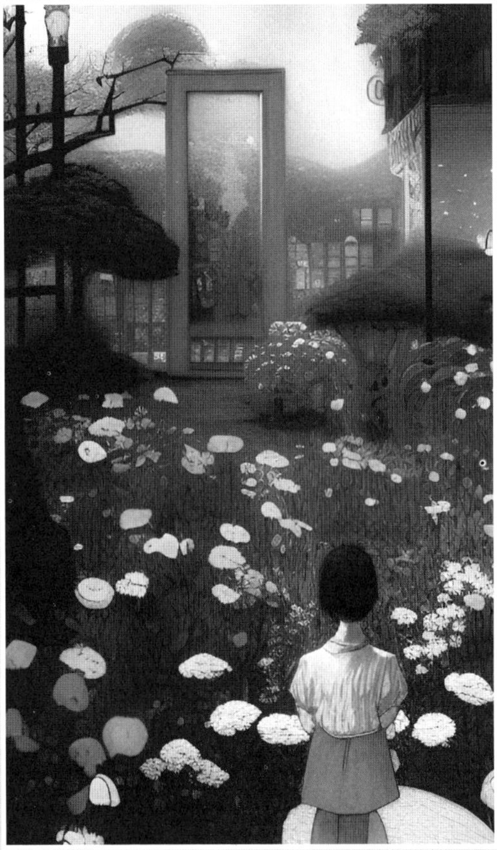

子给他:"你去弄辆车来,我陪你。也不走清浦了,我们直接去李庄。"

那天清晨,叔侄俩出发了。在李庄逗留了大半天,直到傍晚才回江城。他们就守着墓碑,席地而坐。中午吃了点干粮,叔叔又带了瓶酒,陪老头儿喝两杯。叔侄俩很少说什么,屈膝抱腿,把眼看着青山绿水,有时眼里会汪着泪水。就觉得很满足,很安心。

两人很默契。知道彼此都需要空间,有时会一个人走开,留下另一个人跟地底下的人说说话。哀伤令人羞涩,外人不能看;它需要静心、凝神,如此跟地底下的人就会共处一个时空:他还活着,或者他们死了。如此就会更近、更亲密。

那天,田庄把叔叔留在坟头,自己走开去。她没有回村子,而是爬上几里外的一个小山坡,深秋时节,荒草萋萋。她把眼看向山坡下的村庄和河流。很稀奇自己会这么没心肝,自从离开这里,十几年间她把李庄忘得干净。

十几年间,李庄的亲朋上县来,也会来家里坐坐;田家明夫妇也有回来过,遇上红白喜事,李庄派人来通知,他们就会回村出份子。孙月华也会时不时跟女儿唠叨:五婶死了。春花嫁到了镇上,生了俩丫头,婆家虐待她,常被打得鼻青脸肿地跑回家。春明上了中专,李万材家直到曾孙这一代才算翻身。苗老师做了寡妇,她男人叫瓦斯炸死了,煤矿赔了好几万。李小山确是杨校长的孩子,越长越像。当然他现在不叫校长了,大学毕业后分去了南京,是一家国企的部门主任。

田庄听来什么感受呢?很惊讶,只会"啊"。词汇太贫乏了。说到底,还是李庄太苍茫了,虽只有几十里地,却是十几年,远得像梦。她念高中那会儿,同学中有不少乡下孩子,乡下最卓越、最聪明的脑袋经层层选拔,来到县城读书,哪怕成绩再好,也还是露怯:衣着上、伙食上、神情上。总之,一看就是乡下孩子。

她有一个男同学,兄弟姊妹都聪明,可是为了兄弟读书,姊妹们都拉下来,不叫念了。有两个是文盲。路遥的小说里,男主人公最大的理想就是娶个县城姑娘,那天仙一般、高居云端的县城姑娘。出身干部家庭,大胆炽热,为男主人公的才华、男子气概所迷倒,冲破封建礼教也要和他结合,末了人家还未必爱她,落了个"女二"的身份。田庄读小说的时候,心里想,男人这么会意淫的?!

田庄当然也是县城姑娘,但多年来浑然不知,生于优渥人家,傻憨憨的,不知穷苦为何物。她是直到爷爷去世,葬回这里,方才如梦初醒:穷苦是她的出生地。也是爷爷的出生地,也是父亲的出生地。

很多年前,她妈就讲过"故乡"那回事。她妈还讲,故乡是用来离开的。其实,故乡也是用来回来的。

这一年,故乡不再是词汇意义上的,故乡实实在在,是一座小小坟茔,前面有墓碑。她后来认定自己是乡下孩子、县城姑娘,就始于这一年。她后来走过很多地方,但凡看到小城小镇、走上田埂、进入农户、看见穷人,她就有亲近感、熟识感,这些都是故乡啊。

那天她在山坡上啜泣不止。爷爷躺在几里外,但是爷爷无处不在。

外婆去台湾的手续终于办妥了。确实如孙月华所言,繁琐之至,须大陆、台湾两边寄材料,一层层审批,费了两年工夫。

这事说来话长。外婆不得不走，也可说她是走投无路。两边都不落好。先是台湾知道她隐瞒再婚的事，外公徐志海很恼火；再婚他无所谓，关键是撒谎！

他先把妹妹给教训了一顿，说："我跟你是什么关系？她跟你是什么关系？竟然串通好了来骗我！竟然骗了我两年！怎么做得出？当我是傻子呢！你这个吃里扒外的东西！"

徐志洋喏喏不能言。

徐志海气道："别的也就罢了！我最恨人玩弄我的感情！我什么时候被人玩弄过感情？——"

徐志洋心里说："对，都是你玩弄别人！现在你被人玩弄了，你活该！"

徐志海说："我这些年过的什么日子，你又不是不知道！整天哭，对她抱愧。为了她把我女儿抚养成人，为她受的那些罪、吃的那些苦，我宁愿来世做牛做马、我宁愿下地狱报答她！现在我告诉你，我不报答了！我跟她扯平了！"气得挂了电话。

徐志洋转头跟她父亲哭诉。

老太翁说："此事先放放吧。我还不好多嘴，我也是吃里扒外的！"

徐志海虽然很恼火，全世界他都怪罪，唯有对女儿他疼得要命。他只有这一个亲人了，把命给他他都愿意。动辄乖儿、乖芸挂在嘴边。也不能说他肉麻，因为女儿在他心中一直就是个八月大，咿咿呀呀，小手拍拍。这是最经典的形象，这个形象他抱过、搂过、亲过，肉身在接触。这是真的形象，也是永恒的形象。

另一方面，女儿的女儿也二十来岁了。通电话时，他跟田庄讲话都挺正常，把她当大人待；可是一俟田庄妈接过电话，腔调立马变了，父女俩在电话里热闹极了，咯咯笑个不停。

徐志海说："乖儿，你不愧是徐家的种！性子跟爸爸一模一样，直爽坦荡！不像你妈那么弯弯绕！讨厌死了！不能像她啊！"他说这话时，田庄妈差不多就是八个月大。

孙月华说："哎呀，我爸！不要这么说嘛。我妈不容易的！你在那边享福，她在这边受罪，千辛万苦把我带大，你就原谅她一回，啊？她又不是有意瞒你，还不是心里有愧，怕你怪她！再说我也瞒你了，要怪，你就怪我好了！"

徐志海说："我才不怪我乖女！都是你妈闹的！"

孙月华放下电话，笑道："我爸这个人，我是吃不消的！"她说这话时，陡的长大四十多岁，变回了田庄妈。

孙月华哄她爸最有一套。都是直肠子，又都"直爽坦荡"，隔不上几月，徐志海把气消了，原谅了章映璋。他是这么跟女儿说的："算了，我不跟她一般见识。我是看在你的面子上。"

孙月华悄声道："她在隔壁呢。要不要叫过来说两句？"

徐志海说："不说了。我跟她没什么好说的！"

放下电话，他打电话给他妹妹说："最近怎么样？晚上加两个菜，我过去吃饭。"

徐志洋说："你是贵人不踏贱地，怎么想起过来吃饭？"

徐志海笑道："就知道你小心眼！我想你们还不行吗？我嘴馋！"

这是台湾的情况。七里村的情况则错综复杂，夫妻、母女、父女、姐弟、姊妹各生芥蒂，有的芥蒂怕是要带到坟墓去的。关节点当然是外婆和孙月华。起头，外婆并没有离开的意思。怎么可能离开？她的小儿还没结婚呢，她还要抱孙子呢！她怎么可能抛家别子？

当然，也不能说她就不想离开。她想去看看那个人，死前见一面。那个她从五六岁就一起玩捉迷藏、过家家的人；那个到了十三四岁就总是躲她的人；躲不上几天，就会跟他堂弟志河说："把映琦叫来家里玩嘛。"章映琦来了，姐姐章映璋却没跟过来。

隔天，他又跟志河说："走嘛，去赫巷找映琦玩嘛。"

去郝巷就去郝巷，干吗单找映琦玩儿？徐志河那年也就十二三岁，深觉蹊跷，问："你跟我大姐闹矛盾了？不说话了？"

"我跟你大姐有什么可玩的？"徐志海笑了笑，不屑道，"呆瓜！"呆瓜是章映璋的绰号。

她想去看看那个人，那个曾经的美少年，大少爷脾气，实则单纯至极。那个去了重庆还给她写信、寄照片的人，他穿军服的样子她陌生至极，平添一股英气，不是她熟悉的人。她那会儿躲在老家桑镇，乡人一看见飞机，就四散开去，她却会定住，巴巴地看着飞机，她想到了重庆。想着飞机可能是飞往重庆，那城市有她爱着的人。

她想去台湾看看那个人。他是死活不回来了；得知她改嫁后，他递话给女儿说："我更加不能回了！我怎么回去？关系叫她搞得那么复杂！我还怎么跟亲友见面？我还有脸见人？"

七里村得知台湾来信，也有些年了，那会儿田庄还在念高中呢。起头也没怎么样，来信而已！七里村外公孙开吉宽宏大量，外婆的陈芝麻烂谷子事，他全知道；当年结婚时，就跟他交了底。

但是事情还是在起变化。这变化很奇妙，不是始于一朝一日，而是首先酝酿在心里。第一，孙月华很少回娘家了，非但自己不回，也不叫孩子们回。多年以来，去外婆家一直是孩子们最亲切的童年记忆，每到周末或寒暑假，去外婆家，孩子们就像小鱼游回水里，会喜得翻身打滚、直蹦跶。尤其是对于弟弟妹妹而言，从小跟着外公外婆长大，对七里村有感情，不去就想得慌。

有一回田禾提出要求，她想去七里村看看。

"看谁？"她妈问。

"嗯，外婆、小舅。"她不说外公。

孙月华把她看了看，说："跟我玩儿这套！以为我看不出你的鬼心思呢！"

田地看不下去了，跟姐姐说："太过分了！良心哪儿去了？我本来不想去的，现在偏带她去！你手里还有钱？我明天带她去汽车站！"

田庄倾其所有，说："明天等他们上班了再走，赶在他们下班前回来，不会有问题。"

次日下午，弟弟妹妹从七里村回来了，跟姐姐汇报情况。

妹妹说："唉，没以前好玩了。"

弟弟说："以后不去了。怪怪的。"

怪在哪里？说不上。主要是外公和小舅不大热情。起头，他们挺惊讶，显然没想到俩小孩会单独下来，说："呀！你们怎么来了？"

小舅孙月明问："家里知道吗？偷偷来的？"

俩小孩愣了一下。这一愣，就昭然若揭了。

小舅说:"嗐!吃完饭赶快回去吧。别叫家里知道,免得挨打!"

外婆说:"你这说的什么话?凭什么要打他们?你尽挑拨离间!"

小舅看了一眼外婆,没好气地说:"我说的什么话,你还不知道?"

外公把俩小孩端详半天,说:"你俩的心意,我们领了,唉!"

田禾说:"不单是我俩,还有姐姐。她今天负责看家。"

外公摸了摸田禾的头,说:"好孩子,听我一句劝,这地儿少来,免得我们为难!"

田禾把眼看了看外婆,又看了看哥哥,难过得都吃不下饭了。

多年来,外婆一直是七里村、县城两边住住。孙月亮有了孩子后,她在小女儿家住得多些,帮忙带孩子。以前孙月明来城里,必是大姐、小姐家都走走,现在只来小姐家了。姊弟俩常背着外婆交头接耳。

有一回,孙月明来小姐家,一看他母亲不在,立马把脸挂下来,说:"人呢?又去那边了?以后不能随着她!"

外婆从里屋走出来,道:"什么叫又去那边了?去哪边了?是说你大姐家吗?我去不得吗?小时候最疼你的就是她!没她,你们有今天?良心呢?"

姐弟俩对了对眼色。

孙月明咳嗽一声道:"此一时彼一时,两码事儿。您别说串了。再说,我可没得过她好处!"孙月明初中毕业好些年了,一直在乡下晃悠。原本指着大姐夫给他在城里找工作的,自从台湾来信,孙月华就顾不上她弟弟的工作了。外婆跟她暗示过两回,奈何她就是不接话。

外婆有一次跟姨奶奶叹道:"作孽啊,这台湾来信!兄弟姊妹处得不三不四。"

姨奶奶说:"叫何冲跟他爸开个口呢?何十四手头不缺关系。"

外婆说:"月亮心冷,不像月华爱张罗事儿。"

外婆住大女儿家也麻烦。本心讲,她宁愿住大女儿家,更自在,思念起前夫来没有心理障碍,白天做老保姆,夜里就起来发呆。麻烦在于,她想回七里村就不方便,大女儿会撂脸子,很不情愿。有一回,母女俩竟为这个吵起来了。

外婆说:"我就是你家老奴,我也有人身自由吧?那是我的家,我怎么就不能回去?"

孙月华气道:"你这种腻歪歪的性格,真能把人急死。当断不断,你受罪还在后面呢!"

外婆说:"我怎么断?我儿子要结婚,我回去筹备一下,不算过分吧?他不是你弟弟啊?都是我身上掉下的肉!"

孙月华含脸道:"回去吧。留得住你的人,留不住你的心!他结婚还有好些日子呢,都是借口!"

外婆这边刚走,孙月华问她小姨道:"她回去是怎么睡的?"

姨奶奶没反应过来,说:"什么怎么睡的?"

"嗨!"孙月华说,"两人还睡一张床上?"

姨奶奶、田庄当即把脸涨红,半天说不出话来。隔了好一会儿,姨奶奶才说:"你这人怎么那么不上路子!她都六十多的人了,她是你妈!你说这话是什么意思?成心作践她,是吗?轮得着你来吃醋吗?徐志海也未必说得出这种恶作话来!"

田庄也气得直跳起来,她那个年纪对"睡""困觉"什么的特别敏感,朝她妈大

159

喊大叫:"你太恶心了!你这样会遭报应的!"被孙月华赶上来就是两巴掌,骂:"轮得上你说话吗?给我死一边去!"田庄号啕着冲进自己屋里。

不过直到此时,手足之情表面上还在维系。小舅结婚时,田家明一家都回去了,外公前妻的几个子女也都回去了,大家都挺客气,说说笑笑,没那回事似的。仓促吃了顿饭,孙月华就领着一家人回城,怕兄弟、连襟喝多了,说出不得体的话来,捅破那层纸。那时,气氛已经一触即发了。

真正开撕是在小舅结婚两年后,外婆把孙子带大了,能摇摇晃晃地走路了。这时,她去台湾的事也开始提上日程。这事也不知怎么起头的。几经辗转,台湾同意了,徐志海跟女儿说:"这事顺其自然吧,看你妈的意思。别勉强她。孙家的关系要处理好。"

孙月华的本心,当然是希望父母团聚,她父亲就不必去养老院了。这事若说她有推动之功,也未尝不可。但关键是外婆,推她,她也就动了。想走,几家住着都难受,简直住不下去。

外公孙开吉倒也大度,生活了几十年的老伴要离家出走,去陪另一个老伴,他心里不好过。但是这事消耗许多年了,也疲了,累了,有心理准备。

他跟儿子说:"放她走吧,成全她。她搁眼前,我也难受。"

儿子不同意。这么说吧,孙开吉所有的子女都不同意,这就不是老头子说了算的事,这关涉到儿孙后代的脸面。

孙月明说:"当然不能走!我在七里村还怎么做人?我被人指着脊梁骨骂了许多年,我是孽种!我连自己的妈都能放走!我还是人吗?孙家被人欺侮到这地步,这口气不能咽!"

孙月亮说:"我妈,你不能走!你一走,我跟小弟的脸往哪儿搁?以后,我们就是没妈的人了!一个娘肚里掉出的,怎么我们就比不上大姐?你偏心偏得也太厉害了吧!"

孙月亮同父异母的大哥也从武汉打来电话,说:"要不要我回去一趟?不行就大闹一场!我操他妈田家明一家祖宗十八代!"

孙月亮同父异母的三个姐姐也在骂,三个姐夫正摩拳擦掌。要闹就闹田家明去!闹县政府去,闹劳动局去!把他的人给丢丢尽,叫他官也当不成!他妈的赤脚不怕穿鞋的!我们小老百姓怕什么?什么都没有!他怕!当官这么些年,能干净?鬼才相信!一家子人模狗样,小楼都住上了,还三层!哪儿来的钱?不信我到县纪委告他去!我写个状子,到信访办、县政府门口静坐去!拉个横幅:严查贪官田家明!

孙月华在家里一跳十八丈,把桌子拍得叭叭响,拍得手心都疼,骂道:"让他们告去!一家子王八蛋,良心叫狗吃了呢!我是怎么对他们的,我掏心掏肺,宁可自己挨饿,也省下一口给他们!当年他们一家吃的、用的,都是我从嘴里抠出来的!可怜我的孩子,有时我都顾不上!"说完不禁落泪。

转头跟中间人说:"你捎话给他们,尽管告去!他们不告,他们就是乌龟王八蛋养的!我在这里等着!我怕什么?我干干净净!"

后来当然没告,这事压下来了。不知道中间人是怎么圆话的,真叫本事。

姨奶奶云淡风轻地说:"什么本事不本事的!要是我,我也不告!说说气头话罢了。民告官，什么时候赢过？留得青山在，不怕没柴烧！好歹是一个娘肚出的，你小舅、小姨不会算这笔账？"

田庄长叹一声。七里村咽了这口气，因为她爸是县城里的显贵。

1994年　二十四岁

这一年，田庄如愿以偿，考研上了中山大学中文系。她考了两年，前年因为爷爷生病，准备不充分；今年若是考不上，她还是会去广东，从去年开始，她就向广深两地的媒体投简历了。姑姑有个同事的孩子也在帮她递简历，给她建议道，可以来面试，但不要贸然辞职，可以办停薪留职。

在她去广州之前，她还有很多事情要处理，比如参加同学的婚礼。这一两年，田庄这代人开始了他们的"成人礼"，走向婚姻家庭，尝试做大人。开花的季节已经过去，到了结果子的时候了。田庄的"果儿"还不知在哪里，她是不是开过花都很可疑。

她和王少聪分手已经两年，打了一架，当然是女的打男的。甩了他两耳光，因为情绪激动，第一个耳光甩空了，连着再甩时，王少聪早有准备，把头偏了一下，只蹭到了他的耳朵，也不疼也不痒，但效果还挺爽。两人都挺爽。

田庄甩完就跑。很知道这一甩，两人玩完了。玩完就玩完！玩完拉倒！气得都快吐了，不是吐血的吐，而是呕吐的吐。整天勾三搭四，跟华中大的女生还在搅！这事田庄早知道，两人时断时续地通通信，寒暑假回县城，同学聚会时也会遇上。起头，田庄也没太在意，她这人有个毛病，不怎么爱吃醋，也是轻敌所致。

王少聪的初恋叫谢杨露，长得一般化，肉墩墩，小鼻子小眼——田庄有一度挺仰羡单眼皮女生；她是没深究，她仰慕的单眼皮女生是丹凤眼、内双，眼形弯弯长长的，脸还必须干净，是吴倩莲、林忆莲那个路子的。她跟谢杨露原本不认识，后来听说王少聪有这么个初恋，就跑去看了，我的天！从此打消了做单眼皮的念头。

她后来跟王少聪说："你什么眼光？初恋不该长得干干净净吗？她整个像小老鼠！硕鼠！"

王少聪把脸冷了一下。他平时嘴皮子挺溜，但谢杨露是他的短处，被田庄拿到了，动辄就拿他开玩笑，很不厚道。说男人喜欢美女，这或许是天底下最大的误会。

姑姑说："小年轻知道什么美不美的？老母猪对他好，老母猪都是美的！"

田庄的初中同学说："王少聪心理不大正常，喜欢审丑。"

田庄的高中同学说："谢杨露肉乎乎的，听说男的都喜欢这一款。"

田庄的大学同学说："挺风骚，来过江大。没准都睡过。"

"什么？"田庄吓了一跳。她那会儿正在报社实习，王少聪因为要考研，早于半年前就在校外租了个小房子复习，两人很少见面。王少聪其实挺痛苦，田庄是他的正牌女友，可是这个女友中看不中用，形同没有。甚至，还不如没有。拉拉手没问题，要抱抱时就不行，也不是说不行，而是太别扭，她会笑个没完。这个时候哪能笑？一笑不就完了！

有一回他穿T恤，前胸上印着一行字，那天他张开双臂要抱抱时，田庄迎上前去，拿手指狠狠地戳他的胸脯，一字字念道：沉—默—是—金。念完掉头就跑，简直笑死。王少聪搞不明白，世上怎么还有这样的人？是雌的吗？老母猪都比她有风情。

谢杨露其实不像田庄的女同学评价的那么不堪。她是我行我素，女生群里不大有人缘，但男生群里就玩得转，几乎无往不胜，有很多男生为她吃醋、闹不和。

女生们对她都很谜，对男生也谜：看中她什么了呀？当她们还在装淑女、学化妆、害单相思、把眼风飞来飞去，等男生来追时，人家谢杨露已经行动了，直接打通了男的任督二脉。

女生的共同感受是，男的这个物种太奇妙了，已超出了她们的认知范围，真正是一门学问。这门学问挺深奥，她们很多人一辈子也没掌握。

谢杨露起头有点心不定，后来认准了王少聪，倒是挺有诚意。王少聪着迷她的也正是这一点，像个女的，两人在一起会有化学反应。身上麻酥酥的，被她的温柔、热烈、多情所牵引，感动于自己是个男的。为了抵抗她的温柔牵引，常常他必须咬牙把持，咬得腮帮子都疼。用得着这样么？当然！是有女朋友的人呢。

因此我们说，王少聪也是有"男德"的人。当然他的男德也没守多久，就全线崩溃。心里想，不管了，先崩溃再说。

及至崩溃后，才知道他从道义上要跟田庄提分手。现在，谢杨露才是他的正牌女友，在感情的跷跷板上，冒牌货田庄轻飘飘的，不是实垛垛的谢杨露的对手。

提分手是另一种崩溃，比他守男德还难。没法开这个口，谢杨露又催得厉害，有一回还来了江城，现场监督；他烦得要死，简直想逃。有一次他把田庄约出来，

咽了好几次唾沫，喉结一动动的，就是说不出口。田大小姐傻乎乎的，跑下楼来，见王少聪站在报社门口，半天嗫嚅，她急得掉头就跑，说："我准备采访提纲去了，一会儿还得出门，有事晚上再说。"

晚上王少聪没找她，带着谢杨露去报社门口的一家小饭馆吃饭，很恶意的，有种报复的快感。也许私下里他希望遇上田庄，哪怕遇上她的同事，由他们转告，她被绿了，过来大闹一场，甩他两耳光。他打定主意，打死他都不说，逼田庄说。

谢杨露离开后，落下一只红头箍。那天他把房间捣鼓捣鼓，把红头箍压在枕头下，露出一点点；把谢杨露的来信夹在书里，也露出一点点，置于桌上，就约田庄来他的小屋里，指着她看见、责问、一顿拳打脚踢。田庄倒是来了。还没进屋，就听她说说笑笑，他探头张了张，竟然带个女生过来。他又急忙跑进屋，把幌子收起来。他虽然准备挨耳光，但最好别让外人看见。一边直叹气：老天你开开眼！被她抽一顿，怎么就那么难！

田庄终于开抽了。从江大一个同学处得知的，人家也不能确定。就见两人走在一处，不是一般关系，女的矮矮胖胖，"妖骚贱浪"。田庄一听这四字，心慌意乱，一阵眩晕。像所有的良家妇女，她对这四字会起化学反应，又恨又怕又鄙视，也知道这四字极具杀伤力，会杀得男人片甲不留，自己压根就不是她的对手。

心里想，完了！不是谢杨露是谁？是个没用的人，哭了。当即都不敢去找王少聪，怕自己会上拳头，扁他一顿，那样不好收场了。于是去跟姑姑讨主意。姑姑说："去问问他情况，好言好语说，别跟人闹，散伙咱们也要漂漂亮亮。老实说，你

们就不是谈恋爱的状态,我看你对他也不大上心。"

"我上心的!"田庄把头摇来摇去,哭了。她上心也就是这两三小时内的事。六神无主,双腿发软,又要失恋了,以后见面都不会打招呼,或者远远就避开了,像她和仲生。太难过了!这次她还叫人戴了绿帽,一下子火冒三丈,双腿格外有力量,一路带小跑,冲到王少聪的住处,激动得说话都不利索了。有心问一问吧,"睡"这个词她又说不出口。

王少聪见她这阵仗,就知道怎么回事了。又见她哭得梨花带雨,他不由得怜香惜玉,肢体一阵柔软。心里想,早干什么去了?为什么这个时候才像个女的?

田庄气道:"你们又好上了?"

王少聪不说话。

"好到什么程度?嗯……很深、深刻的那种?"说到"深刻"二字时,她简直心惊肉跳。肉体关系当然是深刻的,至少在她们那个年纪、在她们那个年代,这两字还是深刻的,有分量。

王少聪叹了口气,把头埋进臂弯里。

"那下面怎么办?"

王少聪抬起头来,很为难的,咽了口唾沫说:"你说了算!"这话很无耻,他知道。谢杨露他也顾不得了,他自己也不担责,反正打死他都不提分手!说这话时他未过脑子,临时脱口而出;说完以后又后悔:田庄要是不放手,他就死定了。

好在田庄是个缺心眼。白痴如她,也听得出王少聪这话不地道,肉叽叽,耍无赖。当即恶从胆边生,大吼一声道:"你还是个人吗?你这个流氓、恶棍、下流胚子!我替谢杨露不值,睡了,还叫我说了算!我这就告诉她去,把你们给搅搅散!还我说了算?我跟你有什么好说的?啊,有什么好说的?你也配跟我说这种话?"一边说,一边开始上拳头。果然扁了。

王少聪原是坐在凳子上,双手托头,被她打得跳起来;田庄还嫌不过瘾,又抽了他两耳光。本来没准备要抽的,他一跳起来,脸大白于天下,搁眼前晃着呢,不抽白不抽!抽完她就跑了。

王少聪坐回凳子上,拿手抚着腮帮子,轻轻吁口气。就等她这一抽,抽完了他就不愧疚了,两不相欠。他跟谢杨露搅了四五年,中间反反复复,头疼!但愿田庄不是这种人,但愿她不要回来找他。

他这是多虑了。田大小姐是个狠人。抽完王少聪后,她一个人跑回家去,中途坐在马路牙子上哭,看路灯的光影打在街面上,看了好久好久。突然疑心自己是不是真的"爱"过,拉手时总想发笑是怎么回事?都不比读小说带劲儿,小说里男女凝视,她都惊心动魄,可是现实生活中,"爱"竟被她弄成这样:拉手时没泛涟漪,分手却搞出个大波浪,末了她还挺伤心,把他恨得牙痒痒。

爱啊,你究竟是啥玩意?

春夏间,田庄参加了六个同学的婚礼。五味杂陈,男生和女生还不太一样。男生的婚礼要喜庆些,新房布置得很亮堂,家里多出来一口人丁,心理上是占便宜的,喜滋滋。

女生家里则略微伤感,养了二十多年的女儿,心里舍不得,有"前路漫漫"的惆怅,从此"挥手自兹去,萧萧斑马鸣",也只好由她去了。命运感在出嫁这一日会凸显。

男生就没有命运感吗?也有。很多年

后,当田庄人到中年,一家三口去爬白云山,中途歇在凉亭里,见山坡上一个年轻的父亲背着襁褓中的儿子,正走上山来,他哈着腰、驼着背,吃力得很。后来他把儿子放下来,从腰包里掏出奶瓶,晃一晃,喂小孩吃奶。二十多岁的一个父亲,长得也俊俏。

田庄看了心疼不已。一打眼就看到了他二十多年后的形象,一个永恒、苍老的父亲形象,一个集天下所有父亲于一身的形象,重得很,有家累。结婚太早了呀!迷瞪瞪当了爹,当得还挺熟练。他自己还是个孩子呢。像他这个年纪,就应当在足球场上飞奔。

可是1994年,田庄还看不到这一层。她只为姑娘们叹息,仿佛最好的年华已成往事,花儿们即将凋谢。其实,她这也是自作多情,带有她那个年纪特有的小布尔乔亚式的感伤气息。

很多年后她才发现,她这一代的"花儿"可没那么娇弱,多数挺彪悍的;自从成了小妇人,不久又当了孩儿娘,又经职场磨炼,个个虎得很,要文能文,要武能武。武的会拍桌子,文的会嘤嘤哭。男领导能拿她们怎么着?一点办法都没有!有理讲不出,又不好跟她们一般见识。

可是1994年,田庄这一代的花儿还没到彪悍的年龄,弱叽叽的,常常犯羞涩。田庄更弱,恋爱谈得苍白空洞,虽然扇了男人耳光,习惯性她会高看男人一眼,把自己放在低处。把他们视作高山大海,这么说吧,当他们是港湾,她想像小船儿一样,把自己泊进港湾里,任外面风吹雨打,一切交给港湾去。哦,她的港湾在哪里。

实在说,婚礼都挺乏味的,无论对当事人还是对来宾。不比十八九岁那会儿,对婚恋有一种紧张新鲜。如今他们都是过来人,淡淡的,很笃定。嗳,也就那么回事儿,吵也吵了,哭也哭了,也曾海誓山盟,都挺扯的!哦,海誓山盟时不觉得是扯,扯完了就忘了海誓山盟,该吵吵,该闹闹。分分合合,情知别扭,又舍不得。

大人也懒得烦了,说,赶快的!把婚结了吧。结完拉倒。

他们自己也懒得烦了,说,要么就结吧。差不多得了!

田庄这代人的婚姻,都是"差不多得了"。婚前是各种排列组合,张三李四王五,胡搅一通,也搞不大懂——因为不结婚,就永远不可能搞懂;当然结了婚也未见得就懂。结婚也是瞎结,走个过场,身体的新鲜感已丧失,不比他们的父辈,因为守禁忌,所以才神往,哪怕住茅草屋,那洞房花烛夜里也会闪着圣洁的光,也有一生一世的愿想。

自由有什么好?田庄这代人充分享有婚恋的自由,到头来也是白瞎了,未见得就比他们的祖辈、父辈更幸福。他们是枉把自由辜负,说到底还是心智不成熟——自由赋予他们,要么是浪费,要么是滥用。五一节这天她回了清浦,有三个同学结婚,田庄都出了礼,却只参加了徐徐的婚礼。

徐徐财校毕业后,就分去了税务局,她对象在银行工作。她先是被婆婆看上的,又辗转打听是哪家的姑娘,又叫儿子去看,这才托人提的亲。还有不成的?两家都满意,门当户对,小伙子也体体面面。

徐徐跟田庄、李芸笑道:"这事都说不出口,感觉就像去菜场买菜,挑挑拣拣,货比三家,最后成交时,双方都挺满意,都觉得自己是占了便宜的。"

李芸说:"你的菜确实不错,看着

新鲜。"

三人大笑。李芸是从南京赶回来的，特为参加好朋友的婚礼。她是去年结的婚，嫁给了本校的一个青年教师——她大学毕业后就留校当辅导员了。徐徐结婚，她比徐徐还害羞：怀胎五月，身子已经显了；就怕遇见男同学，难为情的。

于是她就约了田庄，一大早来到徐徐家，三人见一面，送新娘子上婚车，就不去饭店吃饭了。家里请来了"深圳发廊"的发型师，把新娘的妆容也一并做了。那天徐徐浓妆艳抹，反不及她本人好看。

她人生最大的遗憾是过得太苍白，没有一点波折，生于县城，长于县城，老于县城。优渥人家的姑娘；不比田庄，小时候还住过穷山沟，见过要饭的、跳大神的，手里拿着打狗棍，肩上挂着破麻袋……把徐徐新鲜得不得了。一直住机关大院里，对穷人有好奇。高中毕业后，她跟一个乡下男生谈起了恋爱，谈两年，被家里给搅散了。其实那男生还行，考上了华东政法，毕业后是要做法官的。

她家里说："那也不行！他就是做省长我们也不眼红！家里那么多兄弟姊妹，就他一个人考出来，将来还不拖累死你！"

临嫁前她还一声长叹，得知田庄考上了中山大学研究生，她一阵怅惘：远方、大城市、灯红酒绿、火热的生活……这一切与她无缘了。她说："你走吧，走得越远越好！我这辈子也就这样了，注定是烂在这里了。你常回来看看，我替你守着县城！"

田庄后来确实常回县城，起头还跟同学联系，后来就很少联系了。孩子哭哭啼啼，各式鸡毛蒜皮，没那个心思。倒是她死后，我们来到清浦，见了她不少同学。徐徐是让我们最惊艳的一个，四十多岁，保养得当，清清白白的一个中年美妇。

这么些年，广深两地我们也算见了些成功女士，个个花枝招展：商圈、政界、文化界……都是场面上混的；要么就是成功男人背后的女人，阔太、官太之流。老实说，多不及县城妇女徐徐有魅力。她当然是模子好，也禁老，也保养。主要还是气质好，不争不抢。她也用不着去争去抢，家庭稳定，丈夫做了银行行长。她作为半吊子的职业女性，还在税务局混日子，不思上进，一门心思全在女儿身上。其实，女儿也不用她太操心，天生学霸，考上了复旦。

这时，我们就会以田庄为支点，来打量她的同龄友人，包括我们自己在内，是有"命运"这回事的。这时，我们就会想到徐徐，不去大城市有什么要紧？大城市的女人哪儿及你一星半点？主要是太操劳，一切都要靠自己去挣，当然也有靠男人挣的——靠男人挣还不如靠自己挣！男人挣得多了，就会有旁的女人来分享，多半是他找旁的女人来分享。总之，怎么样都是操劳。

是各种难堪委屈，强作欢颜，四面楚歌，八面突击。职场上各种勾心斗角，厚黑学也用上了。谁是天生厚黑的？没法子，不厚黑你就签不下单、评不上职称、升不了职。金玉其外，败絮其中。常常莺歌燕舞，形同欢场女子，心里苍凉、冷漠……慢慢就跑到脸上来了，一不小心就会青面獠牙。这时我们就会想，难得徐徐还待在原来的地方，二十年来安安分分，配得上"美好"。

我们也去南京见过李芸。她略微显老，也还好。中途折腾过一阵，教授丈夫爱上了他的女学生，打了几次胎，不能不离了。回家跟她忏悔，说对不起。她说："你搬出去住就行了，跟她一块过呗。离婚协议就算了，我不签。"

她后来跟田庄说："都闹到这份上，这个男人要不要我真无所谓，但是我干吗要成全他们？"

男人搬出去住了四五年。后来又回家了，因为女学生受不了，找个人嫁了。两口子冷了好些年，现在应该好些了。

1994年五一节，三个高中时代的好朋友在徐徐家聚首，新娘子临上婚车前，三人告别。田庄紧紧握住徐徐的手，像她的娘家人一样，那一握里有珍重和祝福。像所有未婚的女青年，田庄把这一天看得很重要。当然确实很重要，但是对于当事人而言，忙得头昏脑涨，恨不得这一天赶快结束，结完拉倒。

那天，田庄陪准妈妈李芸去了公园，坐在临湖的长椅上，李芸安宁而满足。她是校花级的美女，美得有点争议，是女人男相。日本有个女星叫天海佑希，李芸就是那一挂的，帅极。个子又高，身形将近一米七，有一度她挺犯愁，怕自己不好嫁。

极单纯的一个女孩。虽然快当妈了，还动辄难为情。有身孕就不敢见男同学，太尴尬了。结婚也尴尬，有羞耻心，怕人七想八想。跟田庄叹道，怎么世界上还有男的这物种？搞出这么多尴尬事来？

她这"天问"，田庄回答不了。两人"吃吃"笑个没完。

又说起高中时喜欢的两个男生，代号夏莲、雨荷，还要换着喜欢，两人都快笑疯了。

李芸说："怎么想起来的？要命！"

两人在大学时代都谈过恋爱，都掰了。不大愉快，好在已经翻篇了。如今说起来，什么一个感受呢？都有点后悔，就是男生女生，本来挺好的，兄弟姊妹的感情，后来胡搅，脑子一热好上了，分手就很麻烦。低头不见抬头见，没法装作没那回事，没法换回以前的状态。是这个叫她们遗憾。

李芸说："我发现，不能在熟人圈里谈恋爱。男女关系，如果能处成好朋友是最理想的，可以保鲜，可以永恒。用来谈恋爱太可惜了！有风险，这个风险又不可控。掰了就是速朽，连好朋友都做不成了。"

田庄笑道："就怕有时忍不住噢。"

"啊？你会吗？"李芸笑道。

田庄说："我不会。乱讲的。"她反正是谈过了，哪怕成色不足，也是完成任务了——真奇怪，她怎么会把谈恋爱当成任务？这里我们试图给出一个解释，世上是有这一类人的，不拘男女，天生不好这一口。懂也懂，但是懒得费心思，不以此为价值。

李芸也是这样的人。丈夫是经人介绍的，有眼缘，处了一年就结婚了。前面她谈过两个，也是跟男同学搅，搞不清是恋爱呢，还是玩暧昧，还是在打擦边球。她喜欢过一个高中男生，有一年家里结葡萄，她摘了几串，步行一个小时送到男生家里去。末了还没进家门，拿着葡萄哭着走回来。原来男生家里已有女生捷足先登，两人坐在一处，互相铰指甲。

她的葡萄没能感动男生，却把田庄感动坏了。那样一个美丽女生，不骑自行车，把走路当成一种仪式，给她心爱的男生送葡萄。结果怎么样呢？结果挺好，虽然葡萄没送出去，还哭了一场，可是走路那一小时她在绽放。是这个好，跟男生有什么关系呢？后来，李芸送葡萄就成为意象，刻在田庄脑海里，成为她对她那一代女青年在1990年代最鲜亮的记忆。突然闪那么一下，特别耀眼，特别好。

李芸说："跟男的没什么好搅的。已经搅过了，没多大意思，我们都不是那种人，差不多就行了。三年后你毕业，总该结婚了吧？"

田庄说："尽量吧。三年后，1997年。"

李芸把眼看着湖面说："1997，香港回归。"很茫然的神情。

田庄问向湖面："结婚……好吗？"

李芸把手抚着肚子，微笑道："很好。心定了。"

这一年，比同学结婚更重要的事，是外婆去了台湾。她是六月里走的，姑奶奶飞回来一趟，单为接她。这两年，家里发生了多少事啊！去年爷爷去世，葬回李庄。这要是章回体小说，可起一个标题，叫做：爷爷重回故里，外婆远走他乡。

赴台前，外婆、姑奶奶来了趟江城，由孙月华陪同，田庄负责接待。所谓接待，也就是帮订个宾馆，陪她们去故地走一走。故地是在仁慈医院，即今天的江城中医院，离奶奶家不远，走路十分钟的路程。前年爷爷生病，也是先来的中医院，后来才转去一院。平时，爷爷奶奶头疼脑热，也是田庄跑过来拿药。

姑姑的婆婆是从中医院退休的。田庄三四岁的时候，就跟着姑姑来过这里。很多年后，李勇母亲见到田庄，还说："记得记得，当年那个小不点，起头认生，熟了以后就会咯咯笑。"

那时田庄怎会知道：奶奶顶瞧不上的她的村姑母亲孙月华，跟这医院有太深的渊源：她爷爷徐义仁在这里当过院长；她父亲徐志海、姑姑徐志洋都出生在这里；她母亲章映璋是先在江城行的西式婚礼，又回清浦补办的中式婚礼。

章映璋的婚房离仁慈医院不远，靠近运河边的一个小院。当然，她在这里没住太久，就随丈夫去了南京。村姑孙月华就出生在南京；那时，奶奶还住在李庄，地道一农妇，忍饥挨饿怕是难免。

人生多么奇妙。江城是她父族、母族的交战地，在这里，她的父族赶了她的母族，翻身得解放，进城当了主人；她的母族仓皇出逃，没逃掉的就跌入谷底，回乡做了农人。大体上，百年中国落在田庄家，就是父族打倒母族，双方颠了个儿，后来又成了一家人。

有必要梳理一下田家明夫妇的家族史，来作个对比，姑且以仁慈医院为支点。这医院始建于1888年，原是美国传教士林嘉善在其友人赛兆祥的帮助下，于东门口开设的一家西医诊所，后挂牌"仁慈医院"。赛兆祥有个女儿挺出名，名赛珍珠，写过一本《大地》，得了诺贝尔文学奖。她四个月大就来到江城，运河边长大，她后来写道："运河的水，静静地流淌，蜿蜒曲折，水光粼粼。"

十年后的1898年，主创人林嘉善和弟弟林嘉美扩建医院，在基隆巷造房十数间，又建"人字形"小教堂及平房十数间，仍挂牌仁慈医院。这一年，孙月华爷爷徐义仁出生于清浦。

1912年，弟弟林嘉美从美国募得资金回到江城，接替哥哥主持医院。他在水渡口购地八十亩，新建仁慈医院，一个气派的大院落：北院是外侨住宅区，五幢三层西式洋房；南院有一百余间平房，为病房及手术室之用；病区又分男病区、女病区，共三百余张床位。设有内科、外科、五官科、妇产科、传染病科、X光室、化验室等。

1914年医院落成时，李庄佃户田贵家诞下一男婴，人称伢子。

林嘉美是位杰出的内科医生，也是一位卓越的传教士。这位弗吉尼亚人是个工作狂，他任仁慈医院院长三十余年，免费为穷人、难民治病；"黑热病"高发期，他每天救治病人百十余名。有时床位不够，就在院子里、树底下铺上简易床位。他在穷人中有至高影响力，人称菩萨，虽然他是上帝的使者。

1924年，该院的中国医生徐义仁的长子诞生，取名徐志海。

1928年，徐医生的宝贝女儿徐志洋出生。李庄的放牛娃田伢子报名参军。林嘉美医生回国。院长由美国人钟爱华接任，他的女婿葛培理是福音派教会的代表人物，全球闻名的布道家，对美国政坛影响至深，担任了自艾森豪威尔之后的历届美国总统的精神顾问。他曾有言："我之所以能够在布道这条路上走下去，最大的影响是来自我岳父。"

1937年，抗日战争爆发。仁慈医院为防日机轰炸，在房顶上涂上醒目的"USA"字样，挂起"红十字"旗帜。每逢空袭钟声响起，医院大门敞开，大量市民拥入避难。据统计，整个抗战期间，该医院抢救抗战伤员平均日达六百余人。江城沦陷后，部分伤员以及未及撤离的省政府工作人员化装成病号，由医院销毁番号，改换病历，躲过日军的多次搜捕。

1939年，徐志海母亲米贞回清浦办事，为日本人所杀。次年，徐志海被大姨接去重庆，入读抗战中学。

1941年，日本偷袭珍珠港。仁慈医院所有的美籍医生接令回美国。院长由徐义仁接任。

1945年，抗战胜利。徐志海毕业于重庆中央军校。

1946年，徐志海、章映璋完婚。定居南京。

1947年，田家明诞于李庄。这是田英俊夫妇在夭折了四个孩子后得以存活的长子。

1948年，淮海战役开打。未来的俩亲家都上了战场。田英俊所属的是中国人民解放军"华东野战军"；徐志海所属的是国民党"京沪卫戍总司令部"，后编入徐州"剿总"第一绥靖区第四军。俩亲家没有直面，否则不知谁会成为刀下鬼。章映璋在南京诞下一女，得名徐晓芸。江城解放前夕，仁慈医院院长徐义仁带着女儿徐志洋赶赴南京，转福州，亡台湾。登机前，父女俩去夫子庙家中见了章映璋，欲带走月子中的母女俩。未果。

1949年，徐志海所属的国民党"剿总"第四军全军覆没，他只身逃回南京，和妻女团聚。不久他抛妻别女，奉命去了上海，加入重新改建的国民党"京沪杭警备总司令部"。田英俊随军以解放上海，徐志海仓皇南下，经广东，逃台湾。田英俊解放上海后，回到江城，任职东城区区委。章映璋主仆四人离开南京，被迫潜回老家清浦。县城不敢留，就躲乡下去了。她遣散了三年前作为陪嫁的四个下人，沦为和她们一样的乡人；她的身份还不及乡人，后来不能谋生，想进城当老妈子，好人家都不敢要她；其实是贱人。她的女儿徐晓芸尚在襁褓中就落回了村姑。

168

1952年，放牛娃出身的田英俊把家小接来江城，住进机关大院，奶奶和她的三个孩子一跃而成为城里人。仁慈医院经合并改为中医院。美式洋房推了，只落一座破旧钟楼。院子里起了一座苏联式门诊楼，方方正正，挺庄重。

1960年，章映璋带着女儿改嫁七里村，徐晓芸改姓孙月华，从此脱胎换骨，得以继续上学。

1969年，贫下中农孙月华和回乡知青田家明相亲成功，随男方来江城玩儿，提出要去中医院看看。田家明觉得很奇怪。

1973年，田家凤称病，从内蒙逃回江城。常带侄女去中医院，把脉的是黄医生。未来的婆媳俩七聊八聊的时候，田庄会挨着姑姑，看院子里那座破钟楼，好奇怪的房子，里头会有绿毛水怪吗？她打了个激灵，把身子往姑姑怀里钻。

1979年，田家明夫妇使出吃奶的劲儿，终于迁来县城，摆脱了乡下人身份。《告台湾同胞书》发表。

1982年，家里接到台湾来信。孙月华哭了两年，凄惶且自怜。外婆章映璋的劫难来临。

1988年，姑奶奶徐志洋回大陆探亲，先到的清浦，又来了江城：运河边，小巷，青石板路。东大街，西大街……她哭了。仁慈医院只剩下了钟楼，她呆呆看了好久。她离开了四十年的故城。

1993年，爷爷田英俊辞世，葬回李庄。

1994年，外婆章映璋赴台前，提议来江城看看，就算告别了。这里是她的新婚地，虽不算太熟，但毕竟是丈夫的家，他在这里生活了十六年。小时候，她跟着大姨、志河来过江城，就住在徐家。志海会带着他们出去玩儿，像东西十里长街、越河街、同庆街、都天庙街、学前街、滴水街、御使巷、察院巷、厅门口、官园坊……啊，这些地名她都记得。

还有石码头，也称御码头，康熙、乾隆下江南的必经地。江城，也称清江，旧称清江浦。曾经这里也是个大码头，始建于明永乐年间，六百年的历史。该地在明清两朝较为繁华，扼漕运、盐运、河工、榷关、邮驿，也算一方重镇，有"南船北马，舍舟登陆"之谓。意思是，南来北往的官家、漕帮、盐商、士卒、行旅、船民……都要在这里换乘，南下的须登舟，北上的须换马。因为江城以北，运河迂缓难行，多走陆路。总之是南北交汇地，所谓九省通衢，五河要津。

明清以漕运、盐运为产业支柱，"天下之赋，盐利居半"，江城得此便利，全国的商人都跑来这里做生意，"水绕千家市，蛮商聚百艘"，那阵仗，有点像今天的广深，至少也是东莞佛山，全国的有志者都蜂拥而至。

当官的也多。自黄河夺淮后，治黄、治淮、治运为朝廷大计，在于漕粮乃国之命脉，而运河系漕粮命脉。因此，江城设有漕运总督府、河道总督府，转运漕粮的官军多达十余万人。漕运总督、河道总督皆朝廷从一品、正二品官员，地位在巡抚之上，形同省会，所谓"水争尘市绕，官比士民多"。

此地落穷后，做生意的少了，当官的还挺多。士民的理想皆在入仕，等而下之的人家才把孩子送去店铺当学徒。当然这也不单是江城，全中国都是"官本位"，几千年了，对这一行有执念。

这一带出了不少官人，"万般皆下品，唯有读书高"，最聪明的子弟都考出去当官了，到省城当，到京城当，再由京城外派到全国各地。就是今天，这一带还有人拉出个官人名单：姓名、籍贯、年龄、官衔、在中央哪个部委、家住哪里、老家有几口人……隔几年就更新一下。北京的官人回老家过年，当地父母官都得酌情接待，攀个交情。哪怕在北京名不见经传，小年轻，小处长，没关系，京官升得快，着眼未来。

所谓盛极必衰，咸同年间，江城就开始落了，其时海运兴起，后来铁路也通上了，运河时代一去不复返，真正是繁华似梦，也是宿命。此后，战争、洪涝灾害、难民、穷人、土匪大抵算是这一带的特产。特产中更有一项：革命。共产党和新四军在这一带建立了根据地。田伢子的翻身便赶上了天时、地利。

外婆三人在江城待了两天，旧街巷走了走，前世今生。中医院也去看了，姑奶奶带了个相机，随手拍，是要带回台湾给她的父兄看。这一年，江城还是个古城，不够"现代化"，大闸口、御码头未经修缮，运河边也未有彩灯迷离。河道淤塞，一幅破败景象。赛珍珠活在今世，未知会怎样写她的运河城。

外婆一路走走看看，很少说话。她是要把这一切记在心里，她的初婚地；尔后飞去台湾跟她的前夫复合。一天下午，她和田庄并肩走着，突然问："你什么时候去广州？"

田庄说："还没定呢。"突然意识到，这一趟她虽是地陪，其实也是在告别。

外婆顿了顿，说："婚姻的事，不要拖太久。不要找官家人，找个做生意的人家。"

田庄说："哦。"

她明白外婆的意思。她这辈子受够了官家人的罪，她是官家人的女儿，享多少福，就会受多少罪。吃进去的全会吐出来。总之，别跟官家沾边，离得越远越好。她家又是官商结合，她二哥就是做生意的，倘不是跟官家挨得近，也不至于挨枪子儿。

她说："就老老实实做点小本生意，有活头就好。"这大概也是经验之谈。小本生意才干净，挣的辛苦钱。凡是做大生意的，必得跟官家相勾连；反过来也可说，生意做大了，你想清净都不可能，官家会惦记你，睡里梦里总是你。

外婆说："别跟你妈学！整天咋呼，得意劲儿！"

田庄笑道："她现在忙着做官太，比我爸还起劲儿！"

外婆说："我就看不惯！"

看不惯孙月华的可不止外婆，还有奶奶呢！那天晚上田家凤夫妇做东，请外婆一行。席间，就见奶奶拉着外婆的手，一副依依神情。奶奶是顶佩服她这亲家的，常跟田庄说："一看就是大家闺秀。"

后来得知台湾来信后，奶奶说："我没看错吧？当年第一次照面，我就知道不是一般农村人。"

外婆不是一般农村人，但外婆的女儿却是地道农村人！奶奶说："还跟我较劲儿！她以为自己翻身了么？她吃了个杨梅，吐了口气？还把我看来看去！她看什么？她就是当了皇太后，我照样瞧不上她！我能忘了她的来路？"

田庄说："好了呀！你们俩都是农村人，互相担待点儿，谁也别瞧不起谁。"

奶奶说："她有什么好兴的？家里有海外关系？你爸当了官？我这辈子就瞧不上轻狂人！说笑都要压人一头，暴发户！"

"我爸那叫什么官？七品芝麻官都比

不上。"

"就说呢！你姑父不也是官？你看姑姑，压根就不在乎。"

田庄笑道："能比吗？一个是村姑，一个是干部子女，没吃过猪肉，还没见过猪跑吗？当然不在乎。"

奶奶说："你这死孩子！什么猪肉、猪跑的，把你爷爷当什么了？"

[特约编辑：钟红明]

小人物与大时代的直接对话
——读魏微《烟霞里》 阎晶明

  作为小说家,魏微常常显得"不合时宜"。很多人对她的创作寄予很高期望,她却矜持、固执甚至是故意地不出手。偶尔,她也会在文章或言谈里表达创作的决心与计划,同时又吐露难以推进的焦虑与痛苦,这就更让人对她可能的下一步产生遐想。足够的小说创作天赋,却迟迟不能用作品满足人们的期待,这种焦虑中是不是也潜藏着出大作品的可能呢?及至2022年,魏微拿出了她可谓是"沉寂"多年后的一部长达四十万字的长篇小说:《烟霞里》。终于算是给了关注她创作的人们一个交待。

  读《烟霞里》,突然觉得魏微变了。以小城镇为背景,写家庭里的烟火气,写伦理秩序中的爱恨情仇,在无事的悲剧中写出一种难以释怀的淡淡的忧伤,这种忧伤又含着一个游子对故乡、对亲人的眷恋,这是魏微创作的长项,是她小说的鲜明标识,也是很多人喜欢她作品的缘由。《烟霞里》却让人读出了另外一种小说风貌,展现出魏微强大的也是冒险的小说抱负。她执意要突破从前的自我,打破既有的小说格局,写出她的创作理想:为一个小人物撰写编年史,也为一个大时代作记录。人间烟火的挥之不去中,更可见时代风云的潮起潮落。真的没有想到,魏微会这样处理笔下的人物和故事。

  如果说从前的魏微是踢毽子、练太极,这一次则画风突变,要做举重者和拳击手了。这哪里是"一个人的编年史",分明是要为一个时代画像。说一个时代都小了,从十年动乱到改革开放新时期,近半个世纪的中国经历了怎样的风起云涌,世事变幻,魏微要对这样一个巨变的、转型的时代提供自己的小说记录。

这是小说,同时也是一种社会分析和评判。这是一个人人生经历的叙述,更是对社会变迁的直接描写。《烟霞里》仍然有鲜活的魏微小说印迹。一座小县城,与之相关的一两个小村镇。一个乡村女子的成长史。强烈的自叙传色彩,家庭成员在大善的前提下发生的各种矛盾纠葛与行为冲突。但魏微这一回显然增加了"重型武器","打击力"显著增强。从李庄这样一个小村镇开始,逐渐扩展到县城清浦,再扩大到地级市江城。地域的拓展也是家庭奋斗史的写照。这一过程中,魏微仍然坚持着自己以往的叙事风格,即小人物裹挟在大时代的风云际会里,微小却坚忍地活着;他们奋斗但不能说是奋斗者,因为他们大多没有体现出奋斗者的姿态;他们顺应着时势潮流,因为他们并没逆流而上的勇气;然而他们并不愿意苟活,不愿意只满足于吃饱喝足,他们的精神和情感总是处于活跃的状态中,而且各自具有程度不同的反思能力。平淡的生活因此并不完全是平庸的,即使是不值得过的生活,却也有值得记录的地方。这就是小说的功能。

魏微在《烟霞里》里直接和历史对话。可以说她的发力是全方位的。自叙传的色彩已经不是某些方面的相似和联系,而是将自己的出生、成长,命运、归宿和盘托出。几乎就是一部近乎非虚构的人生盘点。而且她显然是把所有的赌注都压在了这一部漫长的叙事当中。用力不但猛而且特别狠。因为让主要人物田庄英年早逝,这种自叙传色彩又和强大的虚构发生了错位、对冲,显现出魏微在创作发力上的不顾一切和孤注一掷。说实话,呈现在我眼前的小说面貌让我为魏微有一点担心,这太为难她了。一个在小城镇的人物堆里感到舒适的她,突然要评判历史,向时代发问,为未来留下记录。

《烟霞里》由两个文本构成,一是田庄从出生到成长,从求学、入职到迁徙、成家的自述,在这一自述过程中,打开的是李庄、清浦、江城等乡村、城镇、城市的面貌,是田庄父母、兄弟姊妹、祖父母以及围绕在他们周围的一系列人物林林总总的故事。一是田庄出生、成长过程中,中国社会发生的各种重大的变革。特别是田庄从李庄出发,一路走到她早已心向往之的广东,置身于中国改革开放的最前沿。最微小的生命个体与重大的历史事件以及时代风云奇妙地结合在一部作品当中,时代风云像巨浪冲击着每一个个体生命,也像一道长城,耸立在每一个个体生命面前。于是小说呈现出两种看上去截然不同的文体。田庄家族的故事依然延续着魏微一贯的叙事风格。

小城镇的生活景象，每个人内心并不巨大却很激烈的激荡与冲突。另一条线索，是关于时代背景的铺陈。小说从田庄出生的1970年起，以编年体的方式，逐年讲述田庄的生长历程。这种严苛的方式使得小说无可回避地要将每一年的时代背景、重大事件都写入其中。于是，一种"报纸新闻体"的讲述就不时地加入其中，成为小说的"论说"部分。这些背景，基本上是一个小说家在用社会分析和新闻评论的方式，讲述自己听闻、经历以及事后追踪到的重大新闻。一个国家的社会变迁就这样被小说家化入到自己的故事讲述中。我说魏微创作风格的突变，而且是冒险式的突变，就是指这一部分的加入。它们字数上占有相当比例。

比这更要紧的是，这些"社评"式文字，究竟在多大程度上可以成为小说的有机组成部分？这些重大事件，真的是必须的么？这里就存在两个问题。一是以魏微的年龄、经历计，有些历史事件并非都是其记忆中的一部分，如1970年代初中期的社会动荡；有些则又是稍有一点年纪的读者都曾亲历过的。如改革开放后每一年中国社会潮流、文化思潮的涌动，世界范围内的重要事件。魏微究竟能在多大程度提供人所未知的新鲜内容，如何确保这些信息对小说来说是有效的，对读者认知而言是新鲜的？比如写到2001年发生的911事件，她依然是用描述式的笔法，讲述了911事件的全过程。除了对国内国际大事要事的记述、评述，小说还结合田庄的个人职业，叙写了世纪之交中国文化思潮的流变，包括社会科学研究、评价体系的现象，文学思潮、文学创作的色彩纷呈。就此而言，自叙传的痕迹依然强烈地映照在人物尤其是田庄身上。这也在很大程度上确保时代背景的交待与小说人物故事发生内在的、切实的关联。

魏微为此无疑是下足了功夫，做出了最大限度的努力。应该说，社会编年体对她提出的挑战更大。总体上看，她在这方面的完成度较高。她做到了基本准确，并且在与人物故事，尤其是与田庄人生历程的结合上努力做到有效对接。田庄是出生在乡镇上的普通女孩。她的父母却又不是完全的务农者，这让她的成长始终与周围的环境既融合又有区别。幼年的田庄就被送到父亲出生的城市江城居住，在爷爷奶奶的呵护下长大。父母及之后的兄弟姊妹也都搬到县城清浦居住。李庄、清浦、江城，三点一线间构成田庄独特的成长空间，让她上可过早接触《人民日报》之类的读物，不但识得高难度的文字，而且懵懂间对天下大事有了领悟的"特长"。来到广州工作、生活，成家立业之后，这种感悟就成为田庄个人生命历程中的内在组成部分。田庄因此变成了这样一个人物，对家庭亲情非常敏感，尤其对祖父母的情感依赖，与母亲的时有牴牾，对父亲的理性认识，让她的情感和心理充满张力，她对周围世界的认识及人生经验,很大程度上来自于处理家庭成员之间的关系。另一方面,她却很少关注个人的情感需求,尤其是进入青春期之后,对于同爱情相关的情感,总处于茫然和被动状态,这使得她的人生因此多少有些寡淡。然而或许正因为这种心智上的既有过早成熟的一面,又有明显缺陷的原因,让她有可能对社会时事产生"偏科"式爱好,从而使小说中关于社会背景的交待变成合理存在。虽然这还不是全部充足理由。

我认为对魏微来说,最难的不是把田庄这个明显有着自叙传色彩的人物写好,哪怕是以编年体的方式写好她的成长史。而是在于,如何为她的成长提供强大的社会背景支撑,如何让这个微不足道的小人物裹挟在大的时代风潮中,既看出社会时代对她成长的影响,也看出经她的眼睛过滤后的社会时代有怎样的景观。如何把这两种完全不同的文体,两个互不关联的世界有效地捏合到一起,成为一个互相交叉的立体多维的小说世界,这是魏微给出的难题,是她自己设定目标时就已经注定要面对的挑战。处理这种关系,做到叙事上的统一,逻辑上的自洽,并非易事。魏微尝试使用多种手段使之能够周圆。说实在的,做到这一点是很困难的一件事。

魏微面对一个天然的困难。从一个人出生开始的记述,当然不可能以其本人的口吻叙述完成,相当多的部分需要有一个超出角色的叙事人来承担,否则,不是逻辑不通,就是不可能均衡。田庄生于1970年,一直到她有了判断事物对错,看清周围形势,揣摸人心之前,她幼年时的经历,中国社会发生的各种大事件,社会变革的趋势及潮流涌动,都不可能以田庄的视角来完成叙述。于是,我们在小说中读到了一个既不是田庄,也不是小说作者的叙述视角。这个叙事者没有身份,不是人物,就是一种笔调,一种假设的、假定的存在。这个叙事视角被称作"我们"。这个"我们"具有全局性且超然物外。有的时候,这个"我们"有点像影视剧里的画外音,帮助人们理解人物不能直接说出的内容。比如,说到田庄还叫小丫的幼小时期桀骜不驯的性格,小说写道:"可是据我们掌握的材料,其实小丫还好。桀骜不驯是有的,但也要看对谁。"这个"我们"是谁?我们并不知道。这个"我们"在小说的开始部分成了必须存在的叙述者,很多说理的内容大都由"我们"来承担。"我们认为,在中国有许多事是不能深究的,家庭尤其是;人生的不幸,首先是从家庭开始,而不全是由社会造成的。我们作为儿女,对父母多有批判。则我们作为父母,又做得如何呢?当然也不够好,如此,便由下一代来批判,来纠正。"这样的表述在开始部分时有闪现。

读到小说的结尾部分,这个"我们"逐渐得到合理解释。虽然魏微没有直接说出,但她为此做了自圆其说的工作。这就是,所有这些故事,原来是由田庄的几个朋友共同完成的。为了把故事写好，田庄的几个闺蜜还请来了一位叫做"魏微"的作家共同完成。"魏微"很愉快地加入到讲述田庄编年史的撰写工作中，并和大家一起讨论田庄人生故事的种种。这就是"我们"了吧。这里既有作家"魏微"，也有其同龄人。她们是一个组合，是我们开始读到的那个奇特的"我们"。魏微的这一神来之笔可谓大胆。这样做不但让种种不同的叙事变成合理，而且还拆解了田庄就是魏微个人自叙传的联想。这是一种叙事策略，也影响了读者对人物故事的认知。当然，这个"我们"在小说后半部分逐渐退隐，这是随着田庄可以自我识别人事、辨别是非而自动形成的。

尽管叙事人的切换具有补救性质，但从小说的阅读效果而言，又是可以成立的，并无别扭之处。魏微突然放开了写作的手脚，不再小心翼翼地一点一滴前行了，《烟霞里》是一次转型，也是一次升华，可以想象，此后的魏微会在创作上跃上一个新的平台。四十万言的小说，讲述一个女性一生的生命历程，记述近半个世纪的中国社会的变迁。人物从幼小到成熟的成长过程中，身体、心理所发生的变化，要以编年的方式一步一步捋下来。半个世纪的中国社会发生的巨变与转型，社会思潮、文化潮流，一波接一波地随着改革开放的不断深入而发生着变异，一个小说家要全面了解、掌握。魏微要为这一切"编年"，还要寻找二者的结合点，使之融为一体。魏微写作疆域突然扩张，理想抱负陡然增大。从她创作上寻求突破的角度讲，我对此颇感欣慰，且视其为有可能打开新空间的一次大胆尝试。

难度也是全方位的。仅就语言表达来说，半世纪的风云变幻，中国社会的流行语也在发生着急速变化。小说既要生动描述一个时代的生活，又面临一个困难，即要不要恪守时代生活的真实，严格把握好流行词语的出现时机。《烟霞里》其实已经遇到了这样的问题。尤其是小说的开始部分，即田庄的幼年时期，那时中国还处于封闭状态，魏微为了叙述上的生动，为了和今天的读者迅速呼应，在某些环节上使用了今天才有的流行语。我不认为她是无意识、不小心这么去做的。她有刻意为之的成分。因为有"我们"这个超然的全能叙事视角的存在，这些"穿越"式的词汇仿佛也有了一定的合理性。不过我相信，这些词语，或者说这样一种叙述方法，在读者中是有可能引起讨论的。比如这样的描写："那年田家明十九岁，迎来了他们这一代人的高光时刻。后来他说，整个剧场燃了，爆了。"这显然是"我们"在用今天的口吻、词汇在描述过往的生活。再比如："李勇的油腻，第一在于胖，第二是嘻嘻哈哈。其实胖和嘻嘻哈哈，都未必指向油腻，但两个合在一起，就会起化学反应。"这已经是直接使用当下热词描写过去的生活了。也有时，魏微会以更客观的口吻来描写。如："她首先是端庄，站有站相，坐有坐相，李庄人不知道这叫'仪态'，总之看上去不大一样，很顺眼就是了。""仪态"一词的使用者是谁呢？田庄？"我们"？似乎都是，又似乎都不是，是一种更加超然的叙述语调。

要完成这样一部大作品，需要处理的难点和把握的平衡、均衡很多。这是一次挑战，也是一次冒险。魏微显然对此有清醒的意识，并在创作上努力做到合理呼应。尤其是两种截然不同的文体，小人物的日常生活和大时代的沧桑巨变，如何恰切地结合为一体，这是必须从构思开始就要设计，过程中又随时需要精细处理的。需要小说家有清晰的构想，更需要高超的技艺。田庄很早就开始读到主流报纸，从而对天下大势有超乎常人的爱好与判断。同时，也为小人物与大时代的关系努力寻找直接对位的理由。"一部改革开放史，无论怎样书写，……不可忽略的是无数个体的欲望。无数像孙月华这样的人，自1980年代初欲望就被唤醒……""欲望是中国人心中一颗既幸福又不幸的种子，它在1992年发芽了，茁壮成长。无论是谁，只要有欲望，就会有人要求公平，就会有人绞尽脑汁利用不公平。"这些"理论"描述，本质上都是为小说里这种"大"与"小"的对接寻找理由和证据。

魏微的发力之狠还体现在小说人物故事的结局上。1970年出生的田庄，其生命终结于四十二岁。这种结局在小说的后半部分已经有了"预告"，从而使故事讲述超出编年体的"体例"，具有了某种"共时性"的特征。我相信，英年早逝这一命运结局，魏微不是为田庄个人设计的。她要的不是对个人命运的唏嘘叹息。她是要让故事戛然而止，历史也由此画上句号。一个人生命的终结，也是一次凤凰涅槃，是一种对于新生的期待。历史的车轮当然会滚滚向前，新的生命每一天都在诞生，时代也会打开更加丰富多彩、复杂多重的画卷。这就像魏微本人的文学创作一样，只要写作的热情和决心在，一定会在未来打开更加广阔的世界。"一个人的编年史"可以有无穷尽的续篇，我们有理由期待魏微的不断呈现。

[特约编辑：钟红明]

太白金星有点烦

马伯庸

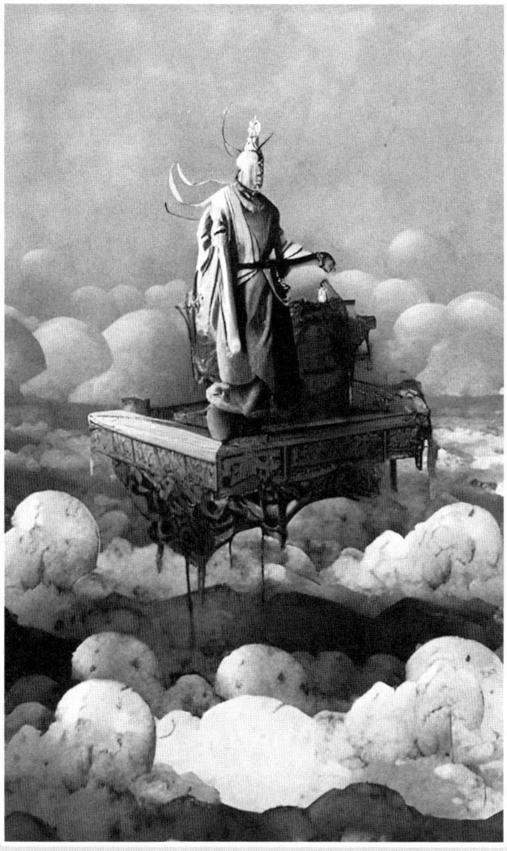

第一章

李长庚最近有点烦。

他满脑子都塞满了事情，骑在老鹤身上想着想着入了神。眼看快飞到启明殿，老鹤许是糊涂了，非但不减速，反而直直撞了过去。李长庚回过神来，连连挥动拂尘，它才急急一拍双翅，歪歪斜斜落在殿旁台阶上。

李长庚从鹤背上跳下来，猫腰检查了一下：台阶倒没坏，只是仙鹤的右翅被蹭掉了几根长羽。他有点心疼，这鹤太老了，再想长出新羽可不容易。

老鹤委屈地发出一声沙哑的鹤唳，李长庚拍拍它的头，叹了口气。这鹤自打飞升时就跟着他，如今寿元将尽，早没了当初的灵动高洁。同期飞升的神仙早换成了更威风的神兽坐骑，只有李长庚念旧，一直骑着这只老鹤四处奔波。

李长庚唤来一个仙童，把老鹤牵回禽舍，吩咐好生喂养，然后提着袍角，噔噔噔一口气跑进启明殿。他推门进殿，看到织女坐在桌子对面，正津津有味地盯着一面宝鉴，手里忙活着半件无缝天衣，眼看一截袖子织成形了。

"您回来啦？"织女头也没抬，专心看着宝鉴。

"嗯！回来了。"

李长庚端起童子早早泡好的茶，咕咚咕咚灌了半杯，直到茶水落进肚子里，他才品出来是仙露茶，呼吸登时一爽。仙露茶是上届蟠桃会西王母送的，三千年一采摘，三千年一炒青，他一直舍不得喝。没想到该死的童子居然拿这等好茶出来解渴，平白被自己的牛饮糟蹋了。

李长庚龇了龇牙花子，悻悻坐下，把一沓玉简文书从怀里取出来。织女忽然凑过来："您看见玄奘啦？"

"我这不刚从双叉岭回来嘛，就是去送他了。"

织女又问："俊俏不？"

"嗐，你都结婚了，还惦记一个和尚俊不俊俏干啥？"李长庚把脸一沉，织女撇撇嘴："结婚怎么了？结婚还不能欣赏俊俏后生啦？"她突然神秘兮兮道："哎哎，他真的是佛祖的二弟子金蝉子转世吗？"

李长庚面孔一板："你这听谁说的？"织女不屑道："太上老君啊。天庭早传遍啦，就您还当个事儿似的藏着掖着。"

"老君他就喜欢传八卦！"

"那就是有喽？"

李长庚不置可否："甭管人家什么出身，毕竟是有真本事的。这一世是大唐数得着的高僧，主持过长安水陆大会，大唐皇帝亲封的御弟。往前转生九世，每一世都是大善人，至今一点元阳未泄。"

听到"一点元阳未泄"六个字，织女"噗嗤"一乐："这也算优点哪？"

"怎么不算？说明人家一心扑在弘法大业上，要不西天取经怎么就选中他呢？"

"那直接接引成佛不好吗？何必非要从大唐走一趟？"

"宰相必起于州部，猛将必发于卒伍。不在红尘历练过一番，你成佛了也不能服众。佛祖这是用心良苦啊。"李长庚语重心长，见织女还没明白，不由得轻叹了一声。

织女这姑娘性格倒不坏，就是从小生

活太优渥了，有点不谙世事。她是西王母最小的女儿，先前跟一个牛郎跑了，还生了俩娃。她妈好说歹说把她劝回来，挂靠在启明殿混个闲职。李长庚从来不给她安排什么具体工作，还特意把座位放在自己对面。

李长庚觉得这是个教育的好机会，遂从玉简堆里抽出一枚，递给她看。这篇文书洋洋洒洒一大段，说佛祖在灵山盂兰盆会上敷演大法，指解源流，讲完之后颁下法旨，号召东土的善信们前来西天取回三藏真经，度化众生云云。

"这不是常见的套话吗？怎么了？"织女还是糊涂。

李长庚伸出指头一挑那落款："你看看哪儿发出来的？鹫峰，明白了吗？"

他在启明殿干了几千年，迎来送往各路神仙，早磨炼出一对火眼金睛。灵山的文书一般都是大雷音寺发出，这次却是发自佛祖的居所鹫峰，其中用意可就深了。

这份文书说是号召所有东土大德去西天取经，可两地相距十万八千里，寻常一个凡胎怎么可能走下来？光这一个条件，就刷下来九成九的大德，其实最后符合条件的，只可能是玄奘一个人。他西天取经走上这一趟，履历里增添一笔弘法功绩，将来成佛就能名正言顺。

听了李长庚的解说，织女啧啧了两声："那也是十万八千里呢，走下来也不容易了。你看我老公，每次让他在鹊桥上朝这边多挪两步，都嫌累……"李长庚干咳一声，表示不必分享这种隐私。织女又问："我听来听去，这都是灵山的事，怎么还轮到您下界张罗？"

灵山是释门所在，天庭是道门正统，彼此之间并无高下之分。一个东土和尚取经，让启明殿的老神仙忙活，连织女都看出来了有点古怪。

一提起这事，李长庚就气不打一处来，把茶杯往桌上一顿，开始向织女大倒起苦水来。

这事得从前两天说起。灵霄殿收到一封灵山文书，说今有东土大德一位，前往西天拜佛求经，要途经凡间诸国，请天庭帮忙照拂，还附了佛祖法旨在后面。

玉帝在文书下面旋了一个先天太极，未置一词，直接转发给了启明殿。

李长庚端着文书揣摩了半天，那太极图熠熠生出紫气，确是玉帝亲笔圈阅。只是阴阳二鱼循环往复，忽上忽下，很难判断陛下是同意还是不同意。还没等李长庚琢磨明白，观音大士已经找上门来了，说取经这件事，由她跟启明殿对接。

观音手里托着一个晶莹剔透的玉净瓶，满脸笑容，法相庄严。李长庚一见负责对接的是她，觉得哪里不太对。可他还没顾上细琢磨，大士已经热情地讲起来。

她说自己刚从长安回来，给玄奘送去锦襕袈裟一领、九环锡杖一根，造足了声势，现在四大部洲都在热议有位圣僧要万里迢迢去取真经。这次来启明殿，是要跟李仙师讨论下一步的安排。

李长庚顿时不乐意了，你都启动了才通知天庭，真把我当打杂的了？他打了个官腔："您看玉帝刚刚有批示，启明殿正在参悟其中玄机。"观音大士说："如是我闻。这件事佛祖已经跟玉帝讲过，两位都很重视。"

观音这句话讲得颇有禅机。"重视"这个词很含糊，同意也是重视，不同意也是重视，偏偏李长庚还不能去找玉帝讨个明确指示。他瞥了眼那两条阴阳鱼，依旧暧昧地追着彼此的尾巴，叹了口气，只好先应承下来。

"听说玄奘法师是佛祖的二弟子金蝉子转世？"他问。

观音拈指微笑，没有回答。李长庚看明白了，佛祖不希望把这一层身份摆在明面儿上，他遂改口道："大士希望启明殿怎么配合？"观音道："如是我闻。佛祖说：法不可轻传，玄奘这一路上须要经历磨难，彰显真经取之不易，反证向佛之心坚贞。至于具体如何渡劫，李仙师您是老资格，护法肯定比我们在行。"

观音一口一个"如是我闻"，李长庚分不出来哪些是佛祖的法旨，哪些是她的私货。不过重点他还是能抓得牢，灵山希望启明殿给玄奘安排一场劫难，以备日后揄扬之用。

须知，天道有常，无论是谁，只要你想攀登上境，都逃不过几场劫难的考验。比如玉帝，就是苦历一千七百五十劫，方才享受无极大道。但每个人造化不同，渡什么劫、如何渡劫、何时渡劫，变数极多，就算是大罗金仙也难以推算完全。所以启明殿有一项职责，为有根脚的神仙或凡人专门安排一场可控劫难——谓之"护法"，确保平稳渡劫，避免出现身死道消的情况。

李长庚长年干这个事，怀里揣着几十套护法锦囊，每一个锦囊里，都备有一套精细方略。什么悟道飞升、斩妖除魔、显圣点化、转世应厄……一应俱全。劫主选好锦囊，就不用操心其他了，启明殿会安排好一切，保证劫渡得既安全又方便，比渡野劫妥当多了。

这次灵山指名找太白金星给玄奘护法，自然也是这个目的。

李长庚不爽的是，长安城开场的风光让你们搞了，一踏上取经路要开始干脏活累活，才来找我。观音似乎没觉察他的不爽，笑眯眯道："如是我闻，能者多劳嘛。"李长庚打了个哈哈，说我回去参悟一下。观音大士催促说得尽快啊，玄奘很快便会离开长安。天上一日，人间一年，转眼的事儿。

李长庚没奈何，转身就走。观音忽然又把他叫住："李仙师，我忘了说了：玄奘这些年精研佛法，于斗战一道不行，您安排的时候多考虑一下哈，别让他亲自打打杀杀，不体面。"

李长庚皱皱眉头，要求还真不少！不过他长年护法，什么奇葩要求没见过？也不争辩，匆匆下凡忙活起来。

护法这活儿他经验丰富，难不算难，就是琐碎。妖怪是雇当地的还是从天庭借调？渡劫场地是租一个还是临时搭建？给凡人传话是托梦还是派个化身？渡劫时要不要加祥云、华光的效果？如果要调用神霄五雷，还得跟玉清府雷部去提前订……一场劫难的护法，往往牵涉十几处仙衙的配合，也只有启明殿能协调得了。

这次考虑到玄奘不想斗战，李长庚选了个"逢凶化吉"的锦囊。这锦囊的方略很简单："妖怪把劫主抓回洞中，百般威胁，劫主坚贞不屈，感化了高人闻讯赶到，解救劫主。"

这个锦囊方略有些单调，但优点是简单，劫主大部分时间呆着就行。李长庚这么多年做下来，深知护法的重点是什么，不要搞什么新鲜创意，稳妥第一。

他选择的应劫之地，是河州卫福原寺附近的山中，这里是取经必经之途。为此李长庚招募了熊山君、特处士、寅将军三个当地妖怪，面授机宜，按照台本排练了一阵，各自就位。

李长庚算算日子，玄奘也该过福原寺了，便骑着老鹤去相迎，没想到一看取经队伍，眼前不由一黑。

观音明明说玄奘一人单骑，可他身边明明跟着两个凡人随从。这也还罢了，此刻在长老头顶十丈的半空中，乌泱乌泱簇拥着一大堆神祇，计有四值功曹、五方揭谛、六丁六甲、一十八位护教伽蓝，足足三十九尊大神，黑压压的一片。

李长庚赶紧飞过去，问他们怎么回事？这些神祇转过脸去，只是不理人。李长庚赶紧给观音发了飞符询问，半天，观音才回了八个字："如是我闻，大雷音寺。"

观音没多解释，但李长庚听懂了。取经是鹫峰安排的活动，大雷音寺作为灵山正庙，自然要派员全程监督。而天庭既然也参与进来，势必也要安排自家的眼线。

李长庚可以想象整个过程：灵山开始只让观音前来，没想到天庭派了四值功曹；灵山一看，不行，必须要在数量上压一头，找了五方揭谛；天庭本着制衡原则，又调来了六丁六甲；然后灵山一口气添加了一十八位护教伽蓝……就这么你追加两个，我增调一双，膨胀成一支超出取经人员几十倍的随行监督队伍。

他看了看那三十九号神仙，心想算了，只要他们不干涉渡劫，就一并招待了吧。可问题是，这次护法得持续一个昼夜，总得管这三十九位神仙的住宿。

四值功曹和六丁六甲是天庭出身，每天得打坐修行，打坐的洞府每人一个，附近须有甘泉、古树、藤萝，古树不得少于千年，藤萝不得短于十丈；五方揭谛和护教伽蓝是灵山的，不追求俗饰，但每日要受香火，脂油蜡烛还不成，得是素烛。

光是安排这些后勤，李长庚便忙得晕头转向。好不容易安顿好，又出问题了。

那三只野妖怪看见玄奘出现，正要按方略动手，一抬头看到几十个神仙浮在半空，人手一个小本本往下面盯着，吓得就地一滚，现出原形，筛糠似的死活不起身。

李长庚驾云过去问怎么回事？神祇们说要全程记录劫难过程，这是佛祖和玉帝交代的。他没办法，转头好说歹说，说服三只妖怪重新变成人形，战战兢兢把玄奘给请进了虎穴。只是这三只妖怪吓得六神无主，演技僵硬尴尬，还得靠李长庚全程隐身提词儿。

玄奘全程面无表情，光头上的青筋微微绽起，显然很是不满。

李长庚一看不对，匆匆让他们演完，拽着玄奘出了坑坎，走上大路。玄奘勉强摆了个姿势，让半空的护教伽蓝照影留痕，然后一言不发，跨上马扬长而去，连那两个凡人随从都不要了。李长庚在后头云端跟着，一直到确认他在双叉岭跟刘伯钦接上头，这才赶回天庭。

"……你说说，这都叫什么烂事儿！"

李长庚把事情来龙去脉讲了一通儿，一抬头，发现对面桌子早没人了。再一看时间，嘿，未时已过。

织女当初私奔之后，生了一对龙凤胎。后来她被西王母抓回来，孩子是男方在带。如今牛郎与丈母娘关系缓和，西王母就用资助乞巧节的名目，特批了几十万只喜鹊，让他们每年聚一次。天上一日，凡间一年，织女每天都准点下班，去和老公孩子相会，小日子过得美满充实。

启明殿里变得静悄悄的，就剩下他一个人。李长庚把剩下的仙露茶一饮而尽，织女能准点下班，他可不能。

183

三个野妖怪的酬劳、虎穴的租赁钱，都得尽快提交造销。天庭这方面管得很严格，过了一年——人间的一年——就不给报了。每次往财神那儿送单子稍微晚一点，赵公明的脸拉得比他胯下的黑虎还黑。

　　但那三十九位神祇的接待费用，就没法报了。人家不承认是护送玄奘的，师出无名，幸亏李长庚有经验，提前预支了一笔备用金，回头想办法找个名目从里面扣吧。正好他的老鹤今天也受了伤，说不定能顺便做点营养费出来。

　　除了造销，他还得为今天这场劫难写一张揭帖。这揭帖将来要传去四方三界，以示揄扬。

　　其实灵霄殿有专门的笔杆子，不过魁星、文曲那些人懒得出奇，只会不停地找启明殿要东西。与其让他们弄，还不如自己先写好方便。

　　李长庚捋了一遍今天加班要做的事，觉得头脑昏沉。他吞下一粒醒神丹，麻木地翻动着筐里厚厚的一叠玉简，忽然殿外传来一阵隐隐的轰鸣声，整个大殿都晃得有些不稳，那一摞玉简"咣当"砸在地板上。

　　李长庚一惊，这轰鸣声似乎是从东方下界传来，可什么样的动静，才能让灵霄殿都晃动不止啊？难道又有大妖出世？

　　不过这种事自有千里眼、顺风耳负责。他为仙这么久，知道不该问的事别自己瞎打听，便勉强按下好奇心，俯身把洒了一地的玉简捡起来。他捡着捡着，忽然发现一枚刚写了一半的籀文奏表，心中不由一漾。

　　李长庚的修仙之途蹉跎很久了，启明殿主听着风光，其实工作琐碎至极，全是迎来送往的杂事闲事，实在劳心劳神，根本没什么时间修持。他一心想再进步一下，修成金仙，可不知为何，心神里始终卡着一息窒涩，怎么也化不掉，境界始终上不去。

　　其实他原本已不抱什么希望，打算到了年限便去做个散仙，朝游苍梧暮北海，不失为美事。可五百年前天庭生过一场大乱，空出几个大罗金仙的编制。李长庚发现自己资历早够了，只要境界上去，便可以争上一争。

　　一股淡淡的热意，涌上心头。李长庚强迫自己回到眼前的揭帖中来，说不定这次做好了，念头通达，金仙之籍近在咫尺。

　　这揭帖的写法颇有讲究，绝不能提护法的事，只能说劫主偶感天机，毅然渡劫——尽管大家都明白怎么回事，但必须这么说——揭帖的揄扬重点，也不在渡劫过程，而在提炼出其中奥义：这一劫体现出了劫主的何种求道品性、感悟出了天道何种玄妙云云。

　　渡劫的意义不在"劫"，而在"渡"。换一个没点境界的神仙来写，根本写不到点儿上。

　　李长庚凝神专注，唰唰唰把揭帖一口气写完，思忖再三，提笔在揭帖上方拟定了一个标题：《大德轮回不息，求真不止》。

　　李长庚看了看，把"轮回不息"四个字删了，太被动，改成"修行不息"；再看了一遍，又给"大德"加了个定语——东土大德，这样能同时体现出天庭和灵山的作用；第三遍审视，李长庚又添加了"历劫"二字。可他怎么读，怎么觉得心里不踏实，拿出那封鹫峰的通报细细一琢磨，发现自己果然犯错误了。

　　佛祖云："法不可轻传"——不是"不传"，而是"不可轻传"，强调的是"不可轻",所以重点终究要落在最后一个"传"字上。也就是说,核心不是劫难,而是如何克服劫难,这才是弘法之真意。他勾勾抹抹,把"历劫"改成了"克劫",又想起那三十九位神祇的关心,添了"孤身上路"。

可他改完再通读一遍,发现整个标题实在太冗长了……李长庚冥思苦想了半宿,索性统统删掉,另外写下六个字:"敢问路在何方"。

这回差不多了。李长庚左看看,右看看,颇为自得。这标题文采不见得好,胜在四平八稳,信息量大,方方面面都照顾到了。他相信即使是魁星、文曲那一班人,也挑不出毛病。

接着李长庚又熟练地在开头结尾加了"山大的福缘,海深的善庆"之类的套话,调了一遍格式,这才算完成,发给观音。

忙完这些,李长庚长长打了个呵欠,觉得疲惫不堪。凡夫俗子总觉得神仙不会犯困,这是愚见。神仙干人事不会累,如果干的是仙事,一样会消耗心神。他本来想再干一会儿,可脑子实在太沉,得回洞府打坐一阵才能恢复。

李长庚收拾好东西,离开启明殿,刚把老鹤唤出,看门的王灵官忽然走过来:"老李,南天门外有人找你。"

"谁呀?"李长庚一怔。

王灵官耸耸肩:"还能有谁?告御状的呗。"

人间常有些散仙野妖,受了冤屈无处申诉,要来天庭击鼓鸣冤。玉帝有好生之德,不好统统拒之门外,索性给启明殿多加了个职责,接待这些苦主。李长庚原本还一个一个细心询问,后来接待得太多,觉得许多诉求也实属荒唐,此后便一律转回苦主原界处理。

他一听说是告御状的,头也不抬:"我下班了,让他明天再来吧。"王灵官苦笑道:"寻常的我早打发了,这个在这里呆了快小一个月,就是不肯走,特别能熬——而且吧,这人有点特别。"他眨眨眼睛,李长庚起了好奇心。

两人出了南天门,只见一个瘦小的身影腾地从大门柱旁跳出来。李长庚一看那猴子身形,心跳先停了半拍。

孙悟空?

那家伙不是被压在五行山下了吗?

再仔细一看,相貌有微妙差异。这一只有六个耳朵,像花环一样围脑袋一圈,而且神情畏畏缩缩的,全不似那只猴子气焰嚣张。它见了太白金星,赶紧作揖打拱。李长庚懒得再开启明殿,索性就站在南天门前问:"你叫什么名字?所诉何事?"

"小妖叫六耳猕猴,为替名篡命事请天庭主持公道。"

小猴子总算等到一位管事的人,哪敢怠慢,快嘴快舌把自己的事情一股脑儿说了。

原来这个六耳猕猴本是个野猴精,一直在山中潜心修行,一心想走飞升的正途。要知道,妖、怪、精、灵这四种身份,不在六合之内,想位列仙班难度极高。首先得拜一位正道仙师,有了修行出身,才有机会飞升。

六耳猕猴要投的仙师,乃是灵台方寸山斜月三星洞的须菩提祖师。资质、悟性、根骨、缘法都验过了,可等了良久也不见消息。六耳以为须菩提祖师终究瞧不上妖属,灰心丧气之下,便转修了妖法。这些年来倒也过得逍遥自在,只是仙途就此断绝,未免耿耿于怀。

185

有一日，他偶遇一个道人，自称是须菩提祖师门下弟子。两人攀谈一番，六耳才知道同一年祖师收了一只灵明石猴，颇得青睐，还得了个法名叫"悟空"。师兄弟之间盛传师尊曾半夜授法，让悟空得见真传。只是离开的时候，祖师不许他在外面说出师承，颇为古怪。

六耳大惑，又去查探了一番，发现这悟空后来闯入阴曹地府，把猴属的生死簿子全给勾了，这就更古怪了。悟空这一闹，连阳寿都算不清，更别说查证是哪年去投的祖师。

六耳疑心自己当年是被这灵明石猴顶替了身份，做了祖师的弟子，事后还去地府湮灭证据。他心中不忿，这才决心上天庭来告御状。

讲完以后，他从耳朵里掏出一圈纸，上头密密麻麻写着好多字。李长庚听完这一篇长长诉状，心中暗暗纳罕。孙悟空那猴子他熟悉得很，两次做官都是他引荐的，没想到还有这等隐情。他呵呵一笑，对六耳道："孙悟空犯了事，已经被压到五行山下了，这你知道吧？"

六耳一点头："我也不要他如何，只想自家重拜入祖师门下，化去横骨，从头修行，把这几百年平白丢了的光阴补回来。求仙师给个公平，求仙师给个公平。"说到最后，猴子双目含泪，连连作揖。

其实就算天庭批准，他从妖法再转修仙，也是千难万难。不过李长庚见他面容枯槁，不忍说破，只含糊道："我会转给有关衙署，查实后尽快通知你。"六耳千恩万谢，高高兴兴离去南天门。

李长庚揣起六耳的诉状，拜别了王灵官，驾起老鹤朝着自家洞府飞去。飞到一半，突然一封传信送过来，是天庭的内部通报，说下界大唐与鞑靼边境两界山有震动。

李长庚吓了一大跳，那两界山又叫五行山，山下镇压的可不是一般人，刚才那震动，莫非是妖猴越狱不成？

李长庚正琢磨着要不要回转启明殿，提前准备一下，忽然接到观音飞符传信，说给你同步一下最新情况哈，玄奘刚收了个徒弟叫孙悟空，资料先发给你。

李长庚打开一看，不由脱口喊了一声："无量天尊！"

第 二 章

"孙悟空"这个名字，别人不熟，他李长庚可太了解了。

当年那一只石猴出世，从弼马温到齐天大圣，可都是他一手运作出来的。眼看一桩招安的大功要到手，谁知猴子不识趣，搅得整个天庭都乱了套，最后被佛祖压在五行山下，算来已经有五百年了。

如今佛祖要把这家伙放出来，到底是什么用意？就不怕那猴子脾气上来，一棍子把玄奘打死？更何况这么大事，观音为什么之前不跟自己说？

李长庚恼怒了一阵，气稍微顺了。自己的工作已经完成，他们爱收谁当徒弟就收，和启明殿没什么关系。他忽然想起那只瘦小的六耳猴子的背影，摸摸怀里这张诉状，不由得轻轻嗟叹了一声。一个时辰之前，六耳这个诉求也许还有解决的可能，但现在孙悟空被玄奘收为弟子，形势就变了。

"算了，他一只修习了妖法的猴子，就算拜在须菩提祖师门下，也不会有什么成就。拖一拖，他就该知趣回归洞府了。"李长庚心想。

这时他腰间笏板响动，原来又是观音传音过来。李长庚把诉状随手放回袖中，收回心思。观音一开口就表扬："李仙师，揭帖我看完了，写得精彩，到底是老资格，周到严谨，咱们再接再厉。"

李长庚眉头一皱，觉得话茬儿不对，观音主动又说："忘了跟你详细说了，佛祖觉得玄奘这次取经意义重大，所以给的劫难定量是九九八十一难，咱们接下来还得多多努力。"

李长庚眼前一黑，啥玩意儿？还得搞八十次？疯了吧？

观音赶紧宽慰："这个定量标准吧，还是有弹性的，算法可以微调。咱们可以从玄奘出生……不对，从金蝉子被贬开始算起。我帮你数数啊，金蝉遭贬第一难，出胎几杀第二难，满月抛江第三难，寻亲报冤第四难。然后老李你安排的那一难，可以拆成'出城逢虎'和'折从落坑'两难——你瞧，一下子六难就过去了不是？"

李长庚听了，心情稍微好点，可再一琢磨，不对啊！取经明明是灵山的事，我就是帮忙协调而已，怎么听起来接下来的活儿全算我头上了？他还没开口质问，观音已抢先说："佛祖对那篇揭帖很是欣赏，已传抄诸天佛陀、菩萨、罗汉，诸比丘、比丘尼等，无不欢喜赞叹，齐颂殊胜。"

李长庚一听这句，心中登时一沉：糟糕！着了她的道儿了。

观音肯定早知道佛祖定的量是八十一难，却只跟李长庚透露一难。他本以为是临时帮一个小忙，谁知道揭帖一发，所有人都知道这一劫是你太白金星护法，接下来的事儿自然还是你负责。

回想刚才观音还推心置腹地帮着计算劫难数量，李长庚一阵气苦。合着你是帮我解决了一个本不存在的困难，送了一个本来不需要的人情……怪不得满天神佛个个清净无为、不昧诸缘，只有不主动做事，才不会沾染因果啊。

观音见李长庚久久不回话，知道他心里愤愤，主动道："李先师，您这护法精彩之至，可见悟法精深，将来得证金仙，可别忘了请我吃杯素酒。"这句话恰好搔到了李长庚的痒处。事已至此，只能好好表现，做出点成绩来，争取把金仙境界修上去，于是他矜持地回了一声"哦"。

观音赶紧顺毛捋："你放心，这是咱俩的事，不会让你一个人独扛。老李你赶紧回去歇着吧，后头几难我来负责。"她这么殷勤地主动揽活儿，连称呼都从"李仙师"变成"老李"了，李长庚一时倒不好意思说什么了，默默收好飞符，骑鹤径自回了九刹山。

这是天庭分配的洞天福地，周围不算太大，好在险峰幽壑、珠树琼林一样不缺。唯一的瑕疵是年头长了点，不是瀑布偶尔断流，就是岩洞间塌方，小毛病不断。

李长庚进了洞府，先给老鹤洗刷了一下羽毛，脱下道袍捏了个去尘咒。无意中一抬头，发现穹顶微微有些水珠，想必是岩间灵泉渗漏下来的。他跟山神提了几次了，对方只是敷衍地弄了个辟水珠挂在上头，至今还没派力士来修。

忙完这些事，李长庚撕开灵芝吃了几口，趺坐在蒲团上。谁知一个小周天还没搬运完，头上闪光，这是有消息过来了。

飞符化成一团光不停盘旋，就是不凝实降下。李长庚叹了口气，他这个洞府是在诸峰林壑的最深处，固然幽静，但飞符却不易感应，只有攀到山顶才能凝实。

他有心明天再收，可脑子里总惦记着，索性捶捶腿下了蒲团，吭哧吭哧爬到九刹山顶。登顶的一瞬间，团团光华闪耀不休，仙意宛然，观音发来的飞符一口气全收下来了。

第一条是："老李，双叉岭上玄奘遇见刘伯钦之前，遇到过一头老虎，我登记成第七难了。"

第二条："老李，两界山玄奘收孙悟空当弟子的事，我登记成第八难了。附件是揭帖，你看看。"

第三条："西海龙王说他们家三太子主动要求锻炼，我安排他去了鹰愁涧，先吃了玄奘的白马，这样咱们第九难也有了，再罚他去顶替坐骑。"

第四条："累死了，先沐浴。第十难看老李你发挥啦，跟第九难的间隔别太远哈。"

第五条："对了，孙悟空斗战不错，咱们接下来的护法方略，可以再大胆一些。"

李长庚松了口气，这一转眼就推进到第九难，速度还挺快。他回了一句"保重仙体"，然后溜达回洞府，盘膝坐下读五行山的揭帖。

观音这篇揭帖写得花团锦簇，主旨大赞佛法无边，浪子回头。揭帖还配了一张图影：只见一只猴子头戴金箍，跪在玄奘面前，玄奘合十诵经，面色虔诚。

李长庚看了几眼，用词浮夸了点，但没什么大问题，便搁在一旁，继续修炼。搬运了三个周天之后，李长庚灵台清澈，心境上仿佛有一层淡尘被拂开，突然咂出点不一样的味道。

瞧瞧观音张罗的这些事：先去长安送了玄奘袈裟、锡杖，然后让刘伯钦提供接待，接着安排了孙悟空当徒弟，又牵线让龙王三太子当坐骑——好嘛，她经手的说是劫难，其实全是给玄奘送好处的。

光是抢功也就算了，关键她还藏着掖着，不提前沟通，造成李长庚很是被动。

要知道，护法锦囊都是按人头设计的，人数不同，做法迥异。原本李长庚精心挑选了一系列不必斗战的一人用锦囊，现在观音不打招呼就加了一只妖猴一条龙进去，等于之前拟定的方略全数废了，要重新做调整！

怪不得她鼓励自己要大胆一点，合着又是一堆额外工作。

李长庚想到这里，登时连搬运都没心情了。所有的便宜人情，都是她的；所有吃力不讨好的差事倒让我来。她居然还好意思发飞符过来表功，说得好像是照顾我似的。

他差点就要再爬上山头去发飞符骂人，可一转念，能骂什么呢？人家观音做的事冠冕堂皇，就算闹到佛祖和玉帝面前，也挑不出错儿，反显得自己修为不够。

这是真正的高手，让你吃个哑巴亏，还得受着人情。

可李长庚知道，这事儿不能就这么算了。仙界讲究"道法自然"，什么叫自然？天压着地，高压着低，你忍让了一次，人家就会顺势蹬鼻子上脸。

他回到洞府取出舆图，在唐僧预定路线上搜来寻去。观瞧片刻，突然眼睛一亮，当即唤来老鹤径直下凡而去。

他估算一下玄奘脚程，驾鹤先到了西番哈密国境内，很快看到玄奘与孙悟空站在一户人家的院子里，旁边是白龙马，一个老者手捧着一套宝光星闪的鞍鞯、辔头、缰笼等物，正作势送出。玄奘微微点头，神情矜持，一副理所当然的样子，悟空在一旁抱臂冷笑。

别人瞧不出，李长庚可是一眼看破，哪个凡人家里会有这等宝物？那老头儿明明就是珞珈山的山神所变。珞珈山是观音道场，不用问，这事自然又是出自她的安排。她今晚没跟李长庚提过，说明这不算作八十一难之一，只是私下里的照顾。

你瞧那三十九位紧随着玄奘的神祇，这会儿可都不在附近。

李长庚微微皱眉，若不是他心血来潮提前赶来，这一桩隐秘安排都没人知道。他再看过去，孙悟空伸手挖了挖耳朵，仿佛对这一套厌倦得很。

自从孙悟空被压在五行山下，这还是李长庚第一次再见。这猴子不复当年狂放嚣张的姿态，只是眉宇间多了一股冷意，仿佛断绝了一切世间因果，不在三界之中。李长庚只见过一次类似的眼神，那是填在北海眼里的申公豹，也是这样的眼神。

孙悟空似乎感应到什么，抬头朝半空看去，李长庚赶紧躲入云中。猴子重新把视线放回远处，但聚焦处依旧是虚空。

那边老头见玄奘把装备都装到白龙马身上了，忽然浮到半空，现出真身："圣僧，多简慢你。我是珞珈山山神、土地，蒙菩萨差送鞍辔与汝等。汝等可努力西行，切莫一时怠慢。"

李长庚气得鼻子都歪了，你既然要送个明白人情，那前头何必装什么凡人呢？他实在懒得往下看了，直接驾鹤离开，按照原来的计划朝西边飞去。

风呼呼地在李长庚耳边吹着，脑海怎么也忘不掉孙悟空刚才那空虚的一瞥。整个天庭，他算是跟孙悟空最熟的几个人之一。李长庚很好奇：孙悟空那个桀骜不驯的性格，原来让他在玉帝前叩个头都难，这次猴子怎么如此乖顺地成了取经人？观音到底是如何说服他的？

想了半天，李长庚也没想出个子丑寅卯。这时老鹤一声清唳，把他的思绪拽了回来。李长庚往下方一看，和舆图显示的一样，下方山中坐落着一处禅院，名叫观音禅院。

"你既然让我负责第十难，那么玄奘遇到什么劫难，可就怪不得我了。"李长庚"嘿嘿"一笑，施展神通，以禅院为中心开始扫视方圆百里。

扫来扫去，真让他找到一只妖精。这是一头黑熊精，正在自家洞府里闭目修炼。李长庚懒得搞化身那一套虚头，直接飘进了洞府之内。

这只黑熊精皮毛滞涩，形销骨立，可见修炼得十分辛苦。他忽然看到一位仙人出现在眼前，吓得赶紧下拜。李长庚亲切地把他搀起来，随口询问。黑熊精略带羞涩地说他已成精四百五十多年，如今正努力化去横骨，再熬个五十年就够成仙的资格了。

黑熊精一脸憧憬的神情，让李长庚不期然想起了六耳猕猴。他咳了一声，说位列仙班可没那么容易的，但若你能配合我的工作，位列仙门还是有机会的。

黑熊精大喜过望，翻身便拜。李长庚微微一笑，说你附耳过来，然后细细交代了一通。黑熊精听得十分仔细，连连称是。

安顿完之后，李长庚拂尘一摆，又降去了观音禅院，仔细安排了一番，眼见着玄奘他们进了禅院休息，这才驾鹤回了九刹山。次日一早，他刚到启明殿，观音已经气急败坏找上门来。

"老李！你这第十难怎么回事？"

李长庚装糊涂："就是按锦囊方略来的呀。我这次选的叫自作自受，安排了金池长老觊觎袈裟，纵火烧禅院，孙悟空借了广目天王的辟火罩……"

观音板着脸道："你这一难的设计，干吗要用那件锦襕袈裟？袈裟乃是佛祖亲赐，万一有个闪失可怎么办？"李长庚知道她是存心找碴儿，一拍胸脯："大士放心，锦襕袈裟只是假丢，我派专人看着呢，不会出问题。"观音一计不成，又挑一刺儿："还有啊，你为什么安排孙悟空去找广目天王借辟火罩？简直是画蛇添足！齐天大圣那么大能耐，至于连一把火都解决不了么？您是老资格，怎么会犯这种错误？别人会说我们这一劫渡得太假了，到时候影响了玄奘不说，连佛祖也会尴尬。"

李长庚淡淡道："灵山和天庭对取经大业都很重视，都要体现出关心，这不是您说的嘛。"

广目天王的职务在南天门，李长庚这一手安排看似多余，其实是向观音点了一下立场——我启明殿是天庭的衙署，有自己的想法，可不是你珞珈山的跟班。

偏偏观音没法在这上面纠缠，总不能说天庭不配吧？她还想再挑辟火罩的毛病，可转念一想，广目天王虽说在天庭供职，出身却是释门，她如果继续质疑，就是打自家耳光了——看来这老神仙绝对是处心积虑，要不天庭那么多有防火法宝的神祇，怎么独独去找广目借呢？

观音咬了咬嘴唇，一跺脚，终于说了实话："李仙师，你这一难安排在哪儿不好，干吗选一个叫观音禅院的地方！起贪心的还是禅院长老，这不是抹黑我吗？"

李长庚心里乐开花，面上却一脸无辜："您看看舆图，玄奘一过西番国，下一站可不就在观音禅院？可是您交代的，说第九难第十难间隔不要太远。"

观音被这一席话噎得哑口无言，活活憋出了青颈法相。李长庚见她哑口无言，笑道："没啥事我就去殿里啦，这一劫的揭帖还得写呢。"观音大惊，赶紧拦住他："老李，缓一缓，缓一缓，这揭帖暂时不能发，真的有损我的名誉啊。"

李长庚故作惊讶："怎么会？这是观音禅院出的事，又不是观音大士您。"观音急道："哎呀，仙界什么样你还能不知道？万一被兜率宫的老君藏头去尾、添油加醋一转，就成了我观音指使偷窃袈裟了！"

"嗐，实在不行，再出个澄清声明嘛。"李长庚说。观音差点摔了玉净瓶："谁会看那玩意儿！西王母当年发了多少声明说猴子在蟠桃园只偷过桃，有用吗？老李，你这篇揭帖必须撤下来，不然我去灵霄宝殿说个分明！"

见她开始口不择言了，李长庚不慌不忙亮出一份文书："不劳你去灵霄殿，陛下早有批示。"观音盯着末尾那先天太极看了一阵儿，气呼呼道："我是释门中人，不懂你们道门的暗语。"李长庚说："您看这个太极，阴阳二鱼首尾相衔，周转不休。什么意思呢？这是陛下教诲我等，咱们做事啊，不能顾头不顾腚。"

观音这才意识到，能在启明殿干了这么多年的，怎么可能是个单纯的老实人？

她迅速调整了一下法相，换成合掌观音，赔着笑脸说："之前事情多，没顾上沟通，是我不好。接下来的护法方略，大家群策群力，一起商量着来。不过这篇揭帖

190

真的影响太坏了，还请老李多帮帮忙。"

李长庚见火候差不多了，慢条斯理道："其实嘛，倒也不是没办法补救。"观音一听，赶紧请教。李长庚道："前头观音禅院的事都演完了，改不得，不过我认识附近一头黑熊精，他愿意背这个锅。咱们可以说袈裟是他偷走的，这样就跟观音禅院没关系了。再让孙悟空跟黑熊精斗一斗，最后玄奘出面把他收服做个弟子，如此一来，既有了劫难经历，又显出慈悲为怀，皆大欢喜。"

观音大惊："这使不得，使不得，怎么能让玄奘收妖精做徒弟呢？"李长庚不解道："孙悟空不也收了吗？猴子和黑熊，能有多大区别？"观音头摇得像一个转经筒："玄奘取经，收多少徒弟皆有定数。黑熊精缘法够了，可惜造化未至。"

李长庚冷笑起来。三千大道，只这一个"缘"字最为缥缈玄妙，说缘法上可以，意思是不可以；说缘法上不可以，反倒是可以。所以满天神佛都爱用这词儿来推搪敷衍。

他也不言语，端起茶碗，笑眯眯看着观音。观音脸色变了变，一咬牙，说灵山我做不了主，珞珈山的差事行不行？李长庚"嗐"了一声，说黑熊精一心向佛，在哪里做事都是修行。

"那这揭帖……"观音试探着问。

"我还有别的事忙，要不您受累给写了吧。"

观音这才大大地松了一口气，转身登云离开。李长庚心头大畅，唤来仙童给自己沏上一杯仙露茶，美美地品上一口。念头通达了，连茶味都感觉更醇厚灵澈。

过不多时，观音自己把拟好的揭帖发过来。李长庚盘腿在蒲团上坐下，先不急不忙冥想了一阵，这才嘬着茶叶，欣赏起这篇揭帖。内容和他猜得差不多：金池长老觊觎袈裟，纵火烧禅院；黑熊精趁乱窃走袈裟；观音化身凌虚子，收服黑熊精，为此还舍出一个金箍去。

观音还不忘在揭帖的结尾拔高了一下，说之所以收了这妖，是因为他诚心皈依，顽性早定，还附了几句诗："普济世人垂悯恤，遍观法界现金莲。今来多为传经意，此去原无落点瑕"云云——算是把观音禅院的负面影响勉强遮过去了。

李长庚感慨之余，也是暗暗钦佩。观音到底是个巧立名目的高手，居然把山神的差事一拆为二，把黑熊精安排成珞珈山后山的山神。既不必额外增加一个仙门名额，也解决了安置问题。他再翻后面，那一场劫难，也是被观音分拆成了"夜被火烧"和"失却袈裟"两难，进度又推进了一小截。

这一回观音吃了个哑巴亏，一想到她脖子都气青的模样，老李心里舒服多了。他报着仙露茶，忽又回想起观音刚才的话："玄奘收徒，皆有定数"，不由得沉吟起来。

看来上头对玄奘取经这事，还有后续安排啊。

玄奘将来预定是要成佛的，那么作为随行人员，起码一个罗汉位是有的。西海龙王那个三太子，观音只能把他以"坐骑"名义塞进队伍，做不得正选弟子，足见这名额之贵重。

眼下取经队伍里只有一个徒弟，那么玄奘接下来还收不收？收几个？

参悟着这一番因果，李长庚突然怔了怔，当即跌坐闭目。只见一团团五彩祥云纷涌浮现，翻卷缭绕，霞光明灭不休。童子们知道，这是老神仙突感天机，潜心悟道，都不敢打扰，纷纷退出启明殿。

不过短短一炷香的光景，李长庚缓缓睁开双眼，发出一声清朗长笑，起身大袖一卷，满屋云霭顿时收入袖中。玄奘取经这事，他原本只有满腹怨气，至此方有明悟："你做初一，我做十五，你可以赚尽好处，为何我不能从中分一杯羹？天予弗取，反受其咎；时至不行，反受其殃！"

他从蒲团上起身，抬手给观音发了张飞符："玄奘既得了高徒，后续揭帖里，是否要多体现一下携手共进之精神？"

观音很快回复："好。"

"锦囊还按原来的标准？"他又问。

观音回了个拈花的手势。

看得出，观音对这个话题很谨慎，一个字都不肯多说。不过对李长庚来说，足够了。

观音八成是在沐浴。一个人在泡澡时，最容易放松警惕，哪怕一个"哦"，都会透露出很多不该透露的信息。

仙界的揭帖用词，向来讲究严谨。师徒尊卑有别，绝不能用"携手共进"来形容，这词只用于形容身份相当的合作。观音说可用，说明玄奘除了悟空，肯定还要收别的弟子。

而根据李长庚的经验，如果一次渡劫的劫主超过四位，复杂度变高，得另外换成大锦囊才行，他印象里只有八仙过海那次动用过。观音既然说锦囊不用换，可见玄奘的正选弟子名额最多三个，与玄奘凑成四人队伍，卡在小锦囊的使用上限。

观音说"玄奘收徒，皆有定数"，却没用"如是我闻"当前缀，说明除了孙悟空之外，其他名额佛祖并没指定，而是灵山的其他大能各显神通。至于缘落谁家就不知道了，大雷音寺还没公示。

没公示最好，这样大家就有机会争上一争！

老神仙感觉自己卡在关隘的心境，终于久违地松动了几分，隐隐触到了金仙的境界。一念及此，太白金星当即从蒲团上爬起来，一摆拂尘，兴冲冲去了兜率宫。

第 三 章

兜率宫里，太上老君正坐在炼丹炉旁，一边盘着金刚琢，一边和金银两个童子和青牛聊着八卦。李长庚一脚迈进去，问你们聊什么呢？太上老君一见是他，大喜过望，拽他过去压低声音："哎哎，你听说了吗？二十八星宿里那个奎木狼，跟披香殿的一个侍香的玉女勾搭上了，在殿内做了许多不堪之事，啧啧，那叫一个香艳。"旁边金银二童子你一言我一语，补充细节，说得活灵活现，好似现场看到一样。

李长庚微微眯眼："连兜率宫都知道了，那岂不是整个天庭都传遍了？后来呢？"太上老君拿袍袖假意一挡，却挡不住双眼放光："这事我只跟你讲，你可别告诉别人。"不待李长庚回答，太上老君迫不及待道："我听南天门传来的消息：奎木郎一见奸情败露，生怕玉帝责罚，直接裹挟了玉女下凡私奔去了。这个没确认，别瞎传啊。"

李长庚陪笑了几句，装作不经意道："也怪不得他们要跑，上一次类似的事你们还记得吧？广寒宫那次。"太上老君连连点头："记得记得，天蓬元帅嘛，酒醉骚扰人家嫦娥，在广寒宫内做了许多不堪之……"李长庚见他嘴有点瓢，赶紧拦住："老君你别瞎讲，未遂，那是未遂，别坏了人家广寒仙子名节。"

太上老君道："都这么传的嘛，反正天蓬最后被玉帝送上斩仙台，差点砍了脑袋，说明这事肯定不小，不然何至于死刑——我记得，还是太白金星你出面求的情，才改判打落凡间吧？你俩这么好交情？"

李长庚道："嘻，我那也是惜才嘛。对了，顺便多问一句，天蓬打落凡间之后，那把上宝沁金耙，在老君你这儿吧？"老君一怔："没有啊，怎么了？"李长庚奇道："当初这钉耙是老君你亲自锻造，按规矩，天蓬下凡，这耙子应该归还兜率宫吧？"老君把脸一沉："天蓬他下界时根本没来交接，也没人查问，不信你自己查。"

他让金银二童子把兜率宫的宝库账簿取来，李长庚随便翻了几页，确实没有，心里有数了，便起身告辞。太上老君还想扯着他打听两句玄奘的事，结果他跨上老鹤，直接飞走了。

老君悻悻转身，一脸不满足地把账簿合上，叮嘱两个童子道："你们再去检查一次宝库，咱们兜率宫的宝贝多，别稀里糊涂被人顺走几件。"金银二童子和青牛都笑："老君太小心了，这里的宝贝，哪里是外人能盗走的。"

老君一想也是，把金刚琢又盘了几圈，随手挂在青牛角上，继续去炼丹了。

且说李长庚离开兜率宫，先去清吏司里查了下界名册，然后直奔人间，到了一处叫浮屠山的地界。这里有个洞府，他拿符纸化出一个黄巾力士，上前砸门。没砸几下，洞内突然传来一声嘶吼，只见一头面相凶恶的野猪精跳将出来，手握一把金灿灿的九齿钉耙，只轻轻一筑，便把黄巾力士砸了个粉碎。

李长庚眼前一亮，这钉耙威力不凡，应该就是那柄上宝沁金耙无疑。他上前亮出本相，拱手笑道："天蓬，别来无恙？"那野猪精一见是太白金星，连忙收起兵器，唱了个大喏，语气居然多了几分腼腆："如今转世投胎啦，天蓬之名休要提起，恩公唤我作猪刚鬣便是。"

他把李长庚迎进洞府，奉了一杯野茶。李长庚喝着茶，闲聊了几句近况，眼神却一直盯着那柄上宝沁金耙。

这耙子的来历可不一般。当年玉帝请来五方五帝、六丁六甲一起出力，荧惑真君添炭吹火，太上老君亲自锻打，才铸出这么一柄神器，重量约有一藏之数，被玉帝拿去镇压丹阙。后来天蓬受任天河水军元帅，玉帝亲自取出这柄上宝沁金耙，赐给他做旌节。满天皆惊，谁都没想到这个水军元帅能得到这么大恩宠，风头一时无二。

广寒宫事发之后，天蓬被押上斩仙台，天庭上上下下都觉得这个骄横新贵死定了。唯独李长庚经验丰富，判断玉帝并不想真杀天蓬，便主动为其求情。果然玉帝顺水推舟，改判了它黜落凡间。所以猪刚鬣适才见了他，承下这份人情。

按说天蓬被贬之前，这上宝沁金耙应该被缴入兜率宫，可他如今居然还带在身边，说明什么？说明玉帝对天蓬圣眷未衰，下界只为避避风头。反正转过一次世后，过往的因果直接清空。只要寻个契机，便能重新让猪刚鬣重归仙班。

"陛下既有起复之心，这人情正好让我来做。"

李长庚暗暗计较了一番，转向猪刚鬣：

193

"刚鬣啊,最近有个起复的机会,看你有没有兴趣。"猪刚鬣一怔,旋即大喜:"有,有,这破地方老子早憋坏了,那些凡间女子没一个……"李长庚咳了一声,猪刚鬣这才意识到不妥,改口道:"呃,老、老猪是说,那些凡间女子助我磨砺道心,如今我伐毛洗髓,洗心革面,可以挑更重的担子了。"

"你真要挑担子?"

"那是自然!多重都行。"

李长庚随即将计划说了一遍,猪刚鬣一听,惊疑不定,喃喃说这是陛下的意思?李长庚一指那耙子:"你自家努力修行上去,他老人家不是更高兴吗?"猪刚鬣心领神会,连连点头。

李长庚心想,就他这猥琐脾性,嫦娥尚且要被骚扰,附近的凡间女子只怕更是不堪其扰,这次如果能将其弄走,也算是一桩顺手善事。于是他拿出舆图,信手一指:"头一桩要紧事,你赶紧搬家,就去福陵山云栈洞,那里是取经人必经的路途。你搬过去以后,洞里做得旧一点,别人问起,就说你已盘踞多年。其他的,等我指示。"猪刚鬣忙不迭地答应下来,返身就走。

交代完这边的一切,李长庚匆匆又回到启明殿,正赶上织女还没走。他从袖子里掏出一枚玉简,对她说:"帮我送趟文书给文昌帝君,加急啊。"

织女一看,哟,居然是青词。

青词和揭帖内容差不多,都是记录九天十界诸般变化。不过揭帖是写给大众看的,青词则只有三清、四帝、罗天诸宰才有资格看,内容自然有差异。按照流程,所有上青词的稿件,要先在文昌帝君这里整理汇总,然后再向上报送。

织女挺纳闷,平时启明殿都是让值殿的道童去送青词,怎么今天李殿主指明让她去送?李长庚没解释,说这是急事,你去跑一趟,然后可以提前下班了。织女挺高兴,抱着文书喜滋滋去了梓潼殿。

文昌帝君一看西王母的小女儿亲自来送,自然不敢怠慢。他接过青词一看,里面是讲五行山玄奘收徒的事,基本上是把观音的揭帖抄了一遍,并无什么离奇之处,帝君便顺手搁到一摞待发青词的最上头,安排分发。

织女离开梓潼殿,高高兴兴去鹊桥会了。李长庚却马不停蹄,径直找到观音,掏出玉简,说我把第十二难的护法方略调整完了。

这第十二难用的锦囊,叫"除暴安良",讲玄奘师徒路过高老庄,遇到一头野猪精霸占村中女子。玄奘怜悯百姓之苦,派出悟空大战野猪精,将女子解救出来,在百姓千恩万谢中继续西行。

观音这次看得很细致,从头到尾仔细看了两遍,啧啧称赞,说这一难设计得好啊,既显出玄奘慈悲之意,也兼顾孙悟空斗战之能。而且斗战点到为止,不会喧宾夺主,分寸感极好。

李长庚淡淡点了下头:"那我就照这个去安排了?"观音拦住他:"这个野猪精,是当地的妖怪吗?"李长庚说:"对,洞府就在高老庄隔壁,住了好多年了。"观音还是有点不放心:"我怎么没看见野猪精的结局?你打算让他被悟空一棍子打死,还是放生?我们珞珈山可再没有多余编制了。"

看得出来,她这是被黑熊精坑怕了。李长庚笑道:"自然是放归山林,许他点修炼资粮就成了,这都不必细说。"观音这才放下心来,让他放手去安排。

李长庚拜别观音,下凡到了福陵山,见猪刚鬣已经把洞府安顿好了,便在附近找了片开阔地,起了个高老庄,雇了几十个凡人填充其中,伪做定居多年的样子。一直到玄奘和悟空远远走过来,他才骑鹤远去,回转启明殿,盘坐继续修持起来。

也就一炷香的工夫,李长庚忽有感应,缓缓睁开眼睛,只见一道带着火花的飞符"唰"地飞入殿内。

他嘿嘿一笑,来了。

飞符是观音所发,言辞间颇为急切:"老李,你怎么搞的?那野猪精怎么给自己加戏,主动要拜玄奘为师?"李长庚还没回复,只见启明殿口突现霞光,原来观音已经气急败坏找上门来了。她脸色铁青,现出了千手本相,回旋舞动,可见气得不轻。

李长庚不待她质问,先迎上去问怎么回事?观音浮起怒容:"那头野猪精一见玄奘,立刻跪下来磕头,说是我安排的取经弟子,等师父等了许多年。玄奘联系我问有没有此事,我才知道出了这么大娄子——老李,这可和说好的不一样啊!"

李长庚一摊手:"方略你也是审过的,根本没这么一段。恐怕是那头野猪精听人说了取经的好处,自作主张吧?"

"不是老李你教的吗?"观音不信,千手一起指过来。

李长庚脸色不悦:"你让玄奘直接拒了这头孽畜便是,我绝无二话。"观音长长叹了口气:"现在这情况,不太好拒啊。"

"有什么不好拒?这野猪精连大士你都敢编排,直接雷劈都不多!"老李说得义愤填膺。

观音"啧"了一声,一脸无奈:"老李你忘啦?玄奘身边还跟着三十九尊神仙呢。"李长庚道:"那不正好做个见证吗?"

观音不知道这老神仙是真糊涂还是假糊涂,压低声音道:"如果我现在去高老庄,当面宣布那野猪精所言不实,那几个护教伽蓝、四值功曹会怎么想?哦,他猪胆包天,是该死——但高老庄这一场劫难的方略,是观音审的、太白金星具体安排的,现在出了事故,是不是说明你们两位没有严格把关?对取经之事不够上心?你还不了解那些家伙?自己正事不干,挑起别人错处可是具足了神通。"

李长庚心中微微冷笑。都这时候了,观音还不忘记把黑锅朝启明殿挪一挪,指望他跟她陪绑。他一捋胡须,稳稳道:"大士莫急,来,来,坐下我们商量一下,总会有两全之策的。"

观音说:"哪有心思坐下聊啊,咱俩赶紧去现场吧!"她正要催促,忽然手里的玉净瓶微微颤动。她瞥了眼瓶里的水波涟漪,脸色微变,一手端起水瓶,一手拔下柳枝,另外两手冲李长庚做了个"稍等"的手势,同时一手捂耳,一手推门出去了。

李长庚也不急,回到案几前,慢悠悠做着前面几难的造销。过不多时,观音回来了,脸色要多古怪有多古怪。她疾走几步到近前,几只手同时拍在案几上:"老李,你是不是早知道猪刚鬣是天蓬转世?"

李长庚微讶:"那猪精是天蓬?不可能吧?天蓬当年在仙界帅气得很,怎么会转成这么个丑东西?"

"你真不知道?"

观音盯着他的脸看了半天,李长庚胡须一根不抖,坦然道:"贫道以道心发誓,今日才知道这一层根脚。"观音不知李长庚是在誓词上玩了个花招,悻悻把大部分手臂都收回去。李长庚问:"大士又是从哪里知道的?"

"这事已经惊动鹫峰了！阿傩代表佛祖传来法旨，说玉帝送了一尾龙门锦鲤给灵山，说这水物与佛有缘，特送法驾前听奉。"

李长庚装糊涂："这事跟天蓬有什么关系？"观音有点抓狂："没关系啊。可这么一件没关系的事，佛祖特意让人转告我，这不就有关系了吗？"

"啊？"

观音气呼呼说道："刚才我又联系了玄奘，他确实看见那猪精手里有一柄九齿钉耙，隐有金光，可不就是天蓬那把上宝沁金耙！"李长庚惊道："这么说，这天蓬竟是玉帝跟佛祖……"

"猪刚鬣虽无缘法，但造化到了。"观音嗑着牙花子，狠狠道。

这种涉及高层的博弈，不必点破。玉帝只是送了一尾锦鲤，佛祖也只是转达给观音。两位大能均未置一词，全靠底下人默会。以观音之聪睿，自然明白上头已经谈妥了，但这种交换不能宣诸纸面，所以得由她出面，认下这个既成事实，慧眼识猪，成全猪刚鬣的缘法。

万一哪天猪八戒出了事，追究起责任来，那自然也是观音决策失误，两位大能可没指名道姓让她安排八戒。她自然也深知此情，所以拼命把李长庚扯进来，是想一起承担风险。

李长庚看了眼观音。她的脸色奇差无比，不止是因为这个意外变故，甚至不是因为这道法旨本身，而是因为这道法旨不是佛祖直接说的，而是阿傩转达的，这本身就隐含着不满。

"阿傩还说什么了？"李长庚问。

"说我办事周全，事事想在了佛祖前头，把玄奘弟子先一步都准备妥当了。"观音面无表情回答。李长庚暗自吐了吐舌头，阿傩这话说得真毒，看来灵山内部也挺复杂的。

"对了，老李你当初怎么想到找猪刚鬣的？"观音犹不死心，一定要挖出这事的根源来。

"这您可冤枉我了，最初我可没选他。"李长庚叫起屈来，"我当初定下云栈洞时，接活儿的是当地一个叫卯二姐的妖怪。哪知道方略做到一半，卯二姐意外死了。但你知道的，整个劫难架构都搭好了，总不能因为妖怪死了就推翻重来，这才把她老公紧急调过来。谁能想到这么巧，她招的夫婿居然是天蓬转世。"

"那……你有没有跟别人泄露过高老庄这一难的安排？"

李长庚大声道："我连猪刚鬣的根脚都不知道，能去跟谁讲啊？"他怒气不减，拽着观音到书架前，拿出一摞玉简："所有与取经有关的往来文字，皆在这里，大士可以尽查，但凡有一字提及天蓬，我愿自损五百年道行，捐给珞珈山做灯油！"

观音面上说不必，暗中运起法力，转瞬间把所有文书扫过一圈。她用的是"他心通"，可以知悉十方沙界他人之种种心相。倘若这堆文书里藏有与高老庄有关的心思，神通必有感应。但扫视下来，确如李长庚所言，文书里无一字涉猪，唯有一个玉简隐隐牵出一条因果丝线。

观音心意一动，摄过玉简一看，发现里面是一篇青词的底稿，是讲五行山收徒的事，而且正文基本是引用她自己写的揭帖。李长庚惭愧道："大士这篇文字甚好，我一时虚荣作祟，不告而取，拿去给自己表了个功，恕罪则个。"

观音大士左看右看，也看不出和高老

庄有什么关联,只得悻悻放下玉简:"老李多包涵,我这也是关心则乱。"李长庚面上讪讪,心中却乐开了花。

他交出去的那篇青词,前面是照抄揭帖,只在结尾多了几句评论。评论说孙悟空在天庭犯下大错,遇到玄奘之后竟能改邪归正,可见如果赶上取经盛举,罪人亦能迷途知返,将来前途光大,善莫大焉云云。

这篇青词通过文昌帝君,第一时间送到了玉帝面前。玉帝何等神通,不难从这几句话里产生联想——天蓬岂不是也是在天庭犯错,指望将来起复吗?他只要向六丁六甲稍一咨询,便会查知李长庚一切已安排到位,只欠顺水推一下舟。

只是李长庚没想到,玉帝的手法更加高明,只是送了条锦鲤给佛祖,说是与我佛有缘。锦鲤乃是水物,又赶上这个时机,佛祖自然明白怎么回事。两位大能隔空推手,不立文字,微笑间一桩交易便成了,如羚羊挂角无迹可寻。

至于李长庚,他从头到尾只是提交了一篇收伏悟空的青词,安排了当地的卯二姐及其夫君参与护法。这等曲折微妙的发心,别说观音大士的"他心通",就算请来地藏菩萨座下的谛听,也看不出背后玄机。

"那,咱们接下来怎么办?"李长庚故意问观音。

观音面带沮丧:"阿傩已经差人把锦鲤送到珞珈山,搁我莲花池里了,说是象征道释两家友谊。我还能怎么办?这事我只能认下,先让玄奘把他收了——不过老李,揭帖里得把天蓬改个法名,不是我抢功啊,这一劫,如果再不多体现出一点皈依我佛之意,实在交代不过去。"

李长庚已经占了个大便宜,这点小事并不在意,点头应允。

于是观音又拿起玉净瓶,出去跟玄奘嘀咕了片刻,回来脸色有点怪。李长庚问她没办妥?观音说办妥了,玄奘刚刚正式收其为二徒了,赐法名"悟能",然后递过一张度牒,让李长庚备案。李长庚一看那度牒,上面除了法号"猪悟能"之外,还有个别名叫"八戒",后头备注说是玄奘所起。

李长庚白眉一抖,哟,这可有意思了。

观音起的这个法名非常帖切,"悟能"可以和"悟空"凑一个系列,但"八戒"是什么鬼?孙悟空法号也不叫"七宝"啊?何况人家菩萨刚赐完法号,你就急吼吼又起了个别名,这嫌弃的态度简直不加掩饰。

难道是玄奘对这次被迫收徒不爽,就用这种方式表达不满?可你一介凡胎大德,居然对观音大士使脸色,就算是金蝉子转世,也委实大胆了点啊。

可李长庚转头再一看,观音有气无力地在启明殿里趺坐,与其说是恼怒,更似是无可奈何,心中突地一动。

他起初接手这件事时,曾感应到一丝不协调的气息,只是说不出为何。如今见到观音这模样,李长庚一下想到了哪里不对劲。

这次取经盛事是佛祖发起,为了扶持他的二弟子金蝉子。可出面护法的既不是佛祖的十大弟子,也不是文殊、普贤两位协侍,反而从阿弥陀佛麾下调来了观音大士,这委实有点耐人寻味。

怪不得观音在这件事里咄咄逼人,争功积极,再联想观音刚才对几位护教伽蓝的提防态度,以及阿傩的讥讽,只怕灵山那边也是暗流涌动。

李长庚心里微微有点不忍,都是苦逼

神仙，怎么就互相斗起来了呢？他示意童子去泡一杯仙露茶，亲自端给观音。观音接过茶杯，苦笑道："谢谢老李。我现在有点乱，实在没心思分拆高老庄的劫难，要不就统共算做一难得了，后头咱们再想办法。"

"好说好说，合该也只是一难罢了。"李长庚拿起笔来，替观音在玉简上记下"收降八戒第十二难"几个字。观音捧着茶杯正要入口，突然玉净瓶一颤，茶水泼洒出来，立时化为灵雾弥散。观音一看瓶口，脱口而出："不好！"

"怎么了？"

观音道："被猪刚鬣……呃，被猪悟能这一搅，我都忘了。本来后头还有个正选弟子等着呢，这下可麻烦了！"李长庚忙问是谁？观音顾不得隐瞒，如数讲出来。

原来灵山安排的取经二弟子人选，是一头灵山脚下得道的黄皮貂鼠，偷吃了琉璃盏里的清油，罚下界来，叫做黄风怪。他就驻扎在距离高老庄不远的黄风岭黄风洞，专等玄奘抵达，便可以加入队伍。

不用说，这貂鼠一定是灵山某位大德的灵宠，才争取到了这番造化。只是妖算不如天算，造化不如缘法，被天庭硬塞了一头猪悟能，所有的计划都被打乱了。佛祖无所谓，观音却必须设法去安抚。

李长庚宽慰道："反正玄奘还能收一个弟子，那黄风怪做个老三，也不算亏了。"观音怔了一下，突然转过脸来，目光锐利："老李，你怎么知道玄奘可以收三个弟子？我好像没讲过吧？"

李长庚登时语塞。他适才大胜了一场，精神上有些松懈，一不留神竟露出了破绽。他支吾了片刻，含糊说是灵霄殿给的指示，观音却不肯放过，追问怎么指示

的？李长庚只好拿出玉帝批的那个先天太极图：

"您看这阴阳鱼，阴阳和合，一生二，二生三，三生万物。可见陛下早有开示，玄奘要收三个弟子。"

"你上次可不是这么解读的！"

"圣人一字蕴千法，不同时候寓意各异，所以我们才要时刻揣摩参悟。"

观音觉得李长庚的解释十分牵强，可她是释门弟子，总不好对道家理论说三道四，就一直狐疑地盯着李长庚。

直到织女回到启明殿拿东西，才算打破这尴尬场面。观音收回眼光，语气森森："好了，我去劝慰一下黄风怪，就让他后延至第三位好了。李仙师护法辛苦，佛祖也是深为体谅的。"说完她端着玉净瓶走了。

李长庚暗暗叹息，恐怕观音已猜到了答案。修到这个境界的没有傻子，有时只消一丝破绽，就足以推演出真相。不过话说回来，这也并非是坏事。对方明知是你搞的事，偏偏一点把柄也抓不住，这才是无形的威慑。

观音刚才威胁说会禀明佛祖，听着吓人，其实也就那么回事。佛祖是厉害不假，但灵山与天庭又不在一起开伙，他还能隔着玉帝一个雷劈下来不成？李长庚办这件事不是徇私，是为玉帝办事，她如果真撕破脸……那，就只能祝她好造化呗。

"刚才观音大士好像不太高兴啊。"织女一边把宝鉴搁包里一边问。

"她担子重，事情多，偶有情绪在所难免。干我们这行的，哪有痛快的时候？"李长庚感慨道。织女"哦"了一声，一甩包高高兴兴走了，她对这些事从来是不关心的。

启明殿内，又只剩下太白金星一个人。

这一场反击虽说收获喜人,却也着实耗费心神,亟需温养一阵神意才行。于是他趺坐在蒲团上,决定好好调息一下。

随着真气在体内流动,李长庚烦躁的心情逐渐平复,神意也缓缓凝实,沉入丹田,内视到一团雾蒙蒙的晦暗,其形如石丸,横封在关窍之处。他知道,正是此物阻滞了念头通达,是心存疑惑的具象表现。更准确地说,是有些事情没有想通。

李长庚向观音解释过两次先天太极的意思,但那些说法都是自己揣摩,敷衍罢了。那么玉帝为何不置一词,只圈了一个太极图在文书上?他的真意到底是什么?自从接到这个批示之后,李长庚便一直在参悟,却始终没有头绪。

还有,佛祖为何选了孙悟空这个前科累累、又无根脚的罪人加入取经团队?

这些真佛金仙们的举止,无不具有深意,暗合天道。李长庚不勘破这一层玄机,便无法洞明上级本心,将来做起事很难把握真正的重点,难免事倍功半。

"难难难,道最玄,莫把金丹当等闲。"老神仙喃喃念着。他缓缓睁开双眼,看向案头那太极陷入冥思。不知不觉间,那两条阴阳双鱼跃出玉简,游入其体内。李长庚连忙凝神返观,只见那先天太极在内景里紫光湛湛,窈冥常住,与那团疑惑同步旋转起来……

突然一纸飞符从殿外飞来,把李长庚难得的顿悟生生打断。

"老李,不好了!黄风怪打伤了孙悟空,把玄奘抓走了!不是渡劫,重复一次,不是渡劫!"

第 四 章

李长庚黑着一张脸,站在猪刚鬣……不,猪八戒旁边。眼前孙悟空躺倒在一床草席上,双眼红肿,流泪不止。

大致情况他刚才已经了解了:观音去安抚黄风怪,没想到黄风怪直接翻了脸,大骂观音办事不力,竟转身走了,直接冲到刚抵达黄风岭的取经队伍面前。

孙悟空、猪八戒以为这是事先安排好的劫难,只需要象征性地打一打,谁想到黄风怪一上来就动了真格,先祭出一口黄风,吹伤了孙悟空的眼睛,然后趁机摄走了玄奘。

李长庚低头去看孙悟空。只见这位昔日的齐天大圣紧闭双眼,那冷然空洞的眼神,被两片红肿眼皮所遮掩,看上去疲惫不堪。李长庚不期然想起那日南天门外的六耳小猴子,你别说,两只猴长得还颇像,怪不得会有冒名学艺之事。

这些无关思绪,只在脑中一闪。李长庚拂尘一摆,俯身唤道:"大圣!大圣!"悟空微抬右手,算做回应。李长庚说:"观音去寻你师父了,不必着急。我先帮你寻个医生,治好眼病。"

"她寻不寻着,也是无用;我治与不治,都是瞎子。"悟空的声音虚弱,可冷意宛在。

李长庚微微皱眉,这话听着蹊跷,还欲再问,猴子却翻过身去了。猪八戒双手一摊:"他就这德性,谁都不爱搭理。我还以为是个高手,谁知道一招就被人家干翻了。"

"黄风怪有这么大能耐?"李长庚有点惊讶。

猪八戒耸耸鼻子:"那厮仗着佛祖骄纵,可不知有多少法宝哩。"李长庚赶紧咳了一声,别人可以这么说,你猪八戒讲这种话,不是乌鸦落在你身上吗?

教训完八戒,李长庚抬起头来,环顾四周:远远半空云端里,站着一圈护教伽蓝、六丁六甲、五方揭谛、四值功曹,站成四个小群,小声交头接耳。这个意外事故,显然也出乎他们预料,大概在讨论要不要上报。

李长庚想拉观音商量,可她已经去追黄风怪了,至今未回。这很奇怪。观音法力高强,要抓那头貂鼠只是转瞬间的事,这么久没消息,说明出了大变故。

李长庚垂下拂尘,轻轻叹了一声。劫主丢了,首徒伤了,肇事凶徒跑了,负责人抓不回来,所有的环节都出了娄子,偏偏全程还被监察的神祇看在眼里,眼见一场西行取经就要彻底崩盘。

此刻李长庚的心里,也是矛盾得很。倘若此事发生在高老庄之前,他大可以袖手旁观,看观音的热闹。但他刚刚才花了大力气,把猪八戒运作进取经队伍里,如果取经黄了,白辛苦一场不说,还会影响玉帝对自己的看法。

再者说,黄风怪之所以突然发疯,还不是因为二徒的名额被八戒给占了。如此推算下来,李长庚才是崩盘的初始之因。

李长庚暗自感叹。世间的因果,真是修仙者最难摆脱的东西,只要稍微沾上一点,便如藤蔓一样缠绕上来,不得解脱。

回想起玉帝画的那个先天太极,圆融循环,周围干干净净,一点因果和业力不沾,这才是金仙境界。可惜李长庚修为不够,不能像玉帝那样甩脱因果。

他长考下来,发现自己非但不能看观音笑话,反而还得全力相助,无论如何得把这事弥合回来。可要弥合这么大一娄子,千头万绪,谈何容易?李长庚索性就地坐下,意识开始沉入识海。猪八戒在旁边见他头顶紫气蒸腾,耐不住性子,大声道:"实在不行,就各自散了罢。我把猴子送回花果山,我回我的浮屠……"

李长庚吓了一跳,及时打断了他:"是回高老庄!"

高老庄是名义上猪八戒的出身,倘若被有心人听到他原籍在浮屠山,难免顺藤摸瓜,发现后面的一系列操作,笨死了,真是个猪队友……唉,算了,本来它也是!

猪八戒撇撇嘴:"取经都要黄了,真的假的还有什么区别?"

说者无心,听者有意。这一句话钻进李长庚耳朵里,却似拨云见日,霎时一片清朗。是啊,真的假的,有什么区别?李长庚双目湛湛,只对八戒交代一句"稍等",然后大袖一摆,登时飞到那一群护教伽蓝的云前。

伽蓝们纷纷把头转到别处,避开视线。李长庚清清嗓子,先说了一句:"如是我闻。"这下伽蓝们没法装看不见了,只得双手合十,躬身恭听。李长庚一摆拂尘:"佛祖有云,法不可轻传。所以黄风岭这一劫,贫道决意求新求变,不拘套路,思路与过往略有不同。诸位查知。"

一十八位伽蓝神看着他,像在看一个傻子。都闹成这样了,你还说这是安排好的劫难?拿我们当顽童糊弄吗?

李长庚并未辩解,仙界论法就是如此,

就算彼此心知肚明，场面上的废话也很重要。他笑盈盈道："好教诸位知，贫道这一劫的设计，乃是取了'群策群力'四字，以壮取经之胜景。"

他停顿片刻，等待对方反应。几位年轻伽蓝正要出言讥讽，却被为首的梵音伽蓝拦住。梵音伽蓝是个老资格，隐隐感觉到李长庚这句话没那么简单。他静下心感悟了一下，忍不住"嘿"了一声。

群策群力，意味着所有的西行人员都有机会做贡献——这是不是也包括护教伽蓝们？壮取经之胜景——这是不是意味着，功劳簿上也可以算他们一份？

"群者何解？胜景何在？"梵音伽蓝突然发问。

李长庚微微一笑："众人拾柴，火焰高涨。火焰高涨，可暖众人。"

两个老神仙几句机锋打下来，都明白了各自的盘算。

这些护教伽蓝的任务是监察取经队伍，不能亲自下场。固然没风险，却也没太多好处，最多只得一个"忠勤"的考语。如今李长庚暗示，他可以在不违规的情况下，让他们也分润到一些好处，何乐不为？作为交换，李长庚希望伽蓝们在记录里，把黄风怪算做计划中的一劫，没有什么意外事故，一切都是安排好的。

梵音伽蓝请李长庚稍候，撩起一片云霭遮住身影，与其他十七位伽蓝商量了片刻，然后现出身形："我等受佛祖嘱托，暗中护持取经人西去，倘有劫难，敢不尽心，岂有他志？"

这就是说，如果你有本事把这个烂摊子圆回来，我们愿意配合；圆不回来，我们还是会秉公记录，这次交谈就当没发生过。

李长庚大大地松了一口气，能讨到这句话，后面的事情便好操作了。他现场运起法力，凭空变出一张简帖。梵音伽蓝接过一看，上头写着四句颂子："庄居非是俗人居，护法伽蓝点化庐。妙药与君医眼痛，尽心降怪莫踌躇。"

梵音伽蓝心想，看你面相仙风道骨，怎么颂子写得这般粗陋不堪？不过抛开诗文水平不提，内容还是颇具妙心，让梵音伽蓝暗赞这老头周到。

按照大雷音寺的规矩，护教伽蓝不能下场帮忙降魔，但没说不许治病救人。他们只消变成凡人，把孙悟空的眼病治了，便不算违规。将来悟空降住妖魔，揭帖里也要记他们一笔功劳——太白金星这份简帖与其说是颂子，根本就是个钻空子的指南。

"这简帖我们参悟一下。"梵音伽蓝道，"那治眼的药……用什么名目好？"

"三花九子膏吧。"李长庚都盘算清楚了。三九二十七，正好暗示有十八位护教伽蓝加五方揭谛与四值功曹，大家都有份儿，大家都方便——至于六丁六甲，那是玉帝直属，刻意逢迎反而露了痕迹。

跟一十八位伽蓝谈完之后，李长庚紧绷的神经稍微松了点。他回到八戒那里，说你把悟空背起来，在黄风岭下走一圈，看见有民居就进去，宅中之人自有救他眼病的手段。

八戒嘟囔："这也太假了吧？随随便便一个凡人，就能拿出克制黄风怪的药膏？这种桥段不合常理啊！"李长庚道："就是假一点，才能把人情做到位。就好比凡人给做官的行贿，都是拎一个食盒说您尝鲜，做官的难道不知盒子里都是金银？不过是要个遮掩罢了。"

201

这个手段，还是从观音那里得来的灵感。珞珈山山神曾扮做凡人，偷偷给玄奘送过装备，送完立刻显现真身，看似荒唐，其实这才是送礼的正途。

见八戒仍是似懂非懂，李长庚无奈一笑。织女也罢，天蓬也罢，这些有根脚的神仙哪里知道他们一步步飞升的艰辛？非得把所有细节都琢磨透了，才能博得一丝丝天机。他也懒得解释，扬手唤来老鹤，朝黄风岭黄风洞飞去。

老鹤大概旧伤未复，飞得歪歪斜斜的。李长庚不时得挥动拂尘，生出一阵风力，托起它的双翅，心里想这次事了，无论如何得换一只坐骑了。

可这次的麻烦到底怎么了结，他还是没底。

把这场事故掩饰成一场计划内劫难，最核心的只有两点：一是被掳走的玄奘，二是被打伤的悟空。如今护教伽蓝愿意出手，悟空受伤可以圆回去；接下来还得头疼，该给玄奘被掳找一个什么理由？

一想到这件事，他就百思不得其解。

黄风怪很愤怒，这可以理解；你去找孙悟空、猪八戒打一架，也不是不行；但你抓走玄奘算怎么回事？人家是佛祖二弟子，你不过一头灵宠而已，难道还指望灵山会偏袒你么？难道说黄风怪是个乖张性子，脾气一上头就不管不顾？

李长庚想了很久，也没想明白这怪的动机为何。眼看黄风洞快要到了，他摆动拂尘，正要吩咐老鹤下降，却突然见到最高的山崖上似乎站着一个身影，再一看，那身影缨络垂珠翠，香环结宝明，手中托着玉净瓶，不是观音是谁？

李长庚大吃一惊，她不是去追黄风怪了吗？怎么就在黄风洞门口站着不动？他飞近再看，观音的形象在不断地变化着，一会儿是威德观音，一会儿是青颈观音，一会儿是琉璃观音，状态很不稳定。无论如何变化，那身影到底透出一股天人五衰的凄苦与绝望。

李长庚赶忙按下老鹤，落到崖头，问观音发生什么事了？

观音一见他来了，"唰"地换成了阿麼提相，四周火光缭绕，遮住了面孔。李长庚没好气道："大士你的三十三相，难道是用来遮掩心情的吗？"观音不语，仍旧变幻不停。

李长庚又道："贫道不知大士出了什么事会如此失态，但俗话说，千劫万劫，心劫最邪。咱俩本是给别人渡劫护法的，如今给自己惹出这么大一桩劫数。在这个节骨眼上，你若心先怯了，那便真输了！"

观音没想到，李长庚居然不计前嫌来宽慰，一时间有些不知所措，半天方喃喃道："老李你是来看我的笑话么？"李长庚一捋胡须，语重心长："你我纵有小小龃龉，到底是一起护法取经的同道。贫道看你什么笑话？难道取经黄了，我有好处不成？"

他这话说得实在，观音沉默片刻，终于换回了本相，怏怏地把玉净瓶推给李长庚，让他自己看。

李长庚朝瓶口一看，水波里浮现出黄风洞深处的画面：只见玄奘与黄风怪对桌而坐，正欢谈畅饮，哪里有半点被掳的狼狈？他一阵讶然，看看观音，又看看水波，眉毛拧成了一团：

"玄奘这是……打算把你换掉？"

这听起来有些荒谬，但李长庚推算下来，只有这一个说法能解释黄风洞中的奇景。

玄奘与黄风怪居然彼此相识。

一旦带着这个前提去审视黄风怪的行为，便会发现他看似鲁莽，其实精细得很。

猪八戒不能打，打了会引来天庭大能的不满；玄奘不需要打，两个人本来就认识，配合一下就能假装被掳走；唯一可以打伤的，只有孙悟空。他背后没有大能撑腰，但齐天大圣的名头偏偏又大，一旦受伤，可以搞起很大的舆论。

取经队伍三个成员，一个被假掳，一个被打伤，一个被无视。黄风怪这一次袭击，避开了所有的利害，偏偏动静又搞得很大。

一旦取经队伍出了难以挽回的大问题，上头势必震怒，只有换人一途。至于黄风怪，等换了新菩萨过来，他把毫发无伤的玄奘这么一放，自称听了高僧劝解，幡然醒悟。既给新菩萨长脸，自己又算赎清了罪过，同样能进取经队伍，还提供了一篇上好的揭帖材料。

而要完成这一连串眼花缭乱的操作，关键不在黄风怪，而在于玄奘愿不愿意配合。换句话说，整件事真正的推动者，只能是玄奘。

这些推测说来复杂，其实在李长庚脑子里一闪而成。他暗暗咋舌，那个看着傲气十足的玄奘，想不到也有这么深的心机。

观音苦笑，把瓶子拿回来，算是默认了李长庚的这一番推论。她之前追到黄风洞，一看到玄奘和黄风怪推杯换盏，登时觉得心灰意冷，立在崖头不知所措。她之前又是送马，又是送装备，又是安排接待，没想到却换得这么一个回报。

"但为什么？"李长庚问，"玄奘为何执意要把你换掉？"

"大概觉得我办事不合他心意吧。"

收猪八戒为徒这事，玄奘是被按着光头勉强接受，必然怀恨在心。何况猪八戒顶替的，还是他的好兄弟黄风怪的名额，那更是恨上加恨了。说到这里，观音幽怨地看了眼李长庚，这都是你招来的麻烦。

李长庚面皮微微一烫，可旋即释然。玄奘恐怕从一开始，就不满这个取经护法。就算李长庚中间没插一脚，仍是黄风怪做二徒，玄奘早晚也会寻个别的借口，把观音逼走。

李长庚陡然想起悟空那半句古怪的话："她寻不寻着，也是无用"——莫非那猴子火眼金睛，早就看穿这一切了？

这时观音落寞道："我……我还是主动请辞吧。"

"万万不可。"李长庚脱口而出。

观音见他居然出言挽留，微微有些感动："老李不必如此，终究是我修为不够，未能完成佛祖嘱托，主动回转珞珈山继续修持，总好过被人灰头土脸赶下台。"李长庚一拍胸脯："大士且在这里稍等，我去会一会玄奘。"观音一惊："你找他做什么？"

李长庚道："解铃还须系铃人，我去找他聊聊。"观音奇道："你与他又没有交集，怎么聊？"李长庚笑道："当局者迷，有时候还是外人看得清楚些。我问你个问题，大士酌情回答即可，不回也行。"

"什么？"

"佛祖的大弟子是谁？"

观音先是一怔，旋即恍然，双手合十抿嘴一笑，什么都没说。李长庚点点头，她已经知道答案了，遂大袖一摆，径直飞去黄风洞。

他劝慰观音，确实是真心实意。观音虽然心思多了点，但两个神仙一起经历了十几难，彼此底线和手段都摸得很清楚，早形成了默契。换个新菩萨来,还得从头再斗上一遍,李长庚盘算下来,保住观音对他更为有利。

做人尚且留一线,何况是做神仙。李长庚在启明殿做久了,深知这个道理。斗归斗,却不要做绝,绝则无变,终究要存一分善念,方得长久。

不一时他飞到黄风洞外,径直走了进去。这洞不算太大,里面装潢却颇为精致,空气里弥漫着一股浓郁的香油味。李长庚刚一进正厅,就看见黄风怪和玄奘对坐在一张桌案前,黄风怪手里满满一碟香油,大口吸溜,意态豪爽,玄奘矜持地端着一盅口杯,轻啜素酒。

太白金星无意遮掩身形,大剌剌地走过去。一人一妖斜眼看了眼,玄奘没起身,黄风怪倒是热情地迎上来:"李仙师,来来来,我洞里刚磨的香油,喷香!一起吃一起吃。"

李长庚笑眯眯扯过一条凳子,就近坐下。黄风怪看看他,又看看玄奘,说我去多拿副碗筷,转身离开。玄奘面无表情,继续斟着酒,夹着菜。

这是两个人第一次单独对面。李长庚仔细端详,这是个俊俏和尚,眉眼清秀,五官精致,只是面相上带着一股得天独厚的骄纵气,骄纵到甚至不屑掩饰换掉观音的意图。

李长庚自斟了一杯酒,笑盈盈道:"玄奘长老,贫道于佛法所知甚是浅薄,能否请教一二?"玄奘右眉一抖,微露诧异,他本以为这老头要么厉声威胁,要么软语相求,没想到一上来居然是请教佛学问题。

玄奘颔首,示意他问。李长庚道:"请问长老,佛祖座下有多少声闻弟子?"

"一千二百五十五人。"

"其中名望最著者为谁?"

"摩诃迦叶、目犍连、富楼那、须菩提、舍利弗、罗睺罗、阿难陀、优婆离、阿尼律陀、迦旃延等十大弟子。"玄奘对答如流。

"那再请教一下,佛祖最初的弟子为谁?"

"乃是阿若憍陈如、马胜、跋提、十力迦叶、摩诃男拘利等五比丘。"

"那么我再请问长老,这金蝉长老,是依十大弟子排序?还是依五比丘排序?"

玄奘锃光瓦亮的额头上,顿时浮起清晰的几根青筋。他在东土辩才无碍,没想到却被一个道门的老头给难住了。

李长庚在启明殿工作,对于人事序列最为敏锐。早在接手取经护法这件事时,他就有疑惑:鹫峰的传承谱系明明白白,无论是按成就排行的十大弟子,还是按闻道时间排行的五位比丘,一个萝卜一个坑,怎么排,都没有空隙插进一个"佛祖二弟子金蝉子"。

他去查过。无论大雷音寺还是鹫峰,官面上所有的文书与揭帖,只是说东土大德玄奘响应佛祖号召,前去西天求取真经,从来没正式宣布玄奘是金蝉子转世。在佛祖的公开讲话里,甚至从未提及"金蝉子"三个字。

所谓"玄奘是金蝉子转世"的说法,一直是在私下流传,从来没得到过官面上的证实。偏偏灵山也没否认过这个流言。大家都看到,佛祖确实调动了诸多资源来给一个凡胎护法,于是便默认其为真了。

这种暧昧矛盾的态度,简直是在玩隔板猜枚。只要不打开柜子,藏身其中的"金蝉子"既是真的也不是真的,就好比道家的"易"字,既是"变易"亦是"不易",同时呈现两种相反的象性——是以适才观音合十微笑,一言不发,她真没法下结论。

孙悟空之前说过一句古怪的话:"她寻不寻着,也是无用;我治与不治,都是瞎子。"前半句是指玄奘故意被掳,后半句却难以索解。现在回想起来,很可能他也已窥破了玄奘这重身份。而观音适才的回答,也足以证明李长庚的猜测。

李长庚也不催促,就这么笑眯眯地看着玄奘。黄风怪端着油碟回来,见玄奘脸色不豫,又不好上前细问,只好说我再去添点,悻悻又回转走开。

"此乃释门之事,与你无关。"玄奘终于开口,硬邦邦地说了一句。

"也是,这事确实与贫道无关。"李长庚拿起酒壶,又给自己斟了一杯,"不聊这个了,贫道给你分享一桩天庭的陈年旧事吧,是老君讲给我听的。嘿嘿,他那个人就爱八卦。"

他自顾说了起来:"托塔李天王你听过吧?他有仨儿子,金吒、木吒和哪吒,都是不省心的霸王。有一次李天王追剿一只偷吃了灵山香烛的白毛老鼠精,那老鼠精是个伶俐鬼,被擒之后苦苦哀求,居然说得李天王动了恻隐之心,禀明佛祖赦了她死罪,还把她收为义女,打算送入李氏祠堂。那三个儿子极度不满,尽显神通,把那老鼠精逼到绝境,若非最小的哪吒一念之仁,放她逃下界,只怕那老鼠精早已身死道消——长老你说这是为什么?"

"自然是惧她分薄了家产。"

"可是后来天王得了个女儿叫贞英,三个儿子却没什么举动,也是古怪。"

"这有什么古怪,自家传下来的血脉,与外头跳进来的终究不同。"

玄奘说到这里,突然浑身一僵,整个人呆在了原地。李长庚冲他一笑,端起酒杯来啜了一口,看来这位高僧总算开悟了。

他一个东土的凡胎,走上一趟西天就能成佛,这让佛祖座下修持多年的正途弟子们怎么想?大家都是苦修千万年一步步境界炼上来,怎么你就能立地成佛!退一步说,若成佛的是自家师兄弟也还罢了,偏偏还是一个横空出现的金蝉子,凭什么?

玄奘之前没想到这一层,因为他和猪八戒、织女一样都是有根脚的,不必费力攀爬就能平步青云。所以他根本意识不到,体系内大部分人对逾越规矩者的厌恶与警惕。这种心态,只有李长庚理解得最为透彻,才能一眼看破关窍。

毕竟玄奘是东土高僧,一点就通,当即垂下眼帘,一身锋芒陡然收敛。李长庚趁机道:"佛祖不从自家麾下调一位护法,反而要大费周折,从阿弥陀佛那里借调观音大士过来,实在是用心良苦唉。"

这就是在委婉地批评玄奘了。佛祖派观音来,分明是为了屏蔽正途弟子们的干扰,更好地为你护法,你却要平白生事把她赶走,真是蠢到家了。

不知何时,黄风怪拿着碗筷,站在两人背后。玄奘转头看向它,眼神闪烁,黄风怪伸出舌头,舔了舔碟子上的油,坦然一笑,算是默认了李长庚的说法。

玄奘轻叹了一声,伸手敲了敲自家光头:"啧……这次可是被阿傩给算计了。"

"阿傩啊……"李长庚暗暗点头。这个名字,可以解释很多事情了。

整件事幕后的推手,果然是正途弟子们。黄风怪成为取经二徒人选,应该就是他们联手运作的结果。被天庭截胡之后,阿傩又与玄奘达成共识,配合黄风怪突然发难，剑指观音。

等到观音下台，换了阿傩或任何一位正途弟子来护法，后头有的是手段让玄奘到不了西天。可叹玄奘只看到眼前观音的种种错失，却被真正的敌人诱入彀中，自毁长城。

悟通了此节，李长庚才发现黄风岭这件事有多复杂。

表面看，这是一次妖怪袭击取经人的意外，其实牵动了天庭与灵山之间的选徒博弈；而在更深的一层，还隐藏着玄奘企图换掉观音的举措；而在这举动的背后，还涌动着鹫峰正途弟子系统对金蝉子的敌意，以及佛祖若有若无的庇护……好家伙，这只金蝉身后，什么螳螂、黄雀之类的，排成的队伍可真是长啊。

层层用心、步步算计，这一个成佛的果位，引动了多少因果缠绕……李长庚疲惫地想。好在玄奘主动吐露出阿傩的名字，说明他已做出了选择。

"亡羊补牢，为时不晚。只要长老心有明悟，这一劫渡之不难。"李长庚说。玄奘犹豫了一下，还没回答，一个沙哑的声音从旁边传来："长老准备走啦？"

两人一看，黄风怪端着油碟站在旁边，仍是一脸笑容。李长庚暗暗提起警惕，眼下玄奘和阿傩的矛盾已然挑明，黄风怪是阿傩的心腹，难保不会做出什么事情来。玄奘看着黄风怪，两人刚才还推杯换盏，谁知竟是对头，一时也是百感交集。

"老黄，我本觉得你是个知交，想不到……"他说。

黄风怪耸耸肩："我就是个戴罪立功的妖怪，阿傩长老让我取经挑担，我就挑担；让我打猴子，我就打猴子。奉命而已，与私怨无关。"

这貂鼠精倒也坦率，几句话，就把自己和阿傩的关系讲透了。玄奘冷哼一声："黄风洞里的这一席，也是你为了麻痹我吧？"黄风怪笑起来："我虽说是带了任务，可真心觉得长老是个可交之人，谈得开心。今天这一席的香油，是我私藏，只招待好朋友。"

他放下油碟，做了个请的手势："两位想要离开，随时可以走。我可不敢去阻拦一位天庭仙师和一位佛门高徒，那不真成了作死了嘛。"玄奘沉默片刻："可我们若回去，你就死定了。"

黄风怪众目睽睽之下掳走唐僧，打伤悟空，赌的是阿傩或其他正途弟子上位，替自己遮掩。但如今玄奘态度转变，观音保住职位，那么他就非得有个下场不可。

玄奘看向李长庚："李仙师，念在此怪未曾伤我，讨你一个人情，不要害了他。"

其他两个人，对他这个举动都颇觉意外。黄风怪皱眉头道："玄奘长老不必如此，阿傩长老自会保我。"玄奘冷着脸道："你别会错意，只是我不想沾上太多因果罢了。"

李长庚沉思片刻，开口道："你们灵山内部什么恩怨，与贫道是无关的，我只想推进取经这件事。至于其他事，贫道只给建议，定夺还看你们自家。"

说完他压低声音，说了几句。玄奘和黄风怪面面相觑，也不知是震惊还是疑惑。太白金星也不多解释，说时辰不早，你们权且在这里静候。

等到李长庚走了，玄奘重新坐回座位，黄风怪重新把油斟满："来，来，趁太白金星还没定下来，咱哥俩多喝几杯。"玄奘皱着眉头呆了一阵儿，冷不丁问道："你在灵山脚下时，听说过一头偷吃香烛的白毛老鼠精吗？"黄风怪哈哈一笑："长老有所不知，所有被大能安排离开灵山做事的妖怪，都会背这么一个罪名，不是偷香烛就是偷油。这罪过说大不大，说小不小，日后想保你容易，想惩治也有借口。"

玄奘像听一件新鲜事似的："这样也可以？"黄风怪叹了口气："不知是该笑话你，还是该羡慕你。算了，喝！喝完咱们的交情就到这里了。"玄奘没吭声，继续喝。

这边李长庚离了黄风洞，观音还在崖头等候。李长庚喜滋滋飘然落地，说搞定了。观音又惊又喜，没想到他真把这事办成了。能在启明殿做这么多年工作的老神仙，果然不是浪得虚名。

观音眼泪汪汪，正要感谢。李长庚摆摆手，说："咱们先说正事。护教伽蓝那边我协调好了，玄奘也安排明白了。眼下只有一桩麻烦，玄奘提了个条件，须得设法保下黄风怪。"观音道："玄奘？他难道不明白黄风怪是谁的人吗？还替他求情？"

"年轻人嘛，难免意气用事，但有这份冲动也挺难得的。"

"那怪犯的事委实太大，不太好保。再者说，就算咱们不保，难道阿傩也不管吗？"观音问。

"这可不好说。"李长庚一捋白髯，双眉意味深长地抖了抖，观音立刻会意。黄风怪是阿傩的手下不假，但这也分两种情况：一种是自家的同伴，一种是自家的工具。黄风怪区区一头貂鼠精，恐怕是后者，一旦没了用处，很可能会被毫不留情地抛弃。

李长庚道："且不说黄风怪和玄奘的交情有几分真假，为了取经能顺利推进，这个面子得卖。我有个李代桃僵的计策，不过就得劳烦菩萨跑一趟了。"

观音为难道："我跑一趟倒没什么，但你想让我把他收归门下？黄风怪和黑熊精不一样，我贸然收下，等于跟阿傩撕破了脸，会牵扯出更多因果。"她现在对太白金星彻底服气，不再官腔推脱，反而认真地解释起来。

"嘿嘿，你收了黄风怪，自然会惹来阿傩不满，可要是别人收了呢？"

李长庚从怀里拿出一份方略，说我有个想法，咱俩参详一下。观音展开一读，里面讲玄奘师徒途径黄风岭，先是黄风怪吹伤悟空，掳走唐僧。然后护教伽蓝留了药膏，救治了悟空，指点他们前往小须弥山找灵吉菩萨，借来定风丹和飞龙宝杖，收走了黄风怪。

这套路看似普通，可观音明白，正是如此才显出太白金星的不凡。要知道，这次本是个泼天的大篓子，居然被遮掩成这么一个平庸到无聊的故事，且种种细节弥合得严丝合缝，又兼顾了多方利益，滴水不漏，属实厉害。

唯一的疑惑是……

"灵吉菩萨？那是谁？"观音自己都没听过，西天还有这么一号菩萨。

"嘻，灵吉，灵吉，就是另寄嘛。"太白金星嘿嘿一笑，"大士另外寄托一个化身，去把黄貂鼠收走。如此一来，岂不就是两便了嘛。"

"妙极！"观音双目一闪，击节赞叹。

灵吉本无此人，如果阿傩有心要保黄风怪，必会设法询问灵吉是谁。只要他一打听，便等于主动从幕后站出来了。灵山讲究不昧诸缘，很多事情做归做，是绝不能摆在明面儿上的，一摆明就着相了。

对于阿傩来说，灵吉菩萨就是一枚拴着黄风怪的鱼钩，只要他敢上来咬住，就有办法被钓手扯出水面。一到了水面之上，观音参他一个"纵容灵宠妨碍取经"的罪名，可就被动了。李长庚算准了阿傩的性格，这位会派出一只貂鼠精冲在前头，正是不想自己沾染因果，所以灵吉菩萨他也不会深究。

所以有这么一尊虚拟菩萨挡着，观音便可以隔绝跟正途弟子们的正面冲突。黄风岭一事，也便彻底尘埃落定。

观音再看了一遍方略，又提出个疑问："护教伽蓝救治悟空，这没问题，但再让他们指点悟空去找灵吉菩萨，他们恐怕也会追问灵吉是谁？是不是会留下隐患？"

李长庚点头称是，观音这个顾虑是对的。护教伽蓝跟阿傩情况不同，需要区别对待。他想了想，一挽袖子："这样好了，不让伽蓝去推荐。等孙悟空治好伤，出了门，我亲自现身，指点他去找灵吉。我一个道门神仙，去推荐释门菩萨，旁人总不会说我有私心。"

太白金星亲自下场，自然是最好不过。观音拊掌赞道："此计甚好，那老李你连简帖一起写了吧。"老神仙明白，这是观音投桃报李，给他一个舞文弄墨的机会。李长庚摸出一张空白帖子，当场挥毫，对观音得意道："一时技痒，见笑了。"

观音一读，简帖上写着四行诗："上复齐天大圣听，老人乃是李长庚。须弥山有飞龙杖，灵吉当年受佛兵。"观音眼角抽了一下，太白金星不愧得道多年，诗风很得老神仙的风韵，不过看他兴致勃勃，观音说那就这样吧。

两人取得共识之后，接下来就是分头执行。

方向确定了，执行相对简单得多。观音绝非庸神，她和李长庚认真联手起来，整个方略执行得行云流水，滴水不漏。他们很快就跟各方对好口径，再把所有的东西圆成一篇揭帖，迅速对外发布。揭帖一发布，黄风岭这一劫就算正式定了调子。

观音发挥非常稳定，不仅扮演灵吉顺利收走了黄风怪，而且还熟练地把这件事拆成了"黄风怪阻十三难"和"请求灵吉十四难"——就连求援都能被她定义为一劫，让李长庚叹为观止。

可惜的是，玄奘回归取经队伍的场景，李长庚没有见到。他忽然收到两封飞符，不得不尽快赶回天庭。

一封来自把守南天门的王灵官，一封来自织女。

王灵官的飞符说："那只小猴子又来了，说没见到你就不走。"

织女的飞符比较简短，就四个字："我妈找你。"

第 五 章

李长庚飞到南天门，还没见到王灵官，就先望见了六耳。

这小猴子不是等在南天门前，而是用尾巴挂在门楣上。王灵官仰着头，在下面气势汹汹地喝骂，他却死活不肯下来。

李长庚在黄风岭累得够呛，整个人法力不太稳。他走到王灵官旁边，也仰起头喊道："你快下来！成何体统！"

六耳一见是他，辘轳一个跟斗翻下来，跪倒在地。李长庚没好气道："不是让你回家等吗？怎么又来闹事？"六耳抬起头，语气里有压抑不住的愤懑："启禀金星老神仙，我见了灵山揭帖，说那孙悟空已经被玄奘接出五行山，随着去西天取经了——那，那我的事呢？"

李长庚一听，登时无语。是了，五行山那个揭帖早传遍三界，他还抄了一遍送上青词呢。李长庚扪心自问，换了他是六耳，看到那冒名顶替的猴子非但没被处理，反而得了大机缘，肯定也急眼。

不过眼下他还有别的事，顾不得跟六耳多言，只得板起脸来说："阴曹地府的猴属生死簿全被涂了，要查实真相得花上不少时辰，你急什么？"六耳气道："生死簿是几百年前涂的，到现在还要查多久？"

李长庚见他死缠烂打，有些不耐烦："我看你头顶黑光斑斓，也是一方大妖的修为了，何必为了几百年前的小事执著呢？小心走火入魔哪。"

"对李仙师你是小事，对我可不是！"六耳突然大吼，"几百年光景啊，一只妖怪寿元才多少？他阻我缘法，断我仙途，成我心魔，难道可以一点代价都不付吗？"

李长庚大袖一拂："揭帖你也看了，镇压孙悟空是佛祖，救他出来取经的是玄奘，如今是归灵山所辖，天庭就算想管，也是无能为力啊。"

小猴子面色霎时苍白，瘦弱的身躯微微抖动起来。李长庚心中到底不忍，又小声劝了一句："这样好了，我把你的状子转去大雷音寺，看那边怎么处理。"六耳道："这一转，又得多少时日？"李长庚摇摇头："那就不知道了，但我启明殿也只能做这么多。"

"就因为我是个下界的命贱妖怪，生死皆如草芥，所以你们就敷衍塞责、到处推卸吗？"

一听这话，李长庚也生气了。他的法力一鼓鼓地往上涌，快按捺不住了："贫道只是依规矩办事，你若不满，自可以去鸣鼓喊冤。"

话说到这份儿上，饶六耳是个山野精怪，也知道不能硬犟了，只得悻悻从怀里摸出一张新写的诉状，递给李长庚："我补充了一点新材料，恳请仙师成全，帮忙催办。"

李长庚接过诉状，随口宽慰了几句，转身进了南天门。六耳一直望着他的身影消失在云雾之中，这才垂着头离去。

李长庚回到启明殿，案子上造销的玉简堆了一大摞，都是先前几难发生的费用，都没顾上处理。他把诉状随手搁在旁边，从葫芦里倒出一枚仙丹，刚吃下肚去还没化开，织女就走过来了。

"您回来啦？我妈在瑶池等着呢，咱们走吧。"

"西王母她老人家找我干吗？"李长庚心中疑惑。织女耸耸肩："不知道哇，她就说让我请您去喝仙露茶。"

"只说是喝茶？"

"对啊，她可喜欢喝茶了。"

李长庚知道织女看不出其中门道，问了也是白问。这种级别的神仙，说请你喝茶，自然不是真喝。他索性整理一下仪表，马不停蹄跟着织女赶去了瑶池。至于造销……再等等，再等等。

西王母等在瑶池一处七宝小亭内。老太太面相雍容，身披霞袍，自带一种优雅的威势。织女扑到母亲怀里，甜甜哼了几声。西王母点了她额头一下，转头对李长庚和颜悦色道："这里不是朝会，不必拘束，小李你随意些。"

李长庚自然不会当真，依旧依足礼数

请安,这才斜斜偏坐。西王母玉指轻敲台面,旁边过来一位赤发侍者,端来三个流光溢彩的玻璃盏,盏内雾气腾腾,奇香扑鼻。

李长庚端起一杯,低头一品,至纯的天地灵气霎时流遍百骸,里面还隐隐带着一丝洪荒韵味——这是真正的劫前仙露茶啊!比启明殿的存货高级多了,就连那盛茶的杯子都不是凡品,可以聚拢仙馥、酝酿茶雾。

好在他惦记着正事,只啜了一口,赶紧收敛心神,正襟危坐。

西王母笑眯眯道:"小李,你最近修持如何?三尸斩干净没?"李长庚连忙躬身:"斩得差不多啦,就是心头还有些挂碍。"西王母道:"启明殿工作琐碎,肯定是有挂碍。织女不省心,偏你照顾得多些。"

"这孩子很懂事,帮了我不少忙……"李长庚侧眼看看,织女冲他飞了飞眉毛,一脸得意。

"对了,我听老君说,天蓬那小子也去取经?"西王母拿起玻璃盏,似是随口问道。

李长庚知道,西王母不是在问天蓬是不是去取经,而是问这事是谁运作的。他恭敬回道:"天蓬他感陛下恩德,知耻而后勇,能有今日之前程,实乃他自家砥砺不懈的结果。"

西王母冷哼一声:"砥砺不懈?我看砥砺不懈的是他裤裆里那点玩意儿!"李长庚心里一突:我都暗示是玉帝的根脚了,您怎么还骂上了?这是冲着谁去的?

他缩缩脖子,不敢回应。西王母继续道:"当初天蓬做下那等龌龊丑事,是老身做主要严加惩戒,最后到底改了贬谪下界。贬谪也还罢了,如今他竟想转个世、取个经,就想把前业一笔勾销,成就正果?你知不知道,高老庄的揭帖一出,嫦娥来我这里已经哭过好几回了,说在广寒宫里夜夜做噩梦,生怕他哪日功德圆满,回归天庭,又来骚扰。做恶的飞黄腾达,受害的却胆战心惊,这像话吗?"

当年替天蓬求情的是李长庚,被西王母这么不指名地痛骂,他只得捧着玻璃盏讪讪赔笑。以西王母的境界,不会不清楚天蓬下凡是玉帝的心意,她突然发难,恐怕是别有原因。

果不其然,西王母骂了一通天蓬之后,端起玻璃盏啜了一口,神态回归淡然:"玄奘取经,毕竟是灵山的事务。倘若那天蓬途中故态复萌,又做出什么丑事来,丢的可不是他自己的脸,而是整个天庭,岂不是让陛下在佛祖面前落了面子?"

"您提醒得对,我回去就传达给他,让他谨言慎行。"

"哼,天蓬靠得住,狗都会吃素。小李啊,金仙之间无小事,可不能只寄希望于个人品德。"

"是,是,下官确实考虑不够成熟,我这就去跟四值功曹、六丁六甲沟通,请他们加强监督。"

"他们只管监察,想要防患于未然,还得让取经队伍自查自纠才好啊。"西王母端着热茶,脸上笑容不变。

"噗"的一声,李长庚差点把名贵茶水喷出来。好家伙,您铺垫了那么久,原来在这里埋伏呢。取经队伍自查自纠,那就得互相监督。玄奘和悟空是释门安排的,根本不归天庭管,想要监督天蓬,那只能让玄奘的第三个徒弟来。

西王母这是……也想在取经队伍里安插一个人?

210

西王母见李长庚沉默没表态，侧脸看向织女："天蓬在天庭人脉很广，随便派一个人去盯着他，难保不会徇私。我寻思着，总得找个不卖他面子的盯牢——你觉得如何？"

李长庚瞪着织女，双目睁圆："她，她在启明殿干得挺好，我觉得不必下凡去辛苦吧……"织女"噗嗤"一声乐了，嗔怪道："哎呀，您想什么呢？我妈说的是他啦。"

织女闪身让过，李长庚这才发现，西王母看的是旁边那个赤发侍者。这人生得一头红发，靛蓝面膛，看起来仪表堂堂，冲李长庚深鞠一躬，什么都没说。

"你别看他在这里端茶，其实正职是玉帝身边的卷帘大将，深得陛下信重。他手里有一根降魔宝杖，也是玉帝亲赐，不比上宝沁金耙差多少。"

听着西王母的解说，李长庚顿觉嘴里茶味变得苦涩无比。且不说一个玉帝的仪仗官为什么跑来给她泡茶，单听西王母拿"降魔宝杖"去比"上宝沁金耙"，就知道不妙。

她表面上是比较两件兵器，其实是在问李长庚——我的话和玉帝的话，是不是一样管用呀？

换个神仙，李长庚就直接撅回去了。你什么境界，也配和太上开天执符御历含真体道金阙云宫九穹御历万道无为大道明殿昊天金阙至尊玉皇赦罪大天尊玄穹高上帝比？唯独面对这位西王母，他实在没辙。

西王母在天庭的地位很微妙。你说她有实权吧，她只是没事在瑶池开个蟠桃会，搞点瓜果分分，别的都不管；你说她就是个闲职吧，能去蟠桃会的神仙个个境界都高得吓人，连玉帝见了老太太都客客气气。

这样一位大仙，未必能帮你成什么事，但关键时刻递一句话，坏你的事还是很容易的。

李长庚已经触到了金仙的边，哪敢在这时候得罪她？

可问题是，西王母这个要求确实太难了。

灵山的取经弟子名额一共只有三个。李长庚苦心运作，给玉帝抢到第二个名额，这已触及了灵山的底线。如果第三个名额再给西王母这位卷帘大将，三个徒弟两个天庭出身，岂不是喧宾夺主了？观音打死也不会同意啊。

西王母也不催促，笑眯眯等着他回话。李长庚抬头苦笑道："西王母您有所不知，这次佛祖安排的取经队伍，有一个奇处。孙悟空是大闹天宫、被镇五行山下的囚徒；猪八戒是骚扰嫦娥、被罚下界的罪犯；那个本是正选的黄风怪，也是偷吃香油供奉的貂鼠；就连取经的正主玄奘，虽说这一世是个有名望的大德，当初金蝉子也是因为不听如来说法，轻慢大教，所以才真灵被贬，转生东土——这队伍里连师带徒，都是有前科的。"

后头的话，他没说。您推荐这个卷帘大将身家清白，不符合取经队伍的遴选标准啊。

不料西王母轻笑一声："此事简单。"她下巴微抬，卷帘立刻伸出手去，把李长庚跟前的一个玻璃盏推到地上。那玻璃本是轻薄易碎之物，登时"哗啦"一声，碎成一地碴儿。卷帘就地跪下，口称万死。

李长庚僵在原地，额头唰唰沁出仙汗。他只是推托之辞，没想到西王母一刻都不缓，直接让卷帘打碎玻璃盏，堵住了李长庚的嘴——我听你的建议，让他连罪都犯了,你现在再跟我说不行?

李长庚被逼得没有退路,只得说取经之事牵涉甚广,我还得跟灵山方面商量一下。西王母却像没听懂似的,敲钉转角,说我这就安排卷帘去自首黜落,下凡等你通知。

您……不能这么霸道啊,什么都没谈定呢就硬走流程,这不是把我架在中间吗?李长庚自然不敢把这话说出口,可脸上的苦相却越发明显。

西王母换了个新玻璃盏给李长庚,斟满茶水:"小李你别有压力,卷帘此番下凡,主要以历练心性为主,只要有所成长,足不辜负玉帝的栽培之心了。"

李长庚稍微松了一口气。听西王母这意思,似乎不强求卷帘一路跟到西天,只要刷一刷履历就好。这样的话,还能争取到一点点操作空间。看来西王母还算务实,毕竟级别不能跟玉帝、佛祖比,主动把要求降了一格。

"我,我试试看……"李长庚把话含在嘴里,含糊回答。西王母也没再强逼,继续和他品茶。

杯中的仙露馥郁依旧,只是入口却变得苦涩无比。李长庚勉强咽下几口,起身拱手告辞。西王母使了个眼色,卷帘和织女一起送他出去。三人一路无语,快到瑶池门口,卷帘忽然转向李长庚,郑重一拜:"在下只要得偿所愿,自会离开,不会为难李仙师。"

嗯?这口气不太对啊?你什么愿?李长庚还没问,他已转身拽着杖子走开了。李长庚怔了怔,忽然有了明悟。

西王母从一开始的意图,就只是让卷帘去刷一下履历。前头她表现得那么霸道和强势,其实是所谓"拆屋卸窗"之计。先提出一个不合理的要求,待对方被逼到要爆炸,再退一步抛出真正的请求,对方便会如释重负,忙不迭地答应下来。

这些金仙,没有一个是好相与的,李长庚摇着头。

织女见卷帘离开,居然没心没肺地问李长庚茶好不好喝。李长庚看看这姑娘,一时无语,又有些羡慕,这才是心无挂碍,比自己更接近大罗金仙的境界。

"好喝,好喝。"李长庚敷衍了两句,知道跟织女不能拐弯抹角,于是直接问道:"那位卷帘大将,跟你妈什么关系?"

"没什么关系吧,之前我只见过他一次。"织女歪着头想。

"那是在什么时候?"

"最近啊。"

"是不是在高老庄的揭帖之后?"

织女算算日子,点头称是,然后一拍手掌:"我想起来了,是跟着嫦娥姐姐来的那次。"

李长庚"咦"了一声。他本以为卷帘是西王母的人,居然是辗转被推荐过来的。如果织女所言不虚,这卷帘与广寒宫似乎关系匪浅。怪不得西王母说,要找一个不卖天蓬面子的人选。这背后……恐怕还有更深的事。

当然,到底是什么事,李长庚现在顾不上琢磨,他得先把眼前的麻烦摆平。都说修仙是断绝因果,可怎么越修炼这缠身的麻烦越多呢?

他从瑶池出来,翻身上鹤,却迟迟没摆动拂尘。老鹤疑惑地弯过修长的脖颈,看到主人爬在背上,怔怔望着远处的缥缈雾霭,一动不动,双眼掩在白眉之下,说不出地疲惫。

隔了好久,李长庚才长长吐了一口气,

拂尘一摆，示意老鹤起飞。在路上，他给观音传了个信，约在启明殿门口，说有急事相商。

经过黄风岭之后，观音态度好了很多，很快赶到，说正在忙下一难的设计。

李长庚现在没心思谈这个，直接问她："灵山安排的第三个徒弟是谁？"观音立刻有点警惕，李长庚不客气道："咱俩各自背后的麻烦都不小，这个节骨眼，还是坦诚点好。快说，快说，到底是谁？"

观音迟疑片刻，缓缓回答："这第三个徒弟吧，有点复杂……是个凡人，但也不是凡人。"

李长庚气不打一处来："你是管谜语的神仙吗？什么叫既是凡人，又不是凡人？"观音正要解释，李长庚摆摆手："算了，不为难大士你。我只想问问，这第三个徒弟预定什么时候收？"

观音掐指一算，说那三徒弟如今在乌鸡国，按渡劫计划，怎么也得二十几难以后的事了。李长庚松了口气，目前他们刚刚推到第十四难，还有时间。他拂尘一摆，用商量的口气道："能不能……从你们这先借一个名额？"

观音一怔："借？名额这东西怎么借？"

李长庚实在懒得隐瞒，直接把西王母的要求讲了出来。观音愤愤看了他一眼："老李，天蓬的事你还没玩够是吧？还来？"李长庚道："我一个启明殿主，从来都是替金仙们做事，何时为自己的事忙活过？我如果真用手段，就不会跟你明说了。这事我也很为难，哎……"

观音眉头微皱："不是我不借，这第三个名额被灵山的大能早早预订了。你们弄走一个，已经搞出偌大乱子；再让出去一个，我实在没法交代。"

"不是让，是借，会还的。"李长庚耐心劝道，"西王母的意思，只是想让卷帘在取经队伍里刷一刷履历，让他随便经历几难，再寻个理由体面离开也就是了。"

他见观音还在犹豫，加重语气道："贫道在黄风岭助大士渡过一劫，消劫就应在此处了。"

他抬出这个人情，观音不好回绝，只得说："老李你说说，怎么个借法？"李长庚道："这事倒也简单。后面几难先放一放，我先加塞一难让玄奘把卷帘给收了，给西王母一个交代。快到乌鸡国的时候，再找一个劫难，把他调离队伍。你后头该怎么收徒弟，还怎么收。"

"这么简单？"

"对，就这么简单。"

"那万一他不离开呢？"观音问。

不怪她多疑，万一李长庚安排完以后把脸一抹，不认之前的承诺，观音可是一点制衡手段都没有。两人如今虽然和解，还远没到交托生死的地步。

李长庚明白，自己得拿出令人信服的保证才行。他反问："大士你需要什么保证？"一脚把球踢到观音脚下。

观音有点作难，凝神想过一轮方道："他得带着一个罪过入队。"

"他本来就是因罪罚下天庭啊。"

"不，不，卷帘打碎玻璃盏是因，贬谪凡间是果，这桩因果已然了结。我要的是，他在凡间也要背一个罪因，以待罪果。"

"绝妙！"李长庚真心赞叹，观音在这方面的手段真是无出其右。只要卷帘在人间有罪行未了，便随时可以把他开除离队，这就是最好的保证了。

他想了想，掏出一个锦囊说："我把卷帘安排在流沙河，人设调得穷凶极恶一点，

213

嗯，就说他把路过的行人都吃了，一口气吃了九个。"

"哈哈，老李你也绝妙。"观音也是拊掌赞叹。

"九"这个数字，颇有讲究。卷帘如果吃过十个人，就是为害一方的大妖，天庭必须要派员讨伐；卡在九人伤亡，不会把动静闹得太大。想提拔，就说他诚心悔悟、立地成佛；想开革，就说他怙恶不悛、劣性难收，可以说是进退两宜。

反正取经队伍里，个个都有前科，他这么操作，不会太显眼。

观音想了想，补充一个提议："你弄几个骷髅头让他挂着，效果更好。"李长庚称赞说这办法好："要不要再加个设定，说这九个骷髅头是玄奘九个前世？"

"……算了，这个玩得有点大，我怕不好收场。"

"听你的！"

李长庚在方略里修改完，递给观音。观音在高老庄、黄风岭连吃了两次亏，现在看到锦囊就一哆嗦。她不敢大意，从头又仔细复盘了好几次。

李长庚也不催促，站在旁边吐纳。这是个大人情，别人谨慎一点是理所当然。

观音菩萨盘算一圈，突然眉头一皱，抬头问："不对，老李，这里头有个风险你可没提。卷帘是西王母的根脚，万一到了开革时，西王母硬要保他，我们怎么办？"

说白了，她纵然信得过李长庚的人品，但不信他有能力可以扛住西王母的压力。

李长庚一扯观音袖子，低声解释道："你有所不知，这个卷帘有些古怪，似乎跟猪八戒有仇。他们俩在一个队伍里，那是一庙不容二……"

"嗐！"

"哎，说错了，是一山不容二虎！搞不好不用我们安排，他们俩就先斗起来了。到时候各拼根脚，无论谁落败退场，也怪不到我们头上。"

观音这才放下心来，说这一难得我来安排。李长庚知道她终究不放心，说没问题，不过最好你本尊别去，免得被牵连。观音想想也对，说那让我徒弟木吒跑一趟吧。

两人又把细节对了一遍，临到分手，李长庚忽然问了一句："我一直有个疑问，佛祖为什么指定孙悟空为首徒？"

观音回答："我也不知道，但这是佛祖唯一一个明确指定要玄奘收的弟子。不过吧……"她犹豫了一下，脸上也满是困惑，"孙悟空也是唯一一个对取经没兴趣的大妖。"

两人就此拜别，李长庚先给织女飞符，通知西王母让卷帘下凡等候，然后走到启明殿门口，想了想，到底还是没进去，回身拂尘一摆，又奔下凡间。玄奘师徒正在休息，李长庚没惊动另外两位，直接推醒猪八戒："卷帘大将你认识吗？"

"卷帘大将多了，你说哪个？"

"什么哪个？"

"金星老，你不在军中，不熟体制。我这个天蓬元帅，乃是玉帝恩加的特号，独一份儿。卷帘大将是驾前卤簿的一部，挂这头衔的少说也有三十多号神仙呢。"

"呃，就是手里有降魔宝杖那个。"

猪八戒嗤笑一声："卷帘将军配的都是玉钩，用来卷起珠帘，拿宝杖怎么卷？金星老你从哪认识这么个西贝货？"李长庚脸色一僵，迅速调整了一下："反正很快有一位卷帘大将会被贬谪凡间，在流沙河加入队伍，你留神就行。"

李长庚不待八戒再问就匆匆走了。他的目的不是查明卷帘的身份，而是通过这条渠道委婉转告玉帝，说西王母也要插手。至于金仙们怎么运筹帷幄，就不是他需要考虑的了。

好不容易回到启明殿，李长庚终于可以坐下喘口气了。他叫童子泡了一杯仙露茶，一口喝下去半杯。这茶味比在瑶池喝的同款茶差远了，可太白金星觉得还是自家茶好，喝下去没负担，一口茶就是一口，不掺杂别的心思。

喝完了茶，李长庚闭上眼睛，感受暖洋洋的灵气在丹田里慢慢化开。整个启明殿里静悄悄的，老神仙好似睡着了一般，享受着这难得的闲暇。

不知过去多久，他缓缓睁开眼，看到案头堆积着的造销玉简，叹了口气。这玩意儿于道心无益，做起来满心嫌恶，偏偏从双叉岭到黄风岭，一路护法的花费着实不小，实在忽略不得。

他摸向案前的玉简，随手打开其中一卷，把几根算筹摆在旁边，然后……继续闭目养神，而且这次更加心安理得，因为感觉造销已经开始做了。

直到拖无可拖，李长庚这才强振起精神，扑进数字堆里挣扎起来。只过了一小会儿，他又分心去摸茶杯，却不小心摸到六耳那一纸诉状——它一直被摆在案几旁边。

也许是为了逃避造销的纠缠，也许是出于那么一点点没来由的愧疚。他鬼使神差地把诉状展开来，心想再看看吧。

诉状里还是那一套说法，只是补充了一点细节，也没什么实质帮助。六耳这事儿，除非是叫孙悟空来当面对质，否则没得可解。但孙悟空在取经途中，天庭根本无法传唤，等取经结束……人家就成正果了，你更没办法。

李长庚也是一路修炼上来的，深知飞升越高，离人间越远，因果就越少。可没了因果牵扯，对人间的事情也便看淡了。六耳这种堵门闹事的偏执，易生妄念、成心魔，最为金仙们所不取。

所以他劝六耳放弃，真的是出于善意。

其实老李之前在观音禅院时，先考虑的是找六耳来配合，可又怕他见到悟空反应过激，然后才找了黑熊精。你看，因为六耳个性使然，错过了一个机缘，多可惜。

"唉，算了，算了……老李你又幼稚了。你还顾得上别人？"李长庚发出一声苦笑，把诉状搁下。他身上背的因果已经不少了，哪能去同情惦记一个下界小妖。等日后修成金仙，再来看顾一二不迟。

想到"金仙"二字，他心头一热，把杯中茶喝个精光。算算时辰，玄奘这会儿应该过流沙河了，也不知卷帘是否顺利入队。观音一直没传信过来，沉寂得有点古怪，他有点犹豫，到底是先发个飞符去问问，还是一口气先把造销做完。

就在这时，耳畔忽然传来一阵车轮的嘎嘎声。

车轮？这启明殿内哪里来的车轮？

李长庚纳闷地抬起头，正看到一个莲藕身子的小童踩着轮滑，背着手，嘎嘎地滑进启明殿。

"哪吒三太子？"

李长庚还没反应过来，哪吒已冲他一拱手："金星老，三官大帝那边找你。"

"啊？三官大帝？"李长庚大奇，三官大帝是天官、地官、水官，负责校戒罪福，抓总风纪，跟自己平时没什么交集。他问哪吒："请问何事？"

"不知道。"哪吒懒洋洋地跳下风火轮，扔给李长庚一只，"三官殿那边只给我讲了个时辰和殿阁，让我护送你过去。"

第 六 章

风火轮呼呼地飞速旋转，在半空忽上忽下，冒出的火光照透了片片彤云。

去三官殿不允许用自己的坐骑，李长庚坐惯了慢悠悠的老鹤，没骑过风火轮这么快的玩意儿。他学着哪吒的样子，两条腿分开站在风火轮两边的凸起，微微弓身，状如骑马。身子微一前倾，心意一动，整个人"嗖"地一下就出去了，吓得身子往后一仰，好不狼狈。

哪吒笑嘻嘻地飞在前头，不时回头围着老头儿转圈，胜似闲庭信步。他们俩在彤云里钻行了半天，哪吒嫌他滑得慢，喝了一声："金星老儿抓紧了！"手里一抖，混天绫飘出去拴住李长庚，往自己这边拽过来。

趁着混天绫裹住两人、遮住周围视线的片刻，李长庚耳畔忽然传来哪吒一声低语。

"兄长让我给你问个好。"

他还没反应过来，混天绫已经绷直了。哪吒望着前方，跟什么都没说过似的，扯着他朝前飞去。李长庚本来被轮子晃得头昏眼花，这一下子，突然就不晕了。

这句话看似什么都没说，透露的信息可不少。

哪吒一共两个哥哥，金吒在文殊菩萨座下供职，木吒在观音菩萨那儿当护法。李长庚跟金吒没打过交道，这个兄长应该是指木吒。

木吒无缘无故，给我问什么好？自然是跟观音有关系。再联想到观音迟迟没有回信，到底是不想回，还是不能回？无论天庭还是灵山，想要调查谁，都会先断了对方联络，防止串供——莫非是观音遇到了官面儿上的麻烦，这才辗转通过木吒与哪吒传出一点警告？

观音遇到的麻烦，需要通知李长庚，说明这麻烦应该与取经相关，但到底是哪个环节出了问题，就不知道了。

无论如何，观音能传这么一句消息来，至少说明她是站在自己这边，而不是举报者。这一个基本判断至关重要。李长庚抓紧时间捋了一遍思路，以至于完全顾不上晕风火轮了。

很快哪吒把他带到三官殿前，转身走了。自有三官殿的仙吏上前，引着他到了一间偏殿的斗室。李长庚抬眼一看，里面正坐着三个神仙。

坐在正中央的是个鹤发鸡皮的老太太，他认出来是黎山老母。左右两位却大大出乎他的意料：从左至右分别是文殊菩萨、普贤菩萨。好家伙，如来的左右两位协侍齐至，屋内圆光灿然，耀得屋角一面水镜熠熠生辉。

文殊、普贤两位起身见礼，黎山老母笑呵呵开口道："金星仙师，这次老身借了三官殿找你，是因为有人举发给灵山和天庭一桩蹊跷事。两位菩萨远道而来，详查此事，老身正好得空，引着他们过来。"

"您客气，我一定知无不言。"

黎山老母这话，让李长庚心里踏实了不少。借用三官殿，说明三官大帝并没正

216

式介入。黎山老母境界虽高，却是个闲职散仙，而且上来就摆明了态度，说自己只是带路而已，说明天庭并不把这个当成大事。

至少，他可以集中精力对付灵山的盘诘了。

黎山老母咳了一声："是这样，大雷音寺收到一张申状，说玄奘取经途中收的几个弟子良莠不齐，素质堪忧，存在选拔不公、徇私舞弊之事。"

李长庚正要开口，黎山老母手一抬："为了公平起见，几位菩萨和老身没知会任何人，自作主张下凡，先去考验了一下那几位玄奘弟子的心性。当时的情形都已存影，请李仙师先看。"

李长庚注意到，是"几位菩萨和老身"，而不是"老身与几位菩萨"。显然这次突击检查是大雷音寺主导，绕开了那三十九尊随行神祇。他的视线飘向另外两位菩萨：普贤眼观鼻，鼻观心，安忍不动；文殊倒是冲他笑笑，双手合十。

怪不得哪吒讲话藏头露尾，他大哥就在文殊菩萨麾下，确实不便讲得太直白。

黎山老母把龙头杖一举，屋角那面水镜倏然放出光华，不一时浮出画面来。

画面里唐僧师徒四人正在林间行进。李长庚看到卷帘敛起本相，化为一个络腮胡须的僧人，那根降魔宝杖被他当成扁担挑起行李，低调地走在队伍最后面，比白龙马还没存在感。

观音果然没有失信，在流沙河把他运作进来了。听师徒之间的交谈，卷帘以流沙河为姓，法号叫做"沙悟净"。李长庚仔细观察了一阵，沙悟净和猪悟能互动并不多，但前者看向后者的眼神，却隐约透露着一缕恨意——此人所图，果然不小。

只见师徒四人走到一处殷实大庄园，里面走出一个姓贾的寡居妇人，膝下还有三个千娇百媚的姑娘。这贾寡妇说家里没有男丁，想要与他们四位婚配招赘，陪嫁万贯千顷的家产。

这都不用细看，李长庚一眼便认出贾寡妇是黎山老母所化，那三个姑娘的真身，自然是文殊、普贤，还有一个他意想不到的人，观音。

怪不得她断绝消息。李长庚可以想象，文殊、普贤一定是突然降临观音面前，当场宣布要突击检查，然后当场收了观音一切传信的法宝——多亏了木吒和观音有默契，一见这形势，好歹传出一条模糊的消息。

留影继续在播演着。师徒四人对贾寡妇的邀请反应不同，其他三人都很冷淡，只有猪八戒最为热烈，还搞了一出"撞天婚"的闹剧，实在荒诞可笑。影像一直演到猪八戒披上三件珍珠锦汗衫之后，就定住了。

"现在师徒四人还在贾家庄园里安歇，等着我们做出结论。在做结论之前，老身想问问金星的想法。"黎山老母和颜悦色道。

李长庚没有立刻回答。美色试心性这事，算是个固定套路，他怀里就有好几个类似的锦囊。问题是，留影里的这段，总透着蹊跷，至于蹊跷在哪，他一时还没想明白缘由。

普贤板着脸催促道："李仙师，这段留影里的三个徒弟表现，你如何评价？"

"如是我闻。师徒悟性不同，各有缘法。"李长庚先甩过一顶大帽子，堵住对方的嘴。普贤冷哼一声："不要含糊其辞，佛法我们比你明白。我问你，这师徒几人，谁可通过考验,谁不可?"

李长庚道:"大道五十,天衍四十九,人遁其一,变数常易,岂敢妄测?"这次他改用道门的词儿,但推脱之意更加明显。

普贤眼皮一抖,正要拍桌子,被文殊从旁边劝住。文殊笑眯眯对李长庚道:"李仙师,您别有情绪,我们只是例行问话,都是为了取经大业嘛。"

"取经一应事务皆是灵山定夺,贫道只是奉灵霄殿之命,配合护法而已,其他的一概不知。"

"又没问您别的,只是评价一下这段留影的观感嘛。"

"我的观感就八个字:缘法高妙,造化玄奇。"

李长庚稳稳的滴水不漏,文殊看看黎山老母,她拄着龙头杖似乎睡着了,便拽着普贤低声商量了几句,这才回身道:"那么请问李仙师,这个沙悟净,是什么根脚?"

李长庚微眯眼睛,他们这是变换攻势了,一边提防一边回答:"他本是天庭卷帘大将,只因打碎了西王母的玻璃盏,被贬下界,在流沙河为妖。"

文殊似乎对沙悟净格外有兴趣:"天庭和灵山因犯事被贬的妖怪神仙,可以说是满坑满谷。这打碎玻璃盏也不是什么大罪过,为什么选他做了玄奘三徒?"

"菩萨您说笑了,什么叫我选他?是这怪一心向佛,敬奉甚虔,如今蒙上师收为弟子,是他自己的缘分到了。"

普贤凶巴巴地问:"你说他虔敬就虔敬?"

李长庚从容道:"这不是我说的,是这水镜里映出来的。各位菩萨请看,沙悟净从头到尾,只盯着猪悟能一个,从不错眼去看几位女子。这说明什么?说明他不光自己定力高,而且还心系他人,担心二师兄犯错误,影响了取经大局,这不是虔敬是什么?"

这一席话,说得两位菩萨哑口无言。文殊沉默片刻,复又开口道:"高老庄距离流沙河只隔一座黄风岭,这收徒的频率也忒快了点吧?"

黎山老母截口道:"两位菩萨,收徒只凭人品仙缘,可没规定时辰。"

文殊被这么一拦,丝毫没露出不快,笑容满面:"李仙师的意思是沙悟净入选,是因为事佛虔敬对吧?"李长庚一点头。

普贤紧跟着一拍桌子:"那不虔敬的,就不该入选,对吧?"

李长庚"呃"了一声,这两个菩萨果然难对付,一个黑脸一个红脸,假意围着沙悟净转。他千防万防,尽量只说废话,可还是被打了一个埋伏,绕入彀中。

他们真正的目标根本不是沙悟净,而是猪八戒。

李长庚暗暗责怪自己粗心。刚才看留影的时候,就应该看出这一局的破绽了。

美色这事儿,玄奘用不着测——贾寡妇让三个女儿去配徒弟,自己去配长老,明摆着就是给稳过;孙悟空不必测,这灵明石猴里的"石"字,可不只是形容其出身;沙悟净是新近入队,文殊、普贤在出发前恐怕都不知此人存在,更谈不上刻意针对。

换句话说,这一局试心性的设计,根本就是为好色之徒猪八戒量身定制,而且还一口气安排了三个姑娘让他"撞天婚",摆明了不打算让他通过——当然,这两个菩萨牺牲也是不小,更看出他们的决心。

如来的左右协侍和十大正途弟子关系

218

匪浅。看来之前八戒替掉了黄风怪的事，阿傩始终意难平，请来两位菩萨出头。

"李仙师？"文殊把发呆的李长庚拽回来，"你还没回答呢。唯有事佛虔敬、严守戒律者，方能选入取经队伍，对不对？"

"啊，是……"李长庚只得先含糊回答。

"那就是说，如果不守戒律、胡作非为，是没资格取经的对吧？"文殊缓缓带着节奏。

太白金星没回答。文殊与普贤对视一眼，又把留影调到猪八戒"撞天婚"的段落，还特意定在那儿，一起看向老头儿。

李长庚仍旧有点困惑。试心性是针对八戒不假，可再往深层次一点想，猪八戒入队，是玉帝和佛祖达成的默契，那条象征道释两门友谊的锦鲤，还在珞珈山的莲花池里呢。就算大雷音寺对此很不爽，难道还敢硬扛玉帝与佛祖的面子，把他开革掉吗？

文殊和普贤没这么傻。

李长庚曾经历过类似谈话。他知道最麻烦的状况，不是你笨嘴拙舌，而是你根本不知道对方的真实目的。人家东一拂尘西一禅杖，问得云山雾罩，你只能被动应答，不知哪句就会落入彀中。

这时普贤又厉声道："猪八戒贪淫好色，定力孱弱。此妖固然与我佛有缘，但当初遴选时，是不是出了大问题？"文殊紧跟了一句："不止是高老庄，黄风岭那一难，也有诸多难解之处。李仙师全程都有跟进，如果看到什么不合规的事，欢迎讲出来，我们一同参详。"

这一拉一拽，让李长庚陡然挺直了身子，直勾勾看向两位菩萨。原来，原来他们的目的是这个。

上次是阿傩驱使黄风怪剑走偏锋，这次换了文殊和普贤，以大雷音寺的名义，堂堂正正搞了一次突然袭击。两次的目标是相通的，都是观音大士。

他们你一言、我一语，始终扣住遴选流程，就是要捉观音的痛脚——至于猪八戒，普贤之前铺垫过了，"此物固然与佛有缘"，到时候随便找个理由宽宥就好。

两尊菩萨就这么盯着李长庚，整个屋子里静悄悄的。李长庚沉思片刻，勉强答道："我只是协助护法而已，别的实在是不清楚。"

"黄风岭那一难，到底是怎么回事？黄风怪去了哪里？灵吉菩萨又是谁？"

普贤气势汹汹地连续追问。李长庚还没回答，文殊又笑笑："李仙师别着急，慢慢想。想得不全也没关系，大概情况我们都掌握了，询问您主要是给观音大士查漏补缺。"

李长庚心里"格登"一声，难道观音那边都交代了？普贤见他脸色微变，趁机道："高老庄和黄风岭的问题，天庭与灵山都很重视。谁存心隐瞒，谁坦白交代，报应可是不一样的。"

李长庚张张嘴，觉得喉咙有点干。

他发现自己陷入了伯夷叔齐式的困境。

相传凡间的周武王伐纣之后，伯夷、叔齐恶其所为，隐居首阳山，别居两洞。武王遣使者请他们出仕，但爵位只有一个，先出者得，后出者死。两兄弟虽不能彼此商量，心志却一样坚定，同时拒绝。武王怅然离去，两兄弟遂得以全义。

对李长庚和观音来说，最好的结果当然是两人什么都不说。但他们两个不是伯夷叔齐，信任基础薄弱。观音交代没有，交代了多少，李长庚不知道，反之亦然。

他如果直接说出黄风岭的真相,观音会如何?如果坚持不说,自己会如何?这么猜疑下去没完没了——这正是菩萨们隔绝飞符的目的。

屋子里陷入了微妙的沉默,两尊菩萨望着这位老神仙头顶冒出白气,知道他陷入了纠结,也不催促,好整以暇地看着他。伯夷叔齐是个因果陷阱,直指根本大道,一旦陷进去,就是大罗金仙都难以挣脱。金星老头儿,早晚要屈服的。

就在这时,黎山老母忽然睁开眼睛,敲了敲杖头:"老身精力不济,权且休息一下,喝些茶再聊不迟。"她一发话,文殊、普贤也只好应允,但不允许李长庚离开斗室。

李长庚得了喘息机会,赶紧盘坐在蒲团上,徐徐吐纳了一阵灵机。黎山老母从旁边端起一杯茶,递给他:"金星你别负担太重,该怎么说就怎么说,不要有压力。"李长庚双手接过茶杯,啜了一口,点头称谢。黎山老母笑道:"这三官殿的茶,比瑶池的劫前仙露品质差远了,你凑合着解解渴吧。"

李长庚再次称谢,可话到嘴边,突有觉悟,猛一抬头,黎山老母已经回到座位上了,继续昏昏欲睡。文殊、普贤瞪着他,问休息好了没有。

"休息好了,休息好了。我们继续。"

李长庚一拂双袖,微笑回答。文殊、普贤对视一眼,感觉这老头儿气质发生了奇怪的变化,可又说不上为什么。

询问重启,李长庚这一次一反常态,不再唯唯诺诺,反而变得咄咄逼人。他一口咬定揭帖内容无误,徒弟招收合规,至于灵吉菩萨与黄风怪的下落,则一概推脱不知。文殊、普贤软硬兼施,却再也敲不开这个老鼋壳。

李长庚意气飞扬,心中却暗暗庆幸。刚才黎山老母送来那一盏茶,实在太关键了。她知道李长庚去过瑶池,甚至还准确地说出"劫前仙露"的名字,可见她来之前,跟西王母早有沟通。

其实早在黎山老母拦住文殊对沙悟净的追问时,李长庚就该意识到这一点。可惜他一坐下有点憷,竟漏过这个暗示,还得劳动黎山老母趁休息时多递一盏茶来。

"还是不够成熟呀。"太白金星心中嗟叹。

他早该知道,就算西王母不出手,天庭也不会对这次调查持积极态度。猪八戒和沙和尚是两位金仙安排,这时候怎么会主动换掉护法呢?

所以只要自己不出大错,就不会有任何风险。老李思路一通,心中霎时一片明白。

伯夷叔齐的困境,前提是自身面临绝大危机。但现在这个前提不存在了,普贤所谓"谁存心隐瞒,谁坦白交代,报应各有不同",只是个虚假的威胁,想从他这里诈出观音的黑料,如此而已——只要勘破了这层虚妄,立刻便能走出首阳山的迷障,得到大解脱。

文殊、普贤又盘问了一阵,仍是徒劳无功。文殊有些不甘心,用语重心长的口气道:"李仙师,你再想想,再想想。大雷音寺会重视你的付出。"

这便是赤裸裸的利诱了。

李长庚毫不犹豫,直接回绝。两位菩萨的态度越来越急切,可见观音那边应该也没说出任何信息,否则他们早抛出来了。既然观音在坚持,他就更没必要出卖。

这不止是利益问题,也是个道义问题。

他在启明殿多年，深知手段虽重，仙途要长久终究还得看人品。

上座的文殊、普贤脸色铁青，就连背后圆光都黯淡了几分。他们终于发现，这次谈话注定没有结果。两位菩萨怎么也想不通，明明断绝了李长庚的法宝，怎么他的态度会前恭后倨？他们狐疑地看向黎山老母，可她除了送过一盏茶，全程可是都在打瞌睡啊。

黎山老母睁开眼睛，对两位菩萨道："问好啦？那请两位商量出个章程，老身去通报下界处理意见，师徒几个人还等着呢。"

李长庚起身道："贫道还有许多事情要做，请问可以走了吗？"黎山老母一点龙头杖："你不听听我们的处理意见吗？"

"无论什么意见，贫道皆会凛然遵行，绝无二话。"

在文殊和普贤复杂的注视之下，李长庚昂然离了三官殿。这次没有哪吒接送，他唤来自己的老鹤，慢悠悠地飞回启明殿。在途中，他接到了观音的飞符传音，终于恢复联络了。

黎山老母和几位菩萨作出决议：这一次突击试禅心，猪八戒心性愚顽，淫性难改，着那三件珍珠锦汗衫化为麻绳，吊他一夜。

没了。

确实没了。

这位虽然丑态百出，可又不能真的开革，其他三位表现更没任何问题。几位菩萨只能把板子高高举起，缓缓放下，拿出这么一个不咸不淡的结论，强调说只是"试禅心"——对，只是试，不是正式考核，所以没过不要紧，下次注意便是。

更好的消息是，观音充分发挥了"巧立名目"的特长。文殊、普贤不是强调这是"试"吗？那肯定算是一次劫难对不对？于是她硬是从两位菩萨手里，把这次突击检查抢了过来算成自己业绩。

之前在流沙河，她已经拆分了"流沙难渡十五难"和"收得沙僧十六难"，再算上这回白得的"四圣显化十七难"，一口气又推进了一截进度。

"折腾我们一趟，总得付点代价吧？"

观音恨恨地对李长庚说，然后发来一条空白简帖："既然这一劫是试炼，写揭帖总得有点教育意义。这活儿交给老李你了。"——这是感谢李长庚没出卖自己，请他过过写诗的瘾头。

李长庚心情极好，灵感勃发，大笔一挥，在简帖上写下八句颂子："黎山老母不思凡，南海菩萨请下山。普贤文殊皆是客，化成美女在林间。圣僧有德还无俗，八戒无禅更有凡。从此静心须改过，若生怠慢路途难！"

他乐滋滋发过去，请观音品鉴。观音沉默了半天，回复说写得不错，下次还是我来吧。

等到李长庚回到启明殿，发现观音居然正站在门口等他。李长庚以为又出了什么意外，心里一突突，谁知观音晃晃玉净瓶，笑嘻嘻道："下界都安顿好了，暂时无事，找你喝点。"

观音心里很清楚，这次若李长庚稍有动摇，自己就要完蛋。说是试探取经人的禅心，又何尝不是考验他们两位的心志？她主动找来，也是表示谢意，深化一下关系。

两人进了启明殿，童子端来两杯仙露茶。李长庚豪气干云，大手一挥："喝什么茶，弄一坛仙酒来！"观音抿嘴一笑：

"不必了，我带了素酒。"说完从玉净瓶里倒出两盅汩汩琼浆。李长庚让童子端来一碟九转金丹，几盘仙果，两人边喝边聊起来。

酒桌上你扯些闲篇儿，我议论些八卦，气氛逐渐热络起来。喝到酒酣耳热时，观音忽然把玉净瓶往桌上一拍，满脸涨红："我可太难了！本来护法就不是好相与的活儿，还惹来一堆嫌弃。他们上回挑唆玄奘，这次试炼八戒，下回是什么？天天变着法儿防着自己人，太累了，还不如辞了算了！"

李长庚端起酒杯："大士你这就不对了。道法自然，什么是自然之法？就是斗，就是争，大道争锋，你退一尺，他们就会进一丈。你以为辞了麻烦就少了吗？错了，人家觉得你弱，以后麻烦会源源不断。"

"老李你看着谦冲随和，想不到骨子里这么狠。"

"这不是狠，这就是仙界图存之道——大士你想想，当初我如果不摆你一道，是不是你还当我软柿子呢？"

观音打了个酒嗝，表示轻微不满。李长庚酒劲上来，爹味也随之上涨，谆谆教导道："你做事的心思够巧，就是关键时刻不够硬，容易被别人一力破十会。我的事就不提了，你看黄风怪硬来了一下，袭击悟空、掳走玄奘，你就麻爪儿了，这可不行。"

观音无奈地摇摇头："那怎么办？总不能每回都兵来将挡，还干不干正事啦？"

"你得支棱起来，露出刺，让人都知道你不好惹。"李长庚推心置腹。

"这道理谁都知道，可做起来哪那么容易？"

"其实啊，我倒有个主意。"李长庚扔嘴里一粒金丹，咯吱咯吱嚼着。

"老李你不是好人，但能处，出的主意一准不错。"

"回头找一劫，你在里面露个脸儿，立个奇功，展现下手段，然后在揭帖里大大地揄扬一下，把声望拔得高高的，他们再动手就有顾忌了。"

"咱们自己护法，还自己立功？这么干不合适吧？"

"有什么不合适？黄风岭那次，我不是给护教伽蓝们找了个机会，狠狠揄扬了一顿吗？事后效果多好！所以这事，关键看怎么揄扬。放心好了，我来安排，保证天衣无缝。"

"你打算怎么弄啊？寻常小事怕是没效果，搞出太大的事来，又牵扯太多，万一又惹来调查……"

李长庚喝得有点高，他偶然瞥见盘子里的几个仙果，突然兴奋地一拍桌子："就它吧！"

"谁？"

"我知道个瑶池宴的特供仙果商，就在取经路上，找他准没错！我来安排……"

观音缨络微摇，看得出有些激动："老李，原来我老觉得你这人窝囊庸碌。现在才看明白，这是绵里藏针，以德报怨。相比之下我太不成熟了，得向你学习！"

"哎，大士你不用谦虚。咱们只是道释信念不同，没有高低之分。"李长庚已经喝高了，言语也放肆了几分，"你看见我那头老鹤没有？勤勤恳恳几千年，背着我走遍三界。咱们也是老鹤，天天给诸位金仙佛陀分忧奔走，能有多大区别？"

观音举起酒杯："算了算了，不谈工作，喝，喝。"李长庚含糊地嘟囔了两句，一口喝完，然后趴到案几上醉过去了。

第 七 章

李长庚和观音一起站在五庄观门口，观音仰起头来，第一眼注意到的，就是门口那一块巨大的石碑。

她没法忽略，这石碑奇大无比，通体青黑，比山门还煊赫醒目，仿佛设计者在声嘶力竭地喊所有人来看上面的十个描金大篆："万寿山福地，五庄观洞天"。

"好大气魄。"观音啧啧称赞，再往山门深处望去，只见峰峦叠嶂之间，坐落着楼阁数重，松竹掩映，云霞缭绕，偶闻鹤唳猿啼，明明是一处人间地府，却俨然有天宫仙家的气派。

李长庚听她发出赞叹，只是笑了笑，没言语。过不多时，远远一对眉清目秀的童子踏着两团云霭飘然而至，俱是唇红齿白，玉冠紫巾，可谓卖相十足。

"清风、明月，你们师父在吗？"李长庚问。

清风不卑不亢，袖手一礼："家师在上清天弥罗宫听元始天尊讲混元道果，还没回来。"观音一听，一阵失望。李长庚却把脸一沉："别扯淡，我知道他在观里呢。别拿这词儿糊弄我，又不是外人，你们就说李长庚来访。"

两个小童对视一眼，赶紧回身按住耳朵，似乎是请示了一下，然后说家师一气化三清，其中一个分身正在观内感悟，请两位贵客进来吧。

李长庚冷哼一声，与观音跟着清风明月往里走。一进五庄观的正殿，观音抬头看见正面挂着"天地"二字，很是好奇，问为何只挂这两个字？

李长庚要阻止，可已经来不及了。清明和明月对视一眼，都抢着回答，两个声音一字不差，可见是熟极而流："三清是家师的朋友，四帝是家师的故人，九曜是家师的晚辈，元辰是家师的下宾，所以供奉不得，只摆了'天地'二字在这里。"

观音大惊，这五庄观的根脚竟如此深厚？李长庚赶紧一拽她袖子："嗐，谁来了他们都这么说。难道三清四御会打上门来较真么？"

话音刚落，忽然一个宏大的笑声自四面八方响起："长庚道友，何来迟也？"两人转头，只见一个仪表堂堂、仙风道骨的玄袍道人从天而降，此人头戴紫金冠，身披无忧鹤氅，四周花雨缤纷，旋转落下，极为煊赫。

李长庚冷哼一声，猛一跺脚，又一阵花雨哗哗落下。镇元子赶紧收敛做派，伸手拦住："哎哎，老李你别跺了，我一共就放了那么几篓，被你全震下来，还得再装回去，忒麻烦。"

李长庚道："我说元子，你知道我来还搞这一套？"镇元子一捋颔下长髯，复又得意："但效果不错对不对？连你都吓了一跳。"

李长庚懒得回应，一指观音："这是观音大士，我们今天来跟你谈个事儿。"镇元子一听是她，双眼立刻放光："哎呀，久闻尊者大名，竟然来我这观上，蓬荜生辉，蓬荜生辉。"观音正双手合十回礼，却不防被镇元子一把抓住，扯到"天地"二字下方，说尊者难得莅临，一起拜拜天地。

观音一脸懵懂，旁边清风、明月一个取纸轴，一个祭笔墨，转瞬摆出一盘乩仙，一看就是做得惯熟。乩仙不扶自动，不一时便在纸上绘出一幅《道释仙友图》，画上二仙以天地为背景，携手而立。镇元子比本人又俊朗了几分，双眸淳淳光华，身后隐现诸般异象。

观音有些尴尬，镇元子却一点不见外，一扬手，这画便自行飘去偏殿。观音侧眼望了一下，那偏殿内挂着二十几轴，皆是镇元子与各路神仙的拜天地图，无不是有名的。不过其中大多数神仙的表情与观音一样，礼貌而尴尬，还带着一丝不情愿。

"这都是好朋友，经常来我这里喝茶。"镇元子云淡风轻地一挥手，正要带他们一一看过去。李长庚催促道："差不多得了，我今天找你来是谈事，不是看你显摆。"

镇元子从善如流，把他们请到五庄观的后花园，这里一棵高逾千尺的参天大树，青枝馥郁，枝杈虬结，上面有一个个果子垂吊下来，状如小儿。这就是三界闻名、大名鼎鼎的人参果树了。

人参果树下有一方古朴云木，自成桌台，台上摆着金击子、白玉盘、琉璃茶盏等等，个个精致。

三位神仙各自落座，镇元子一指那果树，声音如钟磬清响，抑扬顿挫："这人参果深蕴文化，物性暗合天道，遇金而落，遇木而枯，遇水而化，遇火而焦，遇土而入，所以不可轻易吃，需得有一套规矩。我先给贵客演示一下，什么叫遇金而落。"

他抄起金击子，就要登高摘果。李长庚不耐烦道："得啦得啦，吃果子就实实在在吃，搞这么多仪式，跟求雨似的，至于吗？"镇元子笑道："我这是为了贵客好。就算是寻常果子，把大规矩往这一立，大道理往这一摆，那滋味立刻就不一样了，更别说我这人参果了。"

李长庚道："你这一套是糊弄外客的手段，可别在我这里折腾。"镇元子说谁要糊弄你？我这不是让大士见识一下嘛，然后大袖一摆把器具都收了。

过了一阵儿，清风明月端来满满一盘人参果，少说也有二十几个，堆如山高。观音吃了一惊："这么多？我听说人参果三千年一开花，三千年一结果，再三千年方得成熟。一万年只结得三十个啊？镇元大仙未免太破费了。"

李长庚嗤笑道："大士你也着了他的道儿了，这个镇元子最擅嘘呵之术。明明人参果一甲子就能产三十枚，他对外都说一万年，把天上那些神仙唬得一愣一愣的，炒得简直比蟠桃还金贵。"

镇元子不乐意了："老李，我好意招待你，你何必老是塌我的台？我要不说这么玄乎，人家办瑶池会怎么会用我的果品做特供？道经有云，大成若缺，一样东西想要大成，必须得让人觉得稀缺。"

观音隐隐觉得这话似乎不该这么解，镇元子又道："再说了，现在各路神仙都托关系来问我要，谁的面子都不能落。我少报一点产量，私下里再给他们多分点，这人情不是做得更大了嘛。"

在座的都通世故，见他说得如此坦诚，不由齐齐抚掌大笑。有李长庚在，镇元子也不装了，挽起袖子抓起两枚果子，热情地搁到两人面前："前头都是生意，须得端起些做派。现在是朋友，随便吃，随便吃，我那两个童子天天还削了皮敷脸呢——只一点，出门以后别给我说破。"

观音听了李长庚介绍，才知道他和镇元子早年是一同修行的同窗。后来李长庚飞升去了天庭，镇元子却选择在人间做个地仙，寻了处洞府侍弄仙果。

"老李不是我说你，当初你非要选飞升，上了天又怎么样？听着风光，一天天苦哈哈的，谁都怕。哪如我这里自在，既无考勤点卯之苦，又无同僚倾轧之忧，赚了功果尽着自己花销。何等逍遥。"镇元子道。

李长庚沉默片刻，似是不服气："上天和种地，是个头脑清明的都会选前者，谁能想到你现在搞得这么大？再说了，论修行还是我修得好，唯独不像你一样会嘘呵，把自己包装成什么只拜天地的镇元大仙。"镇元子道："嘘呵怎么啦？天下种果的多了，怎么偏独我的果能送进瑶池做特供呢？我看老李你打心里还是看不起我，觉得不是正途。修行的法门多了，你焉知嘘呵不能直指大道？"

观音赶紧打了个圆场："大道殊途而同归，他做大官，你做地仙，你们两个都有光明的仙途，又何必争个高下呢？"

"地仙之祖，我是地仙之祖。"镇元子纠正了一下。观音一听，好家伙，这名头可不小，可怎么在天界从来没听过？但她什么也没说，捧起人参果来浅浅咬了一口。

三位神仙吃过一轮，李长庚擦擦嘴道："元子我跟你说个事儿。玄奘取经你知道吧？近期会路过你们这里，需要你配合一下我们工作。"

"我知道，护法渡劫嘛，你老本行。"

"我想安排他们在五庄观偷一次人参果，跟你互动一下。你也有好处，可以趁机再宣传一波这果子多贵重。"

镇元子听到后半句，立刻眉开眼笑，连声说这个好这个好，可忽一转眼珠："这个……是要我五庄观赞助什么？"

"都是老同学，谈赞助就俗了！"李长庚的右指往上一指，"我只要你一棵树。"

镇元子大惊："啥？你们要这人参果树？不成不成，这是贫道的本命法宝，好不容易才红遍三界的。"李长庚道："谁要你的果树了，我那洞府可摆不下这么大一棵。我是想拿这棵果树做做文章，把这一劫渡过去。"镇元子狐疑道："你先说说看？"

李长庚不慌不忙，亮出方略："也不必太复杂，还是你惯常待客那一套规矩。你先离开，就说去听元始天尊讲混元道果，留下清风明月招待玄奘。我安排他底下徒弟弄落一枚人参，被你的道童误会，他们一气之下，把人参果树掘根推倒……"

"等会儿，不是真推倒吧？"镇元子手里的人参果"噗"地掉在地上，立刻钻进土里去。

"哎呀你听我接着说：他们闯下大祸跑了，正好这时候你回来，用一招袖里乾坤把他们擒回来，说要为人参果树报仇。师徒四个，被你拿得严严实实。"

镇元子一听自己神通这么大，得意得满面放光，可旋即又皱起眉来："可这事怎么收场？总不能真把玄奘杀了报仇。再说，人参果树这么被挖倒了，我以后怎么卖人参？要不要最后再安排一段，让我运起莫大神通，把果树复原？"

李长庚看了一眼观音："当然，这树肯定是要被治好的，但不能是元子你。"

"为什么不能？"镇元子很失望。

"你自己治好了，怎么放过他们师徒？到时候才是真收不了场了。"李长庚侃侃而谈，"你把悟空放走，让他自己去寻救兵。悟空寻到南海珞珈山，请了南海救苦救难观世音菩萨前来，施展神通救活人参果树，向你讨了人情,放过他们师徒。完了。"

镇元子恍然大悟,原来李长庚真正的意图,是要给观音造势。他放下心来,对观音一笑:"大士放心,这嘘呵之术我惯熟的,保管把大士揄扬得天上少有,地上无双。"说完他转头对太白金星道:"我提个意见哈,你这么弄,还是显不出大士的厉害。"

"哦?那元子你有什么建议?"

"修仙我不行,若论嘘呵之术,老李你不行。你不应该让孙悟空直接去找大士,太直接了,显不出贵重。得先去找别家,别家解决不了,实在没办法了,再请大士出手,这么一抑一扬,方能显出大士能耐。你找的别家等级越高,大士的威风抬得越大。"

"有道理。我认识福寿禄三星,让孙悟空先去找他们,他们救不了,他再去珞珈山?"

镇元子摇摇头:"这才一次抑扬,力度不够。俗话说一波三折,你至少得抑扬三次,才能给看客留下深刻印象。"李长庚拧着眉头,琢磨了半天:"行,我还能找来东华大帝和瀛洲九老,级别再高,就不太好请了。"

"也可以了。"镇元子"啧"了一声,似乎不甚满足,"对了,你难得请动这些神仙,索性做得透彻点。让他们来我这里一趟,替悟空求情宽限时间,好让他来得及去找大士。"

"这也太假了吧?孙悟空一个筋斗就到珞珈山,还用得着宽限时间吗?"

镇元子打了个响指:"老李我问你,我门口挂的'天地'二字,落款是什么?"李长庚一愣,他来过好几次五庄观,还真没注意过。

"就是我镇元子自己的字号。"镇元子道,"你看,所有人进门,都被这两个字震撼了,至于那落款是仙是鬼,根本留意不到。这就是嘘呵之术的精髓所在,你不必天衣无缝,只要把要让他们看到的部分浓墨渲染即可——大家都急着看人参果树是否救活,谁会在乎悟空去珞珈山的时间?"

李长庚听出来了,这小子说得天花乱坠,根本就是夹带私货。请来这么多神仙齐聚五庄观,传出去他镇元子也能大大地露脸。到底是修炼嘘呵之术的,这一招袖里乾坤,包纳了多少神仙。

"嗯,行吧。"李长庚点头同意。镇元子最喜欢这些虚名,让他占点便宜也无妨,否则这家伙肯定出工不出力。

"我还有一个请求。"镇元子又抓来一枚人参果放在他面前。

李长庚警惕抬眼:"啥?"

"能不能在孙悟空去找那三波神仙时,让他们一听我的名字,就脸色大变,说猴子你怎么惹了地仙之祖?"

"我刚才就想问,这地仙之祖,到底是你从哪里来的名号?我怎么从来没听过?"

"嗐,六百年前从下八洞神仙那边买……不是,评选出来的,便宜得很。我还有好些别的头衔,等我给你拿玉牒来看啊……"

镇元子起身要去取,却被李长庚一把拦住:"行了,元子,你还嫌自己不够威风哪。"镇元子道:"我这也是为大士着想。我身价越高,才显出菩萨的神通越广大嘛。"

"南海观音巴巴赶来给你救树,这人参果树将来又能多一层光环,够你嘘呵一阵了。"

这时一直没吭声的观音忽然开口:"老

李,你这里还有个破绽。镇元子……呃,镇元大仙一开始为什么要招待玄奘?这个动机不设计好,后头的一切都成了无本之木。"

她点到了关键。玄奘是凡胎,镇元子是地仙之祖,身份悬殊,正常情况下前者都没资格进山门,凭什么镇元子会给他一枚人参果吃?

李长庚和镇元子各自陷入沉思。过不多时,李长庚道:"这样好了,我就说你久仰他前世金蝉子的大名,所以想招待他一下。"

"不妥。我久仰金蝉子,这不是上竿子巴结吗?不合我只拜'天地'二字、崖岸自高的风格。"镇元子抿着嘴,一脸不满足。他又琢磨了一下,忽然眼睛一亮:"那……就说我和金蝉子是故友如何?"

能和佛祖二弟子是老友,那身价可就又提升了几分。但李长庚却连连摇头,不是不给老同学面子,是因为这事实在复杂。金蝉子到底什么身份,如今还悬浮成疑,不可贸然再牵扯因果。

但镇元子似乎被这个想法迷住了,一门心思缠着说你得想办法,把我和金蝉子扯上点关系。李长庚抵挡不住,最后还是观音开口:"镇元大仙,你看这样如何?昔日灵山的盂兰盆会上,你与金蝉子同席,他替你传了一盏茶,看在这个情分上,你才招待玄奘。"

镇元子一拍桌子,双眼放光:"灵山的盂兰盆会好啊!故交有点俗,传茶的交情才显得别具一格,清雅高古,妙极,妙极。"李长庚也笑起来:"将来这故事讲出去,你庄子后头的茶叶也可以多卖几包了。"

传茶的交情,说深不深,说浅不浅,其中可以解读的空间就很大,而且旁人都无从查证。镇元子大为满意,连赞观音大士高明。三人欢欢喜喜又吃过一轮,镇元子拿出纸墨,请观音留诗题字。李长庚袖子一揎,说我先来我先来,镇元子想要阻拦,可惜已经来不及了,只见他笔走龙蛇,转瞬间就写完两句:"五庄观内拜天地,清风明月伴我眠。"

观音转过头去,装做去看人参果树。镇元子脸颊抽搐一下,伸手把纸强硬抽走,勉强笑道:"算了,算了,咱们老同学之间,不讲究这个。"他生怕李长庚还纠缠这茬儿,主动道:"哎,对了,五庄观结束之后,你们是不是还得往西走?"

"这不废话吗?"

"我有个妖怪朋友在附近的白虎岭,平时跟我有点合作,这次也想做一劫赚点小钱。你不用看我面子,该怎么谈怎么谈,她很识相的。"

李长庚想想,说行,你朋友叫什么?我去谈谈。镇元子给了他一截白森森的小指骨,李长庚一愣,然后才反应过来:这妖怪倒稀罕,不是走兽山禽化妖,而是一具白骨成精。

镇元子见李长庚应允,起身出去给白骨精传音,顺便不动声色地把纸揉成团带出去。观音又吃了口人参,真诚地赞道:"李仙师,这一难有惊无险,各得利益,真难得啊。"李长庚点点头:"你我护法辛苦一场,若不顺势揄扬一番,岂不是白辛苦了。"

"我都计算好了,五庄观中十八难,难活人参十九难,这就又有两难了嘛。"观音伸出两个指头,比画了一下,一脸喜色。这轻轻松松,好不舒服。她抬头看看人参果树的青青冠盖,不由得发出感慨:"这么

227

干活多好，大家劲儿往一处使，不藏着掖着，也不用提防。"

"其实单纯干活啊，真不累。累的是，咱们一半的脑子都用在提防自己人上了。"

"哎，天道如此，这也是机缘难得。"

"等过了五庄观，咱们得歇歇，老这么绷着也不是个事儿。白虎岭的渡劫，我寻思就简单点处理，交给当地妖怪支应，接下来的宝象国别安排什么事了，正好放空一段。"李长庚眯起眼睛。

"听你的。"

这俩神仙一起抬头望着那参天大树，嘴里嚼着人参果，一时都不想动。阳光透过枝隙洒下来，带着淡淡的果子清香，后园一片惬静。

观音当天留在了五庄观，她要跟镇元子对接一些细节，顺便盯牢这位嘘呵大师，别让他吹得太离谱。李长庚则只身驾鹤西去——神仙不忌讳这个——飞出百多里地，看到下方一座阴风惨惨的狰狞大山，情知到白虎岭了。

他按落鹤头，进入山中。只见山涧中黑煞弥漫，凡人目力根本难以看清周围环境。不过每隔一段路，便可以看到一段由白骨拼接成的文字："白虎岭白骨洞"，旁边还挂着一截臂骨，指向深处。白骨不时泛起磷光，在黑暗中颇为醒目，倒是省了李长庚运用神通的麻烦。

"这倒是便当得很。"他心想，对此间主人的细心多了一层认识。

李长庚按照指示走到洞口，朗声喊道："贫道太白金星，特来造访白虎道友。"里头没动静，他又喊了一声，才有一个娇滴滴的女声传来："你等等啊！我化个妆。"

李长庚纳罕，你一个骷髅成精，化什么妆啊。过不多时，洞门隆隆打开，一具骷髅架子跌跌撞撞跑出来，突然左腿一甩，一截胫骨啪地飞到墙上，整个骨架差点摔倒在地。她赶紧一手扶墙，一脚撑住，弯下脊椎和盆骨去够，几次捞不着。李长庚实在看不下去了，把胫骨摄在手里，交还给她。

"多谢啦，昨晚熬夜熬得晚，估计关节没挂牢。"白骨精尴尬地抓抓颅骨，接过胫骨，接回到腿上。

李长庚仔细端详了一下，她还真化妆了，颅骨上的眼眶边缘，被炭笔描了一圈线，显得两个黑漆漆的空洞眼窝更大，两侧颧骨抹着两团磷粉，只是说不上色号。

白骨精把李长庚请进洞府，在一处雅致的坟包前各自落座，石碑上早早摆了两杯白茶。李长庚开门见山道："我说白虎夫人啊……"

"哎呀，白虎是此间的山名啦，人家是叫白骨夫人！您想什么呢？"白骨精的眼窝一瞪，娇嗔道。李长庚尴尬地赶紧喝了一口茶："白骨夫人，对，白骨夫人，镇元子说你可以支应？"

"对的，镇元大仙很照顾我的，我去五庄观跟他作过几次……"

"咳咳……"李长庚差点呛着。

"我是说作祟啦。"白骨精咯咯一笑，优雅地把一排指骨托在颌骨下面，"他在上面——我是说天上——大喊一声孽畜，还不快现原形？我就地一滚，浑身筛糠。他再大袖一卷，把我收走，百姓齐颂镇元大仙威武，那宣传效果好得很……"

"行了，行了，我知道了。"李长庚摆摆手，"元子跟你说了吧？玄奘取经途经宝地，需要渡劫，我打算找你做个支应。不过这事上头很关注，不能出错，你可要上心。"

228

白骨精的盆骨拧了拧，骨架子朝前一靠："瞧您说的，我何曾有敷衍的时候？您有什么需求，我都能配合。"

李长庚不为所动，从怀里掏出一个锦囊，说你看看这个。白骨精收起媚态，从旁边架子上捞起两粒眼珠，嵌进眼窝，左臂指骨撑住下巴，认真地读起来。

李长庚也不催促，慢慢啜着茶。这山野骨茶虽口感不佳，却别有一番风味。从高老庄开始，取经之事就波折不断，先是黄风怪，然后是西王母，接着又被审查了一回。李长庚疲于奔命，连造销都没空做。他实在很想休息一下，这也是为什么镇元子一建议交给白骨精支应，他就同意了。

这一难的方略，李长庚打算越简单越省心越好。他给白骨精看的，是一个最基础款的"降妖除魔"，这个方略没有什么花头：先是妖魔袭击取经队伍，然后三个徒弟力战妖魔，将其除掉，结束。

当然，这么一处理，很难挖掘出什么深刻意义，揭帖不太好写。不过李长庚觉得，适当低调一点也好，平平淡淡才是原道哪。

这时白骨精已经看完了，她放下锦囊，扶了扶眼球边框："这个支应倒是很简单，我们能接。不过玄奘的取经队伍有三个徒弟呢，那一个妖怪肯定不够分吧？"李长庚还没言语，白骨精又道："您看安排三个妖怪怎么样？一个徒弟打一个，不必争了。"

李长庚略有迟疑，他的本意是简单处理，一场斗战变成三场，可又变复杂了。白骨精见他犹豫，立刻道："您老要是嫌麻烦，可以把斗战的部分去掉呀。妖精害人，又不一定非要打不可，色诱呀、下毒呀、诬陷呀，花样多得很，我这里都有现成的方略，不会很复杂。"

"色诱就算了，之前几位菩萨刚色诱完……诬陷不容易体现积极意义。嗯，下毒这个倒不错，还能挖掘出一些警世寓意。"李长庚很快做出了选择。

"好，等我记一下哈……妖魔：三只；手段：下毒；结局：被高徒识破。"白骨精拿起炭笔，在自己雪白的腕骨上飞快记录，"要打死还是收服？"

"打死。"

"那是惨嚎一声散为黑雾，还是剩一堆糜烂尸骸？"

"这个随便你定。"李长庚不想管得太细，他忽然又问道，"三次都是下毒，太重复了吧？"

白骨精笑起来："那怎么可能呢？就算您同意，我们都不会砸自己招牌。我们的服务叫做子母扣，第一只妖怪假意去斋僧下毒，被识破打死；我们后续可以安排第二只去寻亲；第三只妖怪寻仇；如此一来，岂不就便当了吗？"

李长庚叹道："这办法好是好，只是又变复杂了。有没有那种既简单省事，又富有变化的？"白骨精头顶的妖气为之一滞，泛起五彩斑斓的黑雾，她眼窝一转："要不这样吧，可以给您追加一套方圆不动的服务。"

"什么叫做方圆不动？"

"就是客人不动，我们自己动。"

"嘻嘻！"

"哎呀，您真讨厌。"白骨精娇俏地打了李长庚肩膀一下，"您想什么呢？我是说，我们可以让客人原地不动，只需要划个圈等待，妖怪一波一波主动上前送死。这不就既简单，又富有变化了吗？"

"如此甚好。"李长庚很高兴，这白骨精实在伶俐，事事都考虑得很周详，还会变通。白骨精见老神仙眉眼舒展，知道这事成了，又主动道："太白金星我仰慕已久，看您老的面子，我三只妖怪只按两个半收费，如何？"

李长庚更高兴了，讨价还价的事见多了，上来先自己杀到八折的倒少见——莫非她生前就是自杀不成？白骨精旋即补充道："不过那个方圆不动的服务，是要另外计算酬劳的哦，得十块仙玉。"

"没问题。"

白骨精见李长庚眉头都不动一下，补充道："每只妖怪。"

李长庚点点头。

"每天。"

白骨精见李长庚没什么表示，颌骨微抬，笑容可掬："还有些杂项费用，营养钱、跑腿钱什么的，我是先帮您老垫上还是您直接付给他们？"

李长庚没意识到这是在诱导，随口说你先垫上吧。白骨精拿起炭笔在腕骨上密密麻麻地记着，颌骨微微一张："那我给您返三个点如何？"

嚯，这妖怪倒真敞亮。李长庚连连摆手，说这个不必，工作做好就行，但心里却颇为受用。白骨精晃了晃颈椎骨："您老两袖清风，不要返点，那我送您一个低价大礼包好了。"

"哦？还有礼包？"

"您老为取经队伍护法渡劫，无非也是为了揄扬名声。若想三界扬名，人人皆知，这话题必得耸人听闻一点。我免费送您个礼包，制造个话题，让妖怪们袭击玄奘时喊一嗓子，就说吃了他的肉，可以长生不会老，包管这话题一下子火遍四洲三界。"

李长庚有点犹豫："这有点夸大吧……"

白骨精道："大众爱看的，要么是吃别人血肉，要么是养生。这个话题是我贴着他们的爱好来设计的，效果您尽可放心。"

"但玄奘的肉吃了不能长生啊。真能长生，他妈当初怎么死的？"

白骨精笑起来："谁会深究真假，无非是凑热闹而已。再说了，这话题不用取经队伍自己讲，自有三界的闲散妖怪负责嚼舌头。真有人追究起来，您两手一摊，说也是谣言的受害者，不挺好？"

她见李长庚还有点犹豫，又劝道："这话题持久性强，这次妖怪想吃，下次妖怪也想吃，哪次劫难也能用上，多合算。这么一摊薄，成本低得跟免费没区别。"

李长庚一听，颇有道理，终于点头应允。

条件谈得差不多了，李长庚又提出来："你安排的三只妖怪，能不能让我先见见？"白骨精说："这没问题，不过那几只妖怪都是独居种，不愿人多，只能一个个单独见。"李长庚想想也没什么，说那就单见吧。

白骨精转身进了洞府，不一时出来一个少女。李长庚一看，与寻常人无异，但头顶有黑气，毫无疑问是妖怪所化。他随便跟少女聊了几句，少女转身回去。一会儿又来了一个老太太和一个老头儿。三只妖怪的头顶黑气几乎一样，李长庚猜测，也许是同一窝怪。

见完这三只妖怪，他忽然生出一个想法：既然要上演"下毒、寻亲、寻仇"的戏码，能不能顺便加一个误会环节。沙悟净如今还在队伍里，可以让他出手重一些，打死那个少女，被玄奘误会滥杀无辜，暂时逐出队伍。

当然，这肯定不是真开革，李长庚是想安排一手试探。西王母说卷帘是来刷履历的，到底有几分真话？卷帘加入取经队伍的目的，也是语焉不详。他需要获得更多消息，才能做出最准确的判断。

要知道，这个名额毕竟是从观音那里借的，如果出了差错，观音可是会翻脸的。

白骨精虽然胸椎里空空如也，心思却玲珑得很。李长庚一说，她便满口答应："这事简单，我让寻亲和寻仇的两位多加几句台词，跟圣僧多哭诉几句便是——加个诬陷服务而已，这部分开支，我给您折上折。"

谈妥了细节，李长庚从白骨洞出来，抬手呼唤老鹤过来。站在洞口等，李长庚心情很是舒畅。从取经开始到现在，这一难大概是安排最轻松的。这时一阵阴风吹过，他突然意识到，自己好像一开始只要求一只妖怪，也不知什么时候，被白骨精绕成三只妖怪的方略。

这小妖精……李长庚呵呵一笑。算了，三只就三只，就当花钱省事了，反正都是天庭的费用。一想到这个，他又回忆起案头堆积如山的造销玉简，一阵头疼。

老鹤好不容易飞到了跟前，李长庚飞身上背，想着干脆直接回启明殿做造销得了。这时笏板里却忽然接到一条传信。

传信是阴曹地府的一个判官发的，内容很简单："花果山死了一头通臂猿猴。"

第 八 章

那只通臂猿猴，李长庚略有印象。他第一次去花果山招安时，那只猴子就站在孙悟空的身旁。据说孙猴子成道之前，还是听他劝说才出门寻仙，方有此后的一番成就。所以他在花果山，算得上是军师智囊一流。

但……他和通臂猿猴素无交情，地府为什么特意把这一条讣告通知他呢？

好在那位姓崔的判官，也算是李长庚的旧识。他拿起笏板，想给崔判官拨过去问问。谁想到刚一接通，那头就传来一阵鬼哭神嚎，半天才传出崔判官的声音，几乎是吼出来。

"谁啊？有话快说！"

李长庚不得不把笏板拿远一点："崔啊，我长庚。是谁让你把花果山猴子死了的消息，发来我这里的？"崔判官道："哦，这个亡魂正好是我负责接引，查出他乃是花果山的眷族。阎王爷下过旨意，凡与齐天大圣有关的，一律要上报天庭。我吃不准这个算不算，私下给你发一条，你自己判断哈。"

地府原来还有这么一条规定，大概是当年被孙悟空大闹一通后留下的心理阴影，崔判官这也是出于谨慎。李长庚听完以后，松了一口气，生老病死，人之常情，不是什么大事。等五庄观的事结束，让观音转达一声给悟空就行，说不定还能写成一篇揭帖——取经人一心弘法，亲眷去世仍不动摇心志云云。

"你那边最近忙不忙？"李长庚顺口关切地问了一句。

"上头天天净整阴间玩意儿！我们简直忙不活，好了，老李我先不聊了。"崔判官没好气地嚷了一句，挂了。

李长庚愣了愣，最近四大部洲没什么大的战乱啊，怎么地府忙成这样？不过他身上事太多，管不到别的衙门，很快把心思放回到取经渡劫上来。

没等多久,观音便发来消息,说五庄观的事情顺利完结,还附了一段图影。

图影里观音手持柳枝,轻洒甘露,原本倒折的人参果树缓缓回归正位。一时间枝影葱茏,虹霓灿烂,旁边福寿禄三老、五庄观众弟子、玄奘师徒一起合掌赞叹——这特效一看就是镇元子的手笔,委实夺目。

在人参果树复活之后,镇元子慷慨宣布,举办一次人参果雅集,在座的神仙一人一枚,大家皆大欢喜,其乐融融。席间镇元子喝得酒酣耳热,非要拽着观音结拜。观音不动声色地推了,他又去找玄奘,玄奘只是低头念经。镇元子绕过猪八戒和沙僧,最后找上了齐天大圣。孙悟空还是那一副空落落的神情,懒得躲闪,随便他怎么摆弄。

图影的最后一幕,是镇元子平端着人参果,竖起一个大拇指,旁边悟空皮笑肉不笑,就像是个背景。

"这小子,又偷偷搞这套。"李长庚笑骂了一句,顺手把讣告转给观音,让她通知孙悟空节哀顺变,又把白骨精的方略传过去。

观音也很高兴,五庄观这么一折腾,她的声望可是大大提升了。两人交谈了几句,便把白虎岭的安排敲定。谈完之后,李长庚心情变得很好。

这次五庄观的揭帖,会重点宣传观音和镇元子,自有他们两位把关,不用自己操心;白骨精那边把劫难安排得妥妥当当,三只妖怪,凭观音的手段,可以把白虎岭拆出至少三难。

连续两难都已安排妥当,李长庚决定趁这个难得的闲暇,回转启明殿。造销无论如何得做了,再拖下去,赵公明真不给报了。

他驾着老鹤朝天上飞去,飞着飞着,身体忽地一沉,低头一看,发现这头老鹤的双眸开始浑浊起来。李长庚连忙让它在一座山头落下来,悉心检查了一圈,发现羽毛枯萎、双足弯曲,就连鹤顶那一片朱红都开始褪色,种种迹象,都是寿元将尽的表现。

李长庚心里有点难过,赶紧掏出金丹喂到它嘴里。老鹤一口吞下去,精神好点了。但李长庚明白,这种没修成人形的灵兽,灵丹妙药只能救一时之急,对寿元却无补。他得考虑送它去转生,然后换个坐骑了。

这鹤陪伴他不知多少年岁,如今真到了离别的关头,李长庚不免有些伤感。他摸了摸老鹤修长的脖颈,正要吟出一首感怀的诗来,腰间笏板突然又响了。

观音有些惊慌:"老李,孙悟空忽然说要请假。"

"什么?请假?"李长庚仍沉浸在感伤里,一时没明白。

"我不是把讣告转给孙悟空吗?他发了一会儿愣,突然跟玄奘说要请假,说完也没等批准,一个筋斗就飞走了。"

李长庚一怔:"他去哪了?"

"花果山吧?可前头不是还有白骨精的一难吗?他不在怎么行?"观音急道。渡劫都是提前安排好的,但眼下突然少了一个,还是齐天大圣这么招眼的首徒,实在交代不过去。

李长庚当机立断:"这样,你就说孙悟空去讨斋饭,让玄奘他们原地等着!我就去花果山,把他叫回来。"

放下笏板,李长庚看了看疲惫的老鹤,叹了口气,勉强跨上鹤背,用拂尘扫了扫羽上的灰尘："老伙计，再飞最后一程吧，然后回启明殿好好歇歇。"老鹤弯起脖颈清唳一声，拼命鼓起双翅，飞入云端。

花果山远在东胜神洲，老鹤又不堪疾行。半路上白骨精不停地发信来催，说妖怪就位了，什么时候可以开始？李长庚让她稍安毋躁，她说妖怪们的行程都是满的，这么一耽搁后面的单没法接了。李长庚知道白骨精的用意，只好说给她再加两个点，不要啰嗦。白骨精立刻回复说不着急，您慢慢来。

好不容易赶到花果山，老鹤垂垂一落下去，就趴地上起不来了。李长庚顾不得它，三步并两步朝水帘洞赶去。他之前来过花果山几次，如今风景依旧，不时可见几只小猴子在林间荡来荡去，好不惬意。

孙悟空惹出泼天的祸事，花果山居然还能保持原状，未被清算，可见上天有好生之德。

他来到水帘洞口，一群猴子见他来了，都纷纷散开。李长庚见到那头通臂猿猴的遗体躺在石板上，孙悟空站在旁边，双眼低垂，一动不动。

"大圣！"李长庚刻意选了个亲切的称呼，这个名字在花果山喊喊没关系。

"我现在没心情。"孙悟空冷冷道，头也没回。

"猴死不能复生，还请节哀顺变。"李长庚轻声道。

"别假惺惺了，我知道你要说什么——怎么能为一只山野猴子，耽误了取经弘法的大业？不要不识大体，不要为了一己私事而耽误大局。"

猴子的话夹枪带棍，比他手里的金箍棒还凶狠。李长庚脸色一阵变化，被他噎得说不出话来，只得默默从怀里取出素香三炷。

这香迎风自燃，李长庚握着拜了三拜，然后恭敬地插在石板前方的香炉里。石板上的猴子满面皱褶，老态龙钟，确实是寿终而亡之相。不知为何，李长庚想起了自己那头老鹤，心中一阵感慨，又多拜了一拜。

他堂堂天庭启明殿主，为一只山精上香祭拜。孙悟空知道这面子的分量，态度稍稍缓和了几分。

待得太白金星拜完，孙悟空一挥手。几十只小猴子跳过来，各自扛着一捆柴薪，垫在通臂猿猴身下。孙悟空捏了个生火诀，一点红星飘过去，立时燃起一团大火。

他怔怔望着赤焰中的老猴子尸身，火光映在那一对火眼金睛里，让整张冰冷的面孔多了几许活力。李长庚依稀想起，大闹天宫前的齐天大圣，正是这副模样，已是五百年未曾见到了。

突然一个念头跃起，李长庚眉头一抽。不对啊，通臂猿猴怎么会寿终而死呢？

寻常禽兽老死很正常，但花果山的猴子老死，绝不寻常。要知道，早年孙悟空曾拨乱了生死簿，后来他大闹天宫，又带回很多金丹仙酒给猴子们吃。所以这些猴子个个寿数绵长，外力身死倒有可能，但不应该自然死亡啊。

理论上，花果山的魂魄，连黑白无常都拘不走，更别说在阴间被崔判官接引了。

他"嘻"了一声，正犹豫要不要说出来。这时孙悟空抬手一指："金星老儿，你随我去个地方。"

李长庚心中纳闷，又不好说什么，只得跟着这猴子离开水帘洞，沿着一条几乎看不清痕迹的野路朝山上走去。这猴子一个筋斗能有十万八千里，偏偏要一步步往上走，太白金星也只好亦步亦趋。

不一时他们攀到一处极高的崖顶，这里有一个半塌的石台，石隙间满是青苔，四处遍布着碎砾，好似是被什么东西从内部炸裂开一样。

孙悟空走到石头跟前，伸手拍拍，声音满是感慨：

"当初我就是在这里裂石而生。天生一只石猴，饿了吃果子，渴了喝山泉，每日在山中与猴群戏耍，懵懂无知，无忧无虑，只当这花果山便是全部。直到有一天，我见到一只老猴子病殁，这才明白何谓生死，有了恐惧。这时一只通臂猿猴突然跳出来，说我道心开发，然后给我讲外面的许多事情。我这才知道，在花果山外还有一个更加广阔的世界，可以跳出三界外，不在五行中。"

孙悟空仰起头来，看着飘过的白云，眼神闪烁。

"亏了他那一句话启迪，我一个穷乡僻壤、无父无母的小猴子，才得以萌生了出去看看的心愿。他教我言语，教我常识，教我礼仪……虽然现在看来，那些东西真是荒腔走板、各种谬传，不过也真是掏了心窝子教的。就连我决心出海寻仙的那一条竹筏，都是他熬了许多夜带着猴崽子们扎的。"

"临行前，他指给我斜月三星洞的方向，说大王你天资聪颖，在花果山这个小地方实在委屈，你的机缘是在那一方，一定要混出个造化啊。后面的事你都知道了，我倒是真赶上造化了，三界什么奇景都看过了，可他如今却不在了——金星老儿，你说我该不该回来送他一程？"

"正是，正是。有始必有终，否则道心难以圆满。他能有大圣你这位朋友，也可

以瞑目了……"李长庚说。不料孙悟空突然厉声道："可他本来是不必瞑目的！"

李长庚心中一动，孙悟空果然也注意到这个疑点了。可他不好深说，只得开口劝道："这个……万物皆有寿元，除非成佛成金仙，否则哪有永恒不灭的？大圣修道这么久，莫非这还看不透？"

"可明明说好的，我花果山的猴类，可以不服阎王老子管，不受轮回苦……"猴拳一下捶在断石上，声音里满是激愤，眼睛瞪向天空。

李长庚一愣："什么？"孙悟空没有多说什么，冲他似笑非笑："……呵呵，算了，你不是金仙，很多事须怪不到你头上。"

这一下戳得老神仙脸上红一阵、白一阵。他正想问什么事怪不到我？孙悟空已经转过身去，一个筋斗飞走了，半空传来声音："我要在花果山多呆一阵，看顾一下那群野猴子，晚点再回队伍——反正都是糊弄人的事儿，多我一个少我一个也不打紧，金星老儿你多担待。"

李长庚长叹一声，孙悟空既然这么说了，那必然是没有劝解的余地。他肯给自己解释几句，已经是看那三炷香的面子。好在这猴子不像从前那么肆意妄为，多少知道任性的底线在哪儿，只说晚点归队，没说不归。

大不了……安排两三场没有孙悟空的劫难，他怎么也该回来了吧，李长庚苦笑着摇摇头。

不过这事有个麻烦。孙悟空是因为回花果山奔丧才请假，但揭帖里不能这么说。此事虽合乎人情，却无甚正面意义，倘若人人为了家事把工作抛下，怎么弘法传道？必须为孙悟空的缺席找一个更合适的说法才行。

234

李长庚沉思片刻，决定联系一下白骨精。

他找了块稍微平整一点的石头坐下，拿起笏板，上头白骨精的催促传信已叠了一堆。他深吸一口气，传音过去。

"老神仙，玄奘他们都原地坐了好几个时辰啦，我……呃，我们还过不过去？"白骨精的声音很焦虑。

"我不是在你这里订购了一个诬陷的附加服务吗？"

"这个不能退的哦。"

"我知道，这个不用退，先给孙悟空用上吧。"李长庚摇摇头，本来他订这个服务是给沙悟净用的，现在也顾不得了，真是拆东墙补西墙。

"可孙悟空人都不在呀？"白骨精很困惑。

李长庚拍拍脑袋，他倒忘了这个。孙悟空不在，连留痕都做不到，怎么交代？情急之下，李长庚突然想到一个办法。这办法的后患不小，但为了能把眼前应付过去，他别无选择。

李长庚翻了翻袖子，找出一份诉状，循着诉状下留的一缕妖气传信过去。

"六耳吗？我是启明殿主。"

"李仙师？我的事有进展了？"六耳的声音很雀跃。

"啊，嗯，有点了，我现在就在花果山调查呢。"李长庚没说假话，还给六耳看了看附近的景致，"不过眼下有个急事，你能不能帮个忙？"

"一定一定，六耳赴汤蹈火，在所不辞。"

"你会变化对吧？能不能变成孙悟空的模样？"

"能！我日日夜夜都盯着他，长什么样子我太熟悉了。"

李长庚把白骨精的地址发给他："那你变化完之后，到这里来。记住，别多说、多问，一切听我指挥。"

那边六耳颇为疑惑，可眼下调查有望，他也不敢忤逆，当即答应下来。李长庚放下笏板，匆匆下山，来到老鹤跟前。

可惜老鹤的体力真的不行了，支棱着翅膀好几下，愣是没飞起来。李长庚只得把它留在花果山，等启明殿派人来牵回去。他就近唤来一位推云童子，踏上祥云。这祥云很是便当，速度也快，只是花费太高，财神殿那边是不给造销的，可李长庚顾不得许多。

在赶路中途，六耳传来消息，他已抵达白虎岭。这猴子变化得委实巧妙，周围的人居然没分辨出来。

六耳问："我该干吗？"

李长庚盘坐在祥云之上，现场遥控："拿起你的棒子，去砸那个女人的头。"

"啊？那是个凡人吧？这不是滥杀无辜吗？"六耳犹豫。

"那是个妖怪。"

"妖怪也不能乱杀吧？"

"没让你真打，她会配合的。"

过了一阵儿，六耳回复："我刚一碰，她就倒地死了，篮子里的食物都变成了蛆虫。"

"等会儿还会有一个老妇人和一个老头儿来，你甭管他们怎么说，继续打。打完你冲玄奘磕三个头，驾云走开就行。"

放下笏板，李长庚把身子往祥云里重重一靠，长长地喘了口气。刚才那一通指挥，搞得他唇舌焦躁，伸手从祥云前头拿起一壶露水，咕咚咕咚喝了半壶，这才把心火浇熄了几分。

一平静下来，思虑就会变多。李长庚望着呼呼后掠的白云，蓦地想起孙悟空那两句古怪的话：什么叫"明明说好的"，什么叫"很多事须怪不到我"？

以孙悟空的性子，居然欲言又止，显然是很大的事。和猴子有关的大事，还能有什么，不就是当年的大闹天宫吗？

说起这四个字，李长庚可是大为感怀。那是几千年来天庭最为严重的事件。孙悟空身为齐天大圣，居然盗蟠桃、偷金丹、窃仙酒，大闹瑶池宴，然后畏罪潜逃花果山。天庭派人把他抓回来，扔进老君丹炉里服刑，又被他中途逃脱，打得九曜星闭门闭户，四天王无影无踪，直冲到灵霄殿前。最后还是佛祖出手，这才将其镇压。

李长庚当时外出办事，没赶上实况，他至今还记得听到消息时的惊诧。孙悟空为什么要闹事啊？本来他在天庭已经混到了散仙的顶级，有认可的"齐天大圣"头衔，有自己的齐天府，甚至玉帝还给他派了个看守蟠桃园的肥差。虽说升迁无望，可虚名实权油水体面一样不缺，突兀造反，何苦来哉？

"齐天大圣"是李长庚之前一手运作出来的，他为了避嫌，后来的整个审判过程都没有参与，所以这个疑惑，到现在他也没明白。

李长庚正在沉思，忽然笏板又动了。他搁下仙壶，一看是六耳。

"李仙师，我遵照您的指示，打死了老太太和老头，现在磕完头，离开玄奘了。我看到有人在半空留了图影，没事吧？"

"没事没事，你辛苦了。"

"取经队伍里怎么没见到孙悟空？不会是他要犯什么罪，让我替他背锅吧？"六耳对于替代这事很是敏感。

李长庚心想，正因为孙悟空不在，才敢让你去替一替，否则你们俩一见面，岂不出大乱子了？嘴上宽慰道："你想多了，这是护法渡劫而已，怎么会让你背责任？那三只妖怪都是事先商量好的，都是假死。"

"三只……"六耳迟疑了一下，"明明只有一只啊。"

"什么？"

"您是仙人，可能对妖气不熟。那个小姑娘、老太太和老头儿都是一只妖怪变的，头顶妖气一模一样。"

李长庚磕绊了一下，立刻反应过来了。好家伙，这白骨精真伶俐，一个人吃三人的饷，怪不得之前面试要三个人一个一个来，合着全是她变的。

不过事已至此，再追究这些事也没意义。李长庚对六耳道："你先回去休息吧，我会把辛苦费打给你。"

"我的事，还请仙师多关心啊。"六耳不忘提醒。

"自然，自然。我盯着呢。"李长庚知道这是饮鸩止渴，可事情太多，先搬开眼前的麻烦再说吧。

观音这时联络也进来了，李长庚把花果山的事向她解释了一通，观音也是一阵唏嘘，随即又提醒道："下一难，你想好没？"

"哪儿顾得上啊！"

"咱们距离乌鸡国可不远了，劫难得早早准备起来了。"观音语重心长。李长庚知道她在暗示什么，第三个徒弟还在乌鸡国等着呢，沙悟净得尽快体面离队才行。

李长庚把笏板搁下，闭目养神。白骨精这次虽然有惊无险，可也给李长庚提了个醒儿，当地妖怪固然熟悉情况，可心眼太多，心眼一多就意味着变数大。接下来得处理沙僧离队的事，这关系到好几位金仙的关系，宁可谨慎一点，用自己人比较稳妥。

"童子，我改个地址，去南天门。"李长庚睁开眼睛，拍拍前方推云童子的肩膀。

祥云在半空拐了一个弯，不一时到了南天门。李长庚进了南天门，远远望见启明殿，深深叹息一声，也不过去，径直去了兜率宫。

老君这次倒没在丹房，而是在锻房满头大汗忙活，屋里叮咣叮咣火星四溅。金银二童子在旁边稳砧的稳砧，握钳的握钳。三个都裸着上身，打得浑身汗津津一片。天庭的高端法宝和丹药，大多出自老君之手，是以他地位超然，人脉广博，八卦也是源源不断。

李长庚一进屋，一股子三昧真火味扑鼻而来。他跨在门槛上，眯起眼睛冲里头喊："老君，老君，你出来，我找你有事。"太上老君放下锤子，吩咐两个童子看好火，拿起一条仙巾擦擦脸，从锻房走出来。

"听说你之前被三官大帝叫去喝茶啦？"老君一边扯过八卦道袍披上，一边问。

"哪有的事儿，我那是去见黎山老母！"李长庚见老君眼中闪过一道诡异的光亮，连忙又补充了一句，"还有文殊、普贤两位菩萨在旁边。"

不第一时间把事情说明白，被老君瞎传出去，到时他跳进天河也洗不清。

"跟你说话真没劲，滴水不漏。启明殿的人都这样？"老君抱怨了一句，然后盘腿坐在蒲团上，又开始盘他那个金刚琢，"你来兜率宫有何贵干？"

李长庚懒得绕圈子："取经的护法到了关键时刻，我想借调你两位童子下凡一趟，客串一把劫难。"

老君看看锻房，里面两个童子打得正热闹。他哈哈一笑："他俩要知道，肯定乐死了，见天尽惦记着下凡去耍。你什么时候用？准备在哪儿？"李长庚说方略还没定，反正就是最近，在玄奘取经路上寻个地方。

"玄奘走到哪儿了？"

老君手一招，一张舆图飘至两人跟前。李长庚拂尘一打，把玄奘的位置标上去。老君双眸倏然一亮，指向其中一个点："你要是还没定渡劫的地点，干脆我给你建议一个地方如何？"

李长庚定睛一看，他指的那地方，确实是在取经路上不远，叫平顶山。他总觉得这地方很熟悉，搜肠刮肚想了一回，突然恍然："这，这不是三尖峰吗？"老君笑一声，右手把那只金刚琢转得飞快。

三尖峰这地方，李长庚可是熟，或者说，整个天庭都很熟，它有个诨名叫做"天材地宝山"。

五百年前大闹天宫，老君用金刚琢砸中孙悟空，帮助二郎神擒下妖猴，立了大功。就有神仙建议，应该多炼几套法宝，防止类似事件。老君表示，炼宝要三昧真火，兜率宫产能有限，总不能在灵霄殿前天天烟熏火燎的，提议在地上另选一处炼宝之地。

这炼宝之地，就选在了三尖峰。

最初的计划，是要劈开中间的山尖，起一座老君炉，开工以后数不清的天材地宝往里扔。等工程进展到一半，老君忽然说风水不对，地眼应该在右边的山尖。结果又得改劈右边的山峰，天材地宝再扔一次。眼看行将完工，杨戬站出来说他当初也有贡献，不能光起个老君炉，还得有个二郎庙。于是左边的山尖也被劈开，又一顿天材地宝砸下去。好不容易建得了，二郎神来转了一圈，嫌劈山的手法有影射他当年旧事之嫌，不肯开光，庙遂废弃。

如此劈了建，建了劈，天材地宝扔了无数，足足五百年什么也没修成。三尖峰越劈越细，最后全塌了，只好改名叫做平顶山。

李长庚为何知道得如此详细呢？因为这工程每次快要落成，他都得筹备一次开光大典，光揭帖草稿就准备了几十块玉简，结果每次都白忙活，都快成了李长庚的心魔了。

老君见李长庚脸色有些古怪，亲热地拍拍他肩膀："你放心好了，我多拿出些法宝给他俩带下去，保证给你把场面撑得足足的。"

他长袖一展，从宝库里飘出五样法宝：七星宝剑、紫金红葫芦、羊脂玉净瓶、芭蕉扇、幌金绳。每一样都熠熠生辉，仙意弥漫。李长庚倒吸一口凉气，老君好大手笔，一次出手就五件顶级法宝，实在太慷慨了。他愕然道："你兜率宫哪来这许多法宝？"

老君朝那舆图上一指："你看到平顶山上的老君炉了么？"

李长庚看了半天，明明除了断壁残垣，什么都没有。老君一捋髯："那就对了，都在这里了。"李长庚这才反应过来。每次天庭要起炉子，就有天材地宝流水般拨下来，让老君自家炼制镇炉之宝。至于这些材料到底用没用在三尖峰，只有兜率宫自家知道。

怪不得三尖峰反复被劈了五百年，什么也修不成，原来还有这样的勾当在里头，"天材地宝山"可谓实至名归。

老君笑盈盈地盘着金刚琢，一脸坦然。天庭除了玉帝、西王母寥寥几位大能，谁敢来惹他这位道祖？最多也只有赵公明发发公文，提醒说杜绝浪费云云罢了。

"老君你太慷慨了，五件法宝未免太多，其实一两件也就够了。"李长庚还想婉拒。他怕法宝太多烧手。

"哎，你不必推辞。法宝多，斗战就多，打起来华彩，写出揭帖也好看嘛。"老君继续兴致勃勃地说道。

"我这不是怕渡劫有什么闪失，给您弄坏了嘛。"

"有闪失那就更好啦。法宝就是给人用的，坏了再修就是。"老君豪气地一挥手。

李长庚顿时明白太上老君的意图了。只要有斗战，法宝就会有损伤。这是为了取经大业折旧的，老君可以理直气壮跟天庭讨修补材料。至于法宝是不是真的有损伤，要多少修补材料，谁能比太上老君更有权威鉴定？

一件法宝可以讨一份材料，五件法宝出去转一圈，拿的补贴甚至可以多攒出一件法宝了。

老君到底是老君。李长庚只是开口借调两个童子而已，竟被他瞬息做成这么大一个占便宜的买卖。

"对了，平顶山附近有个压龙山，住着几只狐狸精，我的两个小童拜了母的做干娘，时常下界去探望。她那儿有不少妖兵妖将，我让他们也全力配合。"

他说得含糊，不过李长庚心知肚明。这次老君一口气给了五件法宝，却只派出两个童子，传出去不好交代。把这几只狐狸算进去，人手一件，面上就说得通了。

这压龙山的狐狸精他记得，应该就是当年负责三尖岭起炉的当地妖怪，当初吃老君指头缝里漏下来的，怕是也捞足了。这次老君要拿补贴，自然是找熟人更放心。

当然，这些事其实跟李长庚无关，他只要这些人能顺利配合，把沙僧弄离队伍就行了。

"对了，我这两个童子本来是给我打铁的，现在被你借走了，我还得另外雇人。这费用也得你们出啊。"

"你就不能歇两天？"

"天上对法宝的需求多着呢，一天都不能耽误。你当我天天就忙着八卦？"

"行，行，我一起折进法宝损耗里去。"说到法宝，李长庚忽然想起一件事，顺嘴问了一句，"对了，你打过一根降魔宝杖没有？"老君想了想："我这里多是金行法宝，木行的不是很多，还有别的特征没？"

"是给一位卷帘大将用的。"李长庚提醒。

老君摇摇头，就手起了一卦。一会儿工夫，道袍上的诸多八卦霎时泛起金光来。他双眸透亮，看向李长庚："这根降魔宝杖的材料，可不简单哪。怎么你会问它？"

"它是什么来历？"李长庚可不敢跟这位八卦祖宗多说。

"这根宝杖的杖身，用的乃是广寒宫前桂花树的一枝，吴刚亲自砍伐，鲁班一手打造——他虽然锻造不如我，木工活儿还凑合……"

老君说着说着一抬头，发现李长庚不见了。

第 九 章

李长庚在云里呼呼穿行，心里拔凉，简直就像是亲至广寒宫似的。

原先他就疑心沙悟净跟广寒宫关系匪浅，这下子可以坐实无疑了。猪悟能获得起复，最不开心的就是嫦娥。这姑娘虽说只是个无品无职的舞姬，但舞姿曼妙通神，备受推崇，在天庭也算是仙界名媛。凭她的面子，求动西王母并非不可能。

之前猪八戒说过，卷帘不是人名，只是个驾前仪仗官的通用名号。可见这个沙悟净是用卷帘掩盖了真实身份。他加入取经队伍的目的，大概就为了阻挠猪八戒重返天庭。

要说这事，还挺微妙。

玉帝固然偏爱天蓬，可至少面儿上不能逾越天条。这次转世之后，玉帝也只是批示了一个先天太极，送了一条锦鲤，从未公开表示支持，不能沾太多因果。

金仙之间，没什么秘密可言。西王母应该是算准了玉帝的底线，才把沙悟净送进来。沙悟净不用动手，只要猪八戒在取经途中犯了什么大错，他直接捅出去就行了，届时玉帝也遮护不住——甚至更夸张一点，如果沙悟净故意制造个诱惑让猪八戒往里跳……

嫦娥拿什么去说动西王母？卷帘到底是谁？李长庚不想知道。他头疼的是，这给取经队伍又平添了一个变数。不搞掉猪悟能，沙悟净怕是不肯离队，他没法跟观音交代；可要搞掉猪悟能，玉帝那边势必会质疑自己能力，这又是他要极力避免的。

李长庚思考下来，发现自己陷入了两难。当初那个"借名额"的主意看着绝妙，其实是饮鸩止渴，把自己硬生生逼入绝境。

李长庚一阵哀叹。本来他想得挺美，五庄观、白虎岭这两处做了支应，接下来去宝象国又没安排什么劫难，到平顶山之前,他可以喘口气,腾出点时间做造销。结果现在倒好,孙悟空还没归队呢,二徒弟和三徒弟又冒出个幺蛾子。

李长庚习惯性地想拍拍老鹤脖颈,却只触到了一团湿雾,这才想起来它还在花果山趴着呢,现在自己坐的是一团祥云。

哎,这取经之事看起来简单,背后却牵动了一堆利益,劳心劳神,平白折损不知多少寿元。早知如此,当初观音上门来请求协助护法,他直接指派给织女就好了。

可惜天庭什么丹药都能炼制,唯独炼不出后悔药。李长庚定了定神,眼下启明殿是别想回了,直奔宝象国而去。

宝象国这里,李长庚没有做任何劫难的规划,是他和观音有意留出的一个喘息窗口。那三十几位跟随的神仙也都告假回去了,只留下观音在值班。

李长庚飞到宝象国上空,远远看到半空浮着一座莲花台,观音闭目趺坐其上,周身浮起无数五彩莲瓣,围着她周身旋转起伏。每有同色三瓣交汇,便化为如露泡影,凭空消失,同时响起一段梵呗。端的是宝相庄严,澄澈人心。

她还有心思玩莲瓣,看来是没出什么大事,李长庚松了一口气,现在可承受不起多余的变故了。

太白金星整理一下心情,飞到莲花座前。此时五色莲瓣越聚越多,很快便超过化为泡影的速度,观音整个儿身躯几乎都被掩入缤纷莲海。忽然"哗啦"一声,莲瓣俱落,观音这才抬起头来。

"哎,取经人呢?"李长庚往下界观望,宝象国里并没看到玄奘、猪八戒和沙和尚。

"哦,他们赶上个野劫,正渡呢。"观音神色轻松,一边又抛出一堆五彩花瓣,啵啵地拼起来。

李长庚一激灵,野劫?

相对于事先安排好的劫难,野劫才算是真正意义上的劫难。取经路十万八千里,不可能事事都能关照到,总会遭遇一些意外,比如之前黄风怪袭击悟空,就是个野劫。李长庚一听居然是野劫,登时紧张起来。

观音却笑起来:"老李莫急,他们是在碗子山黑松林遇的劫。两个徒弟去化斋饭,玄奘自己迷路了,被一只妖怪捉去了波月洞里——哎哎,老李你先别急,你坐下听我说。"

李长庚见观音不急不忙,只得悻悻重新坐下。

"本来呢,我也有点紧张。不过那个叫黄袍怪的妖怪很识相,一认出是玄奘,当即就给放了,这会儿他们正朝着宝象国过来呢。"

"那还好。"李长庚松了口气。他现在唯一的心愿,就是希望取经队伍别出问题,等着孙悟空归队。

"哎,对了,老李,有件事咱们得商量一下。"观音索性把五色莲瓣收了,对太白金星道,"我在准备那几难的揭帖。五庄观好办,但白虎岭就有点麻烦。"

"怎么讲?"

"你说这一难的揭帖,到底落笔在哪一个点上才好呢?"

李长庚一拍脑门,他倒忘了还有这么个麻烦。当时他为了圆孙悟空突然离队的意外,紧急找来六耳做替身去打三只——其实是一只——妖怪化成的百姓,然后被玄奘以杀生之名赶走。这确实把离队的事说圆了,但却引发了一个后患。

在这次劫难里,要么是孙悟空火眼金睛,玄奘误贬忠良;要么是孙悟空滥杀无辜，玄奘铁面无私。无论揭帖怎么写，总得有一边要犯错误。

可一边是佛祖二弟子，一边是佛祖钦定的取经首徒，你无论褒贬哪一方，都会有负面影响，体现不出精诚团结的主旨。

李长庚当时是急中生智，未能仔细推敲，以致造成这么一个几乎无法调和的矛盾。

"哎，这个可真是……有点头疼。"他有点烦躁地捋起拂尘须子。

观音道："我倒有个主意，不过这个就得老李你定夺了。"她一扬手，三只同色莲瓣飞在半空，然后齐齐消失。李长庚微微皱起眉头："大士的意思是，放弃白虎岭？"

"正是。"

三只莲瓣，就是三只妖怪。只要不提三打白骨精的事儿，揭帖里也就不用左右为难了。但代价也很大，本可以拆成三难的大好机会，这下子全泡汤了。

是避免麻烦？还是增加业绩？李长庚必须得做出选择。

他坐在莲花座旁边沉思片刻，终于下定了决心。他又不是镇元子那样的商人，仙官之道贵在平稳，不求有功，但求无过，于是开口道："模糊处理吧。"

"行，那我就去申报一难，只说是贬退心猿，但具体什么地点、遇到什么妖怪、悟空为何离开，揭帖里一概不提。"

李长庚点头，也只能如此了。观音表情有点心疼，对一个擅长巧立名目的菩萨来说，这个损失太难受了。

李长庚宽慰了观音几句。忽然想起另外一个问题：白虎岭不能申报劫难，白骨精的费用就没法造销，只能从别的单子里偷偷凑出来。可李长庚现在连造销都顾不上，看来这笔账要欠一阵了。

算了，天庭欠妖怪钱叫欠么？让她等等好了，反正财神殿的账期很长。老神仙计议已定，先把这事搁下了。

紧接着，李长庚又把平顶山的安排跟观音讲了一下。观音很高兴，太上老君赞助了这么多人手和法宝，场面可以做得大一点。西天取经至今，这应该是资源最充足的一次。

不过她又不放心地跟了一句："那沙僧离队的事呢？"

李长庚微微苦笑，没敢提广寒宫，敷衍道："我跟金银童子提过了，他们下凡之后，我去开个会，看是不是在平顶山解决。"

他其实根本没提过，只是临时找个理由拖延而已。每一次拖延，其实都会把路变得更窄一点，可又不能不走。

"老李你怎么一脸紧张？还担心什么呢？"

"没有，没有。"李长庚微微一摆拂尘，遮住面孔。

这时观音的玉净瓶晃动了一下，她拈过瓶子看了眼，神色忽然变得古怪。

"他们半路出事了？"李长庚现在最怕这个。

"不算变故吧……"观音的语气也拿不准，"取经队伍已经安全抵达宝象国，见过国王，倒换了通关文牒。"李长庚的拂尘松弛倒垂下来："那就好，那就好。"

"不过……玄奘表示暂时不能走。"

"嗜？不想走？为什么？"

"你自己看吧。"观音把玉净瓶递过去。

玉净瓶里，映出前因后果。原来玄奘失陷在波月洞里时，遇到一个女子叫做百花羞。百花羞说她本是宝象国公主，十三年前被黄袍怪掳来做压寨夫人，至今难以走脱。她说服黄袍怪放走玄奘，暗中给了他一封求救信。

玄奘把求救信转给宝象国主，但却没了下文。原来那黄袍怪法力高强，宝象国那点军队，还不够他一口的饭量。国王虽然焦虑，却无能为力。

"然后呢？"

观音道："玄奘说百花羞于他有救命之恩，他希望能帮她脱困。"

李长庚没料到玄奘这方面还挺讲究，他皱眉想了想，问观音："大士你意下如何？"观音叹道："我知道此事与取经无关，但百花羞委实太可怜了。她一个弱女子，被妖魔拐走禁锢在那波月洞里，十余年不见天日。换了谁看到此情此景，也要良心难安。我想她既然救了玄奘，这段因果总要了结才好。"

"其他几位什么意见？"

"猪悟能无可无不可，沙悟净倒是很积极，他看着比玄奘还气愤。"

李长庚"嘿"了一声。这沙僧倒有意思，居然是个嫉恶如仇的性子。不过想想也很合理，若非如此，他也不会加入取经队伍来狙击八戒了。

"老李？你在想什么？"

李长庚赶紧从遐想中退出来："对了，那个黄袍怪神通厉害么？真打起来有风险吗？"

"不知道，不过猪悟能和沙悟净一起上，应该能震慑住吧。"说到这里，观音冷笑道，"再者说，黄袍怪毁人清白，锁人自由，现在被苦主打上门来解救，他难道还能占了理不成？"

两个人评估下来，觉得这事没什么风险，索性让玄奘他们自行处理好了。观音对着玉净瓶说了几句，然后继续跟李长庚商量平顶山的渡劫细节。

过不多时，玉净瓶又摇动起来。观音接起来一听，眉头霎时挑起，李长庚忙问怎么了，观音语气有点艰难："悟能和悟净……被打败了。"

"嗐！"

李长庚没想到还会有这种结果。

玉净瓶里，再次显示出整个过程：原来玄奘留在宝象国，派了两个徒弟前去跟黄袍怪谈判，希望能把百花羞放回来。没想到黄袍怪态度蛮横，非但拒绝交人，还大骂他们多管闲事。沙悟净没捺住脾气，要强行带走百花羞，两边大打出手。黄袍怪神通不低，再加上当地的各路山精树怪也纷纷跳出来阻挠，结果悟能和悟净寡不敌众，一个逃了回来，一个死战不退被抓了。

"这也太嚣张了吧？苦主找上门，黄袍怪怎么还敢阻挠解救？"李长庚也有些恼怒。

"岂止是阻挠。"观音冷笑，"黄袍怪说他们夫妻恩爱十三年，光天化日之下，莫名遭强人掳掠，说要来宝象国讨还个公道呢。"

"嘿，一个拐卖良家妇女的杂碎，他居然还委屈上了！"李长庚一甩袖子，怒气冲冲，"走，咱们去波月洞！"

他的怒气，一半是因为这事委实不像话，一半是因为前面几桩事搞得心火旺盛，借这个机会发泄出来。观音见李长庚很生气，立刻拍胸脯表示："老李你放心，卷帘这是见义勇为，这时候我不会落井下石。"

沙悟净失陷波月洞，这其实是个离队的绝好机会。如果观音稍微用点心思，便可以趁这个机会下手。李长庚没想到观音平时心思多，这方面还是很敞亮，直接说破了他的顾虑。

两个神仙眼神一交换，即达成了共识，当即驾起云头，不一时来到波月洞前。他们还没打招呼，远远就听沙悟净破口大骂："百花羞被你锁在这波月洞里不见天日，备受凌辱，你是一副甚么心肝！"黄袍怪站在对面，左右双臂各搂着一个小孩子，看起来比沙僧还气愤："掳人妻子，害人母亲，毁人家庭，你这夯货才是甚么心肝！"周围一群妖怪也吱吱叫嚷起来，齐声叱责沙悟净。

只有百花羞不见身影，想来是又被关进洞里去了。

沙悟净嘴巴气得快要裂开，双腮鼓鼓起伏："这几样，哪一样是她自己情愿的？人家好好在宝象国做公主，被你这狗崽卵子强行抓来这里，你说破大天也没道理！"黄袍怪嫌他聒噪，往他嘴里塞进麻核，沙僧就抬腿去踢，黄袍怪又只得拿绳子捆住双腿。正要往洞里抬，不料沙僧不知从哪儿又伸出一条腿，"啪叽"一下把黄袍怪绊倒在地。

周围小妖吼着冲上去，拳打脚踢，只是压不住沙僧怒骂。

李长庚和观音对视一眼，正欲上前，前方忽然出现一个仙影，飘然挡在面前。这仙人头簪金冠，袍挂七星，腰围八极宝环，一只鼻子如玉钩，俊俏中透着一丝犀利。

"昴日星官？"

李长庚一眼就认出他来。昴日星官先拍拍双袖，挺直了脖颈道："喔喔喔，启明殿主，别来无恙哇。"

他们俩虽说一个在星宿府一个在启明殿，但都挂着司晨之职，是以关系颇为密切。李长庚与昴日星官寒暄片刻，一头雾水道："你跑来这做什么？"

"嗨，别提了，我是来找人的。"昴日星官说。

"找人？"

昴日星官叹了口气："我们西方七宿的老大，奎宿奎木狼，春药蒙了心，十几天前为了个女人偷偷下凡，迟迟不归。这些天，都是宿里的其他几个兄弟轮流帮他点卯签到。眼下披香殿的轮值快到了，所以我赶紧叫他回去。"

"奎宿是本尊下凡，还是转世变化？"李长庚开始觉得不妙。

"转世变化了，呶，就在不远的波月洞里做了洞主。"

李长庚脑袋"轰"了一下，这黄袍怪变化过了，所以他第一眼没认出来。没想到这厮居然也有根脚，还是西方七宿之首，这下子可麻烦了。

如果是个普通妖怪，李长庚和观音随便一个神仙上门，也就摆平了。但对方居然是奎宿下凡，就不得不认真对待了。

仙界大道三千，其实无外乎只看两件事：一是根脚，二是缘法。二十八星宿和启明殿级别相当，奎宿和昴宿都属西方白虎监兵神君统管，再往上的关系更是盘根错节，不是轻易能触碰的。

昴日星官见李长庚沉默不语，好奇道："李仙师来这里，又是做什么？"

李长庚只好直说："玄奘取经你知道吧？他有个弟子因为要救一位女子，被困在这个波月洞府里，我们来捞人。"昴日星官喔喔一笑："果然还是奎木狼的脾性。老大对兄弟大气，对女人霸气，一碰就急。不过仙师莫担心，说开了就没事。老大还是识大体的，之前不是也把玄奘放走了嘛，没事儿。"

李长庚先"嗯"了一声，拱手道谢，然后又"咦"了一声，看向昴日星官的眼神不对了。

他刚才就有疑心。哪有这么巧的事，他们一到波月洞口，昴日星官正好也到了？从昴日的话里可知，他已经知道了奎木狼捉放玄奘的事，说明之前这两宿早有沟通。

二十八星宿向来很会抱团，护短得紧，昴宿又是以精通天条著称，出了事都是他出面来解决。毫无疑问，这是奎宿紧急叫来的援兵。

李长庚脑袋里还在飞速转动，不防旁边观音忽然冷冷问了一句："星官有礼，你打算如何处置奎木狼？"

昴日星官喔喔两声，从容道："处置谈不上，他又没触犯天条。不过我得赶紧把他叫回星宿府，披香殿轮值少他一个，我们几个同宿的兄弟可有大麻烦。"

观音面色冰冷："只是如此？"昴日星官不慌不忙解释道："他与玄奘并不相熟，先前是误会，已然放归，不曾伤他分毫，一会儿那个三弟子我也可以做主放走。以天条而论，并无什么实罪……"

观音截口道："那么他强掠民女，这个罪过该如何判？"昴日星官没想到观音是问这个，长长出了一口气："喔喔喔，我还当大士您是抢我鸡蛋呢。这是小事，我们星宿府从来没有仙凡偏见，把那个百花羞和两个孩儿一起接引上天，作为亲眷同住西方七宿，也是她们娘仨的福气。这么处理，是不是皆大欢喜？"

李长庚侧眼微觑，注意到观音的千手本相跃跃欲出，赶紧扯扯她袖子。观音却一甩手，怒道："奎木狼强掳百花羞，一囚十三年不得归家，这是小事？你们还要把她接上天去继续受辱？"

昴日星官并不着恼，反而喔喔大笑起来："大士有所不知，那个百花羞亦不是凡人，她前世是披香殿上一个侍香的玉女，本就和奎老大有私情。奎老大思凡下界，就是为了追她。老大这人，霸道归霸道，痴情也是真痴情，这两世情缘，同宿的兄弟们好生羡慕。"

"两世情缘个貔貅！这一世百花羞可没同意与他成亲。"观音的态度很是坚决。昴日星官有些不乐意了："大士，就算夫妻有了嫌隙，那也是我星宿府的家务事，不劳珞珈山来关心。"

"百花羞是被拐来的，不是他黄袍怪的家生灵宠！这叫什么家务事！"

"奎老大若有触犯天条之处，自付有司处置；若没违反天条，谁也不能强加罪名。"昴日星官一口一个天条，"大士，你若觉得不妥，欢迎指出触犯了哪一条。"

观音把玉净瓶一横："总之今天我要把百花羞一并接走，有本事你把天条叫出来拦我！"

李长庚大惊，观音这么一说，等于是直接撕破脸。此事对方虽然无理，但她反应怎么这么大？昴日星官也没料到观音如此激烈，一脸无奈："大士您到底想怎么样？"

"一保百花羞，带她回归宝象国与父母团聚；二惩奎木狼，他掳掠民女，强囚良民，合该接受惩罚。"

昴日星官摇摇头："大士精通佛法，岂不闻佛法有云：三界无安，犹如火宅，众苦充满，甚可怖畏。她回宝象国，从此就是个凡人，生老病死，一样也逃不过，哪里比得过一家人在天上永享仙福？天条也要考虑人情，我们这也是为嫂子好呀。"

"为她好？那你们问过百花羞自己意见

没有?"

"嫁鸡随鸡,嫁狼随狼,何况母子连心,她总要跟着孩子吧?"

"我是问她自己的意见!"

"凡间有言,宁拆十座庙,不拆一桩婚。菩萨难道要舍出十座庙吗?"

观音见跟昴日星官说不通,绷着脸直往波月洞里闯。昴日星官双眼一凛,也运起法术,挡在观音面前。两尊神仙各显神通,移影变位,一时间竟斗起法来。

昴日星官虽说品级不及观音,但神行的本事不低。无论观音怎么上下左右地腾挪,他总能如影随形,而且脖颈安忍不动,一张钩鼻脸始终面向观音,盯得观音心烦意乱。

对抗了半天,观音始终不得寸进。她情急之下,把玉净瓶当空震碎,露出森森缺茬儿,就要祭起来去砸那星官。幸亏李长庚眼疾手快一把拽住,口里叫着:"大士,你冷静一下!"

太白金星连使了好几个神通,才把观音勉强按住。观音呼吸都变急促了:"老李,你不帮我?"李长庚连声道:"大士,不是我不帮,你这么冲动不是办法,救不出百花羞啊……"

观音瞪了他一眼,李长庚赶紧解释:"在那些星官眼里,别说百花羞一介凡人,就是披香殿的玉女,也根本不当回事儿。我们拿这个话头去争,根本拿不住他们。"

"就这么眼睁睁看着奎木狼和百花羞离开?"

"办法咱们一起想,但大士你一动手,可就落人话柄了。别说百花羞救不出,取经队伍都要被连累。"

观音把瓶子慢慢放下,可脸色依旧铁青。李长庚按住这边,又去找昴日星官,批评道:"奎宿这次委实不像话,什么霸气,这根本是霸道!如此有悖人伦之举,怎么还对抗上了?"

昴日星官不屑道:"咱们都是神仙,悖个人伦怎么了?再者说,什么叫对抗?你们是释门的取经队伍,不是道门的雷部神将。就算奎老大犯了天条,也是本管衙署前来拘拿,轮不着他灵山的菩萨过来多管闲事——就为一个凡间女子,至于吗?"

李长庚正色道:"你别跟我扯这些,天条我比你熟。奎木狼私自下凡,本身就是大罪过,如果祸害了凡间生灵,更是罪加一等。"

昴宿却丝毫不退:"随您老怎么说,但我得先把他们一家接回去。您如果不满,欢迎举发。"昴日星官摆出一副无赖的模样,他知道这种举发一定会陷入争论,管辖权如何界定、仙凡是否区别对待、天条适用范围为何,一讨论起来就旷日持久,所以有恃无恐。

"你给我一天时间,行不行?"

"为什么啊?"

"我启明殿主的面子,还换不来这一天时间吗?要不要我直接去提醒白虎神君点卯?"太白金星把脸一沉。

昴日星官盯了李长庚一阵,他这趟下凡,目的就是拽奎宿回去应卯,免得被人发现私自下凡。老金星这么说,其实是提出了一个交换条件。

他心算片刻,展颜笑起来:"也好,他们一家收拾行李,怕也得一天多呢。我就卖您老一个面子,不过您得以道心发誓,不去白虎神君那里告状。"

"好,我李长庚以道心发誓,绝不去白虎神君那里举发奎宿私自下凡之事。"

"观音大士也得起誓。"昴宿滴水不漏。

245

观音气得又要动手,李长庚按住她低声道:"大士你信我一次!且先起誓!"观音满心狐疑,注视太白金星片刻,见他目光湛湛不似做伪,只好恨声道:"发菩提心,绝不去白虎神君那里举发奎宿私自下凡之事。"

昴宿满意地点点头。虽然他不明白李长庚此举的目的,但能减少潜在风险,也是好事。横竖拖延的只是凡间一日,来得及。

"还有,你让奎宿先把沙僧放了,他可是西王母举荐来的。"

李长庚知道对这些人讲道理没用,他们唯一能听懂的语言就是根脚,索性直接亮出沙僧的后台。果然昴日星官半句废话没有,直接飘到波月洞里,把沙僧领了出来。

沙僧仍是一脸激愤,还不想走。李长庚少不得又安抚了一番,才一起驾云先回宝象国。

半路上李长庚见观音依旧一脸僵硬,凑过去道:"大士,你平日里是个六根清净的人,怎么今天动这么大嗔火?"

观音回眸道:"老李,你说咱们护送玄奘这一路渡劫,揭帖里的主旨精神是什么?"

"救苦救难,普度众生啊。"李长庚立刻回答。

"没错,咱们这一路的劫难设计,都是围绕这八个字来的——你说仙界那么重视根脚,为什么不在揭帖里宣扬玄奘关系深厚、手眼通天?"

"因为这个……总不好拿到台面上来说吧?"

"没错!因为救苦救难,普度众生是正理,能堂堂正正地讲出来。满天神佛无论什么根脚,无论什么心思,至少嘴上都认定这才是大道,台面上只能讲这个,别的只能放在台面之下。"观音顿了顿,"老李,咱俩各有各的心思,但总得有个底线。如果对这样的事视而不见,由着黄袍怪逍遥而去,我枉称救苦救难观世音菩萨,还有什么脸面再提护法渡劫?"

听罢观音一席话,李长庚心中蓦地想起一只小猴子的身影,一阵触动。不知对六耳,自己算不算视而不见、置若罔闻……

"老李,别的事我都服你,唯独这个,你得理解我。我观音以女相显身东土,若连个被拐卖的女子都救不走,以后怎么受人香火?"

"我理解。我也知道百花羞可怜,我只是怕你太冲动,欲速则不达。"

"对了,你刚才到底打的什么主意,为什么只让昴宿拖延一天?"

"我有个想法,只是还有几个关节没想明白,所以先稳住他。容我琢磨周全些……"

接下来的一路上,李长庚低头冥思苦想,观音也不打扰,转而去帮沙僧疗伤。

三人到了宝象国之后,玄奘和猪八戒都等在驿馆里。见他们进来,玄奘站起身问怎么样了?李长庚把星宿府插手的事一说,猪八戒嚷嚷道:"我在天庭时就知道,那个奎木狼就是个蛮霸王,看到中意的女子,就上前骚扰,旁边其他兄弟们还起哄助攻。若有旁人劝阻,他们就硬说是情侣,闹得巡官都不好管,真是一群下三滥。"

李长庚意外地看了他一眼:"连你都看不上黄袍怪?"八戒撇撇嘴:"什么叫连我也?我是唐突了嫦娥,但代价是差点上了斩仙台,前程也没了,还落得这副尊容。

同样欺男霸女，凭什么他黄袍怪屁事没有，玩够了就回天上？我是不平衡。"

他这一席话讲出来，众人都是无语，不知是该出言支持还是大声呵斥。

"这二十八星宿，未免太嚣张了吧？"玄奘没上过天庭，无法想象还有这样的仙官。

"可惜那只猴子不在，估计只有他，能让他们吃瘪。"猪八戒道。

"孙悟空还和他们打过交道？"

猪八戒笑起来："原先交情还不浅哩，不知怎么就闹掰了。大闹天宫的时候，二十八宿看见他跟耗子见猫似的，都不敢上前斗战。如果他在，就没这些破事了，管教黄袍怪直接跪地服软。"

这时一直没开口的沙悟净道："以启明殿主和南海观世音的权威，都救不出百花羞公主吗？"他瞪着两只眼睛，双腮一鼓一鼓，显然气还没消。

李长庚耐心解释道："昴日星官是个熟知天条的讼棍，现在他咬死了奎木狼和百花羞是夫妻，属于星宿府的事。我们两个虽然品级比他高，但毕竟跨着衙署，没有合适的借口，不好公开介入。"

观音哼了一声，算是默认。这件事真要在仙界公开讨论，认为无伤大雅的神仙大有人在，舆论不一定倒向哪边。

"可百花羞的书信里明言是被迫，宝象国国主也不曾收下聘书，这也算夫妻吗？"玄奘道。

"不过是去找月老牵一条红线的事。"猪八戒道。玄奘似乎不敢相信："红线也能补牵？"八戒嗤笑一声，这和尚真是个读经读傻了的凡胎，少见多怪。

沙僧手里的宝杖重重往地板上一顿，斜眼看向猪八戒。猪八戒哼了一声，装做没看见。

李长庚道："我刚才想到一个办法，但得上天一趟，最快也得一天半才能回来。我之前只把奎宿、昴宿拖住一天，还有半天，得想办法拖住。"

沙僧大声道："大不了，我再去跟他们斗战一场！纵然斗不过，拖延一段时间总可以。"

李长庚摇头："奎宿且不说。那个昴宿十分狡黠，一觉察你在拖延，拔腿就会走。我们得想个手段，把他们牢牢钉在原地，知道是圈套也不敢走。"

"此事我去如何？"

众人闻言，一起望去，发现出声的居然是玄奘。

玄奘抬起光头，双手合十："我从长安出发以来，亏了几位护持，把一路上劫难安排得无微不至。可我这一世，也是凭自己努力成了东土称名的大德。如果总是这么舒舒服服地渡劫，倒显得我是个被人提携的纨绔，连先前的辛苦都抹煞了。有时候，我也想亲手做一做，好教人知我玄奘并非娇生惯养之辈。"

他目光灼灼，让李长庚颇为意外。原来这人，不光是一个目空一切的骄纵和尚嘛。老神仙旋即又摇了摇头："玄奘你到底是个凡胎，就算有这份心，又怎么拦得住两位星官？"

玄奘道："百花羞公主是我救命恩人，我若救不出她，因果未了，这西天也不必去了。咱们这一路的劫难，不都是惩恶扬善的戏码么？如今真见着不平之事，反而束手不管，你们说，是不是有点荒唐？"

在场的人，个个微微点头。玄奘又道："至于两位星官，两位如果压不住，再加一个金蝉子转世嘛，难道他们还不怕么？"

李长庚苦笑:"你没明白。奎木狼属于星宿府,我启明殿伸手去管,都隔着好几层关系,更不要说你和大士是释门中人。咱们这次是去西天取经,跟波月洞八竿子打不着,你拿职位去压,正中昴日星官下怀,一扯起衙署权责的皮,可就复杂了。"

玄奘一眯双眼:"那如果波月洞和取经扯上关系呢?都在一劫之中,是不是李仙师你插手进来就名正言顺了?"

"话是这么说,可哪那么容易?以昴宿的狡猾,肯定提点过奎宿,不跟取经队伍有任何联系。"

玄奘沉思片刻,一脸郑重道:"我有一计,或许可以把两位星官扯进取经渡劫中来——不知几位谁会变化之术?"

"这点神通大家都会,你问这个干吗?"观音奇道。

"我是问,谁有能变化他人的神通?"玄奘面色平静,似乎下了什么大决心。

第 十 章

昴日星官次日来到波月洞前,一日期限已过,他准备迎奎木狼夫妻回家。他"喔喔喔"叫了三声,洞里却只有百花羞一人带着两个孩子出来。

昴日星官一怔,忙问黄袍怪哪里去了。百花羞面色黯淡,怯弱弱说:"我父亲知道我要上天,发来请帖,想要最后见女儿一面,办了个饯别宴。奎木狼担心我被扣下,不肯让我去,只他一人去赴宴了……"说到后来,泫然落泪。

昴日星官一怔,暗骂奎宿贪杯,这时候不老老实实呆着,还瞎跑出去喝酒做什么?他面上却还是笑容满面,宽慰百花羞道:"哭什么,嫂子你马上就要上天做神仙了,爹妈该高兴才对。"百花羞泣道:"我十多年没见到父母,难道最后一面也不许见吗?"

昴宿耸耸肩,不去理睬。他忽然看到黄袍怪从远处飞了回来,连忙挺直了脖颈,却越看越不对劲儿。奎宿不是醉醺醺的宿醉脸,而是一脸吃了屎似的面孔。

数个呼吸之后,昴日星官就明白怎么回事了。观音紧随在黄袍怪的身后,宝相庄严。昴日星官先是微皱眉头,随后一拱手:"大士是特来相送吗?"

观音面无表情:"不,我是来安排渡劫护法。"

"渡劫护法?"

昴日星官纳闷地看向黄袍怪,黄袍怪啐了一口:"老子去赴那便宜岳父的告别宴,吃酒吃到一半,看到那个叫玄奘的和尚走过来。我端起酒杯,说了一句长老咱们不打不相识,一切都在酒里了。谁想到那和尚在我面前就地一滚,忽然变成一头老虎。然后又蹿出一条小白龙,跟我打了几个回合,转身就跑。然后这个天杀的……呃,天派来的菩萨就现身了,说我现在正式入劫,需要听她调遣。"

"怎么就入劫了?"昴日星官仍是一头雾水。

观音手里一纸诏书,玉音煌煌:"秉西天如来法旨、天庭玉帝圣谕,今有东土圣僧玄奘西去取经,地不分妖魔鬼怪,人无分神仙精灵,皆有护法渡劫之责。今在宝象国,圣僧应劫化虎,征调波月洞黄袍怪入列听用,谨遵无违。"

248

昴日星官看看观音，又看看黄袍怪。黄袍怪很郁闷："我他妈真没动那和尚一根汗毛，分明是他强行碰瓷，这也算我头上了？"

但现在说什么都没用了，人家玄奘可是在你的面前化的虎，总不是圣僧自己无聊变的吧？什么？你不承认？观音手里那份文书，落款盖着佛祖的说法手印和玉帝的先天太极。湛湛清光，沈沈威压，看看哪个敢拒绝征调？

昴日星官最擅长拿天条说事，对付他最好就是用法旨砸回去。如来言出法随，玉帝口含天宪，有本事你大声说出来他们两位的话不顶用。

到了这一步，狡黠如昴宿，也不得不暂且认下这个哑巴亏。

昴日星官气得脖子上的羽毛根根竖起，拽着奎宿低声说几句，抬头冷笑道："好，好，能为取经贡献力量，也是造化。老大，你放心，嫂子和两个大侄子权且寄在我这里，咱们星宿府的眷属，外人欺负不着。等你演完这出戏，咱们一并走就是。"

昴日星官知道，他们强行征调奎木狼的最终目的，还是想救出百花羞。所以他先把她控制住，大不了让老大陪他们玩完这一场，然后再一起上天也不迟。

玩天条嘛，谁怕谁。

黄袍怪和昴日星官多年兄弟，立刻明白意图，悄悄比了个大拇指，然后冲百花羞一瞪眼："爱惹事的臭娘们儿，快滚过去！"百花羞被他囚禁十几年，早习惯了逆来顺受，搂着两个孩儿默默过去。奎木狼转过脸来，冲观音一揖："大士，要我怎么配合？"

观音面无表情，从袖里拿出一张方略："你随我走，先去做一下留痕。"她带着奎木狼离开，临走前多看了一眼昴日星官。昴日星官心中纳罕，却说不上哪里不对，他很快发现哪里不对——李长庚不在旁边。

"莫非是金星老儿跟我太熟，不好意思直面，故而让观音顶在前头？"

昴日星官懒得多想，伸出一侧翅膀把百花羞母子遮住，安静等候。约莫过了一个时辰，他猛然伸直脖子，警觉地左右看去，忽然发现远处云端有两个人影接近。

"是金星老憋不住跑出来了吗？"

昴日星官定睛一看，不太像，但有一个人影看着实在熟悉。待得他们接近，昴日星官心头狂跳，左边那个是猪八戒，右边那个却是……却是……

一支粗大棒子迎头便砸将过来，昴日星官勉强避过，脸色却变得无比难看。

"喔喔喔？孙，孙悟空？"

孙悟空负手而立，双目盯着他，缓缓道："昴宿，你还敢在我面前出现？"昴宿大叫道："分明是你出现在我面前！"

"有什么区别？"孙悟空眯起眼睛，绽出危险的光芒。

"喔喔喔，你不是回花果山了吗？"

他看出来是怕极了悟空，连声音都发起抖来。猪八戒在旁边嗤笑起来："我原来就知道星宿府怕齐天大圣，可没想到会怕成这样子。大师兄，幸亏菩萨让我去叫你过来了，不然可看不到这样的热闹。"

孙悟空依旧面无表情："百花羞，给我留下。"他没有给出解释，甚至没亮出一个说得过去的借口，就这么直截了当地提出了要求。

偏偏昴日星官一句都不敢反驳，万千法条，在这只无法无天的猴子面前，似乎都失去了效力。悟空见他迟疑，掣出大棒子，又一次狠狠砸下来。

昂日星官一瞬间怔住了。这一棍裹挟着滔天怨气，仿佛有着无比强烈的恨意。他这一恍神，棍子已经砸到面门，吓得他亮出翅膀遮住头顶，猛然跳开，也顾不得羽翼下的百花羞母子。

一根钉耙从侧面轻轻一引，登时把母子三人卷开数丈，脱离了昂日星官的范围。

昂宿勉强避开这必杀一击，浑身冷汗涔涔。他心想咱俩是有旧怨不假，但不至于一照面就下死手吧！他还想辩解几句，悟空一晃棒子，又是滔天煞气弥漫过来。昂日星官在惊恐躲闪中，生出一种奇怪的感觉，这恨意似乎不只是针对他，他只是代人受过。

此时猪八戒把百花羞母子拽到一边，直接往沙僧那里一塞，笑嘻嘻道："你在宝象国好吃好喝，你看住。我可是跑了一趟花果山，来回不知费了多少力气呢。"沙僧一横宝杖，把百花羞挡过去，冷言道："猪悟能，你我的架可还没打完呢。"猪八戒"嘿"了一声："随时奉陪。"

这时观音带着奎木狼做完留痕，回转过来。一见到悟空，观音笑道："你来得正好，来来，过来打杀了这只黄袍怪，了结这一桩劫难。"

奎宿见到悟空出现，也吓得瑟瑟发抖，此时听到菩萨这么说，不由大叫："不是演个戏而已吗？"观音道："玄奘被你变虎、沙僧被你所擒、白龙马被你所伤，八戒去花果山请回悟空，一战擒魔，救出百花羞——这方略你不是早看了吗？配合一下而已。"

奎木狼适才瞧见那猴子砸昂宿的狠劲儿，哪里敢去，冲观音喊道："我与那猴子有旧怨，我怕他假戏真做！"观音道："放心吧，如果你出了意外，我们会严厉追究他的责任。"然后对悟空一点头："今天那三十九尊神祇还在休假，没人看顾这里，你可不要因此乱来。"

奎木狼见这边说不通，又冲百花羞喊道："娘子啊，你前世乃是披香殿的玉女，难道忘了当年的情分吗？快来求情！"

他不说还好，一说百花羞终于绷不住，掩面大哭。沙僧宽慰道："你莫怕，前世记忆归前世，与你这一世没关系的。"

"我前世记忆早回来了……"百花羞泣道，"可我前世，也不是情愿啊。我本来在披香殿好好做个侍香的玉女，那奎木狼借着值守的机会，屡次过来调戏，周围还有他的兄弟们起哄，到处乱说。最后天庭传遍了，都以为我俩有私情，反而骂我勾引人。我受不了骚扰，只好转来下凡，谁知他又追了过来……"

沙僧听完，怒气勃发，当即手执宝杖也冲入战团。猪八戒叹了口气，自言道："落水狼合该痛打！"拖着一根耙子也过去。黄袍怪本来还指望百花羞求情，没料到这女人什么旧情都不念，居然还引来两个打手。

悟空面无表情，在旁边掠阵威慑，八戒沙僧围着黄袍怪猛打，直打得他头破血流、遍体鳞伤，一身黄袍几乎染成红色，凄惨至极。

昂日星官不知何时偷偷转回来，对观音喊道："大士，不要闹出人命！白虎神君那里须不好看。"观音也不搭理他，笑盈盈捧着玉净瓶录影。眼见黄袍怪惨叫一声，被一杖打落云下，啃了满嘴污泥。她这才徐徐开口道："行了，渡劫的素材录够了。"

昂日星官一步过来，把奎木狼搀起来："那……我们可以走了吗？"

"就这么走了？"观音道。

"百花羞给你们留下！"奎宿咬牙切齿地说了一句，昴日星官松了一口气，奎老大只要肯服软，这事就好转圜了，要女人哪里没有。

这时沙僧越众而出，出言斥道："你辱了人清白，难道就这么装做无事一样上天继续当神仙？"猪八戒站在旁边眼皮一跳，总觉得这小子在影射什么。他怕沙僧再说出更难听的话，一晃钉耙："废什么话，把他拿下多打几下不就得了。"

昴日星官躲开猪八戒的一把，怒极反笑："菩萨您也说了，护法渡劫结束了。你们可没有理由继续扣留他！就算要惩戒奎老大，也要按流程来，否则就是违规！"

他这么一说，三个玄奘徒弟都住了手。昴日星官暗叫侥幸，二十八星宿的上级是四大神君，就算观音他们要惩戒奎木狼，按流程也得经由几位神君集体裁定、星宿府盖印认可之后，方才有效。他用这个办法挤兑住他们，至少可以稳住眼前的局面。

见对面众人都没有动手的意思，昴宿一扯奎宿就要上天。不料天边忽然出现了一个人影，大袖飘飘，正好拦住他们去路。

昴日星官一看，一直没露面的李长庚终于出现了，他鹰钩鼻微微翘起："老李，你也要来拦阻我们回天上？"

"没有，没有，我拦两位星官做什么？我是去披香殿那边办了点事，刚回来。"李长庚乐呵呵道，还主动让开一条路。

奎宿和昴宿眉头一跳，却不敢走了。这老家伙无缘无故缺了席，却跑去披香殿，一定有什么害人的勾当。

披香殿是天庭的一座偏殿，平时并没什么人常驻，玉帝把这里当成一个放置计时的地方。如下界有什么人不敬神，玉帝就在这里摆下个惩戒的计时装置，无非是鸡啄米山、狗舔面山、烛烧紧锁之类的小机关。

这里平日都是二十八星宿分四班轮值，主要负责巡视四周，以及设置计时机构，所以奎木狼之前才有机会去调戏侍香玉女。

昴日星官硬着头皮一拱手："您老……去那儿干吗？"李长庚乐呵呵道："有下界给启明殿上报，说凡间有一个国君糟蹋了供天素斋，侮辱了天庭，玉帝很不高兴，说要罚他们一直无雨，直到米面吃光，锁链熔断才算完事。所以我把文书转给披香殿按流程处理，让他们加急设置三座新的计时玩意儿。"

奎宿和昴宿一听，齐齐跳了起来，面色大变。

披香殿的上一班执勤是北七宿，马上要下值了，来不及设置。按规矩，这一份工单会顺延至下一班，由新轮值的西七宿设置。启明殿既然要求这件事加急处理，西七宿便只能提前做工作交接。

原本昴宿已经算好了时辰，可以赶在轮值之前把奎宿接回去，这一下子全被打乱。这个时辰，恐怕白虎神君已经提前点完了卯，发现了奎宿私下凡的罪过。

"喔喔喔，老李，你竟违背誓言，就不怕道心……"昴宿厉声大叫。

李长庚两手一摊，仍是一副仙风道骨的样子。昴宿这才反应过来，他并没有违背誓言，从来没去白虎神君那里举发，只是转发了一封启明殿的文书而已，添了一笔加急处理的意见，如此而已，挑不出任何违誓之处。

这老阴……不对，这老神仙看着圆滑，背地里却隔着好几层山发力。昴宿自负精通天条，在他面前却只能自叹弗如。

李长庚乐呵呵道："对了，这次奎宿参

与渡劫，辛苦不少，我一定在揭帖里大大揄扬。"

奎木狼哼了一声，一把拽过昂日咬牙道："我看那家伙只是诈唬罢了。就算耽误了披香殿点卯，也不过是旷工而已，能有多大罪过？我扛下就是！"昂日星官却一脸黯淡，摇摇头："老大，你没听见吗？他要在揭帖里夸你呢。"

"他夸就让他夸了，又不是骂。"

昂宿"哎呀"一声，无奈解释道："老大你想，神君看到揭帖会怎么想？好哇，你们把本职工作旷掉，下凡去给启明殿干私活？还干得那么起劲？他李长庚的面子，比我白虎神君还好用吗……"

这么一分说，奎木狼才知道这招真正的厉害之处。他们不怎么惧怕天条，但如果无视了上司的权威，可是要倒大霉的。偏偏李长庚无论发文书催办还是发揭帖表扬，都是极其正面的做法，对玉帝交代的事情积极上心，对同僚帮衬心存感激，没有任何问题，就算拿到三官殿去审也挑不出毛病。

奎木狼气得双眼充血："那怎么办？我媳妇硬生生被他们弄没了，难道还让我挨罚吗？"昂日星官深深"喔"了一声："玄奘变虎，是为了拽你下水；观音征调，是为了拖延时辰；猴子现身，是为了留下嫂子；最后再是李老仙上天，压实咱们的罪过——这一环扣一环的，早早就算计好了，逃不掉的。"

"可我不明白，到底为什么啊！明明跟他们一点关系也没有。"奎宿抓着头皮，百思不得其解。昂宿劝道："如今说这些也没用了，我去跟他讨个饶，你认个怂，赶快把这事揭过算了。"他见奎宿低头不语，便走到李长庚面前，苦笑起来："老李你真是好手段。我们兄弟认栽，您给划个道儿吧。"

李长庚咳了一声："奎木狼调戏侍女，此是一罪；强抢民女，此是二罪；擅离职守，私自下凡，此是三罪。我会禀明神君，罚他去给太上老君烧火，如何？"奎宿一怔，这烧火可不是好差事，苦累烟熏不说，传出去也伤颜面。他刚要张嘴，旁边昂宿却一扯他尾巴，示意他赶紧答应。

烧火再苦，毕竟只属于劳役，比起上斩仙台或者挨仙锤可好多了。太白金星到底还是放了咱们一马，还不见好就收？

奎宿赶紧低头认怂，说我愿认罚，认罚……

"大士你觉得如何？"李长庚转头问观音。

观音"啧"了一声，一脸不满足，但也只能无奈地点点头。这惩戒太轻了，可她也明白，对天庭的很多神仙来说，强抢凡女并不是什么大事，擅离职守的罪名反而还大一些。李长庚回天庭这一番运作，极尽巧妙，最多也只能争取到这样的惩戒。

"百花羞，你觉得呢？"沙僧问。

百花羞沉默不语，半晌只微微点了一下头。昂宿和奎宿各自一拱手，互相搀扶着灰溜溜地上天领罚去了。待得奎宿的身影消失在天际，百花羞整个人突然瘫软在地上。

十三年了，直到此刻，束缚她身体多年的桎梏方才消失。

李长庚挺高兴。这趟意外的冲突，总算有意外的收获。他先前借调了兜率宫的金银两个童子下凡，如今把奎木狼罚过去，老君的人情就抵消了。

他对观音道："这一次宝象国，属于咱们计划外的，可得好好申报几次劫难，不然太亏了。"观音屈指算了算，恶狠狠道："黑松林失散二十一难、捎书二十二难、金銮殿变虎二十三难……哼，这次得好好赚它一把，不然难消我心头之恨。"

这一把，就把白虎岭的损失找补回来了，两个人都是喜气洋洋。

"那这次揭帖怎么写？"李长庚又问。这次的劫难是观音力主介入，所以还是交给她来决定比较好。

"照实写！"观音毫不犹豫地道，"就说取经队伍弘扬正气，救苦救难，惩戒了天界私自下凡的神官，解救了被拐卖女子，怎么狠怎么说。这是正理，谁来也挑不出毛病。"

"好，好。"李长庚忽然又感慨，"这次若非玄奘舍身化虎，也留不住那奎宿。一个凡人，甘愿如此牺牲，几可以与佛祖舍身饲鹰暗合，值得重点渲染一下——他现在怎么样了？"

"还在馆驿里休息呢。他一个肉身凡胎，变成老虎太勉强了，元气大伤，得调养一阵子。"观音回答，"我没想到，他对百花羞这件事，居然这么用心。"

"是啊，我也没想到。"李长庚也一脸不可思议。原本他以为玄奘就是个傲慢和尚，倚仗金蝉子的身份目高于顶，没想到还挺有血性。

"对真有能力的人来说，额外照顾反而是一种侮辱。"观音看看他，忽然笑起来，"老李，你这次为了个不相干的女子，得罪了星宿府，是不是有点后悔？"

"嗨，我在启明殿谨小慎微了几千年，难得陪你们疯一次，也没什么不好。再说了，我也想明白了，谁能做到人人都不得罪？至少得守住正理本心！"

猪八戒在一旁忽然问道："那俩娃娃怎么办？"观音和李长庚这才想起来，还有两个遗留问题在这里。沙僧看向百花羞："你想如何？"百花羞决绝道："我不想再见到他们了。"猪八戒看了沙僧一眼，说那我把这两个孽障掼死？

百花羞脸色变了变，终究没吭声，就连沙僧也把目光垂下去，有些不知所措。

李长庚站出来打了个圆场："这样好了，大士你在揭帖里多写一句，就说俩孩子都让八戒掼死，彻底断了奎木狼的念想，也与百花羞再无任何关系。回头把孩子送远点……嗯，就送南极仙翁那里，洗去记忆做个供奉童子，从此永绝后患。"

大家都说这个办法好。观音大袖一摆，把两个娃娃收走。李长庚看看孙悟空站在旁边，依旧谁也不搭理，过去拱手道："大圣，多谢从花果山销假回来，有劳你了。"

"别误会，我不是为了行侠仗义，我只是跟奎宿和昂宿有私仇。"孙悟空冷冷道。

李长庚心中微微一动，面上却道："无论如何，宝象国这一劫，若非大家同心协力，不能救出她来。"孙悟空讥讽道："哼，若非这一劫是真劫，我才懒得回来。这一路陪你们演得还少吗？"说完自顾驾起云头走了。

李长庚知道他脾气，也不深问，带上众人一起返回宝象国。百花羞径自回了王宫，与父母抱头痛哭不提；他们回了驿馆，去探望玄奘。

玄奘脸色依旧苍白，肉身变虎这事确实很伤。但他颇为兴奋，追着问前方情况，得知处理结果后，不由叹道："还是罚轻了，只是烧火就搪塞过去了？"观音道："我意亦难平，所幸至少救出了百花羞，不算白跑一趟。"

玄奘双眸闪动："倘若我们不路过宝象

253

国，百花羞的下场会是如何？就算这次救下百花羞，取经路之外，又有多少百花羞没遇到？"观音被这么一问，一时不知该如何回答才好。玄奘道："我知道佛祖是好意，派两位一路护持，确保一路无风无浪地到灵山。可等我到了西天取回经文，成了佛，怕不是每日忙着讲经说法，更无暇看顾这些受苦受难之人了吧？"

"这……倒也不是这么说。"

"那我去这个西天，到底是为了什么？"

观音一听，话头不对，这是不打算去西天了？李长庚赶紧过来打圆场："今天不说这个，我推了国王的宴请，包了一桌素斋，自己人关起门好好吃一顿。"

以往取经队伍与护法是尽量不接触的，不过这次宝象国大家齐心协力，一起吃顿庆功宴也属正常。

这场素宴气氛其实不算热烈。沙僧故意与八戒隔开坐，不时冷眼瞪过去；孙悟空坐在两个师弟之间，一脸淡漠嚼着花生米；玄奘身上有伤，手臂运转不便，只用一只手夹菜，连累旁边的观音也只能矜持地坐着，手指不断摩挲那个断茬的玉净瓶。

李长庚一见气氛有点冷，决定先提一个，他举起酒杯，朗声道："今日诸位秉持正理，戮力同心，老夫忽然心有所感，口占一绝，权且为……"

众人不约而同举起酒杯，不待老神仙吟出，咕咚咕咚都喝下去，然后推杯换盏，纷纷再续，李长庚终究没找到一个插嘴作诗的机会。

素宴散了以后，微微有些醉意的李长庚一拍沙僧肩膀："对了，沙僧净你来一下，我问你个事情。"沙僧愣了一下，老老实实跟他去了驿馆外头。

"玄奘失陷黑松林的时候，你是不是和猪悟能在打架？"李长庚开门见山。

"是。"沙僧坦然承认。

当初玄奘误入黑松林，被黄袍怪所擒，两个弟子对外解释是因为去讨斋饭，失了照顾。但李长庚是何等眼光，一眼就看出问题。

"为什么打架？"

沙僧缓缓抬起头，双眼古井无波："因为我问起他，可曾对当年广寒宫之事有所悔悟，那猪却嘴硬，说他已遭贬谪，恩怨两清，谁也不欠谁了。我气不过，就跟他打了一架。"

"所以你还真是广寒宫那边的根脚？"李长庚点头。

"不错，我为了受辱的嫦娥仙子，前来阻猪悟能的仙途。"沙僧说得毫不避讳。李长庚眯起眼睛，重新打量眼前的沙僧，"卷帘"果然只是个化名而已。

"你知不知道，猪八戒是玉帝的安排？"

"知道。"沙僧坦然道，"那又如何？我是为嫦娥仙子的清名而来，甘愿承担任何代价。"

好家伙，不知嫦娥给了他什么承诺，值得如此卖命？李长庚暗暗盘算，这家伙的脑子有点一根筋，只认死理，只有找对了口径，才能拿捏住。

"那你们在黑松林那一架，怎么不打了？"

"因为玄奘被擒了啊。我们都知道这不在渡劫计划之内，所以另约再战，先去救人。"沙僧说到这里，面容微微露出困惑，"接着就赶上百花羞的事，我本以为他与奎木狼是一丘之貉，没想到那头猪还挺卖力。"

"所以你看，他确实已有所悔悟，又已

为当年付出了代价,何必死死追究不放呢?"李长庚试探道。

"一码归一码。除非他承诺绝不回归天庭,否则没得商量。"沙僧的态度很坚决。

李长庚奇道:"你既然一心要阻他的仙途,就该隐忍不发,暗中搜集猪八戒的罪状才是。怎么还主动跳出来?我看你打起奎宿,比宝象国主都积极,不知道还以为百花羞是你女儿呢。"

沙僧双腮鼓了一鼓:"我,我没忍住。"

"哈?"

"我一看到百花羞,就忍不住想到嫦娥。如果当年天蓬得逞,嫦娥会不会也是同样下场?然后……然后我就忍不住怒意,就要跟奎宿干。"

李长庚"啧"了一声,这家伙心性太差,真是个不合格的间谍。沙僧又道:"所以广寒宫的公道,我必须得讨回,否则嫦娥也不过是另一个百花羞罢了。"

李长庚无奈地拍拍脑门,转了一圈,又回到原地了。沙僧这种一根筋最难打发。他只得道:"如果解决了猪八戒的问题,是不是你就自愿离开取经队伍?"

"当然。"

"即使你知道,未来到了西天,取经人员会有功果可以拿,也不后悔?"

"我不关心那个。"

"行。"李长庚点点头,"你先不要找猪悟能的麻烦,等我来安排。"

沙僧鞠了一躬,转身离开。李长庚叹了口气,沙僧铁了心要搞掉猪八戒,否则不离开;猪八戒如果离开,又没法跟玉帝交代。这取经队伍的人事太敏感了,每一次变动,都牵扯着无数因果。

"看来要解开这个结,还得从根儿上解决啊。"

李长庚一路沉思着回到驿馆,对观音道:"大士,我告个假。"观音一怔:"下一难平顶山,不是你一手安排的么?你怎么还走了?"

李长庚笑道:"我的造销积了太久没报,再不做,赵公明的黑虎该来挠我了。"他不好明说,但观音一定明白。果然,观音一听这话,登时不追问了。灵山那边风起云涌,天庭这边也是暗流涌动,他们俩谁都不轻松。观音叮嘱道:"玄奘还要休养一阵,老李你记得在乌鸡国之前回来就行。"

李长庚叫了推云童子,朝着天庭飞去。推云童子问去哪儿?李长庚长叹一声:"自然是广寒宫。"

第十一章

李长庚抵达广寒宫时,嫦娥正好从练功房出来。以广寒宫的温度,她居然练得汗水津津、头顶生烟,双颊红扑扑的,可见相当刻苦。这姑娘从一介飘上天庭的凡女做到仙界名媛,绝非侥幸。

旁边玉兔叼着一方汗巾蹦跶着过来,嫦娥一边擦汗,一边问李长庚:"仙师找我何事?"李长庚也不想绕圈子:"我想跟仙子你谈谈卷帘的事儿。"

嫦娥继续擦着头发,丝毫不见惊慌:"我明白了。要不您去桂树那儿等一下,我沐浴一下,换身裙衫就来。"

李长庚很满意,嫦娥没有试图装糊涂,说明她足够聪明。他既然到广寒宫来,说明已掌握了很多事情，没必要浪费时间去遮掩。

李长庚向桂树那边看了一眼，树下有一个结实的身影挥动着斧头："呃……吴刚在旁边没问题吗？要不要回避一下？"

"没事，他那个人沉迷于砍树，旁的什么都不关心。你跟他聊砍树无关的，他睬都不睬你。"

嫦娥一转身进宫了。李长庚信步踱到广寒宫外的桂树旁，吴刚果然没理他，砍得极为投入，每砍一斧，还俯身过去仔细研究。树身刚出现裂口，旋即又恢复原状。

李长庚饶有兴趣地看了一阵，忍不住问吴刚："你在这里天天砍这个，不烦吗？"吴刚爽快地放下斧子："李仙师你不知道，砍桂树看着千篇一律，其实每一斧下去呢，桂树上的裂痕走向都有细微不同，复原的速度也不一样。只要掌握了规律，你就可以砍出你想要的任何裂痕。"

不等李长庚开口，吴刚"咣"一斧子下去，树干上出现了一条裂痕，他指给李长庚看："您瞧，我右手握斧的力道调整到四成七，这条细缝就会向右劈叉，延伸二尺六寸。"他默算片刻，又道，"等会儿它修复的时候，会先从这个劈叉处愈合，要三十六口呼吸之后，才完全复原。"

两人静静地看了一阵，桂树果然在三十六口呼吸之后复原如初，一点痕迹也看不出来了。吴刚持斧哈哈一笑，极为得意："我现在已经练到了随心而动、意到形成的境界，脑海中有什么图像，手中就劈出什么裂痕。这手绝活儿，除了我可没人能做到。"

他犹恐李长庚不信，手起斧落，又狠狠劈下去。只听"咔嚓"一声，桂树裂痕四开，竟勾勒出一张苦逼疲惫、心事重重的老人面孔，与太白金星神似。

这确实是神乎其技，李长庚啧啧称赞了一阵，突地又涌起一股同情："这又有什么意义？桂树原来什么样，还是什么样，有你不多，无你不少。你自以为精通了伐木之技，到头来却连一丝裂痕都留不下来。"吴刚挠挠头，沉思片刻方道："好像是没什么意义。不过……"他拎起斧子，"……哪个不是如此？"

他这句看似无意的反诘，却让李长庚为之一震，呆在原地哑口无言。吴刚见他半天不吭声，自顾挥动斧子，又叮叮咣咣地砍起来。

嫦娥很快换好衣服出来，走到桂树之下。李长庚没有过多寒暄，直接开口相询："卷帘是你求西王母安排的吧？"嫦娥点点头："我还以为能瞒得久一点，没想到仙师这么快就看出来了。"

"他用的降魔宝杖，是你们广寒宫的桂树，我若再猜不出，启明殿主不要做了。"李长庚呵呵一笑，旋即又道，"而且卷帘在宝象国忍不住自己跳了出来，我想装糊涂都难。"

他讲了宝象国发生的事，嫦娥轻轻叹息道："唉，我素知这家伙是个藏不住事儿的脾气，反复叮咛他要隐忍，要小心，谁知他还是没憋住——也罢，能憋住就不是他了。"

"他到底是谁？"李长庚问。

嫦娥抬起双眼："他乃是我广寒宫的一位旧客。"

李长庚一愣，广寒宫里就那么几口子，玉兔吴刚俱在，嫦娥还有什么同住者？嫦娥淡淡一笑："李先师忘了么？我广寒宫本叫蟾宫，里面可还住着一位三足金蟾呢。"

李长庚一拍脑袋，暗叫糊涂。他怎么

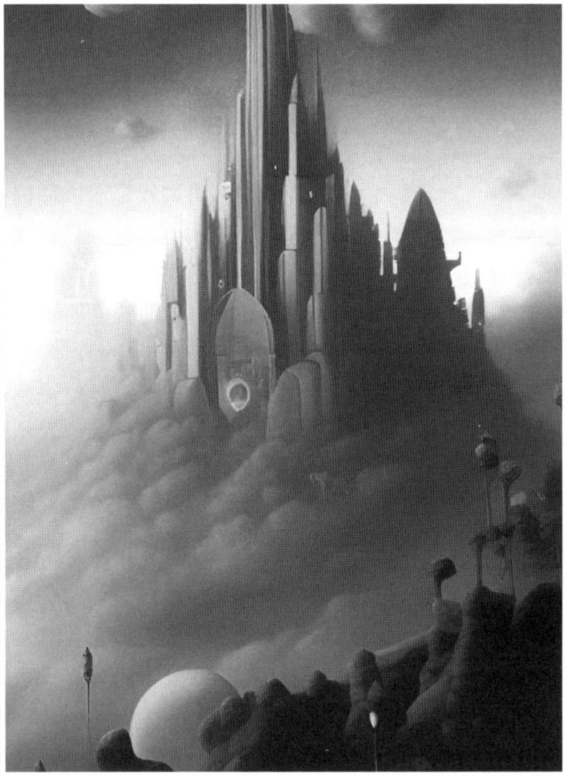

把这位给忘了，这位三足金蟾比嫦娥在广寒宫住的年头还久，只是不怎么爱露面。这三条腿的蛤蟆不太好找，所以他第一时间甚至没想起他来。

嫦娥道："您知道的，我当初告别丈夫来到仙界，是想闯出一番际遇。可惜我不是走的飞升正途，没人接引，一上来无着无落，连个落脚的宫阙都没有，只能四处流落。是金蟾好心，打开蟾宫收留了我。他一直觉得自己太丑，躲在蟾宫不爱出来见人，难得有人陪他聊天，他高兴得很。到后来，他索性把整座宫阙都让给我，改名叫高冷宫，说比较符合我的气质。我嫌太直白，才改叫广寒宫。"

李长庚捋了捋胡须，没有多说什么。

嫦娥继续道："天蓬夜闯广寒宫那次，金蟾比我还气愤。等到天蓬转世进了取经队伍后，他跟我说，若那头猪回归天庭，只怕广寒宫将再无安宁之日。我彷徨无计，金蟾主动说，他要下凡为妖，去阻挠他仙途，这可把我给吓坏了。阻挠天蓬就是阻挠玄奘取经，非同小可。"

李长庚一点头："你说的对。他如果私自下凡去袭击取经队伍，罪过可大了。"

嫦娥道："可金蟾他坚持要下凡，还拍着胸脯说不会连累我。他根本不明白，我担心的是他的安危。"

"所以你去找了西王母？"

"对，我劝他不住，只能退而求其次，求西王母把他塞进取经队伍，哪怕只塞一段时间也成。这样一来，他不必与天蓬正面冲突，只暗暗搜集罪状就好——唉，没想到他到底没忍住。"

"你其实，是想给他安排一条出路吧？"

"李仙师目光如炬。他只要在取经队伍里安分守己，刷一下履历，总好过蛰居广寒宫里几千年不出来。我还特意央求吴刚大哥砍了一段桂树给他防身，就是怕出什么意外。"

李长庚眯起眼睛："这么说来，你根本所求的，是金蟾的前程，而不是八戒离队？"嫦娥颔首："是，只要他能有个前程，我也算报了收留之恩。"

李长庚搞明白这其中曲折之后，总算松了口气。

他在启明殿干得最多最熟的活儿是协调，协调就是不怕你提的要求奇葩，就怕不知你要什么。只要掌握了各方的真实诉求，东哄哄，西劝劝，怎么都能妥协出一个多方都能接受的结果。

他沉思片刻，伸出两个指头："你劝劝金蟾，让他不要跟天蓬较劲了。我给你两个保证：一保金蟾有个前程；二保天蓬就算回天庭，也绝不会来骚扰你。"

嫦娥眼波流转，神情微微一黯："第一个保证，我代金蟾谢谢仙师；第二个保证，却……唉，李仙师你不明白，我如今看似光鲜，人人仰慕，其实也是如履薄冰，战战兢兢。不知有多少登徒子暗中觊觎广寒宫，不是大能的亲戚，就是金仙的门人徒孙，个个根脚都不得了。在他们眼里，我不过一个娱情的戏子，高兴时捧上天，想要糟践也就是一句话的事儿。我一个无权无势的弱女子，只能靠着几方周旋，才算稍得安静。"

李长庚不由得想起沙僧的话："百花羞和嫦娥又有什么不同？"他轻轻嗟叹一声，从奎宿的蛮横做派和昂宿的满不在乎，也能看出天界风气如何。嫦娥若不靠着西王母，恐怕难保自身，但西王母那里索要的代价，只怕也不小。

嫦娥仰起头："我相信天蓬回归之后，

258

他是不敢再来骚扰我,但保不住其他神仙起心思。李仙师你想,一个人若是做事没有代价,怎么能保证别人不效仿?他们若见到天蓬无事人一样回归天庭,是不是就更加肆无忌惮?我不知道。金蟾虽然冲动,可他的担忧也确确实实是真的。"

李长庚奇道:"除了天蓬,还有谁骚扰过你?"嫦娥苦笑道:"那可多了,巨灵神、奎宿、二郎神、孙悟空……"

"等会儿……"李长庚拦住她,"孙悟空?什么时候?"

这怎么可能?孙悟空是作恶多端,可从来没听过他在这方面有过劣迹。

嫦娥道:"嗯,他倒是还好,只是在天蓬来的前一天,他和二郎神……"她突然"呃"了一下,似乎意识到自己说错话了,赶紧闭嘴。

李长庚没有追问,两人很有默契地把这个话题滑过了。他听得分明,在"孙悟空"名字后面还有个"二郎神",那可是玉帝的亲外甥。

他不敢深入,把思路拽回到之前的话题上,对嫦娥道:"要不这样如何?我让天蓬受一回女子的苦,传诸四方,让全天下都知道。"

"他怎么受女子的苦?"嫦娥眼神闪动。

"下界有个女儿国,有条河叫子母河,只要喝了子母河的水,男人也会怀胎。我让天蓬去遭一回罪,揭帖里大大地宣扬一番,这不就算替仙子你出了气嘛。"

嫦娥冰雪聪明,一听便知太白金星的意图。对男子来说,怀胎这事伤害不大,但侮辱性极强,将来宣扬出去,说这是唐突嫦娥的报应,惩戒效果比上斩仙台还好。她知道阻不住八戒仙途,如此操作,也算是有了果报。

李长庚道:"我保证取经队伍到了女儿国,给你优先安排这个。你记得把那个二杆子劝回来就行。"

"那他准备怎么离队?"嫦娥问。金蟾若想要有个好前程,就不能是单纯被逐出队伍,得有个说法。

"舍身取义。"李长庚都想好了,"到了乌鸡国,让他替玄奘挡下一劫,身负重伤,不堪取经重任,荣退归天。凭他这份履历和表现,授个中品仙职,轻轻松松。"

金蟾有这么条出路,也不枉在取经队伍里潜伏一遭儿,嫦娥欢欢喜喜答应下来。

经过这么一番妥协平衡,金蟾、嫦娥、天蓬各得其便,李长庚也少了一桩麻烦,大大地松了一口气。

嫦娥对于启明殿主亲自来解决问题十分感激,投桃报李,主动说我等会儿就跟西王母讲一声,这让李长庚很是欣慰——如此一来,便把瑶池的因果还掉了。

嫦娥还说要献舞一曲,被他婉拒了。现在千头万绪,哪里有心思看这个?李长庚心情轻松地离了广寒宫,走出几步,看到吴刚还在那儿兴致勃勃地砍树,忽然冒出个念头。

他走过去,叫住吴刚,问他二郎神什么时候来过广寒宫?吴刚根本不理睬。李长庚想了想,换了个问法:"你能劈出二郎神来广寒宫那一天的图影吗?"

吴刚精神一振:"他来过好几次,你说的是哪次?"李长庚道:"和孙悟空来的那次。"

吴刚抄起斧子,狠狠往桂树上一劈,登时出现一片砍痕,那砍痕裂得恰到好处,正好勾勒出一幅画面。

这画面里有四个人:二郎神、奎宿、昂宿还有孙悟空,四个人都面带醉意,栩栩如生。这家伙虽然是个痴人，这伐桂的技术确实到了精微的境地。过不多时，裂痕消失了，桂树又恢复平滑的表面。

李长庚"嗯"了一声，面沉如水。难怪天蓬之前说，那俩星官跟孙悟空原先在天庭一起厮混，如今一看，果不其然。

天庭发的揭帖里，从来没提过这件事。这可以理解，二郎神是玉帝的外甥，又是擒拿妖猴的主力，他与孙猴子的关系自然要遮掩起来，就像这棵桂树一样，了无痕迹。

"他们在广寒宫都做了什么？我赌你肯定劈不出那种程度的画面。"他问。

吴刚眉头一挑，似乎很不服气，他静思片刻，又一斧子劈下去。只见桂树的裂痕又显现出一幅画面：四个人站在广寒宫门前，张着大嘴，挥动各自的兵刃，冲着宫内龇牙咧嘴叫喊，宫阙里的嫦娥抱着玉兔正瑟瑟发抖。

吴刚的技艺确实超凡入圣。那斧子劈下去，挟有无穷后劲，一个呼吸之间便有二十四重力道传递到桂树之上。只见树体不断开裂愈合，每次裂痕皆呈现出微妙差异，竟叠加出了动态效果。仔细观瞧的话，可以发现二郎神站在最前面，昂宿、奎宿左右起哄，三人兴奋异常，只有孙悟空站在后头，意态半是尴尬半是紧张，被二郎神回头叫了一嗓子，才敷衍似的挥动棒子。

只见这四人叫喊一阵，见宫门没开，醉醺醺地离开了。桂树动态至此方告结束。

李长庚微微松了一口气，看来还好，比天蓬入室动手的情节轻多了。

但再仔细一想，不对啊……

天蓬骚扰嫦娥，是在安天大会之后。而安天大会，是天庭为了庆祝孙悟空服法搞的庆典。在这前一天，那应该就是孙悟空大闹天宫前夕。那个时间点，猴子不是刚从瑶池宴溜走，去兜率宫盗仙丹吗？怎么还有闲工夫跟二郎神去广寒宫骚扰呢？

在宝象国时，李长庚发现昂宿和奎宿对孙悟空的恐惧程度，实在有点夸张。不是实力对比悬殊那种害怕，更像是唯恐被说破秘密而产生的恐惧。

现在看起来，他俩的恐惧似乎是有某种缘由。

想起通臂猿猴去世时，孙悟空仰对天空说的那几句话，他隐隐觉得，五百年前的大闹天宫似乎没那么简单。

不过想要弄清楚大闹天宫，可不是一件容易的事情。别看当年动静极大，尽人皆知，可公布的很多细节都语焉不详，就连启明殿也接触不到一手资料。

李长庚一边琢磨着，一边走出广寒宫。恰好观音发来消息，说取经队伍已经开始跟平顶山二妖接洽了，还表扬说两位童子到底是兜率宫人员，职业素养颇高。就连当地找的小妖都很主动，与取经队伍互动得有声有色，将来揭帖内容会十分精彩。

李长庚稍微放下心来，心里琢磨着赶紧去启明殿造销，可脚下不知为何，却转向了兜率宫方向。

老君正在炼丹。旁边奎木狼撅着屁股，灰头土脸地吹着火，见李长庚来了，把头沉下去，满脸烟尘根本看不出表情。

老君乐呵呵道："怎么样？我那两个童子机灵吧？"李长庚赞道："大士多有夸赞，如果凡间的妖怪都有金银二童的素质，这九九八十一难的渡劫简直是如履平地，一帆风顺。"他把大士的简报给老君看，上面正讲到孙悟空搞出一个假法宝,去骗小妖怪的两件真法宝。

老君大喜,这么一安排,他去申报法宝损耗更加名正言顺了,因而对李长庚的态度更是热情。他走到丹炉旁,让奎木狼把炉门打开,拿长柄簸箕一撮,撮出一堆热气腾腾的金丹,拿给李长庚说随便吃随便吃。

李长庚心念一动,拉住老君笑道:"人家金丹都是论粒吃,你倒好,一簸箕一簸箕地撮,当我是偷金丹的猴子呀。"老君嘿嘿一笑:"别听外头瞎传,孙猴子可没那胆子来我这里偷吃。"

"不可能,猴子大闹天宫之前来兜率宫偷金丹当炒豆吃,那是天上地下都知道的事。老君你又乱讲。"

李长庚知道,从老君这里套话最有效的方法,就是否定对方的可靠性。果然老君一听,顿时憋不住了,主动开口道:"哎,那些人知道个貔貅!我告诉你个事儿吧,保真,别外传啊。那孙猴子双眼受不得烟,兜率宫天天浓烟滚滚,他从来都是绕着走,怎么可能会主动跑来?"

"但……揭帖里可是说,兜率宫损失了几百粒金丹呢。"

"哎呀,不这么说,怎么跟天庭要赔偿?"老君哈哈一笑。

李长庚心里"格登"一下。老君向来擅长无中生有,骗取补贴。他这么说,说明孙悟空在大闹天宫前根本没过兜率宫。

天庭揭帖里说,孙悟空搅乱了蟠桃宴,然后乘着酒兴去兜率宫偷吃金丹。但现在他知道了,那个时间点,孙悟空明明是和二郎神、奎昴二宿一起醉闯广寒宫——那么他们到底在哪里喝得酩酊大醉?是不是蟠桃宴?这宴会究竟是孙悟空一人搅乱,还是说……

李长庚忽然又回忆起一个细节,忙问老君:"我看天庭揭帖里说那猴子被擒上天来,在您的炉子里足足炼了七七四十九日,但看日期,怎么距离事发只有一天呢?这不会也是虚饰吧?"

老君抒髯:"这你就不懂了,兜率宫的丹炉启用时间是一日,但这一日投入的火力,却是用足四十九天的量。账目上当然要按四十九天报喽。"

"怪不得揭帖里说猴子蹬翻丹炉,就是因为一次投入火力太大,丹炉变脆了吧?"李长庚不经意道。老君"哼"了一声,拂尘一交袖:"老李,你不懂炼丹别瞎说,我的炉子可没那么脆。他真想蹬,怎么也蹬不翻。"

奎木狼在旁边烧着火,闷闷"嘿"了一声。李长庚耳朵很尖,听见这一声,便看过去。奎宿赶紧把头低下,继续烧火。

李长庚突然涌起一种直觉,这里头有事儿,而且事儿不小。里面有各种遮掩与篡改的痕迹,搞不好就要翻出五百年前的旧账。

他本想再问问奎宿,可话到嘴边,及时停住了。

这不是自己该涉足的领域。一个要做金仙的人,可不能沾染太多无关的因果,李长庚强行压下探索的念头,婉拒了老君分享八卦的邀请,返回启明殿。

织女正好站在殿门口要走,见到李长庚回来,欢欢喜喜打了个招呼。

李长庚一见是她,忍不住又多问了一句:"五百年前的瑶池宴,你赶上了没有?"织女"噗嗤"乐了:"您老记性真变差了,那一年的瑶池宴,不是被孙猴子给搅黄了吗?根本没办成。"

261

"当时闹成什么样？"

"那可厉害了，我听说所有物件能砸的全砸碎了，能喝的全喝光了，还打伤了好多力士与婢女，那阵仗闹得，跟一伙山贼过境似的。"

一听这形容，李长庚眉头一跳。织女道："要不我去帮您向我妈问问详情？"

"哦，那倒不用，不用，随便问问。"李长庚赶紧放她下班去了，然后推门进了启明殿。

说来也怪，他此时坐在玉简堆积如山的桌案之前，第一次有了想做造销的意愿。原因无他，因为他现在有更不想做的事情，所以迫不及待想要沉浸在造销里逃避。

李长庚心如止水，沉静下去，一口气把之前积压的造销全部做完，心中怅然若失。他看看时辰，把造销收入袖中，亲自送去了财神殿。

财神殿里元宝堆积如山，好似一座金灿灿的迷宫。李长庚好不容易绕到正厅，先看到一头通体漆黑的老虎趴在案几上，占据了大半个桌面。赵公明蜷着身子挤在案角一隅，正专心扒拉着算盘。那黑虎不时还伸出爪子，弄乱他的账目，赵公明一脸恼怒，可也无可奈何。

李长庚走过去，把造销往桌上一搁，黑虎抬起脖子威胁似的龇龇牙。赵公明懒洋洋地翻翻玉简："怎么才送来？都过了期限了。"李长庚道："陛下交代的事情太多了，这不才忙完。"赵公明把手放在黑虎下巴上轻轻挠着："这个我不管，财神殿自有规矩，过了期限，这一期的账就封了，我也没办法。"

"通融一下嘛，数目挺大的。这是为公事，总不能让我自己出吧？"李长庚赔着笑脸。

赵公明眼皮一抬，数落起来："平时我天天跟你们说，造销要早做早提！你们都当耳旁风，每次过了期限，倒来求我了。"李长庚道："都是为了天庭嘛。我们在凡间跑得辛苦，很多实际情况，没法按你们财神殿的规矩来。"赵公明一瞪眼："说得好像我们不知变通似的，这钱一文也落不到我口袋里，我干吗这么劳心？——这造销就算我给你过了，到了正财神比干那儿，也会被驳回来，他可比我还无心呢。"

李长庚蹲下身子，讨好地拍拍黑虎的脑袋："这次的造销都是取经护法的费用，陛下特批的嘛，赵元帅再考虑考虑。"

"取经护法？玄奘？"赵公明突然双目睁开。李长庚点点头，赵公明撇撇嘴："我就不明白了，明明是灵山发起的事，怎么还得天庭出这笔费用？"李长庚双手一摊："这你可就问道于盲了。上头商量好的事，我就是个执行而已。"赵公明叹了口气："算了，你给我写个说明，把相关文书都附齐了。"

"好，好。"李长庚如释重负。赵公明又抱怨起来："上头只知道瞎许诺，事先也不跟财神殿通个气，真对起细账来，都是一屁股糟乱——之前五行山的账还没结清楚，这又多了一笔。"

"五行山？那不是佛祖的事吗？"

"孙悟空闹的是天宫，不是灵山。佛祖过来帮忙平事儿，你好意思让人家出钱吗？"赵公明絮絮叨叨地抱怨，"我跟你说，一涉及这种天庭和灵山合作的账，就乱得不得了。那笔钱名头是五行山建设，一拉细项，什么乱七八糟的都往里搁，什么瑶池修缮钱、老君炉的燃料补贴、花果山的灵保费……"

李长庚的意识突地一紧。

等会儿……大闹天宫之后，花果山还能拿到灵保费？这都哪儿跟哪儿啊？

"这个花果山的灵保费，是怎么回事？"

赵公明连黑虎都顾不上撸了，愤愤道："谁知道呢？灵霄殿之前出了份文书，说天地灵气维持不易，要保护一批无主的洞天福地，拨了这笔款子——没明说给谁，但现在哪个洞天福地还是无主的啊？可不就剩下群龙无首的花果山了嘛。"

李长庚奇道："所以这钱就直接拨给花果山了？"

"没，这钱是直接从通明殿提，走阴曹地府。也不知道地府怎么做灵保，难道是照顾那群猴子生死不成？"赵公明也是满心困惑。

李长庚对财务还算熟悉，通明殿是玉帝的小金库。听赵公明的意思，这钱是从玉帝的小金库里出，拨付给阴曹地府用于花果山灵保专项治理。这个流向有点诡异，从来都是公中的钱往小金库里转，哪有反向操作的道理？

李长庚还想探问，可内心再次响起警告，这不是自己该管的事。他及时刹住了车，收住好奇心，把话题转回自己的造销上来。赵公明絮絮叨叨又教训了半天，勉为其难收下造销，警告李长庚说下不为例。

从财神殿出来，李长庚回到启明殿，决定好好修行一阵。可脑子里却杂事缠绕，无论如何也静不下心思来。广寒宫那次意外的闯入、兜率宫无中生有的失窃金丹、莫名其妙的花果山灵保专款……种种蹊跷之处，似乎被隐隐的一条线串连起来。

李长庚在启明殿干了那么久，太熟悉仙界的运作规律了，一切不合理的事情背后，都有一个合理的理由，只是你不知道罢了。他反复告诫自己，不要去想这种事，却无论如何也没法把这浊念赶出灵台，修行效果可想而知。

李长庚心浮气躁地站起身来，决定换个环境，回自家洞府去试试。他出门唤了一下，半天没动静，这才想起来老鹤还在运回启明殿的路上。李长庚心中有些哀伤，只怕它这次折腾回来，就真的是最后一次相见了。

他唤了朵祥云过来，一路盘算着如何才能让老鹤体面离开。等到祥云到了九刹山，李长庚下了云，沉思着往洞府里走，却不防撞到一人。他定睛一看，不是六耳是谁？

六耳连连抱拳告罪，李长庚的火气"腾"地冒了出来："我不是说得慢慢查吗？你怎么还追到洞府门口了？"六耳道："打扰仙师清修。只是之前仙师让小妖变化成孙悟空，去打了三只妖怪，小妖有些疑惑前来请教。"

李长庚态度依旧强硬："你放心，你的酬劳我已经上报了，不日就能造销回来。"六耳赶忙道："不是催款，不是催款，为仙师做事情还要什么酬劳？"他深吸一口气，方道："小妖是有些不解。"

"哦？你不解什么？"李长庚压下火气。

"仙师在白虎岭叫我变化成孙悟空的模样，去打了三只妖怪。我适才看了揭帖，才知道是为了替孙悟空的缺。"

李长庚心里"格登"一声，立刻解释道："你想多了，那只是渡劫护法的一个环节而已。"六耳却道："李仙师你知道的，他阻我仙途，毁我前程，您让我去干这个，不是帮仇人成事吗？"

"这是为了取经渡劫的大局，不存在帮谁不帮谁的问题。"李长庚只能板起脸。

"我帮了孙悟空,他回头西天取经成了,岂不是更没法查了吗?您骗我这么干,是害我自己啊!"六耳说着说着,情绪激动起来。李长庚知道这事早晚瞒不住,心一横,把六耳拽到旁边:"实话跟你说吧,孙悟空取经这件事,是上头金仙们的意思。你跟我这里吵闹也无用,还不如想想实在的,看如何补偿的好。"

六耳怒道:"我就要讨个说法,难道也这么难吗?"

李长庚为难地揉了揉太阳穴。沙僧也是,六耳也是,他最怕的就是这种只要个说法的愣头青,要别的还可以协调交换,一说讨个说法,就几乎没有转圜余地了。

仙界有些事可以说但不必做,有些事则可以做但绝不能说。你让对方私下里赔偿怎么都行,但要公开表态,性质就截然不同了。之前在广寒宫,李长庚宁可让猪八戒受一回怀胎的罪,也没提让他公开致歉的事情,就是这个道理。

六耳见李长庚沉默不语,不由得冷笑道:"看来仙师非但没法帮我解决,反而还要利用我去给那猴子做事,真是好算计。"李长庚上前一步,想要劝慰解释,不料六耳后退一步,咬牙狠狠道:"既然启明殿做不了主,那我直接去三官殿举发孙悟空,我可知道他的好勾当!"

启明殿是负责解决纠纷的,若六耳闹去三官殿,则是正经的官司了。李长庚闻言大惊:"他什么勾当?"

六耳冷笑:"这还要感谢仙师,提醒我可以冒充孙悟空。我在花果山查到一些东西,本来还想跟仙师参详,既然仙师太忙,便等着看结果就是!"说完转身就走。

李长庚大惊,想去拦住他,不料那猴子身形一拧,很快便不见了踪影。

第 十 二 章

李长庚回到洞府,比刚才更加心浮气躁。这个六耳,居然胆大妄为去了花果山,也不知从哪里挖出什么黑材料。

未知的隐患,比确定的危险更令人心神不宁。李长庚打坐了一阵儿,本想着跟三官殿提前打个招呼,可手碰到笏板,终究还是放弃了,暗骂自己又犯了老毛病。

六耳去找三官殿举报,那是他自家的事,与启明殿有什么干系?毕竟只是一桩冒名顶替修仙的小案子,六耳掌握的材料再多,也动摇不了取经大局。这些事情,三官殿自会权衡,自己主动去提醒,反而显得太刻意了。

还是那句话,想要修成金仙,要尽量避开因果,怎么能主动去招惹呢?

李长庚心里舒了一口气,却怎么也高兴不起来。讲良心,他很同情这小猴子,也做了一些工作,但这对六耳并无什么实质帮助。"救苦救难"这四个字,做起来谈何容易?

他努力驱散这些浊念,开始打坐修持。搬运了几个周天之后,李长庚莫名进入到一种奇妙境界,在自己的识海里观想出两个元婴。

左边的元婴乃是正念所化,说你对六耳仁至义尽,启明殿已经接过诉状,转过文书,给过批示意见,该做的都做了,流程上没有任何问题;右边的元婴是浊念所化,气呼呼地说观音能帮百花羞,你为什么不能帮六耳？他无权无势，一心只靠着启明殿能主持公道，你不上心，他可就彻底没指望了。

两个元婴各施神通，厮打起来。李长庚万万没想到，他见天儿在外面调解纠纷，现在连自己的道心也要闹起来。他左劝右拉，突然想到一个可能性，顿时心惊肉跳。

莫非……那通臂猿猴的死，跟六耳有关？

孙悟空说过，通臂猿猴是帮他初叩仙门之人。这么说来的话，斜月三星洞冒名拜师的猫腻，也许他是知情者。作为受害者，六耳顺藤摸瓜找到花果山，用了什么吸收寿元的邪法吸死通臂，也不是不可能。

如果是这样，那事情可就严重了。

李长庚在启明殿多年，深知很多事情败就败在了消息掌握不全，以致决策失当、举止被动。他的元神沉入识海，对正念元婴说："此事须打听清楚才好。提前知道因果，方能避开麻烦。"然后又对浊念元婴道："此事先打探清楚，再看有没有机会为六耳伸张。"

两个元婴闻言都消停下来，李长庚揉揉眼睛，从蒲团上站起来，决定去阴曹地府走一趟，找通臂猿猴的魂魄查问一下。

李长庚从洞府走出来，纵身一跃，直奔九泉而去。他住的这个洞天福地位于山渊之底，飞符不易收发，倒是去九泉方便得紧，连老鹤都不必叫，一路往下就行了。

不一时，太白金星便到了酆都城门口。稍候片刻，崔判官从里面急急忙忙迎了出来。李长庚看他一脸疲累，想起之前他急吼吼的样子，关切道："地府的事还没忙完吗？"崔判官摇摇头，一脸死无可恋。

李长庚说启明殿有一桩案子，需要询问一下通臂猿猴的亡魂。崔判官苦笑道：

"您跟我来吧，到了第一殿就知道了。"

第一殿归秦广王管，就在奈何桥附近。两人匆匆上路，一路上阴风阵阵，鬼哭狼嚎，和李长庚之前听见的声音一样。他忍不住好奇道："十八层地狱的受苦之声，居然可以传到这里？"崔判官摸摸自己的秃头："地府那场乱子还没结束，我们这些判官、无常和鬼差们，一直没日没夜地忙活——哭闹的其实是他们。"

"什么乱子，居然持续那么久？哪只大妖打过来了？"

崔判官"嗤"了一声："这可比十只大妖的破坏力还大呢。"然后说起缘由来。

原来这几百年来，人间日渐兴盛，入地府的魂魄也比从前多了数倍，生死簿明显不够用了。于是阎罗王决定要将生死簿重新祭炼一下，以便容纳更多的魂魄。结果祭炼过程不知出了什么岔子，导致生死簿直接崩了。

生死簿一崩，地府登时一片混乱。新死的无法查验寿期，投胎的没法送入轮回，魂魄越积越多，连奈何桥前头都堵住了。阎罗王一边紧急找人来修，一边把所有的判官都下沉到一线。因为生死簿不能用，这些倒霉判官只能把亡魂一个一个手动超度，累得不成样子。

李长庚大吃一惊，这乱子确实不小。他忙问："这么说，通臂的亡魂现在没法查？"

"这个我没法回答您，得问专业意见。等您见到秦广王，去问他吧。"崔判官含糊道。

李长庚无语，一路来到秦广王的殿前。只见眼前黑压压的一片，鬼声鼎沸，无数魂魄乱糟糟地聚成一团。几百个鬼吏杂处其中，声嘶力竭地维持着秩序。鬼魂每时每刻都在增加，可鬼吏就那么多，眼见着黑无常累白了脸，白无常累黑了面，连哭丧棒都耷拉下来了。

秦广王此刻没在殿上办公，正站在奈何桥前，掐着腰跟孟婆吼着什么。崔判官走过去，小心翼翼说了一句，秦广王皱着眉头朝这边看一眼，对孟婆大声道："我不管你的孟婆汤够不够，总之绝不许任何一只鬼魂带着记忆过桥！"

说完他大手一挥，转身走到李长庚面前。李长庚近处端详，心中感慨。秦广王原来头发丰茂能扎住玉冠，如今却稀疏得很，只能勉强靠束带固定了，比起崔判官也不遑多让。

"李仙师您来有什么事？"秦广王口气硬邦邦的。

李长庚道："启明殿需要提审一个残魂，不知……是否便当？"他左右环顾，秦广王一指奈何桥："您也看见了，我第一殿都乱成什么样子，现在可不是搜魂的好时候。"李长庚坚持道："此事关乎取经队伍，还请多帮忙。"

秦广王还没回答，一个无常匆匆飘过来，嘶鸣了几句，秦广王怒吼道："休息个屁！阴间又没昼夜之分，让他们继续干！"吼完了他才转回来对李长庚道："就算我想给你开放搜魂的权限，也没办法。如今整个生死簿乱成一锅粥，什么时候恢复根本不知道——他阎罗王净干这貔貅事！"

这怎么还骂起上司来了？李长庚赶紧避开这个话题，试探着问："尽人……呃，尽鬼事就好，我回去也跟上面有个交代。"

启明殿主的上面，可不就是灵霄殿？秦广王只得无奈道："行，您跟我来吧，我找人试试，搜不搜得成，可不保证。"

这一路上，秦广王不断骂骂咧咧，骂阎罗王不懂生死簿，一拍脑袋非要搞扩容，现在出了乱子，还要负责维护生死簿的第一殿"擦屁股"。李长庚只当听不懂。

他们很快来到一座架阁库前。这架阁库占地广大，里面堆放着无数生死簿子，浩如烟海。这些簿子不停地在繁复的阁架之间自行挪移，望过去令人眼花缭乱。

在架阁库内外，无数道士各自盘坐在蒲团上，口中不停念着玄奥法诀。李长庚细心听，才听出他们吟诵的不是别的，唯有"阴阳"二字。两个字交替循环，绵绵不息，构成一道道虹色气机，灌注入架阁库内，冥冥中与那些生死簿子互相感应。

崔判官告诉李长庚，这是请来祭炼生死簿的道士，到现在还没弄完呢。

秦广王唤来阵中一个胖道士。这道士一对虎目，缀着两个大大的黑眼圈，还披着一件脏兮兮的斑斓方格道袍。秦广王语气不善："我说虎力大仙，你们祭炼得如何了？眼看就要过死线了。"虎力大仙双手一摊："大王，我门中所有师兄弟都在没日没夜地作法，若不是已经在阴间干活，早活活累死了。"

"放心，你们弄瘫了生死簿，肯定死不了，继续用心做事。再者说，你们当初接下祭炼单子时，可是答应得好好的，现在跟我说来不及了？"

虎力大仙不吭声，只是低头数着自己的格子道袍。

秦广王知道骂他也没什么用，只是出出气罢了，一指李长庚："现在有个临时需求。旧簿子现在能搜魂吗？这位仙师想要查询一下。"

虎力大仙为难道："新旧簿子现在纠缠一处，阴阳交易，难以拆分，查起来牵涉不小。"秦广王不悦道："且不管新的如何，难道旧簿子如今都不能查了？你们干什么吃的？"虎力大仙不卑不亢："贵府生死簿从不备份，既无注解备考可参，又无迁延记录可循，层累堆积，庞杂繁复，如今已呈混沌之相，牵一发而动全身。我等法力浅薄，只能做简单修补而已，一旦触及根本，后果难测。"

秦广王对阴阳道法不熟，不耐烦地摆手道："别跟我说这些不懂的，我只要结果，成还是不成？"

"我只能试试看，不保证。"

虎力大仙不再解释什么，行了一礼，匆匆转身走了。秦广王望着他背影，摇头骂道："给生死簿扩容，是正理没错，可也得找对人哪。这几个牛鼻子阴阳道法的水平差，工钱贵，还捅出这种娄子来，真是废物至极。"

"这……那大王为何选他们来扩容生死簿？"

"哪儿是我选的！"秦广王气得脸都涨红了，"天下通晓阴阳道法的道士那么多，玄门正宗要的工钱是多了点，但道法高明啊。偏他阎罗王非要指定这家太乙玄门，说他们资历深厚，精通阴阳，硬让他们来祭炼。瞧瞧，出事了吧？"

李长庚赶紧拦住他，再往下说，就是犯忌讳的事了。过不多时，虎力大仙跑回来说："我们跑了一下，简单的查询似是可以，但不太稳定，我得带着仙师入库去现场查。"秦广王"嗯"了一声，说那你们快去做。

虎力大仙带着李长庚走进架阁库内，在繁复的架阁之间七绕八转，最后在一处角落停下脚步。虎力大仙费力地蹲下身子，双手探出阴阳二气，仔细在架子上挪移簿子，折腾了许久也没见结果。

李长庚探头看了一眼，好奇道："我去过茅山那边，他们都是用九数合和推衍之法，你们为何不用？"虎力大仙面无表情："地府就给一点点预算，用不起那么高级的货色。"李长庚道："大王不是说你们报价挺高的吗？这个也买不起？"

虎力大仙嗤笑起来："那是发包价，一层层分下来，到我们车迟国道门手里，只得这点微薄之数。有多少钱，出多少力，能维持成这样，已经算不错了。"

"等等，车迟国？你们不是太乙玄……算了，你慢慢搜。"李长庚及时闭上了嘴。太乙玄门是道家正统，八成是拿了自家道箓中标，然后又分包给车迟国的野道士。这他见得多了。

虎力大仙忙了许久，抬头道："应该可以了，仙师你想查谁？"

李长庚说："东胜神州傲来国花果山，通臂猿猴，我想查查他是怎么死的？"虎力大仙依言去查，生死簿里却吐出一堆鸟篆乱符。他抓抓头顶的虎毛，趴在地上推演了一阵，如是者三，才开口道："查不出来。"

"怎么会查不出？"

虎力大仙鼓捣了一阵，对李长庚解释说："仙师你看，这分类猴属的花果山项下，多了一个延迟法诀，所有花果山的猴属生灵，名下都标记了一个法诀。一旦寿元将尽，会先激活这个法诀，阻止向生死簿发送请求，观其属性，乃七阴四阳，朱离青退……"

"说人话。"

"这些猴子不会老死，就算他们寿数到了，也不会触发无常来拘。"

李长庚眼睛一亮，竟然还有这样的操作？

"可那只猴子确实老死了啊，崔判官都见着亡魂了。"

虎力大仙耸耸肩："生死簿不是崩了吗？什么错都有可能出现。我估计大概是哪儿出了问题，导致这个法诀失效。"

李长庚思忖片刻又问："那现在我能锁定通臂猿猴的亡魂吗？"虎力大仙摇头："他肯定就在奈何桥附近，只是暂时检索不到。因为所有的猴属寿元，在生死簿里是个似空非空集，能自动运作，但一旦你发送查询请求，生死簿就会返回消息说是空的——大概是几百年前出的一个恶性错误，至今还没修复。"

"那为什么不去修正？"

虎力大仙一阵苦笑："仙师不懂阴阳之术，没那么简单。这生死簿几千年来，不知叠加了多少法诀、符咒与封印，早已积重难返，有如尸山。我们就算知道缘由，也根本不敢动其根本，万一又崩了呢？"

行吧……李长庚放弃了追索，同时也微微松了一口气。看来这纯粹就是个误会，是通臂猿猴运气不好，赶上生死簿崩了而已，不是六耳动手。只要没出人命官司，万事好办。

现在回过头想，通臂去世在前，六耳替悟空打白骨精在后，原本也不可能是他动的手，他最多就是趁孙悟空和通臂不在，去花果山偷东西罢了。

"唉，我真是老糊涂，关心则乱，关心则乱……"李长庚拍拍脑袋，又问虎力大仙，"那个延迟法诀是什么？能看到具体细节吗？"

"权限太高，是金仙所设，我看不到，只知道来源是……嗯，通明殿。"

通明殿？李长庚双眼一眯。果然，这就和财神殿那边对上了。玉帝的那一笔灵保支出，就是用来维持这个法诀的。唯一可疑的是，为什么要这么干？

"这法诀设置了多久？总能看到吧？"

"我看看啊……"虎力大仙噼里啪啦念诵一段咒语，很快生死簿就有了感应，"五百年前。"

五百年前？李长庚心头狂跳。他是来查通臂死因的，可不是要来触碰什么忌讳。

李长庚赶紧驱散脑海里的疑惑，给了虎力大仙一张名刺："我看你为人倒实在，能不能帮我一个忙？等到……嗯，生死簿正常了以后，帮我查查这只亡魂的下落，有消息告诉我。你的道门是在车迟国对吧？回头我可以多介绍点工作机会给你。"

虎力大仙面无表情地接过名刺："若上仙有意垂怜，就帮我跟秦广王说个情，让我早点转世投胎就好。"

"呃？转世？"

"下辈子我不想修这阴阳道法了，太累了。"

李长庚从黄泉离开地府，回到自家洞府，正赶上观音联络过来。

听得出，她心情不错，说平顶山渡劫刚刚结束，顺利申报了"平顶山逢魔二十四难"和"莲花洞高悬二十五难"两次劫难，中规中矩。她把揭帖也写完了，老君的五件法宝在整场劫难里可谓物尽其用，每一件都发挥了作用。估计老君日后少不得以此为由头，去申请一笔巨额补贴。

李长庚心不在焉地"嗯嗯"两声，观音又问："下一站就到乌鸡国了，老李你考虑清楚了没有？沙僧怎么离队？"

李长庚把广寒宫的前因后果讲了一遍。观音听了之后，大为感动，连声说金蟾居然有这样的决心，可谓是至情至义，难怪在宝象国第一个挺身而出。李长庚道："大士若觉得他不错，尽可以挽留啊。"观音"啧"了一声，说若我能做主，真想让他踏踏实实走到西天了。这样的人成正果，不比猪悟能更好？

李长庚知道观音只是感慨几句罢了，遂继续道："我跟嫦娥说过了，给沙僧安排一个舍生取义的戏码，体面离队——不过你得先给我讲讲，乌鸡国的那个三弟子，到底什么情况？"

观音简单地介绍了一下。原来此间乌鸡国的国主，是个凡间善信，如来见他虔敬，许了他一个金身罗汉的果位。这次取经正好途经乌鸡国，正好把他捎带上，补过一个流程。

"地地道道的凡人？居然不是灵山哪位大能的根脚么？"李长庚有点惊讶。

观音说灵山安排人选也是有讲究的，既要考虑族属，也要涵盖不同经历。孙悟空罪孽深重、回头是岸；黄风怪野性难驯，佛性早种；乌鸡国主一生虔敬，终得善果。三者分属妖、怪、人三族，又代表了求法的三种类型，如此才能充分显现佛法无边。

只可惜被天庭这么一搅和，三个徒弟的布局全乱套了。观音说到这里，又忍不住"哼"了一声。

李长庚讪讪一笑，不去接这个话茬儿："那这样好了，乌鸡国这一劫，我安排一个厉害的妖怪跟他们斗一场，这样沙僧负伤也就不突兀了。"

"这个不劳您安排，大雷音寺那边会派员来配合，你等我把那封文书找出来啊……"观音停顿了一下，"……来的是文殊菩萨座下的青狮，来配合取经队伍渡劫。"

"咦？居然是他？"李长庚顿时想起三官殿里文殊那张笑眯眯的面孔。

"不光是妖怪，这一劫的方略，大雷音寺都已安排好了，咱们照章执行就行。"观音给李长庚念道，"文殊菩萨先会化为凡僧，去考验乌鸡国主的心性，却被他浸在御水河里三天三夜。作为报复，文殊菩萨派出坐骑青狮下凡，化身假王夺了他国主之位，把他扔在井底三年。这个前置工作已经完成了。现在只要玄奘他们到了乌鸡国，救活国王，赶走假王，这件事就算圆满结束了。"

李长庚边听边捋胡子，看来大雷音寺对渡劫护法也很熟练。这个方略中规中矩，是最常见的"考验心性"套路，只不过加了一点花头，多了一段假国主李代桃僵的戏。

以他的专业眼光来看，这个花头略显做作，有失自然圆融之意，额外多了很多麻烦——比如说，假国主三年在位，偏偏王后与太子还在，与那两个人的关系该怎么处理？方略里打了个补丁，说假国主不许太子进入皇城，又疏远王后。

但这补丁实在没必要。考验乌鸡国主，把他沉入井里失踪三年就算了，何必节外生枝让青狮去扮假国主呢？大雷音寺的设计，还是经验不足啊，累赘了。

他忍住批评的冲动："那我把沙僧安排在救出国主之后，让他跟青狮大战一场，英勇负伤，光荣隐退，如何？"

"挺好，然后沙僧弥留之际，把降魔宝杖交给乌鸡国主，让他替自己把取经之路走下去。国主感念圣僧恩德，毅然逊位辞国，追随取经队伍而去。再加几句勉励的话语，一篇上好的揭帖不就成了？"观音很是兴奋，这故事越发完美了。

李长庚始终觉得，这方略存在违和之

处。不过此事关系到第三个徒弟人选，他怕观音多心，也就不提了。

两个人三言两语交代完，李长庚迟疑了一下，他本想让观音问一下悟空，他在花果山到底藏了什么黑料，但到底还是没有开口——还是那句话，清静无为，少沾因果，专心在自己的事上好了。

放下笏板之后，他一看，镇元子、白骨精和太上老君陆续发来三条信息。

镇元子得意洋洋地炫耀说那一劫效果显著，他如今开了个新业务，在人参果树下举办人参宴，来订的客人络绎不绝，利润比单纯卖果子还大。他拍胸脯说老李你得证金仙那天，我给你包一天。

白骨精的消息嘘寒问暖，但绕来绕去，还是落到催账付款上面。太上老君则是询问接下来还有没有类似的劫难，他还有一头坐骑青牛可以使用——看来平顶山一劫，他赚得盆满钵满，意犹未尽。

李长庚一一回复之后，这才爬回蒲团，开始盘腿打坐。这次他总算找到修持的感觉，几个周天转下来，洞府外头忽然传来剧烈的拍门声。

李长庚拂尘一挥，把洞府大门打开，却见王灵官满脸焦急道："你跟那个小猴子说什么了？"李长庚一怔："六耳？没说什么啊？他去找你了？"王灵官一跺脚："哎呀，那家伙跑去三官殿了！"李长庚有些惊讶，可也没觉得多意外："那小猴子真是乱来，怕不是被赶出来了？"

王灵官道："被赶出来倒好了！现在雷部到处在找他，这不也问到我这里来了？"李长庚大惊，六耳乱投衙门，最多把他叉出去就算了。雷部出手，这是要抓钦犯的架势啊。王灵官道："你不是一直跟那猴子有联系吗？所以我赶紧来问问，他到底举发的是什么事？"

李长庚道："还能有什么？不就是孙悟空冒名顶替那桩小事嘛，至于这么大反应么？"王灵官道："真没别的了？"李长庚突然想起六耳临走前那句话，他在花果山发现了孙悟空的好勾当。

莫非这勾当……不是与冒名顶替有关？李长庚当即给三官殿的一个仙吏传信。对方悄悄告诉他："六耳向三官殿举发，好像是说孙悟空大闹天宫时还有同党，一直被他隐匿包庇。"

李长庚感觉一下了被九霄神雷劈中了天灵盖。

这猴子！真是无知者无畏……大闹天宫这么敏感的事，也是能随便触碰的吗？况且天庭已有定论的事，你却举发别有内情，这是多大的干系？疯了吧？

不对，这也许正是六耳的目的。他知道冒名顶替的罪名治不了孙悟空，那就给他捅个更严重的出来。

他强抑震惊，又问六耳的举发具体说的是什么？对方干笑一声："老李，你别为难我了，地官大帝正亲自带队，所有接触过这份材料的人都得接受排查——你打听这个干吗？"

李长庚连忙解释："那猴子原来来过启明殿，如果你们需要，我可以提供点参考资料。"对方"哦"了一声，李长庚随口问道："真是地官大帝带队查啊？级别够高的。"

"是呀，很久没见到三位大帝亲自抓调查了，啧啧。"

三官大帝分别是天官、地官和水官，职级相同，各自分管一摊。能让大帝亲自带队，重视程度可谓是顶格。三官殿的办事效率一向散漫，突然变得这么果决迅速，

270

着实蹊跷。

他下意识看向灵霄殿的方向，那小猴子这下子，可是捅了一个超大的马蜂窝啊……

不过还是那句话，这些因果跟李长庚无关。他已经向三官殿报备了六耳申诉冒名顶替的案子，尽到了告知义务。

送走了王灵官，李长庚回到洞府，这下子彻底没心思打坐了。三官殿透露出的那个消息，始终搅扰在灵台之中——孙悟空在大闹天宫时包庇同党？那同党到底是谁？

从炼丹炉里逃出来，到被镇五行山这段时间，孙悟空都是单打独斗，所有举动都在众目睽睽之下，没什么疑问。所谓的"包庇同党"，应该是发生在他被擒拿上天之前。

可在那个时间点，孙悟空能包庇的同党是谁？花果山？那些野猴根本够不上资格？他那一帮拜过把子的妖王兄弟？这倒有可能，但那些大妖都在人间，从来没上过天，就算上过天，也犯不着让三官殿这么紧张。

值得被孙悟空包庇的，只能是天上的什么神祇。

李长庚刚联想到广寒宫，灵台猛然产生一种警戒，应该是正念元婴冒出来喝止了他：再这么琢磨下去，可有些不妙。此事跟自己无关，无关。

他这么迷迷糊糊地修持了不知多久，几无成果，干脆也不打坐了，离开洞府回到启明殿。

恰好这时老鹤也被童子牵回来了，气息奄奄，恐怕大限将至。李长庚来到禽舍，亲自细致地为老鹤梳理着羽毛。原先他经常给它洗羽毛，后来工作太忙，慢慢就全交给童子去做了。

老鹤眼神浑浊，神智倒还清明，看到主人来了，主动弯下脖颈，张开双翅，静待梳理。李长庚卷起袖子，用拂尘蘸着晨露，一羽一羽洗过去。随着污秽被冲刷，心中的烦忧也被一点一点濯净，当年的感觉似乎回来了。

那时的境界虽说不高，可比现在开心多了，甚至还有余暇骑着老鹤去四海闲逛。

"老鹤啊老鹤，你倒好，可以转生投胎，从头来过，我却还得在启明殿折腾。嘿嘿，说不上谁比谁开心呢。"李长庚摇着头，把拂尘上的须子一绞，一滴滴浑浊的黄水滴落下来。

正在这时，禽舍旁传来隆隆声。这声音李长庚很熟悉，一抬头，看到哪吒站在旁边，脚下踩着风火轮。这次哪吒比上次严肃多了，一拱手："李仙师，地官大帝有请。"

这次他没和上次一样说三官殿有请，而是明确指出是地官大帝相邀，可见性质要严重得多。李长庚拍拍老鹤："我的坐骑行将往生，能否等我送走它再说？"

哪吒摇摇头："金星老，这不能耽误，你也不能带任何东西或跟其他任何神仙讲话。"李长庚心中一凛，这可不是协助调查的架势。

哪吒又道："这事我哥不知道。"这是暗示他别想向观音求援。李长庚一阵苦笑，这是天庭事务，就算去找观音，又有什么用？三官殿实在忒小心了。

他迅速盘算了一下，他与六耳之间，只有几份冒名顶替案的材料交接，不涉其他。六耳也从来没透露过他在花果山发现的内容，经得起审查。于是李长庚最后给老鹤洗了一下丹顶，伸手抱了抱它的脖颈。

老鹤似乎知道，主人这一去，便再也见不到了，发出阵阵微弱的悲唳，挣扎着要起来驮他。李长庚眼窝发热，连连安抚，头也不回地走出禽舍，跟着哪吒离开。

到了三官殿，还是那间熟悉的斗室，这次等待他的只有地官大帝和另外一个仙吏。李长庚淡定坐下，地官大帝上来就问："李仙师啊，六耳现在何处？"

李长庚一愣，三官殿怎么还没逮住他？

"他投书到三官殿后，本来等候在殿门口。警鼓一鸣，我们急急命门神去收押，他却径直走脱去了下界，至今不知下落。"

李长庚暗暗惊叹。这六耳到底是山野长起的妖怪，极为敏锐。一见三官殿警鼓响起，掉头就走，三官殿做事慢吞吞的，哪里抓得着他？

问题是，六耳怎么还能触动警鼓？那可是非大事不响的。

"六耳之前是不是来过启明殿？"地官大帝板着脸问。

"来过。"李长庚不待他细问，先自己把事情详细说了一遍，然后说六耳的诉状就在启明殿，可以让织女送过来。

若是往常情形，光是"织女"这个名字，就足以让对方知道深浅。不料对面两位这次却丝毫不为所动，依旧冷着脸，让他继续说。李长庚也没什么好隐瞒的，把六耳几次来寻他的事都说了，包括取经路上冒充悟空三打白骨精，也一并讲完。

地官大帝听完，不置可否："李仙师可知道六耳下落？"李长庚道："我与六耳的来往，就这么多了。他去了哪里，我可不知道。"地官大帝身子朝前："六耳举发的材料，你看过吗？"

"我知道六耳在花果山找到一些东西，但他恼我不肯帮他，根本没拿出来给我看。"

"此言确实？"

"确实。"

地官大帝忽然冷笑："那么你为何去兜率宫，向老君打听孙悟空窃金丹的事？"

李长庚没料到对方的质疑居然在这里，一时愣住了。他心中飞快地转动，立刻意识到，这应该是奎宿告的密。当时他跟老君聊天，旁边只有奎宿在烧火，肯定是他向三官殿举发的。

他千算万算，居然忘了这里还伏着一个意外。可见一饮一啄，皆有前定啊。李长庚略微收敛心神，解释道："我去兜率宫，是为了感谢老君调派金银二位童子下界襄助护法。孙悟空窃金丹，是我们无意中闲聊谈及的。"

"无意？"地官大帝重复了一下。

"这是老君主动提的话头。大帝需要的话，我可以把整个谈话写下来，请老君确认。"李长庚也有点着恼了，他好歹是启明殿主，怎么跟审犯人似的。

"你之前是不是还去了广寒宫？"

李长庚没想到他们已经调查得这么细了，遂坦然道："那是为了处理取经队伍里的二弟子与三弟子纠纷。"

"我们也需要一份你和广寒仙子的对话记录，以备查验。"地官大帝道。李长庚道："我身为启明殿主，身系关要。如果要我配合调查，麻烦先给一个说法出来。"

李长庚算定了，地官手里肯定不会有成文的批示，故意将他们一军。地官大帝皱眉道："启明殿主，你也是老仙官了，该知道这件事的严重性。"

"悟空窃金丹也罢，天蓬闯广寒宫也罢，都是揭帖里明示的消息，尽人皆知。

我谈论公开信息，怎么就严重了？"

"不是说那两桩事，我是说六耳举发这桩事。"

"我连他举发的是什么事都不知道，怎么体会到严重性？"李长庚一摊手。

对这个反问，地官大帝噎了一下："天条所限，我不能说。但我老实告诉你，老李你最好不要隐瞒。现在是我在跟你谈，不要等到九天应元雷神普化天尊来跟你谈。"

三官殿管的是人间福祸、天条稽查，若是雷部正神来问，就是直接审案了。

李长庚态度不卑不亢："我适才说的，句句属实，真的没有半点隐瞒。"地官大帝敲了敲桌子："不要有对抗情绪。我问你，他刚去完你的洞府，就去三官殿举发，其中必存因果。那个六耳不过是一个下界小妖，哪里来的胆子和见识，敢去三官殿举发？一定是背后有人挑唆。"

李长庚无奈道："我不是已经解释过了吗？六耳最初向启明殿投状子，是关于孙悟空冒名顶替修仙案，因为我迟迟未予解决，他才铤而走险，想要去三官殿给孙悟空闹个难看。"

地官大帝压根儿不信："扯淡！多少年前屁大点事儿，到现在还能有这么大仇怨？"

李长庚闻言正色道："若是从前，我也不信。不过取经护法这一遭儿走下来，我有个心得，好教大帝知道。都说仙凡有别，那些下界生灵固然难以揣度仙家心思；我们仙家，也不要轻易以自家高深境界，去评判他们的境遇。"

地官大帝面色一冷："你什么意思？"

"我之前在宝象国经手一次护法，有个凡间公主叫百花羞，被思凡的奎宿一关就是十三年。对奎宿来说，这不过是赶在点卯之前下凡去玩玩，十几天一弹指的工夫；对那凡间女子来说，却是小半生的折磨——你我天上的一日闲情逸致，她们人间就是一年血肉消磨。"

"启明殿主，你扯远了！"

"我只是提醒大帝，做神仙虽然远离凡间，至少要修一修移形换位的心法。咱们与天地同寿，凡人却是朝生暮死。蚍蜉固然不理解巨龟，巨龟又何曾能理解蚍蜉？那六耳这些年来孜孜不倦地一直举发，可见此事已成其心魔，他真的会因为这癣疥之执，做出偏激行为。"

"这么说，你是在替六耳辩护喽？"

"不，我只是想说：很多人间执念我们无法理解，但不代表那些痛苦就不存在。"

"哼，姑且假设你说的有道理，但区区一只小妖，又怎么能接触到大闹天宫的秘辛？是不是有人故意喂给他，唆使他出头？"

李长庚弹了弹袍角："所以这件事，果然是和大闹天宫有关？"

地官大帝眼皮一抖，先前他听说灵山两个菩萨过来，审了一通启明殿主，却铩羽而归，如今一见，果然不好对付。他虎起一张脸："你不要试图打听，这不是你该知道的。快回答我的问题。"

李长庚闻言失笑："大帝，我若不知秘辛，怎么去挑唆六耳举发？若我知道密辛，你现在藏着掖着，又有何用？"

地官大帝发现自己不知不觉，被李长庚绕进去了，恼火地一拍桌案："反正经过初步排查，李殿主你这次回天庭后的举动和言谈，已经逾越了合理范围，我劝你早点交代清楚比较好。"

李长庚淡然道："我一定事无巨细，一

一禀明，绝无隐瞒。"

他知道此事背后肯定有玉帝意旨，所以并没打算硬抗。之前展现出的种种姿态，不过是要消杀一下地官的威风，争取更主动的位置罢了。

地官见他服了软，也不好继续逼迫，遂留下纸笔，让他把这次回天庭后的事情全部写出来，不得有半点遗漏。李长庚也不客气，开口道："听闻三官殿的茶很好喝，能不能给我来一杯？"地官大帝冷哼一声，吩咐人端来一杯，然后起身离开斗室。

李长庚先缓缓啜了一口茶，然后提起笔，在纸上龙飞凤舞地写起来。随着仙纸上落下的墨字增多，他的思路越发清晰起来。

关于在广寒宫、兜率宫和地府的谈话，他并没有隐瞒，因为三官殿肯定会去找嫦娥、老君和崔判官交叉求证。唯独和吴刚之间的交流，被他刻意忽略掉了——太白金星没撒谎，吴刚提供的关键信息，是通过劈树的裂痕交流的，从来没讲出来。

只要那段"对话"没暴露，他就不算犯大错误。

太白金星在启明殿工作得甚久，虽说多是俗务琐事，无关修道宏旨，但却得以深悉仙界种种纠葛与规则。此时他脑中反复推演、利弊删留，正好理清思路，与心中的过往经验印证。写着写着，他感觉到玄机冲发，道心守中，举一气而演万物，万千因果自行衍变。有意无意间，一个可能的真相徐徐浮现在灵台之中。

那一场震惊三界的天宫大乱，恐怕不是孙悟空干的，至少前一半不是。他是替另外一位背了锅，而且那一位的身份……几乎可以肯定是二郎神。

这一伙人平日里就喜欢放浪形骸，啸聚乱来。李长庚猜测，当日他们大概是去蟠桃园喝酒，喝得酩酊大醉，不知谁起头，跑去瑶池把蟠桃宴搅了个乱七八糟，然后又乘着酒兴去骚扰了广寒宫。

这桩祸事呢，说大也不算太大，无非是打伤了十几个力士侍女、损失了几十坛仙酒、砸碎了几百套上品盘碗碟盏而已；说小，可也不小，蟠桃宴是顶级大宴，上中下八洞神仙都会莅临，突然被迫取消，影响极其恶劣。

玉帝和这个外甥关系虽然一般，毕竟是自家人。自然有体己的金仙出面混淆天机，把二郎神从这场祸事里择出来，再寻个旁人把罪名担下。昴宿和奎宿都是正选星官，只有孙悟空是下界上来的，没根脚，又有闹事的前科，扛下这口锅最为合适。

为了防止有心人窥出端倪，金仙还刻意拨乱时序，隐去了广寒宫之事，前后安排了蟠桃园窃桃、兜率宫窃丹两次假事故，和蟠桃会的乱子连缀在一起。

如此一来，在揭帖里体现出来的，便是一个严丝合缝的故事：孙悟空先在桃园监守自盗，然后大闹瑶池，再去窃取金丹，酒醒之后畏罪潜逃下界——这故事因果分明，动机清晰，风格也符合孙悟空能力与脾气两头拔尖的一贯形象，绝对是高手手笔。

是以揭帖一公布，天庭无人疑心，就连李长庚听说之后，都觉得"这确实是猴子会干出来的事"，不疑有他。

说起来，这也算是护法的一种，所有的劫都是安排好的，所有的乱子都是刻意演出来的。

反正孙悟空你就是个侥幸上天的，管的不是畜牧就是果园，本来也没什么前途。扛下这一桩因果，虽说名声有损，私下里多拿些补偿，不算亏。

李长庚能想象，金仙为了说服悟空，大概许诺了不少东西，也做了不少威胁，或者这两者本来就是一回事——比如说，花果山群猴的性命？

即使是孙悟空这样桀骜不驯的大妖，终究也有软肋。这就是为什么天庭会平白多了一笔花果山灵保拨款，想必这便是孙悟空扛下罪名的条件，要保证花果山的猴子们长命百岁。

李长庚推演至此，不由得叹息一声。

孙悟空斗战的本事不小，玩心眼还是太过稚嫩。黑锅这种东西只要扣到头上，甭管你冤枉不冤枉，都得落一头灰，再没有洗干净的可能。你若错信了别人花言巧语，稀里糊涂先扛了罪，回头人家一翻脸，你连辩解都没法辩——当初谁让你自己接过去的？

太白金星跟二郎神打过几次交道，此神心性偏狭多疑，就算有孙悟空出面扛罪，他也不会踏实，非得坐实了猴子的罪名不可。后来那十万天兵讨伐花果山，八成就是他撺掇的，二郎神甚至还亲自上阵。

真正的肇事者上门来抓"背锅的"，这未免欺人太甚。以孙悟空的火爆脾气，肯定忍不了这种欺负。怎么着？我平白认了个罪，你们倒来劲了？这和之前说的不一样啊，最终导致他情绪彻底失控。

二郎神的目的，大概就打算蓄意挑起猴子怒火。只要你一闹起来，就彻底没理了，可以名正言顺地镇压。唯一漏算的是，孙悟空动起真格来，斗战实力恐怖如斯，一步步打到灵霄宝殿之前，至此事态完全脱离了控制。

李长庚一直纳闷，当初为何玉帝放着三清四御不用，偏要请佛祖来处理。现在来看，八成是玉帝担心孙悟空在天庭交游广泛，存在真相泄露出去的风险。找个外来的和尚制服猴子，又是在五行山异地关押，可保无虞。

对佛祖来说，亦是乐见其成。孙悟空是在天庭犯下大错，然后被灵山镇压。他闹的事越大，越显得佛法无边。将来再安排一出皈依释门的戏码，简直是浑然天成的弘法宣传素材。

李长庚推演至此，搁下了毛笔。这些推演，并无太多实据支撑，许多关键处皆是脑补，但他并非断案的推官，只要几缕碎片飘在恰当的位置，便足可窥见全貌。

天庭会有这样的事，李长庚是丝毫不意外的。他在启明殿那么多年，听过太多类似的案子。神祇子弟亲友犯了事，寻个无根脚的来替罪，实在是屡见不鲜。远的不说，单是取经渡劫里面，就有多少黄风怪这种戴罪妖怪，在灵山大德麾下奔走。

从前多少委屈，多少冤枉，都被直接压服了，消弭于无形。只不过这次赶上替罪的是孙悟空，是个有能力有脾气的主儿，这才从一桩酒后闹事的小事故演变成大闹天宫的乱局。这不是什么复杂的大阴谋，而是一个个私心串联所导致的结果。

现在李长庚总算明白，为什么奎宿和昂宿见到孙悟空，如同见到鬼一样。他们不是怕这猴子，而是怕他身上担着的巨大干系。万一猴子真要掀出秘密，只怕连他们两个当事人也要倒霉。

只是两个星官不知道，孙悟空在五行山下早就认命了。天庭还在持续给花果山拨款，为了群猴生死，他也只能忍气吞声，顺从安排。

怪不得取经路上，孙猴子一副讥诮冷笑的样子。他本来就身在一个大劫的演出之中，这点护法小劫更显得荒唐。大罗金仙有本事遮掩天机，却终究难以遮住猴子那一副看透了荒谬的火眼金睛。

李长庚吹干墨汁，把供状从头读了一遍，突然哑然失笑。

要说这天机，还真难遮掩。连大罗金仙都没算到，这件事最后会被一只小小的六耳给掀开。那小猴子对仙界局势一无所知，自以为找到孙悟空包庇同党的短处，傻乎乎地跑去举发，引起了三官殿如临大敌一样的盘查，最后连李长庚都卷进来了。

李长庚忍不住想，倘若六耳第一次来启明殿，他帮忙及时处理，是不是就不会牵出后头这么多麻烦？一因化万果，诚不我欺。李长庚略带惭愧地发现，自己一直说要帮六耳，也打心眼里同情他，但到头来，其实并没给予什么实质帮助。

他突然想起玉帝在文书上批的那个先天太极，突然有了明悟。你事做成了，那是陛下指点英明；反过来你事做砸了，也可以说陛下早有训诫。无论如何，都是玉帝洞见在先，这才是不昧因果、得大解脱的高妙境界啊！自己就是陷得太深……

一缕神念猝起，倏然点亮灵台。是了是了，早知道不去管这些事，便不必沾染因果；不明确表态，便不用惹出麻烦；收起同情与怜悯，也就无需为没完没了的琐事负疚了。

李长庚顿觉一股灵机直贯泥丸，导引着真炁周流于全身，霎时走遍千窍百脉，全无窒涩，如洋洋长风，一吹万里。那正念元婴精神抖擞，通体明光。

卡了几百年的修行，居然在这个节骨眼上松动了。

第 十 三 章

地官大帝回来的时候，李长庚已经写完了，坦然喝着茶。地官大帝觉得这老头儿感觉和之前有点不一样，可也说不上什么。他拿起供状扫了一遍："我们研究一下，李殿主你先回去吧。"

这个反应，在李长庚的意料之内。

六耳举发这件事，虽然犯了大忌讳，但明面上却不可说。明面上不说，三官殿便没有正当理由拘禁启明殿主这个级别的神仙。大家互相默会就得了。

地官大帝让他不许下凡，只在自家洞府里等待通知。李长庚说那下界取经的事怎么办？地官大帝说听陛下安排。

若是之前的李长庚，总要去争上一争。不过他如今的境界距离金仙又近了一步，也便淡然了，笑了笑，飘然出了三官殿。

一出殿门，他跟观音说了一声，对面立刻传信过来。看得出，观音很紧张，取经队伍已到了乌鸡国，正是更换弟子的关键时刻，他失联这么久，观音难免会有不好的联想。

李长庚也不好多说什么，只讲被三官殿请去喝茶。观音知趣，没有追问，只说起下界乌鸡国的进展。

如今玄奘师徒已经在井下救得乌鸡国主，化成第四个弟子，往乌鸡国皇城而去，一切都依方略而行。观音说老李你若有事，就暂且歇歇吧，这一劫没啥问题。李长庚"嗯嗯"几声，搁下笏板，忽然发现自己居然没事可做了。

造销已提交，渡劫不用管，启明殿也暂时不用去。他平时忙碌惯了，陡然闲下来，坐在洞府里不知该干什么才好。

正巧镇元子传信过来："老李，听说你喝茶去了？"李长庚心想你小子消息倒灵通，回了个"嗯"。镇元子大为兴奋："因为啥事？"李长庚没好气地说："我帮你卖人参果的事发了，现在三官殿的人已经到五庄观前了，记得把'天地'二字藏起来。"

"我呸！我堂堂地仙之祖！还怕这个！"镇元子笑骂了一顿，口气忽然变正经，"说真的，老李，若是做得不顺心，辞了官来我五庄观吧。你仙界人头那么熟，可以帮我多卖几筐。"

"嗐，我堂堂启明殿主，去帮一个地仙卖水果，成什么话！"

"哟呵，你还看不起地仙了！我这工作可清闲了，六十年才卖一次果果，不比你在启明殿一天十二个时辰提心吊胆强？"

"我是要修金仙的，跟你不一样，对自己有要求。"

"要求个屁，瞅你现在忙得跟哮天犬似的，战战兢兢，可有一刻清闲？"

一听哮天犬，李长庚又想起大闹天宫的事，一阵烦闷，赶紧换了个话题。两人互相损了一阵，这才放下筊板。他从蒲团上站起来，走出启明殿，想去禽舍看看老鹤。

看守童子为难地表示，老鹤已然转生而去，凡蜕也被送走火焚了。李长庚不能离开天庭，只得手扶栏杆，原地伫立良久。

不知是早有了心理准备，还是境界上去了，他竟没觉得多么悲伤，只有些淡淡的怅然。也不知是在哀悼老伙计，还是在向从前的自己告别。李长庚给崔判官那边打了个招呼，恳请他额外照顾，安排老鹤托生个好去处，然后回转启明殿。

他闭上眼睛，潜心修持起来。不知过了多久，李长庚忽然听闻一阵仙乐飘飘，钟磬齐鸣，一抬头，看到一张金灿灿的符诏从天而降。他伸手取下符诏，发现此乃灵霄宝殿所发，说李长庚年高德劭，深谙仙法，敕准提举下八洞诸仙宫观。

"提举下八洞诸仙宫观"这个职位，主要是管下八洞的太乙散仙们。那些散仙平日里四处优游，没个球事，提举只要定期关心一下他们，发点人参果、蟠桃什么的，组织几场棋赛法会就够了，实在是个品优职闲的好差事。

李长庚对这个安排早有心理准备。他的供状没有破绽，三官殿不可能给出什么拿得上台面的罪名。但毕竟他和六耳关系密切，接触过敏感材料，没法百分之百洗清嫌疑。所以最好的办法，就是暂时调离启明殿，做个闲职明升实降，先冷处理一段时间再说。

他把符诏搁在旁边，便把取经以来发出的揭帖合集取过来，慢慢读起来。从双叉岭到平顶山，少说也有十几篇，都是他和观音一个字一个字抠出来的。如今李长庚不管取经事了，以一个读者眼光去阅读，心态轻松，感觉大为不同。

里面每一处遣词造句，都透着微妙用心，背后都藏着一番角力。李长庚一路读下来，居然有一种玩赏的感觉。

读着读着，李长庚突然"嗯"了一声，心中忽地升起一股怪异的感觉。他翻回去再读了几篇，翻到三打白骨精一段，双目一凛，发觉一个绝大的问题。

他下意识要抓起筊板去提醒观音，可

猛然想起自己已决意不沾因果，专心打磨金仙境界，于是悻悻放下笏板，回到蒲团前修持。

这一次打坐，两个元婴又冒了出来。正念元婴滴溜溜地转着圈，说你已窥到了金仙门槛，正需稳固道心，澄净元神，不要让不相干的俗务拖累了升仙之道；浊念元婴急切摆着小手，说观音与你早有约定，眼见她即将有难，岂能在关键时刻袖手旁观？这是最起码的道义，总不能昧着良心不管了吧？

两个元婴各执一词，吵得不可开交，又打了起来。李长庚反复念诀，就是压不下去，因为这俩都是本心所诞，自己念头不通达，就没有消停的时候。李长庚天人交战了好一会儿，浊念元婴到底勉强压服了正念元婴，把他按在地上狠抽几下，得意地看向元神。

他长叹一声，心想自己的浊念果然还是太盛，元神未至精纯。算了，新因不沾，旧果总要了掉，

乌鸡国这里有两桩因果，既然答应了观音和嫦娥，不如趁着现在还没到金仙的境界，最后再管一次，也算对她们有交代了。

李长庚把笏板从身旁捡起来，给观音传过信去。对方的声音很小："怎么了？我这正在皇宫呢，马上真假国主就要对质了。"

"我跟你说，大雷音寺这个方略，有问题。"

"怎么回事？"观音立刻紧张。

"假国主是真国主，真国主是假国主。"李长庚来不及解释，只点了这么一句。所幸观音和他已经磨合出了默契，沉默了两个呼吸，随后低声说谢谢老李，匆匆挂掉。

李长庚知道观音听懂了，至于怎么处置，就只能看她的临场发挥了。他搁下笏板，闭上眼睛，继续修持。

乌鸡国的渡劫方略，是大雷音寺指定的。当初李长庚读下来，特别不能理解，为什么设置了真国主失踪三年，还有额外安排青狮去演假国主三年？你这是测试心性，又不是谋朝篡位——这个安排纯属多余。

他刚才翻到三打白骨精这一难，看到六耳替孙悟空"打杀"了白骨精，猛然联想到了乌鸡国，才发现这安排并非累赘，而是包藏了用心。

取经弟子的名额，灵山诸位大德都想要。黄风怪是阿傩的根脚，如今文殊菩萨肯定也想把青狮运作进队伍。当初李长庚被审查的时候，文殊菩萨一直在问沙僧的事，显然对三弟子的名额十分上心。

之前观音讲过，三个弟子的搭配有讲究，青狮并不符合官面上的条件。于是文殊菩萨煞费苦心，通过大雷音寺，在乌鸡国的劫难里额外加了一场多余的设定。这个设定看似累赘，但在一种情况下却成了无可替代的妙笔：乌鸡国主与青狮倒换了两次身份。

明面上，是乌鸡国主沉入井底，青狮代其上位，两人倒换了一次身份；实际上，他们还多倒换了一次：真正沉入井底的是青狮，而以假王身份在乌鸡国生活了三年的，才是真国王。

如此一来，青狮便可以在井底等待玄奘，然后按部就班演下去。等沙僧离队之后，青狮就能顺理成章地进入取经队伍，以乌鸡国主的身份西去，将来少不了一个金身罗汉的果位，不比当菩萨坐骑强？

至于文殊菩萨怎么说服真乌鸡国主配

合，背后做了什么交易，李长庚不知道。事实上，他并没有什么真凭实据，只是靠着方略里一个不太自然的设定，推演出一种可能性罢了。

此事若是他自家多疑，还罢了；若真被猜中，只怕观音处境会很不妙，所以他必须送出这个警告。至于观音信不信，信到什么程度，能不能扳回一手，就看她自家手段了。

李长庚内观了一眼，两个元婴小人算是消停了，各据丹田一角在打坐，互不理睬。不过那浊念元婴的体形，看起来似乎比正念元婴小了一点，大概又削去了一层因果的缘故吧？看来自己的浊念，又少了一点。

过不多时，织女从外头走进来。她看见李长庚，还是那句话："李殿主啊，我妈找你。"

李长庚轻轻笑起来，心里顿时踏实了。

被调去提举下八洞，分两种情况：一种是上头彻底放弃你了，扔一个闲职让你做到天荒地老；另一种只是暂时的调整。后一种情况，在任命之后很快会有一场谈话，主要是安抚一下情绪，申明一下考验的苦心。

这也是仙界惯常的套路，给各方都留点余地。李长庚轻捋长髯，眼神看向启明殿口。他这个提举下八洞诸仙宫观，正好是西王母的下属，她召去谈话正是时候。

织女似乎没意识到这个职位变动的意义，还笑嘻嘻地说李殿主这回你得听我妈的了。李长庚笑了笑："只要把本职做好，听谁的都是一样。"

李长庚跟着织女，第二次来到瑶池，还是在那个小亭子里，仙露茶依旧馨香。西王母笑意盈盈地示意他落座，照例又问了几句斩三尸的闲话。李长庚说最近境界通透多了，整个人根骨都变轻盈了。西王母很是高兴："你那么忙还没搁下修炼，足见向道之心如金石之坚，值得下次蟠桃会给诸路神仙讲讲哪。"

李长庚啜着茶水，心里却一阵琢磨。不知那一场大闹天宫，西王母在其中扮演什么角色？按说蟠桃宴被迫停办，她是最大的受害者，不过到了金仙这境界，无有不可交换之事，大概玉帝与她也有一番默契……

正想着，正念元婴突然"唰"地睁开眼睛，狠狠地抽了元神一个耳光。李长庚一个激灵，立刻收回心思。关于大闹天宫的一切，不过只是他个人猜测，没有证实也不可能证实。再说就算证实了，又如何？到底是二郎神还是背后有什么神仙，西王母又到底什么心思，真那么重要吗？苦主孙悟空已被安排了起复之路，还是在灵山那边，人家自己都不闹了，你一个局外人还较什么劲儿？

元神在正念元婴的帮助下，把浊念元婴按在地上狠抽，抽到它动弹不了，李长庚的情绪也慢慢平复下来。闲扯了几句之后，西王母忽然道："金蟾的事，真是辛苦你了。"

李长庚心里一动，果然西王母从一开始就知道广寒宫的事。他忙道："金蟾能力很不错，这份功德是他自己挣来的。"西王母道："本来呢，我也只是受人之托，让他去下界锻炼一下，没想到他居然成了正选弟子，这都多亏了你平时用心提点。"

"啊？"李长庚一怔，旋即明白过来，这肯定是乌鸡国那一难完结了，可……怎么沙僧还留下来了？西王母看出他的疑惑，拿出一张揭帖："小李你是太沉迷修行，都忘了外头的事啦。"

李长庚拿过揭帖一看，整个渡劫过程和之前大雷音寺的方略没太大区别，只有一点不同：那乌鸡国主得救之后，自愿要把帝位让给玄奘。玄奘坚决不受，乌鸡国主便回归龙座，师徒四人继续西行。

至于那头作祟的青狮，则被文殊菩萨及时接回了天上。而沙僧既没和魔怪大战，更没有牺牲，不显山不露水，在揭帖里几乎没有存在感。

可李长庚知道，揭帖越是平实，说明背后越是风起云涌。观音八成是用了什么极端手段，逼退了青狮，让文殊菩萨无功而返。只是乌鸡国主为何放弃当金身罗汉的机会，却无从得知。

糟糕，糟糕，那我岂不是失约于观音了？李长庚内心微微一滞，缓缓放下揭帖："这是金蟾的缘法到了啊。"西王母道："既化解了恩怨，又保举了前程，这都是小李你耐心劝解的缘故。真是高明，高明。"

看来嫦娥果然没有失约，他安排好了金蟾，她也向西王母吹了风。李长庚暗自松了一口气，他隐隐感觉到，这份因果，似乎也与五百年前的事有关……但不必细想。

"自从取经这事开始以后，小李你忙上忙下的，委实辛苦。织女一直跟我说，李仙师一心扑在护法上，没日没夜地操劳，她看着都心疼。"西王母慢条斯理地讲着话。

其实织女每天一下班就走，有时候还提前，哪看过李长庚加班的模样。西王母这么说，其实是充分肯定了他之前的工作成绩。

"不过咱们修仙之人呢，不能一味傻出力，也要讲究法门。有张有弛，才是长生之道。"西王母讲到这里，意味深长地顿了一下，"如今从启明殿改成提举下八洞，你可有什么想法？"

"修仙之道在其心，不在其形。大道无处不在，哪里都有仙途上法。"

西王母听李长庚表了态，很是欣慰："我知道你在忙西天取经的事，不过那说到底是灵山的活儿。咱们天庭帮衬到这里，也算仁至义尽了。你这样的道门仙才，总不能一直为他们释家鞍前马后地忙活，长期下去，主次也不分了。"

李长庚连连颔首。西王母这一番话，既是敲打他之前的举止有些逾越，也是暗示天庭从乌鸡国之后，不再主导取经的护法方略，最多就是配合一下。

也对，玄奘的二弟子三弟子都是天庭的根脚，灵霄殿占了不小的便宜，是时候该收手了，不然真的跟灵山"主次不分"了。而且这样一来，李长庚调任别处，也有了官面上的理由，显得不那么突兀了。金仙们的考虑，真是滴水不漏。

这时浊念元婴又晃晃悠悠地从地上站起来，擦擦鼻血。李长庚小心翼翼道："听说金蝉子不在灵山传承序列之内，正途弟子们一直有些不满，我道门确实不好介入太深。"

这是一个伪装成陈述句的问句。佛祖何以一心扶持玄奘西行？到现在他也没想明白。

西王母哪里听不出他的意思，眼神一眯："小李你这元婴还不太精纯啊。"李长庚连忙俯首，一身冷汗，自己怎么一下没把持住，又多嘴了。西王母见他态度诚恳，淡淡说了一句："灵山之事，互为因果，等你证了金仙境界就明白了。"

她这一句信息量很大。李长庚一时间

脑子里飞快转动。互为因果？就是说，佛祖扶持金蝉子，引起正途弟子抱团不满，这句话也可以反过来理解——因为正途弟子们抱团，佛祖才要扶持金蝉子？

灵山传承有序，意味着所有修行者都要循正途修行，皆会化为体系的一部分。李长庚知道，体系这玩意儿一旦成长起来，就会拥有自我的想法，就连佛祖的意志也难以与之同心无漏。佛祖大概对正途弟子抱团多少有点无奈，这才决定开个方便法门，从正途之外引入些新人。

怪不得大雷音寺在取经途中各种微妙的小动作，与法旨有微妙的不协调感；怪不得佛祖宁可从阿弥陀佛那里借调观音来当护法。可金蝉子到底是什么来历？竟能承担如此大任……

这时西王母的声音适时响起："小李啊，我都说了，灵山的事儿，天庭帮衬到这里就可以了，要分清主次。"

李长庚赶紧把思绪收回来，对，对，灵山的事跟我有什么关系？

西王母道："这次我把你从启明殿借调过来，是需要有人帮我看顾那些太乙散仙。那些家伙钓鱼弈棋赴宴一个个积极得很，组织他们去听场法会，好嘛，都跑回洞府闭关去了，还得三催四请。你资历老，手段高，肯定有办法。"

"太乙散仙都是仙班菁华，我一定用心照顾。"

李长庚敏锐地捕捉到了西王母话里的关键——"借调"。既然是借，自然有还，也就是说，他只是临时来帮衬一下罢了，根脚还是落在启明殿。

西王母见他明悟，满意地端起茶杯啜了一口，眼神变得深邃："我看你头顶三花形体清晰，境界应该是临近突破了。我作为过来人，送你两句忠告：超脱因果，太上忘情。"

直到离开瑶池，李长庚还是晕晕乎乎的。

西王母那一句话既是警告，也是承诺。很显然，他录下的供状固然天衣无缝，但金仙们仍疑心他推演出了大闹天宫的真相，这才有了临时调职的举动。只要李长庚识相，不要再触摸此事因果，未来调回有望；倘若能斩断无关俗缘，更是金仙可期。

至于怎么斩断，这就要看他自家是否能做到太上忘情了。

李长庚心下感慨，没想到六耳这一闹，既是自己的劫数，亦是自己的机缘。之前迟迟没有进境，就是太过感情用事，以致因果缠身，看来以后要贯彻忘情大道了。

一念及此，体内那两个正在打架的元婴又发生了变化。浊念元婴凭空又缩了一圈，正念元婴却越发精纯起来，奋起反击，把浊念元婴一脚踹翻在地。

回到启明殿，李长庚先给观音传信过去，对方很快就接起来了。此时他心里颇为忐忑，沙僧没有离队，等于他没完成承诺，只怕观音要大大地发一次雷霆之怒了。

"呃，大士……乌鸡国的事完了？"

"完了。"观音回答。她声音如常，甚至还有几分欣喜味道。

"怎么回事？为什么沙僧还在？"李长庚小心翼翼问。

那边传来一阵轻笑："老李你别担心，这次是我做主，把他留下的。"

"啊？怎么回事？"

"你之前不是传信来提醒我嘛，我来不及重新布局，索性传信给悟空，让他直接揪住青狮变的假国主往死里打，把他打回原形。结果打到一半，藏在半空的文殊赶

281

紧冒头,说别打了别打了。但青狮已然现出了原形,李代桃僵之计演不下去了,他只好说了几句场面话,把坐骑捞了回去。"

李长庚没料到,观音直接来了个暴力掀桌,一力降十会,把文殊打了个措手不及。

观音笑吟吟道:"我还质问了文殊一句,假国主窃据王位三年,秽乱宫闱,传回灵山是不是影响不太好?"李长庚开始没听明白,再仔细一琢磨,不禁连声道:"你可真狠,真狠……"

大雷音寺给的方略,是真国主被困井下,青狮扮的假国主在王城。文殊以此为基础,让两人调换了身份,青狮假扮真国主在井下,真国主依旧呆在王城。

这个计策,固然可以让青狮混入取经队伍,但也造成一个意想不到的后果。

大雷音寺的方略里曾打过一个道德补丁,说假国主无心宫闱,从不碰王后。但人家其实是真国主,跟老婆住一起哪有不行敦伦之礼的?

观音敏锐地抓住了这个错位矛盾,坚称是青狮淫人妻子,秽乱宫闱。这一下子,给文殊抛了个难题:如果他辩称睡王后的是真国主,自己的李代桃僵之计就要破产;如果他说睡王后的是假国主,那就承认青狮犯了淫戒,还是要被严厉惩戒。

"那文殊后来怎么回应的?"李长庚很好奇,他觉得这局面根本无解。

观音道:"文殊菩萨还是很有决断的,他在青狮胯下一掏,说我这坐骑是骗过的。"李长庚眉头轻挑:"这,这是真的吗?"观音哈哈一笑:"原本不是真的,他掏过之后,就是真的了。"

李长庚倒吸一口气,胯下一凉。这文殊菩萨下手真是果决,为了脱开干系,居然现场把坐骑给骟了——这青狮也是倒了血霉,平白从公狮变成狮公公。

"但就算是青狮离开,三弟子的人选也该是真正的乌鸡国主啊?"

观音耸耸肩:"那个乌鸡国主跟我坦白了:他其实压根儿不想去西天取经,就想在乌鸡国陪老婆孩子,所以他当初才故意把文殊沉到护城河里三天,以为这样就不必去灵山了。居然真有这样的人,我也是服了……"

李长庚"嗯"了一声,青灯古佛固然前途大好,也有人宁愿守着一亩三分地过日子。这乌鸡国主,不过是另一个镇元子罢了。

"青狮没机会去,这乌鸡国主也没心思去,如果再从灵山调一个来补额,又是一番蝇营狗苟,我都烦了,还不如维持现有队伍。金蟾这人不错,嫉恶如仇,是非分明,我很欣赏。他到西天成就金身罗汉,我是能接受的。"

李长庚没想到,这个让他头疼了许久的难题,居然会以这种方式解决,真是仙算不如天算。心中一块顽石,总算稳稳当当落在地上。

"对了,劫难都申报了吧?"

"乌鸡国救主二十六难,被魔化身二十七难。老李,咱们正好完成三分之一的定额了。"

观音乐呵呵地说,李长庚迟疑片刻,开口道:"大士啊,我刚接到调令,不在启明殿了,去提举下八洞宫观。"

对面陷入沉默,良久方道:"是因为黄袍怪的事吗?"李长庚本想说不是,可话到嘴边,觉得还是不要提真正的缘由比较好,免得她也沾上因果。

"跟那个有点关系。"他含糊地回答。

这不算撒谎,若没有奎木狼出首,他也不会被三官殿审查。

观音很内疚:"都是我连累你了,老李。若不是我硬拖着你去管闲事,你也不会……"李长庚洒脱一笑:"大士不必如此。你之前说,咱们做神仙的,得以普度众生为念,哪怕是演出来的,那也是因为内心认定这是正理。黄袍怪那件事,我一点也不后悔,只是不能陪大士一起护法渡劫,诚为憾事。"

此言一出,对面半晌方徐徐道:

"说实在的,当初我刚接手这事,不怎么看得起老李你的,觉得就是一个油腻圆滑的老吏,正好做我的踏脚之石。后来被整了几次,我一度觉得你是个口蜜腹剑——啊,不对,这个词儿还没传到下界——我一度觉得你是个阴险老神仙。直到真正做起护法,我才体会到这里面有多复杂。你能理顺千头万绪,平衡方方面面,还得提防宵小作祟,实在太不容易了。若非有你,我就算熬得过黄风岭,也绝闯不过乌鸡国。真的,谢谢老李,谢谢。"

观音的声音,居然带了一丝哽咽。

李长庚有点害羞地抓了抓玉冠,正要说几句感慨,却猛然想起西王母那八个字的教诲,赶紧把情绪强行按住,语气尽量淡漠:"大士不必难过,我只是调职,又不是兵解,他日总会相见。"

观音敏锐地注意到了对方语气的细微变化:"既然如此,在这里……先预祝李仙师早悟大道,成就金仙。"

李长庚忽然又想到一件事,又叮嘱道:"倒是有件事,大士千万留神。"

"什么?"

"乌鸡国后面的路,得你自己走了。"

观音会意。李长庚离队之后,接下来正途弟子们的小动作肯定更多。比如那头青狮,平白被阉了一刀,难保不会在前路纠结同伙,含恨报复。

"我有心理准备,谁让我在这个位子上呢。"观音苦笑,"老李你心心念念要成就金仙,我又何尝不想成佛?"

这一仙一菩萨,俱是轻轻一叹。

"对了,老李,你如果那边工作不忙,在取经队伍这里挂个顾问吧。也不要你做什么,就有个由头,能时常聚聚。"

"那是自然。虽然我不能参与护法,但偶尔通个风、报个信,在天庭协调一二,还是能做到的。"

李长庚话说出口,才意识到自己又要沾染因果了。他胸中忽然涌现一股冲动,这冲动颇有些古怪,正念元婴没有阻止,浊念元婴也带搭不理,任由太白金星的元神脱口而出:"我突然得了一首临别赠诗,送给大士……"

话没说完,观音那边已经把传信挂掉了。

这桩因果就此了结,不知为何,李长庚心中一阵轻松,也一阵怅然。要做到太上忘情,何其之难!他在心里提醒自己,不能再忍不住去多管闲事了,要无情,要淡泊,要清静无为……

接下来的日子里,李长庚严格遵从这个原则。他职权虽改,殿阁却没变,仍在启明殿内办公。下八洞实在没正经事可管,他就喝喝茶,看看各地的揭帖,谁来问都是一脸和蔼笑容,口中总是好好好。

可惜的是,修行始终没什么进境。李长庚努力让自己清静无为,和麻烦保持距离,可每次打坐总觉得心思仍不够纯正,那个浊念元婴虽然整天被打得鼻青脸肿,可还能到处蹦跶,以致他距离金仙的门槛始终差着一口气。

归根到底，是因为西天取经发来的揭帖，他篇篇不落，看得很是仔细。在揭帖里，观音带着取经队伍，依旧顽强地向前推进。李长庚能看出来，观音一会儿收一个童子，一会儿放出一条金鱼，可见每一难背后恐怕都有一番折冲樽俎。

只不过……这些对李长庚来说，不再重要，他刻意雾里看花，不去琢磨其中深意——唯有两次例外。

一次是在车迟国，他跟观音打了个招呼，把劫难支应给了虎力大仙和他两个师弟，下凡去托个梦，算是报答了地府的因果；另外一次是女儿国。猪八戒"误喝"了子母河的水，算是还了嫦娥的承诺。

顺带一说。这一劫中，昴日星官居然下凡来帮忙，治好了孙悟空被蝎子蜇的伤。李长庚初觉诧异，再一细想，大概昴日是天庭派下来试探悟空态度的。当年那场隐秘被六耳揭破一角，天庭着实慌乱了一阵，他们得确定当事人心思没变化才安心。

这种试探，恐怕不止一次。李长庚凭着经验猜测，这几位星官甚至包括二郎神，都会轮番下界，打着护法旗号去摸孙悟空的底。以现在猴子的态度，冰释前嫌是不可能的，但也不至于上来翻脸，最多是不理不睬，他的怒火早在五行山下磨平了……

算了，算了，这些事与己无关，不必多念。

眼见着一桩桩事情了却因果，李长庚感觉道体逐渐轻盈，心中暗喜。看来这些时日刻意淡泊还是有用，至少"超脱因果"有希望了。

他搁下揭帖，正打算继续修持一阵，忽然看到虎力大仙传信过来。他以为对方是来感谢的，随手接起，没想到虎力大仙硬邦邦来了一句："仙师，我们检索到通臂猿猴的下落了。"

第 十 四 章

再来地府，这里依旧一派阴风惨惨的风光。李长庚和虎力大仙一起走向奈何桥，一路上游魂明显少了很多，鬼哭声也消停了不少。

"看来生死簿修好了啊？"李长庚恭喜道。虎力大仙撇撇嘴："勉强好了，但地府非说是我们祭炼出了问题，到现在扣着尾款不给。若不是仙师在车迟国让我们做了一单，只怕我们小道门都饿死了。"

"那到底是不是你们的问题？"

虎力大仙苦笑着摇头："我们做过排查，那次崩溃，正是因为生死簿里猴属那个似空非空集的缘故。地府跟我们做交接的时候，压根没提这事，我们就按表内一切正常来祭炼，一处错，处处都对不上榫头，可不就出岔子了？须怪不得我们。"

李长庚不知他这是在反讽还是单纯在讨论技术。虎力大仙兴致勃勃道："仙师你可知道，那似空非空集是谁改出来的？"

"谁？"

"阎罗王。"

"啊？不可能吧？"

"是用他的名录登的。我们去跟阎罗王求证，一对时间，正是孙悟空大闹地府的时候。是他强占了阎罗王的名录，上去改出来的。"

李长庚眉头一挑，没想到这事还能追溯到孙悟空身上，一时有些犹豫。

可惜这时也不能反悔了。奈何桥头，崔判官拘着一个魂魄走过来，影影绰绰的好似猴子形状，身形忽聚忽散，看不甚真切。

"通臂？"李长庚上前问。

魂魄微微动了一下，似有感应。崔判官道："这是我们好不容易检索出来的，发现时他已经快魂飞魄散了，连形体都模糊不清，如同一团黑气。李仙师有什么话，得尽快问。"

虎力大仙赶紧施展阴阳大法，调整了一通，通臂猿猴的魂魄才变得清楚了一些，勉强能看出五官。

"分辨度只能调到这个程度了。他不能言语，只能点头或摇头，不过无法说谎。"虎力大仙解释，"他此时三魂七魄不全，说谎需要调动大量魂力，超出了他目前的处理能力……"

李长庚没理会技术性解释，拘着通臂来到奈何桥旁一处无鬼之地："我就问你一件事：当初孙悟空离开花果山，前往斜月三星洞拜师，是不是你安排的？"

通臂的鬼魂呆呆注视着李长庚，缓缓点了一下头。

"须菩提祖师的弟子名额，是不是你篡改了一只妖怪的履历得来？"

通臂迟疑片刻，点点头。

"那只妖怪，是不是叫六耳？"

答案依旧是点头。

李长庚又问道："那孙悟空知道这件事吗？"

通臂摇摇头。

"那孙悟空为什么要闯入地府，篡改生死簿？"李长庚问出来，才想起通臂只能点头或摇头。他调整了一下问题："孙悟空大闹地府，篡改生死簿，是为了掩盖他的出身吗？"

通臂摇头。

李长庚连问了数十个问题，却始终不得要领。眼看通臂的魂魄差不多快要散去，李长庚细思片刻，发现自己还是顺着阴谋论去问了，其实很多事情没那么多算计。他迅速调整思路："他篡改生死簿，是为了你能多活几日？"

通臂点头，形体激烈地抖动起来，几乎要化为飞烟。

果然！

李长庚长长吐出一口气。通臂猿猴在孙悟空艺成之后，寿数就已经快到头了。石猴与他感情至深，这才强闯地府，黑了生死簿强行续命。后面天庭与孙悟空谈判，想必是从这个举动里得了灵感，用通臂和其他猴子的寿数做拿捏……停！打住！

正念元婴发出嘶声警告，再往下就又要进入危险区域了。

李长庚想了想："这件事，是有人指使你的吗？"通臂摇摇头。他微皱眉头，换了个方式："你是自己把这件事办成的？"通臂点头。这个回答出乎李长庚意料，不甘心追问了一句："是你自己出于自愿，贿赂三星洞负责招收门徒的管事，让他替掉了履历？"

通臂最后勉强点了一下头，然后坍缩回一团灰蒙蒙的阴气。李长庚没奈何，把那残魂拘回到奈何桥前，交给崔判官去走转生流程。

其实李长庚本心是不想碰这事的，这不符合"太上忘情"的要旨。但考虑到六耳至今仍下落不明，恐怕会成为自家的心魔。为了金仙境界，他觉得还是尽快把这桩小事了结比较好——先切断因果，才好谈超越。

他回到启明殿，略做查询，愕然发现当年在斜月三星洞负责招徒的管事，几百年前就得道飞升了，如今在三官殿任职——恰好就是陪同地官审讯李长庚的那位仙吏。

嘿，这家伙也真坐得住。地官大帝和李长庚就六耳的动机吵了半天，他一个当年的知情者，却在旁边一言不发。

正好，之前李长庚在三官殿喝了两次茶，如果不把对方的人拘到启明殿来喝一杯，岂不是礼数有缺？太白金星二话不说，发下文书，指名道姓让那位仙吏前来问话。

三官殿和启明殿平级，可不代表李长庚和那个仙吏平级。仙吏很快慌里慌张地赶过来，一见面就作揖赔笑，解释说之前是职责所在，并不是针对李老仙师。下官在谈话时可是一言不发，半点不曾为难。

李长庚笑眯眯地端过一杯茶来，看着仙吏勉强喝下去，才慢条斯理道："我如今提举下八洞，不管启明殿这块了。这次唤你来，是私下有事请教。"

仙吏眼前一黑，这话听着更吓人了。私下请教，意味着官面上的限制就没了。他在三官殿对人事极为敏感，知道太白金星这"提举下八洞"不过是临时安置，不能当成真的闲职看待。万一哪日证得金仙，想让一个小吏生不如死，都不必自己动手。

仙吏擦了擦额头汗水："我一定知无不言，知无不言。"李长庚道："你飞升之前，可是在斜月三星洞须菩提祖师座下做事？"仙吏连连点头："在下当时是在三星洞里做一个都管。"

"孙悟空替掉六耳的履历，是你操作的？"

仙吏脸色一变，连忙推脱道："我不太记得了。"李长庚也不催促，就这么笑眯眯把茶杯朝对面推了一推。仙吏登时绷不住了，身为三官殿的人，轮到自己被盘问的时候，才知道抗拒有多难。他嗫嚅道："飞升以后，俗世因果都已斩断，真的不太记得了。"

李长庚和颜悦色道："你心里莫有负担，我不是来追究责任，只想求个明白而已。"

仙吏如坐针毡，只得承认是他经手，然后简单解释了几句。

祖师讲究有教无类，所以三星洞每年招收的外门弟子，有一定比例是妖、怪、精、灵这四种。那一年，有一个叫六耳的猴妖申请入门，各项考核都通过了，履历送到这位都管手里，恰好通臂猿猴找过来，恳求他塞一只石猴进去，都管便抽出六耳履历，把石猴替进去。

那两只猴子相貌仿佛，经历类似，就算站在面前，寻常人也分不清楚，别说只看履历了。三星洞外门只知道本年度招了一只开灵智的猴子，至于是哪只，却完全没有细察。

仙吏解释。

"通臂给了你什么好处，让你做这样的事？"

管事愣了一下："他送了我一船新鲜瓜果。"

"就一船瓜果？"

"花果山的瓜果口感好，汁水足，甜度高，保存时日又长，我在天庭都很少吃到……"

李长庚赶紧打断他的遐想："你不要说假话，那可是须菩提祖师门下弟子，干系何其重大，就值一船水果？"

管事赔笑:"仙师想岔了,祖师的真传弟子,名额确实金贵,做不得假。但外门弟子每年都要招几百个,冒籍顶替常见得很——谁知道孙悟空后来独得了祖师青睐呢?"

李长庚一怔,旋即拍了拍脑袋:"是我想岔了,想岔了……"

他原来一直疑惑,通臂一只野猴子,怎么有本事篡改掉六耳的履历?如今听仙吏一分说,才反应过来,根本是自己思路错了。

他老觉得那两只猴子能耐大、成就高,下意识觉得他们的履历替换,必有高人在背后指点。其实在拜师之前,无论石猴还是六耳,都只是毫不起眼的小妖。在三星洞都管的眼中,区区一个外门弟子的道籍罢了,屁大点事,一船花果山的瓜果足够了。

至于孙悟空后来从外门混到内门,又从内门混到祖师真传,那是他自家努力的结果。到了他上天成名之后,仙吏对此更是讳莫如深,提都不敢提。

所以,并没有什么惊天阴谋,不过是凡尘中每日都会发生的事罢了。只不过孙悟空和六耳一个资质高绝,成就惊人;一个执着顽固,只认死理,这才让这一桩冒名顶替的勾当格外刺眼。

恐怕三星洞外门还有其他被冒名的倒霉鬼,只是连发声都没机会,不知埋没了多少在地府里。

李长庚感慨了一通,遣退了仙吏,展开玉简,奋笔疾书,把调查所得写成一份文书。

这是一份关于六耳举发孙悟空冒名拜师之事的正式回应。李长庚没做丝毫隐瞒,如实落笔,把前因后果写了个分明。虽说

他自己就是神仙,可还是忍不住要叹息命数之玄妙。

通臂为了悟空,窃走了六耳的资格;悟空感念通臂恩情,闯进地府为他改了命数。几百年后,生死簿因为这一个小小的错谬,导致崩溃,直接把通臂带下地府。而六耳借着这个机会,从花果山揭开了天庭的秘密一角,引发了后面的一连串大乱。

他从前听元始天尊说法,说西天灵山的金翅大鹏拍动一下翅膀,会导致东海龙宫一场风暴,以此譬喻世事无常,因果交替,总有那"遁去之一"居中变化,任大罗金仙也无法算尽天数。如今一看,果不其然。

当然,这些感慨自然是不能写的,李长庚把文书范围严格限定在"冒名顶替"四字之内,不涉其余。写得了玉简,李长庚郑重其事地用了一个启明殿的印,填上六耳第一次递诉状的日期,提请灵霄宝殿裁定。

李长庚知道,这份文书什么也改变不了,但至少对六耳是一个交代。虽说那小猴子不知躲在哪个山沟里咬牙切齿,但既然答应过要给他一个说法,那就给他一个说法。

灵台之内,浊念元婴再三跟正念元婴保证,这是在启明殿的最后一项调查,也是成就金仙前的最后一桩因果。如此之后,李长庚便可以毫无挂碍了。正念元婴将信将疑,但见浊念元婴鼻青脸肿,估计闹不出什么花样,也便睁一眼闭一眼了。

让守殿童子把文书送出去之后,李长庚啜了口茶,把袖管里六耳的一缕妖气取出来,想把这个好消息告诉那野猴子。可是作了半天法,却不见回应。这野猴子自从三官殿逃下界之后,一直没有踪迹,就

287

连千里眼和顺风耳都寻不见。

"算了，等风头过去，再过些日子去寻他吧。"李长庚无奈地把妖气收回，继续喝茶。过不多时，守殿童子送完文书回来，顺便把最新的揭帖搁在案上。

李长庚喝饱了茶水，又闭目养神了一阵儿，这才懒洋洋地把揭帖拿过来。这一看不要紧，"当啷"一声，茶杯跌落到了地板上。

这揭帖已推进到了四十六难。上面讲突然出现一个假猴王，与真猴子一番争斗，不分胜负，打遍天上天下，最后到了如来佛祖面前，才真相大白，假猴子被当场打死，原来是一只六耳猕猴。揭帖总结说，这猴子其实是孙悟空自己的心魔所化，一体两心，善恶兼备，唯有刻苦修持，方可扬善泯恶，战胜自我云云。

李长庚自然不会信揭帖总结出的大道理，他当即传信给观音，问怎么回事？那边长长叹息一声，说老李我也不瞒你，这一难，其实是个意外。

取经队伍原本是去火焰山，结果半路休息的时候，突遭袭击。袭击者是一只猴子，长得和孙悟空一模一样，从路旁冲出来，举着棒子就砸。孙悟空本来没打算和他冲突，他却不依不饶，最后两个一路打到灵山脚下。他疯了心，居然连佛祖法座都要冲击，结果被护教金刚们合力击毙了。

"那只假猴子，就是三打白骨精时替悟空出手的那位吧？"观音问。

李长庚默然。

"他干吗袭击取经队伍？是老李你没结钱，过来讨薪吗？"

李长庚还没回答，观音自己又给否定了："不对，不像是讨薪，他那做派跟主动求死似的，嚷嚷着什么'我才是真的我才是真的'，对着孙悟空狠打，不管不顾，满眼绝望。哎，那神情，和孙悟空几乎一样。所以我一度都被迷惑了——老李你知道他怎么回事吗？"

"许是受了什么委屈，无处宣泄吧？"李长庚口气虚弱地答道，然后面无表情地放下笏板。

世人包括观音在内，都以为六耳变成孙悟空，是为了骗过取经人的眼睛。只有李长庚明白，那不是他的本意，他只是走投无路之后，被迫用最极端、最绝望的行为向三界发出呐喊："孙悟空"这个名字、身份和命运，本是属于他的。六耳唯有如此，才能争取到一个说法。

可惜的是，揭帖公布出来，他非但没讨回身份，自己反倒被官宣成了孙悟空的心魔，到底没逃脱被替代的宿命。

李长庚忍不住想，倘若当初自己查实了这桩小事……不，哪怕自己只是态度稍微用心一些，也许结局便大为不同。

不对，不对。当初如果自己硬着心肠不管，赶六耳下界，他早早失望，也就没这事了。正是自己偶发善心，给了他虚假的希望，却又没办法解决，才导致这一场悲剧。

不要去学吴刚伐桂，徒劳地砍了那么久，却一丝痕迹也无，到头来都是一场空。这……这不正是太上忘情的真意吗？

李长庚陡然感到一丝灵光，俯身把茶杯从地上捡起来，连忙坐回到蒲团上修炼。体内的正念元婴"嗷"了一声，飞扑过去把浊念元婴压住。浊念元婴灵力虚浮，动弹不得，只是嘴里还在鼓噪不已。

李长庚心里堵得厉害，根本无法凝神。他索性不修了，大袖一摆，默默走到南天门外，跟王灵官打了个招呼，来到六耳当初站立的地方。

南天门外罡风阵阵，李长庚把怀里的报告副本取出去，蹲下身子，打出一团三昧真火。只见玉简徐徐熔化成一团光液，袅袅飘散，有如一个身影。只可惜罡风猛烈，这玉烟到底没能飘进南天门去。人影弓了弓，很快消散开来，淡不可见。

随着身影消散，浊念元婴也不再嚷嚷，眼皮缓缓合下去，被正念元婴一记锁喉掐晕过去。

从那一天起，李长庚变得比从前更加沉默，连取经的揭帖也看得少了，只偶尔了解一下进度，每天一心扑在下八洞的事务上。与他接触的同僚，发现老李双眸越发深邃，难以捉摸，讲起话来也越发滴水不漏。镇元子偶尔传信过来，还会抱怨说老李你现在讲话跟发公文似的。

几天之后，启明殿忽然接到一简协调文书，本来是分派给织女的。织女正好刚把衣服织完，急着下界去给孩子试，就央求李长庚替自己跑一趟。李长庚为难道："我如今虽然暂在启明殿办公，可工作却在下八洞，怎么好替你呢？"

织女娇嗔似的一拽他袖子："哎呀，我听我妈说，您的调令就快下来了，马上就能回启明殿，不差这几天。这原来就是您跟的事务嘛，熟门熟路，就帮我去一趟啦。"李长庚耐不住她纠缠，只好答应下来。

织女高高兴兴离开，他打开文书一看，整个人淡淡笑了一声，拂袖出了启明殿。

殿外正候着一头五彩玉凤，气质高雅端庄，造型极为华丽。这是李长庚新得的坐骑，他熟练地跨上去，一摆拂尘，玉凤迎风鸣叫一声，展开斑斓双翼直冲云霄，一路上金光四射。

只是转瞬之间，他便飞到了南天门。在那里，一个熟悉的身影正在等待。

"悟空，好久不见！"李长庚打了个招呼。

"金星老儿。"孙悟空仍是那一副万缘不沾的恹恹神情，似乎身上还有伤。李长庚关切道："大圣这是怎么了？"孙悟空道："下界不太平，要多谢你提醒。"

取经队伍之前在狮驼国遭了一场大劫，一场真正的野劫。文殊、普贤的坐骑再加上如来的舅舅联手下凡发难，声势极为浩大。李长庚提前得了消息，提醒了观音一声——那是他近期内唯一一次关心取经的事。那三位各有根脚，果然又成了一场灵山内斗，其中曲折，不提也罢。

"老夫还是取经的顾问嘛，偶尔也得顾问一下，不然大士又要抱怨了，呵呵。"李长庚打了个趣。

悟空拿出一枚玉简，给了李长庚："如今我们走到陷空山了，需要上天对质。金星老儿随便带个路就好。弄得太假没人在乎，弄得太真反倒有人要不自在了。"

他的语气冰冷依旧，说不上是客气还是讽刺。不过李长庚多少能理解，经历了那样的事之后，很难对这个世界再有什么亲近。

李长庚扫了一眼方略，并没什么出奇之处。无非是天王府的义女下凡作乱，孙悟空请天王与哪吒前去收妖——滥俗了的套路。

她也是没办法。正途弟子那边的手段此起彼伏，不是弥勒佛的童子捣乱，就是文殊普贤的坐骑复仇，观音光应付那些就已经疲于奔命，哪有时间搞原创剧情，大部分时间都是随手糊弄一下。

不过这个感慨，只是在李长庚心中微

微起了波澜，旋即收住道心，淡然道："天王府比较远，请大圣随我来吧。"

两人上了金凤的背，朝着天王府飞去，一路上谁都没讲话。飞着飞着，李长庚忽然感觉到，内心的浊念元婴一阵悸动。他已被正念元婴打服了很久，趴在地上奄奄一息，谁想到这时居然又回光返照了。

"大圣，反正到天王府还有一段时间，有桩事不妨做个谈资。"

"讲。"

李长庚在凤头负手而立，把六耳与通臂猿猴的往事娓娓道来。孙悟空听完之后，沉默许久，面孔有了些微变化："此事当真？"

"若大圣问的是天庭认定，那是没有。我提交的文书并无批复，更无人追究。不过此事是我亲自查实，应该错不了——所以此事既是真，亦是假。"

一股剧烈的气息，猛地从猴子身上炸开，慌得那头金凤差点从半空掉下去。

"怪不得，怪不得……我离开花果山之前，通臂他指点我去西牛贺洲灵台方寸山，说那边才有机缘。嘿，我本以为真是自家的机缘，原来和这场取经一样，不过是安排好的一场戏罢了。为了我，通臂他可真是，可真是什么都干得出来。"

李长庚原以为孙悟空就算不否认，也会含糊以对，没想到他这么干脆就承认了。

"真假孙悟空那一劫，金星老你看到了吧？"悟空突然说。

"嗯，略有耳闻。"李长庚尽力掩住表情。

"现在回想起来，六耳那一次袭击，确实处处蹊跷。他扮做我的模样，一边喊着我才是真的，一边追着我打。我不明白，哪里来的这么个大仇家。等闹到佛祖驾前，我想他乖乖就地一滚也就结束了，最多是被降服而已，伤不到性命。谁成想，他一听佛祖说我是真的他是假的，眼睛变得比我的火眼金睛还红，抄起棒子冲着佛祖就砸去了，然后……被护教金刚们砸成齑粉，我想阻拦都来不及。"

孙悟空是亲身经历，比观音转述得更加清楚。李长庚不由闭眼微叹，然后劝解道："六耳也是冤屈难伸，心中激愤之故，希望大圣不要心存芥蒂。"

"明明是我负了他，哪里轮着我心存芥蒂。"孙悟空负手低头，语气沉沉，"老金星你还记得我官封弼马温的时候闹事吗？"

"记得记得。"

"我在须菩提祖师那里拼命修道，只为了早日出人头地，好能遮护花果山的猴儿们。好不容易上了天庭，却因为没有根脚，只被分配做一个弼马温。为什么要闹？因为我不甘心。我辛苦修来一身本事，比九天神仙都高明，可那些好差事，都被他们的亲眷分完了，我凭什么只有这点功果？没想到，到头来，什么弼马温，什么齐天大圣，闹了半天，打根儿上我就是占了别家的命！"

李长庚道："也不能这么说。大圣天资聪颖，道心可用。六耳性情偏激，就算走上这条仙途，也未必有大圣走得远。"孙悟空讥诮道："走得远？我成了齐天大圣又如何？不也是替别人扛了劫难和黑锅，可见报应真的不爽。"

一触及这个话题，李长庚立刻不做声了。

孙悟空却说得毫无顾忌："那一桩事，我只存了一份当日二郎神哀求我替罪的留声，深藏在水帘洞内。原指望哪日万一能澄清，没想到居然被六耳找到，反而害了他，唉……"

至此李长庚才彻底明白，为何三官殿反应那么大。这留声若传出去，二郎神可就完全暴露了。所以六耳被当众打死，未必不是护教金刚们存了什么心思。

"我很理解六耳的心情，很理解，真的……"悟空很少说这么多话，他仰起头颅，双眸中多了些许灵动，似有流光微溢。

"我被迫替二郎神扛下黑锅时，先是郁闷不解，不明白天底下怎么会有这样的道理；然后发现根本讲不得道理，便开始愤怒，和六耳一样，恨不得天上地下尽皆打碎，一舒胸中恶气——可惜啊，我大闹天宫，却侥幸没死，被佛祖压在五行山下，慢慢也就认命了。"

李长庚不知道他那句"可惜"，到底是可惜谁。

"这点破事，我在五行山下花了五百年，总算琢磨明白了——这天道啊，无非就是替来换去，演来装去。我偷了他的命，别人又拿我的命去替罪，去演习，天地之间本就是一场假劫，说不上哪边更荒唐。那篇揭帖说得也没错：我俩真的是一体两心，他是被镇前愤怒的我，我是死心后苟活的他。"

金凤背上，唯有呼呼的罡风吹过，两人一时都沉默下来。

李长庚张张嘴，浊念元婴捅了他一下，让他问问大闹天宫是否如推测的那样，却被正念元婴一拳打翻在地，挣扎几下，终究没发出声音来。孙悟空似乎猜出他的心思，嘴角微翘：

"我观金星老儿你宝光冲和、仙息浓郁，怕是快证金仙了吧？怎么还关心这些闲事？"

李长庚一摆拂尘，脸上的感慨缓缓褪去，变得宝相庄严："此事与我实无干系，今日偶然谈起而已。我是怕大圣不明其中因果，以致日后道心有妨碍。"孙悟空哈哈大笑起来："金星老儿，你若证不到金仙，就算知道真相，有害无益；等你证了金仙，言出法随，真不真相的也就不甚紧要了——你说你忙活个什么劲儿？"

李长庚"呃"了一声。悟空道："你如此做派，想必还没修到太上忘情的境界吧？我教你个乖：超脱因果，不是不沾因果；太上忘情，不是无情无欲。"

李长庚一怔，这和自己想的好像有点差异，连忙请教。孙悟空却无意讲解，只是摆了摆手："莫问莫问，还得你自家领悟才好。不要像我一样，太早想透这个道理，却比渡劫还痛苦哩。"

他言罢大笑起来，笑声直冲九霄云外，大而刺耳，比吹过天庭的罡风更加凛冽。

第十五章

宝幢光王佛撑着无底船徐徐过来，靠近凌云渡。玄奘师徒四人站在渡口，翘首以待。

观音站在半空云头，向下看去。周围那三十九位神祇也各自就位。在更远处的灵山正殿，正张灯结彩，诸多神佛次第而立。

过去的十几年里，这支取经队伍历经几十场"劫难"，终于顺利抵达了灵山脚下，只差最后一步流程。只要他们登上无底船，渡至彼岸，就算是大功告成。

随着一声清越唳声，一只金凤从天空飞落。李长庚身为取经顾问，自然也在受邀之列，前来观礼。观音见太白金星来了，正要热情地迎过来，后者却淡然一笑，打了一个稽首。观音停住脚步，唇角动了动，只得双手合十，回赠一礼。

"老李啊，护法一路有劳。"

李长庚道："职责所在，谈何有劳，不过十几天的辛苦而已。倒是大士一路专心护持，最见功德。"

这话说得一点没毛病，就是有点生分。观音注意到，李长庚的宝光已浓郁到了极致，只差最后一步就可以得证金仙。他这次来，是代表天庭，自然行止比较谨慎。

玄奘师徒还在等候船只靠过来，观音顺手拿出一本金册，递给李长庚。李长庚翻了翻，发现是历劫揭帖的合集，有些好奇道："怎么只有八十难？我记得定量是八十一难吧？"

观音微微一笑："这是我替玄奘留的。"

"玄奘？"

"老李你看，等一下他们登上这条无底船，凡胎肉身便会堕入水中，顺流冲走，唯有一点真灵能到达彼岸。如此才可以断绝浊世因果缠绕，修成正果——但玄奘跟我说，他不想这样。"

"都临门一脚了，他难道不想成佛了？"饶是李长庚心性淡泊，也吓了一跳。

观音笑道："且卖个关子，到时候你就知道了。"

两人把注意力放回到凌云渡口。

宝幢光王佛的船缓缓靠岸。在一片庄严的钟磬声和诵经声中，玄奘、八戒与沙僧三人依次踏上渡船。只见三具躯壳相继蜕下，噗通噗通落入水中，顺流而下。三个真灵立于船头，互相道贺。

唯有孙悟空站在渡口边上，久久未动。他缓缓抬起头来，似乎看向云端上的太白金星，又似乎不在看他，而是在与更高空的什么人对视。

太白金星没有回头，他已经是半步金仙了，知道哪些事能做，哪些事不能做。他能感觉到，背后高空有几道视线扫过，似有催促之意。

猴子最后一次露出讥诮冷笑，从耳里取出金箍棒，一下撅断，然后举步踏上船去。

李长庚知道，猴子是彻底死心了。先前在金兜山、祭赛国、小雷音寺，二郎神与奎昴二宿轮番下界，打着护法的旗号一遍一遍地试探，他却再也没有任何过激的举动。

那只大闹天宫的猴子，大约确实是死了。

孙悟空登船的一瞬间，只见一个黑漆漆的影子，从猴子的身躯里撕裂出来。这影子似有自己的灵智，挣了几挣，似乎不愿与本体分离，欲要粘连回去。孙悟空狠狠一纵身法，那影子才与本体狠狠脱开，似是绝望，又似是愤怒地朝水中堕去。

而立在无底船头的猴子，如同褪去了一层色彩，冷峻厌世的神情消失了，双眸也不再闪着讥诮与锋芒，眉眼间变得慈眉善目，不见任何棱角。

悟空冲其他三人含笑道贺，那和煦温润的笑容，似是千里万里之外的阳光照彻琉璃，只见灿烂却无甚温度。那是一种遥远的和善，是斩断了一切俗因之后的通透。

李长庚突然之间，彻底明悟。

为何玉帝与佛祖会安排悟空参与西天取经？只要他一上无底船，便会舍下躯壳与浊念。从前的愤懑、怨怼与各种因果牵绊，统统抛却，那一桩不可言说的大隐秘便可彻底消业，再无任何隐患。而对灵山来说，一个天庭顽妖皈依我佛，成了正途之外的佛陀，又是何等绝妙的揄扬素材——毕竟那可是天上地下独一份儿的孙悟空。

天庭消了隐患，灵山得了揄扬，悟空有了前途，可谓皆大欢喜。这……这才是太上忘情的妙旨

真意啊。

李长庚的灵台，宛如吹过一阵玄妙的气机，霎时荡开了蒙昧云霭。他原先一直卡在悟道的边缘，试过淡泊心性，试过清静无为，却始终不能理解那八字的精髓。那些金仙明明一个个沾起因果来争先恐后，七情六欲也丰沛得很，与"超脱因果、太上忘情"八字岂不矛盾？

如今见证了孙悟空抛却凡蜕，想透了玉帝与佛祖的用意，李长庚这才想透了那段提点的真解：超脱因果，不是不沾因果，而是沾而不染，只存己念；太上忘情，也不是无情无欲，而是心无挂碍，唯修自身。

如此一来，谈笑依旧，而境界却迥然不同。

一念及此，李长庚脑海中倏然绽放出光芒。他感觉到，自己体内浊念元婴最后一点顽固残余，在悟空阳光似的微笑感化下，终于化为一缕青烟，被挤出丹田，不知飘向哪里去了。如今体内只有一个正念元婴，盘踞正位，法息精纯无比。

观音感觉到身旁一股磅礴的法力升扬而起，她侧过头来，看见李长庚周身散出金光虹影，整个人神意洋洋，很快隐没在一片耀眼的宝霓之中。

"恭喜仙师。"观音双手合十，礼拜赞叹，只是眼底终究多了一抹淡淡的遗憾。不过她突然见到，玉净瓶里水影波动，柳眉微微一抬。

数日之后，通天河。

一本本湿漉漉的真经摊开在石头上，师徒四人正在埋头整理。他们头衬圆光，慈眉善目，一派和谐气象。根据方略指示，天道有不全之妙，所以需要补上这一难。

观音站在河边，手持玉净瓶向水中望去。过不多时，一头老鼋从水里浮上来，笑嘻嘻道："大士大士，我演得可好？"

"辛苦你了，如此一来，最后一难终于可以销掉了。"观音满意颔首。老鼋又道："那两位我也带到了。"

观音敲了敲瓶子："老李，出来了，出来了。"一缕浊念从玉净瓶中飘出，幻化成一个白头老翁的模样："嗐，别叫我老李啦。本尊已经回天庭，我不过是浊念元婴留下的一缕执念罢了。"

"所以才叫你老李。我再见了本尊，恐怕要叫一声李金仙了。"

老鼋爬上岸，硕大的龟壳上头趴着两具躯壳，一具孙悟空，一具玄奘，正是前几日从凌云渡解离下来的残蜕，居然顺水漂到了此处。

李长庚啧啧称奇："没想到这通天河，居然能直通灵山啊。"

"要不怎么叫通天河呢？"观音道，"老李你没赶上之前那场劫难，实在可惜。我难得来了灵感，连如来送的那条锦鲤都用上了，可以说是我最具创意的方略了。"

"怪不得那尾锦鲤自称叫灵感大王啊。"

两人正讲话间，两具躯壳同时起身，互相望了望，向观音一拜。李长庚仔细观瞧一眼，却突然大惊。

那悟空浑身浊气，确实是残蜕无疑；

而玄奘无论怎么看，神魂都完满无漏，分明是真灵。

"老李你猜得不错。"观音微微颔首，"当初在凌云渡口，玄奘堕到水里的是他的真灵，去见如来的乃是残蜕。瞧，那残蜕如今正在河那头拾掇经文呢。"

李长庚满心不解，不知道玄奘为何这么做。玄奘真灵道："仙师可还记得我十世之前的法号？"

"金蝉子……"李长庚念出这名字，顿时明悟。

是了，是了。这个真灵，怕不是佛祖分出自己的舍利，套了个玄奘的容器罢了。等一到灵山，玄奘堕下，金蝉脱壳，灵山便多了一尊正途之外的佛陀——原来"金蝉"二字早有深意，竟是个代号。

可这个真灵，怎么又跑来这儿呢？

真灵还是玄奘的相貌，面色肃然："我原本的宿命，是一心回到灵山，成就上法。但先后转世了十次，沾染了十世善人的心思，菩提心颇有变化。我这一路走来，虽说被两位护持，什么真事都没做，世间苦难却看到了不少。尤其是宝象国那一劫，对我触动尤大。两位应该也都知道，这一世我亲娘也是因为这般事才没的，她也是一个百花羞。"

菩萨和神仙一时默然。

"离开宝象国之后，我一直在想，世间受苦受难的人那么多，又岂独只在取经路上？我若成就佛陀，高坐莲台之上，日日讲经，享用三界四洲香火，固然圆融无漏，又怎么救苦救难？"

李长庚笑了："看来你和我一样，都做不到太上忘情。"

"我怕成佛之后，从此离人间疾苦远了，对下界苦难没了敏感，反失了本意。

所以便借着凌云渡口蜕身的机会，交换了身份。"

"佛祖知道这事吗？"

"他老人家只要得几位正途之外的佛陀就好，是真灵还是残蜕，并无分别。"真灵朝对岸努努嘴。

"可接下来你打算如何？"

"我求了大士把最后一难埋在通天河，自己被老鼋驮来这里，借晒经的机会与取经队伍汇合。"

"这……我就不明白了，你既已解脱，为何还要回取经队伍？"

"我问观音大士要过灵山的规划。取经队伍去长安交付完经文，全员返回灵山缴还法旨，成就真佛，然后，就没然后了。真经在长安怎么读、怎么解，反倒没人在乎了，这岂不是本末倒置？凡事需有始有终，所以玄奘凡胎会替我到西天成佛，我则以玄奘的身份留在大唐，在长安城里译经说法。"

真灵说到这里，下巴微抬，傲然之气溢于言表：

"贫僧不要凭着金蝉子的身份轻松成佛，在灵山享受极乐。要以玄奘之名留步凡间，方不负大乘之名。"

李长庚点点头，又看向孙悟空的残蜕。

"别看我，我就是残蜕，正身在那头儿傻乐呢。"孙悟空冷笑。

那边的孙悟空真灵面容慈祥，一页一页耐心地晒着经文，有如老僧入定。李长庚一笑，看来猴子的躯壳解离时，连毒舌本性也带走了。

"你也要跟随玄奘回东土吗？还是回花果山陪你的猴崽子？"

残蜕没有回答，反而开始产生某种变化。李长庚看到他的头上，缓缓浮起六只

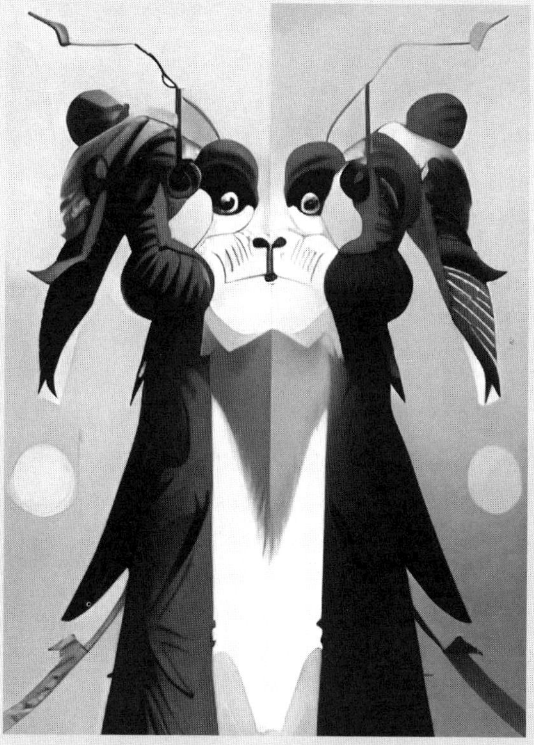

耳朵，有如花环一般。

"悟空你……"

"我去地下一趟，哪怕搜遍整个地府，也要寻回六耳的魂魄。他只有魂魄，我只有躯壳，正好还他一段因果。"

说完之后，悟空残蜕冲两人一拜，"嗖"地一声消失了。而玄奘真灵，也在行礼之后，转身走向取经队伍，步履坚定。

通天河中，波涛起伏。观音与李长庚并肩而立，后者忽生感慨："之前我在广寒宫，看到吴刚砍树，说他无论怎么砍，桂树还是一如原初，不留任何痕迹。结果被他反呛了一句，说谁不是如此。如今来看，毕竟还是留下了些许裂痕，不枉辛苦一番了。"

观音摆弄着玉净瓶里的柳枝，笑意吟吟："老李你本尊在凌云渡口得证金仙，却故意把最后一缕浊念元婴甩给我，也是有托孤之意吧？趁着我还没缴还法旨，老李你想去哪儿投胎，我尽量给你安排。"

李长庚眯起双眼："我听说大唐宗室也姓李，要不，就去那边当一世皇帝好了。"

"嗐……想想别的，想想别的。"

"嗯，当诗人也不错。"

"你刚才说要当哪个皇帝来着？我试试啊。"

"我好歹是贬谪的仙人浊念，做个诗人怎么了？"

"转世讲究平衡，以老李你的条件，想当诗人得先洗掉前世宿慧，再把官运压低……"

两人且聊且行。远处取经队伍已经收拾好了经文，驾起祥云喜气洋洋地朝着东土而去。但见满天瑞霭，阵阵香风，前方眼见长安到了。李长庚趁观音一时不察，到底还是朗声吟出声来：

当年清宴乐升平，文武安然显俊英。
水陆场中僧演法，金銮殿上主差卿。
关文敕赐唐三藏，经卷原因配五行。
苦炼凶魔种种灭，功成今喜上朝京。

文后说明

今年年初，我交了一部大稿。那稿子前后写了三年，几十万字的量，疲惫不堪。

我把稿子交给编辑之后，说不行了，趁着旧债刚了、新坑未挖之际，得歇歇，换一下心情。编辑警惕地说，出版社不报旅游费用哦。我说疫情还没平息呢，谁敢去旅游。编辑说，买 PS5 也不能报哦。我说鹓雏非梧桐不止，非练实不食，非醴泉不饮，会看得上你这点腐鼠吗？

编辑没读过庄子——或者假装没读过——说你到底想怎么休息？我说我决定调整一下状态，写个篇幅比较短的、轻松点的、没有任何人要求的、最好是连出版也没机会的作品。编辑一听最后一条，转身走了。

于是就有了《太白金星有点烦》。

最初我并没打算写这么长，预估大概三四万字就差不多了。不过创作的乐趣就在于意外，随着故事展开，角色们会自己活起来，跳出作者的掌控，很多情节不必多想，就这么自然而然地发生了。我要做的工作，只是敲击键盘，把这些东西从脑子里召唤出来。每天两三千字，前后一个多月，结果写完了回头一看，好嘛，居然有十万字。

也好，尽兴了，疲惫一扫而空，这波不亏。

有朋友问我，你是不是原本把八十一难从太白金星的视角写一遍，写到后来懒了，才把宝象国后头几场大戏全部略过去了？这个还真不是。我动笔前，就模模糊糊预感到宝象国会是一个节点，写完宝象国的事情，故事的重心将会不可避免地发生变化，再如之前那么一难一难写过去，会变得很乏味，也不合心意。

当然，这种乘兴而写的东西，神在意前，一气呵成，固然写得舒畅，细节不免粗糙。不过写文这种事，粗糙的澎湃比精致的理性更加可贵，以后有机会再雕琢一下便是。

吴刚伐桂，就算不留下任何痕迹，也乐在其中。有时候创作亦是如此。

[特约编辑：谢　锦]

戴花

水运宪

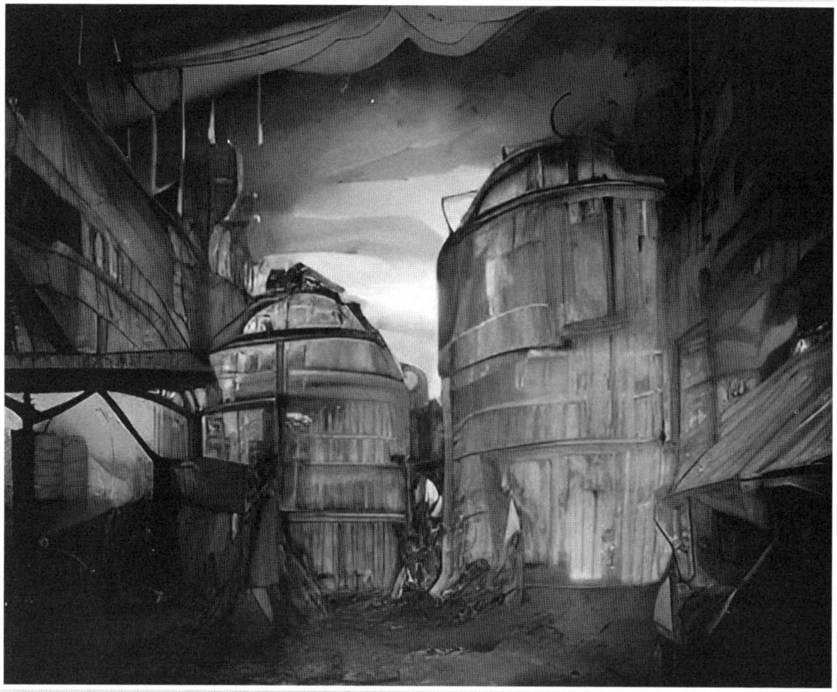

有些印记一辈子都抹不去。

后来才明白，那就是完整的一生。

——题记

一

二十四岁生日那天，我遇见了两件振奋人心的大喜事。

一大早听见高音喇叭郑重宣布，我们国家自主研发成功了一种了不起的抗生素。说实话，我对药物无知无感，但我听懂了这项成就的重大意义。播音员嗓音洪亮地介绍说，科技战线为庆祝党的代表大会胜利召开献上了一份厚礼，命名为"庆大霉素"。这个名字也有欢庆工人阶级伟大创造力的含意。

第二件喜事接踵而来。我吃过早饭到教室里，校长和教务主任正在那里迎候我们。两位师长印堂发亮，如释重负地宣布了十八名同学的毕业派遣通知。其中第一个名字就是我。

好些女同学当时就掏出手帕抹眼泪，生怕不是真的。我倒一点都不怀疑，第一反应便回想起早上广播里头的那段新闻，觉得一切好运都是庆大霉素给我带来的。"庆大"两个字，不也有庆祝我从大学毕业的意思吗？尽管有点牵强附会，却实实在在巧合上了。

没亲身经历过的人，肯定体会不到我当时的心情。我们是六七届大学毕业生，"文化大革命"一来，毕业分配就停止了，滞留在学校里无休无止地等待。夜长梦短，前路迷茫。一天一页翻完了两本年历，苦中作乐度过了三个生日。盼星星盼月亮，终于绝处逢生。打个不恰当的比方，等到了派遣，就像是迎来了无罪释放。

应该说去年已经有了一些松动，隔三岔五也有一些毕业生离开了学校。不知道为什么，我们机械制造专业的情况总是扑朔迷离。一点动静都没有。越往后，猜疑越多。有传言说，距离越远的分配得越晚。那是为支援三线建设预留的，一般都往边远地区的深山老林派遣。消息有点恐怖，真不真实又迟迟得不到证实。随着时间的推移，心理包袱越来越沉重，感觉神经都要崩溃了。

也许是煎熬得太久的原因，我只关心什么时候能够派遣，至于往哪里派我倒并不在意。我只是觉得那些事情完全由不得自己做主，只能去碰运气，但运气终归不等于命运。我这人有点倔脾气，觉得把自己做得到的事情做到最好，命运就掌握在自己手里了，至于运气怎么样倒是无所谓。见子打子，见招拆招，走一步看一步就是了。

二

其实我们的运气一点都不差。拿到学校的派遣通知书，十八位同学欢呼雀跃，恨不得把校长抬起来一次次往天上抛。

我们去的单位叫"德华电机制造总厂"，职工人数将近五千名。那样的规模且不说上得了天，至少下不得地。生产计划由国家第一机械部直接下达，不愁生产也不愁销售。电机制造厂，顾名思义，生产的都是电动机。品牌响亮，型号齐全。我们学习的专业正好是电机制造，长枪短炮全对上口径了，特别让人兴奋。

而且派遣之前我们那些猜测非常可笑，这家工厂的地理位置跟深山老林完全不沾边。从地图上看，德华电机厂建在洞庭湖一带。那个地方宽广辽阔，水肥土美，自古以来就是鱼米之乡。头天晚上我还专门查找过地名词典，知道那一带是三国时期的古战场，脑海里头立即浮现出来草船借箭、火烧连营的恢弘场面。

天不亮，我们就登上了大客车。那个厂子离学校有几百公里的路程，颠簸了八个多小时，终于见到了方圆八百里的洞庭湖。

车窗外山岛耸峙，水天交映，秋风萧瑟，洪波涌起。那种辽阔的气势，远远地超出了我的想象。我顿时豪情激荡，热血沸腾，觉得人只要到了这种地方，就没有任何展不开的宏图。

我的那帮同学也是一样，谁都坐不住了，看了左边看右边，大呼小叫，激动得声音沙哑，满面红光。

德华电机总厂的宏大气派更是令人叹为观止。

厂大门并不高大，却相当宽阔。我们到达这里的时候，正好两扇钢铁栅栏缓缓打开，四辆大货车居然可以并排进出。马达隆隆，八面威风，看得我们心中翻滚已久的熔岩终于喷发。当晚就去到厂子旁边一家叫红卫大食堂的餐馆推杯换盏，狂热庆祝。

十八名热血青年豪情迸发歌声嘹亮，打开肠胃喝大酒，一直欢乐到凌晨两三点钟，男男女女醉趴了十好几个。清晨五点醒过来一看，一个个皮泡眼肿。头顶头脸对脸，横七竖八倒了一地。

大家赶紧回到宿舍，匆匆忙忙洗了把脸，再邀集到一起，去厂办公楼办理报到手续。

跟厂大门比较起来，那栋办公楼就显得过于陈旧了。清水墙面，没有任何粉刷。经过多年风吹雨打，红砖白缝裸露在外面，实在没什么品相。大楼里面的栏杆和楼梯的扶手是木制的，油漆已经脱落。里里外外一副寒酸的样子，看得大伙儿心里凉了半截。

办公楼总共三层。下面两层是一间一间的办公室。三层不一样，整层楼全部贯通，做成了厂部小会议室。还没走到跟前，就看见三楼走廊的栏杆上拉出了一条横幅："知识青年接受工人阶级再教育很有必要。"那条横幅专门为我们而写。宋体艺术字端端正正，看上去非常漂亮，字里字外却没有多少热情的成分。

不知道为什么，接待我们的干部表情很刻板。一边登记一边说："今天你们可以自由活动，抓紧时间去买点生活必需品。明天早上八点集中培训，地点就在三楼会议室。"

"记住，制度不讲情面。"那名干部生硬冷漠，"谁迟到一分钟，谁就卷铺盖走人。哪来的还回哪儿去。说到做到。听清楚了？"

当时我们都意识到了那句话的分量，赶紧在心里上弦。怎么会这样说话？莫非我们做错了什么事情？又一想，话是有点难听，可也没必要太反感。不管干什么都要遵守制度，这个道理走遍天下都是一样的。

晚饭后，趁着心情好，我们还结伴到厂区溜达了一圈。

这座厂子地势比较高，现代化气息非常浓厚。最显著的位置有一座水塔，高度至少有二十米。塔顶储水池的形状设计很独特，就像一颗巨大的蓝钻石。据说那是整个工业区的标志性建筑，十里之外都看得一清二楚。

走到水塔跟前，看见有一块严禁攀爬的警告牌。几位男同学突然心血来潮，一声吆喝就往上爬。好长时间才爬到塔顶，站在那蓝钻石边沿朝我们大呼小叫。抬头看上去，那几个家伙的身影变得蟋蟀一般大小。看得下面的人腿发软，心发颤，赶紧喊他们下来。

电机厂的面积大得令人兴奋，绕围墙足足一个小时还没走到头。厂区里面的马路利用得非常合理，哪边放原材料哪边码半成品，整整齐齐，丝丝入扣，体现出了高超的管理水平。

上晚班的工人纪律严明，各忙各的活儿。看样子他们好像听说了什么，见我们走过去竟然避之不及，躲瘟疫似的。

当时我就意识到情况越来越不对劲，悄悄跟大家说，既然已经报到了，学校那一页得赶紧翻过去。后面的路山高水低，容不得半点疏忽，咱们都要走得稳稳当当啊。

其实我在学校没有什么身份，一个学生会文体委员而已，偏偏又有些讲不清楚的威望，说几句话总是有人爱听。我说往后得走稳当，他们立马就忧心忡忡。

其实他们心里都有点不踏实。那条横幅，还有接待干部的刻板表情，显然大家都已经敏感地体察到了。

有些事情神奇得令人胆战心惊。我那么几句表示担忧的话，竟然句句灵验。往后的事情突然出现滑坡，狂风暴雨劈头盖脸，让我们这十八个同学很快就明白了什么叫做乐极生悲。

三

第二天七点半我们就赶到了培训中心，心想已经够早了，没料到有人比我们到得更早。

通往三楼会议室的木楼梯有点松动。十几个人一起往上走，吱吱嘎嘎响个不停，我们就放轻脚步，走得很小心。上到三楼，一抬头就看见会议室外面早就站着四名身体强壮的男子汉，卫兵一样把守着前后两扇大门。

那四个人一色的工作服，左臂上戴着袖章，上面"工人护厂队"几个字格外醒目。那情景，顿时把大家心里搞得好紧张。

刚到八点，上班的电铃准时响起，两名领导踩着铃声走了进来。前面那位身体精瘦，面色白净，鼻梁上架一副很厚的近视眼镜。一看就知道，这种人明察秋毫，眼里不容半点污渍。

他自我介绍说姓骆，叫骆青涛，是厂子里的政工科长，然后又给我们介绍另外一位领导，说他是工会主席，名叫莫德龙。

莫主席年龄有点大，也穿的工作服，面相生得很好，慈眉善目，冲我们微笑的样子很亲切。只是那件工作服至少大了两个号，穿在他身上显得臃肿，样子也就有点土里土气。

骆科长眼光锐利，看透了我们的心思，便加重语气，说莫主席是厂党委委员。

"也就是说，莫主席就是厂领导。对领导要有敬畏心。"他目光明亮，扫了我们一眼，"我讲的话，你们听清楚没有？"

莫主席人很实在，赶快朝我们摇了摇手，一脸的憨笑。当时我就觉得骆青涛那人更加麻烦，倒是需要时刻敬畏着。

然后骆科长就请莫主席作指示。

莫主席把手上拿着的一根竹烟袋插到后腰里，脸上的笑容也收回去了。他干咳了一声，说："德华电机厂今天这样子威武不？那都是艰苦奋斗搞出来的。我当年进厂当学徒的时候，这地方是个什么样子呢？就只一个土山坡，乱葬岗呢，杂木芦苇，长得比人还高。一千多个坟墓，一锄头一锄头挖。挖了一年多时间才搞平。"他望着我们，"当工人就是做工，就要吃得苦，耐得劳。我们本地人有一句老话，人嘛，只有病死的，没有累死的。你们说呢？"然后站起来，脸上又有笑容了，"你们都赶上了好年头呢。只要发狠做事，不怕吃亏，往后肯定比我们强。"

骆科长觉得还有话没说完，就赶紧凑到他耳边提醒。

他连连点头。"哦，是的。你们是有文化的人，有文化的人聪明。聪明人嘛，那就不要吃了聪明的亏。明白不？这年头，好多人都吃了聪明的亏。老书上不是有句话，说是聪明反被聪明误吗？这话你们也听说过吧？反正一句话，要老老实实做人。我就是这么想的。"

然后他就往外走。骆科长赶快起身，一直把莫主席送出门外，再次向莫主席请示了几句，才回到会议室。

他走回讲台的路线很奇怪。前门进来之后，绕通道走到会场最后一排。转过身打量了一下我们的背影，再从另一条通道绕回了讲台。他把自己原来坐的那把椅子移开，然后走到莫主席的那个位子，稳稳当当地坐了下去。

紧接着，两名佩戴袖章的男子也跟了进来，关闭了会议室的前后两扇大门。关门的声音很响，惊得我们都不敢出大气。

讲台那边的高度比地面高出一米多。骆科长坐在那里，目光可以扫射到会场上的每一个人。幸亏他目光没朝我们扫射，而是从公文包里头取出一本花名册，翻过来又翻过去，反反复复地查看着，好像在里面查找什么人。

"杨哲民。"他终于抬起头来，"杨哲民是谁？站起来。"

人在紧张的时候，常常连自己是谁都会忘记。当时我就是这样，也跟着往会场看。直到发现别人都朝我望，才赶快起立。

"啊，我。我是杨哲民，骆科长。"

骆青涛立刻盯紧了我。那目光跟滚开水一样，看得我浑身发烫。然后他不动声色问了句："怎么回事？啊？怎么半天才站起来？啊？你在担心什么呢？"

我真的没有担心什么。他那样一问，我却真的像是在担心什么，又不知道该怎么回答，当时心里就慌成一团乱麻。

骆青涛没有让我坐下，继续在花名册上找名字。

"吴启军是谁？啊？吴启军站起来。"

吴启军是学自动控制的，个子高大身体灵活，倒是飞快站了起来："骆科长好。我是吴启军。"

骆青涛把他上下看了一眼："好像你们学校男子篮球队的队长，就是你吧？"

"不是，骆科长。"吴启军看了我一眼，"队长是杨哲民。"

"哦？"骆青涛没看我，"他个子没你高，怎么当了队长？"

"是这样，杨哲民基本功好，弹跳强，又有组织能力。"

骆科长不冷不热地说了句："组织能力很强吧？嗯，这点我看出来了。"然后才一挥手，"你们两个人先坐下。"接着他又从花名册上点了一个名字，"徐士良呢？谁是徐士良？"

徐士良身材瘦小，又坐在最前排，便应声而起："是我咧，科长您好。我就是啊。"然后还嘿嘿笑了两声，有点献殷勤的味道。

骆青涛果然朝他多看了几眼，不冷不热地说："有人跟我说过，徐士良不简单，看一眼就让人记得住。还真是啊。坐下吧。"

徐士良犹豫了一下才坐下去。

他心里肯定有点发毛。说实话，听骆青涛那么一说，我们每个人心里都直发毛。我敢肯定之前绝对没有人跟骆科长说过那句话，他却发现了徐士良的不简单。这位政工科长真有点高深莫测。

点过三名男生，骆青涛又点了一个女生的名字。

"姜红梅是谁？站起来看看。"

会场上应声站起来两个女生，倒把骆青涛弄迷惑了。

"我只点了姜红梅一个人。怎么回事？到底谁是姜红梅啊？"

其中一名显得更成熟的女生就回答他说："骆科长，我们俩音同字不同。我这姜红梅是生姜的姜。她那江红梅是江水的江。在学校的时候，老师也分不清楚，就叫我大梅，叫她小梅。"

骆青涛似乎不大相信，又去翻了一下花名册。看见上面真有两个同音不同字的名字，抬头盯着姜红梅："你个子比她矮嘛，怎么叫大梅？"

"这样的，骆科长。"大梅清晰地回答说，"她个子比我高一点，我年龄比她大一点。"

"哦。这么说，外表也有很大的欺骗性啊。"骆青涛脸上浮出来一丝笑容，真的让人觉得清冷。

然后他取过一支钢笔在花名册上画了个记号。

"那，你是学什么专业的？"他接着问。

"骆科长，我是学质检的。"大梅大大方方地望着他。

"质量检测？"骆青涛放下钢笔，"是啊，质量检测嘛，很重要的岗位呢。首先是人的质量要合格。你觉得呢？"

大梅便回答说："骆科长的话我记住了。您说得对，我一定努力做一个质量合格的人。谢谢您的教导。"

这时候就有几个同学使劲点头。还清了一下嗓子，好像有一口气终于透出来了似的。

我跟姜红梅同一个班，知道她为人正直，是个很有情怀的女子。或许她长得出众，我在学校也非常显眼，班上还出过一段传闻，说她跟我有些暧昧关系。其实我并没感觉到什么，又是打篮球，又是搞文艺宣传，还真没空闲跟她接近。她那人心思玲珑，冷艳高远，想接近也担心她看不上眼。平时她又不多说话，可说一句是一句，句句讲到点子上，让人听得心情舒畅。

骆青涛也感觉到了姜红梅说话滴水不漏，那一刻肯定感到意外，却没有表现出来，只是用手扶了一下眼镜框。我当时就觉得他扶镜框的动作一定有内容，什么内容我也没弄明白。

他把那本花名册挪到了一边。这个阶段总算是结束了，我们却没有一点轻松感。他到底打算干什么呢？想跟大家认识一下吧，又不把所有的人都点到。点一个不点一个，看上去好像随意抽查，却又让人觉得不像是无缘无故。那种煎熬，让人透不过气来。

往下我们才知道，根本就没有让人透气的时候。

"好。从现在开始，大家一定要集中注

意力，认真听我说话。"骆科长清了一下嗓子，"先提一个问题。前天晚上，你们在厂子门口胡闹了一通夜，给我们电机厂，还给厂子外面的兄弟单位造成了恶劣影响。你们告诉我，这个聚会，是谁发起的？谁？"

骆青涛声音不大，一字一句说得结结实实，当时就把整个会场给镇压得鸦雀无声。

"像什么话？啊？居然还闹了个夜不归宿。男男女女抱在一起，一直混到天亮。保卫科接到举报，说还有人当场耍流氓。这还了得？你们还像是新中国培养的大学生吗？啊？"

这些话真的很难听。虽然说得不着边际，却又不像是空穴来风，听得我们一个个耳根发烧，背上直冒冷汗。

骆青涛越说越气愤："告诉你们，不要以为事情就这么过去了。不可能的。我老骆是干什么的，你们还没搞清楚吧？这种事情我们是要追查到底的。"他从公文包里取出一张纸条，"我再问一遍，这是谁出的主意？啊？谁？"他朝会场扫视着。看见没有反应，就把纸条拿到面前，"要是没人回答，我就一个个点名追问了。"

因为他一开场就点了我的名，我便有个预感。骆青涛想追问出来的那个人，十有八九是我。他这是一种策略，想逼着一些胆小的同学把我招出来。

果然，他盯住了徐士良。一开口，语气就格外威严。

"徐士良，从你开始。你说，谁起的头？谁邀你去的？"

徐士良脸色灰白，低着头刚要站起来，我就坐不住了。

"是我。"我抢先站了起来，"骆科长，是我的倡议。"

话刚落音，前排的同学就回过头来看。还有一些同学把目光投向徐士良，仿佛骆科长手上那张纸条是他递交的。

徐士良胆子特别小，架不住人家的目光，立刻慌乱起来："不，不是的。骆科长，我没说是他。"

骆青涛似乎很喜欢这场面。"是吧？没说就没说，解释什么？"他面朝徐士良说话，目光却斜盯着我，"我看你很怕杨哲民嘛。啊？你怕他什么呢？徐士良？"

"也、也不是。骆、骆科长，不是怕。真的不是他。"

"行了。你坐下吧。"骆青涛觉得那张小纸条已经没什么用了，就放了回去。然后望着我，"杨哲民，我早就知道是你。至少有几位同学都书面检举了。没想到吧？"

我没做声。心里根本不相信他的话。

骆青涛脸上没有一点笑容："嗯，你嘛，还算不错。争取主动，节约时间。态度还可以。"

我那一刻显得很冷静："骆科长，您放心。有人检举也好，没人检举也罢，我都会主动说。有不对的地方，我也会承认。但是说我们同学要流氓，这我不承认。喝醉了酒是有的，别的事情都没有，不信您可以调查去。"

看见我主动担当，吴启军也站了起来。

"骆科长，真不是那么回事儿。前天晚上我没怎么喝酒，在那儿一直陪到天亮才叫醒他们。根本就没有人要流氓什么的，那是造谣。这一点我可以作证。"

骆科长相当冷静，坐在台上四平八稳，镜片后面两只眼睛都没眨动一下。

他并不在乎是不是谣言，却非常在乎我的奋勇承担。对于吴启军在关键时刻为我两肋插刀，骆青涛尤为敏感，极其重视。

"吴启军，我让你站起来了吗？啊？"骆青涛脸色很难看。

吴启军迟疑了一下："不是，骆科长。我只是想站出来，说一句公道话。对不起。"

他赶快坐下了。屁股刚接触椅子，骆青涛一拍讲台："站起来！我也没让你坐下。"

吴启军又赶紧站了起来。

"知道你在什么地方吗？这里是国营工厂，知道吗？我们是一支工人阶级的队伍，你们知道吗？"骆青涛一激动，把讲台拍得更响，"大家都是来自五湖四海，都是为了一个共同的革命目标，才走到一起来的。这里是一个革命的大集体，绝不允许任何人搞小集团。啊？拉帮结派，消极堕落，旧社会资产阶级的那一套，我们要彻底铲除。你们听明白了吗？"

随着骆青涛慷慨激昂的训斥，坐在后排那两个戴袖章的男子已经站起来了。前后两扇窗户外面，另外两个戴袖章的男子也应声到位。当时那种气氛，让人紧张得大小便都快要失禁了。

空气足足凝固了五分钟时间，骆青涛才接着发言。他压制着心中的怒火，讲话的声音格外有一种冲击力。

"我看得出来，你们不服气，觉得我故意小题大做，是这样吗？我小题大做了？你们这叫不撞南墙不回头，不见棺材不落泪。那好，我们就让事实说话吧。"他把讲台上纸条之类的东西迅速收拾干净，呼地站了起来。

"现在我给你们五分钟，可以先上个卫生间。然后到二楼集合，我要让你们面对铁的现实，让你们无话可说。"他抬脚就往门外走，"一楼二楼三楼都有厕所。快去。"

三分钟时间还不到，我们十八个同学在二楼集合完毕。骆青涛和几名护厂队员把我们带到了一间办公室门外。

那间办公室房门紧锁，挂着一面档案室的牌子。

档案室里面空间不大。十几个人挤不进去，就把我们分成三批。骆科长掏出钥匙打开房门，把第一批人带了进去。

我和吴启军都在第三批，站在门外小心地等待着。其实也很快，十分钟不到，第一批那六个人就从里面走出来了。

等候在外面的两批同学忽然感觉得不对头。走出来的那几个同学耷拉着脑袋，一个个都是丢魂失魄的样子。有一名女学员还泪眼涟涟不敢朝外面的同学看，就跟做了亏心事似的。

第二批的六个人从里面走出来的时候，同样也是那种垂头丧气的神态，我心里就有点慌乱。

那里面会有什么意想不到的东西呢？我实在没法想象。

等到我们走进去的时候，才知道事情的确有点严重。

屋子正中间有一张长条办公桌，整齐有序地摆放了二三十张黑白照片。那些照片经过了放大处理，跟杂志的版面差不多大小。

我们做梦都想不到，前天晚上在红卫大食堂喝酒聚餐，居然被人拍了那么多现场照片。骆科长没吓唬我们，那的确算得上铁的证据。同学们看见那些照片，惊慌得连话都说不出来。

我和吴启军还算是沉得住气，注意到那些照片都是我们喝醉酒以后拍摄到的。

照片的右下角都显示了拍摄日期，基本上都是凌晨三点钟那个时间点。可能是光线不足的原因，那些照片并不十分清晰，画面上布满了噪点，好些面孔都辨别不出来。我学过摄影，知道那是有人在窗户外头用长焦镜头偷拍下来的。

其中有五张照片里头的男子应该是我。机位几乎没有挪动，就跟连拍似的。我侧身伏在桌子上，身边还有名女子把头靠在我后颈处。那女子的脸朝着镜头，不用仔细分辨就看得出来是姜红梅。

徐士良的样子有点过分。小梅当时喝得很豪爽，早早就醉趴了。徐士良仰天昏睡在小梅的膝盖上。那姿态要说有问题也像是有问题，却又说明不了更多的问题。

吴启军也看见了自己那副醉相，禁不住捂着嘴偷偷发笑。他自己都没想到会跟一位女同学挨着脸醉在桌子前。分辨了半天又看不出那女同学是谁。她的脸没有完全对着镜头。

我注意了一下，几乎所有同学都被拍摄到了。这便引起了全体同学无尽的担心。放在档案室展示是什么意思？会不会还要装进每个人的档案袋？天啊，那不成了终身洗不掉的污点？

再次回到三楼小会议室的时候，包括我和吴启军在内，每个人都跟冰雹打过的茄子一样，再也抬不起头来。

骆科长没有急于回到会议室。他就站在会场门外，一边跟那几个护厂队员说话，一边观察着会议室里面的情景。他故意把时间留出来，让我们小声交流内心的恐惧，然后越发惶惶不安。

一直到他觉得够了的时候，才沉稳地走进会议室。

"还有什么要说的？啊？怎么不吭声？没话说了吧？没话说了就给我好好反省。"他抬起手腕看了看表，"上午的时间嘛，每个人都写一份经过。谁邀你去的，谁花的钱，说了些什么话，都要写清楚。各写各的。不许交头接耳，不许相互串通。写完经过，再写一份检讨，谈谈你自己对错误的认识。这点非常重要哦，关系到每个人的前途。我说清楚了吧？"然后他就离开了。

还没到中午十二点，十八位同学按时完成了骆科长布置的任务。交稿的时候，我看见好些同学写了七八页纸。生怕写少了会被骆科长认为态度不诚恳，对错误的认识不端正。

护厂队员收完那些稿子，通知我们说："去吃午饭吧。骆科长作过交待，下午两点他会过来继续培训，任何人不能迟到。"

结果骆科长比我们迟到了整整一个小时。

不能迟到的任何人当然不包括他，我却发现他进来的时候似乎带有几分歉意，表情比上午明显松弛了许多。

他把公文包放在讲台上，看了一眼手表："哟，都快三点半了？不知不觉啊。对不起，让各位等久了。那就开始吧。"

他打开公文包，从里面取出我们写的经过和检讨，放在讲台上，堆得老高一摞。

"知道我为什么迟到吗？整整一个中午我都没休息，一直看你们写的检讨书，每一篇都看得很仔细。"骆青涛的语气没那么严厉了，"总的来讲，对错误的认识应该是可以的。到底都是有文化的人嘛。我请示过莫主席，他说，年轻人谁都免不了会犯错误。现在我宣布，既然都认识到自己的不对，这件事情就既往不咎了。"

这句话刚落音，全体同学顿时鼓掌欢呼。"既往不咎"四个字毕竟太过珍贵。突然解除枷锁，天色就豁然晴朗了。

骆青涛坐在讲台上稳如泰山。看见我们欢呼雀跃，他很快又浇了一瓢凉水。

"还要给大家说明一句，上午你们看到的那些照片，绝不是无缘无故拍下来的。饭馆的服务员看见你们醉在那里，赶又没法赶，不赶又怕出问题，只好到厂里来举报。当时科里的同志对你们又不熟悉，出于保护的目的，就拍一些照片便于查证。现在情况基本查明，那些照片就没作用了。但是什么时候销毁，我们还得根据接下来的情况，再作一次评估。大家仍然要严格要求自己哦。"

好些同学一听这话，刚刚松弛的情绪又有点紧张了。

"还要提醒大家一句，接下来就要分配工种了。"他话锋一转，"至于这件事会不会直接影响到工种分配，那还得看各自的表现。"他再次看了看手表，"今天的培训就先到这里吧，明天接着来。培训进行得快的话，分配的事情很快也会揭晓。"

散会走出会议室，每个人都没说话。很多同学都感觉到培训似乎没那么重要，只是走走过场，先把你的心收住。至于看照片，写经过作检讨，还真算不上什么大事。下马威而已。分配工种之前先造成一种气势，杜绝侥幸心理，免得你以为在接受分配的时候可以讨价还价。总而言之，这都是过程中必不可少的一部分。

骆青涛对整个过程是动了脑筋的。我认为这人肯定精通围棋技艺。他对心理的把握，对局势的操控，绝对是一名九段高手。

四

第二天接着培训，骆青涛仍然是一清早就过来了。

"唉，时间真的太宝贵了。又要抓革命，又要促生产。没办法，只好把培训时间减少一天，今天就结束。"他望着我们，停顿了一下，"上午还接着培训。下午嘛，就搞你们最关心的事情。啊？知道是什么吗？听说好多同学这几天觉都睡不着。是不是啊？哈。"

会议室里便有了小小的骚动。不少同学还跟着笑了几声。

"但是，工种分配的事情，我要提醒大家一声，"骆青涛语气又严肃了，"心情可以理解，态度一定要端正。那么紧张干什么？不管干哪一行，都是革命工作，没有贵贱高低之分。行行出状元嘛。一定要服从分配，不能有私心杂念。啊？只能根据工作需要，不能凭个人的喜好，知道不？"

会场上便安静了。安静得出奇，都没谁咳嗽一声。

然后就开始了上午的培训。

工厂管理离不开规章制度，这一点很重要。请来给我们作讲解的人是厂长办公室主任。他搬过来的制度文本装订起来差不多有两寸的厚度，光是宣读就花了将近两个小时。

接下来又安排了三名老工人代表，给我们讲述电机厂艰苦创业的光荣历史。老工人讲得很投入，每个人发言都一发而不可收拾。连骆青涛都听得坐不住了，去到他们的耳边提醒了两三次才结束。一看钟点，超过食堂开饭的时间都四十分钟了。

匆忙扒几口剩菜冷饭，一班人又屁颠

屁颠赶回小会议室。

决定命运的时刻即将来临，谁也不敢大意。昨天吴启军坐下去又被喝起来，照平时性格，他绝不能忍受。有一次跟邻校打篮球输了，校长有点怪他。刚说了一句，吴启军把篮球一脚踢开："再代表校队打球，我吴启军就是个畜生！"这么刚烈的人，居然就被骆青涛训斥得一声不吭。晚饭后他悄悄跟我说："唉，不忍不行啊。他要是在分配工种的时候搞报复，那我不就亏大了？"

的确，工种一旦确定，人的一辈子就很难改变了。我们都知道，越有技术的工种越是好工种。好工种不累人，名声也好听，找对象都容易得多。不好的工种既无技术又费体力，比如锻工就没一个人愿意干，说白了就是过去的铁匠，守在炉火前，大锤小锤敲打铁疙瘩，累得跟猴似的。还有翻砂工，比锻工还不如，成天挥大锹拌砂子。那些砂掺过炭粉，弄得里外墨黑，完全不亚于下矿井去挖煤。第二天早上起床上厕所，拉出来的尿都是黑的。

吴启军仿佛有预感。他个头大，很可能会让他当翻砂工，就跟我发毒誓："要真那样，我卷起铺盖就走人。宁可去扫大街。"

还有那个徐士良。吃完中饭回到会议室，骆青涛还没有过来，徐士良左右观察了一下，凑到我耳边悄声说："看见骆科长的笔记本了吗？就放在讲台抽屉里呢。信不信？我一定要找机会偷偷去瞄一眼。"

我没听得太明白："你那是想瞄什么啊？"

"还能瞄什么？"他暗暗捏我一把，"工种分配名单，都在那个本子里记着呢。"

说是这么说，他当然没那胆量。徐士良跟我不是一个专业。个子不高，身材苗条，屁股翘翘的，走路一扭一捏，有几分女人气。正好名字里头又有个"良"字，就有人给他取了个外号叫"徐娘"。这外号在学校有些知名度，至少我们系里一多半师生都知道他。

那天晚上去车间转了一圈。路过锻工车间，那里头几名锻工在叮叮当当打铁。徐士良当时就跟我表示，宁可去食堂干炊事员，也绝不当锻工。

眼下事到临头，徐士良又不敢偷看骆科长的笔记本，坐立不安，就写了一张小纸条悄悄递给我看。写的那句话把我吓得头皮发一炸，"想好了。真的要让我当锻工，我就从水塔上跳下去寻死。"

我还没来得及再看一遍，他又飞快地抢了回去，狠狠地揉成一团。那一瞬间，我看见他眼眶里有一星泪花。

骆青涛终于走进了小会议室。

看样子是从自己的办公室过来的，手上还拎着一只公文包。我发现所有同学的目光都在他那只公文包上。大家都明白，那里面装的东西跟每个人命运攸关。

坐定之后，骆青涛似乎也觉察出有点不对劲，朝大家扫了一眼："这么安静？啊？看起来大家都很紧张嘛。啊？"

他当然明白我们为什么紧张，便把公文包放在了讲台上。

"紧张也正常，说明你们都很关心工作分配。换句话说，也证明你们都很关心自己。是这样吧？当然啰，这也没什么不对，只是希望你们记住今天下午。今后，大家要像关心自己一样，多多地关心别人，多多地关心我们德华电机总厂。"

谁都没有想到，他的话刚刚落音，第一排的徐士良突然站起来，朝骆青涛使劲鼓掌。还回过头来，将双手举过头顶，一边鼓掌，一边朝我们示意，煽动大家都跟着他表达敬意。

他那样子有点恶心，可又在骆科长的眼皮子底下，其他同学响应也不是，不响应更不是，掌声便跟着热烈了一段时间。

我看得出来，骆青涛那一刻还是非常满意的。

"好，好。多谢，多谢。"他伸出两只巴掌轻轻朝下压了几下，"没想到你们还鼓掌，以为大家心里都恨死了我。唉，我也没办法。好多得罪人的事情，总得有人做。做我这种工作的要是不招人恨，那就说明工作没做好。你们说是不是这个道理？"

徐士良又喝彩了一声，继续鼓动别人鼓掌，却没收到效果。大家觉得再鼓掌已经没什么理由了，又觉得徐士良的表演太失分寸，有人就在心里产生了怀疑：这家伙是不是提前得到好消息了？

过后大家还是消除了误解。徐士良最后被分配到四车间，当了名冲压工。那活儿也没有什么技术，只是把整张矽钢片冲压成型，流程比较单一，每天八小时守在冲压机床旁边。工作量不算小，做起来却不怎么累，只是很危险。四车间年纪大一些的冲压工里头，不少人都缺了手指头，而且清一色缺的都是食指和中指，都是一走神被冲压机给斩掉的。做这工种多半是女工，刚好徐娘有女性特质。不急不躁，做细致的事情还蛮合适的。不管怎么说吧，至少没让他去锻工车间，我就不必担心他会从水塔上跳下去了。这都是后话。

其实那天下午骆青涛带进来的公文包跟我们没有什么关系，自始至终他都没有从里面取过任何文件。

开场白说完，骆青涛就宣布说："现在，我把大家分为七个小组，每个小组两个人，大家都要记住自己在哪个组。"

然后他开始分配。第一组，某某某、某某某。第二组，谁谁谁、谁谁谁。其间没有任何停顿，口齿极其流利。

我们看得真真切切。他在宣布的时候，手上没有一纸片字，连花名册都不在手头。骆青涛这人功底太深。仅凭如此强大的记忆力，谁也别想在他面前打马虎眼。

我和吴启军并没有坐在一起，两人心中却同时产生了一个疑问：七个组只包括十四位同学。还有四位呢？

我预感到不在名单上的四位学员一定有我。

吴启军当时也有同样的预感。果然，七个小组宣布完毕，我们俩的名字都没在里头。所有同学同时意识到了一个问题：没有列入名单的四个角色，肯定都是领导上认为有问题的人。

要说我和吴启军有问题，大家都猜得到。另外两个人就完全出乎大家的意料之外了，那里面居然包括了姜红梅。

最后一个也是一位女同学，姓宋，哪个专业的我们都不清楚。出发那天她最后一个登上大客车，当时还是系里的教务科长送她上的车，至少能说明学校对她很看重。

一想到四人里头还有她们俩，我心里又轻松了些。姜红梅和那个姓宋的女同学，她们应该不属于有问题的人。

德华电机总厂总共有十五个车间，我们那七个小组，分别去七个车间报到，分配得很零散。

办公楼下面有很多车间主任和班组长早就等在那里迎候。

骆科长急着跟出去张罗交接的事情，便朝我们四个人简单交待了句："你们四个先在这儿等着,我马上回来。"

五

他一出门,会议室顿时显得格外清静。剩下的四个人你望着我,我望着你,一时不知道说什么才好。心里都一样忐忑不安,又都不愿意触及不愉快的话题,姜红梅就跟那姓宋的女同学搭话。

"刚才没听清楚。"她很友善地问了句,"您叫宋什么来着?"

那女同学有些拘谨,回答说:"宋玉香。"

我这才朝她打量了一眼,发现她长得非常好看。一双眼睛很大,深幽湛蓝,波光闪闪,就跟总在倾诉着什么似的。我很奇怪在学校的时候为什么没见过这位女同学。以她这模样,如果以前见过面,那是一定会留下印象的。

吴启军也在注意她。很显然,他以前也从没见过宋玉香,就直接问她学的是什么专业。

宋玉香便清晰地回答说:"学了三年电机设计,然后去工厂实习了一年时间。"

吴启军似乎明白了什么:"对呀,电机设计不是属于技术员吗?那就不用下车间了。"他又不敢相信,"也不对。难道我们四个人都是准备分配到科室去的?哈,怎么可能?"

姜红梅听得噗哧一笑:"怎么不可能?像你这一米八几的个头,正好分配到工会办公室当文体干事。你有体育专长嘛,分管群众体育还挺合适的。"

"那也轮不到我啊,得杨哲民去。"然后他又自我解嘲,"别图嘴巴快活了,我跟杨哲民都是去锻工车间打铁的命。信不信一会儿看吧,我都做好思想准备了。"

我也想到了这点:"启军说得有道理。刚才那七个小组,还真的没有去锻工车间的。哈,咱俩是第八组,正好两个人。"

那个叫宋玉香的女同学心很细:"也不对。要真那样,为什么不一起宣布呢?"她其实也在担心,"还是得专业对口吧?"

"干什么都一样。"姜红梅倒很坦然,"既然由不得自己挑,那就一颗红心,两种准备呗。"

说着话,骆科长又回到了会议室。从三楼跑下一楼,又从一楼爬上三楼,那运动量对他来说可能不算小,额头上沁出了汗珠,脸墩子也有了一点粉红的颜色。

"好了,就你们四位。"他轻松了很多,"本来有九个小组,我慎重考虑了一下,一头一尾两个小组嘛,情况有点特殊,就没有当众宣布。我这么说,你们心里就有数了吧?"

他这段话有两个地方让我特别敏感。一头一尾是什么意思?是指最好和最坏吗?情况有点特殊又是指什么呢?

骆青涛朝我和吴启军说:"你们两个是第九组,现在就去厂工会办公室报到。马上去知道不?莫主席亲自在那里等。他忙得要命,还坚持要抽时间专门等你们两个。跟我交待了又交待。这是一种什么分量,你们要掂量清楚哦。"

那一刻我瞥见了姜红梅吃惊的样子,嘴张得老大,又赶紧用双手捂住了。她刚刚说过让吴启军去厂工会当文体干事,本是开句玩笑,还真要去厂工会?棒槌居然就成了针?

吴启军肯定也这么想了一下。他当然不会轻易当真,只是没有想明白为什么不让我们去车间报到。

"那，她们呢?"他眼睛直直地望着骆科长,"姜红梅和宋玉香她们两个,都不下车间吗?"

骆科长对这句话非常敏感,一张脸当时就沉下来了。

"吴启军,你这是听谁说的?啊?你说,谁告诉你的?"

这一次吴启军没有惧怕,也没急躁。

"谁都没跟我说,只是随便问一句。不可以吗?"

"该你问的就问,不该问的,一句都不要问。懂了吧?"他看了一眼手表,"行了,赶紧走吧,别让莫主席等久了。"

其实骆科长真的没必要把姜红梅和宋玉香的事情搞得那么神秘。又不是一件瞒得住人的事情。宋玉香第二天就去科室上班了。她算是心想事成,分配到技术科工作。只是缺乏实际经验,先管理一下技术档案,干点晒晒图纸的小杂活。全体同学里头,要说专业对口还真的只有她一个人。

分配得最好的,就是姜红梅了。她没去质检科,专业不算对口,却去了一个任何人都想不到的科室。

骆青涛直接把她带到了政工科。要求她半年之内争取入党。

后来有同学猜测说,都是因为第一天点名的时候,姜红梅几句话说得好。她说一定争取成为质量合格的人,当时就把骆科长感动了,所以才选择了她。

其实他们没有猜中。真正的原因一般人都没搞明白,我也是过了好长时间才弄清楚的。那也是后话。

六

莫主席的办公室并不宽大。敲开房门走进去的时候,里面已经有四条汉子坐在那儿,把个空间挤得更加狭窄。我和吴启军两人的块头一个比一个大,往那里一坐,连个搁茶杯的地方都没有。

莫主席特别热情,指着他面前泡好的两杯茶说:"这是你们二位的芝麻豆子茶。不太热了,赶紧喝。"然后指着其中一个人说,"我给你们介绍一下,这一位是造型车间的雷主任。"

坐在他身边的一名男子便站了起来:"我叫雷元干。打雷的雷,元帅的元,干部的干。"他盯着我和吴启军看了又看,"好啊,这两位大学生都有一副好身板。造型车间欢迎你们。"

莫主席又朝我们两人看了看:"吴启军是谁啊?我分不清。"

吴启军欠了欠身:"是我。"他只举了一下手,根本不想站起来,"莫主席,地方有点挤,我就不站了。"

"不站,不站。"莫主席指了指右边那男子,"这位,就是你的师傅。他叫段一村,段师傅。"

段师傅同样也没站起来,只是朝吴启军点了点头。

雷元干补充介绍说:"段师傅是我们造型车间的技术能手,工艺级别八级。八级工呢,全车间就他一个。"

段师傅个子小,资格很老。雷主任刚刚介绍完,他就呛了一句:"什么鬼技术能手?翻砂有个鬼的技术?多用点心就好。还口口声声造型车间,造型工,烦不烦?叫翻砂车间不好吗?叫翻砂工不好吗?丢了你的格啊?还说要当家做主人,自己都瞧不起自己,怎么去建设社会主义嘛。真是烦人。"

莫主席顿时哈哈大笑。对吴启军说:

"看看，这就是工人阶级的性格。你师傅看上去好欺负，其实他特别严格。性子好刚烈呢。"

"主席别这么讲。我段一村只有一个优点，别人怎么看我，一概不管，自己一定要看得起自己。"说话间他站了起来，望着吴启军，"刚才莫主席问你都不站起来，好。这样的年轻人我看得起。不过那也没用，拜师收徒要你情我愿。有句话我只问一次，你心里看得起我段一村不？"

当时在场的人只有我一个人了解吴启军。他做决定从来不会瞻前顾后，豪情一来，刀山火海都扑得上去。段师傅的这番话说得他头脑一热，呼啦一下就站了起来。

"这是什么话？刚好我吴启军也是个看得起自己的角色。"然后抢步上前，握住段一村的双手，"段师傅，这一辈子我不再认任何人。从今往后，您就是我的师傅了。谁要敢欺负您，"他用眼角的余光朝雷主任瞟了一下，"您只要说一声，吴启军绝不饶他。"

随着话音，吴启军竟然朝段一村跪了下去。他的动作太大，带翻了两张椅子，"哗哗啦啦"搞出了好大的动静。

然后就轮到了我。

这次莫主席先强调了一句："跪就不跪了。啊？旧社会那一套，再搞就不好了。要听招呼，讲了不跪就真不跪，啊？"然后朝我身后的那位师傅叫了声："莫正强，莫师傅。你站起来一下。"

我身后就有一个师傅站了起来。

其实这人我见过，上午他给我们讲过创业史。刚才进来的时候我没发现他。其实他就坐在我身后，一直没做声。

他站起身还有点困难。我的椅子差不多顶住了他的膝盖，他便使劲推我的椅子靠背。我赶紧起身挪开椅子，顺便看了一眼，发现他两只眼袋下面长着胡须，当时就吓了一跳。

说实在话，这人给我的第一印象简直糟糕透顶。用一句文明话形容，那叫乏善可陈。

但是这位莫师傅对我的印象好得不得了，一把将把我扯到身边，喜欢得脸上的肌肉发抖，胡须也跟着颤动。

"民儿，民儿啊，师傅真有福气，收了你这么一个好徒弟。哈，搭帮厂领导，搭帮莫主席呢。"

然后紧紧握住了我的手。他一双手很有力，还特别粗糙。皮面一层干壳，硌得我生疼。

说不清为什么，那会儿我心里的火气直往上冲。我杨哲民有名有姓，谁同意你称呼我民儿了？还以为你是我的亲爹？自己的爹妈都没这么叫过我呢。他还叫得那么亲切，听得我身上鸡皮疙瘩都起来了。当着那么些人，我硬是没开口叫他一声师傅。

莫主席也不勉强我，只是介绍说："你师傅是翻砂车间熔炉班的班长。老班长了，他当炉工都快二十年了。"然后很真诚地望着我，"杨哲民啊，当炉工是最辛苦的，你没什么意见吧？"

"没有，莫主席。我早就无所谓了。"

这是一句真话，肯定也是一句牢骚话。我当然有意见，可说出来管用吗？对最终结果我早有预料，此时此刻心里反倒平静如水。跌到了谷底，我已经跌无可跌。躲不开的没躲开，该来的也来了。你们还能把我怎么样呢？

然后莫主席对雷主任和两位师傅说："你们出去一下，外面等着。我还有点事情要跟两位大学生讲。"

他们三个人应了声,很快就退出去了。

"民儿,你起身把房门关上。这话不想让他们听见。"莫主席也叫了我一声"民儿",听起来却没有莫师傅叫得那么刺耳。

他从身上抽出那支竹烟袋,一边往里面装旱烟,一边压低声音说:"有件事情我跟你们两个交个底。这次分配工作,上头是有要求的。不管在学校学哪门专业,进了厂都不考虑,一律要下到班组去拜师当学徒。"

莫主席用火柴点燃了旱烟,气味还挺香。

"我想跟你们讲一句,这是搞不长的。有什么道理嘛。大学培养那么多年,怎么又不算数?好不容易呢。我们这些老工人,不都是吃了没文化的亏吗?前天我跟阳厂长发了一通牢骚,他说,先按上头意见办,再看同学们下去的情况。专业好的,表现好的,还是要抽回到科室来。要发挥专长嘛。当然啰,也不搞一窝蜂。成熟一个抽调一个。"

莫主席还拉开抽屉塞给我们两包香烟,后来我们两个人说笑话,时不时想起这件事,总是苦中作乐地说,那天在分配当中,至少我们两个人享受的物质待遇,应该是最高的。

两包香烟真算不上什么,换了别的人送,我们还真不稀罕。莫德龙送就不一样。也不因为他是工会主席,这人说话掏心窝子。谁掏心窝子说话,我们就敬重谁。

七

离校之前各种各样的揣测不安,终于尘埃落定。我的结局算是五五对开。原先的四大期盼,两好两不好。地域非常理想,厂子相当体面。工种极其差劲,师傅尤其糟糕。如此而已。

好在我志向高远,什么事情都看得开。鉴真大师东渡西归造化高深,谁能想到他以前还做过扫地僧?

工种不好真的算不得什么。起点越低,显现本事的空间越大。绝不是跟谁赌气,我真不缺乏这种壮志雄心。

唯一麻烦的是师傅问题。我这人有个毛病,跟人相处非常挑剔。遇上一个极不如意的师傅,实在不知道该怎么跟他相处。

我心里看他不来,他竟然毫无察觉。一会儿带我去办出入证,一会儿又带我去领工作服。找很多借口带我满世界走。不管见到谁就介绍我是个大学生,还故意把声音放得很大,一副捡到了财宝的样子。我恨不得找条缝钻进去才好。

这不是我一个人的偏见,我相信车间里很多人都跟我有同感。他当班组头目十好几年了,当面喊他班长的人没几个。无论谁都叫他"莫胡子"。这外号真的很传神。他的胡子很稀疏,东一撮西一撮胡乱生长。而且黑少白多,灰不溜秋,就跟从来没用肥皂洗过似的。尤其眼袋下面生的胡须格外扎眼,怎么看怎么难受。每次遇见他,心里总梗着一句话,赶紧给剃了吧,求您了。当然我不会把那话说出来,于是一整天都感觉乌云笼罩,真有一种透不过气来的感觉。

上班第二天,莫师傅郑重其事地把我叫到他身边说:"民儿啊,你已经是我徒弟了,还没带你见师母呢。今天下了班跟我去家里,让你师母搞餐饭吃。我都跟你师母讲好了,听见没有?"

见我没做声,师傅又交待说:"你空着

手去就好。啊？师傅师母你都莫买东西了。只是你下头有一个妹妹一个弟弟，买两根棒棒糖，一人一个打发他们。记住了？"

我还是没回应。讲句心里话，我根本就不想去他们家。一想到还要长期跟着他干活儿，又不好直接得罪他。再说我要不去，他还以为我是舍不得买礼物。犹豫了好一阵，还是点头应承了。

厂里的家属区有三十好几栋平房，我师傅的家住在不前不后。要不是他打头领路，我根本就不知道该往哪边走。主要是那些房屋建得你像我，我像你，看不出任何特征。

转过一道拐角，师傅忽然拉了我一把，凑到我耳边小声说："看见没有？那就是你师母。喏，坐在门口吃东西那个女的。"

我早就看见她了，心里还想了一下，宿舍没什么特征，这女人倒很有特征。她只往坐那儿一坐，就能看得出身胚庞大。尤其她吃东西的架势很夸张，左手端着的不是饭碗，竟然是一只用来舀水的瓜瓢。那瓜瓢是木制的，足足装得下小半锅水。

看见我们走了过来，她回头瞥了一眼，加快速度，把瓜瓢里头的东西三两口就吃光了。我无意中看了一下，里面盛着一些用红糖水煮熟的荷包鸡蛋。

"你看你，就要吃晚饭了，还吃这一瓜瓢蛋。"我师傅在她面前笑嘻嘻的，"也不怕徒弟笑话。"

师母已经站起来了。她居然比我师傅高出了差不多半个脑袋，身体发了福，肚子很大，像是一位将要临产的孕妇。

她朝我认真看了一眼，一开口就骂上了："莫德龙真的好缺德，还是厂工会主席，这么细皮嫩肉一个后生伢子，怎么分配到熔炉班去当炉工？那样的工种，是人搞的事情吗？"

"话也不能这么讲。我都搞一辈子炉工了。"我师傅也不着恼，还是笑嘻嘻的样子，"未必我就不是人啊？"

"你是人，一个废人，晓得不？"师母嘴跟刀子一样尖利，"要文化没文化，要技术没技术。这些伢子都是正规大学毕业的，你也敢当徒弟收？说不定哪天就打你的翻天印。你当心点就是。"

"翻天印"的说法我不生疏，那天车间主任也告诫过这句话，意思是指徒弟造师傅的反，盖住了师傅。据说在工厂里当师傅的人都很忌讳这一点，对自己的徒弟特别警觉。

我师傅的笑容也就跟着收敛了："不讲这些没油盐的话了。民儿头次来家里吃饭，你都搞了哪几样菜？"

"啊，你是带他来吃饭的？"师母做出惊讶的样子，"怎么也不早告诉我一声？"

"哪没告诉啊？中午就跟你讲过。"

"你又没讲带徒弟来，以为只你一个人呢。"

"一个人我还要讲？哪天不是一个人回来吃？"师傅有点恼火，"不讲了。屋里还有哪些菜可以搞来吃的？"

"屋里有什么？又不是菜市场。"师母没多想，"一块干肉皮，要得不？用滚水泡发，切成片，多加点辣椒，炖得一大钵呢。"

"也要得。还想得出几样不？"

"灶边上有两条刁子鱼，准备给毛妹子和毛坨打汤的。"

"汤就莫打了。一条切做两截，煎了当菜吃。你一截民儿一截，还有两截给两个小家伙吃。反正我又不喜欢吃鱼。"

315

师母想了想:"总还要一个汤吧?"

"蛋花汤。多打点鸡蛋,起码要四个。"

"鸡蛋哪里还有四个啊?"

"怎么没有?"师傅望着她,"早上莫主席的婆娘还送了二十个过来呢。"

师母把手上的瓜瓢朝他面前一伸:"你又不早讲。刚才肚子饿,一家伙都煮了。"

"都煮了?"师傅狐疑地看着她,"你到底吃了几个啊?"

"吃几个记不清,反正只剩两个了。"

师傅叹了口气:"唉,跟你讲了鸡蛋莫吃太多,偏不信。肚子里的伢儿生出来,会得软骨头病的。怎么就讲不听呢?"

我这才知道师母的肚子里还真是怀了小孩。

进到屋里,一抬头就看见了里面还有两个小孩。一男一女,都在楼上玩。我估计大一点的女孩子就是他们说的毛妹子,六岁的样子。那个小男孩肯定就是毛坨了,应该还没满三岁。

其实师傅家没有二楼。房屋的空间高,他们就用木头搭出半截阁楼。架一条楼梯,悬空就多了一个房间。工人都会想办法,空间利用得非常合理。一个单元本来只是一间大房,他们各显才能,用废旧材料隔成一前一后两间屋子。前面那间一般都做厨房用,后面那间就是卧室。像我师傅这样有孩子的,又在卧室上方搭个半层阁楼。整体看上去还挺舒适的。

来之前师傅叮嘱我不要给他和师母买东西,幸亏听他的话。带我回家吃饭的事情,他肯定对师母说过,师母居然不认账。有句老话叫空手进门,狗都不闻,这我是懂的。来之前,事先已经做好了准备。我身上没什么钱,就从箱子里翻出一只搪瓷茶缸。

茶缸很新,还配了搪瓷盖,白花花的很好看。那是我舅舅送的,作为我参加工作的礼物。舅舅也没有花钱买,是他那年当上了全省的劳动模范,开表彰大会颁发的奖品,上面还印了"劳动模范光荣"几个字。

找杯子的时候正好看见还有一条雪白的洗脸毛巾,也是舅舅得的奖品,同样也印了字。两件东西都是崭新的,作为给师傅师母的见面礼,应该是拿得出手的。

只是我从来没给人送过礼物,心里总是好大一个负担。一进屋,师傅和师母都在前面屋子里围着锅台转,扔下我傻站在屋里,真的搞不清什么时候把礼物送给他们才好。

阁楼上两个小家伙都不吭声,一直坐在楼梯上望着我。毛坨坐在最上面那级阶梯上,毛妹子坐得比他低两个阶梯,忽闪忽闪四只眼珠子倒也蛮可爱,我就从挎包里把棒棒糖拿出来了。师傅说一人一个,我觉得显小气,买了四个,示意要他们下来拿。

毛坨似乎不怎么喜欢吃糖。眼睛只朝棒棒糖扫了一下,又收回目光,紧紧地盯着我看。

毛妹子倒是起身下楼了。她跑到床铺跟前搬过一张木凳子,飞快拿过一条抹布,把那凳子面抹得干干净净,送到了我身后。话都没有说一句,回头又跑到楼梯前坐下了。

师傅师母他们已经把肉皮泡上了。大概还要泡很长的时间,师傅就一个人走了进来。

"你们两个,怎么跟泥菩萨样的?"他板着脸朝两个小家伙说,"招呼都不打

316

一声?"

我赶紧说:"打过了。这凳子都是毛妹子搬的,还擦干净了。"

"嗯。毛妹子手脚勤快,这屋里的卫生,都是她一个人搞的。"又回头往厨房那头嘲笑了句,"不像她妈,一个懒婆娘。"

师母应声走了进来:"是啊。没我这个懒婆娘,你这辈子不断子绝孙,就算你狠。"

师傅没计较她,只朝楼梯那边说:"下来啊。这是你们的哥哥,晓得不?叫声哥哥,快叫啊。"

毛妹子不情愿叫,还噘了一下嘴。师傅脸一板,刚要开口骂人,毛坨开口了。

"我叫。"他伸出小手摆了摆,"哥哥你好。"

师母就笑了:"还是我的满崽乖巧。不像你姐,蠢得死。"

毛妹子很委屈,当时就顶了句:"他才不乖巧呢。昨天在路上捡了两分钱,他没有上交。我都看见了。"

毛坨愣了一下,没办法辩解,把脸一捂就哭起来了。

师母心疼地把毛坨拉到身边:"毛坨莫哭。捡的东西算不得丑。又不是偷的,又不是抢的。"

师傅脸面上就有点尴尬。趁这机会,我把搪瓷缸子和毛巾拿了出来。师傅一眼看见了那只搪瓷茶缸,眼睛都亮了。

"这这,这是劳动模范的奖品啊?"他一把夺过那只杯子,"天,劳动模范呢。你看看,好好看看。"他把茶缸上的字指给师母看,"了不得。看清楚了?还是省级劳模呢。"

我还真没想到师傅会有那么大的反应。他那喜爱的样子,绝不是装出来的,我就有了成就感,非常有把握地把那条白毛巾递到了师母手上:"啊,这个,是给您的。"

话一出口,我才想起应该先叫一声师母。本来想叫的,一犹豫没叫出来,她的脸色立刻变得很不好看了。

"不要。我这张脸没哪个看得起。黑得像煤炭,配不上这么白的毛巾。"她顺手把毛巾往师傅脸上一扔,"都给你。毛巾上头也有劳动模范的字呢,看见没有?用它一天洗八次脸,哪天把你洗成了劳模,就好跟我离婚了。"

师傅一点都不在意她的嘲讽,捧着那毛巾翻过来翻过去地欣赏:"真有字呢。哈,这毛巾哪舍得用啊?"然后才扭过头去,望着师母憨笑,"离什么婚啊?哈,我晓得,你这是促进我。你呀,不喜欢我当劳模才怪呢。我要是当上了劳动模范,戴大红花那天,第一件事就是拉你去照相馆,重新照张结婚像,还要照那种染颜色的。哈,哈哈,真到了那天,做梦都会笑醒来。"

"想偏你的脑壳。"师母闻到了什么气味,起身就往外走,"你去做你的梦,我不吵醒你。肉皮都快烧焦了。"

师傅继续沉浸在兴奋状态之中,认真地把那条毛巾搭在脖子上,双手在胸前将毛巾整理得平平展展,直起腰板挺着胸膛,就跟有人要给他照相似的。他想想好像还缺了什么,指着心窝那个位置,自言自语地说:"这里。是的,大红花就戴这里。"

两个小家伙看得高兴了,一声欢呼,飞快跑过来,拉着我师傅在原地转圈圈。小毛坨突然往上一蹦,扯下那条毛巾就往自己的脖子上套。师傅一激动,托起小毛坨,将他举得老高,忽然想起了什么,又把他放了下来:"毛妹子,和弟弟一起唱个歌。"

毛妹子这次毫不扭捏。"唱就唱。"她朝我看了一眼,又问师傅,"唱哪个歌?"

"戴大红花的那个。"毛坨抢先说了句。

师傅一拍巴掌:"好,就爱听那个。"他纠正毛坨,"名字不对。那歌叫做《戴花要戴大红花》。记住了?"

毛妹子却犹豫了:"爹,换一个好不?这歌我记不全。"

"不换。"师傅很坚决,"就唱这个。记不全不怕,爹提醒你。"

毛妹子回想了一下,仰起脸就唱:"戴花要戴,大红花啊,骑马要骑,千里马啊。"她顿住了,望着师傅,"后头呢?"

师傅提醒了几个字:"唱歌要唱……"

"啊,想起来了。唱歌要唱……哎呀,后面还有呢?"

"唱歌要唱跃进歌。"师傅笑眯眯地看着她,"清楚了吧?"

毛坨年纪小,搞不明白,就问:"爹,跃进是什么啊?"

"跃进……就是跃进的意思嘛。大跃进呢。"师傅觉得不容易跟小孩子讲明白,"算了。毛妹子,唱最后一句吧。"

毛妹子大约也正在想跃进是什么的问题,脑子里就一片真空了:"最后一句,好像是……哎呀,我记得的。怎么想不起来了?"

"最后一句最重要。"师傅的神色忽然很严肃,"自己想,这一句我不提醒你。总提醒总记不住。"

"啊,我想起来了。"毛妹子放开喉咙,一字一句唱得格外清晰,"听话要听,党、的、话。对不对?"

师傅马上给她鼓掌:"就晓得你会想起来的。下次一定要记得,长大了一定要听

党的话。一辈子都莫忘记这句,晓得不?"

毛坨忽然想到了什么,毅然从衣兜里掏出一枚两分的硬币。

"爹,我听话。捡的钱,我要上交。"

"这就对了。听党的话,就要从小事做起。"师傅笑了,"莫交给爹。明天上学路过派出所,交给警察叔叔。记住了?"

毛坨认真地点了点头:"我还要向警察叔叔承认错误。"

师傅特别满意,伸出手来,不停地抚摸两个小家伙的脑袋。

我在旁边默默地看着他们,那一刻真的还蛮感动。这位师傅内心的激情已经把我的心烤热了。

尤其抚摸孩子脑袋的时候,流露出来的那种慈爱,立刻让我想起了自己的爹妈,于是我觉得这位师傅并不怎么糟糕,正直善良,很有亲和力。这样的师傅,至少不会给别人造成伤害。

八

自从去了一趟师傅家,我的心就彻底安稳了。

他们找出来的那块干肉皮,炖出来完全不是最初看上去的样子。咬一口又松又脆,辣椒下得很多,去除了腥臊味,那肉皮越嚼越香,我就感觉当炉工的日子也许不至于那么没指望。就跟那块肉皮一样,看上去干枯,慢慢地熬,居然也能熬出一钵美味佳肴。

真不是宽自己的心,当时我的确悟出了一些道理。

师母那个人虽然高大威猛,心却是非常细密。她舀一勺肉皮送到我碗里,接着又用筷子把里头的辣椒挑了出来,说:"这

318

都是朝天辣椒，辣得死人。你吃不习惯的。味道都到肉里了，多吃肉。你放心，师母用你的筷子夹的，没有不卫生。啊？多吃点。"

我赶紧站起身，慌忙说自己来，自己来。趁着这个机会，我顺势就叫了声："师母，谢谢您。"

"这伢儿，讲话好见外。还谢谢什么？"她开心了，"你师母长得跟丑八怪一样。只要不给大学生失脸面，师母就烧高香了。"

回去的时候，师傅把我送出门，我也很自然地叫了他一声师傅。那是我第一次尊他为师。他喜欢得要命，却故意板着脸说："叫是叫师傅，其实都一样平等的。你师傅没文化，好多字认不来。要瞧得起师傅的话，你我两个互相帮助，一起进步。行不？"

师傅带我去熔炉班那天，冲天炉外面的空坪里有好几名彪形大汉正在用十八磅大铁锤砸铁锭。铁锭呈龟背形状，大约有半米来长，中间有三道凹槽。师傅说，必须用大锤把铁锭从凹槽处砸成四块，才能投放到冲天炉里头熔炼。砸铁锭的是两名腰圆臂粗的小伙子，旁边还有两名炉工等着轮换。看样子那活儿特别费体力，小伙子们光着上身，油光黑亮的胸脯上挂满了汗水。

师傅告诉我说，这道工序叫做"备生料"。生料指的是生铁。翻砂车间造了多少砂模，熔炉班就得备多少生铁。"这里头没有一定之规，全凭经验，只在心里估算，讲是讲不清。以后你慢慢琢磨去，熟能生巧嘛。"我问他一般得备多少生料，他想都没想就回答我说："五吨到八吨不等。一般都宁可多备点，万一砂模没浇铸完，那就是熔炉班的生产事故了。"

我粗略计算了一下：一条铁锭十公斤，一吨就是一百条；五吨到八吨，每天就得砸断五百到八百条铁锭。难怪过来了四条气力猛壮的汉子。这种硬活，一般人无论如何是吃不消的。

师傅带我走过去的时候，那四个小伙子也没跟我们打招呼，继续做自己的。师傅似乎想显示威望，也没有让他们停下来，紧绷着脸，用挑剔的目光看他们砸铁锭。

有一块铁锭表面的凹槽不够深度，一名壮汉往上头砸了四五锤都没砸得断，就换一个汉子。那汉子往手心吐了口唾沫，连砸五六下，铁锭仍然纹丝不动，师傅就火了。

"蠢东西，一个个只晓得使蛮力。滚一边去，看我的。"

他一步走上前，其他四条汉子就闪到两边去了。我当时心里很不踏实，跟他们比起来，师傅的个头显得特别矮小。那把大锤都没怎么举起来，从地面平拖过去。将大锤拖到身后时，借着势抡半个圆圈，没用什么力就砸中了铁锭。

偏偏就是那一锤，"咣"的一声就把铁锭砸成了四段。

这也太神奇了。他是怎么做到的？我在旁边看得清清楚楚，觉得简直没有一点道理。

"哈哈，师傅，顺手摘桃子啊？"一名汉子面子上下不来，就找理由说，"这块老铁我们打了它十好几锤，眼看就要断了。您这不是捡了个便宜吗？"

"那你再选两块老铁，比试比试？"我师傅不饶他，"你打你的我打我的。锤数多的算输，罚他请全班喝酒。干不？"

那汉子当即服软："哎呀师傅，您是干部我们是群众呢。群众的小本事，哪能跟干部比啊？"

"认输了吧？补你个聪明，做事要过脑子想。"我师傅蹲下去，指着铁锭侧面靠下的位置，"瞄着这个地方打，力量就往两头涨开，懂不懂？这叫四两拨千斤，用的是巧劲。"

四名小伙子脸上顿时亮了："哦？那我再砸一条试试。"

一连试了四五条铁锭，除了有一条砸了两锤，其他都一锤搞定。当即大家都服了软："还是师傅厉害。怎么早没听您说啊？"

师傅这才把我介绍给他们："这是杨哲民，你们的师弟，今后要多关照他。工业大学毕业的，他的文化比你们高上了天呢。"

"啊？杨哲民就是你啊。哈，一条好汉。"一名高个子师兄抢前跟我握手，"听说你们一进厂就闹了个花天酒地。哈。还听说杨哲民最敢担当，梁山好汉宋江呢。好啊，兄弟，欢迎你。"

我师傅竟然拍起了巴掌："这就好。师兄师弟，一家人呢。"

那场面也还令人开心，我就从他们手上接过了那柄铁锤。说是有十八磅重，拿在手上真不觉得沉。有人马上搬来一条铁锭放在地下，我朝铁锭看了一眼，瞄准了师傅说的那个地方，挥起铁锤，居然也把铁锭砸成了四段。

几个师兄一齐吆喝，顿时激起了我的兴趣："还搬它几条过来，我再试试看。"

师傅赶快制止说："好了，好了。日子还长呢。哈，我说的没有错吧？"他望着那几位师兄，"有文化的人那就是不一样，人家懂得力学原理。"回头望着我，"师傅这句话讲得对不？是叫力学原理吧？"

"师傅，您没说错，是这个原理。"我怕扫了他的兴，赶快补充一句，"我学过力学原理，但一点都不会用。您四两拨千斤，会用巧劲。您看看，文化程度再高，都不如您呢。"

师傅赶快摆手："哪里敢？哪里敢呢？那好，今天你就先跟几位师兄学习备生料。备完生料再学着备熟料。"他又交待那几位师兄，"听供应科的采购员讲，这一批熟料的含硫成分很高。备完了之后，还要多准备一些石灰石，去硫渣用的。莫忘记了。"

"师傅，石灰石恐怕得您亲自添加啊。好难掌握的。"

"那当然。你们几个还嫩呢，哪搞得好？"师傅一副看他们不来的样子，"掌握不好怎么行？铁水含硫高，温度就总上不来，就流不顺畅。浇出来的成品，不是缺角就是断片。废品出得多，翻砂工段会把责任往我们熔炉班身上推。晓得不？"

那几个牛高马大的师兄齐声答应，看得出对我师傅有一种由衷的钦佩。我才意识到这一位眼袋下头长胡须的师傅不可小看。他要没有一身真本事，别人是不会服从他的。

应该说，我去到熔炉班头半个月，基本上还算比较顺利。至少心情比之前预计的好了很多。

那天遇到了吴启军，他的心情比我更愉快，一见面当胸就给了我一拳："伙计，我认师傅，还真认对人了。知道他多牛吗？"

对于他师傅段一村，虽然我知道不多，零零星星也听师兄们说过一些关于他的故事。说他的技术是翻砂车间的头一号王牌，也是整个电机厂职工里头最有钱的主。八级工的工资是顶了格的。普通工程师拿的钱都够不上八级工的一半。其他工种里头也有八级师傅，也有拿顶薪的角色，走出来却远远没有段师傅那样威武光鲜。那都是家庭负担太重，钱都拿回去养家糊口了。唯有段师傅，人一条嘴一张。他的钱多得用不完。

这些情况我是听梁师兄说的："段师傅了不得。吃大肉喝好酒，穿白力士鞋，抽黄金叶烟。钱壮英雄胆，万事不求神，从不把人放在眼里。瞧不来的敢讲，看不惯的敢骂。咱们师傅对谁都不畏惧，唯独在他面前，见面矮三分。哈，惹不起呢。"

这话我相信。吴启军那么高傲的人，对自己的师傅也敬佩得五体投地，一见面就拿他师傅的事情跟我显摆。

我以为这次他又要显摆，就说："可不？你吴启军也牛啊。徒弟牛，师傅更牛。你特意来告诉我，不就是这个意思吗？"

"什么呀？别听人家瞎议论，那都是心胸狭窄。只有我才知道，段师傅是一个胸怀大志的人。"吴启军口气很大，"你知道吗？从今天开始，我师傅改做大砂型了。"

翻砂的术语我还弄不懂，就问吴启军大砂型是怎么回事。他得意地告诉我说，就是给超大型电动机外壳做翻砂模型。那模型特别高大，躺下去一米五立起来一米八，翻一个身得动用行车，还得用大吊钩。活儿特别累人，技术含量又相当高。铁水的注水槽，排气的散热口，布置得纵横交错，做起来很复杂。从早干到晚，一天还做不了一台，经常得推迟一两个小时才能下班。

"以前就我师傅一个人拿得下来。年纪大了些，他体力顶不住，那个型号就没人做了。"吴启军非常自豪，"我才跟他干了半个月，他就给厂里打报告，说这徒弟很得力，大砂型可以重新上马了。厂里高兴得什么似的。阳厂长专门请我师傅喝酒，我也去了。厂长说，这是给德华电机厂争光，总算对国家一机部有个交待了。"

"启军，大好事。"我一听就为他高兴，"至少有两个意义。要不是你去，你师傅恐怕一辈子都不能再做大砂型了，你已经证明了自己。第二嘛，你也可以学到师傅的绝门功夫。等他退休之后，谁该求谁，那就是你说了算。痛快啊，启军。"

"还是哲民你了解我。眼下咱干不过他，可咱活得过他不是？"吴启军信心满满，"总有一天我要超过我师傅，信不信？我肯定比他过得更风光。"然后才关切地望着我，"哲民，你呢？最近情况如何？那个莫胡子，对你还好吧？"

"他还可以。"我赶紧把话岔开了，"熔炉班累是累点，那也得看是谁。就我这体魄，还没有遇到吃不消的事情。"

吴启军便使劲点头："可不是吗？想整垮咱们俩，还真的没那么容易。"接着就口出狂言，"说不定整出来两个劳动模范，看他们还有什么可说的。"

我没接他的话。说实在的，启军那家伙昨天晚上沾了师傅的光，喝了阳厂长的酒，他就豪情满怀了，我可不行。

还别说是我，我师傅想当劳模想了好多年，到现在八字都还没有一撇。师母都拿他当笑话讲。

退一万步，即便轮得到我，那也是猴年马月的事了。

九

熔炉班最激动人心的时刻是开炉熔铁。那场面我以前没亲眼见到过，只在纪录影片里面看过铁水出炉的壮观景象。风机隆隆，钢花飞溅，工人们挥舞着钢钎，在翻滚的铁水旁边冲锋陷阵。那情景不亚于一场血与火的肉搏战。

我去熔炉班报到的时机有点不凑巧。那段日子，冲天炉后面那台鼓风机出了些故障，正在抓紧时间抢修。那可不是一般的鼓风机。我站在它面前，伸手都够不上它的顶。光鼓风机连接冲天炉的通风管，直径就将近一米。个子矮的人，钻进去都不怎么费劲。

时间比较充裕，我跟几个师兄的准备工作就做得从容不迫。生料早就准备好了，熟料也堆码了半屋。一开始我还不知道什么叫熟料，有个师兄告诉我说，其实就是燃料，煤炭而已。

这是句外行话。熟料可不是一般的煤炭，它的名字应该叫焦炭。焦炭的特点是燃烧时间长，温度非常高，可以达到两千度以上。因为焦炭是用煤炭烧结出来的，所以炉工都称它为熟料。

鼓风机总算修好了。试车的时候我在场。那台钢铁巨人开始启动的时候，就跟防空警报刚刚拉响似的，由低到高，尖啸刺耳，地面都在抖动。不赶快捂上耳朵，耳膜就跟要破裂了一样生疼。

我师傅听见那种啸叫声格外高兴："好了，好了，总算一切又正常了。明天铁定可以开炉，没问题了。"然后又对我说，"你是头一次参加开炉，心里莫紧张。明天早点来，师傅会帮你把所有的安全防护都搞到位的。不怕，开过一两次炉，就一马平川了。"

听他那么一说，我也特别激动。他居然还说了句"一马平川"。这话好像是京戏里面的唱词，就觉得这师傅越来越可亲了。

当天晚上，我居然都没怎么睡着。天刚麻麻亮就翻身起床，跑到职工食堂一口气吃完两碗米粉，匆匆忙忙赶到了熔炉班。

我师傅比任何人都到得早，手里拿着一把小榔头，围着冲天炉的炉身，这里敲敲那里打打。我不懂他在干什么，他就告诉我说，听炉体的声音扎不扎实。炉体外壳是用厚钢板做的，里面紧贴着一层石英砖制造的炉衬，炉衬再里面才是炉工修补过的炉膛。

炉膛开一次炉就修补一次，放得心。最不放心的是外壳和炉衬的结合处。如果敲上去声音不扎实，就说明其中有空隙，那才是最大的隐患。万一炉衬脱落了，冲天炉就有可能被铁水熔穿。

"莫主席去过越南，你不晓得吧？"师傅望着我，"他和我一起当学徒，也做炉工。那年市里派工人出国搞技术援越，碰上了炉体穿孔的重大事故。好家伙，炉毁人亡啊，死了两三个炉工。莫主席那叫捡回了一条命。那次我没去成，听他一讲，人都吓死。"

然后师傅把我带到冲天炉旁边的一间工具室，里面挂着各种各样的防护用具。石棉布做成的防护工作服，穿在身上到处都硬邦邦的，行动很不方便。套头防护罩也很重，从头上戴下来，一直披到肩膀，只留下眼睛前面一条观察孔，正好可以戴一副墨镜。穿在脚上的那双防护鞋更加特别，有点像潜深水的靴子，灌了铅一般沉重。

师傅让我坐在旁边一条凳子上，一丝不苟地替我穿戴防护用品。他对所有的程序烂熟于胸，操作起来格外有一种仪式感。尤其戴上了防护头罩，立即觉得自己与整个世界隔离开了。一种即将赴汤蹈火的豪情油然而生，我感觉自己担负了庄严的使命。

只是时间还早，而且早太多了。九点开炉，当时八点还差一刻。上班铃都没有打响，师傅就帮着我把头罩取了下来。

"试验一次也好。记住了吧？"他放下头罩，"先穿什么，后穿什么，都按程序进行。养成习惯，以后就搞不慌手脚了。"

不仅仅是熔炉班，开炉对于整个翻砂车间都是一件神圣的事情。虽然还没到上班时间，全车间一百多号翻砂工基本上都赶到了车间。身上的工作服跟平时很不相同，从头到脚遮挡得严严实实。人手一副深蓝色防护镜，看上去就像一支即将奔赴战场的特种部队。

熔炉班就更不用说。早在半个小时之前，全体炉工就全副武装，在冲天炉前后严阵以待。那情景对于他们肯定早就习以为常，我却看得一颗心怦怦乱跳，真正体会到了什么叫做"心潮澎湃"。

几位师兄看见我已经穿戴整齐，正围在旁边夸奖，我师傅忽然走过来拨开他们，拉了我一把。

"民儿，政工科有人来找你。"他那神色不知为什么有点紧张。"我敢肯定是来找你的。"他还补了一句。

我往车间门外看了一眼，真的有一个人急急忙忙赶了过来。看来事情有点紧急，那人还是骑自行车过来的，一直骑到车间办公室门口才跳下自行车。

当时我就认出来了，那是个女的。因为她也穿工作服，我犹豫了半天才认出来，那是我的同学姜红梅。

雷主任看见政工科来了人，赶快迎了出来，问了句什么，回过身就朝我们熔炉班跑。

我师傅就慌了："你看看，你看看，真是找你的。"他喃喃自语，"这么快就往科室抽人？讲好了起码锻炼一两年的。唉，炉都没开过一次，就、就这么走了？"

我当然不会相信他的话，只是惊讶他怎么知道得那么多。连厂长想往科室抽人的打算他都知道。猛然想起他也姓莫，难道他跟厂工会莫主席有亲戚关系？

雷主任还真是来找我的。他跑到炉前，火急火燎地说："杨哲民，赶快去政工科。快点，骑我的自行车去。"

我师傅赶快问了句："那么急啊？眼看就要开炉了。"

这时候我就看见姜红梅站在车间大门那边焦急地朝我招手，心里一阵紧张，就什么都不顾了。

"雷主任，你的自行车呢？"

雷元干拉着我就往车间大门那边跑。

我师傅在后头一边顿脚一边喊："你慌个鬼啊？石棉工作服呢？你给我脱下来再走！"

很快我就搞明白了，事情完全不是我师傅想象的那样。

情况确实有点紧急，但是与工作调动没有一丝一毫的关系。刚跑到姜红梅身边她就告诉我，有个长途电话打到了政工科。

"是湘潭那边打来的，那人是你舅舅。骆科长赶紧让我来叫你。快过去吧，时间长了怕线路断掉。"

我一听，心里立马慌作一团。顾不上跟姜红梅再说点什么，蹬上自行车就往办公楼那边飞奔。

我舅舅来电话可不是好事。我的外公外婆走得很早，当时我舅舅没满三岁，全靠我妈把这弟弟拉扯大。舅舅知恩图报，

323

长大以后一直把我妈接在自己身边住,当作亲娘一般伺候。这么早就打电话过来,难道我妈出什么事了?

骆科长正在办公室整理文件,看见我跑进来,指着电话听筒说:"莫慌。我跟你舅舅讲了,让他别挂电话。"

我赶紧点头,谢谢都来不及说一句,抓过话筒就喊"舅舅"。

还真是我妈的事情。

舅舅是那边一家兵工企业的工程师。他们厂的产品大部分都支援越南,就需要派工程师过去指导维修工作。领导找他谈话,说这一次打算派他过去轮换。

我舅舅是劳动模范,当然无需做思想工作。难就难在他一出国,就不知道该怎么安排我妈了。左考虑右考虑,就想起外甥已经参加了工作。他想在我们工厂附近租套房子,把老姐姐送过来跟我一起住。母子相互有个关照,他才走得安心。

我舅舅告诉我说,他们的领导已经同我们这边组织上协商好了。我们厂领导完全支持,积极配合。房子都已经安排好了。

舅舅的任务紧急,已经把我妈的行李装了车,马上往这边出发,下午三点的样子就能赶到。他自己会亲自送我妈过来,顺便感谢一下厂领导。让我给厂里请个假,先去房子那边打扫一下。

放下电话,我脑子里还是有点发懵。骆青涛就笑着说:"你母亲过来也好。有她老人家在身边看着,你这家伙,就不会那么任性了。是不是啊?哈。"他从办公桌上拿出钥匙,"房子是厂里的,很不错,以前是安排厂领导住的。只是离厂子有点远,七八里路吧。我跟车间说了,你今天不用上班,先过去整理一下,看看还缺什么东西,都要提前准备好。这也是公家交给你的任务呢,不能马虎哦。"

我接过钥匙刚要出门,姜红梅也赶回了政工科。

骆青涛赶紧朝她招手:"小姜,你过来一下。"

姜红梅马上走了过来:"科长,您说。"

"你跟杨哲民一起过去,把那边的房子好好收拾一下。不光是给老同学帮忙,这是一个政治任务。细心点,啊?"

"没问题,骆科长。"姜红梅望着我笑了笑,"要说细心,我还真比不上这位老同学。"

出了政工科,我抬脚就往厂大门那边走。姜红梅把我喊住了。

"哎,你往哪儿走啊?"

我停住脚步:"不是去弄房子吗?"

"你看你这一身衣服。"她强忍住笑,"又不是让你去冲锋陷阵,怎么打扮得像个铁甲武士?"

我这才发现石棉防护服还穿在身上,脚上蹬一对大头靴,就赶紧转身往车间那边走。

"哎呀,你这又去哪儿啊?"姜红梅拉住了我。

"回车间啊。得去换回工作服。"

姜红梅就从自行车后面拿过一套工作服:"给你。"

"这是谁的?"我接过那套工作服,"你的吗?"

"我的在身上穿着呢。你自己的工作服都认不出来了?"

我这才明白,姜红梅早就替我考虑好了。她格外细心,为了节省时间,把我的工作服都从车间带过来了。

"赶快换上吧。"姜红梅嘲笑了句,"哈,真没想到。气宇轩昂的杨哲民,也有六神无主的时候。"

我听得心里舒服，一边换外套一边说："哦，这话真让我惊喜。没想到姜红梅居然也觉得我气宇轩昂。"

"我一直都这么觉得，你只是不经心而已。"她说得平平稳稳，"你从来没正眼朝我看过，我也就没作什么指望。"停顿片刻，轻轻埋怨了句，"心都被你伤透了。"

这句话来得突兀，听得我心里一激灵。说实话，在学校的时候，关于我跟姜红梅关系暧昧的传言，虽然没放心上，私下我也留过心。她对我的确跟对别人不大一样。我又分辨不出来那是不是暧昧。

那天在档案室看照片，她靠在我的后颈处，也不知道是有意还是无心。

眼下这一激灵，我才发觉姜红梅心里还真的有我。

厂里给我母亲安排的也是一间平房。面积比我师傅家略大一点，可见当年厂领导居住的条件也是比较艰苦的。那儿离电机厂比较远，领导们上班起码要骑半个小时的自行车。

打开房门，我和姜红梅同时后退了一步。

屋里很潮湿，加上太长时间没人住，一股霉腐的味道扑面而来，当即我就非常担心。

我母亲的身体不算太差，却受不得寒气侵蚀。主要是肠胃脆弱，中医诊断她属于寒胃，遇上湿冷环境就会突发痉挛。我多次看见过她发病的样子，紧缩着身子，通宵达旦在床上翻滚。任何止痛药都不起作用，一折腾就是好几天，看得人心里辣疼。

除了潮湿，屋里还一堆一堆地留下了很多杂物。破椅子破柜子，旧碗橱旧报纸，还有很多长了毛的瓶瓶罐罐、破锅烂碗。

姜红梅却没有一点迟疑："别看了。一步步来，先把乱七八糟的东西弄出去再说。"然后躬下身子就收捡开了。

两个人弄了整整一上午时间。姜红梅负责把那些废物分门别类，我负责一样一样往外搬。工作量太大，累得我汗流浃背，腰都快直不起来了。

"有那么累吗？"姜红梅看见我那样子很不理解，"我看你打球那样生龙活虎，干活怎么就没耐力了？"

"你看过我打篮球？"我有点不相信，"我怎么没看见你？"

"你没看见我就对了。学校里你是风云人物，太多女孩子的眼睛盯着你看，哪还顾得上看我啊？"

"尽瞎说。"我赶紧把话岔开，"今天上午我们车间开炉，我可是第一次参加，又没开成，给支到这儿来了。好可惜。"

她很认真地望着我："看来你喜欢当炉工。开炉肯定很累，一旦你自己很喜欢做那件事情，就不会感觉得累了。"

我笑着摇了摇头："也不见得。我看你一上午都没觉得累，未必你还喜欢到这儿收拾破烂？"

"不喜欢。"她回答得很明确，"可我喜欢跟你在一起。"

"哈，不敢相信。你一个干净利落的科室干部，怎么可能喜欢跟一个脏不拉几的炉工在一起？"

"真是这样。刚才我心里也纳闷，这些个破事，我从来没做过，怎么还觉得挺有滋味？"姜红梅坦率得惊人，"后来总算想明白了。跟喜欢的人在一起，做什么事都津津有味，你说是不是？"

我可以手按胸口作保证，一个女孩子当面跟我说这样明白的话，这一辈子绝对是头一回。不知道那一刻我是不是脸红了，心里头忽然热浪滚滚，手和脚都不知道该往哪里放才好了。

幸亏有一辆小货车开到了门外，才把我解救出来。那是一辆柴油货车，发动机的声音叭叭作响。我和姜红梅赶快迎了出去。

当时我们都以为是我舅舅他们厂里派过来的车，以为是我妈他们赶到了。一看表才十二点半。

出门一看，我师傅带上两个师兄从那辆货车上跳了下来。

"民儿，捡拾得怎么样了？"我师傅朝屋里头看了一眼，"好，捡空了。这屋子差不多八九年都没住人了，一直没人收拾。过去这是丁副厂长住的，后来他脑溢血，一闭眼睛就走了，就死在这屋子里，第二天才被发觉。唉，真的可惜。那是个天大的好人呢。"

我担心他还会讲出更加不吉利的话，赶紧问了句："师傅，你们怎么过来了？开完炉了？"

"十一点就完了。"他教导我说，"开炉就跟打仗一样，一分一秒都拖延不得。必须在两个小时之内打扫战场。这次你没参加成，下次你就知道了。"

然后他朝两个师兄一挥手："赶紧动手，把东西都卸下来。先卸油毛毡，再把那些木板卸下来。赶紧。把车搬空，正好把外头这几堆乱七八糟的杂物都装上去，通通拉走。"

跟来的两个小伙子，一个是那位姓梁的大师兄。另一个师兄排行第三，他姓余。一起干了半个月，关系都很亲密了，梁师兄就走过来问了声："看样子，你们都还没吃中饭吧？"

师傅让我和姜红梅去吃午饭。

那家馆子菜的味道还真不错，价钱却有点小贵。我和姜红梅点了两菜一汤，加上两碗米饭，花了五毛五。我的工资一个月才十八块，每天也就挣五毛多。

姜红梅很大方，坚持要过去付账，我死活没让她起身。

今天她好几次说得我心里暖融融的，我要再没有一点表示，不近情理还不说，要是冷却了她的心，以后恐怕就再没有人给我温暖了。这段时间我真的渴望温暖，哪怕只一丝一毫，都很珍贵。

吃饭的时候，姜红梅忽然跟我打听我师傅的情况。我心里就有点警惕了。

"应该还好吧？"我琢磨着说，"报到还没多长时间，我跟车间大多数人都不熟。好像没听见什么意见吧？"

姜红梅就笑了："你看你，干吗支支吾吾啊？我只是随便问问。"她其实很真诚，"有好多事情怕你不知道，想让你心里有个底。哈，好心当成驴肝肺。你还防着我？"

"不是，我真不知道。"我也笑了。

"知道你师傅跟莫主席什么关系吗？"

我正想跟她打听："对呀，还都姓莫。他们是什么关系？"

"叔伯兄弟，知道吗？没出五服，很亲。"姜红梅压低了声音，"这几年厂工会一直想把你师傅推成全市劳动模范。每次都是莫主席提名，每次都通不过。莫主席就对我们骆科长好大的意见，说是政工部门故意卡他的脖子。"

"哦？是这样？"我立马回想起第一次去师傅家，"难怪他那么崇拜劳模。"转念想了想,"这应该,也是件好事吧?"

"当然是件好事。连骆科长都认为,你师傅的条件完全合格。"姜红梅心里很明白,"莫主席在厂里资格最老,他真的是个好领导,不知道怎么就跟骆青涛搞不来。我一到科室就感觉出来了。各有各的系统,工作套路都不一样,里头还蛮复杂的。老同学之间不讲假话,我真的后悔当时没要求分配到车间去。"

"要求有用吗?你去政工科,难道是你自己要求的吗?"我问得很直接,心里忿忿不平,就发了一通连珠炮,"我当时也没提要求,怎么就分配我当了炉工?"

"这话什么意思?"姜红梅对这句话很敏感,"杨哲民,同学们是不是都以为,我去政工科,是自己要求的?"

"没有吧?我没听他们说。反正我没有这么以为。"我马上悟觉到刚才的话有点嫉妒的味道,赶紧把话题转移开了,"当炉工我真的不后悔。你也是,去科室也挺好,没什么可后悔的。"

"嗯,我相信,你这是一句真心话。"

"绝对是。"我说得很诚恳,"既然老天作了安排,咱也只能埋头苦干。干哪行都能出类拔萃,条条大道通罗马。你说呢?"

"哈,条条大道通罗马,这话听无数人说过。"姜红梅用亮晶晶的目光看着我,"好奇怪。从你嘴里说出来,怎么就格外有道理呢?人一亲近,到底就不一样啊。"

她这句话倒是消除了我的顾虑。姜红梅应该是个很有主见的人,这种人不会随便给人温暖。既然她肯给,而且一给再给,那就是发自内心。亲近两个字都说出来了,还担心会冷了她的心吗?

当然这只是我个人的猜想。

吃完饭走回那间屋子,里里外外模样大改,差点都没认出来。

我师傅他们已经把门外收拾得平平整整,用石灰水把大门两边的砖墙粉刷得白晃晃,屋子里头地面高出了十来公分。我师傅亲手把整个地面用厚油毡垫了两层,然后用带来的木板平铺在表面,固定得结结实实。他说,这样处理,再大的潮气都能隔得住。

变化最大的是结构上的调整,一间屋子已经变成了两间房。就跟他家里那样,当中用木板隔开,里面是卧室,外面做厨房。这种改变真的不可思议,简直就是鬼斧神工。

"天哪。"姜红梅惊叹了声,"太不敢相信了,才多长时间?满打满算,也就一顿饭的工夫啊。"

梁师兄平时爱开玩笑,趁机讥笑了我们一句:"是啊。一顿饭跟一顿饭不能相比,知道你们这顿饭吃了多长时间吗?"

我赶紧看表。居然三点都只差一刻钟了,两个小时竟然过得如此之快,还一点知觉都没有,真叫人不可思议。

那会儿姜红梅也看了一眼手表,掩嘴一笑。她什么话都没说,也不作解释,一切顺其自然。在这方面,女人有一种天生的机智。

刚刚三点整,骆科长和莫德龙主席准时赶了过来。莫主席走头,骆科长紧跟在他身后。一路上有说有笑,我就想起姜红梅刚才告诉我的那些话。她说他们两人总搞不来,我却怎么看也没看出来。

但是我相信姜红梅的话。毕竟她是在科室工作,她感知的事情,我们这些在车间当工人的不可能搞得清楚。

我舅舅他们厂里派的车是三点半钟赶到的。一辆解放牌大货车，满满一车家具。大小包裹，锅盆碗盏。一看就知道，这一次，我妈所有家当一股脑儿全搬过来了。

驾驶室正好坐三个人，我舅舅，我妈，加上一名司机。

莫主席和骆青涛特别热情，陪伴着他们里里外外参观屋子。我妈感动得话都说不出来，双手合十不停地道谢。

我舅舅握着两位领导的手赞不绝口："太好了。这么短的时间，太了不起了。"就跟那屋子是莫主席和骆科长亲手弄出来似的。

弄屋子的几个人其实又没在屋里，正勤勤恳恳地从解放牌大货车往下卸家具。人多到底力量大，还不到两个小时，一个新家就整理得井然有序，像模像样了。

骆青涛看了一眼手表，凑到莫主席面前小声提醒了句。莫主席就对我舅舅说："五点钟了，吃饭，厂工会的一点心意。您是全省劳动模范，请都请不来的。怎么样？给个面子吧？哈。"

我舅舅赶快推辞："不行了莫主席，我得连夜赶回湘潭。明天去省里报到，一天都耽搁不得的。"

莫主席就不知道该怎么劝了。他望着骆青涛："那，老骆，你说呢？"

骆青涛非常机灵："一天都不能耽搁，那就一天都不耽搁。提早开饭，吃了饭再走，反正路上也要吃饭的。"他望着莫主席，笑着对我舅舅说："您不知道，莫主席盼望您来，点点滴滴都亲自给我作了布置。您放心，全都安排好了，不影响您赶回去。"

我舅舅觉得再推辞也不合适，就答应了。

莫主席让所有人一起参加，包括姜红梅。"他们是同学，又忙了一整天。"

"那当然。"骆青涛便对姜红梅说，"姜红梅，莫主席亲自点了你的名，不仅只是吃饭哦，主席在给你布置任务呢。以后你要多来关照杨妈妈，这也是我们政工科的工作范围，明白吗？"

"明白了，骆科长。"姜红梅大大方方地应承了。

晚饭的地点还是我和姜红梅吃午饭的那家馆子。

中午里面还很清静，开晚饭的时候就是另外一种景象了。百来号人挤在里头吃喝喧天，热闹非凡。大堂里摆开八张大餐桌，张张桌子人满为患。

幸好早就有预订，晚一步肯定找不到座位。

骆科长带我们走到最里面一张餐桌前，主动给每个人分配坐席，就像是分配工种一样，完全按规矩来。

正中间那个座位肯定安排给莫主席，然后把我舅舅安排在莫主席左手边，我妈被安排坐在莫主席右边。这样排位，看上去自然而然，也非常合适。

我妈却觉得很不合适，无论如何都不肯坐那个地方。

"哎呀，不可以，不可以的。这可是领导坐的位子。真的，我不可以坐在这儿。"

"领导就是莫主席，他已经坐好了。"骆青涛拉着我妈不松手，"您老人家年纪最大。您要不坐，谁都不敢坐。"

我舅舅赶快站起来："骆科长，谢谢了。我姐还是坐我身边吧。"他指着自己左边那张椅子，"她坐这儿，再让哲民坐她旁边。我们俩照顾她，这样挺好。真的。"

姜红梅很机灵，请示骆青涛说："骆科

328

长，我坐杨妈妈身边吧。您不是让我多照料她老人家吗？"

骆青涛略微迟疑了一下："好啊。女孩子心细，会照顾人，你就坐过去吧。"随即朝我一招手，"杨哲民，那你就坐在我右手边。其他几位师傅，你们随便坐。"见我迟迟没起身，又连连催促，"杨哲民，过来啊，你挨我坐。"

我只好起身，清楚地看见姜红梅的眉头处闪过一丝不快。

本来她已经坐我身边了，骆青涛把我喊开，分明是有点故意。姜红梅感觉到了，我也感觉到了。

我又没理由违拗，只好离开了她。

所有人都坐定之后，我师傅终于忍不住了，鼓起勇气举起右手，小心翼翼地说："领导，我可以提个要求不？"

他那样子很诚恳，像一名课堂上提问的小学生，莫主席就笑了："提啊。怎么不可以呢？什么建议？"

我师傅就站了起来："我想跟你换个位子坐。可以不？"

这个要求把所有人吓了一跳。

骆青涛顿时很不高兴。

"莫师傅，那怎么行？这个位子一般都是厂领导坐的。"

"我晓得，我晓得呢。"我师傅早就想好了理由，"一般都是那样坐的，这个我懂。今天，好像有点不怎么一般，是不？"

莫主席望着他："你接着讲。今天怎么个不一般？"

"有省级劳动模范来了，这就叫不一般呢。"我师傅终于讲得很顺畅了，"好难得的机会，我就想挨着他坐。要好好跟他学习，请他当面传经送宝。领导，你们讲要得不？"

骆科长还没想好怎么回答，莫主席一拍巴掌就同意了。

"莫主席，不行的。"骆青涛一把拉住了他。那个动作有点大，他就顺势附到莫主席耳边，轻轻跟他解释了几句。

莫主席点了点头，很快就想出了一个两全其美的法子："这样吧，头还是我来开。我先讲几句欢迎的话，跟杨妈妈和劳动模范敬一杯酒。开完头，再跟莫师傅换个位子坐。"他转过脸望着骆青涛，"你看呢？这总可以吧？"

骆青涛似乎不好再阻挠："那也行。我听领导的。"

我妈和我舅舅都是不喝酒的人，就用茶代替。寒暄一番之后，莫主席真的站了起来，起身朝我师傅那边走。

师傅一脸笑开了花，走过来，堂而皇之地坐上了头把交椅。

后来听姜红梅告诉我，骆科长当时考虑的完全是礼节问题，觉得我师傅过于急切，学习和取经的时机也不怎么合适。

这么考虑是有道理的，我都不明白在那种场合舅舅能够跟他交流什么经验。师傅还认真得要命，凑到我舅舅面前说个不停。

我舅舅那人还真的有耐心，一边听一边点头，话都插不进一句。那情景，更像是师傅在给我舅舅传授真经。

舅舅当天晚上就赶回湘潭了。

临走之前他一百个不放心，对我妈交待了又交待。我妈也舍不得离开他，一条手帕被眼泪浸得透湿。

送舅舅上车的时候，他把我拉到一边，千叮咛万嘱咐。

舅舅的心情很沉重："你知道的，越南

那个国家,是我们的同志加兄弟。他们非常了不起,一直在抵抗美帝国主义。那边仗打得很激烈,舅舅这一去,就是把一切献给祖国了。这话你明白不?"

我听得心里难受:"舅舅,您可要多保重啊。"

"我知道。党和国家需要的时候,舅舅绝对不说二话。精忠报国是一个男人最大的光荣。"

舅舅顿了一下,心情十分沉重:"你看,我把你妈所有的东西都搬过来了。知道这是什么意思吗?"

我心里很难过,知道他是以防万一。他已经做好了牺牲的准备。我又不知道该怎么回答,就使劲地点了点头。

"哲民啊,舅舅大不了你几岁,差不多一起长大的。这种时候,你知道自己的担子有多重吗?"

"我都明白,舅舅。"我没有含糊,"您就安心去吧。妈的事儿,也该我哲民来承担了。"

"可我舍不得离开她啊。"舅舅的声音忽然哽咽,"我是她从小拉扯大的,你是他的儿子,可她老人家对我,比儿子还亲啊。"接着便哭出了声音,"哲民,只要我姐还健在,离开她一分钟,舅舅也放不下心啊我的哲民……"

那一刻我心里猛烈地颤抖,双手一伸,把舅舅紧紧地抱在怀里,死活都不愿意分开。

十

日子过得很快,不知不觉就到了五一劳动节。

工厂里过五一节的气氛热烈得难以想象。早在一个月之前,全体干部职工就开始兴奋,几乎所有的人都在掰着指头算日子。那种期待的心情,跟小孩子盼着过大年如出一辙。

其实厂里的生产一天都没有停顿,主要是全厂上下都在为五一节的职工联欢晚会准备节目。业余时间都用来排练,深更半夜还不收摊。喜庆欢乐的气氛早早便充斥着电机厂的整个空间。

工厂跟学校还不大一样,抢占鳌头的竞争心理格外强烈。本来我们学校分配来的同学还想专门组织点节目,姜红梅事先都做了准备,没想到各个车间坚决不同意。他们误以为这一批大学生有很好的文艺天赋,想留在车间里当顶梁柱使用,就都不愿意放人,后来才知道这想法出了偏差。我们好些同学都表现平平,不堪大用。

比如主持晚会的男报幕员,看去闪亮光鲜,确定的人选是徐士良,他那收腹挺胸的样子特别帅气。梁师兄根本不相信他是我的同学,非说是从剧团请过来的专业报幕员。

徐士良开始还不怎么有自信心,大梅小梅两个人拼命给他打气。主要是小梅向姜红梅极力推荐,说徐士良上大学之前就是衡州七中的文艺骨干。小梅也是衡州人,跟徐士良同学多年,姜红梅就听真了。她是晚会的总负责人,就把徐士良拍板定了案。

按说徐士良当报幕员条件还是可以的。小梅亲手给他抹脂描眉,定妆之后所有人都惊呼赞叹,那模样活像是古装戏里头的羽扇小生。小梅那会儿激动得不顾一切,抱着徐士良夸个不停。

"天!简直太漂亮了。你可得争口气,露一手给大家看看。"

徐士良咬紧牙关不停地点头。他那样子让我心里很不踏实,觉得他的神经已经绷到了极致,说不定什么时候就会断弦。

果然。轮到他单独报幕的时候,一开口就出了纰漏。

那个节目是我们一个叫胡先胜的同学表演笛子独奏《陕北好》。徐士良从侧幕里走到舞台中间,凑近话筒报幕:"下一个节目,独子笛奏……"台下顿时就笑翻了天。

他自己还不知道哪里出了问题,只好在笑声中重报一遍。"请听独子笛奏,《陕北好》。"然后带着僵硬的笑容退了下去。

小梅站在侧幕条里头急得直跺脚,等他退回来,赶紧指出错误,徐士良才恍然大悟。那天是正式演出,错了是补不回来的。他懊悔得要命,用拳头使劲捶自己的脑袋。"笛子、笛子、笛子!唉,我怎么笨成这样了?笛子,独奏,这怎么会错呢?唉。"

大幕一拉开就不能停,很快又轮到他报幕了。这一次他认真吸取了教训,上台之前眼睛都没离开过节目单。那个节目是男声小合唱,歌曲的名字叫《我们都是一家人》。

直到上去报幕之前,徐士良嘴里还不停地背诵那首歌曲的名字。当时他已经不怎么慌乱了,本来可以顺利报幕的,台下的观众看见他走上来竟哄堂大笑。还有一些家属的小孩子跳着脚有节奏地瞎起哄:"独子笛奏,独子笛奏……"

一时间徐士良非常尴尬,强笑一下,朝台下鞠躬表示歉意,接着就出了更大的漏子。"下一个节目,男声小合唱,我们一家都是人。"这次他当即就知道报错了,忙不迭地做了更正,"对不起,又错了。请看男声小合唱,《我们都是一家人》。"

也许他不更正还好一点,一更正,台下的观众都回过神来,笑得在座位上打翻滚。

徐士良那会儿羞愧得无地自容,捂着脸飞一般逃窜到后台,再也不肯出台露面。

多亏了女报幕员是宋玉香。她最大的优势是生得漂亮,化了妆往台上一站,上千名观众顿时鸦雀无声。

其实她报幕真不怎么样,口音都不太纯正。她的服装也没有任何特点,只是一身没有帽徽领章的绿军装,那身材反而更加娴娜多姿。也许她对自己的容貌极其自信,报幕的时候从容不迫。观众动不动就给她热烈鼓掌。

宋玉香还算是有同情心,上来就向观众解释说:"非常对不起,我们的男报幕员最近身体不太好,正在吃药,脑子有时候突然断电,请大家多多原谅。我再次替他向工人同志们鞠躬道歉吧。"

她鞠躬的样子非常优雅。观众看得心如潮涌,欢声雷动。

往后的节目就看得人越来越兴奋,基本上都是大合唱。

之所以让人开心,主要是好多从来没有抛头露面过的老工人都上台表演,神情还格外庄重。都是一些熟得不能再熟的面孔,台下的人就吆喝喧天,铆着劲鼓掌助威。

我觉得这形式也不错。自己的节日,参与进来自然而然唱两首歌也挺不错的。可惜太一本正经,反而没达到那种效果。尤其在歌曲的选择方面没动太多的脑筋,每个车间的代表队都唱同样两首歌。一首是《咱们工人有力量》,另一首是《戴花要戴大红花》。

我们翻砂车间代表队还算是别出心裁,

由八个老工人的家庭成员组合而成。我师傅一家人站在第一排领唱,一亮相台下就哈哈大笑。不知道是不是换上了新衣服的原因,幕布拉开,聚光灯照耀在脸上,一个个紧张得手都不知道该往哪里放。

高大威猛的吴启军既是指挥又是手风琴伴奏者,要求过于严格。宋玉香报完幕退场都快一分钟了,他不放心。众目睽睽之下,还继续跟八个家庭的表演者反复交代着注意事项。然后用手风琴拉完过门,腾出右手在空中划一个大圈,拖长声音发令:"起——唱!"

我师傅那会儿有点懵,不知道从"起"开始还是从"唱"开始。幸亏毛妹子节奏感不错,她倒是踏上了点子。

我师傅落下了两三拍,赶紧将功补过,放声追赶,反倒把失误扩大了。不仅拖了节奏,调也跑了好几度。

八个家庭二三十名老小,尽管声音参差不齐,情绪却非常饱满。大家相互将就着,到底把《咱们工人有力量》唱完整了。

第二首歌表演得相当完美。吴启军编排这首歌的时候很有想法,让我师傅的两个小家伙先用童声领唱了一遍,而且还是无伴奏演唱。一股清流在礼堂上空悠悠漫延,特别感动人。

毛妹子和毛坨的尾音刚刚落下,吴启军身体一耸,使出全身力气,手风琴拉得激情澎湃,将那八个老工人家庭的忠诚情怀煽得炉火一般炽热。应该说那是整台联欢晚会当中的一个闪亮点,一首《戴花要戴大红花》唱得节奏准确,字正腔圆。

我师傅含着热泪倾情领唱,真的就把台下观众全部带发了。最后一遍是两千多人齐声高唱,那气势差点就要把屋顶掀翻。

我心里一直挂念着徐士良,晚会刚散就赶到了后台。

徐士良坐在化妆椅上,哭了个昏天黑地。画眼线的黑颜料掺和在泪水里哗哗啦啦往下流,跟面部的红颜料胡乱混合。一张脸搞得鬼画桃符一般,要多难看就有多难看。

我刚刚走进去,脚跟脚又走进来了一名四十来岁的女干部。

她是小梅请过来的四车间赵主任。徐士良说是四车间知道他当报幕员特别高兴,觉得他给车间挣了面子,没想到自己反而给车间丢了脸,他要当面向车间主任赔礼认错。

赵主任安慰徐士良:"没关系,没关系的。联欢嘛,大家开心就好。你这就叫歪打正着,反而收到了出其不意的喜庆效果。哈,多好啊。"

徐士良一听又嚎啕大哭:"主任,我犯了错误啊。"他痛苦得捶胸顿足,"我犯的是政治错误呢。我说我们一家都是人,那怎么行啊?"徐士良声音一直在颤抖,"主任,我那是污蔑工人阶级啊。"

赵主任听得哈哈大笑,说:"一家都是人,那叫污蔑吗?哈,你又没说不是人。行了,小徐,根本就不是问题。谁说话不闹点口误?小事一桩,哪有那样严重?别给自己上纲上线。啊?"

我在边上听得很感动。徐士良遇上了一位这么细腻的车间主任,他真的算是很幸运了。

后台有几级台阶。安慰完徐士良,我就从那儿走了出去。

外面有一盏路灯。几名参加演出的女青工意犹未尽,站在路灯下嘻嘻哈哈交流着什么。

看见了我,一位女青工就走了过来。

"杨哲民?是你啊?"她问了声,"你怎么不参加演出?"

灯光不太亮,我辨认了一下,是宋玉香。跟别人不一样,她故意没有卸妆,手里还端着一个小饭盒。

"嗨,宋玉香?"我开了个玩笑,"妆化得真的好,比平时更加漂亮了。哈,难怪舍不得卸掉。"

"你真这么认为吗?"她还听得很高兴,"你的评价很重要哦。说句真心话,我宋玉香平时也很漂亮吗?"

"那当然。你往舞台上一站,下面多少人都坐不住了。难道你没感觉出来?"我半开玩笑半当真地夸她。

她听得很高兴,把手上的饭盒往我面前一递:"好喜欢听这话,那就赏你两个糖油粑粑。"

"赏给我吗?哈,这可是无功受禄啊。"我也不客气,抓过一只就吃。那味道非常不错。

"不是特意赏给你的。徐士良一上台就砸锅了,怕他难受,就买点东西慰问他,妆都没来得及卸。"她说话倒很率性,"送到后台,他又死活不肯吃,一边哭一边怪我,说是我抢了他的风头。"

"别想多了。"我赶紧替徐士良解释,"他心里难受呢。"

"杨哲民,放心。即便他怪我,我也不会在意。这一路走过来,抱怨我的人多着呢。"她朝路灯下看了一眼,"哟,我得赶紧过去了。说好了几个姐妹一起吃的。"然后她像一阵风似的飘下去了。

望着她的背影,我觉得这个人跟刚刚认识似的。

总以为宋玉香是个木讷寡言的女子,没想到她性格还挺开朗,为人也很随和。端着一盒糖油粑粑,还站在路边上吃得有滋有味,没有一点不食人间烟火的毛病。

十一

五一节都过去了半个来月,我才想到还有一个姜红梅。

放假期间,我怎么不去找她?人家毕竟是女孩子,我不去找她,难道还想等着她来找我?

但是我得实话实说,没能见到她,也不全是我的问题。

厂里一进入下半年就特别忙,我们车间从一季度的六天开一炉,改成四天开一炉。到了五月份,三天一炉都跟不上计划。听说十月份更紧张,两天一炉都来不及。高温夺高产,非得一天一炉不可。

虽然几个月没见上面,有关姜红梅的消息倒是没间断,还都是从我妈嘴里听说的。

有一天我回去看我妈,她忽然问我:"那个妹子,她是哪个地方的人啊?"

这话来得非常突然,都不知道她问的是谁。

"妹子?哪个妹子啊?我怎么听不明白?"

"还跟妈装糊涂?"我妈笑了,"就是政工科那个小姜嘛。"

我笑了笑:"哦,她啊。那是我的同班同学。您要问她是哪个地方的人,我还真的不清楚。"

"你看看,你看看。"我妈有点认真了,"哪里人都不清楚,怎么要得呢?那就算了,这事儿要不得的。"

"什么要得要不得啊?"我真没听懂她

的意思,"妈,您心里有什么话,就跟我明说呗。"

我妈没有明说,心里琢磨了一下,绕了个弯:"你舅舅他们工厂是有规定的。学徒期间,好多事情都搞不得,会开除的。比如说,谈对象什么的。你们厂没这个规定吗?"

"妈,您这叫淡吃干鱼咸操心。姜红梅跟我什么事儿都没有。"我很认真地告诉她说,"最多只是两个人印象还不错。"

"那就对了。"我妈放心了些,"其实我对她的印象也好。妈真的没见过这么好的妹子,三天两头就过来看我。每次都带点小菜,还总是问我缺不缺什么东西,一来就抢着帮我挑水。"她起身揭开水缸的盖子,"你看看,水缸每天都是满满的。"

说实话,我妈讲的这些事情我还真的不知道。帮我妈买菜,替我妈挑水,还三天两头过来嘘寒问暖,这些事情肯定都不在骆青涛交待的工作范围之内。

那天从家里离开,我心里格外踏实。我妈对姜红梅的看法极大地鼓舞了我,就跟岳母刺字一样,给了我目标,也给了我借口。

就算是替我妈着想,我也得想方设法跟姜红梅走得更近。

几天后开炉的时候,那台给冲天炉投料的卷扬机忽然出了故障。往炉口投料的铁斗被卡住了,鼓风机瞬间紧急跳闸。

炉火正在燃烧,铁水正在熔化。无论是生料还是熟料,一分钟都不能中断。尤其那台鼓风机绝对不能停下来。铁水要凝结在炉膛里,冲天炉就将整体报废。

事故的严重性大家心里一清二楚。机声陡然静止的一瞬间,整个车间人心惶惶,大祸临头一般。

"甩开卷扬机,鼓风机强行启动。"我师傅当即一声怒吼,"人工投料!所有人都给我上!"

全班人二话不讲,应声扑到了冲天炉前。呼叫声此起彼伏,一人一副箩筐,挑着生铁焦炭就往上攀。那一刻真的让我见识了什么才叫赴汤蹈火。

班上有一名固定的临时工叫汪春廷,外号"春不老"。一米八的个头,谁都看不出他已经六十岁年纪了。师傅说他一顿吃得下一斤大米,一肩挑得起四百斤担子,我还以为是取笑他。那天我亲眼看见他现了一回本事。

往炉子里加料都要称重量。他那两筐生铁,一头一百二十公斤。汪春廷把两条扁担叠起来,勾住箩筐就往肩上送。

我师傅赶快拦他:"春不老,搞不得的。超重太多,两条扁担都会断。"话没有落音,汪春廷一声吼,腰杆一挺就站起来了。

那种气魄叫英雄盖世。小五百斤重的一担生铁,硬是被他挑上了十来米高的冲天炉口。

人工投料是没有办法的办法。效率实在太低了,浇铸出来的成品质量也差。人还累得要死要活,从下午六点一直拼到午夜转钟。灭火熄炉的时候,所有人一屁股坐在地下,再也不想动了。

我师傅一个人围冲天炉转了两三圈,跟心疼儿子似的唉声叹气:"这卷扬机真的该死,早不卡迟不卡,害得我把人当铁用。"然后朝我们问了句,"今晚上轮到谁修整炉膛?"

梁师兄扬了扬手:"我。"

"算了,你休息。"师傅有点瞧他不来,

"这炉膛，今天受了太大的损害，还是我自己来。"

梁师兄累得一声谢谢都说不出来，只是朝师傅打一拱手。

"卷扬机报修，明天的炉还开不开，什么时候开，都还不晓得。大家赶紧去洗澡，明天睡到几时算几时。"师傅随手捡起一块焦炭，朝卷扬机狠狠地扔了过去，"狗日的，假如你是人，老子肯定抓你去坐牢。破坏生产是什么罪恶，你晓不晓得？呸！"

根据以往的经验，卷扬机出了故障，抢修起码要一到两天，还得看备件齐不齐全。

这就是说，我们至少有了一天的休息时间。

早上醒来一身都疼，想睡又睡不着，心里就总想着姜红梅。

昨天晚上就起了念头，趁着有时间，无论如何也得跟她见一面了。从那次给我妈弄房子之后，再也没跟姜红梅说上一句话。她在科室我在车间，上班走的是两个方向。去食堂吃饭偶尔碰个面，不是她身边有伴，就是我周围有人。最多只笑一笑，错肩而过。我们偶尔也打个招呼，平平常常，就跟过路的普通人一样。我都怀疑她是不是把那天跟我的相处忘记了。

我当然相信，她跟我在一起的感觉一定很美妙。但或许她跟别人在一起也是那样美妙呢？

幸亏那天我妈告诉了我一些事情，我才坚定信心，觉得她对我跟对别人不可能是一样的。与其妄自猜疑，还不如主动找机会接触。毕竟我是个男人，男人不争取主动，反而这也担心那也猜疑，万一好事落空，那就不是别人的问题了。

起床后我又有些茫然。今天不是周末，虽然我有时间，姜红梅还得上班，该怎么找她才合适呢？政工科是不好去的，让骆科长看见，不是事都是事。中午到食堂外头等她吧，又拿不准钟点。在门口游来晃去地痴望傻等，别人看见了又算怎么回事？

洗漱完毕，想到我的那副墨镜昨天被炉渣溅得很模糊。要不赶紧清洗，结了痂就难得弄清晰了。昨天下班走得急，忘记在工具柜旁边了。

这得赶紧找回来。虽然今天没上班，车间的临时工是不休息的。那些临时工来自周边农村，还有不少职工的家属，成分复杂。要让他们捡去，基本上就找不回来了。按规定，厂里一年只给我们发一副劳保墨镜。那东西对于我们炉前工又一天都离不得的，我就匆匆忙忙赶到了车间。

刚走到车间门口，雷元干从车间办公室里面走了出来。我告诉他我的墨镜忘记在班上了。

他还是没想明白："拿墨镜啊？那玩意儿人手一副，谁会要啊？非得今天就拿？"

我含糊了声，直接朝熔炉班那边走了过去。墨镜果然还在工具柜旁边。

找到了也就不着急了。出了车间大门，正慢慢悠悠往回走，身后忽然有人叫我。一回头，正巧是姜红梅。

"是你？"我呆呆地望着她，"你到这儿来干什么？"

姜红梅紧走几步跟上了我："找雷主任，需要一些数据。"她朝我笑了笑，"刚才你跟雷主任说话，我就在车间办公室抄资料。"

"是吗？"我立即想起了雷主任问我的那句话，这才明白过来，他还以为我是来找姜红梅的："你这是回政工科？"

335

"是啊。"姜红梅见到我也非常高兴，"你呢？现在去哪儿？"

"没目的。"我说，"今天休息。一会儿回宿舍看看书。"

"好哇，那就一起走。太长时间没跟你说话了。"

我竟然有点犹豫，不由自主朝四周看了一眼："一起走？"

"一起走怎么啦？"她似乎知道我在顾忌什么，竟毫不在乎，"大白天，有什么好怕的？"

"倒也是。"她那句话突然点醒了我，灵感就上来了，"晚上呢？你怕不怕？"我盯住她的眼睛。

姜红梅果然没那么爽快了，似乎还很敏感："干吗？今天晚上，我可能得加班哦。"

我赶紧往回收："是吧？那就算了。"

走了不到十米的样子，姜红梅忽然放慢了脚步。我感觉出来了，她好像有点后悔，觉得不该拒绝我。我又不好再开口约她，场面上就有些尴尬了。

姜红梅倒不怎么拘束："知道我来你们车间干什么吗？跟你有点关系呢。科里让我来收集一下你师傅的情况，市里开始评选年度劳动模范了。"

"这么说，也有我师傅的戏？"

姜红梅听得哈哈一笑："怎么说话啊？什么叫有他的戏？"

我也笑了一下："这是我们熔炉班几个师兄的说法，大概相当于有他一份的意思吧。"

"当然。"姜红梅完全站住了，"推选劳模的建议名单里头，的确有你师傅的名字。总共三个候选人，最终确定一个。初步征求意见的时候，有人反映说，你师傅做人不扎实，喜欢做表面功夫。就像你刚才的说法，大概是有点做戏的成分吧。"

"那可不对。"我当即表示反对，"要说做人，那就不知道还有谁比我师傅更扎实了。"

姜红梅这才意识到话说多了，赶快叮嘱我保密。

"放心吧老同学。"我非常大度地回答说，"要是不信任我，你也不会跟我打听情况。哈，姜红梅，我这不是自作多情吧？"

她听得掩嘴一笑。

"这句话我喜欢听。"她略微停顿了一下，"还以为只有我一个人自作多情呢。"

"哦？姜红梅，"我心里怦然一动，"什么意思？"

姜红梅取过一张纸条："刚才听见你跟雷主任说话，我好玩写了几个字。"然后往我手上一塞，"听我的，等我走远了再看。"

我还在发愣，姜红梅把头一低，擦着我身边一阵风似的离开了。不是我感觉过敏，那阵风里头真有一股特别好闻的气味。

然后我打开纸条，简短几句话看得我整个人都飘起来了。

没人的时候，你叫我梅子。除了我父母，你是第一个。另外，如果你妈妈也愿意这样叫我，她老人家是第二个。还有一句话，你要一辈子记在心里：从此以后，不可能有第三个了。

十二

提名我师傅当劳模候选人的消息被封锁得严严实实。

雷元干是车间主任，他肯定知道。除

了他，翻砂车间所有的职工当中绝对没一个人知道。偌大一个车间风平浪静，该干什么干什么，一切照旧。

第二天上班，我注意观察师傅的神色，他好像不知道这个消息，也是该干什么还干什么，没任何忧虑，也没任何欢喜。我甚至觉得他在言谈举止方面比以前更加沉着，更加淡定。

我怀疑那只是一种表面现象，他怎么会不知道呢？厂工会莫主席是他的堂兄，完全有可能告诉他。

知道也好，不知道也好，至少他已经发生了一些变化。沉着淡定就是变化。谁都了解我师傅，他从来不喜欢平稳安静，每天上班都会挑出好些毛病来批评别人。

谁都不敢不听他的话。熔炉班所有的炉工都是他带出来的徒弟，至少目前还没一个人敢打师傅的翻天印。炉工技术含量不高，随机应变，全凭经验，这方面谁都别想超过我师傅。

汪春廷不是他徒弟，只是一个临时工，他的饭碗在我师傅手上攥着。偶尔敢跟我师傅冲顶几句，那也得看脸色来，他不敢真把我师傅惹火。有人开玩笑说熔炉班就好比一个独立王国，我师傅就跟国王似的，成天不是责骂这个，就是呵斥那个，话讲得粗鲁，哈哈也打得响亮。

自从姜红梅给我透露消息之后，这个王国突然变得异常沉寂。我师傅闷着头做事，一句多话都不讲。呵斥声哈哈声戛然而止，师兄们反倒很不适应了。

感觉到这种变化的人，还不限于我们熔炉班。

那天我正在补炉槽，吴启军到班上来找我，说他师傅想跟莫班长商量一下大砂型浇铸的流程问题。

"你师傅？哪个是你师傅啊？"

"段师傅，段一村呢。"

"哦哟，段师傅啊。"我师傅赶紧起身，抬脚就往翻砂工段走，"怎么不早讲？段八级找我，那可不敢耽搁。"

吴启军望着他的背影，小声问我说："你师傅这几天家里是不是出了什么事儿？就跟变了个人似的？"

我当然知道其中的原因，可我不能告诉他。

"应该没变化吧？"我故意说，"我好像没什么感觉嘛。"

"没感觉才怪呢。"吴启军不相信，"翻砂工段那头，好多人一边干活一边打听。我师傅从来不问闲事的，连他都知道了。"

"段师傅吗？"我心里有点紧张，"他知道什么了？"

吴启军显得很惊讶："他老婆小产了。"吴启军朝炉前炉后扫了一眼，"怎么回事儿？你们这些做徒弟的，师傅家出事了都不知道？"

听他么一说，我才知道自己判断出差错了。

心里也有一点疑问，那次去师傅家，师母好大一个肚子，但都大半年了，怎么现在才小产呢？

当天晚上开完炉，师傅跟往常一样，一个人留在炉前收拾工具。我没急着回宿舍，趁着没人，就跟师傅打听了一句。

师傅半天没有吭声，掏出一只小铁盒，从里面抓了些烟丝，用纸片卷个喇叭筒，划一根火柴叭嗒叭嗒吸了好几口，然后偏着脑袋问了句："民儿，告诉师傅，这话你是听哪个讲的？"

"上午吴启军过来问，我才知道。"

"就是段一村收的那个徒弟？"

"是。他是我同学。"

我师傅点了点头："照这么讲，段一村肯定也是晓得的。"他脸色开始阴沉，"民儿你给我听好了，你才进厂，不晓得好歹。段一村那人坏得很，晓得不？我们老工人都不叫他的名字，只喊他'短一寸'。那人缺德，跟在别人屁股后头莫朝主席唱反腔，还不晓得天高地厚，说雷元干当车间主任还不如让他段一村当。呸，他做梦呢。"

这些事我当然搞不清楚，也不想插嘴："那，师母的事是真的？上次去您家我也看见过，又不好意思问您。"

"不是那个。"师傅把喇叭筒烟卷掐灭，"那一个没救住，死半年多了。"他有点伤心，"唉，也只怪得我，不该听你师母的。她非要回乡下去生。卫生院的赤脚医生又没个卵本事，还没生出一半就死了。日他的。是个男伢儿，好可惜。"

我才知道错得太远了："那，吴启军听到的全都是谣言？半年多以前的事，怎么还拿出来造谣？"

师傅竟然不置可否，过了一阵才说，不是造谣，那也是真的。

"民儿，我带过好多徒弟，就喜欢你一个。你嘴稳，不乱讲话。你师母刚刚流产，三天之前。"

这下我就理清楚了。

"这样吧，师傅。"我也不想那么多了，"明天下班，我邀上几个师兄，一起去看看师母。您看看家里还缺什么不？"

师傅也不见外："那就买两斤红砂糖过来。母鸡贵得要命，你们就算了。昨天莫主席的堂客送了两只，还没来得及杀。听我的话哦，讲不买就不买。"

"鸡蛋还是买一些吧？"我笑了笑，"师母好像很喜欢吃。"

"那是她的命。"师傅也笑了，"那就买两百个。"

那个星期轮到我配料，每天要比别人提前一刻钟上班。

配料员的任务是清点开炉时需要的各种材料，然后在配料单上签字画押。这道程序看似轻松，责任却相当重大。开炉过程中万一遇上材料短缺影响进度，签字画押的人必定会扣工资受处分。

我掐准时间，七点二十分就赶到了车间门口。那个时间两扇铁门还没有开锁。车间办公室特意为熔炉班多配了一把钥匙，就是专门给值班配料员准备的。

掏出钥匙刚要去开锁，忽然发现那锁是开着的，从熔炉班那个方向传来咣当一声巨响。车间里头空空荡荡，到处都发出了回音，接着又响了好几声，我才分辨出那是有人在敲打鼓风机的送风管。

推开大门跑过去一看，我师傅手握一只铁榔头，围着那条送风管正在上下查看。他其实知道我来了，只是不想停。敲打了好一阵，才叫我过去："它要是不通了，鼓风机就会过载，会烧掉的。"

"它会不通吗？"我觉得有点不可思议，"这管道，直径差不多一米呢，什么东西能堵住它啊？"

师傅当时就教训了我几句。

"你看看，脑子里真的缺少一根弦。当然啰，一般情况下都是通的。那万一有人搞破坏呢？"

我没敢再说。心里却在想，难道有这种可能吗？

"你以为不可能啊？"他居然猜到了我的心思，"春节的时候，就有人往里头塞进去一条棉被。通风管堵了个严严实实，鼓风机都发烫了。多亏有自动保护，跳了电闸。你晓得中途断风后果好严重吗？铁水结了板，炉衬全部报废，厂里花了几万块钱才修好。"

"哦？还有这事儿？您不讲，我还不知道呢。"我想了一下，"也没听师兄们讲过。"

"他们都晓得，只是不能乱讲。保卫科把车间贴上封条，公安局过来勘察，当场定性：那是坏人搞的破坏。好几台警车查了一整天。警察带过来几条狼狗，还都是德国进口的。"

"结果呢？"我追问了句，"查出来了吗？"

师傅摇了摇头："到现在还没有结案。"他好像很有信心，"不是讲天网恢恢吗？迟早要结案的。反正要提高警惕，晓得不？"

破坏生产是严重的犯罪行为。以前觉得那种犯罪离自己非常远，冷不防身边就活灵活现地发生过，心里就警惕了。

"那，棉被是怎么塞进去的呢？"我朝通风管看了半天，问师傅说，"这管道都是密封的。破坏分子本事再大，也钻不进去啊，除非用氧气枪切割一个口子。"

"切割什么？现成的口子。"师傅指着通风管的腰间位置，"看见了吗？这里有个检修窗呢。"

我看见了。通风管靠近鼓风机的地方，焊接了个法兰头。以前我还以为是分流的备用接口，师傅一说才明白，那就是为修理管道特意设置的检修窗。椭圆形，半米高，跟肩膀差不多宽，爬个人进去略微有点困难。当然，管道一般不怎么出故障，不需要经常爬。检修窗的椭圆形铁门常年关闭，旋转拉手都有点生锈了。

说着话上班的电铃响了。师傅一弹而起，转身朝冲天炉后面跑："哦哟，你看看，一讲话就忘了时间。卷扬机还没检查呢，刚刚抢修过的，再出问题就麻烦了。"

他跑到电器柜旁边，一把就合上了电闸。卷扬机立即启动，飞轮带动钢丝绳，把一只空料斗提升到冲天炉顶上，哗哗啦啦翻转过来，又叮叮当当回复原位，嘎吱嘎吱往下降。那声音虽然比不上敲打风管响亮，却更加嘈杂，更加尖利刺耳。

看见师傅忙手忙脚那样子，我真的有点不理解。有必要弄出这么大的动静吗？开炉是每天下午的事情，什么时候检查机械都来得及，非得一大清早搞得如此慌乱？

其他工段上班的工人已经陆陆续续走进了车间。听见熔炉班这边机声轰响，一个个都朝这边看，我才意识到了一点什么。师傅是想让更多的人看见他提前到位，有点明人不吃暗亏的意思。

九点半钟的时候，余师兄拉了我一把。

"哲民，师母来了。"

从熔炉班到车间大门，中间隔着翻砂工段，大概几十米的距离。目光从那些翻砂工头顶上越过去，就看见我师母已经走进车间大门。远远望见她，果然瘦了很多。

小产过后的女人受不得凉风，师母就用一条白毛巾箍在额头上，手里提个小竹篮，走路都显得有气无力。

男人上班的车间里突然进来一个女人，引得翻砂工都朝着她看。他们当然认识我师母，只是觉得那样子很扎眼。满车间的人都听说了她流产的事情，好奇心顿时就膨胀了。

"莫师母，几天不见，好苗条啊。这些日子练什么功夫了？"

我师母没精神理他们："讲鬼话不？还苗条。"她往车间里头望了几眼，"我屋里

339

那莫老鬼呢?他在哪里上班?"

"在熔炉班呢,你又不是没去过。"一名年纪大点的翻砂工朝她手上的篮子看了看,"喷香的,什么好东西啊?"

"早饭。你以为是什么?稀饭馒头。"我师母一肚子怨气,说话声音都大了很多,"我屋里那个死老莫,就跟中了魔一样,整个晚上睡不着。半夜三更讲梦话都离不开熔炉班,又是安全生产,又是技术革新,声音又大,吵得一屋人睡不好。"

翻砂工段那边好多人都听得笑了:"不是讲梦话吧?半夜三更,那是在陪你一起操练气功吧?哈哈哈哈。"

雷主任听见笑声,赶紧从办公室走了出来。

"哎呀,是莫师母啊。可要当心身体啊。您不能到处乱跑,晓得不?"

"我有个鬼的办法?"师母诉苦一般数落个不停,"你师傅那个死东西,清早就往车间跑。工作就那样重要啊?自己的家,就那么不重要啊?我这个老婆还要不要啊?"她越说越气愤,"干脆,索性跟我离婚,索性跟冲天炉结婚去。这个老不死的东西。"

雷主任赶快接过篮子:"莫师母,消消气,啊?早饭交给我吧。赶紧回去休息,身体是革命的本钱。您还在月子里头,万一伤了风,那不就更加影响莫师傅的工作了?"

去食堂吃午饭的时候,正好碰见吴启军和他师傅段一村。段师傅对我师傅看不上眼,说话就阴一句阳一句的。

"哈,师母坐月子,爱徒们打算买点什么礼物孝敬她啊?"

"跟几个师兄凑了钱,买点鸡蛋吧,还有红糖。"我回答说。

"多买点猪油。晓得不?"

"段师傅,为什么要买猪油啊?"我没听明白。

"一来可以润喉咙,油嘴滑舌嘛。"段师傅一脸坏笑,"二来呢,可以当卸妆油用。演双簧是要化妆的,晓得不?"

我感到有点难堪,赶紧闷头离开了。

第二天清早我师傅还是比我先到班上,还是把鼓风机卷扬机开得震天响,还是九点半的时候,我师母准时来送早饭。

走进车间照样有好些人跟她玩笑,师母也照样抓住一切机会抱怨我师傅。

按我老家说法,她那叫"吵理手架"。理手相当于内行的意思,小骂小帮忙,大骂大帮忙。听上去像是指责师傅不关心家人,实际上全都在宣扬他大公无私,宣扬他舍小家顾大家。

第三天我师母又来送早饭了。

这一回连我师傅脸上都有点挂不住了,把我拉到一边,小声让我下班后劝师母明天再莫送早饭了。

我不愿意去。心里头琢磨了老半天,师傅才叹了一口气:"民儿,你是不是也觉得,师傅这是在假装积极?"

这句话还真把我给问住了。

师傅摇了摇头:"连我自己都觉得好丑。日他的,劳模的事,我晓得上头有那个意思了,就想每天要来得更早一点,做得更积极一点。这不就有私心了?人一有私心,那还不就做过头了?唉。"

他这话说得很诚恳,我便索性问了句:"师傅,师母每天都过来送饭,也是您的主意?"

"民儿,这么讲就冤枉师傅了。"他说得很清楚,"那真是你师母的主意。只怪我不该告诉她劳模的事，搞成了一个泡泡。唉，我这叫走绝路。要是没当成劳模，那泡泡不就吹破了？"

师傅决定还是自己去解决。

打那以后，师母就再也没送早饭过来了。

师傅来车间的时间不仅没推后，反而来得更早。照样用小榔头敲冲天炉，还把耳朵贴上去仔细听。机器也照样早早地开动，每个传动部分他都检查得很仔细，就跟关照自己屋里的家什一样。

事实果然战胜了流言。每天都这样坚持，看在眼里的人心里就有点惭愧。闲话慢慢地没有了，讲好话的人也就多起来了。

有一点我还是很佩服他的，我师傅这人特别能持之以恒。师兄们都互相打趣说，师傅他这提早上班要是养成了习惯，咱们熔炉班就得改一改作息时间了。

这只是一句玩笑话。谁都不当真，偏偏汪春廷一个人听得来火，扔掉扁担就骂开了。

"改作息时间？我看哪个狗日的敢。"他指着我那几个师兄说，"你们都是吃公家饭的人，拿的固定工资。我一个卖劳力的，拿计件工资，多搞一分钟多给一分钱，晓得不？"他真发了大脾气，都义愤填膺了，"我汪春廷上过莫胡子的当，哄我做临时工。日他的，哄了还想哄啊？这回我偏偏不听。他莫胡子算老几？哪怕皇帝老子开口，我汪春廷都不多搞一分钟。"

那会儿我师傅正好有事不在旁边，几位师兄谁都不接他的茬。

汪春廷刚刚转身离开，梁师兄就朝我做了个鬼脸："哲民，有件事情你还不晓得吧？"梁师兄诡秘地笑了笑，"这个老王八，他跟咱们师傅还是同靴兄弟呢。"

我听得云里雾里："你说什么？什么叫同靴兄弟啊？"

"嗨，这都不懂。"梁师兄朝四周看了一眼，小声说，"他们两个，睡过同一个女人。没人给你讲过吧？"

"是吗？"我心里一紧，"还有这样的事儿？"

梁师兄赶快摆手："莫要到处讲，肯定是真的，只是熔炉班已经没人知道了。年纪大的几个师傅，死的死了，退休的退休了。"

"那你是怎么知道的？"

"告诉你不要紧，过去师傅跟我们家就是一个村的。建厂之前，都是这后头的菜农。你也不知道那个女人是谁吧？"

"谁啊？我认识吗？"

"怎么不认识？那就是咱们师母呢。"

这话吓我一大跳："真的？你是说，师母也跟汪春廷好过？"

"嗨，何止是好过？"梁师兄说得很肯定，"师母是后乡山里头的人。汪春廷跟她同乡，把她带在身边做临工，走了好多地方，最后找到我们厂里，才没有再走了。"

"那是什么时候的事啊？"

"过苦日子的时候。那时候师傅当班长都好几年了，还是春不老牵的红线呢。"梁师兄阴阳怪气地笑了笑，"那老鬼养不起师母，就动了脑筋。跟师傅说，这女的在乡下会饿死，我又没本事养活她。你做点好事，娶了她做老婆吧，又不要出彩礼，把我安顿好就行。师傅问他想怎么安顿，春不老说，你把我招工到厂里来，就在你班上做事。"

我就想起了刚才汪春廷说的话："汪春廷说师傅哄他做临时工，就是指这件事情吧？"

"当然，他一直怀恨在心，动不动就说师傅答应他了又不兑现，进来才晓得只是个临时工。其实师傅还真帮了他大忙，跟莫主席磨了好久才把他搞进了厂。他又不懂政策。临时工也分几种呢。搞得长的都是厂里发工资，那要报计划上去，由市里批下来才算数的。"

"汪春廷后来呢？他就一直没结婚？"

"那老鬼从来只顾眼前快活，仗着身板硬朗，到处玩女人。一晃六十岁了，钱又没攒下几个，他还结个鬼的婚啊？"

我回想了一下汪春廷那一脸的白胡茬，不禁笑了："倒是奇怪。那个鬼样子，也有女人愿意跟他玩？"

"花钱呗。这个春不老，别的方面小气得要命，只要搞不正经的事情，钱就当成了解手纸。"

十三

五一节好像没过多久，眼睛一眨又要过国庆节了。

前两天我偶尔遇见了小梅。这个傻大姐个子高大，在学校里也是校女子篮球队的主力球员，打中锋位置。我是学生会的文体委员，跟她的关系还很不错。进厂以后各忙各的，倒是很少见面。

五一节过后，吴启军告诉我说，小梅跟徐士良正式谈了对象。这事还真的有先兆：进厂时候档案室里留过照片，徐士良躺在小梅的膝盖上。

我只是觉得他们两人并不相配。跟小梅并排站在一起，徐娘还没她肩膀高。吴启军就笑话我说："你对徐士良了解得不深刻。徐娘那小子，从小就有恋母情结。那

叫母性依赖症，你懂不懂？"

"那，小梅呢？"我不同意他的观点，"未必她也有点不正常？总不会有什么小男人依赖症吧？"

"还跟我争论。"吴启军哈哈一笑，"铁的证据每天都在眼前。你师傅跟你师母，不也是脚短鞋长吗？哈。"

当然，想不明白也只是想不明白。人各有志嘛。

那天从厂子大门走出去看我妈，小梅买了一些回家的礼物，正好迎面碰上了。她兴致勃勃说起假期同学去向，第一个就说到政工科要加班，姜红梅不回家。

我觉得这是个机会，顺口便打听了句："大梅她的家在什么地方啊？"

"福建吧。"小梅知道得也不多，"好像是什么军区，反正她家是部队上的。具体干什么，她从没说过，我也不清楚。"

尽管小梅说得不很清楚，我已经听得很心满意足了。既然姜红梅不回去，国庆放假几天我就有了机会。

事情很凑巧，跟小梅道别之后回到我妈家里，姜红梅正好在那儿。看见我回家了，姜红梅就站了起来。她不愿意跟我同时陪伴在我妈的眼前，微笑着朝我点了点头，起身便向我妈告辞。

我妈见挽留她吃饭不行，就让我送她。

路上没什么人，我就有一搭没一搭地问她。

"生产车间都不加班，科室还加什么班啊？"

"你应该知道的。"姜红梅并不避讳，"劳模的申报材料，国庆节过后就得报机电局。上次我告诉过你啊。"

"啊，就是包括了我师傅的那些材料？"我仍然问得自然而然，"梅子，能不能透个

342

字儿？我师傅还在三分之一里头吧？"

听见我叫了声梅子，姜红梅就甜蜜地笑了。

"哈，告诉你也没关系。你师傅的名次还往上升了一位。从第三上到第二了。"

我觉得完全应该："那就好。最近我师傅家里出了点事情，他又当爹又当妈。工作还搞得越来越起劲了。全车间的人都看在眼里，挺佩服的。一般人真的很难做得像他那样。"

姜红梅侧头看了我一眼："你真这么觉得？"

这一问我又有点犹豫了："怎么？还是有点不同的意见吗？"

"不是有点，还不少呢。"她云淡风轻地笑了笑，"当然，问题要客观地看。你们车间党总支还是非常肯定他的。"

我觉得不能再往下打听，就转移了话题。

"对了。三天假期，你不会每天二十四小时都要干活吧？"

"当然不会，没必要。"她说得很肯定，"时间都由自己掌握，只要不耽误材料上报就行。"

我鼓起勇气问了句："有没有可能，抽时间去我妈家吃顿饭？"接着又赶快补充，"或者就我们俩，找个清静的餐馆？"

"哲民，凡是吃饭的时间都不行。"她说得很肯定。

"为什么？"我听得一愣，"再忙也得吃饭啊。"

"不是，都安排满了。"她摇了摇头，"明天去骆科长家。他父母住乡下，我们科的人都得去，骆科长早两天就邀请了。"

"那，后天，大后天，不是还有两天时间吗？"

"后天去申科长家，他是我们副科长。大后天王秘书早就做好了安排。人家是厂办秘书，跟我叮嘱了不下五次。"姜红梅的考虑非常周到，"骆科长家去了，申副科长家里也去了，唯独不去王秘书家，人家心里会有想法。总得一碗水端平啊，你说呢？"

"嗬，行啊。"我有点不开心了，"我这儿还有一碗水呢？是不是觉得炉工什么长都不是，端不平也无所谓？"

"哲民，你怎么能这样说话啊？"姜红梅听得不高兴了，"怎么拿他们相比？内外有别知道吗？你是谁啊？咱们都这样了。"

本来我还想问她咱们都怎样了，话到嘴边又吞了回去。我心里不痛快，三天假期她都没考虑我，搁谁身上也不会痛快。

其实我那是冤枉了姜红梅，她心里早就做好了安排。

"哲民，你脑子里怎么只有一根筋？"她转而一笑，"非得一起吃饭不可吗？不管在哪里吃饭，都避不开旁边的人。难道就不想单独跟我在一起吗？"

这叫一句话点醒了梦中人，当时我就喜笑颜开："哈，我这脑子怎么突然断电了？晚上的时间更充裕嘛。啫，真的笨。"

姜红梅也喜孜孜地看着我："放假三天，至少一个晚上我可以陪你。再加把劲，说不定还能争取两个晚上。行不？"

我赶紧表示同意，觉得已经达到了最佳效果。三个晚上不现实，一个晚上不尽兴。能有两个晚上跟她在一起，我这感恩戴德的心情，烧三炷高香都不足以表达，还有什么不行的呢？

翻砂车间每个工段都在作放假的准备。我们熔炉班已经把冲天炉前后打扫得干干净净。师兄们难得遇上这么长的假期，有人等不及,还没下班就换上崭新的工作服,只盼着下班的铃声了。

唯有我一个人没必要急着换衣,还是一身肮脏。

离下班还有半个多小时,我师傅也一身肮脏地走了进来。他朝那几位师兄打量了一眼,笑着说:"一个个穿成了新郎官样子。屙屎都等不及挖茅坑了?哈。"然后很大方地一挥手,"打扮好了就回去吧,也不在乎这半个小时。"他又交待了句,"二号晚上再迟也要赶回来,晓得不?十月份的开门红,等你们大显身手呢。"

师兄们高声欢呼,一阵风似的不见了踪影。

师傅看见我没走,也没换衣服,点了点头:"也是的,你不赶车也不赶船,家就在厂跟前,方便得很。"

他这么一说,我就有点敏感:"师傅,国庆节放假这几天,不会有什么事情要做吧?"

原来,放假这三天,临时工还要照样做事的。师傅让我跟他两个人白天夜晚轮着,每天值十二个小时的班。

听完师傅这些话,我心里突然就来了一股怨气。这人是怎么啦?眼睛一眨就一个名堂,完全是没事找事嘛。熔炉班有必要二十四个小时轮流值班吗?除了铁锭就是焦炭,那些东西没有出厂证不可能拿得出去。其他就只有耐火泥和石灰石了。即便汪春廷手脚不干净,他也要有东西可偷啊。

"师傅,余师兄也不回去。要不您跟他做做工作?"我这话说得比较委婉,其实就是拒绝的意思。

我师傅说,像这种责任重大的事情,几个师兄,没有一个人靠得住。

当即我就有点警惕。师傅说是说信任我,却不停嘴地骂梁师兄,还把余师兄连带进去。在我听来,怎么就有一点怀疑我的味道?那天梁师兄说师傅跟汪春廷是同靴兄弟,这话相当难听。是不是有人透露给我师傅了?要真是那样的话,师傅让我假期值班,分明就是对我的一种考验嘛。

这件事看来已经无法推脱。我心里琢磨了一下,反正姜红梅白天都有安排,索性答应我师傅算了。

"师傅,既然您这么信任我,我也别不识抬举。这样好不好?我不值晚班,三个白天我都来,一天也不耽搁。行不?"

我师傅顿了顿,长叹了一口气:"唉,民儿,你明明晓得师母那情况。"然后一拍大腿,"师傅这话也不对,你也有你的情况。行,师傅每天值夜班。年纪大熬得了夜,索性多给你两个钟头。你早上八点值到下午六点,十个小时。其他时间,总共十四个小时都交给师傅。就这么讲定了。"

假期莫名其妙加班,我是吃了亏的。听师傅这样的安排,我又有一种占了便宜的感觉,就赶紧答应了。

十四

我师傅当天晚上就去熔炉班守夜了。考虑好了的事情,他一向都认真负责,雷厉风行。

第二天,我照师傅的安排,清早就赶去接他的班。

车间大门没上锁。我往里头看了一眼,平时那种热火朝天的景象陡然消失。什么声音都没有,死一般地寂静。放轻脚步走进去,上下左右空旷寂寥。那种感觉怪怪的,觉得像是来到了童话里的小人国。我就像一个拇指小人，懵懵懂懂闯进了一个陌生的世界。

那天只是值班，就没有必要穿工作服。值班员的责任是保护财产安全，所以我尽职尽责，一到熔炉班就四处查看。

除了觉得熔炉班比平时更加整洁宽敞，其他没发现什么变化。昨天下班什么样子，今天仍然还是那个样子。生料还在，熟料也在。所有东西都在，偏偏我师傅不在。

他应该在。不在是不对的。尽管一切都平安无事，至少他还得跟我交接一下情况啊。

我们班的设备很多。卷扬机、搅拌机、鼓风机、冲天炉，都是些大家伙。说不定师傅倒在哪台设备后头睡着了。刚想喊他一声，忽然看见窗户外头探进来一个脑袋，伸出一只手连连朝我召唤。我看清楚了，那人是我师傅。

他跑窗户外头去干吗？车间两头都有厕所，难道非得出去小便？窗户开得很低，他显然是蹲在那儿。该不会是吃坏了什么东西，在那里泻肚子吧？

正猜测着，师傅又朝我打了个不要声张的手势，然后朝着鼓风机方向指了一下。那副神神秘秘的样子，顿时就把我搞紧张了。还以为鼓风机那边发生了什么情况，就朝那边走了过去。

鼓风机静静地卧在那儿，什么异常情况也没有。我就回头朝窗户那边看。师傅这才翻窗户走了过来。

"民儿，昨天半夜里，有人摸到车间来了。"他声音压得很低，"就躲在我们熔炉班。"

我很吃惊："是吗？您亲眼看见了？"

"看是没看见，我闻到了，好大一股酒气。"

"是吗？"我闻了闻，"您确定吗？我怎么没闻到？"

我的确没闻到酒气，也没闻到其他气味。

师傅想了一下："半夜闻到的，这都天亮了，可能散发掉了。"

"半夜里吗？几点钟的时候？"

"应该是昨天夜里十一点，到今天转钟三点之间。"他再次确定了一下，"没错，应该就是那个时间进来的。"

"师傅，当中有四个小时呢。"我觉得很奇怪，"那段时间您没在班上吗？还是睡着了？"

师傅迟疑了一下："民儿，师傅昨晚上离开了几个钟头。"他跟我讲了真话，"硬是熬不起了，回去眯了一下。狗日的，就那么一下，真的出问题了。唉，你师傅也犯了错误。"

"是不是您担心犯错误，就多心了？"我笑着安慰他，"我没发现有什么不对啊。"

"是吗？"师傅心里没把握，"民儿你鼻子灵，再仔细闻闻看。师傅真的闻到过呢。莫不是没睡醒，鼻子出问题了？"师傅有点不甘心，"哦，想起来了。十一点钟回去之前，我还记得没关灯。三点回到班上一看，所有的灯都黑了。当时我就觉得不大对头。酒气就是那个时候闻到的。"

"是不是跳闸了？"我抬头看看头顶上的水银灯，的确没打开，"您后来又把灯打开了吗？"

"没有。我一直没敢开。"他肯定地说，"我开一下试试。"

他走到开关前一按，灯就亮了。连试了几次，开关没问题，他就有点困惑了。

"没问题啊。难道我走之前把灯关掉了？"

345

"很有可能。师傅，您平时养成了随手关灯的习惯。"我便彻底放下心来，"哈，自己把自己吓成那样。没事了，师傅。"

师傅非常固执："不是没事。民儿，真的有事。"他想起了什么，"走的时候，我不可能关灯。当时我还动了脑筋，灯不能关。不关灯别人就以为里头还有人。有人在里头，坏人就不敢进来。民儿，师傅想起来了，真的没关灯。"

我心里很不高兴。真让人受不了。平白无故，他非要安排值班，还一惊一乍，大过节的，怎么就不给人一点安宁呢？

"民儿，师傅想好了。"他根本不想安宁，"白天不值班了。反正厂里护厂队有人巡逻。你我两个，都改成晚班。"

"不行的，师傅。"这次我回答得非常果断，"假期这三个晚上，我都安排事情了。"

师傅望着我："民儿，不是让你天天值晚班。轮流呢。"

"轮流也不行。我每天晚上都有事。"

"那就这样，一个晚上分成两段。前半夜，后半夜，由你选。"他已经想好了，"有事只在前半夜是不？那你就值后半夜班。十二点到四点，可以不？"

这个主意倒是把我噎住了。后半夜还能有什么事呢？姜红梅也有材料要赶。即使不赶材料，夜里十二点之前也得回宿舍。她是个非常自律的人，不会乱来。我也把跟她的关系看得非常神圣。苟且的事情我们是绝对不会做的。

何况师傅只让我值到四点，离天亮还有两三个小时。他说四点钟肯定让我回去睡觉，他会再过来接班。这已经很宽容了，我还能找什么由头继续推脱呢？

我记得姜红梅的安排。放假的头一天，她跟科里的几个干部要去骆青涛的父母家吃饭。路比较远，还不知道什么时候回来。至少白天没事儿。上午去看看我妈，回来睡了整整一个下午。

晚上一直等到七八点钟，还没得到姜红梅的任何消息，我就知道这个夜晚肯定是见不到她了。十二点要去接师傅的班，得找一本什么书带过去看。翻了半天找到一本《铸造工艺》，觉得跟我有点对口，就揣进衣兜，提前去到了熔炉班。

那时候才夜里十一点。我师傅见我来那么早，特别高兴。

"民儿，你提前了一个钟头呢。"这回他有点过意不去了，"那就这样吧，师傅也提前一个钟头过来接班。三点钟，要得不？"

我显得有点无所谓。

"也别那么着急。我带了书，您多睡一会儿，我没关系的，正好看看书。"

有的时候很奇怪。原以为白天睡足了觉，晚上就会有精神，其实也不见得，说不定到了晚上更犯困。我那天就是这样，师傅回去不到半个钟头，我就感到很疲倦了。

也许是那本书带得不对。不知道那是哪家出版社编写的，里面的内容很肤浅。而且还东拼西凑，有点牛头不对马嘴。提不起兴趣来，人就开始发困。

或许也有别的原因。整整一天都没有姜红梅的消息，影响了我的情绪，干什么都不会有兴趣。

实在撑不住的时候，我看了一下表，十一点半还不到。想到还要跟困意搏斗三四个小时，我的信心就完全崩溃了。师傅昨晚十一点就没熬住，溜回去睡到凌晨三点，我又何必死心眼呢？前三十年睡不醒，后三十年睡不着。睡不着的人都熬不住，何况我还睡不醒的年纪呢？不管了。睡吧。

工具柜背后跟墙壁之间有一道空隙，方方正正。平时用一条布帘遮挡起来，权当我们换工作服的更衣间。柜子前面放了一只小凳子，坐下来换防护靴用的。那地方正好合适。拉上布帘子，猫在里头打个瞌睡什么的，既隐蔽又安全。我身材虽然高大却不肥胖，坐进去左靠柜子右靠墙，平平稳稳，睡着了也不会摔倒。

当时我也想了一下要不要关灯。按照师傅的说法，不关灯，说明班里有人，贼人不敢进来。那就不关吧。

可我又担心不关灯很难入睡，进去的时候我把书也带上了。虽然没什么可看，把它当催眠剂倒是非常有效。

这个选择非常明智。翻开书本没看上两页，我就睡着了。

应该没过多长时间，感觉还没怎么睡熟，突然就被什么动静给惊醒过来。神智迅速恢复之后，就听见有人开门。

熔炉班通往生料场有个侧门。门轴上的润滑油经常被高温烤干，开门的时候嘎嘎作响。我听得清清楚楚，又是那种声音。有人正在推侧门。

有那么一瞬间我以为师傅还没走，他在车间外头转了几个圈又溜回来了。他想查我的岗，看我是不是尽职尽责，特意不从前门过来，绕到了侧门。

很快这个假设就不成立了。侧门推开之后，一个高大的身影昂首阔步走了进来。不用仔细分辨，那是汪春廷。

当时我就感到很奇怪，这么晚了他还来车间干什么？临时工虽然不放假，那也只是每天上午过来做事。男临时工搬运一点材料什么的，女临时工的任务是给浇铸出来的铸件去砂，那都是白天的活儿，晚上他们一般都不做事的。

我想起师傅说过他手脚不干净，立刻提高了警惕性。看见汪春廷走进来，我没有声张，轻轻把布帘拨开一条缝，紧紧地盯着他的一举一动。

"日他的，一个人都没有，还把灯开这么亮。"汪春廷一边自言自语，一边四下观望，"有人不？有人就做句声。啊？"

喊了几声，没有人回应，他又往翻砂工段那边走了过去，照样地喊了几声。没听到人回答，又走了回来。

"一边讲节约闹革命，一边浪费电。"他走到开关跟前，"一个个都是些口头革命派。我日他的。"

"叭叭"几声，他就把所有的灯关灭了，动作非常熟练。

就在灯光熄灭之前一刹那，我忽然看见了他左手拎着一只酒瓶。灯关得快了点，来不及再看，但是我已经看清楚了。暗绿色的瓶子，好像还有小半瓶红酒。

难怪我师傅昨天百思不得其解。这时候我才搞明白，师傅的确没有关灯，那应该也是汪春廷过来关的。

师傅还说他闻到了酒味，这就更能证明汪春廷昨天也来过。大概这春不老精神头太足，晚上喝酒还不忘记到车间巡视一趟。这老家伙还挺有责任心的。

汪春廷关好灯，又从侧门走了出去。嘴里还唠叨着什么，听不太真切。人老了到底粗心，出去的时候，也不顺手关门。

想了想，我心里还是不踏实，觉得侧门老是开着也不好。生料场后头是工厂的围墙，听说以前就抓到过翻墙过来偷生铁卖钱的团伙。我觉得有责任去巡看一下，回来再把侧门关上，就站起身，从更衣间走了出来。

坐在里面不觉得，走出来才发现车间不开灯什么都看不见。外头生料场上原来也有一盏路灯，不知怎么也没打开，没有任何光透进来，车间里头四处墨黑，就跟跌进了坟墓一般。

好在环境熟悉，知道侧门在什么方向，我就凭感觉朝那方向摸了过去。这时候眼睛才对黑暗适应了些，发现侧门外面有一点自然光。那天没有月亮，星星还有。那是星光。

幸亏有星光，我一眼就看见围墙那边有两个人。那两人手拉手，正朝侧门这边走。一路上还嘻嘻哈哈，声音放得很轻。我当时就听出来了，那是一男一女。男的声音我很熟悉，他还是汪春廷。女的是谁我就分不出来了。听她说话，有点像我师母那边的口音。

那一下我什么都没想，像是一种本能反应，赶快退后几步，迅速溜回了那个更衣间。也许我觉得让他们撞见不大礼貌，或者也是因为要弄清楚他们到底想干什么。掩上布帘子，留下了一条缝往外观察。当时我的心跳得厉害，怦怦作响，自己都听得见。

汪春廷把那女人带进熔炉班，直接走到了鼓风机前面。

那女人问了声："有东西垫不？"

"还要问？早就准备了。"他取出一件东西给女人看。

"麻布袋啊？干净不干净？"

"这是装耐火灰的，干净得很。洗了又洗。"

女人不相信："谁还洗麻布袋啊？"

"当然要洗。麻袋要回收的晓得不？比你的衣服还干净。它没嫌你不干净就不错了。"

那女人没再说什么，把那条麻袋接过去了。

汪春廷就去开通风管上头的检修窗。我上次看梁师兄开过一回，检修窗的门把手是圆形，像是轮船驾驶室的舵轮。汪春廷力气很大，三两下就把检修窗的那扇小铁门打开了。

"麻袋呢？"他回头问。

那女人赶紧把麻袋递了过去。

汪春廷个子高，将身子探进通风管去铺麻袋。

"好了。你先进去。"

"这么高，我爬不上去。"那女人说。

汪春廷就去托她："过来，我把你举进去。"

女人甩开他的手："想得美啊？钱都没讲好呢。"

"真的烦人。"汪春廷想了想，"行啊，依你的。两块五。"

"两块五我还跟你讲什么？起码三块。"

汪春廷顿了一下："好啰，三块就三块。你这个丘三元。"

那女人的声音我不熟悉，丘三元是怎么回事我是知道的。那还不是她的名字。来车间做清砂工作的女临时工，一个星期工资三元钱。有的师傅就给她们乱取外号。发工资那天，就朝着她们喊："张三元，领钱去啊。李三元，还不去领？晚一脚就没有了。"于是三元就成为了清砂工的代名词。由此可见，汪春廷带来的这个女人，就是我们车间清砂的临时工。她姓丘。

汪春廷先把钱塞给那女人，接着就把那女人塞进了通风管。到了这个阶段，他们两个想搞什么名堂就用不着猜测了。

接下来我该怎么办？继续待在这里绝对不合适。想不想听是另外一回事，毕竟我担负着值班的责任。车间里头进来了不该进来的人，不闻不问还不说，反而心怀猥琐，偷听别人的淫秽勾当？过后领导上追查起来，不仅是严重失职，连道德品质都搞污浊了。

出来阻止他们吗？好像没理由。人家又没有损坏公家什么东西。通风管道是用厚钢板卷成的，再大的重量也压不坏它。那两人又都是临时工，相互还认识。放假的日子在一起玩玩，又有什么不可以呢？干涉人家算什么事啊？除非有忌妒之心。

我正犹豫不决，管道里头那两个人就开始打情骂俏了。女的说："一点都不平，躺下不舒服。"汪春廷就说："那你睡过去点嘛。"女的说："麻袋没那么宽。"汪春廷趁机说："那好办，你就睡麻袋，我睡你身上。"女的就伸手掐他。两个人嘻嘻地笑。

慢慢地，两人又不打情骂俏了。

隔了一会儿，那女的娇声娇气地说："手拿开，痒。"汪春廷就问："心里痒了不？"那女的骂了一句"死鬼"，就不再做声了，汪春廷闷着喉咙吼了句"老子上来了"，那女的就一声尖叫。

然后只见管道里头一通乱响，好长时间没停顿。

不行了。无论如何我都听不下去了。我站起身，不顾一切就往侧门那边逃，就跟有炸弹空投下来似的。慌乱中一脚踢翻了那只小凳子，正好砸在旁边的钢板上，咣当一声脆响，

声音很大，那两个人肯定听见了。

我真的没想要惊动他们，自己都被那响声吓了一跳。情急之下，索性甩开脚步，飞一般地冲出侧门，一直跑到了生料场那边。

生料场角落处堆放了一些生炉子用的木头和柴草。那儿地势高，也可以躲人，我就一头钻了进去。听了一会儿，好像没有人追出来，我才稍稍定下心，拨开柴草看看熔炉班那边是个什么情况。

那边仍然一团漆黑，却听得见里面的声音。汪春廷和那女人手忙脚乱，惊叫声埋怨声，一清二楚传到了我耳朵里。

汪春廷又惊又怕，在里头凶那女人。

"还不出去！护厂队来了看你往哪里跑。"

女的慌作一团："你喊死啊？我的腰。"

"腰怎么了？"

"不行啊。"女的说，"给门卡住了。"

"我帮你。"汪春廷一咬牙，"来。一、二、三。"

接着就听见噗的一声，好像那女人摔到了地面。

"哎呀，我的腿！"她放肆喊叫，"我的娘啊！腿断了！"

就听见汪春廷吼她："喊不得，祖宗！我来看看。"他跳出管道，帮她看了看，然后骂了声，"你这狗婆娘，没得卵用。日他的，腿还真的断了。"

女人哇的一声，呼天抢地大哭起来。

"小声点，活祖宗。哭，哭，把我都哭慌手脚了。"汪春廷一时束手无策，"不管了，赶紧走了再讲。来，我背你走。不怕的，背你去找个郎中。"

很快我就看见汪春廷背着那个女人从侧门跑了出来。

出到外头，那女人也不敢哭得太响，压着声音苦苦呻吟，听得我心里直打冷战。她那痛不欲生的样子，真的好可怜。

349

走回熔炉班，半天我都回不过神来。心里想，我恐怕会为这件事后悔一辈子。浸泡在蜜糖水里的人，那是惊吓不得的，害得人家把腿都摔断了。按八字先生的说法，那是要遭雷打的。

　　车间里头伸手不见五指，好长一段时间我都没去开灯。本来是要开灯的，想到汪春廷他们还没走多远，开了灯会更加吓到他们。厂子里遍地都是钢材铁片，背着女人跑起来不利索。要是再摔一跤，受到的伤害就更加严重了。

　　当时我真是这样想的。我想等他们走得更远一点，一直走到完全看不见这边了，再把灯光打开。

　　其实我非常想开灯，非常想看看那个现场。看看他们在慌乱之中搞成了什么样子。果然，一开灯我就看见地下有一只佐餐葡萄酒瓶。里面的酒水没喝完，流出来把地面浸湿了一大片。空气中还残留着好大一股酒气。

　　说不清为了什么，我觉得必须把那酒瓶处理掉，不能让我师傅发现。刚要捡起，手又缩了回来。我知道一些侦察员破案的小常识，一般都是要提取指纹的。寻了好一阵，找到一张旧报纸，就用报纸把酒瓶包上，放进了更衣间。

　　心里还提醒了自己一声，回去的时候一定要记得带走，扔都不能扔到离厂子太近的地方。

　　然后再回到通风管前面，才发现那两人逃出来的时候何等慌乱。现场留下了太多的痕迹，让人一目了然。

　　检修窗椭圆形小铁门大开大敞，根本不可能来得及关。那条被他们滚做一团的麻布袋还留在通风管里面。

　　我尤其关心那个女人摔倒的地方。蹲下去看了半天，还好，没发现血迹。除摔断了腿，其他地方应该没受什么伤。

　　那会儿我太专注，一心只在察看现场。站起身一回头，远远地看见我师傅进了车间大门，正在朝这边走，顿时把我吓了一大跳。

　　怎么回事啊？迟不来，早不来，正好卡在这个时候，难道这只是凑巧吗？

　　大概有什么异常的现象引起了他的注意，师傅的步子走得很慢，边走还边朝车间四周打量。

　　眼看他就要走到熔炉班了。关上那扇检修窗肯定来不及，我心里就开始慌张。我真的不想让师傅知道汪春廷刚才做的那些事情。他跟春不老虽然不叫情敌，水火不相容是肯定的。

　　难怪他一定要坚持假期值班，就跟预先知道会出这种事情一样。其他几个师兄明白他跟汪春廷的恩恩怨怨，所以师傅就把他们几个人一概排除在外，专门指定我这个来得最晚的徒弟跟他配合。怎么想怎么觉得这就像我师傅做的一个局。

　　正在胡思乱想，师傅已经走过来了。

　　"民儿，这灯是你刚刚打开的？"他抬头看了一眼水银灯。

　　"什么？"我心里愣了一下，"哦，是的。是我开的。"

　　"那，关呢？"师傅好像什么都知道，"也是你关的？"

　　"是啊。"我没多想，"也是我关的。"

　　他好像不相信，又抬头琢磨那盏灯，好像灯会讲实话似的。

　　"师傅，您一直没回去睡觉吗？"我索性争取主动，"从十一点一直到现在？"

　　他一听就笑了："睡了呢。交班回去倒

350

头就睡了。"他告诉我说,"只是睡得蛮惊醒。想到三点还要接你的班,不到两点就醒过来了。蛮好的,睡这么些时间足够了。"

"那您怎么知道这儿关过灯？中间您来看过？"

"没有啊。刚才往这边走的时候,老远看见熔炉班没开灯,还以为你关灯打瞌睡去了。师傅想让你早点回去休息,就赶紧往这边走,半路上,看见灯又亮了。"

他的解释合情合理,我心里就安顿了些。

但是现场那些景象无法掩饰,师傅一看就不高兴了。

"民儿,你睡觉了？还是跑到通风管里头睡的？这是严重违反安全规章的事情,未必你不懂得？搞不得的呢。你看你,唉。多亏只有师傅一个人发现。"

我张了一下嘴,话又吞回去了。既没承认也没否定。说不是我,那该往谁身上推呢？承认是我,万一真相暴露,我给春不老打埋伏,那算怎么回事？除了证明我跟他同谋,还能有别的解释吗？

师傅也不再追问,他发现了其他嫌疑。"民儿,闻到没有？一股酒气。"他连嗅了好多下,"赶紧闻,葡萄酒的味道。"

"是吧？"我搪塞了句,"反正我是不喝葡萄酒的。"

师傅却相当肯定。紧盯那气味,顺藤摸瓜一般,很快就发现地下那一摊酒渍。然后走近检修窗,发现管道里头气味更浓。往里头看了一眼,将头探进去,飞快就发现了那条麻布袋。

"咦？这是什么？"他一把就将麻布袋拖了出来,"哈,民儿,你睡得蛮舒服嘛,还晓得垫个麻袋？"

很快他就觉得那麻袋不大对头。手上触摸到了什么："咦？上头还有水？"感觉那水也不大对头,"呀,怎么像糨糊？"他将指头凑到鼻子前头闻了一下,脸色就变了。

"民儿,师傅晓得了。不是你搞的。"他用目光箭直地盯着我,"你跟师傅讲真话。谁在这里搞名堂了？"

"谁吗？"我只能装迷糊,"师傅,我真的不知道是谁。"

师傅不相信："我猜是吴启军。你们好几个同学都在搞对象呢。以为我没听说？师傅晓得你没有对象,不会搞这些脏事情。那也不能包庇别人哦。"他认定了,"只有吴启军。他又没跟个好师傅,段一村那人更坏。你跟我讲真话,是吴启军还是他师傅？"

"怎么可能？吴启军是保定人,前天下午就回河北了。"

师傅顿了一下："哦,是的。好像段一村也去长沙玩了。"他仍然不甘心,"那你再想想,这会是谁呢？"

我觉得有点好笑。他这是打个谜语让我猜吗？

"师傅,我猜不出来是谁。"

"没让你猜,是让你坦白。"他非常严肃,"你一直在这里值班,出了这件事,你会没看见？"

"师傅,那我就坦白地告诉你,我什么都没看见。"他那话听得我来了火,"我困了,没能熬得住,关灯睡觉了。"

"睡觉？你在哪里睡的？"他不相信,"检修窗的门都打开了。那么大的动静,也没把你闹醒？"

"我出去睡的。"人一着急,反而更能随机应变了,"我到生料场睡的觉。在那柴草堆里头。不信你过去看看。"

师傅就不做声了。那地方确实可以睡人。午休的时候,师兄几个经常去柴草堆打个盹。师傅有时候自己也去。

"唉,我交待过你。有事出去问题不大,车间的灯是不能关的。你看看,真的出问题了吧?"

看来这件事情已经接近了尾声,我也就不再说什么了。

下一步该怎么办,师傅也考虑成熟了。

"不是你就好。肯定不是你的同学,那我就更放心了。"他回身把那条麻布袋放回通风管,"民儿,你在这里守好。知道不?一定要保护好现场。师傅很快就回来。"

我不明白他还想干什么:"怎么啦?您要去哪儿啊?"

"我这就去宿舍楼,把保卫科刘科长喊起来。"他一边转身一边补充了句,"看看政工科谁在值班,也喊他带照相机过来。"

这时候我才知道自己想得太简单了。我师傅是个看戏不怕班子大的角色。好容易抓住一个苗头,哪会轻易让它进入尾声?

看来事情会越闹越大,第一反应我就想到了那只酒瓶。

趁着师傅去叫人那工夫,我赶紧跑到更衣间。找出用报纸包着的酒瓶子,塞进我自己那个格子里,用脏衣服遮得严严实实。

十五

我预料得非常准确,这件事还真给闹大了。政工科和保卫科当晚就派人赶到了熔炉班。

骆青涛没有来,姜红梅也没来。政工科来的是申副科长,带了部照相机,还有一只电子闪光灯。

他们谁都没有动现场的东西,只是闪着灯拍了很多张照片。然后保卫科的人就把车间所有的门都换了新锁。大门侧门一律换锁,随后用封条十字交叉封了个严丝合缝。

搞完那些我看了看表,半夜两点五十分。接着就有四名护厂队员赶过来,接管了我和师傅的值班权。

保卫科那位刘科长吩咐师傅和我,你们两个人暂时都不能回去,跟我到保卫科谈谈情况。一是要清楚,二是要真实。我们要做记录,明天报公安局的。

他用了一个新笔记本作记录,让我师傅先谈。我的谈话排在他后面。我师傅非常积极,说话极其啰嗦。枝枝叶叶翻来覆去,就那么点破事情,被他嚼了两个半小时舌头。轮到我谈情况的时候,窗户外头都麻麻亮了。

昏昏沉沉回到宿舍,没睡到两小时,刘科长亲自过来把我喊醒,说市公安局来人了,让我赶快去熔炉班。他们要找我谈话。

"杨哲民,不要紧张。"刘科长对我说,"有什么谈什么。知道就知道,不知道就不知道。知道不?这案子发生在国庆节期间,性质就非常严重了。讲错了话,那是要负法律责任的。"

其实我心里根本不觉得严重,是我师傅故意把那事情搞严重的。保卫科看了现场,就弄得更严重了。只有我才清楚是怎么回事。又能严重到哪里去呢?最多只是个男女之间的生活作风问题。再怎么上纲上线,总不能说成破坏生产的反革命行为吧?

一到车间,我发现自己又把问题想简

单了。

　　这一次骆科长也到了现场。看见我进来，就把我介绍给了一名穿警察服装的干部。那名干部也戴一副眼镜，也一副精明强干的外表。问了几个问题之后，直截了当地看着我："昨天晚上，你是不是动过那只麻布袋？"

　　"没有。我没动过。"这是一句实话。

　　还有一句也是实话。我师傅曾经拿出来看过，然后又放了回去。这句话我觉得应该由他自己跟公安干部说。

　　公安干部又问，麻袋当时摆放在管道的什么位置？跟春节那案子摆放棉被的位置，是不是同一个地方？

　　听他这么一问，我心里立刻就紧张了。

　　难怪搞得这么严重，他们已经把昨天这件事情跟春节的案子合并起来了。那个案子是定了性质的。要是并了案，昨晚上那件事跟春节的案子就是一个性质了。

　　我敏感地觉得这两件事情应该都是同一个人。上次是棉被这次是麻袋，十有八九都是汪春廷干的。虽然麻袋还没造成什么后果，棉被给公家带来的损失是重大的。如果真是汪春廷一个人，破坏生产这顶帽子戴他头上就摘不下来了。

　　一旦查到那个地步，我就完全有可能会被牵连进去。

　　昨天汪春廷在里头搞名堂，我是唯一的目击者，可我却一直在替他隐瞒。汪春廷肯定知道管道外面有人。虽然他还不知道谁在外面，至少他知道有人踢翻了凳子。

　　他要是在审讯的时候供出了这个细节，外面的这个人也得追查。是不是参与者先不说，至少我会遇到很大的麻烦。

　　想到这里我真的后悔。干吗做这种好人啊？

　　我不会同情汪春廷，只是丘三元有点让我揪心。她真的好可怜，为那几个小钱腿都摔断了，疼得要死要活。如果她家里还有个老公，事情抖落出去，她还怎么见人？那就真只剩下寻死一条路了。

　　公安局处理这类案子很有经验，现场勘探非常迅速。一弄完马上撕了封条，把车间的门锁全部换了回去。一切恢复原样，就跟什么事都没发生过似的。正好在放假期间，整个车间除了我和师傅还有雷主任之外，其他人不仅不知道，甚至连一点感觉都没有。

　　其实那叫外松内紧。政工科和保卫科一分钟都没有松懈，他们与公安部门保持着热线联系，紧密配合破案的要求，又是调档案，又是找旁证。还要随时补充很多文字材料。二十四个小时加班加点，忙得不亦乐乎。

　　姜红梅从那时起就跟我失去了联系。她负责整理文字。出了这么大的案子，她当然身不由己。

　　放假之前我跟她的玫瑰之约，毫无疑问也就付诸东流了。

　　我平时就没有办法找她，何况眼下政工科正在协助弄案子。我在那案子里头还是个不明不白的角色，说得严重点，也算一名嫌疑人，既然这样就更不能去政工科找她。

　　还别说政工科，无论去哪儿找她都是不合适的。她是办案人员，我是嫌疑人。法律上有条规定，叫做回避制度。

　　十月二号是厂里放假的最后一天。中午的时候，我们好多外地的同学已经陆陆续续赶回来了。

353

那天下午我准备去我妈家，帮她买几百斤蜂窝煤备在那儿。天气说冷就冷，再不买就晚了。

刚刚走出厂门口，迎面碰见了吴启军。他刚刚从河北老家赶回来，精神抖擞，红光满面。手上拎一个帆布包，体积很大。不知道从保定带回了些什么宝贝。

"启军，到底回家了一趟，气色好多了。"我朝那包看了看，"吃饱了还带？收获挺大嘛。"

"哈，哲民，知道是些什么吗？老面馒头。"他兴致很高，"我这北方人，就喜欢吃有劲道的东西。对了，我还准备了几斤酱驴肉呢。这玩意儿南方吃不到的，特意带过来给杨妈妈尝尝。"

"嚆，别看吴启军五大三粗，还真细心啊。"

吴启军兴致勃勃地打开旅行包，取出最大那一袋酱驴肉交给我："还有两小袋。一袋给段师傅，另一袋嘛，"他故弄玄虚地眨了一下眼睛，"给谁就不告诉你了。"

"哈，是不是有情况了？"我猜到了点什么，"你那点小九九我还看不出来？行。等你弄妥了再说吧。"

"嗨，早着呢。"吴启军笑了笑，"咱们这批同学，这会儿也该到有动静的时候了。你怎么样？跟大梅那儿，是不是也有戏了？"

"你问我，我问谁去？"我赶紧支开话题，"行了。你赶紧去看师傅吧。启军，我替我妈谢谢你了。"

回到我妈那儿，她一见面就埋怨开了。

"哲民，怎么才回来？人家等了你半个多小时，刚走没五分钟。你看这事，阴差阳错呢。"

"谁啊？"我意识到她说的是谁了，"姜红梅？"

"还有谁？当然是她嘛。"我妈告诉我说，"知道她多忙吗？白天黑夜地加班，国庆节都没歇一天。"

我知道政工部门这两天在忙什么，就没接她的话。

"对了。小姜说，今天晚上她在办公室等你。"我妈的态度十分认真，"好像还有一点公家的事得问问你。"

"是吗？"我心里顿时不高兴了，"我知道是什么事儿。"

"什么事啊？"我妈分明有点担心，"不是很要紧的事吧？"

"当然不是。"我赶快宽她的心。话说得轻松，心里却很恼火。不就是那个案子吗？怎么的也不应该让我妈转告我啊。

下午替我妈买回来几百斤蜂窝煤，匆匆吃完晚饭我就回了厂里，当时天已经黑了。

政工科里头灯大亮着，房门也没关。

姜红梅一个人坐在里头。她把我迎进政工科，随手就把房门关上了。

我故意问了声："关上门好不好啊？"

"有什么不好？"她平淡地说了声，"政工科的房门，不关上，反而有点不正常了。"

想想也有道理，我就在椅子上坐下了。

"嚆，你是怎么做到的？"我朝室内打量了一眼，语气平和问了一句，"科里的人都被你支开了。怎么回事儿？"

"哈，我哪有那本事？"她笑了笑，"骆科长带队，科里所有人都去市里参加会商会了。这里必须安排一个人值班，怕有紧急电话。明白了吗？我是在值班呢。"

我心里有点敏感："所有人都去市里了？"然后做出漫不经心的样子，"还会

354

会？跟哪里会商啊？"

姜红梅竟然没跟我保密。

"公安局。通报前天晚上你们车间那个案子的进展。"她看着我,"那天晚上你不也在值班吗？"

她这种毫无戒备的态度立刻引起了我的怀疑。

不管怎么说姜红梅也是名政工干部。如果我是嫌疑人之一,她绝对不会跟我说这事情。她的态度足以证明我是光明正大的,于是我就怀疑自己这两天是不是神经过于敏感了。

"你怎么知道我前天晚上值班啊？"我已经很轻松了,故意问,"那天不是王秘书请你们去吃饭了吗？"

"没去成。厂里出了案子,骆科长把我们全部召回来了。第二天我看过保卫科的讯问记录。"她说得很直率,"要给上头写一份汇报,我就去了保卫科调出来看了。"

"是吗？他们问我的时候,天都快亮了。脑子里一锅面糊,说了些什么,自己都不记得。"

"记录上头很简单啊。过程清晰事实清楚。保卫科说你非常支持他们的工作,配合得相当好。一直在夸奖你呢。"

我一直在担心那天早上说的话是不是有漏洞,会不会前后矛盾。保卫科居然认为我讲得很客观,证明我当时没有把某些东西披露出来是明智的。

"梅子,"我望着她,"妈告诉我说,你还有公事要找我,我一听就紧张。"

"真傻。"她抿嘴一笑,"故意那么说的。到底不好意思嘛。"

"我听起来有点像真的。"我开心地逗了她一句,"你看看,我都到你地盘来了,也不给杯茶喝。"

姜红梅便从自己的办公桌上拿过一只保温杯递到我手上："早就给你准备好了。"

那是一只大红色的双层保温杯,制作工艺特别讲究。上面还刻了一句诗词："待到山花烂漫时,她在丛中笑。"很潇洒的草书,还烫了一层金,格外精致。

"嗬,毛主席的诗词,咏梅。"我觉得很巧妙,"这杯子挑得好,跟你的名字刚好对上了。"

她得意地笑了笑："我爸送的礼物。刚刚收到。"

"是吗？"我乘机问了句,"对了,你爸是做什么工作的？"

"早跟你说过,他是名军人。"

她明显地不想说这些,就把话题岔开了。

"哲民,今天找你来,是有个好消息要告诉你。"

"什么好消息？"

"我的已经批准了。"她脸上洋溢着喜悦。

我一时没想明白："你的什么批准了？"

"入党申请书啊。"她真诚地说,"还有比这更好的消息吗？"

"当然,真的值得祝贺。"我想起了什么,"这只保温杯,就是你爸爸送给你的祝贺礼物吗？"

"那肯定啊。"她甜蜜地说,"我妈也送了。"

"她送的什么？"

"还不知道。刚刚寄出,我还没收到。"

"这么说,我也得送。"我望着她。"梅子,你说,希望我送一件什么礼物？"

她望着我,故意问："我要说了,你会送给我不？"

"嗨,谁跟谁啊？我的梅子呢。你想要

天上的星星吗?"

"这话人家都说烂了。"姜红梅摇摇头,"你做不到,也不现实。我要你送我一件你能做到,又很现实的礼物。"

"好,我一定答应你。"我望着她。

"一年之内,你也要争取入党。"她迎着我的目光提出了要求,"这个礼物,你能送给我吗?"

我顿时一愣,不敢明确回答她。

"哦?一年之内吗?"

"这要求不高。我还不到一年呢。"

"没问题,我努力争取。"我鼓足勇气,抓住了她的手,"我说句心里话,梅子进步得快,我要再不努力,差距只会越拉越大,跟都跟不上了。万一跟丢了,我就只能像徐娘说的那样了。"

姜红梅没听明白:"徐士良说的什么啊?"

我憋住笑:"从水塔上跳下来寻死。"

姜红梅吓一跳,赶紧用手捂我的嘴:"讲些什么啊?"她痴痴地看着我的眼睛,"只要我活着,你就不准死。"

然后两个人你望着我,我望着你,定在那儿不动了。

我感觉脑子有点眩晕,轻轻地握住她的手。

这是最佳时机。我要俯上前去吻她的嘴唇,她一定不会抗拒。而且我还敢肯定,她也在等待我那样做。

可恨灯光太亮,又是在政工科。时间不对,地点不对,连光线都不对。

见我踟蹰不前,她终于主动地说了声:"今天很累了。明天你还要上班,休息去吧。"

我松开了她的手。虽然有点不甘心,我知足了。

十六

节后上班第三天,我们熔炉班的检修窗事件就有了结果。汪春廷被保卫科的工人护厂队抓回来了。

厂里派的大卡车,去了四名护厂队员。公安人员带队,还有正式逮捕令。专业术语叫抓捕归案。

执行抓捕任务的大卡车上,还坐了另外一个人,我师傅。

难怪头一天上班就一直没见到我师傅。师兄他们告诉我说,师傅陪师母回乡下看中医,跟车间请了两天假。

卡车把汪春廷押回厂子里,我师傅以一种胜利者的姿态跳下车,那会儿我真是服了他。每次抢在前面来劲,他还真不是瞎来劲。

按说抓住汪春廷应该直接送公安局,但却先把他押回了电机厂。厂里的有线广播站大清早就播放紧急通知,要求各车间组织员工,上午九点半赶到职工大礼堂开全厂职工大会。会议内容非常重要,任何人不许请假,更不准缺席。

在那之前,大礼堂已经封闭,不许闲杂人员靠近。政宣部门有人在里面布置会场,舞台上方挂着四个大字:公捕大会。

我平生第一次参加那样的大会,也是第一次真切地感受到了法律的力量与威严。

也许某些阴影还没消除干净,那种威严看得我有点心慌。

公安人员对公捕程序非常熟悉。把汪春廷押上台的时候,并没有给他戴手铐。刚宣读完逮捕令,一副雪亮的手铐就卡住了他的手腕。几名武装公安扑上去,没一秒钟停顿,推着他就走。

礼堂门外早就停了一辆囚车。公安人员蜂拥而上,迅速把汪春廷塞进车里,发动机一响就飞快地开走了。整个过程像一阵风似的,眨眼之间就刮得没了踪影。

汪春廷被押走之后,骆科长上了主席台。他宣布说:"德华电机厂发生了这么重大的破坏生产案,党委会和厂务会全体成员,心情非常沉痛。光沉痛是不行的,一定要痛定思痛。下面我们请厂党委代理书记、厂长阳华生同志,作重要报告。"

阳厂长手里拿一份讲稿,走出侧幕条,来到了讲台跟前。

这名厂长原来只管生产,车间是经常去的。后来宣布他代理党委书记,就很少看见他了。我们学校来的青工知道他为我们的待遇打抱不平,对他的印象非常好,都想听听他作报告的水平。他发言却很谨慎,只是照着稿子往下念,听起来就没多少新鲜感。

幸好稿子不长,宣读过程也不太长。念完稿子之后,就进入了阳厂长的自由发挥时段。

"刚才我讲了要吸取教训,不是在批评基层的班组长。该批评的是我们这些厂级领导。事情出在下头,责任应该在上头。啊?要讲打屁股,首先就该打我厂长的屁股。啊?很多时候,我当厂长的跟基层班组长不能相比。在他们面前,我应该感到惭愧。啊?"

台下坐的两千多职工都望着他,会场非常安静。他一口一声班组长,让我预感到这些话后面还有别的文章。我觉得大家也在猜想,接下来他会点哪些班组长的名字。

阳厂长果然提到了我师傅。

"比如说熔炉班莫班长,就是我们工人阶级的优秀代表。莫正强同志舍小家为大家,长期任劳任怨。在最艰苦的岗位上,一干就干了二十年。这样的同志不是我们的楷模,那还有谁是呢?"他心里斟酌了一下,"破坏生产案现在已经真相大白,我也可以跟大家明说了。莫班长有高度的革命警惕性,案子发生的当天晚上就保护了现场,及时报了案。给后来的破案工作,争取到了宝贵的时间。啊?这一步太关键了。我们直接负责这方面工作的部门,啊?我也不是说他们的工作不积极。左开会右讨论,工作效率又怎么样呢?摸查到关键证据的,还是我们的莫班长嘛。同志们,我提议,大家给莫正强同志鼓个掌!"

下面就掌声雷动。那一瞬间,我清楚地看见骆科长先是扶了一下眼镜架,然后才跟着鼓掌。

我往前左右看了好一阵,居然没发现我师傅,这才想起他没有跟大家一起集合。他是跟着卡车回来的,肯定也参加了公捕大会,说不定就在主席台侧幕后面。阳厂长下一步很可能把他从侧幕那边请出来。然后将他拉到主席台正中,让他闪亮登场。

幸亏他没在那儿。阳厂长发完言,朝骆青涛问了句:"骆科长,你还有事情要宣布吗?"

骆青涛赶快摆手:"没有了,阳厂长。"

阳厂长将手一挥:"散会!"

谢天谢地,师傅终于没有出场。那一刻我长长地舒出了一口气,心里真的有一种如释重负的感觉。不知为什么,我觉得师傅还是有点拿不出手。他那样子往台上一站,肯定会给自己减色不少。

当天晚上,师傅把我和几个师兄请到家里开心地喝酒。他是个不喝酒的人,那

357

天兴致太高，居然破了一回例。

师兄他们很想听师傅讲破案的故事，又是吹又是拍的，把师傅哄得合不拢嘴。

"不喝了，真的喝不得了。"师傅左边推右边挡，实在招架不住的时候，忽然问一句，"还想往下听不？不想听我就接着喝。反正在自己屋里，喝醉了倒头就睡。"

我对破案的经过也很感兴趣，就没跟着师兄们瞎起哄。

梁师兄最想听听这个案子是怎么破掉的。

"师傅，说真的，车间主任说您带师母去乡下看病，当时我就觉得奇怪，您什么时候相信过赤脚医生啊？"

师傅听得放声大笑："都被我哄了吧？哈。"他抹抹腮边的胡子，"以为师傅就不晓得放烟幕弹？"

然后他就从这个口子拉开了序幕。

"我不讲你们绝对不晓得。你们师母以前也是翻砂车间一个清砂的临时工。"他看了梁师兄一眼，"几个徒弟里头，你进厂算最早的，连你都不晓得。师傅讲得对不？"

"对呀。师傅，我真的不晓得呢。"梁师兄飞快地回答，还朝我狡猾地眨了眨眼睛，"您又从来没跟人讲过。"

"她还当过临时工里头的班长。那时候她只管清砂的女工。后来她自愿跟师傅结婚，就成师傅的领导了。哈，上级领导呢。"

梁师兄当即抓住关键词，幽了师傅一默："自愿结婚吗？哈哈，那也是自愿当您的领导嘛。是吧师傅？"

师傅一点都不着恼："就是嘛。她自愿当领导，师傅自讨苦吃。哈，风水轮流转呢。"

余师兄便催促他："好啰，师傅。您还是接着往下讲。"

"好，接着讲。"师傅理了一下头绪，"你师母根本就不是看病。她奶奶的侄子有个女儿，讲起来算是堂妹，就介绍来车间清砂。还没搞到一个月，就把腿摔断了。说是国庆节加班，在我们熔炉班摔的。师傅的鼻子灵得很，听讲有这种事情，就来了警惕性。让雷主任打个掩护，我就跟师母一起回乡下了。"

"师傅，我问一句可以不？"我听得有点忍不住了。

"当然可以。你问。"

"师母那堂妹，她是不是姓丘？"

师傅当时很吃惊："是啊。她叫丘桂兰。"他望着我，"怎么呢？你认得她？"

几个师兄也觉得奇怪，都朝我望。当即我就后悔了："不是的。那天车间给清砂工发工资，我听见有人喊丘三元的名字。"

"那就是她。"师傅很快就消除了对我的怀疑，"清砂女工里头，姓丘的只有她一个。"

"是吧？好多叫三元的。"我顺势把话岔开，"师傅，我还是没听明白。这个姓丘的女工，腿不是摔断了吗？断了腿还能走路啊？怎么又回乡下了？"

"看看，哲民到底比你们几个聪明得多。"师傅一拍大腿，"当时我也这样想了一下。多亏这么想了，要不然，这个案子还破不了。"他顿了一下，认真交待了句，"话先讲在头前，师傅讲的这些，你们就让它烂在肚子里，不管几时，都不准讲出去。听见不？"

师兄几个连连答应，都急于听他往下说。

"我想她又走不得路，应该是有人送她回去的。送她的人肯定是有嫌疑的。我以为丘桂兰出来做事找了个相好的人,可能不好意思跟我讲,就让你们师母去问。知道她怎么说的吗?"

我心里知道那个相好的是谁,但我不会插嘴。师兄们当然不可能知道,就一个劲地催他往下说。

师傅没往下讲就来了气:"丘桂兰好有心计。她让你师母喊我,说是要单独跟我讲件事情。我一过去她就跟我说:'你们班上有个坏人,你不晓得吧?先拿二十块钱,我让你去立功。要得不?'"

"一开口就借钱啊?"梁师兄问,"您借给她了?"

"哪是借?她那是要,晓得不?"师傅一桌子,"她是讹诈我,晓得不?我一点死工资,过日子一个月等不到一个月,辛辛苦苦攒了一二十块。日他的,都给她敲诈去了。"

听到这里,大家基本上都明白了。余师兄平时脑子不怎么灵活,他都想到是谁了。"师傅,她讲的坏人,就是春不老吧?"

师傅也不再绕圈子:"当然,不是他还有哪个嘛。"

余师兄还是没怎么想明白:"这就怪了。她一个清砂工,怎么晓得汪春廷是坏人?"

"真的蠢。"梁师兄拍了余师兄一巴掌,"这个姓丘的婆娘,肯定跟春不老睡过好多次了。哈。"

师傅终于把底牌全说出来了:"晓得检修窗事件是怎么回事不?汪春廷那个老不死的,出钱把丘桂兰哄到通风管里头寻快活。事先他还把电灯关了,出来的时候看不清,害得丘桂兰摔断了腿。造孽不?一个乡里寡妇。"

"这么说,是汪春廷把她送乡下去的?"

余师兄想明白了。

"是的呢。他自己也是那个乡的,就喊了部手扶拖拉机。"师傅很不甘心,"坐拖拉机花了五毛钱。本钱只五毛,跟我要了二十块。心黑不?那个死婆娘,活该摔断腿。"

我一边听一边琢磨。这个故事前半截我亲眼看见了,后半截师傅也补充全了。不知为什么,总觉得还有哪儿不对劲。师傅回到乡下,汪春廷那时候在哪里呢?也在乡下吗?师傅找那个姓丘的女人问情况,汪春廷难道一点都没有发觉?

重要的是,通风管里头只是一条麻袋,春节期间给生产造成重大破坏的却是条棉被。认定这只麻袋和那条棉被都是他汪春廷放进去的,有什么证据呢?

我把几个疑问说出来之后,师傅简明扼要,几句话就讲清楚了。

"春不老还算有点良心,一直在乡下照顾丘桂兰。我回去他不晓得,我报了案就躲在那边监视,生怕他溜走。公安来得飞快,枪子都上了膛,扑上去就把他逮了。那阵仗我都怕,春不老的尿都吓出来了。他想坦白从宽,就竹筒子倒黄豆,把那条棉被的事情也主动交待了。日他的,他在那条管道里头搞了好多女人。"师傅愤慨不已,"血的教训不?狗日的,以后检修窗要上把锁。钥匙我一个人保管,天王老子要都不能给他。"

"嘿嘿,师傅,"梁师兄怪怪地笑了两声,"有句话,我还不晓得该讲不该讲。"

"你个鬼家伙。"师傅不怎么喜欢他,也不大敢得罪他,"讲啊。你不都是想讲就讲吗?还问?"

"那您就别见怪啊。"他真的问了句不该问的话,"刚才听您这么一说,立功的应该是那个丘桂兰啊。"

"放屁!"师傅一拍桌子就骂了他一句。

他特别忌讳这句话,显然早就作了准备。"怎么是她?案又不是她报的。哪个报案哪个立功。她又不想跟公安局报案。她晓得,报了案最多发一张奖状,又没有钱给她。一个乡里女人,她不想要奖状,一心只想要钱。你晓得最后她对我讲了句什么话不?"

梁师兄被师傅反驳得绕不过弯来:"她还讲了句什么话?"

"我都不好意思讲给你们听。"师傅很鄙视她,"她还觉得自己吃了亏,说:'反正我人也残废了,就当是领了一份抚恤金吧。看在亲戚份上,我还没有狮子大开口呢。'听听,什么觉悟!"

余师兄讨好了句:"师傅,您发了抚恤金,这二十块钱,公家应该给您报销回来啊。"

我师傅脸色顿时一变。

"你们都是我的徒弟不?啊?哪个讲不是,现在就给我滚出去!"

别看这几个师兄背过身去什么话都敢说,看见师傅当面发大火,还真没一个人敢出大气。

我师傅非常认真:"师傅原本不应该把这些事情讲出来。自己的徒弟嘛,就跟亲生的儿女一样,我这才告诉你们。我一开头就讲过,这些话,只能烂在肚子里。你们都还记得不?"

徒弟们赶紧应承。梁师兄的承诺最让人感动。

"师傅,您放心。别看我平时有那么一点吊儿郎当,这事情天大地大,哪怕忘记自己姓什么了,也不敢忘记师傅的交待。讲假话我就不是人。"

他的表态过于使劲,我们当时就笑了。

师傅也一扫脸上的阴云:"好,师傅就相信你一次。"他拿过酒杯放到梁师兄面前,"再接着喝!师傅一杯你一杯。徒弟把师傅卖掉的事情,我还没遇见过。要遇见了,我真跟他拼命!倒酒!"

十七

师母比师傅晚回来了整整两天。

她带着毛妹子和毛坨,到家的时候厂里已经下班了。把两个小家伙往屋里一扔,锁上门就赶到了熔炉班。当时我和余师兄还在加班,师母冲进来就放开嗓门叫喊:

"莫正强,你给我滚出来!"

余师兄有点胆小,吓得直朝我望。我也不知道该怎么办,只好迎上去问了声:"师母,怎么啦?"

"你们都莫管。告诉师母,那畜生死到哪里去了?"

"您问师傅啊?"我犹豫了一下,"好像去厂工会了。师傅先前说过一句,晚上有个老工人座谈会要参加。"

师母回头就走,边走边甩下一路的狠话:"躲到哪里都跑不脱。那个没良心的家伙。那个剁脑壳的东西。我要是不跟你离婚,就算你莫正强有狠。"

望着她气得发抖的背影,余师兄有点摸头不知脑:"哲民,师母这是怎么回事啊?"

我摇了摇头:"谁知道啊?她不会跑到厂工会去闹吧?"

"怎么不会?师母这个人性子烈,哪里都敢闹。"他有点责怪的意思,"刚才你不应该告诉她的。"

我也很后悔:"谁知道会这样呢?"赶

紧朝车间办公室那边看了一眼，"办公室又下班了，得打个电话给厂工会才好。"

余师兄又回头劝我："也不要紧。就算师母去了，有莫主席在，她也闹不起来。师母到底有点怕莫主席。"

余师兄全都猜对了，师母真的冲到了工会办公室。莫主席果然有镇山之威，一把就将她扯到门外，吼了声"不许闹，有什么话跟我讲"，师母就没敢闹了。

闹是没闹，狠话还是讲了。她朝莫主席一瞪眼："告诉你那个混账堂弟，从这以后不准进我的屋。我要跟他离婚。"

莫主席当时就凶了她一句："你的屋不就是他的屋啊？怎么进去不得？离婚两个字轻易讲得吗？你还把它当歌唱啊？赶紧走吧，我在开会，以后再跟你讲。"

师母确实很畏惧莫主席，闹又不敢闹，不闹又不甘心。"好啰，我不给领导添麻烦。回去看我怎么收拾那个老不死的。"

"怎么收拾我都不管。"莫主席笑了笑，"只要不离婚。"

师母哼了一声，话讲得更绝："做梦！不离婚？除非公鸡下蛋，太阳出西。"

第二天上班，我一个人到得最早。走到更衣间那边去换工作服，发现工具柜旁边支起了一架行军床。当时我就知道那是我师傅放的。他还真被师母扫地出门了？

然后就看见师傅从车间厕所那边走了过来。他只是看了我一眼，话也不说一句，直接走过去收拾行军床。那上面既没有铺的，也没有盖的。把行军床折叠过来，我看见背面有一行字："造型车间基干民兵连专用。"

既然弄了一张行军床过来，那就不是短期打算了。我就关心地问了句："师傅，怎么也不准备点盖的东西？当心着凉呢。"

"哲民，别人要问起，"他没回答我，只是交待了声，"就讲这是班上安排的。管道检修窗没装锁之前，必须要值几天班。"

"我们都轮流值班吗？"我故意问他。

"那倒没有必要。最多三五天，师傅就一个人顶吧。"

我内心觉得好笑。这件事可不就你一个人顶吗？他说得三五天时间，我就知道师傅的麻烦弄得有点大。

"师傅，跟你说件事。"我装作什么都不知道，"昨天下班不久，师母就过来找您，我怕她有急事，就告诉她您在厂工会。"

师傅一听就火了："她有个屁的急事！胡搅蛮缠。"

我顿了一下："那，师母去找了您？"

"她那个人上得天呢，还有不找的？找了。"师傅很愤怒，"正开一个重要的会。莫主席一通臭骂，当时就把她轰走了。"

我就没再往下问，沉默了一下，伸手取出了工作服。

"民儿，知道昨天工会开的什么会吗？"师傅自己把话题转开，面色顿时转暖，"选了十几个老工人代表，给师傅提意见呢。"

我没有听明白他的意思："为什么啊？"

"先前我也没搞明白。莫主席主持的，一开场就跟他们讲直话，说莫正强是今年劳动模范候选人，在座的老工人觉悟高，就请各位来开个座谈会，看看大家有什么想法。赞成也好，不赞成也行，反正都讲几句。莫正强你也要端正态度，当得上更好，当不上下次争取也没关系。多听听群众的意见总是好的。"

师傅有点担心："民儿，帮师傅分析分析，莫主席要我端正态度，什么意思啊？"

"放心，师傅。那叫征求意见程序。"我听明白了，安慰他说，"进行到了这个程序，劳模候选人就定下来了。"

师傅对这个程序好像也很清楚。

"是啊，我也这么觉得。"他朝更衣间里头那张行军床看了一眼，"那个死婆娘，早不闹迟不闹，偏偏要赶这个时候。师傅心里明白，厂里不少人都不服气，正没有借口反对我呢，要是让那婆娘搅黄了，你讲可惜不可惜？日他的。"

我觉得师傅的顾虑有点多余。推选劳模是一件非常重大的事情，又是调查又是研究，反反复复搞了大半年时间才定下来，怎么可能因为家庭闹点矛盾就轻易否决呢？

"师傅，我理解您。心里过于向往，不想出一丁点差错。"我说得很轻松，"这样吧，哪天下班我把几个师兄都邀上。还跟那天一样，每个人端一样菜，跟您和师母再喝一顿酒。嘻嘻哈哈闹一晚上，一盆稀泥巴不就和好了？"

"那是千万搞不得的。"师傅赶紧摆手，"师母最见不得梁师兄，晓得不？那家伙好多事情都知根知底，嘴还多得很，背地里不晓得跟哪些人讲过你师母的来历，一通乱讲。他们要碰了面，稀泥巴会变成黄泥巴。蹭进裤裆里头，不是屎也是屎。搞不得的。"

我还以为师傅不知道梁师兄背着他讲坏话，没想到我师傅早已经明察秋毫。

"那怎么办？"我不好再跟他提建议了。

"民儿，你听师傅的。"师傅倒是早就想好了，"下了班你还是去趟师傅家。当然只能一个人去。我晓得，师母真心喜欢你。你先讲点别的，讲得她高兴了，再帮师傅说几句好话。要得不？师傅真不是怕她。只是担心她坏了评劳模的工作。"

如果有一百个主意由我选择，他这主意绝对排在最后一位。虽然我对师母已经没有什么不好的感觉了，那也不等于有好感。

架不住师傅一再嘱托，下了班我还是去了。一路上我对自己说，死守住两个不字。不设任何目的，不抱任何指望。保持一种走过场的心态，回来给师傅交个差，就算是完成任务了。

打开房门看见是我，师母脸上立即有了笑容。她仍然保持警觉，迈出门槛朝两头望了几眼，才回到屋子里。她那是看看我师傅有没有把我当敲门砖。

两个小家伙跟我没见两次面，见我走进来亲热得不行。"哥哥"叫得非常响亮，我就后悔忘记给他们买棒棒糖了。

师母大概也急于想跟我说话，就跟毛妹子交待说："姐姐带毛坨出去玩。莫跑远了听见没有？我跟你哥哥讲点事情。"

小家伙一出去，师母就把房门关上了。也没关死，只是虚掩着，不让外面的人看见。

"民儿，你看我这一儿一女可不可爱？真的乖巧呢。见过的人，没有一个不喜欢的。"

"确实。我很喜欢他们。"我感到有点失礼，"一下班就过来了，棒棒糖也不记得买。"

"莫买。我不准他们吃糖，怕生虫牙。"师母接着把话锋一转，"人人都喜爱这两个小家伙，唯独你师傅不把儿女放在心里。儿女他还算容得下，那个剁脑壳的，他最容不下的是你师母。他怕去坐牢，不敢把我们娘崽几个一刀杀了，就打算慢慢磨死我们几娘崽。自以为聪明，师母早就把他

362

看透了。"

我知道那是气话,也没阻止她说。她要不把肚子里的气撒出来,怎么劝阻都是没有用的。

"民儿,你想得到不?师母又没做事,手头上没一个钱。你师傅讲是一个六级工,每个月工资也就五十几块钱。老话讲人嘴如灶门,我屋里就有四个灶门,哪有那么多柴烧啊?几个工钱月月都用不到头。平时肉都舍不得买。一儿一女,正是长身体的时候,生得黄皮寡瘦,谁看见谁心疼。民儿,你师母真的不是小气,知道不?到底还是人穷志短,马瘦毛长不?"

我还是没做声,默默地听着,一边听还一边点头。

师母就激动了:"晓得你师傅心有好狠不?"她把桌子一拍就骂开了,"他真的该千刀万剐。屋里穷得睡凉垫了,你师傅一发豪狠,就把屋里几个钱送给外人了。眼睛都没眨一下。他是发哪门神经啊?又不亏又不欠,凭什么给人家钱啊?"

我觉得师母的话跟师傅讲的有点偏差,就插嘴问了句:"师母,我师傅给人家钱,没跟您商量吗?"

师母明显地迟疑了一下:"那也是后来听他讲的。事先我又哪里想得到呢?跟我讲的时候已经送出去了,那还有鬼用啊?"

"好像还是师母的亲戚吧?"话一出口我马上觉得不妙,"啊,我这么猜想。"

师母立即警觉了:"不会吧?师傅都跟你讲过了?"

我知道再辩解只会越描越黑,索性不再遮掩:"师母,是这样,师傅只告诉了我一个人。也没讲得您这么明白。他说,这次回乡下,您的一个亲戚把腿摔断了,好可怜的,就支援了她一下。"

师母又发火了:"他那叫吃灯草灰,放轻巧屁!二十块钱,还只一下?他再多来两下,一家人就只有等死了。"她越说越来气,"天底下可怜的人多的是,你师傅又不是开银行的。显什么豪狠?明摆着就是没把我们娘崽几个当人看。"

我觉得师母的思绪缠绕住了。要是再顺着她缠绕下去,除了白白浪费时间,已经没有任何意义了。

"我是这么想的,师母您看对不对。"我很认真地望着她,"听您说了这么多,就是那二十块钱引起的。是不?无缘无故给别人钱也确实不对。假如真有什么原因,师母您也要替他想一想。我师傅一定是有想法的,要不然他不会那样做。家里的困难他会不知道?"

这话应该还不够说服力,师母居然听得不做声了。

"还有件事情,我不知道师母听没听师傅说。"

师母马上抬头望我:"哪件事情?"

"师傅已经是全市劳模候选人了。"我把已经两个字说得很重,"原来有三个候选人,最后征求意见的,就只师傅一个人。"

"真的啊?"师母有点意外,明显地又有些惊喜。

"真的,您昨天不是看见了吗?在工会办公室,莫主席正在主持老工人座谈会。听说那道程序一走完,就该报市里验收了。"

"要真这样,那当然好啊。"师母就迫不及待地问了句,"民儿,当个劳模,有多少钱的奖金啊?"

"我哪里知道?"我笑了笑,"又没当过劳模。"

"那,你舅舅不是当过吗?"

我回忆了一下："好像没什么奖金。我舅舅领了奖状，还有几样奖品。上次我送给师傅师母的，那些都是。"

师母不大相信："没有奖金？好不容易当了劳模。"

"对了，师母。"我想起来了，"我舅舅加了两级工资。"

"两级啊？"师母喜出望外，"老天，一评上就到了八级？民儿，你晓得不？六级到八级，那是三步跳呢。段一村就是八级，一个月比你师傅多二十块，这我是晓得的。"

"是吧？师母您看看，师傅要当上了劳模，给出去的二十块钱，一个月就回来了不是？"

"哈，还不止。以后个个月都有呢。"她的烦恼顿时烟消云散。"那我真的不应该乱吵乱闹了。民儿，你去车间找师傅说一声，今天就搬回屋里住。告诉他，师母会把洗脚水都给他烧好。"

我把结果告诉他的时候，心里非常高兴，他却坐在行军床上无动于衷，一副料事如神的样子。

"这个蠢东西。把她当人，她就装鬼吓人。不把她当人，她反而跟你磕头作揖，自己找梯子下台。我早就知道她会这样的。敬酒不吃吃罚酒，那又何必嘛。"

"师傅，我没那么大胆子，可不敢给师母吃罚酒啊。"任务完成得顺利，我就跟师傅寻开心："哈，罚酒还端在师傅手上呢。"

师傅也笑了。他其实特别高兴，心里就跟卸下了一块铁锭似的："民儿，师傅一直担着心呢。那天我真不该喝酒，把不该讲的话讲给你们听了。你晓得的，虽然都是师傅带出的徒弟，知人知面不知心。记得你梁师兄讲了句什么话不？"

"梁师兄吗？"我想了想，"他说了什么？"

"忘记了？那个狗东西，他讲立功的应该是丘桂兰。"他朝地下啐了口痰，"放他的狗屁。师傅不去乡下，有姓丘的什么事？"

的确，功劳算在谁的头上，这件事情师傅相当计较。

"师傅，别想那么多，至少师母那儿没什么问题。她跟您生气，说白了就是您不该背着她给了姓丘的二十块钱。"

"这婆娘真蠢。钱的事本来就没几个人晓得，她一闹，那不就穿包了？不就让你梁师兄讲对了？"师傅连连摇头，"还讲事先没跟她商量，我哪里没商量？当时师傅身上总共三块钱不到，另外十七块钱，都是她拿给我的。"

我想了想，赶紧息事宁人："师傅，算了。只要师母不再吵闹，所有的麻烦就全都过去了。征求意见的会都开过了，再安静两天时间，您就心想事成，多好啊。"

师傅的疑虑却没有彻底消除。

"那也难讲。"他仿佛把什么事情都看穿了，"还不能欢喜得太早。你师母跟我胡闹，你以为真的只为那二十块钱？"

"哦？这我就不知道了。"我望着师傅，"未必还有别的原因？"

"当然。"师傅犹豫片刻，还是告诉我，"姓丘的跟汪春廷睡觉，你师母知道了大吵大闹。说汪春廷是老畜生，以前跟她睡过，现在又跟她的堂妹睡。骂得好伤心，跟打翻了醋罐子一样。我当时就看出来了，日他的，那婆娘心里还记挂着春不老呢。"

他这话让我很吃惊。师傅从汪春廷手里把师母娶过来，都是十来年前的事情了，难道他对师母还不放心吗?

师傅似乎看出了我心中的疑虑,犹豫了一下,终于叹了一口气:"民儿,师傅有句话,梗在心里不舒服,又不好跟别的人讲。你师母吵闹一通,后来就不见人了。这个死婆娘,去找汪春廷了。"

"哟,那还不打草惊蛇了?"

"哼,做梦。"师傅都咬牙切齿了,"我一直在那边监视汪春廷,生怕有人给他通风报信。没想到真的有人。更没想到通风报信的,还是我屋的婆娘。日他的,当时我就给了她一耳光。"

师母会做这样的事情,我真的无法理解:"师傅,您真的打师母了?"

"不打?不打还下得地?要不是担心惊动汪春廷,我当时恨不得锤死她才好。"师傅又朝地上啐了一口痰,"她那是活该。我那一耳光打得她声都做不得。你看她敢跟你讲不?跑到工会去闹,你看她敢讲这件事情不?她还喊要离婚。要不为了顾全大局,我立马就休了她。日他的,我先忍住。她要再胡闹,离婚只在迟早。"

回宿舍的路上,我脑子里一团乱麻。我师傅这个人太肯动脑筋了,真的叫聪明至极。表面看去一副憨态,其实什么事情他在心里都打理得明明白白。

他心里对师母早有一本是非账。不想清算的时候他就装糊涂,不想装糊涂的时候,他就一拿一个准。

举一反三,师傅对我们几个徒弟好像也这种态度。很多是非,他只是懒得跟我们清算而已。

十八

十月份是四季度的头一个月,生产节奏突然紧凑起来。

雷元干召开动员大会说,这个星期先过渡,下个星期就一天开一炉。熔炉班是先头部队,首先要绝对保证设备的完好率,为高温夺高产扫除一切障碍。

这名主任毕竟炉工出身,冲天炉一直处于带病工作状态,他心里是明白的。别说是他,最近几次开炉,我这个进厂不到两年的炉工都能感觉出来。

主要问题是铁水温度总是达不到最佳状态,铸件废品率一直偏高。翻砂工锻造一百个砂模,至少要有将近二十个因为铁水温度的原因浇铸不成型,只能忍痛报废。费时费工还费原料。效率低下不说,浪费之大,看得人痛心疾首。

我师傅他们已经很努力了,怀疑焦炭质量不好,换了一批焦炭也没什么效果。师傅又怀疑风量不够,检测了好多次都相当正常。

问题一直得不到解决,我也好几次情不自禁地琢磨其中的原因。之前我就有点怀疑是炉膛的问题,炉膛形状好像已经变形了。

这种怀疑也没什么根据,只是觉得可能性很大。包括我师傅,每个炉工历来就不大注意炉膛的形态。每次去修整的时候,都只在原来的形状上凭个人的感觉修修补补。时间长了,炉膛的形态越来越走样,热能量也越来越不集中。

我没有把心中的猜测告诉我师傅。对于技术问题,他非常敏感,生怕别人说他一知半解。我非常清楚这一点,所以在他面前谈技术一定要小心谨慎,没有绝对把握,索性一个字都不要开口。

原因没找到,我心里又放不下。下班之前,趁师傅他们在外面备料,我就钻进炉膛，用卷尺上下左右测量了一些数据，爬出来就去了技术室。

我想去技术科把冲天炉的资料找出来对照一下，查一查尺寸方面的容错率是多少。我在炉膛里面看清楚了，变形的确有点严重，但我不能确定那种变形是不是在容许范围之内。

担心人家不会让我查，我就想到了宋玉香，她是技术科的资料保管员。我要请她开个后门，同学的面子她应该还是会给的。

机会非常好，技术科其他人一个都不在。资料室在技术科里面那间屋子，隔了两扇房门，敲了好一会儿她才听见。

她穿过办公室跑来开门，一看是我，高兴得直跳脚。

"哎呀，杨哲民？你怎么来了？好久没见你，想死我了。"

当时我没在意那句话。"哈，不至于吧？咱们这些同学，你想谁不好，干吗想一个浇铁水的熔炉工啊？"

宋玉香回答得很快："错了，杨哲民。满世界的人我谁都不想，偏偏只想你这个小炉工。相不相信？"

"好，既然这么说，我不信也信。"我赶快说明来意，"宋玉香，可以帮小炉工一个忙不？"

"当然可以。"她很爽快，笑眯眯地看着我，"我帮你的忙，你可得付出代价哦。"

"好，没问题。什么代价，你尽管说。"

她卖了个关子："那得看帮什么忙。"

我就把查资料的事情跟她说了。

"那没问题。所有的资料都归我管。"她伸手把我拉进办公室，把房门关上了。

我朝办公室看了一眼："那么多技术员呢？都下班了？"

"不是下班，是加班。"她很开心，"所有人都去七车间了。厂里从苏联进口的一台自控镗床正在安装。那台笨家伙太复杂，技术难度大得要命，说明书又全是俄文的。懂俄文的两个老技术员又都退休了，得从市里请回来。很难弄，还不知道要加班到几点呢。"

她边说话边走进了里面那间资料室。

"杨哲民，进来。资料都在这儿，随便你怎么找。来啊。"

我朝那间资料室看了一眼，总觉得什么地方有点不对劲。

我们所有的同学当中，宋玉香就是条谜语。谁都猜不出她的谜底在哪儿。五一文艺联欢那天，她端一盒糖油粑粑跟我聊了几句，印象中宋玉香并不张扬。没料想今天见面就来了一句"想死我了"，的确让我有点吃惊。

走进资料室，宋玉香又要关门，我赶紧说："宋玉香，听我的，这扇门就别关了。"

她竟然很奇怪："为什么不关？"

"太闷。"我飞快地想出了一个理由，"这么小的空间。"

"那可不行。"宋玉香的理由更充分，"资料室必须严格防潮。随手关门是科里的规定。"

她没有任何迟疑，迅速把房门关上了，然后打开防潮资料柜："造型车间设备的资料都在这儿，你随便找。"

我刚要伸手找资料，她又拦住了我。

"忘记了？"她直勾勾地盯着我的眼睛，"代价呢？"

"哦？你要什么代价？"

"抱我一下。可以吗？"

根本没等我回答,她张开双手就把我抱住了,抱得很用力,胸脯跟我贴得紧紧的。

宋玉香这举动非常突然。不知为什么,我觉得她拥抱得很老到。没有丝毫迟疑,动作还相当准确。该贴的位置贴上了,不该贴的地方也往前贴,这倒令我清醒了许多。人一清醒,我也不怕她抱,就没有强行拒绝她。

没得到我什么反应,她自己就把手松开了,脸上红扑扑的,望着我说:"再亲我一下,就可以了。"

我当然不会答应她,但我又不希望让她太受刺激。正想说句合适的话回绝,她踮起脚就朝我嘴唇亲了一口。

"好了,不影响你。赶紧找资料吧。"她心里其实也有顾忌,"万一有人来,撞上了真的不好。"然后她坐回了椅子上。

当时我心里已经杂乱无章了。我不想说宋玉香这些举动属于神经不正常,只是想不清应该属于什么。

假如她对我有好感,我不可能感觉不到。尽管难得见上面,只要有心,她一定有办法将心中的好感传递给我,但是她没有对我做过那样的铺垫。在别人没任何感觉的情况下突然贴上来,这能说正常吗?难道宋玉香轻率到这种地步?我真的不明白她。

看见我傻愣在那里,宋玉香似乎很抱歉。

"杨哲民,你怎么啦?是不是觉得我很轻浮啊?"

我不知道该怎么回答她。"啊,也不是。"迟疑了一下,就搪塞了一句,"我只是,从来没遇到过这样的事儿。"

"我也没想到会这样。"她认真地说,"不是无缘无故。知道吗?从分配来的那天开始,我就注意你了。我真的很喜欢你。"

她这么说,我就放松了些:"什么呀?我不值得你喜欢。你对我还真不怎么了解。"

"需要了解吗?我就那么肤浅吗?什么人值得,什么人不值得,我都感觉不出来?"她站了起来,"先不说这些。感情是感情,工作是工作。看中什么资料,你尽管拿,我到外面等你。"

她恢复了正常,走出资料室,反手把房门带上了。

我也平静下来,把有关冲天炉的资料翻了个遍。非常遗憾,我想找的炉膛数据,资料室里还真没找到。为了不让宋玉香觉得我急于逃离这儿,还磨蹭了一会儿,才随便拿本书走出了资料室。

宋玉香正在给我沏茶:"这么快就找到了?"她把茶水端过来,"给,这是我老家出的新茶。"

"宋玉香,茶我就不喝了。"我把那本书递给她,"这本书,我想借出去看看。你要登记一下吗?"

"不用。"她没朝那本书看,"记得还给我就行。"

"没问题,看完我就还过来。"我拿起书想要离开这儿,"谢谢,我先走了。"

"啊,那你还是登记一下。"她分明不想让我这么快离开。"借书还是要登记的,咱们不把闲话留给别人讲。你说呢?"

我赶紧答应她,飞快地在小本子上登记完毕。

"再次感谢你啊,宋玉香。"然后抬脚就往房门那边走。

宋玉香好像早有防备,一把拉住我。

"别急着走。咱们在这儿说话,别人看

见了也没事儿。"

"不行啊，宋玉香。我还有事儿呢。"

几乎没有停顿，我伸手就去开门。

宋玉香抢前一步，用身体把门顶住了。

"杨哲民，我不耽搁你。就几句话，行不？"她坚定地看着我。"你要是不想陪我说几句话，那就是记恨我。真的，你那样做，我会后悔一辈子的。"

我听不得人家这样说，就站住了。"宋玉香，放心好了，我不会记恨你，只是觉得这样不太好。不是说你，我不能这样。"

"明白。别以为我是个随便的人，千万别那样以为。"她很平静地看了我一眼，又将目光移开了，"知道吗？我是个孤儿。两岁不到的时候，父母就不在了。我不敢回忆他们。那年我们村里山体滑坡，好多人都……"

她没往下说，眼睛里头出现了泪光。

我回过身来，一时也不知道该怎么安慰她。"宋玉香，你的很多情况我们同学都没听说。什么事情都别闷在自己心里难过，啊？应该多跟同学们交往，就跟兄弟姐妹一样。你觉得呢？"

"我不会那样做。"宋玉香摇了摇头，"从小长到大，关心我的人太多了。那又怎么样呢？就好比堆砂子。看上去堆得很高，堆得漂漂亮亮，堂堂皇皇，又有什么用呢？经不住风，也扛不住雨。哲民，说句大实话，我这颗心，从来没踏实过一天。"

这句话让我认识到了她心里的疼痛。那种疼痛是她个人独有的。作为没有亲身经历过的人，任你怎么安慰，对她的疼痛都于事无补，只能摇头叹息。

也许她被自己那些经历折磨得太久，习惯成了自然，很快她又从悲痛的情绪中拔了出来。

"哲民，不用可怜我。没事的。"她凄苦地笑了一下，"可以坦率地告诉你，我需要一个强大的男人。一个能让我心里很踏实的男人。好不容易才走到了今天，我已经累得走不动了。真的。哲民，再一个人往下走，我实在没信心了。"

她话里充满了怨恨，那意思对我也失去了信心。话刚说完，她闪开身体，拉开房门把我推出门外，咣当一声又把门关上了。

隔着那扇门，我清楚地听见她在里头嚎啕大哭。那种哭喊发自于内心，听得我心慌意乱，拔脚就逃离了那个地方。

或许我越是隔着房门劝她，她越会哭得伤心。

假如她再次打开那扇房门，等待我的将是一片沼泽。沉陷下去，一切都会失去控制。

徐士良是国庆假期过去了半个月才回厂的。

放假回到衡州，没几天奶奶去世了。他赶紧给车间主任发加急电报请假。

那位车间主任我见过，姓赵。她是一位工人出身的中层领导，心地极其善良，当即就同意徐士良处理完后事再回来。

在他回厂的前一天，小梅找到了吴启军。她说，徐士良家里兄弟姊妹多，生活一直很清苦，父亲早好多年就得膀胱癌去世了，全靠他母亲独自支撑。不仅担负了抚养子女的责任，还继续把婆婆当作亲娘供养。徐士良那一点学徒工资，根本就帮不上母亲的忙。

"吴启军，你跟杨哲民商量一下。"小梅提议说，"能不能在同学里头搞个动员？咱们多多少少筹集一点钱，帮一下徐士良。

368

难得大家同学一场嘛。"

吴启军在这方面无比仗义,当天晚上就找了我。

"哲民,时间有点紧,咱俩分头进行怎么样?"吴启军一开口就给我布置任务,"从一车间,到七车间,这个范围你负责找。八到十五车间交给我。每个同学都找到。就这么定下来,可以不?"

我当然没问题。其他同学我都可以找,只是觉得科室的两位女生有点棘手。

主要是宋玉香。至少在比较长一段时间内,能不见面是最好的。当然这话我又不便跟启军挑明了说,心里就有一点负担。

"可八到十五车间也没几个同学啊。你这家伙挺鬼嘛,变着法子偷懒不是?"我故意绕了一个弯,"那也行。科室那边还有两个女同学,就全交给你了。"

"全交给我也不行。"吴启军都想好了,"姜红梅我不管,她不是跟你很合得来吗?"

"什么话?让我找谁都可以,干吗要说我跟她合得来?"我内心很高兴,故意说了句。

"我又不是不知道。哈,两个潜水运动员。"他没有多说,"至于宋玉香嘛,估计你跟她不怎么熟。这人就交给我了。"

"噢?这么说,你跟宋玉香很熟悉?"

吴启军一听就认真了:"哎,你这听谁说的?告诉我,谁?"

"你怎么啦?"我觉得他有点反应过度,"谁也没跟我说。随便问问不行吗?"

"当然不行。"吴启军还特别认真,"有些话是不能随便乱说的。知道吗?说出来,那是要负责任的。听明白了?"

"哈,启军,别认真。就当我没说,行了吧?"

我担心他一急就会跟我交换位置,赶紧赔小心。在学校打篮球的时候他就有这个毛病。嫌谁发挥不正常,一开口就骂:"打些什么啊?算了,咱俩换一下。你去左边锋,中锋位置让我来。"

第二天我上晚班。白天没什么事情,小梅就约上我一起去车站接徐士良。从衡州坐长途汽车过来,路上要走八个多小时。一直到下午四点,徐士良才从那辆风尘仆仆的客车上走了下来。

小梅一眼看见他左臂上还戴着一圈黑纱。"干吗?都好多天了,还不摘下来?"

徐士良在她面前像个乖乖儿:"哦,忘记了。摘,马上摘。嘿嘿,早就过了七天,也该摘下来了。"

行李卸下来之后,小梅主动扛在了肩上。其实没什么行李,一个小箱子,很轻。反正轻也好重也好,理所当然都是小梅的事儿。她比徐士良高出一头,徐士良根本就没想跟她争。

"杨哲民,你是不是有一件天大的喜事啊?"徐士良一边走一边问我,"到时候,要请全体同学吃饭哦。"

这话问得我摸头不知脑:"什么意思?我有喜事,自己都不知道?"

徐士良拍了一下巴掌:"你师傅不是当上全市劳动模范了吗?"他望着我,"你还说不知道?这话谁相信啊?"

"嗐,你是说这个啊?还没最后宣布呢。"我感到有点奇怪,"你一直都在衡州,怎么会知道呢?"

小梅就说:"我告诉他的。这么大的事情,全厂职工都知道了。那天通长途电话,我就告诉了他。"

"哈,小梅,怪不得有人说,不爱的人有话都不想说,相爱的人没话都找话说。"我取笑了一句,"长途电话费挺贵的,说这些干吗？钱多了烧着玩儿？"

"那得看说的什么话。"小梅人粗心细，朝我诡秘一笑，"你可能还不知道。厂里到处都有人议论，我们嵌线车间都传开了，说你那个师傅想当劳模都快想疯了，表现得特积极，又演双簧又做戏。哈，哲民，有这事吗？"

我觉得这话有点伤人，就辩解了一句："有没有这事很重要吗？一名普通工人，渴望当上劳模，能说他不对？没有过硬的成效，就凭人家笑话他的那些事，他能当上劳模吗？"

徐士良赶紧附和："对，这我相信。"转脸又望着小梅，"梅子，你觉得呢？"

小梅也同意了："我相信杨哲民。他有正义感，眼光也很挑剔。既然过得了哲民那道门槛，我就没话可说了。"

她没话可说，我可在心里打了个结。徐娘居然称小梅也叫梅子，我就觉得以后得给姜红梅改个昵称。怎么能一模一样呢？今后再这么叫姜红梅，心里立刻就会想到徐士良。我可不愿意被人看作一个母性依赖症者。

安顿好徐士良，小梅建议我跟他们俩一起吃晚饭。

那天晚上轮到我修整炉膛，得等到熄炉之后，最快也得晚上八点才有我的事。晚饭反正要吃的，时间又还充裕，当时五点半都不到，我就答应了。

看来他们两个经常结伴出去吃饭，对厂子周边的馆子了如指掌。带我去的那家餐馆小巧安静，灯光柔和，环境很舒适。

"主要是口味特别。"小梅向我推荐说，"都是上海那边的味道，甜甜酸酸的。不知道你喜不喜欢吃。"

我想起来了。这家小餐馆就在一家上海迁过来的厂子旁边。那家工厂生产织布机，叫做浦陵纺织机械厂，规模比我们电机厂还要大。大多数工人都是从上海迁过来的，餐馆的格局便有一种江浙的情调。听说厨师也是上海请过来的，菜做得很精致，价钱也不便宜。

我觉得姜红梅一定喜欢这个地方，就用心记下了那条小路，准备下一次就带她过来，一边吃饭一边合计改昵称的事情。

小梅把我们带到一张餐桌前坐好，然后拿过菜单反复地看。

徐士良对菜单没兴趣，朝我问了声："哲民，还记得龚开明吗？那人瘦瘦高高的个子，有印象吗？"

"这个名字，好像有点熟悉。"我想了想，"是咱们学校的老师吗？"

"原来是，后来当教务科长了。"徐士良看见我半天对不上号，索性讲得更明白，"就是那天亲自送宋玉香上车的那个人。这下总该想起来了吧？"

我连连点头："士良，你怎么突然谈到了他？"

小梅便不屑地哼了声："你恐怕想不到吧？那个人犯了大错误，被学校给开除了。"

"也不是开除。"徐士良赶快纠正说，"受了处分，降了级，调到铁路中学当老师去了。"

小梅横了他一眼："当老师哪有他的份？给铁路中学烧锅炉呢。还当我不知道？"

徐士良就争论说："不是。当物理老师。我家就住在铁中附近，这次回去还看见他了。"

既然眼见为实，小梅也就不想跟他争

了，愤愤地说："呸，他是个大流氓，不配当老师。"

我听得不明不白："这么说，他犯的是男女作风错误？"

"还是个惯犯。"小梅似乎很憎恶他，看了徐士良一眼，"士良，你把他的流氓行为告诉哲民。我是讲不出口的。"

徐士良赶快应了声："好的。好的。哲民，龚开明那家伙，长期利用毕业分配，跟应届生搞流氓关系。今年又搞了个女生，答应给她分配工作。天晓得形势一变，分配不成了，那女生就回家跟爹妈哭。她爹是法院的干部，一状告到市教委，把他的职务撤了个一干二净。以前好多事情，全都连带出来了。"

小梅补充说："按道理，这事叫做职务犯罪，本来是要坐牢的，多亏姓龚的有个哥哥在省里当了个什么，有些权力，就从轻处理了。很多家长有意见，这叫从轻吗？简直没作处理嘛。唉，意见有什么用，白提的。"

我马上想到了宋玉香。

龚开明亲自送她上车，那情况确实不正常。除了宋玉香，车上还有我们十七个同学，龚科长都没怎么朝我们看。现在他出事了，这里头有宋玉香什么事吗？

我很想打听这个情况，不知道为什么，话都到了嘴边，还是吞回去了。

小梅好像看穿了我的心思："哲民你记得不？宋玉香是谁送上车的？当时两人那样子，你们男同学都没注意到吧？我们好几个女同学都看见了。"小梅一副鄙视的样子，"龚开明跟她，两个人眼圈都红了，就跟生离死别似的。"

"她们两个人早就有问题。"徐士良毫不含糊，"全都查出来了。宋玉香毕业那一年，明里说是到工厂实习，暗地里都跟他住一起了。悄悄住的，不是龚开明自己招认，谁都没发觉。"

这话听得我汗毛倒竖，一句话都说不出来。

徐士良紧接着还补充了一句："知道宋玉香凭什么不下车间吗？这里头有猫腻。龚开明给电机厂发了一封介绍函，点名推荐宋玉香，以学校的名义发出的。"

"行了。"小梅打断了他的话，"这事儿我们三个人知道就算了。到底都是同学，又都是一批进厂。传出去，好像我们都不干净似的。士良，你要管住自己的嘴。知道吗？这事儿太丢人了。"

徐士良赶紧答应。

那会儿我已经放下筷子，一点胃口都没有了。徐士良和小梅说的这些事情，我完全相信，一丝一毫都不会怀疑。

宋玉香对我说得非常直白，她的心从来就没踏实过，她极其需要一个强大的男人。可想而知，毕业分配之前，系里的教务科长当然是让她感到心里踏实的人。也许她知道别人很难让她长久踏实，内心早就不作苛求。既然没有长久，分段踏实总比毫不踏实更实际。她知道跟龚开明注定只开花不结果，而那朵花也还灿烂。不仅顺利分配了工作，还附了一份学校的特别推荐，没有分配到车间遭受劳累之苦。这一段踏实过去了，她又会寻求另一段踏实。我那天的遭遇，或许就是她在进行某种试探。

于是我特别感谢姜红梅。要不是她给了我一颗充实的心，仅凭我一己之力，想狙击宋玉香的进攻，结局只能是溃不成军。

十九

屈指一算，已经有半个多月没跟姜红梅见面了。

我不知道她去了哪儿。走之前她告诉过我，说是有个外调任务。具体什么任务她没跟我说，我更加不会主动问她。外调是她们的专业术语，有一种讳莫如深的含意，神秘色彩很浓。

我倒看不出姜红梅有多少神秘的地方。当然我心里有一条红线，绝不让她觉得我是个累赘，于是我跟她该见面就见面，该聊天就聊天，一直相处得十分愉快。

宋玉香突然把我拥抱了一下，倒成了我心中的一道阴影。

一个星期之后，姜红梅完成外调任务，从外地回来了，当天晚上就约我去厂子围墙后面那片蔬菜地溜达了一圈。

看得出来她非常想念我。她心情大好，在夜色里游荡了两个小时，她的手一直挽着我的胳膊弯，几乎没抽出来过。

我好几次想伸手去挽她的腰，一想到那天跟宋玉香的荒唐举动，又打消了念头。姜红梅就是我心中一块最纯净的水晶，我绝对不能亵渎她。

姜红梅丝毫没觉察到我的那点阴暗，表情甜蜜蜜的，走着走着就把头靠在了我的肩头。

我觉得有点惭愧，忽然想到了称呼问题。

"啊，正想跟你商量一件事。"我顿了一下，"以后，我不再叫你梅子，咱改个称呼。行不？"

她抬起头来："那你叫我什么呢？"

"正想问你呢。"我望着她，"想让我叫什么都行，我听你的。"

姜红梅似乎有点羞涩。

"是吗？我要说出来，你敢叫？"

"当然敢。你说，想让我叫你什么？"

"叫我老婆。"话刚说出口，她顿时一脸通红，"哎呀，真要命，你这人也太坏了，尽把人往里头绕。"

那会儿我也觉得难为情，让我叫还真难以启齿。

"那就以后吧。咱们先想个过渡的名字。"

她其实已经猜到了改称呼的原因。

"是不是徐士良也这么称呼小梅？"

"可不？那天徐士良从衡州回来，邀我吃了个饭，听见他也叫了小梅一声梅子。"

姜红梅笑了笑，忽然问我："你跟他们一起吃饭了？徐士良有没有说咱们学校的事儿？"

"好像也没说什么吧？"我望着她，"怎么啦？"

"没什么。没说就算了。"

她这一淡化，我心里又敏感了。

学校龚开明出的事情直接牵扯到宋玉香，他们应该派人过来搞过外调。按说政工科应该找宋玉香谈过话，跟她谈了些什么呢？除了谈龚开明的事情，会不会把我也牵扯出来？

应该不会，至少目前还没有。不然，姜红梅怎么还会跟我一切如旧？甚至还开玩笑让我叫她老婆？

显然是我想多了。毕竟心中有愧，就开始疑神疑鬼，神经变得十分脆弱。当然，这也说明我太在乎姜红梅了。

往回走的时候，姜红梅很舒畅地告诉我说，她的工作可能会有些变化。

我一听又敏感了："什么变化？总不至

于离开电机厂吧?"

"那也说不好。"姜红梅说得很含糊,"成为了国家干部,一切都只能服从分配,没有价钱可讲的,知道吗?"

"是不是有领导跟你谈过了?"我表现得很平静,暗地里又极其不放心,"能不能透露一下,会把你往哪儿调?"

姜红梅想了想,把这话题也淡化了:"透露什么啊?领导的想法我哪知道?先别想那么多。考察干部嘛,很平常的事儿。"

"没错。"我赶快不问了,"有思想准备就好。随遇而安呗。"

分手的时候,姜红梅说了一句让人心里暖融融的话。

"哲民,有一段时间没去看望杨妈妈了。她老人家怎么样?最近身体还好吧?"

"谢谢。她挺好的。"我回答说,"秋高气爽的日子,我妈一般没什么问题。冬天的时候,就得多注意点了。"

"知道。"姜红梅甜甜地望着我,"我想过了,到了冬天也没事。也许那时候我就可以和你一起,经常去陪伴她老人家了。"

这句话倒是意义非常。

在这之前,姜红梅特别忌讳跟我一起出现在我妈面前。我明白她的顾虑,或许是火候还没到,她不愿意让别人产生误解。

如果她不再有顾虑,就说明她心里已经拿定了主意。

当然,我还不敢过度欣喜。

她这主意突如其来,像一只翡翠色的精灵小鸟悄然停在我的肩头。我既惊喜又惶惑,都不敢使劲回头看,生怕惊飞了她。

二十

上班的铃声刚刚响过,雷元干主任就到了熔炉班。

那天太阳出来得早。橘红色的阳光透过玻璃窗,把设备照得颜色都变漂亮了。平时灰不拉几的冲天炉,霎时间通身金黄。雷主任迎着朝阳走过来的时候,额头上流光溢彩,一副格外喜庆的神态。

师傅跟大家说:"雷主任是专门过来参加我们班前会的。那就先请雷主任作指示,大家欢迎。"

雷元干赶快摆手:"算了,算了。除了师傅就是师兄师弟,还鼓什么掌啊?"他的话体现了平时不常见的亲切,"是这样,今天晚上就不开炉了,改成明天下午。今天干什么呢?都不晓得吧?"

师傅只是微笑。其他人都摇头表示不知道。

"打扫卫生,迎接验收。好事呢。"雷主任情绪高昂,"对于整个车间,这是完成政治任务。对于我们熔炉班,那是给自家办喜事。师傅自己又不好布置,我就回来给大家布置一下。啊?"

话说到这地步,大家心里基本上已经明白了。然后雷主任才告诉我们,师傅申报劳模的材料,资格审查已经通过了。明天就会派一个验收小组到厂里来,进行全方位考察。

"这是什么意思呢?"雷主任解释说,"只有一个意思,那就是走程序。程序是必须要走的,劳模也是必须要当的。哈,一周以后,全市劳动模范表彰大会就要隆重召开,晓得不?我们电机厂有八年没出劳模了。八年呢,容易吗?不容易啊。"他感慨万千,"不说那些了。昨晚上厂领导召开了紧急会议,接待验收小组的工作必须做得滴水不漏。只能成功,不能失败。各位师兄师弟,师傅当了劳模,大家都要有荣誉感。听清楚了?"

雷元干的话特别有煽动性。大家心里听得热乎乎的,当时就一拥而上。梁师兄抱住师傅,二师兄抱住梁师兄,余师兄又抱着二师兄,一堆人簇拥着师傅,跳着脚原地转圈。

师傅转得头晕,举着双手呼喊他们停下来。

翻砂工段那边不知道熔炉班发生了什么事,好多人跑过来围观。雷主任就强行把师兄师弟们拉开了。

接下来雷主任又召开了全车间动员大会。

他讲了几点要求:"明天验收组要来车间考察,大家只要把工作面的环境卫生搞好就行。跟平时一样,照常上班,该做什么还做什么。就这些,清楚了吗?"

下面发出一个怪怪的声音:"好像不止这些吧?雷主任?"那是段一村,"还不能乱讲话,对吧?不该讲的话不要乱讲。该讲的话,也不要乱讲。对不,雷主任?"

周围就发出来一阵笑声。

雷主任并不恼火:"段师傅,没那个规定。验收组要是问到了您,您讲什么都可以,怎么讲都可以。"

"那他们要是不问我呢?"段一村分明有点故意,"问什么人,不问什么人,那又不是临时指派的。以为我们心里不明白?"

雷元干非常大气,说:"只要您心里有话,想说就说。验收组总共来三位同志,您相信谁就找谁。您想跟其中任何一位同志说都可以。没任何禁忌。我讲清楚了吗?段师傅?"

这一下段师傅就无话可说了。我看见吴启军赶快凑到他耳朵边,小声劝说了几句。段一村就把身子坐正,不再旁生枝节了。

雷主任指派给我的任务是帮助师傅收拾家庭环境。

验收材料里面有一项内容,说我师傅家庭条件很困难,他却一心扑在工作上,舍小家为大家。莫主席特意交待雷主任,验收小组很有可能会去师傅家里作一些现场考察,准备工作不能疏忽。

安排好班上的卫生工作,师傅就领着我往家里走。一边走还一边嘟哝:"家里有什么好收拾的?不讲你师母,毛妹子手脚好勤快,每天都把屋里收拾得干干净净。还要怎么收拾嘛。"

刚刚走出车间,雷主任小跑步追了出来:"师傅,别急往回走。莫主席来了电话,让您先到工会去一趟。他有事情要交待。"

师傅不敢怠慢,带着我就去了厂工会。

莫主席一直在办公室等候。

"车间那边都安排好了吧?班上呢?生料场那边总是堆得乱七八糟的。"

"没问题。我特意安排了人,把生料场当重点搞。"

"那就好。这些事情让元干去搞,他很仔细的。"莫主席又望着我师傅,"屋里呢?还没去搞吧?"

"正要去呢。"师傅指了指我,"其他徒弟都毛手毛脚的,我特意把民儿带去帮忙。"

"那就对了。杨哲民是城里伢子,眼光好。他去我就放心了。"说着话他就从上衣口袋里掏出一张五元的人民币,"拿去。怕有什么要添置的。"

我师傅有点迷惑:"还、还要添置东

西啊？"

莫主席说："你那屋子狗窝一样，看不得。去买几张宣传画，把板壁上搞不干净的地方遮起来。晓得不？"

"那要得几个钱？"师傅赶快推却，"不要你的，我有呢。"

"你有鬼的钱。泡茶都用的桑树叶，我还不晓得？"莫主席把那五块钱往师傅手里塞，"买画要不得几个钱，这些是给你买茶叶的。买就买点好茶叶，晓得不？验收小组又不在你屋里吃饭，总要泡几杯好茶水才体面不？你不讲面子，还有胡子遮挡。我的脸面呢？厂里的脸面呢？不讲了，拿着。"

听他那么一说，师傅当时就犹豫了一下。"那，是不是还要去理发店刮个胡子啊？"

"胡子莫刮，晓得不？"莫主席教导他说，"当工人要讲本色。是什么样子，就是什么样子。"

"那我还要你的钱？"师傅豪情就上来了，"我还当是好大一个事情呢。不就是买几张画，一点茶叶吗？不要。这点钱都还要你出，不就弄虚作假了？不讲了。民儿，赶紧走。"

出了门，莫主席还追出来说了声："真不要？你莫嘴巴上充狠，回头又来找我，还是拿上的好。"

我师傅没有停留，头都不回地说："老哥，你也是太看不起我这兄弟了。这把年纪还没骨气，未必我是吃糠长大的？"

当时我心里一点底都没有。只有我才清楚，师傅家里不可能拿得出钱来。上次硬着头皮送给丘三元二十块钱，真的把他和师母刮了个油枯水竭。这段日子他是过了今天愁明天，时刻都在盼望着发工资。

都已经这样了，还要打肿脸充胖子，有什么必要嘛。自己的堂老兄，又不是外人。

这些话我当然不好跟他说。也许他还有我不知道的办法，到时候峰回路转也是难说的。我又何必看戏流眼泪，替古人担忧？

到师傅家里的时候，我发现屋子清清爽爽，干干净净。

师母说，一大早我师傅就把全家人喊醒，收拾了两个钟头。屋子本来就不大，两个钟头的时间，收拾三遍都够了。

板壁上倒有些零乱。中间贴着的那幅年画还是大炼钢铁的内容。过了好些年，颜色大面积都褪掉了，画面上乌焦八弓还结了一些斑点，实在有点看不入眼。

再加上毛妹子和毛坨添乱，平时剪了一些公鸡小狗之类的图案，东一块西一块贴在板壁上头。不撕太难看，撕又撕不干净。还真需要买几幅画遮住才行。

看来也只有这一项工作要做。我就对师傅说："您跟师母就在家里收拾。有什么不放心的地方，再过细一次。我现在就出去，抓紧时间买几张画回来。"

"好。那我给你钱。"师傅摸了一下口袋，转身朝师母问了句，"身上有钱不？拿两角钱给民儿。"

"你讲天话啊？"师母顿时叫苦连天，"我身上有没有钱，你还不晓得？买一把青菜五分钱，还是从毛妹子储蓄罐里抠出来的。"

我听得难受，当即挺身而出："师傅，茶叶和宣传画您都别管。您要再多说一句，那就是瞧不起我这个徒弟了。"

不等他和师母反应过来，我一拉房门就跑了出去。

师傅几乎没有犹豫，抬脚追出门外，一把就扯住了我。

"民儿，师傅懂你的心意。"他就跟妥协似的，"也好。那你就替师傅出钱买画。茶叶好贵的，绝不让你买，师傅已经有办法了。"他把我拉得离房门更远了些，"正好家里也揭不开锅了。我还是去找老伙计多借几块钱，发工资就还。"然后压低声音交待说，"这事万万不能让你师母晓得。当她的面，还讲是你垫的钱，听懂了不？"

我有点不放心："行吗？您有把握借到钱吗？"

"应该可以，都是一个乡出来的嘛。"他有点破釜沉舟的意思，"退一万步讲，还有段一村呢。他巴不得我去求他。钱他会借给我，正好他可以挂在嘴巴边笑话我。日他的，泥巴萝卜，洗一截吃一截。眼前大事要紧，我也顾不得那么多了。"

我不觉得那是个好主意。本来还想劝他回头找一下莫主席，知道吃回头草他更拉不下面子，我就没做声了。

买画还不是一件很容易的事。主要是电机厂附近没有新华书店，得跑十几里路才有一家，那地方比我妈住的地方还远。

这件事情虽然不那么着急，我还是借了一部自行车。幸亏有那部自行车，赶到书店选两幅画，时间就到中午了。拐到我妈那儿，匆匆扒了几口饭，蹬着车就往回赶。

二十一

厂子里已经开过中饭，到了午休时间。职工宿舍区里头很清静，路上难得看见一个人。

进了宿舍区大门，我怕影响别人休息，就跳下自行车，准备步行去师傅家。

刚刚把车锁好，就听见身后有个女的叫我，声音压得很低，而且还很急迫。

赶快回头一看，小梅匆匆忙忙赶了过来。她是从男职工单身宿舍那边过来的，我就知道她去了徐士良那里。

"哲民，我刚去过你的宿舍，你不在。正不知道上哪儿找你呢。"她一脸的紧张，"这下麻烦了。出大事了。"

这句话把我吓了一跳。"什么？谁出事了？徐士良？"

"哎呀，不是他。"小梅赶快摆手，"当然，说他也可以啰。主要是你师傅。"

我听得云里雾里："小梅，你都把我说糊涂了。到底是什么事啊？"

"嗨，你师傅跑到宿舍里偷钱，让徐士良给发现了。"

"什么？"我头皮一炸，"有这种事？"

瞬间我觉得出这种事情也有可能，师傅的确急需用钱。接着我又觉得没有可能，师傅再不讲卫生，他的手脚还是干净的。

"小梅，我郑重其事地告诉你，要是没弄准确，这样的话一万个不能说。"我紧绷着脸，"说错了，就毁了一个人的政治前途。"

小梅赶快解释说："徐士良看见的。他知道你师傅要当劳模了，也没敢跟任何人说，只是让我赶紧来找你。"

"真要命！"我闷着喉咙吼了句，"赶紧带我过去。"

徐士良的宿舍门关得很紧。

小梅走上前去，谨慎地看了看四周，然后伸手敲门。敲了两次，徐士良才在里面问了声："你是谁？"

"士良，开门。"小梅贴着门缝说，"找

到杨哲民了。"

徐士良赶快开门，等我们一进来又把房门紧紧地插上了。

"哲民，快过来看看。"徐士良急不可耐，把我拉到了床边一张小桌子前，"你对这些钱还有印象吗？"

桌子左边的抽屉是拉开的，里面零零散散地放着一些钞票。当即我就认出来了，那是吴启军和我分头给他募集的捐赠款。还是我亲手交给徐士良的，总共三十八块钱。在那之前我仔细清点过那些钞票，十元的票子一张都没有，大多是一元两元的，五块的有三张，我记得非常清楚。

"看清楚了吗？"小梅挤了过来，指着抽屉说，"三张五块的，只剩下两张了。"

果然。那里面只剩下两张五块的钞票。

"不是。"徐士良赶快补充，"先前只剩一张了，我真的没看错。十分钟还不到，抽屉里头忽然又回来了一张，这才成了两张。"

我糊涂了。小梅也感到摸头不知脑："三张变一张，一张又成了两张。我怎么听不明白？"

"士良，你别着急。"我隐约感觉这事情有点蹊跷，"到底什么情况，你慢慢说，说清楚点。"

徐士良很谨慎地朝窗户外头看了看，压低声音说："这两天我泻肚子，急了往厕所跑都来不及。我当时正在抽屉里清点那一堆钱。房门没关，抽屉也没关。也就一刻钟的样子，回来一看，里面两张五块的票子不见了。"

"就那一眨眼工夫？"小梅非常惊讶，"你看见房间里有什么人进来过吗？"

"看见了还讲什么？我不知道谁偷的，汗都急出来了。"

"那你怎么说是莫师傅偷的？"小梅追问。

徐士良把已经过梳理了一下："我正在着急，忽然发觉外面有人朝这边走，走得急，朝我宿舍来的。我赶快躲到蚊帐后头，看看是个什么人。他走进来才看清楚那是莫师傅。"

小梅越发想不明白："你刚才还说钱是他偷的。偷了钱不赶紧跑，他还返回来干什么？"

"是啊，我也觉得奇怪。"徐士良连连摇头，"知道他来干什么？他直接走到抽屉前头，把一张五块的票子放回去了。"

我非常注意这句话："士良，你看清楚了？你亲眼看见他把钱放回抽屉里了？"

"当时没有，我心里有点慌，动都不敢动。等到他走出去了，赶紧跑过来看。呀！抽屉里又多出了五块钱。"

小梅不敢相信："你到底数清楚没有啊？"

"这是什么话？"徐士良有点急了，"同学们捐的钱，我看得比性命还重，一天都要数好多次，怎么会数不清楚？"

"啊，我听明白了。"小梅望着徐士良，"你意思是说，既然莫师傅放了一张回来，先前那两张，肯定也是他偷的？"

"要不然怎么解释呢？"徐士良其实也没有把握，"哲民，你替我分析一下，是不是这么回事儿？"

说实话，我心里也认可徐士良的判断。钱应该就是我师傅偷的。那会儿他忽然失去了理智，他太需要那几个钱了。

放回来五块钱，也有点像他的做派。我大致上了解他。班里的工作他偶尔也犯错，只是不肯明说，找个机会又悄悄地补偿回来。

说不清为什么，我不想把内心的判断说给他们听。

"士良，小梅，没办法解释的事情，就说明事实还没弄清楚。"我一边斟酌着说，"怎么分析都可以，可当时没有目击者。没有掌握证据，就不好轻易下结论，你们觉得呢？"

"那可不，哲民说得对。"小梅上次就感觉到我对师傅有好感，就表示了自己的看法，"就算是莫师傅偷的，这人也还本分。他要是不回来送钱，天晓得那十块钱谁偷走了。"

"就是嘛。"徐士良很感慨，"放回来五块，就说明他很有良心。既然这样，我看这事儿就算了，别再提了。哲民你觉得呢？"

面对他们的宽容大度，我一时又不知道该怎么回答。

毕竟这件事情发生得太突然，几乎颠覆了我对师傅的印象。往下该怎么办，我脑子里还一团乱麻。

"士良，小梅，实话告诉你们吧。"我犹豫了一下，还是跟他们说了，"出了这种事情，我不相信也得相信。要说也是事出有因，我师傅家里确实很困难，一点好茶叶都买不起。明天验收组要去他家里考察，他也是没辙了。本来不是问题，可他那人又死要面子，莫主席给钱没要，我给更不会要。你看看，这不是自己把自己逼上绝路了？不瞒你们说，我真不知道该怎么评价这个人才好。"

"那就不说了。我对家庭困难深有体会。"徐士良一感动，忽然特别通达，"经过这件事情，我反而看出来你师傅品德还行，不像别人说的那样。真的。杨哲民，眼下他不仅是你的师傅，还是我们厂的劳模候选人。厂里出个劳动模范多不容易啊？就凭这一点，咱们就把今天这事儿抹掉，就当什么都没发生。你们说呢？"

小梅非常赞同："士良，你能这么说，我特别感动。"她朝抽屉里头的钱看了一眼，"这些钱都是同学们帮助的。咱们得向大家学习，也得帮一下莫师傅，下午就买点好茶叶送过去。士良你说呢？"

我赶紧制止他们："二位的心意我替师傅领情了。茶叶就没必要再买了。真的。那些事情，已经全办妥了。"

有句话我没说出来。我估计师傅已经把茶叶买回家了。他拿走那五块钱，本来就是买茶叶用的。

要不是为了把两幅画贴上去，我真的不想去师傅家了。不是嫌弃的意思。我心里出现了一条裂缝，不知道该怎么面对他。

走到师傅家门外，窗口飘出来一阵清香。进到屋里，师傅一个人坐在厨房里卷着喇叭筒烟。烟没点燃，那香味是从灶台上飘过来的。一股清蒸肉饼的气味。

看见我走进来，师傅把手上的烟卷点着了。我看得出来，那一刻他的表情极其不自然，都不敢回过头来朝我望。

"师傅，画买回来了。"我主动说了声，脑子里有点乱，接着又问了一句不该问的话，"茶叶呢？您买好了吗？"

"不买了。"他果然很恼火，"价牌子上写了四块，我还以为是四块钱一斤。一问才晓得，四块钱只一两。金子做的啊？少了茶叶真的会坏事啊？日他的，左边没按下去，右边又翘起来了。都是要钱的事，算了。当不上就不当。买点肉回来，先把人保住再讲。"

他这些话逻辑有点混乱，好像不单单

只有一层意思。

"怎么啦，师傅？"我望着灶上那只蒸锅，还以为是师母生病了，"师母他们呢？都不在家？"

"去医院了。"师傅闷闷地说，"毛坨住院了。讲是重感冒，烧到四十一度。送到医院打吊针了。我刚从急诊室回来，赶紧给毛坨蒸碗精肉汤送过去。日他的，我怎么会这样没出息？儿女都跟着我受罪。十多天没吃肉，抵抗力都好差了。"

"师傅，这样下去怎么行啊？"我听得心里格外不是滋味，话就脱口而出，"有些话当徒弟的不该讲，可我实在憋不住。谁都有过不去的时候，该花的钱又不能没有。莫主席要帮您一把，我也能出力，这不就解决了？又都不是外人，您干吗死要面子活受罪啊？"然后就没遮没拦地补了句，"要不然怎么办？总不能去偷去抢吧？"

非常奇怪，师傅对我这句话居然没有任何反应。

沉默了好一会儿，他长叹一口气，把手里的喇叭筒烟卷往灶膛里一扔，一拍屁股站了起来。

"民儿，算了。那些话不讲了。我是又想抓胡子，又想抓眉毛，抓出了一脸的血印子，实在做不起人了。"他没有朝我望，"已经到了这一步，你就帮师傅一个忙，可以不？"

"当然可以。"我望着他，"师傅您说。"

"我晓得你身上没几个钱。"他略微迟疑了一下，"能帮师傅去跟杨妈妈借十块钱不？只需要借五天。发了工资，师傅亲自过去还给她老人家。"

说不清为什么，那会儿我真有一种如释重负的感觉。

"当然可以。师傅，您早就该这样了。您不用那么着急，三个月四个月慢慢还。别自己还过去，我会找另外的理由跟她老人家借。怎么能让别人知道您缺钱用呢？不行的。包括我妈在内。"

师傅怔怔地看着我，什么话都没说。我分明看见他那浑浊的眼眸有点潮湿了。他不习惯伤感，就朝灶台那边转过身去。

"要去现在就去，师傅有急用。"他背着身子对我说，"把钱给我的时候，千万莫让你师母看见了，晓得不？"

从我妈那儿回来的时候已经是晚上七点半了。

师傅和师母都没在家，毛妹子一个人屋里写作业。她告诉我说，爹妈都在医院里陪弟弟。还说不要紧的，毛坨明天早上就可以出院。他的体温已经正常了。

我也很想去看看毛坨，可又担心不好当着师母的面把钱交给师傅。犹豫了一下，还是去了医院，心想到了那儿总有机会的。

急诊室那边有一个房间还亮着灯。穿过走廊，远远就看见师傅和师母坐在病床前聊天，背对着门外，两个人都没有发现我。

当时师母正在说话。她那口气跟平时完全不一样，轻声细语情意绵绵，我就不方便直接走进去了。

"唉，讲起来，这些年我也好对不起你的。"师母还伸手摸了摸师傅的后脑勺，"要讲对我好，没哪个人比得了你。算了，日子再苦也只几天了，劳模一搞到手，还怕没钱用？"

师傅轻轻地摇了摇头："这我就要教育你几句了。"他的声音放得很轻，听上去也十分体贴，"千百万当工人的，哪个不想当劳模啊？那是好光荣的事情呢。未必都是

379

为了钱?"

"是啰,这我懂的。"师母笑了一下,"钱也离不得的。起码毛坨看病就要钱不?"

"不是主要的。"师傅耐心地告诉她,"当上了劳模,起码就给儿女后代立了个好样子,晓得不?"

"晓得呢。"师母只顾着高兴,"唉,总算是板上钉钉了。"

"话莫讲早了。"师傅顿了顿,"争当劳模什么意思?劳模还是要发狠去争的。反正努力就好。搞不搞得上,哪个都讲不好。"

师母侧过脸看了他一眼:"未必还会有变化啊?"

"有变化也不怕。"师傅说得很坚定,"搞不上接着来。日他的,就不信这辈子搞不上去。"

一名护士走过来换吊瓶,脚步声就把他们的聊天打断了。我也赶紧跟着护士走了进去。

师傅看见我来了,就跟师母交待说:"你先回去睡觉,后半夜再来接我的班。十二点准时来,晓得不?我也要保证睡眠呢。明天验收组就过来了,还有好重要的事情要搞呢。"

师母喜孜孜地离开了。

第二天清早六点差一刻,一阵敲门声把我惊醒过来。

打开房门一看,徐士良站在我宿舍门外。清晨气温偏低,他一身睡衣睡裤,披了件帆布工作服,还冻得直打哆嗦。

"士良,是你?"我赶快把他拉进房间,"又是怎么啦?"

"没怎么呢。我得给你看一样东西。"他递给我一只信封,"你快看看,这是怎么回事儿?"

那是一只牛皮纸信封,很旧了。上面没有一个字。信封没封口,里面装着一些钱。一张两块的,两张一块的,还有好几张一毛两毛的零票子。我数了数,刚好凑了个五元整数。

"这是谁给你的?"我抬起头来望着他。

"我觉得是你师傅。"徐士良说,"应该是他。"

"什么叫应该是啊?"我追问了一句,"他亲手交给你的?还是让小梅转交的?"

"都不是。"徐士良摇了摇头,"早上我还没有睡醒,就听见房门底下窸窸窣窣有动静。还以为是进了老鼠,赶紧敲了几下床铺,房门外头就有人惊跑了。一个翻身爬起来,就看见了这只信封。是有人从门缝底下塞进来的。"

"打开门看了吗?"我赶紧问他,"那人是谁?"

"只看见一个背影。"徐士良忽然没把握了,"我不熟悉你师傅。是不是他,我还不敢太肯定。"

"肯定是他。"我没再追问,"不可能是其他人。"

"唉。"徐士良非常感动,"你师傅真是个大好人。偷东西的事情并不少见,可我从没听说还有这样的事。他又不知道有人发现,自己就把偷的东西给送回来了。完璧归赵,简直太难得了。"

其实这也是我当时的真切感受。我只是不方便附和他。

昨天师傅主动让我去借钱,我就知道已经到了万不得已的地步,非借不可了。我还以为是为了给毛坨治病。现在看来,他最耿耿于怀的是这笔良心债。

我能了解他这种心情。今天验收组就

要过厂里来了，有一件很丑的事情压在心里，无论如何他都直不起腰来。赶紧把钱退回去，至少压在心里的那坨铁疙瘩就放下了。

的确如此。别说是他，连我都感到心里头格外畅快，觉得今天早上的空气比往日清新多了。

二十二

市里的验收小组过厂里来考察，按道理工会主席应该全程陪同。可能考虑到跟考察对象有亲戚关系，莫主席就主动回避了。

一看接待安排表，他又说："前面不参加，最后验收小组跟考察对象见面的时候，我可能还是要去一下。"

那场见面会由骆科长主持。为了更加稳妥，莫主席觉得自己在场还是好一些："先莫告诉骆青涛，到时候再看吧。"他也想留点余地，又交待雷元干说："我可能参加，也可能不参加。"

验收方式大部分是背靠背。所有的座谈会和现场考察，我师傅都不能在场。

知道这个方式之后，我还在心里想了一下，不是说还要考察师傅家里吗？难道他也得回避？

其实验收小组根本没有去师傅家这个打算，是莫主席自己推测的。既然要求滴水不漏，做好准备总比没做准备好得多。莫主席当然没有料到，我师傅一不小心出了段插曲。

这个教训很深刻。滴水不漏只是一种完成任务的态度，不能作为检验任务的标尺。古人提醒过，智者千虑，他还必有一失呢。早知道人家不会去家里验收，昨天徐士良宿舍里头的那段插曲，根本就没有可能发生。

好在这段插曲其他人都不知道，我心里就安定下来了。

既然是背靠背，验收组来熔炉班考察的时候，师傅也不能参加。雷元干就提前赶到了熔炉班。

班前会上，雷主任向全体炉工宣布说："经车间总支研究，决定由杨哲民同志担任临时召集人。各位师兄师弟，有什么意见吗？"

师兄们居然齐声欢呼，还鼓了好长时间的掌。当时我十分清醒，知道他们不是为我欢呼，是为有人取代了师傅欢呼。这些家伙对师傅的尊敬并不那么诚心诚意，或多或少都是出于害怕。他们都知道铁面无私的雷主任是师傅的大徒弟，更知道厂级领导莫主席是师傅没有出五服的大老兄。

师兄们对我倒是很不错的。尽管师傅毫不掩饰对我的格外关爱，他们心中都明白那只是师傅的一厢情愿。我对师傅的态度他们也心如明镜，知道我对他只是道义上的敬重。我这个城里人在情感上对一个菜农出身的师傅不会有多少认同。况且这个城里人又很能吃苦耐劳，一点都没有知识分子的臭板眼，他们对我早就心悦诚服。

他们还知道雷元干在情感上跟师傅靠近是有目的的。车间主任级别隔工会主席那把交椅就一步之遥。莫德龙过两年就得退休。德高望重的老主席，说一句推荐的话是至关重要的。

验收工作总共三场座谈会：一场是跟厂级领导，由阳厂长召集；第二场跟老中青工人代表，本来由莫主席主持，后来换谁我不认识，只知道那是莫主席推荐的另外一位工会负责同志；第三场座谈会是跟我们熔炉班。

在那之前，雷元干主任一直守在车间办公室的电话机前，其他两场座谈会的进度被他掌握得相当精准。

十一点半，雷主任打完最后一个电话，小跑步到熔炉班说："马上做好准备，验收小组已经在路上了。"然后一个转身，朝车间大门跑了过去。那边早就备好了一块标语板，上面写着"欢迎"的字样。

按照雷主任的交待，我让师兄们在冲天炉跟前站成一排。

我没提别的要求，所有师兄居然不约而同换了新工作服。清一色高大威猛的身材，排着队往冲天炉前一站，那画面还真有一股雄纠纠气昂昂的壮志豪情。验收组走过来的时候，看见那阵仗特别受鼓舞，一边鼓掌，一边加快步伐过来跟我们每个人握手。

有件事情让我很受教育。验收组成员的思想素质特别高，每个人都严格按照车间的规章制度，戴上了藤条安全帽。当时我就觉得自己不适合当召集人，头一次就严重失职。熔炉班六七条汉子，居然一个都没戴安全帽。其实每个人都有，全锁在工具柜里头。要是由我师傅召集，这么大的疏忽是绝对不容许发生的。

政工科派了一个人带验收组过来考察，那人头上也戴了安全帽。自己厂子里的人，就只站在旁边鼓掌，没跟过来握手。我目光只注意验收组的领导，偶尔朝那人一看，顿时欣喜不已。那不是姜红梅吗？她站在到处都黑里巴几的翻砂车间，不蔓不枝，亭亭净植，就像是一朵芬芳吐艳的荷花。

绝对不是我情人眼里出西施。那顶藤条帽子戴在她头上，怎么看怎么好看。也许是深色帽子的关系，我觉得姜红梅的脸色有红有白，比以往更加娇嫩。那台庞大的天车，宛如一幅粗犷豪放的背景图画，映衬之下，姜红梅越发显得玲珑剔透，清新可人。

真是这样，太赏心悦目了，甚至有点让人怀疑到底是不是她。

当然我不会产生这样的怀疑。只是因为前几次我都是在月光底下看她，没想到她白天竟然更加耐看。于是我就觉得以后再约她见面，时间安排上尽量调整到白天，否则我就亏大了。

熔炉班加上验收组的同志，在鼓风机前面坐成了一个圆圈。

谈话直截了当。他们列三个题目，每个题目一个人回答就够了。虽然我是召集人，主持回答问题的仍然是雷元干。

第一个问题问了师傅对原则立场是如何坚持的，雷主任就指令我回答。说实话，我没作思想准备，情急之中忽然想起了安全帽的问题，就作了句检讨。我说这是看见验收组的同志以身作则才想到的，然后就引伸出了我师傅平时的认真态度和原则立场。验收小组特别满意，连连点头赞赏。

过后想起来，我急中生智的水平真的值得骄傲。既谈到了我师傅的优良作风，又顺带赞扬了验收组同志的高素质。还谈得自然而然，毫无吹捧之嫌。

姜红梅看似不经意地坐在我身边。我发完言之后，她用握笔的手悄悄朝我竖了一下大拇指，然后继续做记录。动作非常小，只是让我一个人看见。

三个问题很快就问完了。

另外两个问题由余师兄和梁师兄两个人回答。也是雷元干点名。原以为余师兄回答起来会困难些，没想到平时不怎么善于表达的人，今天讲得特别到位。

相比之下，不能说梁师兄讲得不好。只是讲得过了头。让人觉得他是想在领导面前充分展现自己，有点收不住脚。

十五分钟不到，熔炉班的座谈会就结束了。雷主任特意点名让我送一下他们，我就陪着验收组往车间外头走。

雷主任有点意犹未尽，在前面不停地跟他们说话。姜红梅礼貌地跟在最后，我就正好有机会跟她并排走在一起了。

"觉得他们怎么样？"她轻轻问了一声。

"验收组吗？"我不用多想，"非常有水平。三个问题都不错，既全面又准确。"

"之前两个座谈会也一样。"她告诉我，"也是三个题目。"

"下个程序是什么？"我问了句。

"下午两点，跟考察对象面对面交流。"

"哈，上午背对背，下午面对面。挺有意思啊。"我笑了笑，"也是三个题目吗？"

"一样，三个题目。"姜红梅不想谈得更多，"下午就简单多了，主要是听听考察对象自己还有什么要求。"

我也不想跟姜红梅谈这些事情。好不容易碰见了她，就开玩笑地问了句："那，我这儿也有个要求，你能听听吗？"

姜红梅朝前面几个人看了一眼："现在不行。"她小声回答我说，"上班时间呢，傻瓜。"

其实我是没话找话，回不回答无所谓。有最后"傻瓜"两个字，我就很满足了。

下午两点钟的见面会，参会人员的范围非常小。因为人数不多，地点放在了党委小会议室，重要程度也就可想而知了。

厂部领导有阳厂长。中层干部一名，指定由翻砂车间主任参加。再就是选一名青年工人当代表，居然就选中了我。

我怀疑这名单不是政工科确定的。我怎么会在里面呢？骆青涛对我有成见，他没坚决反对就相当难得了。

政工科一般干部也不需要参加，但是那天姜红梅参加了。我当时还有点奇怪，后来才知道那是自己孤陋寡闻，姜红梅被提拔为副科长都半个多月了。

我后来责怪她的时候她非常低调，没把这当很大个事："告诉你干吗？好让你讽刺？你还是你，我还是我。咱们还是咱们。一如既往知道吗？"

我师傅去到小会议室，本来应该由姜红梅给他沏茶，骆青涛赶紧上前挡住姜红梅，亲自往一只茶杯里头搁茶叶。

沏好茶水，又亲自端到我师傅面前。

"莫师傅您喝茶。"他望着我师傅直夸奖，"嗬，理发了？看看，您把胡子一剃，起码年轻二十岁。哈，皮肤都白多了。"

验收组的同志进来之后，骆科长赶紧领着他们走到我师傅面前："这位就是我们厂的模范工人，优秀代表莫正强同志。"

那三位考察组成员立即趋上前去，又是握手又是问候。那副恭恭敬敬的样子，就像是新进厂的小学徒初次拜见师傅一样。

小会议室的座位也排得很用心。左边位子给验收小组会成员坐，右边那排坐着电机厂方面的人员。中间有一张长条桌，后面放了两张椅子。一张给主持人坐，另一张就是被考察人的位子。

验收组成员很诚恳地把我师傅请到那个位子坐定之后，骆科长才走到主持人位置，从容地坐了下来。

他很认真地朝小会场看了看。"啊，好了。人都到齐了。"然后很有礼貌地望着左边验收组成员，恭敬地问了声："怎么样？

啊?可以开始了吧?"

他们连连点头:"开始吧,骆科长。"

"好的。有个情况说明一下。阳厂长临时有个会,托我给验收组的同志道个歉,他不参加了。"骆科长说完还向那几位同志点头表示道歉,"我们的工会主席,是本年度劳模评选领导小组的组长。为公正准确地完成任务,半年多来,莫德龙主席做了大量工作。今天这个见面会原定是莫主席主持,哈,我坐的这个位子本来是他坐的。昨天莫主席身体有点不舒服,就把这个任务交给了我。"他又一次朝验收组点头致歉,"那就抓紧时间,开始开会吧。"

这时候有人敲门。厂办秘书把门推开,伸手让进来一个手拿竹烟袋的人。一看那习惯就知道,他就是工会主席莫德龙。

莫主席朝他们点了点头,找了把空椅子坐下了:"骆科长,还是你主持。不耽搁时间了,验收组的同志还要赶回去呢。"

骆科长似乎感觉被莫主席涮了,心里多少有点不痛快。手边准备了一段欢迎词,他也不念了。

"莫主席讲得对。那我们就抓紧时间,请验收组成员向被考察人提几个问题吧。"

"好的。"验收组一名负责的同志欠了欠身子,"提问之前,我先说明一下。电机厂的领导和全厂的工人同志,对本次验收工作给予了全方位的支持和配合。可以这样说,我们这次的考察和验收,达到了预期的效果,同时也取得了圆满成功。现在,请允许我代表大会筹备委员会,代表我们过来验收的几位同志,向电机厂领导和全体职工,表示衷心的感谢。"

然后他站起身,向莫主席和骆科长点头致谢。

小会议室里面人不多,掌声却非常热烈。那位负责同志没坐下,趁这股热烈劲儿,再次宣布了一个激动人心的好消息。

"我给厂领导报告一个情况。吃午饭的时候,筹备领导小组负责同志听取了我们的汇报,非常满意。他特意委托我转告电机厂的有关领导,莫正强同志,已经正式确定为全市的劳动模范。"然后他离开座位,一边鼓着掌,一边走到了我师傅跟前,紧紧握住我师傅的手。"祝贺莫师傅。祝贺您。祝贺。"

我师傅也站了起来,一双手被那负责同志握得紧紧的,抽都抽不回来。看上去他没别人那样激动。"我请问一句。"他问那组长,"你讲的那个负责人,他讲了话就作数了?"

那位组长就笑了,小声告诉我师傅:"莫师傅,您放心吧。筹备领导小组负责人,都是市委领导担任的。所有代表的资格审查,都由他一锤定音。那是咱们的市委副书记呢。"

这句话我们都听见了。当时雷元干主任格外激动,又不想让别人看见,就扭过头去,悄悄擦了一下眼睛。

莫主席鼓完掌,朝骆科长问了声:"老骆,你问问验收的同志,既然确定了,今天这个见面会,还接着开不?"

骆青涛迟疑了一下,便把目光转向了那位验收组长。

验收组长赶快回答说:"莫主席,是这样,见面会还是接着开,程序还是要走完的。莫主席您的意见呢?"

"好,那就听验收组的,我没意见。"

接下来,见面会就进行得非常迅速。

验收小组提出的第一道题目有两问,中心意思都差不多。

"请问莫正强同志,您平时是怎样学习

马列主义、毛泽东思想的？您又是怎样突出无产阶级政治的？"

我在心里假设了一下。这问题如果问到我，一时还真不知该怎么回答。那问题很宽泛，主要是怕说不上点子。我师傅没怎么思考，张口就来。第一第二第三，条理分明，回答得相当好。我也不觉得奇怪，这道题不难猜中，答案应该早就烂熟于胸。我师傅有的时候记忆力是相当不错的。

第二个题目难度小了很多。"请举一两个例子，说明您在自己的工作岗位上，是怎样做到一不怕苦、二不怕死的。"

回答这个问题，我师傅根本就用不着作准备。围着冲天炉熔炼了二十多年，那些惊心动魄出生入死的事情，他经历得太多太多。如果时间足够充裕，他可以跟你讲三天三夜，还不带半点重复。

只是当时有点反常，我师傅在回答这个问题的时候，叙述得并不怎么流畅。我看得出来，他精力没能集中。这里讲几句那里说几点，缺乏连贯，情绪也上不来。说到激动人心的地方，他居然点到为止。人家还来不及激动，又被他引到另外一件事情上头去了。

好在厂工会和政工科联合报上去的材料里面都有记载。考察组的同志也见好就收，提出了最后一个问题。

"在面对自己的错误和缺点的时候，您是怎样坚持在灵魂深处闹革命，又是怎样狠斗私心一闪念的？请举例说明。"

题目刚宣读完，我的一颗心就提到了嗓子眼。

那一阵子还特别奇怪。我师傅讲述英勇事迹的时候，大家的反应比较平淡。到亮出第三个题目的时候，会场上立刻鸦雀无声。所有人都屏住呼吸，耳朵竖得跟兔子似的。这些人到底怎么啦？难道听人家谈自己的缺点和错误，比听人家讲赴汤蹈火的故事更有兴趣？

面临这样的气氛，还别说我师傅，那会儿我都感到快要窒息了。在场的所有人，只有我才知道师傅身上那处暗伤。搞得如此紧张，我真的担心他精神上会不会崩溃。

倒是还好。师傅坐在上面也还稳当，神情和面色跟以前没有太多区别。他只是没有及时回答，手指抚摸着剃得清清爽爽的面颊，像是在回忆，也像是在斟酌。

骆科长等了一下，觉得他考虑的时间长了些，就用胳膊肘碰了他一下。小声提醒说："莫师傅，抓紧点。随便讲几句，啊？"

我师傅就开口了。

"骆科长，这次我不听你的。随便讲，那怎么要得？有些事情，不讲就不讲，要讲就讲彻底。"

骆青涛有点无奈，笑了笑："好，您说吧，抓紧点就行。"

"那我就从这把胡子讲起。刚才，骆科长笑话我年轻了二十岁，那是有道理的。为什么呢？剃胡子了。昨天莫主席还劝我不要剃掉，今天早上起来，一照镜子，里头有好多年的邋遢东西，还不晓得里头有好多细菌。一个人的缺点别人清清楚楚，自己还糊里糊涂，那肯定会犯大错。日他的，索性把胡子一刀刮掉，脸就干净了。"

他发言的时候，验收小组一直在作记录。姜红梅也在作记录，政工科也需要留资料。听到我师傅讲胡子的事，几个人又停了笔。认真地望着我师傅，不知道该怎么记。他那些话似乎离了主题，又好像紧贴主题，只是还没把根本意思托出来。

顿时我的脑神经就绷紧了，觉得心都

385

提了嗓子眼上了。

"好，不讲胡子了。那都是皮面的事，最多只是想表明一下我的决心。"他干咳了声，把身体坐正，"剃胡子要动刀子的。灵魂深处闹革命，那也是要动刀子的。刚才组长讲了，要举个例子。昨天就有个例子。日他的，老子昨天偷了别人十块钱，真的会丑死。我都活到五十岁边上了，一辈子没搞过这种事情。祖宗八代的脸都被我丢尽了。坐在这里我一直在作思想斗争。这件事情我是讲呢，还是不讲？感谢组长。您那句话提醒得好，要狠斗私心一闪念。那真的只是一闪念。唉，唉，我就是被那一闪念害死的。"

我师傅把那件事情和盘托出，本来是我极其担心的事情。话匣子一打开，我心里反而平静了。师傅终于自曝丑闻，抛掉了心理包袱，我猜想那会儿他应该感到眼前一片开阔。

"好。我总算讲完了。该讲的讲了，不该讲的也讲了。"他心里真的轻松了不少，"再要讲的话，就只有一句对不起了。实在对不起厂领导，对不起全厂职工。唉，最对不起的，还是我自己。我晓得，这一次，劳模是不够资格了，争取下次吧。要当就要当得干干净净，我就是这么想的。"

与我形成鲜明反差的，是除了我和师傅之外所有的人。那会儿没一个人坐得住。验收小组三位同志，惊诧得连记录都不做了。雷元干脸涨得通红，就跟自己的亲爹被人绑走似的，当时就六神无主，焦急地朝莫主席看。

现场反应最大的有两个人。一个是莫主席，先是狠狠抽出竹烟袋，气恼地往里面按烟丝，接着又把烟袋往桌子上一扔，喉咙里接连发出咳嗽的声音，咳得很响。

另一个是骆青涛。他倒没弄出什么动静，只是朝姜红梅使眼色，还做了个写字的手势。那会儿姜红梅也忘了作记录，骆科长生怕漏掉什么，一个劲地提醒她。

没有人宣布下面的议程，莫主席自己坐不住了。不做任何指示，呼啦一下站起来，拔脚走出门外，会议就自然结束了。

骆青涛那会儿行动敏捷。直接走到验收组负责人面前，同他小声商量几句，然后对姜红梅说："小姜，给车队长打电话，把吉普车调过来。考察组的同志有急事，现在就要赶回市里汇报。"

姜红梅赶快站起来往外走。骆青涛迅速收好笔记本，陪同验收组的三位同志走出了会议室。

从起身到走出会议室，骆青涛并没有跟我们几个人打招呼，也不朝我师傅看一眼。一般情况下，他是不会出现这种疏忽的。

我和雷元干主任也没顾上跟他们打招呼，不约而同地站起身来，朝师傅那边走了过去。

我担心那会儿师傅心里很难过，但很快又发现这种担心是多余的。他没听莫主席的话，果断剃了胡子，那是他的一种取舍。

偷钱的事情讲还是不讲，那也是他的一种取舍。两次取舍显然都是经过自己深思熟虑的。

把钱还回去的事情，他在会上一个字都没有说。我还想了一下，觉得不说更好。说与不说，也许师傅想都没想。他觉得那件事是必须要做的，就跟饿了要吃饭渴了要喝水一样，没什么好说的。

把那件事情吐出来之后，会场发生的一切，师傅肯定全都有思想准备。任别人听也好，走也好，他一概不管，掏出那只烟丝盒，闷声不响地坐在椅子上卷喇叭筒。

其实他那举动已经表现出了心中的懊恼，两只手极其笨拙，好半天没卷成那支烟。

看见我走过来，师傅闷闷地说："民儿，莫怪师傅。替我跟那个同学说声对不起。听说他家里困难得要命，师傅悔都悔不过来，恨不得一斧头剁了这只手。"他长嘘了一口气，目光一点都不呆滞，"师傅昨天一晚上心里都是虚的，根本睡不着。我要是不讲出来就去当这个劳模，那我会一辈子睡不着觉。唉，搞不得的，民儿。"

我赶紧抓住他的手，一句话都说不出来。

二十三

七月一号那天，终于实现了姜红梅对我的殷切希望。

电机厂头一天就准备好了一辆大客车。总共二十三名男女青工，凌晨三点就开车前往韶山。

那是一次新党员集体宣誓活动。我们要在朝阳沐浴中，共同肃立在火红的党旗下，握紧拳头发出一生中最为庄重的誓言。

一切都极其圆满。唯一有点遗憾的是姜红梅又出差了。

半个月前，厂政工科接到机电局转发下来的一份通知。市里决定抽调姜红梅到卫生部门挂职做共青团工作。骆科长找她谈话说："上级对你是有考虑的，好好干，这可是锻炼自己的好机会哦。"

临走之前我跟姜红梅见过一面。我问她挂职的时间有多长，她也不太清楚。"至少三个月吧。放心，会回来的。"她欣慰地望着我，"我知道你这件大喜事。可惜不能亲眼见证你的光荣时刻了。"

见不见证并不重要，她知道我就放心了。我答应送她这件礼物，约定的期限是一年。当时我还没有太多信心。幸亏她的激励，还不到十个月就心想事成，心里就特别自豪。

我入党师傅特别高兴。那天从韶山回来，雷元干主任在红卫饭店做东，请师傅一家人共同庆贺。酒是雷主任自己带去的。他知道师傅不能喝烈酒，就带了一罐自家酿造的糯米醪糟。其实那不叫酒，甜甜的，师母和两个小家伙都可以喝。

那天雷主任没有约其他任何一个师兄。他心里界线分明，有些话他不希望当着不怎么靠得住的人讲。

两杯甜酒下肚，师傅就开口了。

"民儿，从今天起，你只会越来越优秀。为什么呢？你已经是个有信仰的人了。师傅我早就有信仰，只是老了。人一老就容易忘事，有时候信仰也不记得，那是要不得的。听师傅一句话，你年轻得很，别的可以忘记，信仰忘记不得哦。"

"好，您放心。"我端起杯子，"师傅，再来一杯。"

师傅一伸巴掌挡住了我："不急，师傅还没有讲完。"他朝雷元干看了一眼，"你还没回来的时候，我就跟你大师兄报告了。师傅我在熔炉班又是班长，又是党小组长。以前那是没办法，总共三个党员。从明天起，师傅只当班长。党小组长嘛，你就把它担起来。在小组里师傅保证服从民儿。民儿是我最得意的徒弟，只有你才管得住师傅。元干，你也表个态度啊。"

雷元干只好笑了笑："师傅，明天还不

行。我跟总支商量过了，虽然没有不同意见，还是要跟厂党委正式打个报告。"他解释了句，"也只是个时间问题。最多只是走个程序。"

师傅一听就炸锅了："程序，程序，又是程序！日他的，你师傅差一点被那些程序害死了。"然后自己端起杯子，一口就喝下去了，"我不管，这件事情，元干你要没搞成，以后莫来见我。"

结果这件事情还是没搞成。

雷元干倒是尽了全力，程序还没走到党委会就挡回来了。

答复非常明确。因为杨哲民刚刚入党，对党章和党内的各种程序还不够熟悉，必须要有个学习的过程。

我师傅听到这个消息大骂骆青涛，说他是找借口发难。还说那人两面三刀，从来就跟姓莫的过不去。这三个字我听得懂，姓莫的肯定不止我师傅一个人。

然后就大发牢骚："杨哲民要是当不得小组长，你政工科就派人来当。"他一拍大腿起身就走，"反正我坚决不当了。"

他不是讲气话，还是真来了性子。从那以后，师傅每天上班只是闷头做事，其他百事不问。这点很要命，平时感觉不明显，一旦师傅成天闷闷不乐，熔炉班立刻就变得死气沉沉。

班里气氛变成这样，我思想上也有很大的负担。做事不积极吧，怕师傅说我没有正确对待小组长那件事。表现得太好吧，又担心师傅以为我一心想当那个小组长。

要不就看淡一点，别那么认真？好像那也不行。我平时做什么都认真，这一点大家都知道。忽然不那么认真了，师兄们会认为我目的太明显，入了党就革命到头，不求上进了。这话我可不爱听。我压根就不是那种人。

其实我没当上小组长，师傅完全不至于有那么大的反应。

我非常了解他。小组长既没有权力又没有压力，他说让给我当，也不过就是一句客气话而已。

他的火气以及紧接着的消沉情绪，应该是一种借题发挥。去年争取当劳动模范的努力，最终功亏一篑。那件事情对他是一个相当大的打击，一直到现在他都还没有缓过劲来。

他怨恨骆青涛也不是没有来由的。

那天验收小组离去，骆青涛处于一种亢奋状态，没向厂领导汇报就跟随验收组去了市里。雷元干后来好大的意见，说本来还有沟通的余地，骆科长叫上车就把人家送走了，就跟赶人家走似的。

他应该是直接去了劳模大会筹备领导小组，回来汇报的口气就完全不一样了。当然，他也是非常痛心的，还向阳厂长和莫主席几个头头转达了市里领导对他们的感谢。

"市领导一再肯定我们的评选工作，希望我们不要灰心，不要气馁。尤其是莫师傅那个同志，成绩还是不可否定的，主要是考虑到影响不好。"骆青涛解释了句，"领导的意思很清楚，如果有群众问，小偷也能当劳模？我们该怎么回答？所以说，事情不大，影响还是比较恶劣的。"

他的话就跟回窝的燕子，里外绕了好几个圈，最后的两句话才算归到了窝里。强调影响恶劣，才是他真正要表达的意思。

接下来骆青涛就紧锣密鼓，围绕着我师傅所谓的偷窃事件，迅速展开了全面调查。

幸好调查工作是由保卫科负责。那几个人对我师傅也还算敬重，觉得为几块钱把奋斗好多年的劳模也搞丢了，都替他感到可惜。想想蛮可怜的，就没给我师傅任何难堪。

我师傅心里肯定非常不乐意。他很固执，硬说脑子那几天受到了很大的刺激，一点都不记得当时去的是哪间屋子。

保卫科的人带他过去辨认，那么长一溜房间，关上门都一个模样。我师傅在那条走廊上寻来寻去，反复走了好几趟，硬是没说出来到底是哪一间。

"莫师傅，那天这些房门也都是关上的？"保卫科的人问他。

"只有一间是开的。"我师傅应付说，"我想看看里面住的是不是我老伙计，门都没看清楚就走进去了。"

"大概是哪一间，还记得吗？"

"反正不是一头一尾的。中间这些嘛，我看都有点像。"他粗略想了想，故意说了句，"外头看不出来，里头的样子我还是记得的。要不你们一间一间喊他们回来开门？进去了我就认得出来。"

刘科长就笑了："那也没必要。很小一件事情，何必搞得满城风雨？"他考虑了一下，安慰我师傅："莫师傅，也没别的意思。现在只是需要被偷的人写个文字，跟你讲的对得上，任务就完成了。您还记得住那间屋子的人是谁吗？"

"记得。只是不认得他。反正是一个青工，我也不晓得他是哪个车间的。"他一个劲地摇头，"只晓得肯定不是翻砂车间的。其他车间的青工，我又不认得几个。"

后来保卫科采取了另外一种办法。下班以后，他们分头去了每个房间，不动声色地询问谁丢了钱。

第二天，徐士良清早上班就找了我。说保卫科昨晚上询问过他，被他一口就否定了："没丢钱啊。要是丢了钱，不用你们上门，早就去保卫科报案了。"

徐士良都说没丢钱，其他房间就更问不出丢钱的人了。

前后搞了个把星期，刘科长签了"留档待查"四个字，那件事情就高高挂起，淡而化之。

骆青涛很不满意。无奈保卫科跟政工科是平级机构，不归他领导。报到阳厂长那儿，厂长说："总要分个轻重缓急嘛。生产任务这么紧，要是挫伤了生产骨干的积极性，反而因小失大了。"

这意思很明显。厂长说的生产骨干就是我师傅。至于还查不查，阳厂长没说一个字。

既然领导没有明确指示，保卫科就束之高阁。

骆青涛一肚子牢骚，却又毫无办法。

调查的事情烟消云散之后，师傅专门把我叫到生料场聊了一次。那天已经下班了，他端一只小板凳坐在围墙脚下拔杂草。

"民儿，师傅想跟你打听一声。"他看见我走过去，闷头闷脑问了一句，"你那个同学叫什么名字？"

"徐士良。"我知道他问的是谁，"怎么啦，师傅？"

"他不报案，没有举报我。佛手不打可怜虫，那是个大好人。"他说，"怕添麻烦，保卫科问的时候，我也没把他讲出来。"

"是的，有些事情真的没必要讲。"我也拿过一条小凳子坐在了他身边，"那天雷主任跟我闲聊，回想起劳模验收的事儿，他还说，师傅本来已经处理得很好了。自己不讲出来，劳模早当上了。"

师傅马上转过头看着我："你也这么认为？"

"不完全。"我望着他，"过后我也想了很多。百分之三十觉得很可惜。百分之七十，觉得您是对的。"

"意思是说，师傅还赚了？"他没一点开玩笑的语气，"何止是百分之七十？应该讲百分之百师傅是对的。"

"那当然。从做人的道理上讲，真的应该那样做。"我笑了笑，"感觉上嘛，还是有点不甘心。"

"唉。'感觉'两个字，真的害死人。"他放下了手上的活儿，"事情过去了这么久，师傅也不闷在心里了。你晓得那天师傅中了什么邪，做出那种丢人的事吗？都是感觉上出问题了。"

"是吗？"我望着他，"这我可没想到。"

"那天上午我去宿舍那边找了几个老伙计。听我讲跟他们借钱，一个个躲都躲不赢。不晓得是怕我还不起，还是故意想看我的笑话。日他的，那些老伙计我都帮过忙的。人怎么能这样呢？"他非常计较这一点，"师傅做人未必就那么差火？这一辈子，我怎么混得朋友都没一个了？唉，借钱只屁大点事，那感觉实在太伤人了。"

我体会到了他的心情，就点了点头。

"后来碰见段一村，人都差点被他气死。"师傅说起这人心里就来火，"我看他平时也还豪爽，就开了一句口。你晓得他怎么讲的？借就不借，你赊账可以不？我问他怎么赊，他说，你赊一块钱，到时候还我十块。你不是要当劳模吗？赊两块也可以，那就还我二十。要得不？"

"哦？他这么说？"我很惊讶，"他这不是羞辱人吗？"

"我一听，转身就走。心里悔得要命。我那是生得贱不？跟他开什么口啊？"师傅接着说，"那狗日的还左一句、右一句在我背后放狗屁，说：'都穷成这样子了，还演戏，两口子演双簧。想当劳模想出神经病来了。要出风头，又没个卵钱。有本事你去偷啊。'"

"唉，师傅啊，那句话也能听吗？"我觉得那人太阴暗了。

"民儿，师傅真不是起了心去偷钱的。你同学那间宿舍，以前住的是些老职工。我想进去看看里头有没有熟人，一眼就看见了抽屉里头有钱。那一下真跟吃了迷魂药一样，心想人家要是再不借给我呢？反正没人看见，索性拿两张走。拐出宿舍一看，那还是两张五块的，就觉得不能缺德到这种程度。拿太多了。十块钱是学徒伢儿半个月的工资呢。赶快跑回宿舍，我又放回去了一张。"

"第二天清早，您把另外五块钱也还过去了，是这样吧？"

"你知道了？"他望着我，"那是你替我跟杨妈妈借的钱。"

"太好了。师傅，您已经没有任何亏欠了。我那同学相当感动。他说，您永远是值得我们尊敬的好师傅。"

"民儿，这话就莫讲了。哪里还够格啊？"他叹了口气，仍然很懊恼，"师傅到今天都想不明白是怎么回事。肠子都悔青了。眼看天就要亮了，还一泡尿屙在床上……"

"没事儿，师傅。"我赶紧开句玩笑，"您想想。洞庭湖那么大，憋不住撒泡尿进去算得了什么？莫非一湖水就变咸了？"

"话是这么讲。"他心里还是放不下，"到底还是不应该不？"

"可应该的事情,您不也做了吗?"我说得非常认真,"您把钱又及时送回去了,多不容易的事儿啊?真的。勇于纠正错误,比不犯错误更难呢。"

"是吗?"师傅琢磨了一下,"那,是不是就功过两抵了?"

"肯定嘛。"我轻松地笑了声,"哈,抵了还有多呢。真的。"

他站了起来:"不讲这些。师傅我会从头做起的。"

二十四

任何事情从头做起都是很不容易的。接下来那段时间,熔炉班的工作变得越来越不顺手了。

不知道什么原因,设备方面的小故障一个接一个地出现。班上就那么几个炉工,谁都闲不下来。连白班和晚班都暂停了轮换,每个人白天干了晚上都得接着干。

技术部门说,那是我们的设备到了金属疲劳期。零部件该保养的必须保养,该更换的只能更换。生产还不能停顿,只好陪伴老旧设备打疲劳战。别的设备有点不尽人意还能对付,主要是那台给冲天炉投送材料的卷扬机,一会儿正常,一会儿又卡顿。全班人马一刻也不敢松懈,随时都得做好人工投料的准备。

那是件最费力又最不讨好的事情。一周里头还接连出现了三次,把大家搞得心力交瘁,人都累成了狗。

最累不得的还是我师傅。讲经验可以牛皮哄哄,拼体力的事情,我师傅就赌不出狠来。我估计他肺活量可能比一般人小了不少,平时老是咳嗽,走路走快了,喉咙还有点发齁。

到底快五十岁了,跟年轻人比不得。他又偏不服气。人工投料的时候,他也挑起扁担往炉口攀,喊都喊不住。头一担生铁他挑一百八十斤。第二担一百五十斤两条腿就打战。拼到后来,一百斤的担子都直不起身。徒弟们实在看不下去,就上前抢他的扁担。

熄火歇炉之后,师傅一屁股坐在更衣间那只小凳子上,足足喘息了二十分钟。

梁师兄大概是想让他开心一点,就凑过去开玩笑。

"师傅,您跟炉子赌什么狠啊?它是越老越来劲,您呢? 越老越来不得劲。哈,是这话不?"

师傅的气还没喘得太流畅。不想回他,就点了点头。

"师傅,卷扬机一卡顿,您猜我想起了谁?"

师傅抬起头望着他:"想起哪个了?"

"春不老呢。"梁师兄嘻嘻一笑,"他要还在班上,大家都松快。一个人抵得我们三个,哪还用师傅上阵?您讲是不?"

"是,肯定是。"师傅狠狠瞪了他一眼,"那你把他从牢里请回来啊,讲些不巴边的话。你现在就去啊。只要你搞得他回来,我熔炉班照样收他。师傅讲话算数。"

梁师兄就不再开玩笑了。"师傅,讲笑话呢。我是帮您顺气呢。"他上前把师傅搀了起来,"明天再卡了,无论如何我都不许您拢边。讲真的,师傅,维修车间再不把卷扬机修好,您就不答应开炉。到底人是当不得铁用的,这话不是您说的吗?"

师傅知道梁师兄产生了畏难情绪,却没气力批评他。望着瘫痪在一边的卷扬机,吐了一口痰,什么话都没说。

有些事情真叫玄妙莫测。本来只是一

391

句信口开玩笑说出来的话，居然就变成了一件真事。

冲天炉完全正常之后没两天，雷元干把我和师傅两个人请到车间办公室，交待了一件令人猝不及防事情。

他对我师傅说："班上原来那个临时工，汪春廷，您还记得不？"

"春不老啊？"我师傅不知所然地望着雷元干，"哪会不记得？怎么讲起他了？"

雷元干说话直接："他出来了，从牢里头。他那是减刑释放。"

我师傅很吃惊："出来了？牢都不坐了？"

"怎么不坐牢？不都已经坐一年多了吗？"然后雷元干解释说，"现在法院对好多案子都要进行复查。汪春廷嘛，给生产造成了损失是客观事实，那是应该坐牢的。原定他的破坏生产罪，也复查了。"雷元干很有些政策水平，"法院认为起因只是乱搞男女关系。分析汪春廷的犯罪动机，不存在破坏生产的主观故意。应该认定为过失犯罪。"

"过失犯罪，不也是犯罪啊？"我师傅有点急了，"那要这么讲，只要是过失，都可以不坐牢了？公家损失了好几万块钱呢。"

雷元干大概觉得跟他讲不清楚，就堵住他的话："还好。损失也不算太大。我直接说吧，政策上还是主张给出路的。请你们过来是想征求一下意见，还让汪春廷回熔炉班，你们同意不？"

我师傅当即反对："我不同意。又不是正式工，哪个讲了非要回原单位？"他转头望着我，"民儿你也表个态，同意不？"

那会儿我的注意力没集中，就没有表明态度。

师傅见我不做声，以为我是同意的。没等到雷元干再问，自己忽然就转弯了。

"那好啰。民儿也是班上的主要骨干，他不做声就是同意。"他给自己找了个台阶，"我们三师徒二比一，还讲什么呢？车间领导又做了决定，那我只好不违抗了。"

汪春廷再次回到熔炉班的时候，就跟换了个人似的。他那模样改变得太多，差点都认不出来了。

原先他的个子全班最高，这次看上去起码矮了十公分。我觉得是他的背驼下去了。还有一个变化跟我们的猜测正相反，原以为他应该老得不成样子了，这一点却出乎所有人意料之外。他脸上的皱纹反而平整了不少。皮肤颜色还有红有白。乍看一眼，比原来年轻了好几岁。这很奇怪。一年多的囚禁生活，精神压力都会把人磨老。可见汪春廷这人思想简单。他没有精神追求，也就没什么精神压力。

变化最大的是他的个性。还别说不敢跟我师傅顶嘴，见到熔炉班任何一个人，他都立即直起身子低着头，双手向下垂。如果跟他说话，每说一句他都回答"是"。不跟他说话，他也那副垂首低眉的姿势。直到别人走远，才继续干自己的活。实在有事要问师傅了，一开口就是"报告干部"，然后小心地发问。

我师傅还真的不习惯他那一举一动，觉得把整个熔炉班的空气都搞僵了。经过请示雷元干，师傅就邀我一起找春不老认真谈了一次。

"汪家的，"这次师傅既没叫他的大名，也不叫他的绰号，"这样要得不？回都回来了，就再莫装出作孽巴沙的样子。认真改造思想，也不在乎样子可不可怜，发狠做事就好。听清楚了？"

"报告干部，汪春廷……"觉得不对，他就赶快改口，"班长，我听清楚了呢。"然后尴尬地笑了一下。

那是他回来以后第一次笑，很短促，却笑得并不勉强。

师傅也看见了，心里就发了慈悲。

"班长也莫喊。原先怎么喊照样怎么喊。"他说得很果断，"还是喊莫胡子。晓得不？你喊得松快，我听起来也松快。"

从那以后汪春廷真的轻松了很多。跟过去相比，手脚勤快了一倍还不止。他是个拿计件工资的人，以前只做有钱拿的事。这次回来，有钱没钱都不计较，见事就做。

熔炉班烟大灰多，窗户玻璃从不通透，还一直以为贴了一层膜。汪春廷备完料也不歇气，抽空提过来一桶碱水，搭起一张楼梯，密密细细搞了两三天，班上忽然就变了样子。阳光直通通照进来，就好像所有的窗户玻璃被人卸走了似的。师兄们顿时便觉得神清气爽，知道搞卫生擦窗户是没钱拿的，就争着过去给汪春廷上烟。

坚持一段时间之后，我师傅的心也被触动了。

有天早上他把我叫到一边，让我去问问雷元干主任，有没有可能给汪春廷补点零用钱。

"民儿，莫说是我讲的，晓得不？"他叮嘱我，"我一讲雷元干就会有压力。给得就给，给不得就算了。有政策的。"

我也知道有政策，就不想去问。

"师傅，我去问，雷主任也明白是替您问的。汪春廷是不是要求过补钱啊？他要是自己没提要求，我看就算了。"

"没有呢。他哪敢开口？"师傅摇了摇头，"不开口我也晓得。从牢里出来的人，身上油干水净，买包烟的钱都没有。你我两个也是他的领导，总得关心一下不？"

我想了想："那我支援他两块钱吧。别让雷主任为难了。"

"那也好。师傅这一晌手头好紧的，你给我就不给了。"师傅叹了一口气，"回头一想，春不老这个人真的算很老实的。一辈子只凭劳力吃饭，眼睛从不往别人碗里张望。帮得到的人他都帮。当然啰，他只帮女人。"然后他提到了我师母，"民儿，跟你讲也不要紧。当年你师母在乡下都快饿死了，不是汪家的把她带出来，哪里还有今天？日他的，可恨是可恨，他做了好事，我还是要记得的。"

师傅说得真诚，我也有点感动了。

"师傅，您能这么说，我真的很敬佩。"我笑了笑，"还以为您跟他是水火不相容呢。"

"当然是。有些事一辈子都容不得的，莫去想就是了。"他很有感悟，"唉，讲是那么讲，越不想越是想。晓得师傅为什么以前总是看不惯他？都是自己心里横了一道梗。讲句公道话，这老家伙，为人做事还真没几个比得上他。变成了这个样子，师傅心里到底还是有点看不下去不？"

犹豫了一下，我还是开了口："汪春廷回来这事儿，师母应该也知道了吧？"

"我告诉她了。满车间都晓得了，还不告诉她，会以为我是故意不讲。怎么可能不讲嘛？未必我还担心她会起二心？"

"那，师母是什么看法？"

"鬼晓得。"师傅其实也不在意了，"那天晚上我整炉子到天亮，那个死婆娘，一个人在被窝里哭到天亮，眼都哭红了。我也不问她。你师母哭归哭，想归想。她那是想明白了。"

"师傅,想明白了是什么意思?"我一时没能理解。

"民儿,既然讲开了,我都告诉你吧。莫跟别人讲,晓得不?"师傅斟酌了一下,"你师母也是个有良心的人。她那天跟我敞开窗户说亮话。春不老落到这个下场,是你莫胡子害的晓得不?一个男的,女人都拱手送人了,他就没指望了不?就不往长远想了不?快活一天得一天,就越来越败坏不?换了你莫胡子试试,不也一样消极啊?"师傅感慨万端,连连摇头,"日他的,那婆娘从不跟我讲这些,听得我声都做不得。"

"倒也是。"我听得笑了,"师母这些话,还真的有道理呢。"

"所以我说嘛。"师傅笑得还挺舒心,"知道你师母昨天去哪里了?我让她回乡下了。"

"回乡下干吗?"

"还记得那个丘桂兰不?我让你师母把她从乡下接过来。狗日的,莫看春不老到处乱搞,心里还真的只喜欢丘桂兰呢。"

"是这样啊?"我心里还是有点不踏实,索性笑话了师傅一句,"师傅您是想一举两得吧?汪春廷刚回厂就去接丘三元,您也就不必担心师母了。对不?哈,师母居然还去接。您真行啊师傅。"

师傅当然没责怪我,却认真地说:"民儿,这次你小看师母了。接丘桂兰过来的事情,是你师母主动提起的呢。我跟你师母扯皮拉筋一辈子,只有这件事情合了拍。"他的感叹发自内心,"我讲你师母做人善良,那的确是一句真话。她总是觉得欠了春不老一笔良心债。把丘桂兰接过来,债就还清了。"

师傅对这件事情真的很上心。星期天一大早,就带着我去了围墙后头那块蔬菜地。

穿过菜地两里多路,面前出现了一个鱼塘。鱼塘的拐角处盖了一个屋子,那是生产队的一个肥料站。

生产队长跟我师傅非常熟悉,讲话一个口音。

"莫胡子,你讲的那个老师傅,就住这里要得不?"

"要得。"师傅朝屋子看了一眼,"屋里还有电灯。蛮好的。"

生产队长又问了声:"你跟那老师傅讲好了不?早上打一次草,晚上抛一次食,每月十二块钱。吃饭的钱是不包的哦。"

"包住就可以,吃的你莫管。"我师傅故意夸耀一句,"队长啊,你捡到宝了呢。那老家伙劳力好得很,手脚又勤快,不信你先试他一两个月看。到时候,他喊声要走,你才舍不得放呢。"

我听出来了,他们说的老师傅,就是汪春廷。只是没有想得太明白,以为他把汪春廷安排到生产队做事了。

跟师傅一打听,他说那是不可能的,只是想给他搞一个长期点的地方先住下来,落稳脚再说。

"白天还在熔炉班做事。"他朝外头看了一眼,"看这里多好?就只是早晚帮着喂一下鱼。起点早,摸点黑,辛苦一点,还搞得到外快。本来就有一份临时工的工资,你看看,这样一来,两口子的日子就好过了不?"

"两口子?"我想了想,疑惑地望着他,"谁两口子啊?您是说他跟师母那个亲戚?"

"还有哪个,丘桂兰呢。不是讲过吗?你师母去接她了。"

那天从乡下进城的班车晚了很长时间。

天都黑了，师母才把汪春廷和丘桂兰领了过来。大大小小带来了五六个包袱，还真是一副过日子的样子。

肥料站的电灯很亮，我就注意打量了一眼丘桂兰。这个当时被我吓得摔断了一条腿的女子，我还头一次见面。我首先注意观察了她的双腿。到底过了一年多时间，她走路完全正常。哪条腿摔断过都分辨不出来，任何痕迹都没有落下。

她的皮肤不怎么好，虽然不太黑，但是有点粗糙。五官倒是非常端正。除了鼻梁的左右两侧有些雀斑，总体上还是很好看的。

第二眼再看，觉得那雀斑也还出彩，跟她皮肤的色调两相呼应，生得还非常对称，看上去一点都不讨嫌。

二十五

安排好汪春廷，班上的生产也逐渐走向正常。维修车间下了很大的力气，设备的毛病基本上排除，总算能睡个安稳觉了。

那天夜里两点来钟，我突然被敲门的声音惊醒。

有人压低声音在门外叫我："哲民，睡了吧？哲民，快醒醒。"

我从床上一弹而起。那是吴启军的声音。

打开房门，吴启军闪进来，用背把门顶住。"哲民，快穿衣服。别问什么事，穿衣。快。"

他煞白的脸色把我弄得很紧张。"启军，快说，咱们要去哪儿？"

"去医院。外头有部自行车，我驮你去。"他急得声音都变了，"别磨蹭了。快。边走边跟你说。"

后半夜气温低。坐在自行车后座上，凉风迎面刮过来，吹得我直打冷战。吴启军闷着头使劲蹬车，他倒是出了一身大汗，背后的衣服都浸湿了。

"启军，什么事把你吓成这样了？"我觉得事情很严重，"去医院干吗？谁生病了？"

他喘着粗气："唉，别问。到那儿就知道了。"

"启军，为什么不敢告诉我？"忽然想到了我妈，顿时我就急眼了，"你赶紧说，跟我有关系吗？"

"没有。哲民，你别乱想。"他知道我担心什么，赶紧告诉我，"是宋玉香呢。"

"宋玉香？"我很意外，"又是她？"

"什么叫又是她？"他不理解，"以前她也去过医院？"

我不知道怎么说，就追问了句："宋玉香怎么啦？深更半夜去了医院？"

吴启军还是没明说，低着头死命蹬自行车。

"启军，怎么不说话？到底怎么回事啊？"

"你能不能把嘴给我闭上？"吴启军忽然发了火，"问什么问？又不是医生，我哪知道？"

我顿时悟觉到不大对头。直觉告诉我，这里头一定有什么隐情。难道吴启军跟宋玉香搞到一起了？这可能吗？

医院急诊室那边空无一人，只有一盏红灯在门上方不停地闪亮。吴启军驮着我，直接把自行车骑到了急诊室门口。

冲进急诊室，那里面没有病人，一名护士正在收拾急诊床。看见我们闯进来，问了声:"是找宋玉香吧?"

"是。"吴启军有点惊慌,"她人呢?去哪儿了?"

"手术室。"护士说,"大出血。医生都吓坏了。"

吴启军一顿脚,转身又冲了出去。

趁这空子,我问了护士一句:"宋玉香是什么病啊?"

护士觉得有点奇怪:"你不是跟她的爱人一起来的吗?他都没有告诉你啊?"

"她爱人?"我这才想到她说的是吴启军,"啊,你说的是他?刚才走得急,还没来得及细说。"

"宫外孕。"护士没对我隐瞒,"症状很严重。突然出现了失血性休克,必须马上做手术。"

虽然我没听说过宫外孕那个专业术语,后面那句失血性休克我还是懂的。知道那些症状危及到生命安全,心里一紧张,来不及说谢谢,拔脚就朝手术室那边跑了过去。

通往手术室有一条比较长的走廊。我走得很急,冷不防吴启军从一间办公室跑出来,跟我撞了个满怀。

"哲民,我正要去找你。"他一把拉住我,"看在老同学的份上,你帮我签个字担保一下。"

"担保?"我一头雾水,"担保什么啊?"

"进去你就知道了。"他把我往医生办公室拉,"这字你一定得签。救人如救火啊。"

办公室里面坐着一位老医生,面容和善。看见我进来,就递过来一张文件纸。上面写的一段话,看得我心里直收缩。

那是一张欠条。

今欠,第二职工医院医疗费二百元整。次日中午十二时前全额归还。欠款人:德华电机厂职工吴启军。担保人:德华电机厂共产党员——

空白处就是等我签字的地方。

"这个,我签字有用吗?"我望着老医生。

"写欠条本来是不行的。"老医生很通融,"这么晚了,又是这样危急的情况。救死扶伤嘛,先这么办吧,留个依据再说。"

吴启军赶快给我介绍说:"这是二医院的张院长。他同意我们明天补交医疗费,已经让医生开始做手术了。"

我一边说谢谢,一边在空白的地方签下了自己的名字。

从医生办公室赶过去,手术室亮着的是红灯。

"那红灯还没亮多久。医生说至少得两个小时。"吴启军朝旁边看了一眼,"那边有条木沙发。哲民,咱俩就坐那儿等吧。"

我看了一眼墙壁上的挂钟,当时是凌晨四点差一刻。

出来的时候走得匆忙,衣服穿得不多。空荡荡的走廊像条风道,穿堂风扫过来,牙齿都磕得格格响。吴启军看见了,就想脱一件衣服给我穿。其实他是想表达一点歉意,我却毫不犹豫地拒绝了。

"献什么殷勤啊?一股汗臭味儿。"

他看了我一眼,赶紧宽我的心:"哲民,你放心。医疗费我明天一定会补交的,绝对不会连累你。"

"别吹了。二百块钱什么概念你知道吗?你我加起来,五个月的工资呢。你用什么补交?卖血啊?"

"我想好了,明天跟我师傅借去。他有的是钱。"他迟疑了一下,"只是得编个什么借口。你能再配合我一下吗?"

"那得看你编的是什么借口。"

"我就说,冬天快来了,杨妈妈胃寒,不能受凉。先跟他借点钱把屋子好好弄一下。"他考虑得还真像那么回事,"我师傅要问到你,你就说,你舅舅会把这钱还给他的。这不就圆满了?"

这么不靠谱的理由,也亏他想得出来。

我不想接这茬,没说行,也没有说不行。

"怎么样,哲民?"他知道我心里不痛快,"看在咱们老同学、好兄弟的份上,帮我把这道难关渡过去,行吗?"

"这道难关你过得去吗?我怎么觉得跟一道鬼门关似的?告诉你吧,我妈的屋子挺好,不需要借钱,你就死了这条心吧。"

吴启军知道我心里有火,便叹了一口气:"哲民,我明白你心里是怎么想的。不就是我跟宋玉香的事儿没早些告诉你吗?你看看,出了这样的事情我都只找你,咱俩谁跟谁啊?"

他这么一说,我心里的火气也就消了些。

"你,跟那宋玉香,什么时候开始的?"我问他。

"有一段时间了。"他记得很清楚,"去年国庆节之前,就发现她对我有那么点意思了。从保定回来,我给她也带了一些酱驴肉。她很开心,就约我陪她逛了几次马路。大概就是这样的。"

这话听得我心里怦然一动。宋玉香去年国庆节之前就跟吴启军好上了吗?不会吧?

我赶紧在心里回忆了一下。我去技术科资料室找资料不也是那个时间吗?没错,的确是国庆假期之后。两件事情真的出现了重叠。

宋玉香刚刚吃过吴启军带来的酱驴肉,转身就在她技术科资料室拥抱了我。天哪,这也太过荒诞了。

再一回想,这种荒诞不经也是有可能的。她说得明明白白,任何时候,她都需要一个强大的男人。

也就是说,之前宋玉香对吴启军有过试探,后来她又试探我。难道我和吴启军除了个子大一点,别的方面都不够强大?都不是她能依赖的男人?

吴启军大概觉得跟我讲清楚了,就没再往下说。盯着手术室那盏红灯,不住地叨念:"怎么还没结束?可别出更大的事啊。"

他那样子心急如焚,我反倒如释重负了。

有吴启军替宋玉香担心,我就得到了解脱,毕竟我心里认定的人只有姜红梅。宋玉香跟定了吴启军,唯一可以干扰到我和姜红梅的因素,就彻底消除了。

从姻缘的角度看,吴启军才是宋玉香的归宿所在。进厂的时候,档案室的照片里头,吴启军跟一个女同学脸对脸醉在桌子上,我真的觉得那女同学像宋玉香。当时跟宋玉香不熟,心里也拿不准,就闷在肚子里一直没说出来。现在证实了,那就是她。

不管是不是吧,他们俩的确挺般配的。男的个子高大,女的面容漂亮,天造地设。作为老同学,我应该衷心祝贺他们。

"启军,只要到了医院,尽管放心吧。"我想分散他的担心,"没想到,五大三粗的吴启军,也这么铁骨柔情。哈,我还一点都不知道。你这才叫深海潜水呢。"

吴启军连连摇头。

"哲民，不是我不想告诉你。宋玉香跟我，说是那么回事吧，又不像是那么回事。后来大半年时间，她见了我就回避。她对我到底爱还是不爱，我还真的拿不准。"

"是吗？"我觉得这也像是宋玉香的做派，"那你们俩怎么又，又这样了？"我指了一下手术室。

"就是说啊。"吴启军捶了一下大腿，"哲民，我敢对天发誓，也就他妈一次。真的不敢相信，我吴启军的枪法也太神了。"

"是不是啊？"我难以置信，"那是什么时候的事儿？不是说，有大半年时间她都在回避你吗？"

"是啊，我都以为没什么希望了。"吴启军自嘲地笑了笑，"有个星期天，她突然找到我，说她过两天就要去韶山。天大的喜事，我也不为她祝贺一下？我问她怎么祝贺，她就让我去她宿舍。我特意摘了几朵小红花带过去，她看都没看一眼，扔掉小红花，心急火燎把房门一关，就跟我……那什么了。"

这话听得我头皮直发麻。他这话我绝对相信。宋玉香那种炽热的进攻方式，吴启军肯定抵挡不住。她曾经也对我有过攻击，幸好有姜红梅在心中坐镇。要不然，宫外孕事件恐怕早就发生了。

第二天早上我还是陪吴启军去找了段一村师傅。不找不行。那是仅有的一根救命稻草。

去之前我跟吴启军说得非常明白："段一村那人心高气傲，既然肯收你做徒弟，就得襟怀坦白。是什么事儿你就说什么事儿，没准那样他更愿意帮助你。"

事实证明我的建议非常正确。段一村听完吴启军的请求，当即就表态说，没有任何问题，只是身边没那么多钱，今天又星期天，银行不开门。

"这样吧启军，"他考虑得很周到，"我还能凑个二十块，我们现在就过去。职工二医院师傅也有熟人，先交二十块作抵押，剩下的礼拜一去银行取。他们肯定会同意的。"

吴启军感动得眼泪都要下来了，领着他师傅就去了医院。

当时他还执意要我陪着去，那当然是不可能的。宋玉香要在医院见到我，她一定会很尴尬。

退一万步说，即便她能装出什么事都没有的样子，我可不敢保证做到心态平稳。尽管我当时已经悬崖勒马，那也不等于我跟她没发生过任何事情。

下午三点钟，吴启军跑过来找我，让我陪他去喝酒。

"哲民，闷了一肚子的话，再不说出来，我都快要憋炸了。"

我当然不好拒绝他，就和他去了一家小餐馆。

菜还没上来，吴启军就把一杯酒喝了个底朝天。

"哲民我告诉你，昨天晚上发生的事情就像是一声惊雷，把我彻底炸醒了。"他用力放下酒杯，语气中有一种我从来没见过的庄严，"知道吗？宋玉香的事儿，本来我已经没抱任何希望了。绝没想到她再次找到我的时候，送给我的是两份沉甸甸的礼物。"

"是吧？"我望着他，"什么礼物？"

"她特意选去韶山之前的重大日子跟我破镜重圆，这是第一件。那是她成长道路上的里程碑，分量够重了吧？"他面色相当地凝重,"同时送给我的,还有一个女人的贞操。你掂量一下,这样的托付,难道不值得我吴启军珍惜一辈子吗?"

我被他的话感动了。想起当时姜红梅要求我一年内入党,就觉得我和吴启军都是同等幸运的人。

"启军,这话说到我心里了。"我欣慰地望着他,"宋玉香是不是也要求过你入党?不管怎么说吧,打这以后,你也得积极靠拢组织。咱大老爷们,可不能总是落在女同胞后头哦。"

"这话我可不敢讲。起码这一辈子我绝对不会亏待了宋玉香。"他的态度异常坚定,"宋玉香都为我死过一回了。我要是亏待了她,那就叫天理不容。吴启军绝对不做那样的无耻小人。"

我点了点头,心情非常轻松。

"宋玉香今天的情况怎么样?什么时候可以出院?"

"危险期已经过去了。"他放心了不少,"人还是很虚弱。"

"钱的事情呢?你师傅已经弄妥了吧?"

他没有及时回答。顿了一下,然后叹了一口气。

"哲民,别看我师傅讲话豪气,真金白银掏出来的时候,我看见他的手直打哆嗦。唉,那会儿我惭愧得话都说不出来。尽管他有钱,到底都是血汗换来的。都是因为我这个徒弟不争气,他只好打脱牙齿带血吞。唉,真不知道该如何报答他才好。"

我也非常感慨。"是啊。有钱是一回事,舍不舍得拿出来是另外一回事。更要命的是有没有钱拿出来。"然后开了句玩笑,"这件事要换成我师傅,那我就只有死路一条了。"

"不过我师傅后来也挺高兴的。"吴启军摇了摇头,"唉,这事儿也太窝囊,他一高兴,我心里反而没那么自在了。"

"是吗?"我意识到了什么,"你带他见了宋玉香?"

"肯定啊。人家慷慨解囊,全力相帮,我怎么能不让他见见救助对象?"说到这里,吴启军已经是满腹牢骚,"只是我师傅有几句话真的说得不好,都把我弄得下不来台了。"

"噢?他怎么说的?"

吴启军犹豫了一下,不大想让我知道。

我却来了兴趣。"哈,是不是当宋玉香的面批评你了?"

"何止批评?他居然跟宋玉香说:'对不起啊小妹妹,我这个徒弟一点本事都没有。既然搞出了这么大个事情,你要么拿钱来挡,要么拿命去拼。你看,拿钱吧,一个子儿都没有。拿命吧,他又舍不得。唉,我实在瞧不起他。现在好了,师傅站出来了。你安心养病,不管什么情况,有我段一村在,你就放一百个心。'"

"哦?他是这么说的?"我听得很不理解。这话说得过分,在我听来,近乎于别有用心,"启军,这话不是一般地伤人。我觉得你要留个心眼儿。什么叫他都瞧不起你啊?"

"算了,这也能理解。说到底,他还是舍不得钱。将心比心,搁谁头上也舍不得。"吴启军还算是想得开,"当时我没说话,心里想,以后我哪怕吃稀饭喝清汤,也要拼命攒钱。金钱面前没有师徒关系。这笔钱,无论如何我都要尽快地还给他。"

二十六

宋玉香的事情尘埃落定,我心里越发

思念姜红梅。

我无法掰着指头数日子。离开的时间太长了，一百支指头也数不过来。伴随着思念，甚至觉得姜红梅的轮廓都有点模糊不清了。

偏偏有天晚上还梦见了宋玉香。那个梦清烟缭绕，她挽着吴启军在夜空中遨游，目光却始终不肯离开我。

惊醒之后，我再也不能重新入睡。

我心里百思不得其解。日夜思念的人，为什么总是离我那么远？早该遗忘掉的人，为什么又总是离我这样近？

星期天回家去陪我妈，走到门口就听见屋里头欢声笑语。我妈的哈哈打得很响，就像是家里来亲戚了似的。

推开房门，地下放着一口小行李箱，还有一只帆布旅行袋。当时我心里一阵狂喜。那是姜红梅出差随身携带的东西。

果然，那位扎着围裙在案板上切菜的女子，还真的是她。姜红梅渴望回到我身边的心情，比我还急不可耐。

故意不告诉我什么时候回来，是想给我一个惊喜。下了车她没有回电机厂，带着行李直接奔我妈而去。如此煞费苦心，对于我们俩的关系进程绝对是一座里程碑。

在这之前，她一直很忌讳跟我同时出现在我妈面前。她早就认为那是个里程碑，早就在心里头忍耐着，早就期待着这一天。

尤其刚刚从自己父母身边回来，就迫不及待地为这座里程碑揭开面纱，其中的涵义足够我展开充分的联想。无论朝哪方向想，都足以令人酒兴盎然，不醉不休。

那几天我妈胃气疼的毛病开始出现反复，饭量骤然减少，煮一锅粥两三天吃不完。

姜红梅这是第一次来家里吃饭。她还精心烧出了好几道拿手菜，我妈却一口都不敢吃。

她望着姜红梅做的菜赞不绝口："瞧小姜这菜做得多好哇，看着就想吃，偏偏我这胃出了毛病。唉，怎么这样不凑巧啊？"

姜红梅赶紧打开行李箱，从里面取出几只小药瓶。

"杨妈妈，挺凑巧啊，刚好给您带了治胃病的药。我妈给推荐的。"她指着药瓶上像中文又不是中文的名字说，"这种药叫'胃仙U'，是从日本进口的，效果非常好。一般医院都没有，内部供应的。您试试效果怎么样。行的话，让我妈再寄点过来。"

"哟，日本的药啊？"我妈心里有疑问，然后赶快道谢，"哎呀这真是。还惊动了你妈妈，这怎么好意思？小姜，你得替杨妈妈好好感谢她老人家啊。"

我妈心中的疑问只有我知道。她的青春岁月在抗日战争中渡过，逃难八年，受尽亡国之苦，对日本军国主义的憎恶从未泯灭，估计对日本胃药也不会有什么好感。

好在我妈妈礼仪周全，由衷地表示感谢，丝毫没让姜红梅产生不愉悦的感觉。

其实还不止有胃药。姜红梅打开旅行袋，拿出来四个塑料包裹，说都是那边的特产，外地很难得看见的。

"这两包是福建龙眼，咱们这儿叫桂圆。眼下是吃桂圆的季节，您别舍不得吃，放久了会坏。桂圆养胃，您可以吃的。"她又把另外两个包裹交到我妈手上，"这个是荔枝干，对您肠胃更有好处。可以把它当茶喝，没事儿您就泡一杯，很方便的。"

我妈对那两样东西非常喜欢："可不是吗？以前哲民的舅舅出差到广东，总给我买荔枝干，说这东西挺贵的。小姜啊，你这样上心，杨妈妈都不知道怎么感谢才好了。"

"您千万别这么说。以后哪怕工作再忙,我都会经常过来照顾您老人家的。"她很含蓄地看了我一眼,说了一句既认真又像是开玩笑的话,"哲民最近进步得非常快。我要再不让他心里热乎点,没准哪一天就跟不上他的脚步了。"

我妈被她说得哈哈大笑,拉着她的手半天舍不得松开。

我更不消说。她们俩婆媳一般亲密,我心里就好比在吃蜂蜜。

刚吃完饭,我妈找了个借口起身就往外走。

"对了,昨天林医生约我去抓几副中药。你们坐,我得去一趟。"拉开房门她还回头交待了声:"小姜你别着急走啊。在这儿吃晚饭,啊?正好跟哲民一起回去。"

姜红梅也没客气,应了一声,继续捡拾厨房。那副通情达理顺从婆婆的样子,看得我心里极其舒坦。

她还很会做家务活,一点都不像个娇生惯养的干部子女。刚收拾完厨房,一壶滚热的红茶就搁在了小餐桌上。我都不知道她什么时候准备好的,可见她统筹能力绝对超一流。我甚至觉得在她身上挑不出任何毛病,除了完美还是完美。

屋子里只剩下我们两个人的时候,姜红梅的心才踏实下来。一双眼睛望着我,目光中热浪滚滚。

"哲民,这段时间完全把我忘记了吧?"她说。她好像担心我会问这句话,有点先发制人的意思。

"怎么会?"我笑了,"知道我多想你吗?你不在厂里的日子,我可是度日如年呢。"

她看了我一眼:"这话也说得太夸张了吧?"

"一点都不。"我望着她的眼睛,"梅子,你的日子是忙过去的,心里很充实。我的日子,是守着日历熬过去的。"这话说得自己心里都有点酸楚,"老想给你写信,接着就扇自己的耳光。怎么不把想念埋在心里?非要影响梅子的工作吗?"

姜红梅赶紧伸出双手,隔着小桌子抓住了我的胳膊。

"哲民,别说了。真的身不由己。对不起,哲民。"

我也赶紧抓住她的手:"没事儿,梅子。见不到你心里憋得慌,说出来就舒服了。"

"唉,总算熬到头了。"她就把手抽回去了,"去市里办完交接,我就正式回来上班。往后咱们又一切正常了。"

"要不要叫上几个同学庆祝一下?"我忽然很想把我和她的事情公开。小范围的公开都好。

"今天咱们这不就是庆祝吗?"她显然不乐意,"全家都开心,多好?咱俩的事儿,尽量别对外张扬。"

我只好点头同意。她说到全家两个字,我就趁机问了声:"咱俩这事儿,你还没有给二位老人家说吧?"

"想过。好几次话都到嘴边上了。"她笑盈盈地望着我,"是啊。这件事情,也该告诉他们了。"

"那就下次回去的时候吧。"我试探了句,"最好的方式,我跟你一起去见两位老人家。可以吗?"

"不行。"她摇了摇头。

"是吗?为什么?"

"不能等那么长时间。"她回答得很果

断,"说不定过不了多久,我会事先写封信告诉他们。"

这话让我惊喜,又觉得其中有别的原因。"哦,不能等那么久,什么意思啊?"我痴痴地望着她。

姜红梅便把她家庭的情况告诉了我:"我妈是军区医院的院长,过完年就该退休了。她想在退休之前,把我的终身大事确定下来。"她淡淡地笑了笑,"她们医院里有个青年专家,是我妈培养的,刚刚提上了副政委。"

我听得心里发慌,也不敢追问。目光都不敢离开她。

"这次回去,我妈把他带到家里来了。"她平静地说,"个子跟你差不多,笔挺笔挺的。见面敬了个军礼,站在那儿一动不动。"

我还是没说话,心里在想象着青年军官那种英俊的样子。

姜红梅注意地看了我一眼:"怎么啦?你怎么不说话?"

"啊,没有呢。"我犹豫了一下,"只是不知该说点什么才好。"然后苦笑了声,"人家是军官啊。咱们是一名小炉工,说不上话呢。洗脸盆能有多大,哪敢跟天比啊?"

"这不像是杨哲民说的话。"姜红梅皱了皱眉头,"在我心目中,你是个非常自信的人。可这句话,连自尊心都谈不上了。"

当即我就觉得有点惭愧,恨自己胸中的格局太小。的确,军官又怎么样?姜红梅自己的意志才重要呢。她要不在乎我或者真有了别的想法,又何必把这名军官的事情告诉我呢?

"哈,你这么说我就放心了。"我松了一口气,"后来呢?那个副政委,你是怎么回复的?"

"没有怎么回复啊。用不着,我妈又没跟我明说。"她十分坦然,"我爸看得出我的态度,过后还说了我妈几句。"

"是吗?你爸怎么说的?"

"还不是说我妈瞎操心?"她很敬仰父亲,"他说,真正爱女儿,就让她走自己的路。她的日子得自己过,谁也不能替代的。"

我很钦佩这样的父亲。趁机会向她开口打听了句:"对了,你爸是干什么工作的?"

姜红梅略微犹豫了一下,还是告诉了我:"我爸也是军队上的,离休好几年了。知道吗?他有一位老部下,早几年转业在这儿做领导干部。之前只是听说。来厂里工作了大半年我都不认识,后来抽调到市里工作,才跟他见了面。"

她说得非常粗略,我也不继续打听。我相信姜红梅的话,既然她不想说得太详细,就说明她并不怎么关注。

这一点跟我很对味。关注太多,本身就是一种不自信。

我替她拉上行李箱,晚上八点半钟从我妈家出发,走回到电机厂的时候,都晚上十一点多了。

那一段路虽然有些距离,却不至于耗费三个小时的时间。主要是我们都特意放慢脚步,不舍得轻易缩短两人在一起的宝贵时光。

虽然是条大马路,两边却没有路灯。行人非常少,倒很适合紧靠双肩悠闲地游逛。只是经常有些大货车驶过,车灯迎面照过来,野蛮地把相互拉着的手分开,实在有些可恼。车灯接踵而至,那种情境也不便交流亲密言语，我们就东一句西一句扯着闲话。

"对了，哲民，好几次我都想跟你聊聊骆科长。"她忽然想起了什么，"一见面又忘记告诉你了。"

没想到这种时候她会提到骆青涛，弄得我有些扫兴。

"梅子，咱们谈点别的好不好？"我不想聊骆青涛，尤其不愿意花费我跟姜红梅在一起的时间，就固执地表示了反对。"骆青涛这人我不喜欢。我觉得他没什么可聊的。"

"看看，我知道咱们同学对他的印象很不好。这也正常，一开始我也是那样。其实那些看法都是片面的，并不怎么客观。"她很清晰地介绍说，"骆科长是一名老牌大学生了。咱们还在上初中，他就从北京一所大学毕业了，知道吗？那时候大学里学的东西很扎实，他有好几个同学都分配到了重要部门，有的还在咱们省城做到了局级干部。他们那批大学生，都是有真才实学的人。"

"是吗？"我很意外，"他怎么才一个科长？反差这么大？"

"平台不高呗。国庆节我们去过他家里。真的没想到，骆科长还是个大孝子。他父亲去世早，母亲瘫在床上快二十年了。毕业那年，他主动要求回来照顾母亲。分配到基层工厂，限制了上升空间。这些情况，我不说你们谁都不知道，骆科长自己也从不跟人说。"

听她这么一说，我对骆青涛的看法立马来了个大转折。那叫将心比心，我的母亲也在身边。

"是啊，你不说我还真不知道。"我望着姜红梅，"那，他的工作水平呢？你觉得也挺不错吗？"

姜红梅琢磨了一下："跟他一起工作了这么长时间，我觉得应该是不错的。好些事情，他都有独到的见解，只是因为服从原则，不肯轻易表达出来而已。"

"能举个例子吗？"我来了兴趣，"当然，能说就说。如果违背原则，你也可以不说。"

姜红梅笑了："什么呀，不就是想问你师傅的事儿吗？那倒不算违背原则，你不跟别人说就行。"她靠我更近，"我以前也告诉过你，骆科长对莫师傅印象很不错的，说他的觉悟来源于一种最朴实的阶级感情，这样的工人特别本色，相当难得。"

"那他对我师傅当劳模，怎么又是那样一种态度？"

"你呀，怎么就想不明白？"姜红梅不想继续往下说，"我这么告诉你吧，在有些事情面前，骆科长没有态度。"

她这话很玄秘。尽管我还没理明白，但觉得继续往下问也不合适，就不再说什么了。

走了没多远，姜红梅又问了一个我不大乐意回答的问题："哎，吴启军最近怎么样？"

"还行吧。"我不敢肯定姜红梅知不知道宋玉香宫外孕的事情，赶紧搪塞了一句，"最近没怎么见到他。"

"徐士良跟小梅呢？"她又把话题转开了，还嫣然一笑，"他们两个人是一种奇妙的组合，挺有意思的。"

"什么叫奇妙的组合啊？"我顺着她的话试探了句，"你觉得他们能走到头吗？"

"怎么不能？"她很肯定，"徐士良可喜欢她呢。"

"这我知道，主要是担心小梅。时间长

了，她会后悔吗?"

"我觉得不会。"姜红梅说,"个子大的人心眼不多,她觉得自己有一种保护弱者的责任,这是人的本性。"

"就跟牧羊犬似的?"我望着她笑了,"难怪你也找了我这么个大个子。没错,我也挺缺心眼的,也是一条忠实的牧羊犬。"

"哈,你这意思,我只是一只可怜的小绵羊?"

"哪敢啊?"我一把搂住她的肩膀,"你是我的精神支柱。谁要抽掉它,我这整个人就全面崩塌了。你信不信?"

她也顺势靠紧了我:"不敢不信。到时候又要去跳水塔。"

"哈,谁呀?那是徐娘说的。"

从那时候开始,我们两个人一直搂得很紧,直到望见电机厂大门的时候,才依依不舍地把手松开。

老话说日有所思夜有所梦。那天晚上做了好多梦,奇怪的是一个梦里都没见到姜红梅。一会儿宋玉香,一会儿春不老,乱七八糟毫无边际,搅了我整整一晚上。睁开眼一看,天已经亮了。

二十七

这段时间天气变化得非常快,忽冷忽热,忽晴忽雨。大起大落的状态很不正常。

一般初冬季节空气干燥,湿度不会太大,我们这儿却阴雨绵绵。气温很低,经常有一种阴冷刺骨的感觉。偶尔又乌云密布,一声炸雷响起,它还会大雨倾盆,就跟春夏两季涨水的日子差不多。

我妈最不能适应的就是这种天气。姜红梅几乎每天都过去看望,又是泡荔枝水又是暖热水袋,还让她坚持服胃仙U。

姜红梅在她身边的时候,我妈很感谢地说,荔枝水很好,喝下去感觉好多了。姜红梅一走,她又告诉我说:"那日本药没有用。一点用都没有。"有一句话她没对我说,我看得出来,她把吃日本药当成好大一个负担,认为吃下去比不吃的时候更难受。

除了我妈之外,我师傅的状况也非常严重。以前只是发现他经常干咳,偶尔还咳得喘不过气来,我以为那都是抽旱烟的原因,后来才听师母说,早好多年他就开始哮喘。严重的时候,不敢平躺着身子睡觉,一躺下就咳,咳开了就是老半天,气都喘不过来。

职工医院每年都要组织翻砂工人体检,我师傅根本不想去,能推就推,能躲就躲。有一年咳得实在受不住了,莫主席就强行带他过去做了一次体检,果然发现了大问题。他得了矽肺病。

那是一种职业病,是长期吸入含有二氧化硅的粉尘引起的,矿山的掘进工和翻砂熔炼工人最容易染这种病。那天我查阅了一些资料,写得非常可怕。资料上说那是以肺部广泛的结节性纤维化为主的疾病,患者可能影响肺功能,丧失劳动能力,甚至发展为肺心病。严重的时候,会出现心衰以及呼吸衰竭等等情况,直接影响生命安全。

医院把矽肺病按程度分为四级。师傅的情况处于二到三级之间。说严重不算太严重。说不严重,又算得比较严重。

这次复发的时机不同以往。不仅天气不同,我师傅的精神状态也跟以往大不相同。劳动模范落选的事情令他刻骨铭心,就从那个时候开始,他已经横下了一条心。

矽肺病本来也没有什么特效药。他索

性不管不问,一天到晚闷在熔炉班。除了做事还是做事,手脚基本上就没停下来过。

早出工晚收班成为了常态。也不让师母送饭过来。头天晚上他就准备了一些馒头,清早带到车间里,趁着生火烤炉膛的时候,加热了对付几口继续干活。有时候也带几个煮熟了的小红薯,在火上一烤,熔炉班的空气中便飘浮起阵阵甜香。

这样一来,我们班上的师兄弟们都坐不住了,做任何事情都不要别人喊。无论是备料还是开炉,总是有人争先恐后,冲锋在前。车间的黑板报上,每天都有表扬熔炉班的文章。

师傅并没要求别人怎么做。加班加点都只自己一个人受累。正如那天他跟莫主席表态所说,自己的事情,又不是做给别人看的。这话我越来越相信。作为一个不甘失败的人,他是在做给自己看。

清晨的空气格外清冷。我多次看见师傅蹲在冲天炉旁边,不停地咳嗽。有一次足足咳了半个小时,地下吐了一大摊青痰。里面那一丝一丝的血水,看得人特别揪心。他倒是不愿意让徒弟看见,趁别人没注意,又赶紧用铁锹给铲掉了。

我很担心师傅这种顽强。他这是在跟自己的性命赌气。

有一天我修整炉膛到天亮。都快到八点钟了还没见到师傅过来,就觉得情况不对。正在收拾工具,忽然看见毛妹子惊慌失措地跑进了车间。

小家伙告诉我说,她爹爹从床上坐起来就吐血,吐了很多血。我什么话都没问,拉着她就往师傅家里跑。

送到职工医院,急诊室的医生一看就说:"麻烦了,赶紧输血。"医生动作非常快。各种输液的架子也手忙脚乱地支了起来。

一名护士正往这边推来一个氧气瓶。那铁罐子又高又大,我赶紧迎过去帮忙,趁那机会我问了声:"护士,他这情况严重吗?"

护士说:"说不好。病历上写的是二期,看他这样子,肯定都三期了。到了三期就有点严重,很难治得好。"

紧接着师母也抱了一堆东西跑了进来。她倒是有经验,对我说:"这也不是第一次了。你先回去吧,你师傅要打一天的吊针。回车间给雷主任说一声,你师傅今天肯定上不得班了。"

这个时机并不好。师傅今天不上班,对我们还是有影响的。正好下午要开炉。每次开炉,都由我师傅掌控整个过程。

其实他不在也不要紧。开炉的全过程我都学习得很熟练了,只是没能独立实践过。今天刚好是个机会,我就俯在他耳边说:"师傅,我先回车间去。您安心治病,班上有我呢。"

师傅睁开眼睛都显得很困难,隔了好一会儿才点了点头。

"人不要正对着炉口站。知道不?"他吃力地叮嘱我说,"堵泥要拌得硬一点,不硬就堵不住铁水。记得不?"

我用力点头,还使劲握了一下他的手,然后就离开了。

开炉之前的阵仗一如既往的庄严。翻砂车间各个工段的师傅徒弟陆续赶到各自的岗位,一色的蓝光墨镜。

熔炉班全部人马早早聚集。取出各种护具,从头到脚全副武装。每到开炉那天,我们熔炉班就成了全车间的聚焦点。

冲天炉点火的那一刻，就好比打响了发令枪。

以往这时候，我师傅的神态特别威严。"鼓风机？"他高声问。余师兄响亮地回答说："到位！"师傅又问："卷扬机呢？"梁师兄昂起头："到位。"师傅没有停顿："生料？"汪春廷就回答："到位。"二师兄更加主动，没等师傅问就响亮地报告："熟料到位！"

然后师傅大手一挥："点火！"

偶尔我也感到师傅这神态似乎有点做作，觉得不那么叫喊也照样可以点火开炉。后来我们去兄弟厂子参观，觉得他们那种开炉的方式很沉闷，不如我师傅这种方式有力量。的确，铁水喷薄的时候，神经处于高度紧张状态。在那之前，真的需要兴奋起来。

我师傅懂得这一点。每次都搞得庄严激越，特别有仪式感。纯粹只是为了调动自己的精气神。

习惯了师傅喊喊叫叫的指挥方式，遇到他突然缺席，其他人还真不知道该怎么开炉了。

按说梁师兄的工龄最长，出师了好多年，都三级炉工了，他却不敢担当责任。

"杨哲民，还是你来。你头脑清醒，除开你谁都搞不好。"

其他人都齐声响应，无论师兄师弟，一致地抬举我。这情况我也预料到了。离开急诊室的时候，我还当面跟师傅表过态，心里头已经做好了思想准备。临到发令那一刻，脑子里忽然一片空白，真的有点手足无措了。

情急之下，一回头就看见我师傅从侧门那边走了进来。一身蓝白条相间的住院服，衣领处还留有几点新鲜的血斑。

余师兄又惊又喜地迎上去："师傅，您回来了？太好了。杨哲民正不知道怎么办呢。"

师傅赶紧摇摇手，让他不要声张。

我站在冲天炉前，第一个念头就是让师傅赶紧离开。他不能待在这儿，必须返回医院。

梁师兄很了解师傅，就建议我说："哲民，那是根本不可能的。让师傅坐边上也好，大家心里都踏实些。你说呢？"

这话我倒也认同。已经到了这个地步，也只好这么办了，就朝着余师兄喊了声："赶快给师傅换石棉服。两层口罩。快。"

余师兄响亮地回应了声，飞快地取出了防护器具。

"鼓风机，卷扬机，各就各位。"我顺势发出了指令。

梁师兄二师兄铆足劲头，争相回应："鼓风机到位！""卷扬机到位！"汪春廷更积极，没等问到他就举起手："生料熟料到位！"

我没有停顿，迅即发出了口令："点火！"

机器一启动，地面就微微发颤，整个车间立即沸腾起来。

趁温度还在逐步上升的间隙，我小跑步回到师傅面前，从工具柜里头拿出几件工作服，厚厚地垫在那张小凳子上，扶着师傅舒舒服服坐了下去。

"师傅，您就在这儿当场外指导。粉尘太大了，您哪儿也别去。觉得什么地方不对，就让余师兄过来找我。"我话说得很坚决，"今天我说了算。您要不听，我马上派人送您回医院。"

师傅戴了头盔，里面又有两层口罩，说话不方便，就连连点头，一把推开了我。

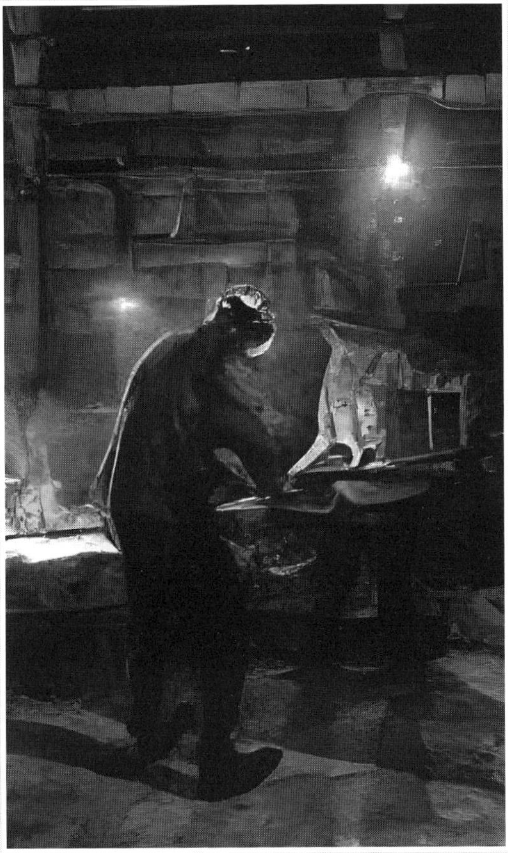

虽然发出点火指令的时候有点生疏，其实那不算问题，只是一声口令而已。炉子一旦点燃，往下的流程不用吩咐，每个人都知道自己该干什么。动作果断，衔接熟练，完全就是一种本能反应。

第一罐铁水出炉的时候，我的心情有点激动。看那颜色我就知道没有一点瑕疵。加料均匀，控温准确，炉口引出来的铁水晶亮透白，完全达到了浇铸要求。

往下就很容易了。只要按比例持续供料，把风量和风速保持住，今天这场战斗就可以完美收官了。

抓住空隙时间，我朝师傅那边看了一眼，竟然没见人了。我奇怪地望着余师兄，他就朝侧门外的生料场指了一下。

很快师傅就从外面走回来了。他端着一块木板，那上面托着四坨金刚土做成的堵泥，稳稳当当放在了工具柜旁边。

堵泥是堵炉口必不可缺的神器。铁水流出一定数量的时候，就得堵住它不再出炉。堵铁水方法非常直接，手握一根四五米长的钢钎，我们叫它堵钎。堵钎前端有一块直径大约十公分的圆形钢板，那上面就粘着一坨用金刚泥土做成的堵泥。

那形状很像一只玉米面窝窝头。尖头朝前，看准出水口，用堵钎将堵泥一鼓作气顶过去，把出水口严密封死。再保持那种姿势一两分钟时间。金刚泥基本硬化，就可以把堵钎收回来了。紧跟着再粘一坨堵泥在堵钎上，以备下一轮堵炉口使用。

刚到熔炉班的时候，我特别喜欢观看堵铁水那一刻的景象。堵泥顶上去，铁水四处溅开，钢花漫天飞舞，冲天炉前头就跟过年放烟花一样，看得人心潮澎湃。

不久才知道，堵铁水极其危险。没有丰富的实践经验，稍不留神就会出大事故。

所以我师傅上午一再交待，人不要正对着出水口站。堵泥要做得硬一点。那都是经验之谈。

看来他对我们做的堵泥并不满意。趁我们在炉子跟前忙，就出到生料场那边亲手做了几坨堵泥。师傅经常挂在嘴边的一句话，熔铁炉好开头不好收尾。开到最后，出水口已经变形，炉膛压力越来越大，很多炉前事故都是在那时候发生的，越到后头越要当心。

开炉大约进行了一个半小时。我师傅站起身来，想走到翻砂工段那边看看还剩下多少砂型没浇铸完。

这是一种职业习惯。他必须随时掌握加料的分量。我师傅有一手绝活，凭借多年的开炉经验，他能够在即将结束的时候，对余料作出准确的判断，看看还得加多少料进去。料少了，不能浇完所有砂型，那批砂型就报废了。料加多了也不行。炉子里剩下过多的残料，就会对炉膛造成很大的损伤。

当时炉口正在往铁水包里出铁水。梁师兄看着师傅从身边走过，稍一走神，铁水包里面的铁水就漫出来了。

他赶紧抄起堵钎，瞄准出水口，一咬牙就顶了上去。

我师傅回过身来，看见梁师兄堵炉口的样子，当即就提醒他没有对正。然后，他一步抢上前去，凑到梁师兄耳边高声喊叫："怎么搞的？口子堵偏了。顶住，用力。天！会跑水。用力顶住！"

跑铁水是炉前最可怕的事故，当时就把所有的人吓住了。

"把堵钎全部拿过来，快！"师傅一挥手，余师兄就把他刚粘好堵泥的四根堵钎扛了过来。

但是有点来不及了。梁师兄手上那根堵钎开始颤动，前端的堵泥正在脱落，出水口左边露出了一个缺口，铁水像开了水龙头一样射出好几米远。溅在梁师兄左脚边，防护皮鞋立刻冒出了青烟。

"妈啊！烫死我了！"梁师兄一声惨叫，扔下钢钎倒下去，接连朝右边打了几个滚，忙不迭地解鞋带。

眼看那块残留在出水口的堵泥要脱落，我迅速从余师兄手上夺过一条堵钎，趁原来的堵泥还没有脱尽，身体向前一倾，把堵泥准确地顶进了出水口。

我师傅那会儿身体特别轻盈，一步跨到我身边，用眼睛瞄了一下出水口："民儿，不行。看见没有？还是不正。"

"可以的，师傅。"我很自信，感觉自己堵住的位置不错，"堵泥对得很准。行的，师傅。"

师傅弯下腰，再次看了一眼出水口。"行个鬼啊？右边又缺开了一条缝。"他惊呼一声，"跑水了！当心！"

话没落音，出水口右边的堵泥飞快崩落，一股更大的铁水直接朝前方喷射过来。我师傅手疾眼快，死命把我推开，自己也就地打了个翻滚，躲开了直射过来的那股铁水。

我们都没有经历过这种场面，眼睁睁地看着那股铁水恣意泛滥。铁水有一千多度的高温，流到哪里就毁灭到哪里。那几乎是一场不知怎样才能遏止的灭顶之灾。

我师傅翻身爬起来，一秒钟都没有迟疑，从侧面冲到出水口前。冒着无法靠近的灼热，拿过一把小钢铲，不停地凿冲天炉的出水口。几次残留下来的泥渣已经把出水口四周烧结得凹凸不平。我师傅就在那旁边锲而不舍地凿那些坚硬的泥渣。

铁水仍然奔流不止。铲子凿下去，钢花四处溅起，纷纷落在师傅的头盔和衣服上。那一刻要争分夺秒，师傅什么都顾不上。任身上的工作服到处冒烟，只在那里吭哧吭哧地凿出水口。

终于凿平了。师傅身体一躬，狸猫一般跳下平台，从余师兄手上夺过一条堵钎，一声吆喝，亡命地堵住了出水口。

我在边上看得真真切切，那一刻钢花都没溅起一个。他那叫百步穿杨，扎扎实实的真功夫。

只是这个时候我师傅已经完全没有力气了。他用肚子顶住堵钎，歪着脖子不住地喘气。看得出他喘得相当费劲。喉咙里发出哧哧声，跟拉风箱一样，旁边的人都听见了。

梁师兄看得太不过意，一瘸一拐跑上去抢他手上的堵钎："师傅给我。我力气大，我来顶。"

师傅说不出话却坚决摇头。他不相信梁师兄。我觉得那会儿师傅谁都不相信，要命的时候他只相信自己。别人的力气，别人的手法，他都放不得心。

他就那样硬顶了十来分钟。当时所有的砂型都浇铸完毕，车间里不少人都跑了过来，围着冲天炉观看。我师傅前步弓后步冲的样子像一尊油光黑亮的铜雕，顶在那里纹丝不动。

旁边的人都知道拉他不开，又不知道该不该把他拉开。一直到他自己觉得可以了，才松开堵钎，一屁股坐了下去。

他当然无法坐稳。身体一歪，仰在地下再也动弹不得。

晚上十一点钟的样子，莫德龙主席赶到职工二院，特意去看望了我师傅。当时我们几个师兄弟都在那儿，谁都不愿意离开。

开完炉我们把师傅送过来的时候，他一直昏迷不醒。医院方面紧急会诊，很快就决定给他上呼吸机。从医生那紧张的表情可以看出，师傅的病情已经到了相当严重的程度。

六点过一刻，医院方面把我师母叫过去谈话，先是安慰了几句，然后告诉她："今天晚上是一道坎。你爱人的肺已经不行了。过得去过不去，就看天亮之前了。朝最好的努力，做最坏的准备吧。"

这些话当时就把我们吓得目瞪口呆。

莫主席就是知道了这个情况才赶过来的。他正在市里开会，接到电话起身就走。紧赶慢赶，到医院已经是夜里十一点多了。

不知道是不是血脉相亲的缘故，莫主席刚赶到职工二院，我师傅竟然苏醒了。从下午四点多在车间昏迷开始，六七个小时人事不省。他的魂魄仿佛去什么地方游荡了一圈，又绕了回来。医生再次会诊，确定他已经脱离了生命危险。

然后内科主任又找到我师母，问师傅的医药费由哪里支付。内科住院部最里面那间屋子是特种病房，里面有呼吸机。我师傅情况虽然有所缓解，但还得到有呼吸机的病房住三天以上的时间。

"那病房贵得很呢，你爱人住不住得起啊？"医生问她。

师母出来跟莫主席说了这个情况，莫主席一听就生气了："你怎么就不明白？我们是国营企业，公费医疗你不晓得啊？告诉他们，住。哪怕是皇帝老子的金銮宝殿，莫胡子他也住得起。"

安顿好我师傅，莫主席从口袋里掏出几块钱塞给我师母，让她给师傅买点营养品："明天厂里会有人过来交支票。这些事你不懂，莫管了。你只管把莫胡子招呼好，其他都是我的事。"

从特种病房退出来的时候，刚好过了午夜十二点。

"你们几个师兄弟，肚子饿不？"莫主席望着我们问了声。

"不饿呢，莫主席。"梁师兄嘴很乖巧，"您从市里赶回来，也太辛苦了，赶紧回去休息吧莫主席。"

"休息个鬼啊？"莫主席见我们其他几个人都没表态，就决定说，"人高树大一个个的，不饿才怪呢。我都饿了。走，出去吃个宵夜，再回去休息。"

职工二医院大门外头有一家通宵餐馆，菜不怎么好吃，对付肚子还是可以的。莫主席把我们带到里面一个单间："想吃什么点什么，把肚子搞饱就好，听见没有？"

我那几个师兄弟平时根本就没有机会陪厂级领导吃饭，顿时就有一种受宠若惊的感觉。尤其莫主席是师傅的堂兄，更多了一层亲近，梁师兄就有点放开了。

"莫主席，您老人家开恩，那我就顺鼻子上脸了。索性搞瓶酒。难得孝敬您老人家一回呢，行不？"

莫主席也同意了："反正我不喝酒，你们几个开炉澡都没洗的，喝点酒晚上睡得更加安稳，那就搞一瓶吧。"

那场酒喝得很畅快。一瓶酒飞快见底，梁师兄又叫了一瓶。

当着莫主席的面，师兄师弟们就不停地夸赞自己的师傅。

莫主席只是听，没怎么说话，一根竹烟袋基本上没断过火。

等他们说得差不多了，莫主席朝我问

410

了声:"民儿,你怎么样?跟了一个没文化的师傅,没什么好学的吧?"

这句话问得我不知道该怎么回答。觉得想说的话太多,一时不知道从何说起。

"莫主席,怎么讲呢?我师傅不是没什么好学的。他身上的一些东西,我们年轻人一辈子都学不来。这是真心话,莫主席。"

师兄们其实没听得太懂,却七嘴八舌附和得格外来劲。

莫主席打断了他们:"民儿接着说。你讲的是哪个方面?"

"要论力气,师傅没有我们大,但是他有窍门。这方面我们差得很远。书本知识师傅的确没有,可他有丰富的经验。很多经验书本上是学不到的。"那时候我头脑非常清醒,回答得有条有理,"莫主席,您知道最让我感动的是什么吗?"

看来莫主席对他堂弟太过理解,一句话点中了要害。

"不要命。"他望着我,"你是不是说这个?"

"是的,您说得太对了。"我由衷地赞成,"今天炉口跑了铁水,我们用力气堵,怎么堵也堵不住。师傅病成这样了,没力气,他就用命去堵。他舍得性命,那才叫绝技。这种绝技可不是一般人敢学的。不敢学就学不来。师傅把炉子看得比命还重要,那是一个人的本质。其他的优秀都是学来的,本质的优秀是天生的。所以我想说,这样的师傅,值得我们学习一辈子。"

那会儿我看见莫主席眼眶都潮湿了。他放下烟袋,从梁师兄手上夺过酒杯:"杨哲民,我莫德龙不会喝酒。你这些话讲得真的到位。我要跟你搞一杯。"

那杯酒下肚,莫主席的话匣子就打开了。

"都是自己屋里的人,我就讲讲你们师傅的事吧。他小时候跟我讨米要饭,当过叫花子。你们都不晓得吧?"他说得很平淡,"我爹妈死得早,他爹妈死得更早。那年闹饥荒,我们乡里饿死了好多人。莫家这两个孤儿,讨饭都没地方去。那天他跑过来告诉我说,哥啊,猪肉真的好吃,刚才都忘记喊你一起去尝了。我觉得奇怪,你到哪里吃猪肉了?他说,村头那户人家厨房里炖红烧肉。我躲在窗户外头,闻了半个钟头呢。"

几个师兄听得连连摇头:"难怪师傅身体底子差。唉,唉。"

"底子差,性子又犟。"莫主席接着说,"那户炖肉的人家有人在外头当连长。你师傅就说,老子长大了一定要当官。解放后他又没有当上官。主要是因为没文化。他就说,不要紧,我当个模范也好。没文化我就拼命做事,事做好了,不信模范都当不上一个。"莫主席说到这里又笑了,"都怪那名字取得不好。莫正强,明明是莫争强的意思,偏偏他这一辈子都争强好胜。天生一个吃亏的命。"

梁师兄就忍不住了:"莫主席,有句话您讲得就讲,讲不得也没关系。"他望着莫主席的眼睛,"去年那个劳模,鸭子都煮熟了,怎么又飞了呢?"

莫主席便朝我看了一眼,他目光里的意思我看出来了,欣赏我的嘴稳。连师兄弟都不明就里,莫主席就觉得我是个靠得住的人。

"讲也讲得,不讲更好。"他含糊了句,就来了情绪,"最看不得假装正经的家伙,又不是工人出身,动不动还分析别人。未必本地的工人就不是工人阶级啊?拉一派

411

打一派，还讲别人搞山头主义。把我搞急了，迟早要摆到桌子上，跟他们辩论个明明白白。"

那阵子我们几个人都不敢做声。有人听得懂一点，比如我。有人还摸头不知脑，比如除我之外的其他人。

"话讲多了。狗日的，不该喝那杯酒。"

莫主席掐灭竹烟袋准备收场了。他站起身，交待我们说："一句话总结，你们都是莫正强的徒弟，一定要给师傅争气。发狠地做事，莫把话给别人讲。想当劳模，这话说到哪里去都不会错。今年再努力拼一把，不信就当不上。这是你师傅从小的梦想。打虎要靠亲兄弟，上阵就得父子兵。咱们上下一齐攒劲，那朵大红花，一定要戴在你们师傅胸前。听清楚了不？"

二十八

师傅住了半个月医院，厂里就安排他去广西疗养了。

广西那边有一家机械工业部的职业病疗养院，条件很好。据说就在山水甲天下的桂林风景区，空气特别新鲜，对矽肺病的治疗和康复尤其有好处。

走之前莫主席征求过他的意见，疗养有两种选择，可以三个月，也可以一个月。我师傅反问他："我可以不去吗？"莫主席说："根据市里的情况，还是去的好。你就选一个月的那种，不会耽误大事。"

莫主席那意思是今年评选劳模还没有开始，得两个月之后。如果去三个月，恐怕就要影响一些事情了。

那天是我和余师兄送师傅上的长途客车。他的行李简单得不能再简单。一个半大不小的旅行袋，再就是一只军绿色的帆布挎包。那是车间民兵连发的，折痕很清晰，可见平时根本没怎么用过。

师傅让我帮他提旅行袋。余师兄要替他拿挎包，师傅无论如何都不肯，一定要自己斜挎在身上。离发车的时间还有半个钟头，师傅又不想坐下来等，挎着包满车站走，一会儿问检票员几点开车，一会儿又去小卖部看看有什么东西要买。还反复去了好几次。

其实师傅根本不想买任何东西，几点开车他记得比我们还清楚。余师兄就背着他朝我做了个鬼脸。

"哲民，师傅展示他的挎包呢。"余师兄悄悄对我说，"你看看，挎包背带上，白毛巾拴了只茶缸，上头有字。'劳动模范'呢。"

其实师傅从家里走出来我就看见了，当时心里还很高兴。那茶缸和毛巾本来就是送给师傅用的，总是锁在柜子里就失去了意义。遇上外出疗养的机会，那就叫好钢用在了刀刃上。

当然，师傅故意四处张扬，肯定也是一种炫耀心理。

"这样挺好啊。"我就小声对余师兄说，"时刻把劳动模范的物品带在身边，说明他时刻都在激励自己嘛。"

"那倒是，而且还能起到表率作用。"余师兄笑嘻嘻地说。

"能吗？"我没有想明白，"什么表率作用？你看见了？"

"当然。"余师兄还真看见了，"刚才我解手路过检票口，有人跟检票员吵架，问怎么还不检票上车。知道检票员怎么说吗？"

"不知道。她说了什么？"

"看见那个劳动模范了吗？人家肯定是

去开会的。他都遵守时间，你们还有什么可吵的？好好跟劳模学习。啊？耐心等着吧。"

我听得笑了，心里想，这也算是歪打正着吧。一不小心，师傅又作了一回表率。

我师傅表面毛糙，其实是个很爱面子的人。他觉得部里的疗养院级别蛮高，去那里疗养的劳动模范很多。桌子上放一只劳模的茶缸，床头上挂一条劳模的毛巾，多好啊？既合乎情理，又自然而然。

他真没有别的意思，最多只是担心别人看不起自己。

根据生产办公室要求，我师傅离开的那段时间里，车间就得指定一个人临时负责熔炉班的工作。一个月空窗期，没人管事是不行的。雷元干主任征求了莫主席的意见，临时负责人的担子，毫无争议就落在我肩上了。

跟我谈话的时候，我没有过分谦虚，当时就答应了。我心里确实有个小算盘。师傅不在班上，对我而言，反而是个绝好的机会。

那天晚上莫主席谈了师傅的童年和他那坚定的志向，感动之余，我觉得自己应该挺身而出，对现状作出一些改进。

师傅最可贵的精神就是一不怕苦、二不怕死，那都是为了更好地完成生产任务。假如别么苦别么危险，任务还能完成得更好，我们又何乐而不为呢？

师傅和莫主席那一辈人精神可嘉，技术方面却已经落后于时代。这不正是我们拓展才智的广阔空间吗？

说心里话，我的这种想法已经酝酿很长时间了。比如炉膛的形状问题，投料的比例问题。尤其这次炉前跑水的教训，足以说明熔炉班的操作流程过于粗放，实在不怎么科学。

传统熔炼技术早就滞后人家好多年了，为什么就不进行一些技术革新呢？比如说人工投料，钢钎堵口那些传统的操作方法，既费力又危险。效果还不敢保证。早就该淘汰出局了。

当然，我师傅对这些想法是不赞成的。我曾经试探过。他在别的方面都支持我，唯独这方面的建议他一口就否定了。

"民儿，别人投机取巧师傅也懒得讲。你一个有出息的年轻人，也想跟着学坏？你给我记好了，搞小聪明走不通的。条条蛇都咬人，怕危险就莫出来做事。不信问你舅舅去。"

现在好了，师傅疗养起码一个月时间。在这个期间，我至少可以做成一两件事情。平时那一顶大学毕业生的帽子老被别人拿来取笑，都带有一点讽刺意味了。我听在心里又做不得声。没有成就，也就没有说话的资本。就跟我那些师兄弟差不多，只能做一些呆板事，被别人取笑也在所难免，除非能拿出成果来证明自己。

思考了几个晚上，我决定从两件事情入手。

第一件事情属于技术革新，那就是炉膛形状。我准备参考更多的技术资料，弄几个试验性的模板出来。师傅不在场，整炉子的时候，我就可以放开手脚一个个做试验。最后确定一个科学而实用的模板，炉膛的质量就可以稳定下来了。

第二件事不叫技术革新。对于我们熔炉班来说，那叫技术革命。前段时间我很留意国内外有关熔炼炉的各种论文，知道了有一种叫"泥炮机"的新型机械。那机器的功能就是放铁水和堵铁水。把传统的人工操作方式完全替代掉。

如果有了那种机械,我们熔炉班就不必使用堵钎和堵泥,傻傻地顶在冲天炉前冒那么大的人身风险了。

只可惜平时忙于一些别的事情,没有用更多的时间去技术科查找资料。

当然也有其他原因。自从那次去资料室,宋玉香对我进行了一次温情袭击,想到那个地方就心有余悸。幸好她和吴启军制造了宫外孕事件,我心中的隐患才得以彻底摘除。

敲开技术科的门,一打听,他们说宋玉香不在那儿。昨天她交了一份医院证明,请了病假。三天的假期,要到后天才能上班,还得看当天的情况,如果病没好利落,说不定还得继续休息。

幸好技术科还有其他人顶班。我找了一大堆资料,打了张借条就离开了资料室。

刚刚走出门,迎面遇上了姜红梅。她看见我从资料室走出来,就告诉我说:"宋玉香生病了你知道吧?我刚从她宿舍过来,看样子病得还不轻呢。"

讲句实在话,一听说宋玉香生病我就很敏感,我在心里默算了一下,离上次的宫外孕事件,也不过三个月的样子。莫非又是同样的毛病?

当然这话我不能跟姜红梅说。女同学的事我要表示太多的关心,没准姜红梅就会起疑心。

其实她已经有了疑心。当然不可能怀疑我,她是在怀疑宋玉香的病情。朝四周看了看,她小声告诉我说:"情况有点不对头。宋玉香应该出了那方面事情。"我故意问哪方面啊,她就斜了我一眼。

"明知故问。流产了呗。"

"哦?"我望着她,"你确定吗?"

"基本上可以确定。"姜红梅的目光亮晶晶地望着我,"你知道她是跟谁吗?"

我当然知道,却不能说。"不知道,谁呀?"我故意问了句。

"真是太不可思议了。"她微微皱了一下眉头,"吴启军的师傅,那个姓段的。"

"是不是啊?"我非常惊讶。那还不是一般的惊讶,当时我简直吓了一大跳,"不可能吧?你怎么知道的?"

"宋玉香原来跟我住一个宿舍。后来我到政工科工作,就单独住了。她跟着沾光,也一个人单独住。"

"然后呢?"我期待她往下说。

"昨天忽然想起那墙上还有一张照片忘记取走,那是我很满意的一张个人照,就想去取回来。结果你猜怎么着?明明听见里面有声音,一敲门,那声音没了。门也没敢开。我以为宋玉香不方便,就离开了。"

"是吧?你看见那里头是谁了吗?"

"当时肯定没看见。"姜红梅说,"我还以为是我们的同学,心里有点好奇。回头一看,门开了,吴启军的师傅从她宿舍里溜出来了。然后走得很快,头都没回一下。"

"你认识吴启军的师傅?"我不怀疑姜红梅的话,却又极不愿意相信这件事,"你能确定那就是他?"

"能不认识吗?"她一不留神说出来了,"他的生活作风问题,纺机厂转了材料过来。上个星期要归档,我还找他核实过。"

"我的老天。那他怎么还……唉,怎么会这样啊?"

"你怎么啦?"姜红梅奇怪地看着我,"干吗那么惊讶?不相信我的话?"

"也不是。"我连连摇头,"只是觉得太

不可能了。"

"我也是。当时的距离有点远,我怀疑是不是看错人了。"她接着说,"反正要取照片的,我就又过去敲门,宋玉香就把门打开了。当时我发现她脸色苍白,一副失血过多的样子。桌子上有只保温罐,里面装的是鸡汤,满屋子香。"然后望着我,"这一下我全看清楚了。那保温罐是厂里发的奖品,上面清清楚楚印着一行字:奖给技术能手段一村同志。你说,这还有错吗?"

我没有回答她,牙帮子都咬紧了。

出了这样丑恶的事情,吴启军肯定还被蒙在鼓里。

第二天一上班,我就去了翻砂工段。

当时段一村还没来到车间。吴启军也不在。我得去安排熔炉班的工作,就没等他们。

没过几分钟,段一村主动来班上找我了。他非常心虚。

"杨哲民,你刚刚找过我?"

"不是,我有点事要找吴启军,这两天也没见到他。"我用冷淡的目光看着他,"能告诉我启军在哪儿吗?"

"出差了。"段一村没回避我,"河北邢台铸造厂跟我们这边有个互帮互学的项目。本来是我去的,想到这事对吴启军是个锻炼机会,他又是河北人,正好可以回家看看,就推荐他去了。"

我马上意识到了这是个由头,一个非常巧妙的由头。

大概段一村心里也很亏欠,就涎着脸对我说:"怎么样,莫师傅疗养去了,你可是重担在肩啊。"他分明是在讨好我,"有什么困难跟段师傅说,啊?启军的好兄弟,

也是我段一村的徒弟,可别跟我见外哦。"

要在平时,他这么讲我会说声谢谢,可这时一幅幅画面跟放幻灯片似的,依次从我脑海里映过。真的令人作呕。

你知道吴启军有多么爱宋玉香吗?他被宋玉香的两件厚重礼物感动得涕泪双流,已经铁下心来要伺候她一辈子了。一个被尊称为师傅的家伙,把徒弟对未婚妻的情感残忍践踏,你还算是人吗?

我又想起了他那次在二医院当着宋玉香贬损吴启军。那个时间点离段一村被派出所抓了现行、从纺机保卫科放出来还没过多长时间,他竟然不思悔改,毫无廉耻,乘徒弟危难之机,一双脏手紧接着就伸向了宋玉香。我真想冲着他的脸呸一口唾沫。

当时又有点奇怪。满腔怒火已经冲到了头顶,一阵寒气掠过,我那股怒火很快便开始降温,紧接着就熄灭了。

其实我心里非常明白,一只巴掌拍不响,宋玉香也有问题。一个人的底线至关重要。底线只有一寸,境界绝对高不过九分。宋玉香这种过河拆桥的习惯动作十分娴熟,今后某一天,宋玉香会不会也把段一村一脚踢进阴沟呢?

我相信会。宋玉香一路走来,靠的就是这种看家本领。

到了那个时候,我要当着段一村的面放一挂两千响的鞭炮。为他以损人开始、以害己告终的圆满结局表达咬牙切齿的祝贺。

二十九

那几天我的技术革新正是"走火入魔"的关键时刻,段一村的丑陋行为被姜红梅无意中发现了。如果他伤害的是另外的人,

也许我没那么愤慨，偏偏伤害了吴启军，我的心被他搅得一团稀糟。

面对几本技术资料，我一页都看不进去了。

我不知道吴启军什么时候从邢台出差回来，更不知道回来了我该怎么对他说。怎么设想都觉得不合适，不合适又继续设想，简直伤透了脑筋。

好在情况总是在不断地变化，总是在你不知道该怎么走的时候，有扇门忽然打开，让你心头一亮，似乎又找到了出路。

那天正在班里做事，雷元干忽然找到我，说局里来了一份通知，准备从我们厂抽调三个人，参加机电局职工篮球代表队集训。

"有两个人都在我们翻砂车间，那就是你和吴启军。"

全市职工篮球锦标赛两年比一次。机电局历次都在前三名之内，却从没夺取过冠军奖杯。局里知道电机厂分配过来了一批学员，其中有几个校队绝对的主力，就把目光瞄准了冠军杯。

我从雷主任的消息中得到了启发，觉得吴启军可以直接去机电局报到，至少他可以不用回车间面对那个师傅加情敌的段一村。

他对篮球的痴迷程度我是知道的。集训加竞赛将近两个月时间，等到捧回冠军奖杯的时候，没准早已经把宋玉香忘到九霄云外了。

还有一个不错的消息，机电局女子篮球代表队相中了江红梅。她也在抽调名单之中。小梅性格开朗，快人快语，我可以托付小梅给吴启军做做工作。实在不行，就把龚开明和宋玉香的事情亮出来。吴启军面子薄，听了那事，肯定会心灰意冷，或许就能死了那条心。

不过不到万不得已，杀手锏绝不轻易出手。既要做好吴启军的工作，又要尽最大可能，减少对相关人员的伤害。这才符合为人处世的基本原则。

我也想到过告诉姜红梅，转念一想又打消了这个念头。姜红梅应该保持冰清玉洁的形象，所以我不希望把她牵扯进来。

当然，机电局想把我也抽调上去打篮球的计划是非常不现实的。熔炉班是电机厂至关重要第一道生产工序，班长因病缺阵，我正顶替在最前沿。抽调我的事情想都别想。

雷元干怕我有情绪，还找我谈了一次。其实没必要谈，我肯定会以大局为重。趁那机会，我跟他打听吴启军什么时候回来。他说，已经给邢台方面发了电报，限定他后天要赶回来。

打听到这个消息，我在心里做了个计划。我得请小梅和徐士良吃个饭，着重交待点事情给小梅。然后我还必须根据吴启军回来的时间，第一时间在厂外头截住他。

小梅跟徐士良走进小餐馆的时候手牵着手，那种亲密的样子令人嫉羡不已。小梅因为担心徐士良没人照顾，不想去集训，我心里越发替吴启军难过，就直截了当地对小梅说："去是一定要去的，我还有事要拜托你呢。"

然后我就把吴启军、宋玉香、段一村犬牙交错乌七八糟的事情说给他们听了。和盘托出，没有任何保留。

他们两个人听得目瞪口呆，大张着嘴，半天不敢相信。

"那不就是个狐狸精吗？"徐士良掰着指头算了一下，"光我知道的就有三个了。

龚开明第一个,吴启军加上他师傅。还有些鬼都不知道的呢?天哪,她得害多少人啊?"

我心里有愧,赶紧打断他:"不说了。说来说去,她也是我们的同学。其实最受伤害的,还是她自己。"

"哲民,我去。"小梅忽然下了决心,"吴启军是北方人,别看他傻乎乎的,这人性情耿直,心地善良,无论如何也得把他拯救出来。我去做做吴启军的工作,想办法让他振作起来。你们放心好了。"

到她真下定决心的时候,徐士良反而有点犹豫了。

"那你每个星期六还得回来一次啊。"他叮嘱说,"要不我去市里看你去。不会给你丢脸吧?"

"什么话?"小梅非常爽朗,"尽管来。我会高兴地告诉大家,这就是我的男朋友。今年春节就结婚。"

"那也别说春节,房子都没着落呢。"徐士良很高兴,"不过你说春节也行。反正就那么回事儿。"

吴启军回来的时候,我非常成功地在车站出口截住了他。

"哦?哲民?"他看见我的时候并不感到惊诧,"有什么事情要告诉我吗?看样子还挺着急的?"

我把机电局成立篮球集训队的事情告诉他。小梅昨天就去局里报到了。

吴启军听到这个消息仍然波澜不惊:"就这么个破事儿,也值得你杨哲民赶到车站来拦截我?"

"啊,我是想告诉你,这次我去不成。我师傅去广西疗养,现在的熔炉班是我在负责。"我胡乱找了点理由,"所以得赶快告诉你一声。"

"越说越没有道理了。"吴启军几乎在鄙视我,"你去不成算多大个事儿啊?非得这么着急告诉我吗?"

我正想跟他直说,他忽然从内衣口袋里掏出一封信。"什么都别说了。"他把信塞到我手上,恶狠狠地说,"你要还是我的兄弟,就老实告诉我,这是怎么回事儿?"

我打开信封,那里面只有半张信笺纸。内容简单至极:

分手吧。回来不要再找我了。

后面连落款都没有一个。

"这是谁写的?"我问他,"宋玉香吗?"

"居然还问我?"他顿时来了火气,"少来这一套。揣着明白装糊涂是不是?"

我心里一格登,当时就不高兴了:"启军你什么意思啊?是不是觉得她跟你分手,有我什么事在里头?"

看见我理直气壮,吴启军心里又没有一点把握了。

"我是瞎猜的。看见这信,这两天我一直在心里猜想。狗日的,谁会这么缺德?我才离开几天啊?说撬就给撬了?"

于是我就放心了。在这之前我还不知道怎么开口告诉他。既然他已经收到绝交书,这个过程就免除了。

"启军,去局里打比赛吧。眼不见心不烦,管他是谁呢?既然她宋玉香五心不定,朝秦暮楚,那就没什么好留恋的。长痛不如短痛,一刀两断痛快得多。你说呢?"

"是啊,一路坐车回来,我都想七八个钟头了。拉倒吧,我还不稀罕她呢。只是一口气咽不下去而已。"他的确快人快语,"下车看见你等在这儿,还以为那个混蛋是你呢。宋玉香对你的印象好得出奇,她要勾上你,也是分分钟的事儿。那妖精太会来事儿了。"

"得了吧启军。那只是对你有效果。"我故意把话说得轻松些,"自己不坚定,还怪她?"

吴启军连连摇头:"男人坚定都是在外表,内心谁都软塌塌的。这妖精就专拣你的软处戳。"他叹了口气,"她说她是个孤儿,没两岁父母就不在了。还说她那颗心从来没踏实过一天,都累得走不动了。她需要个强大的男人。一个可以让她心里踏实的男人。哲民你听听,她这么说,男人心里能不落泪吗?"

那番话我印象太深刻了。令人惊叹的是连遣词造句都没作改动,我就想到当年龚开明也应该是这样被感动的。

我不知道她是不是对段一村也复述过一遍。应该是的。其实倒真没必要。那个披着人皮的家伙本身就是一条色狼。

既然吴启军已经接受了宋玉香的背叛,我就觉得索性把事情讲得更彻底。他迟早都会知道是什么人把自己撬了。于是我就把姜红梅看见段一村奖品保温罐的情况全跟他说了。

他的反应仍然出乎我的意料。

"这多好?至少我欠他的二百块钱,就永远不用归还了。你说是不是?"

"你还欠他的钱吗?"我居然忘得干干净净。

"杨哲民,你真可以啊。你还在那张欠条上签过字呢,忘记了?担保人,共产党员杨哲民。想起来了?哈。"

我也听得哈哈大笑:"对,这钱不还了。他那叫预付款。"

他冷静地告诉我:"那天他交完定金,非让我带他去病房见宋玉香。不是自吹,那两人一对眼神我就觉得他们会勾搭上。我不是告诉过你吗?姓段的王八蛋当她的面一个劲儿损我。他那点贼心思我还看不出来?"

"可不?"我附和了一句,"那叫乌龟看绿豆,对上眼了。"

"行啊,看上了你就拿走吧,不稀罕。我正怀疑那宫外孕是不是我的孩子呢。整到这种地步,我他妈早料到了。"

他这番话听得我眼睛都忘了眨一下。吴启军居然这么沉得住气,倒是我没有想到。早给我说一声,我又何至于这样劳神费力,替这家伙操碎了心?完全是自讨苦吃啊。

走之前他还清理了一口小箱子,里面装满了打篮球的防护用品,护膝,护踝,护肘,护腕,一应齐全。还清理了几本有关篮球战术的书籍。他已经提前进入到比赛的临战状态了。

没等到凯旋归来,他就把烦心事抛到了九霄云外。这的确是一件值得欣慰的大好事。

三十

终于可以静下心来考虑技术革新的事情了。当天晚上我就熬到了凌晨两点多钟。

关于冲天炉的炉膛问题,资料里面讲得既玄乎又简单。

玄乎之处谈到了各种弧度的物理属性,附带了无数方程式。我不知道需要何种文化程度才能读得懂,反正我是读不懂的。

说简单又简单得令人怀疑。各种炉膛的形状也就跟老式煤油灯的灯罩差不多,两头直通通,中间圆鼓鼓。我还想查出那种形状的容错率是多少,把资料翻遍了也查不到。

没有新数据,就说明传统的操作经验没作过改变。这一点我很不甘心。那应该是可以改变的。早在师傅去桂林疗养之前,我就对炉膛形状作过一次探索。

那次的效果还真不错。焦炭燃烧相当充分,铁水温度很高,红中泛白。无论炉口出水还是浇铸砂型,铁水完全顺从人的意志,行走得特别流畅。雷主任看得大声称赞,大小师兄欢喜得手舞足蹈。

就连对铁水的要求近乎苛刻的段一村也竖起了大拇指,朝吴启军说:"看看你这同学,这才叫有天分。铁水好不好,只有炉膛知道。到底是学校出来的,要依靠我们车间那些没有文化的老炉工,他想把炉膛修整得这样灵光?呸,做他娘的梦吧。"

段一村这句话肯定把我师傅惹毛了。当时我就看见师傅脸上有点挂不住,干咳两声,转身就走。谁都看得出来,段一村肯定不是言者无意,我师傅又肯定是听者有心。

第二天车间的黑板报还表扬了我。我怀疑那稿子是吴启军写的。使的劲太大,形容词用了很多,算对我给足了面子。他没想到,这样一来对我师傅的面子反而是种伤害。

果然,回到班上碰见师傅,他当头就给我浇了一瓢冷水。

"知道不,整炉子是讲不好的。技术也就那些,多半是靠手气。莫以为成功一次,就好了不起,那是天气帮忙。正好碰上天气干燥,你这是运气好呢。要遇到阴雨天,还莫讲是师傅,师爷都没办法。一要经验,二要运气。有个鬼的技术啊?你让总工程师动个手看看?他不是最有技术吗?讲句丑话,要是请他来修整炉子,哭都哭不出来。这句话你给我记在心里,不会错的。"

也许是受到了打击,也许天气真的有影响,接下来我修整的炉膛就不怎么漂亮了。温度上不来的问题又有回头,排渣也不畅快,反正怎么都不对。好容易把炉开完,出了一大堆废品。对一名炉工而言,废品率过高,那是要作检讨的。

师傅倒是没让我写检讨,只是把我好一顿羞辱。

"这下你总没话讲了吧?师傅不是打压你吧?以为上了大学就了不起了?老辈人传下来的经验就狗屁不值了?我告诉你,否定什么都可以,想否定你师傅,不摔个鼻青脸肿,我就喊你做师傅。"

那次以后我的心就乱了。当然,我绝对不会认为师傅的经验不可否定,总觉得我能够找到更好的办法提高炉温。我甚至还不认为那是一件多么困难的事情。

困难的倒是我这位师傅,他就像一堵高墙挡住我的鼻尖。还别说往前走,转个身都一难百难。

现在他去疗养了,这个机会我是绝对不会放过的。

中午跟师兄们一起去食堂吃饭,路过小餐厅的时候,忽然闻到了酒香。我们食堂里有两个大餐厅,可以容下一千多人吃饭。旁边还有四个小单间,那是领导接待客人的地方,一般只吃饭不喝酒。偶尔有职工来了朋友也在那里加几个菜,那时候就会弄点酒助兴。

当时小餐厅正好有职工请朋友喝酒。非常凑巧,还是我们同学。看见我路过,那个吹笛子的胡先胜就出来拉我进去作陪。胡先胜分配到焊接车间当电焊工,电焊、

419

氧焊、气割技术掌握得出神入化，都当上了副班长。

那天就是他父亲出差到这儿，顺便来看看他。桌上摆了很多菜，极其丰盛。我特意走到胡先胜父亲面前，恭恭敬敬问候了声，胡先胜顺便就强行把我安排到他父亲身边坐下了。

他父亲是从省里过来的。他说桌子上那瓶酒是长沙特产，名字叫"白沙液"，一定要让我多喝两杯。

我朝那酒瓶看了一眼，顿时来了兴趣。其实我不怎么懂酒，只是觉得酒瓶的样子非常奇特。白瓷做的瓶身，形状活脱脱就像一只葫芦。

就是那只酒瓶子，当场把我的心思给侵占了。一边吃饭一边琢磨那只瓷葫芦。除了给胡先胜的父亲敬了一杯酒之外，饭都没有吃饱，菜是什么滋味就更不知道了。

下班回到宿舍里，我马上拿出铅笔在纸上画那个葫芦。然后对着反复琢磨。

葫芦的形状是两个圆球摞起来的，下面大上面小，中间缩进去，像是一个黄蜂腰。这种形状有什么道理呢？仅凭感觉，我就觉得里面暗藏玄机。值得我好好思考一下。

最先悟到的是保温作用。铁水的比重很大，一定会沉在最底层，就好比沉在葫芦下面那个大圆球里。中间那个黄蜂腰，就能起到保持温度的作用，至少可以阻挡一部分温度的散失。

然后我又想到了排渣的功能。铁水熔炼过程中会产生很多硫磺和其他渣滓的熔浆体。这些渣滓密度小，一般都浮在铁水表面，正好被黄蜂腰给卡在葫芦上面那个小圆球里头。既可以覆盖铁水表面保温，又便于从上方的出渣口吹出炉外，这不一举两得吗？

想明白了这些优势，当时我就坐不住了，拿出日志查阅了一下，今晚上修整炉膛是余师兄。非常好办，余师兄最听我的话。

我是小跑步赶到熔炉班的。那时候余师兄已经从炉坑里面把炉渣全部出清，堆得跟两座小山包似的，冲天炉里面挂着一盏移动工作灯。他已经钻进了炉膛，在里头用小钢凿叮叮当当清理炉壁。我在外面喊了几声，问他凿完没有，他说刚好凿干净了。我就让他爬了出来。

"耐火泥搅拌好了？"我又问。

他指着旁边那堆耐火泥说："早拌好了。你看看够不？"

那堆耐火泥差不多二百公斤，一般是够了的。我考虑到蜂腰位置得多用点泥料，就交待说："再拌五十公斤吧，我要做个试验。"

然后我打开一张图纸给他看，当时就把他给搞迷惑了。

"杨哲民，这是什么玩意儿？葫芦娃娃吗？"

我哈哈一笑："余师兄，你就别进去了。修整炉膛的事，今天让我来。"

他当然巴不得，只是想不明白我要干什么，一脸的问号。

葫芦形状炉膛的熔炼效果简直太理想了。梁师兄好歹在炉前操作了十二三年，铁水出炉的时候，他看得大呼小叫，就跟哥伦布发现了美洲新大陆似的。

参加浇注的翻砂工里头有很多经验丰富的老师傅，看见那高质量的铁水往砂型里头顺畅地灌注进去，一个个赞不绝口。

雷元干当炉工比梁师兄更早，是个非

常挑剔的内行领导，跑过来一看，马上问："炉膛是不是有些改动了？"

余师兄得意地告诉他说："不是有些，而是完全变了样子。"然后就掏出我画的那张葫芦形炉膛的图纸给他看。

雷主任一看就拍着大腿说："对呀。这形状，不想让温度上来都不行呢。"然后朝我揺了一拳，"好。杨哲民，难在想不到，想到了就不难。什么叫技术革新？就是做别人想不到的事情。你这叫一炮打红啊。"

接下来师兄们都按那模板修整炉膛。每次都很理想，没有出现过一次失误，铁水的质量持续向好，每炉铁水都相当漂亮。一炮打红炮炮红，梁师兄就摆出老资格的样子，得意地宣布说："趁师傅不在家，我们这群徒弟，一不小心就翻开了冲天炉历史上崭新的一页。"

最可喜的事情是排除了气候影响。那些天湿度非常大，翻砂工段那边都抱怨，砂子明明是干燥的，一过夜就不行，都捏得出水来。他们那么一抱怨，我的心里就更加踏实。捏得出水来的日子，温度都保持得这么好，还有什么恶劣的气候可以影响我们？没有了。我这项技术革新，经受了最大的考验，铁定是成功了。

过了一个星期，雷元干找我去车间办公室谈了一次话。以为他会好好地表扬一下我，结果我有点失望。

他说："这项革新效果的确好，只是还得有科学依据。要不然技术部门就很难认可，哲民你有依据吗？"

当时我差一点就要顶他一句了。什么叫革新？革新不就是要革除旧的生产方式吗？还要什么依据？有依据那就叫因循守旧。

我当然不会那样说。换种方式反问他一句："雷主任，这种炉型要是有依据，师傅他们可能早就搞出来了。您说呢？"

他站起身把办公室的门关上了。

"杨哲民，莫师傅是你的师傅，也是我的师傅。他那个人你应该很了解的。刚才我说技术部门难认可，那还是以后的事情。眼下师傅这一关你就过不去。说他思想固执吧，他又不是没有道理。狗皮膏药还各有各的熬法呢，你能说他那方法硬是不行？二十多年了，不都是这么过来的吗？"

那会儿我忽然来了个性："我的大师兄啊，您别绕圈子好不好？一下推技术员，一下推师傅。您个人是什么看法？"

听我叫了句大师兄，雷元干的个性跟着表现出来了："小师弟，我雷元干从来就是个敢冲敢闯的角色，你可别把我淡看了。我当炉工之前还当过兵你知道不？以为我不支持你搞技术革新？错了。凡是有革新精神的人，我支持还来不及呢。告诉我，这之后你还有哪些革新项目？说出来。你看我支持不支持。"

大概他这豪爽有点过度，顿时引起了我的警觉。出自于一种自我保护的本能，我就含混地回应了几句。

"想法不是没有，计划真的没有。走一步看一步吧。"

"这么想就对了。"雷元干其实相当精明，"杨哲民，你不说也没关系。我知道你有很多革新的想法。"他顿了一下，"我的意思嘛，能不能就像你刚才说的，走一步再看一步？"

我没听明白他想说什么，就用目光直视着他的眼睛。

"我再讲得透彻一点吧。你心里所有的革新计划，能不能放到明年之后再作考虑?"

其实他并没有讲得太透彻,我却差不多全听明白了。

"雷主任,如果我没理解错,你的意思,是让我等到今年年底,等市里有些事情尘埃落定之后?"

他朝窗户外头看了一眼:"春节之前,市里又要召开劳模表彰大会了。师傅奋斗了一辈子,也许下一届他就参加不成了。我们这些当徒弟的,不尽全力把他推举上去,于公于私,都是个重大损失。这对师傅也太不公平了。哲民你觉得呢?"

我的内心只有四个字,无话可说。

雷元干的主要意思就是担心我抢了师傅的风头。莫主席亲口告诉过我,师傅几十年来一直想实现自己的愿望。我本意只想搞一点技术革新,绝对不想成为师傅前进道路上的障碍。如果客观上影响了他进步,我的确应该把身体抽回来,免得遮挡了师傅身上的光芒。

"那,这炉膛呢?"我问雷元干,"是不是也得拆除,完全恢复到老式炉膛的样子?"

雷元干赶快摆手:"干吗?千万不能那样做。多好的效果啊?"然后虔诚地说,"咱们当徒弟的,要把粉打在师傅的脸上。这是一件增光添彩的事情,就当是报答师傅的礼物,怎么能收回呢?"

此时此刻我对雷元干已经心服口服。我站了起来,伸出了一只手。雷元干的手很有力量,把我的手握得铁紧。

"对了,今天找你来,主要是为了另外一件重要的事情。"他的神色一下就变得凝重了,"杨哲民同志,我代表车间党总支正式通知你,党小组长的报告,厂党委已经批下来了。从现在起,熔炉班这副担子就名正言顺地落在你肩上了。"

我没想明白他这话有什么实际意义。当然我也不会多问。

三十一

参加工作快三年了,我发现自己有了很大的改变,心理承受能力越来越强。

炉膛革新毕竟花费了不少心思,说声让给师傅,我二话不说。我觉得那只是小试牛刀,重头戏还没来呢。

雷元干又交待我,那些重头戏也压一压,一切等到明年之后。没问题,压就压。等到师傅终于偃旗息鼓的时候,我正当年富力强。机会有的是,何必急于眼前?

想是这么想,禁不住轮子已经转动,惯性还在发挥作用,一时又刹不住车。那就重新调整一下自己的思路,兵马暂时不动,先把粮草准备充足。接下来该朝泥炮机那个堡垒进攻了。

坦白地说,我仅仅知道那个概念而已,眼下最困难的还是缺少资料。

电机厂技术科的资料尽管浩如烟海,关于熔炼技术方面的资料却少而又少,毕竟我们的主业是电机制造。我需要的资料,应该去钢铁熔炼行业寻找。

机电局下面有两家炼钢厂。我一打听,因为污染的原因,那两家厂子都在百来公里之外的县里头,去一趟很不容易。有人告诉我说,光是查资料也没必要去,机电局资料室肯定有存档。

我觉得有道理。趁着白天不开炉,起个大早就往市里赶。

平时我很少去市区,坐轮船机会也不多。前几次轮渡公司使用的还是比较陈旧的小火轮，这次去才发现渡轮已经焕然一新。有的还是双层豪华船。

底层的普通舱票价五分钱，二层公务舱票价一毛五。

我买了张五分钱的票就进去了。那天不是周末，坐船的人并不多。禁不住好奇心，我就想上二层去看看一毛五的座位跟下面有什么不同。

二层几乎没人，只前排座位上有两名乘客。一男一女，背对着楼梯。那两个背影我很熟悉。男的是骆科长，女的更加好认，她是姜红梅。

他们两个应该是去机电局汇报工作的。心想人家那是出公差，我出现在他们面前很不合适，就赶紧退了下来。

轮船在江面上顺流而下，不到三十分钟就开始减速，缓缓地朝码头那边靠了过去。

我特意等到最后才从轮船上离开。问题是我要去的也是机电局，我当然不愿意跟他们一起走进去，就拉开一段距离跟在后头。

我看见他们俩并排走在一起，相互的间距保持得不怎么稳定。人行道上人一多，经常把他们挨肩擦背挤在一起。骆科长显得很有风度，他还时不时伸出手去护着姜红梅的后腰，生怕有人撞伤了她。

看见他那副绅士样子，我就觉得自己像是在盯他们的梢。

路旁边有家旧书店，索性走进去消磨一二十分钟，等我再去机电局的时候，就不可能跟他们碰上了。

机电局的郑总工程师与我有一面之交。

他曾经到我们翻砂车间来过，还特意到了熔炉班。听说我是衡州工业技术大学的毕业生，还亲切地告诉我，十多年前，他在我们学校当过副校长呢。

他还给我留了联系方式，说要是有什么技术方面的需要，可以随时到局里来找他。我才动了来机电局向他求教的念头。

郑总的确见多识广。他对我要打听的高炉泥炮机很了解，还拿出一本全英文的熔炼机械图册，向我作了详细讲解。好在我有了两三年的实践经验，理解没有任何困难。

只是越听越觉得失望。国外那种泥炮机对于我们熔炉班的冲天炉其实没什么实用价值，水土完全不服。郑总告诉我说："泥炮机是一套完整的炉前设备，现在国内很多的大型钢铁冶炼企业已经在使用这种设备了。但对于不专门从事钢铁冶炼，只生产一般铸造件的高炉，使用泥炮机意义并不大，设备加装的成本还高得出奇。"

耐心听完我想改革的初衷，郑总说："那还不如因地制宜，在炉前操作的工艺方面搞点技术改造。"

"你的目标很清楚嘛。既要保证放铁水和堵铁水的准确性，又要提高人身安全的保障程度。只要抓住这两点，就有了革新的方向。"他热情地鼓励我说，"小杨，没有做不到，只有想不到。破除迷信，大胆探索。我相信你是可以闯出一条新路子的。"

郑总对我这个同门弟子还真是高看一眼。除了热情鼓励，他还要留我在机电局食堂吃午饭。

我没有过多推辞，觉得能够拜一位总工程师作老师，绝对是我的荣幸，就跟着他往一楼食堂走了过去。

有些事很奇怪。该遇见的遇不着，不该遇见总遇着。进到食堂里，一眼又看见了骆科长和姜红梅，他们正好在一张小圆桌上吃饭。

两人中间还有一位干部。那人四十好几的样子，举止沉稳，充满自信，很有一种指点山河的将军气概。

姜红梅看见我走进来，表面上也还平静，心里却惊诧不已。

"咦？杨哲民？你怎么在这儿？"骆科长很吃惊。

我还没说话，郑总抢先告诉他说："这是我学生，衡州工大的。骆科长啊，不听哲民说还不知道，我有十几个学生分配到你们电机厂了？"

我知道郑总这是给我面子。他其实是知道的。

"十八个。"骆科长赶紧向他介绍，"我们姜红梅也是其中一个，她也是您特别优秀的学生呢。"

姜红梅赶快站起来打招呼："郑校长，您好。"

那位领导干部很痛快："好啊。既然碰在一起了，那就坐这儿。加两个菜，弄点酒来。为你们师生重逢，大家都喝一杯。"

骆青涛赶紧介绍说："杨哲民，你早就如雷贯耳吧？这位领导，就是我们机电局的一把手，鲁昌顺局长呢。"

说实话，我还真没听说过，成天在工厂上班，来机电局的机会少而又少。

跟那么大的领导一起吃饭，我是头一次。不记得是谁说过一句话，见官不向前，吃饭别落后。这会儿见官吃饭全凑一起了，我该是向前还是落后呢？心里暗自发笑，那会儿也就没感到拘束。

抿了一口酒，鲁局长望着骆青涛问了句："老骆，他们这批大学毕业生，一直还在车间劳动吗？"

骆青涛回答说："阳厂长组织我们讨论过好几次。打算分批次一步一步解决这个问题。"

"你跟阳华生同志说，打个报告上来。"鲁局长说话相当干脆，"这是遗留问题，争取一次性解决。学有所长，术有专攻嘛。"

骆青涛连忙答应。他说话非常巧妙："这批学员的确很优秀，分配到各个车间，都成为生产骨干了。每个车间都不肯放人，抽不抽得动还是个问题呢。"

"不放不行。你们政工科做工作嘛。"鲁局长随口举了个例子，"像你们厂的吴启军，还有那个女子队的江红梅，他们的篮球特长就相当突出。我看比专业水平不会差。我在大学里也打过篮球，一看那基本功就知道。"

"哈，局长，您还不知道吧？"骆青涛指着我，"更厉害的角色在这里呢。杨哲民是学校篮球队的队长。"

鲁局长的确是个篮球迷，马上看着我，眼神都变了。

"哦？小杨你在场上打什么位置？"

"我打一号位，局长。"我回答说，"控球后卫。"

鲁局长来了兴趣："怎么没把小杨抽上来？我那天看了一场热身赛。我们局代表队，缺的就是控球后卫嘛。老骆，这任务交给你，明天就把小杨抽过来。不许讲价钱哦。"

骆青涛这次就不敢做空头保证了。

"局长，杨哲民有特殊情况。他师傅您知道的，就是莫正强啊。他病得很重，去疗养了。熔炉班现在是小杨在主持生产，实在抽不出来。"

"去年电机厂那个落选的劳模就是他吧？他去疗养了？"鲁局长关注地望着他，

424

"什么病？矽肺？"

"是的，病得不轻。他还一天都没离开工作岗位。"骆科长钦佩地告诉他，"一直累到大吐血，非常感人。"

"怎么能这样呢？啊？"鲁局长听得不高兴了，"产业工人都是国家的宝贵财富，一定要爱惜他们的身体。"他放下筷子，非常认真地强调说，"当领导的，眼睛不能光是盯着生产任务。要多搞点技术革新，让我们的工人从传统劳动中解放出来。我多次讲过，革命就是解放生产力嘛。"

当时我就看见郑总朝我望了一眼。那就是对我无声的鼓励。

过了好长的时间，只要一回想起鲁局长的话和郑总的目光，我心里就回旋着一股暖流。然后庆幸自己在正确的时间正确的地点作出了正确的选择。

那天我要不是下个决心去机电局，这么激动人心的机会，就让我白白地错过了。

三十二

乘轮船回厂的时候我特别留意，看看骆青涛和姜红梅是不是也在船上。既然都见过面了，也用不着太避讳，却没找见他们俩。

熔炉班那天还是下午开炉，我正好轮上修整炉膛，就不用开炉。从机电局回来，开完炉的车间余烟袅袅，已经空无一人。

时间还早，我换上帆布工作服，没有急于清理炉坑，直接走到非常熟悉的冲天炉前方，默默打量着那个让人又爱又恨的出铁口。

这时候就听见有个声音在身后说："怎么啦？一个人望着炉子发什么呆啊？"

听声音就知道是姜红梅，从她口中才知道我们是坐同一班船回来的。

"哲民，我没有耽误你干活吧？"

"没有没有。"我赶紧说，"刚刚灭火熄炉，炉膛里头还热着呢。起码有几百度，想进去也不敢啊。我又不是孙大圣。"

"那，可以带我参观一下吗？"她朝冲天炉前后望了望，"这儿我还没来过呢。"

"怎么没来过？"我提醒她说，"去年你还陪验收组过来考察。这么快就忘记了？"

"那不算。我就想在没有人的时候，让你带着我，看看你做事的地方。"她用柔软的目光看着我，"知道吗，我好忌妒这个地方。它怎么就那样有福气，可以一夜一夜地陪伴你啊？"

她那句话瞬间就把我点着了。

我忽然胆大包天。朝四周看了一眼，趁着没人，一把搂住她，紧紧地吻她的嘴唇。

她居然毫无顾忌，没作任何躲让，仰起脸来欣然接受了我。

那是我第一次吻她，没想到竟会发生在黑乎乎灰蒙蒙的熔炉班。这可不是正确的时间，也不是正确的地点。

但是我们突如其来地做了这件正确的事情。

她用舌头轻轻地顶开我的牙关，一直抵住了我的舌尖。那种绵软的冲击力，激动得我浑身颤抖，难以自禁。

很快她又把我推开了："唉，不行。"

"怎么啦？"我看着她的眼睛，"什么不行？"

她避开了我的目光："别那么草率。"

我当即就意识到她说的草率不光是接吻。

倒也是，想到我还要钻进滚热的炉膛里面拼搏到明天，就赶快给自己降温。

"说真的哲民,我根本想不到会在机电局碰上你。你去局里,到底有什么事情啊?"

我一听就很敏感。她是不是以为我在怀疑什么?

"还不都是为了这个地方?"我赶紧指了一下冲天炉,"我想趁师傅不在的这段时间,搞点小改小革什么的,就去了局里。"

"你是怎么认识郑总的?"她还是有点担心。

"他来过翻砂车间,到过我们熔炉班。我并不想去局里,真的。只是想去查找熔炼设备的技术资料,咱们厂里又没有。"

姜红梅不再追问,忽然说了句:"你看,骆科长的眼光敏锐吧?他当时就看出眉目来了。"

"眉目?"我追问了句,"你是指我跟你的事情?"

"还能有什么?"她没否定,"骆科长的目光格外刁钻。尤其是这种事情,扫一眼就能看出来。"

"那怎么办?"我有点担心,"没什么问题吧?"

姜红梅迟疑了一下:"我怎么知道?"

其实她那种迟疑已经说明了问题。骆青涛在路上对姜红梅的精心呵护,我都亲眼看见了,虽然我没有故意盯梢。

姜红梅大概看出了我的疑虑,赶快解释说:"骆科长本人不可能对我有想法。他不是那种人。"

"他没想法,那还有谁呢?"

姜红梅就不琢磨了。"谁都没想法。行吗?咱们别谈这个了。"

"对,管他呢。"我赶紧说,"咱俩眉目端正,随人家怎么看。"

她笑了笑:"知道骆科长怎么说你吗?坐船回来的路上,骆科长跟我说:'你这个同学很有心劲啊。他去局里找郑总,一定是在心里憋招数。杨哲民想搞技术革新呢。那家伙鬼得很。'"

我并不觉得意外:"骆科长能猜到也不是没有道理。不想搞技术革新,谁会专门跑过去找总工程师呢?"

"可我就没猜到。当时还吓了一跳,以为看错人了。"然后姜红梅又告诉我一件让我意料不到的事情,"骆科长说,鲁局长让他作个普查,看看我们厂青年工人里头有哪些拔尖的苗子。市领导很重视对青年骨干的培养,指示说,今年劳动模范的评选,不局限于清一色的老工人。选好接班人非常重要,一定要有几个优秀青年的代表人物。"

这话当时就把我吓了一跳。

"梅子,你是说骆科长看中了我?"我觉得这件事情有点荒诞,"他不会是这个想法吧?"

"怎么不会?骆科长早好多年就有这个想法。结果很多人都对他产生了误会,以为他看不起本厂的老工人。"姜红梅对骆科长倒是很佩服,"用长远眼光看,我觉得骆科长是对的。"

我没有接她的话,心里不完全同意她的看法。

我师傅一直怨恨骆青涛两面三刀,主要就是为了当劳模的事,说骆科长表面上肯定,背地里总是给他设置障碍。

骆科长对我的看法即便有所改变,也未必就是认可了我。他还真有可能又在给我师傅设一道屏障。

要真是那样,这道屏障就非常厉害了。于公而论,培养青年骨干是一件冠冕堂皇的事。于私而言,师傅会反对自己的徒弟

426

当劳模吗？那也太说不过去了。真到那时候，我师傅只能有苦难言。

这些话我只能闷在心里。我知道姜红梅对这一点的看法跟骆科长高度一致。既然改变不了她，我还是不说为好。

不知不觉，墙上的挂钟指向了七点四十分。

姜红梅朝挂钟看了一眼，有点不情愿地说了声："哟，我来这儿快半个钟头了？炉子里头，温度是不是已经降下来了？"

"差不多吧。"我摸了一下炉子外壳，"已经凉了。"

"那，你呢？你凉了吗？"她轻轻一笑，"我是说你心里。"

"哈，怎么会呢？"我一兴奋，那些隐隐约约的疑虑就消失了，一伸手又把她搂了过来，"不信你再体会一下？"

这次她推开了我。

"你要做到几点？"她似乎有点怨恨地看着冲天炉，"不会修整到天亮吧？"

"不会的。"我告诉她，"抓得紧的话，转钟三点可以完工。"

"好，我等你来。"她勇敢地说，"不管等到几点，你完工了马上到我宿舍来。"

然后她一扭头，朝车间外头跑了出去。

紧赶慢赶，汗都没顾得上擦，结果还是延误了时间。完工的时候已经是三点半了。

这事还真快不起来。我没做过父亲，却感觉得葫芦形的炉膛就跟我的亲生儿子一样，天塌下来我也不忍心省略任何一个细节。

女工宿舍我从没去过。走到那个区域，我顿时有一种眩晕的感觉。空气里头似乎别有一种气味，像是洗发液，掺杂着奶香。

姜红梅宿舍的门看上去关得很紧，轻轻一推又开了，一点声音都没有。她处理过那扇房门，用一张纸叠得不厚不薄，刚好塞住门缝，不让风轻易吹开。

床头柜上的台灯罩子搭着一条毛巾，让它只透出鸡蛋大小那么一点亮。屋子里暗淡朦胧，看得见却看不清晰。

"关灯。"她忽然轻轻说了声。

"关灯吗？"我犹豫了，"不用吧？"

"一定要关灯。"她有点胆怯，"我不敢看。"

我就把台灯关掉了。其实关不关灯区别不大，窗户外头光线还是透得进来，我仍然看得见她。她坐起身，撩开了蚊帐。我看见她身上飘浮着一层薄纱，就跟若有若无的水蒸气一般。她那雪白的身体早就无遮无挡，让我一览无余。

那一刻我有一种从来没有过的紧张，心都提到了喉头处。

"还不过来？"她的声音有点颤抖，"好冷。"

我心慌意乱："还、还没洗澡。"

"不要。"她急切地说，"就爱你一身的炉子味道。"

还没反应过来，她一伸手就把我拉过去，顺势往床上一仰。

我往前一踉跄，门板一般的身躯整个把她给压没了。

懵懵懂懂的时候，她疼得一哆嗦，紧紧地箍着我的脖子。当即我便感觉天旋地转，一股热流飞快贯通了我的整个身体，像是滑进了温润的淤泥，又像是跌入了火山口。

那一池滚烫的岩浆，瞬间已经把我熔化殆尽。

睁开眼睛的时候,就像是从休克中苏醒过来,记忆都是模糊的。朝窗口看了一眼,天已经麻麻亮了。当即就痛恨自己怎么能睡得死人一样,糟蹋了金子般的好时光。

姜红梅一直睁大眼睛躺在我的胳膊弯处。我赶紧朝她看,才发现她身上有一层蝉翼般轻柔的睡袍。最上面那颗纽扣旁边撕裂了一条缝,我就问:"这是我弄的?"她说:"那还有谁?你就跟野兽似的。"我就有点得意:"好了,我赔你一件。"她说:"不用,这道口子没法修补了。我要收藏它,真的,珍惜一辈子。"

她说这句话的时候,眼角处很快就聚集了一滴泪珠。

我不理解这种时候她怎么会伤心流泪:"梅子,没事吧?"

"没事。"她无声地叹了一口气,"现在好了。我不怕了。"

我赶紧侧过身子抱住她:"告诉我,梅子,你怕什么?有事就告诉我。现在你是我的了,还有什么不能说呢?"

"我想怀孕。"姜红梅转过头,怔怔地看着我,"怀了孕,我就真正属于你了。"

我一直望着她的眼睛。难道她还没有真正属于我吗?我不敢问。先前隐隐约约的疑虑,又从心里涌现出来。

"梅子,我觉得你一定有什么事情瞒着我,好像是一件不能让我知道的事情。是这样吗?梅子?"

她没有否认。起身下床,取过一套干净的内衣:"还不止一件事,有不能告诉你的,也有不想告诉你的。哲民,如果你信任我,什么都别问。总有一天,我会完全彻底地属于你。其他的,我现在说不好。你就听我的,行吗?"

能不行吗?她不想说,是不想把心里的苦闷分担给我。而我在这种时候唯一的选择,就是信任她。

去开房门的时候,姜红梅拉了我一把:"哲民,我告诉过你,骆科长对你有想法。你怎么看?"

"好像也只是个想法吧?"我拿不准,"难道他还真想让我当劳模?"

"不是他,是我。"姜红梅说得果断,"老骆也想。他也许有别的考虑,这我不管。我是真心实意的。"她目光明亮,"哲民,为了我你也得努力争取。我这是在求你,一定要出人头地。你必须让我有说话的资本。明白这意思吗?"

坦白地说,我不是很明白,也不是完全不明白。

"好,我听你的。"我点了点头。

"我会帮助你。"她说,"昨晚等你来的时候,我把这件事前前后后想了个遍。咱们不能蛮干,一定要找到自己的突破口。"

"你觉得我的突破口在哪里呢?"

"技术革新。"她明确地说,"就从这儿做起。要跟老工人比吃苦耐劳,年轻人没有优势。可要比解放思想,技术革新,老工人就没有优势了。"她笑了笑,"这也是受你的启发。发现你去局里请教郑总,我心里忽然一亮。这是我替你量身定制的奋斗方案。咱不能跟老工人拼资历,一定要因地制宜,出奇制胜。"

我立即想起郑总也跟我说过这句成语。

他和姜红梅针对的还都是同一件事情——技术革新。

熔炉班那台鼓风机平时靠电力驱动,停电的时候需要继续工作,就加装了一台柴油发动机,那叫双动力运行。

这个联想很有寓意。我的技术革新,

428

打这以后已经进入了双动力运行阶段,想停都停不下来了。

三十三

姜红梅说她过几天才能回,结果完全不是预计的那样。

主要是形势出现了重大的变化。有关部门抽调她进行了半个月的紧急培训,然后就安排到了市里组织的一个工作组。

据说还有十几个这样的工作组,派遣到了各个局级单位。

中心工作迅速开展起来,姜红梅完全失去了音信,就跟从地球上蒸发了一样。

快到两个月的时候,我收到了一封信。一看那笔秀丽的钢笔字,我就知道那是姜红梅寄给我的。从哪儿寄出来的我也不知道,寄信地址简单得不能再简单——内详。

取出那封信的时候,我心里莫名紧张。一想到吴启军出差邢台也收到过宋玉香一封分手信,好一阵子我连信封都不敢撕开。

我跟吴启军毕竟不一样,姜红梅跟宋玉香更加不可以同日而语。抱着对姜红梅的无比信任,我还是把那封信打开了。

那封信开头写下的第一句话,当时就看得我热泪盈眶。

哲民,亲爱的,我想你。每天晚上我都被眼泪唤醒,再也不能入睡。你也这样想我吗?亲爱的,我真的好害怕。你可千万不能把我给忘记啊……

接下来她的叙述很粗略,只是说,我最近在武水左岸,为无产阶级革命事业而奔走。武水就在本地,号称我们这个城市的母亲河,我才知道她并没去外地。后面那一句话又让我十分敏感。她说:"哪怕走到天涯海角,我的心,永远只会和你在一起。"

天涯海角是什么意思?难道她还会去到更远的地方吗?我想起她说过的一句话:既然成为了一名国家的公职人员,祖国的需要就是自己的岗哨。我的天,她不会还要往海南岛调吧?

信的最后,姜红梅抄写了晚唐诗人李商隐一首寄托相思的情诗。温馨婉约,愁肠百结。

君问归期未有期,巴山夜雨涨秋池。
何当共剪西窗烛,却话巴山夜雨时。

这四句诗令人震撼。两个月不见她,我也是日思夜想。但是平心而论,我还真不如她想念得这般深切。也许这就是男人和女人有区别的地方。当男人认为这个女人终于属于自己的时候,他的心已经落到了实处。女人似乎正相反,得到心仪的男人之后,她心里也许更加不踏实。恨不得天天都粘在一起才好。正如姜红梅告诉我的,每天晚上她都泪水洗面。"巴山夜雨涨秋池",正是那种情景的写照。

收到姜红梅来信没过两天,我师傅从广西疗养地回来了。本来说好一个月,他延长了将近一个月时间。

他之所以答应延长原定的疗养期,是因为市里正在轰轰烈烈开展中心工作。那项工作意义重大,压倒一切,就决定把今年的劳动模范评比推后到明年举办。

莫主席赶紧发电报给我师傅,让他继续疗养两个月。机会很难得,一定要安下心来，要治就治断根。

雷元干也找我谈了话，说考虑到莫师傅需要延长疗养时间，经请示厂领导同意，让我在接下来的两个月，继续担负熔炉班临时班长的责任。

这都是莫主席他们一厢情愿。我师傅无论如何都不愿意住那么长时间。他平时很少吃药打针，体内没有抗药性，疗养效果非常显著。好不容易熬完第二个月，他索性不跟厂子里任何领导打招呼，拎着包就从疗养院离开了。火车转长途汽车，第三天就赶回了电机厂。

进厂门的时候正好碰见了莫主席，莫主席悄悄问他："市里不评选劳模了，推后了，我不是告诉你了吗？"

"我不管那个，只挂念熔炉班。"我师傅直摇头，"我不是不相信那帮徒弟，到底嫩了些。嘴上没毛，做事不牢呢。"

这是一句真心话。说一千道一万，我师傅根本的问题就是不相信别人。按说自己一手带出来的徒弟总应该放心吧，他偏偏不，从来就没放心过他的每一个徒弟。

在别人眼里，都以为他最喜欢的徒弟是我。只有我心里才明白，在所有的徒弟当中，他最放不下心的也是我。他知道我对他的尊敬是真心实意。真心实意，就说明这个徒弟非常有主见。

师傅对没有主见的徒弟极瞧不起，认为他们没本事。一旦徒弟有主见，他心里又特别警惕，生怕徒弟的本事超过了自己。别看他平时对我关怀备至，心里头早就防备得严丝密缝。第一次去他家里，师母当我的面提醒他说："你得当心点，学校走出来的徒弟有文化，说不定哪天就打你的翻天印。"师傅当时还让她不要讲那些没油盐的话，其实他早就把那些油盐放在心上了。

果然。回来的第二天清早，师傅就去了熔炉班。

那天刚好轮到余师兄修整炉膛。他做得很仔细，按照模版把炉膛修整得相当规范。看见师傅走了过来，就像献礼似的把葫芦形炉膛的模版拿出来给师傅看。

"这是什么花脚乌龟啊？"我师傅完全看不明白，"搞这块木板干什么？这是作什么用的？"

那会儿余师兄已经把炉膛修整好了。为了讲解得更清楚，他告诉师傅说："要不您自己进到炉子里头看看？漂亮得很呢。"

我师傅一听就意识到了什么。扔下模版，跳下炉坑就往炉膛里钻了进去。

看见自己修整了一辈子的炉膛变成了葫芦形状，一分钟不到又钻了出来。

余师兄还想听一句表扬的话。一看师傅那愤怒的脸色，顿时吓得声都不敢做了。

我师傅也没有开口骂人。走出炉坑，从地下捡起一把榔头，一声不吭又钻到了炉膛里面。余师兄赶紧跟着跳下炉坑，就听见师傅咬牙切齿地骂："就晓得会出纰漏。越怕什么他就越来什么。我真的一天都离开不得，一离开就出了活鬼。"

他还一边骂一边用榔头拼命地砸炉膛。余师兄眼睁睁地看着刚刚整好的炉膛被摧毁。随着师傅的怒骂声，耐火泥被砸成了碎土，一拨一拨地往下跌，就跟下冰雹一般。

师傅还没有发泄够。从炉膛里面爬出来，顾不上掸去头发和脸上的泥土，狠狠地吼："下午要开炉，现在我先不跟你们算这笔账。还不快去给老子准备耐火泥？"

两个小时之后，那个炉膛又被重新修理成了以前那种灯罩的样子。师傅根本没让余师兄动手，全部过程都是他自己完成的。

当时我去了我妈家,这些情况一概不知道。余师兄被师傅的训斥吓破了胆,直到下午开炉之前,他一个字都没敢跟我讲。

五点开炉,师傅四点不到就到车间换上了石棉工作服。

他已经两个月没开过炉了。我就问他:"师傅,今天还您主持吧?"他嘴里吐出硬邦邦两个字:"你来!"

他的愤怒写在脸上,我也不敢多说。这两个月,我对熔炉班不少地方都作了些改变,他看得心烦。

我又弄不清楚到底有什么地方没有让他满意。心想开完炉再问也来得及,就把炉子点着了。

出第一炉铁水的时候我就感觉不对头。

一切都按要求做得非常到位了,铁水的温度却没能达到要求。我师傅看见铁水的色温不正常,想不出原因来,就喊了声:"这炉水不要了。再出一炉。"然后没有朝我看,冲着其他人吼,"时间不够晓得不?你们跟蠢猪一样。那么快就出水,温度怎么上得来?"

除余师兄外,其他人都你望着我,我望着你,不知道哪里出了问题。

自从炉膛改成葫芦形状之后,由于保温效果非常好,焦炭燃烧的时间已经大大缩短。谁也没料到炉膛又改回了原来的形状,继续按新方法操作,燃烧的时间肯定是不够的。

出第二炉铁水的时候,连我都没有任何把握。朝师傅望了一眼,他也没有吭声,聚精会神地朝吹渣口里头观察着。

为了保险,我特意延长了十五分钟,才把出水口捅开。

铁水从出水口流出来那一瞬间,我感到第二炉铁水温度仍然没达到理想的程度。我师傅心里很清楚,吩咐操作铁水包的师傅说:"这炉铁水温度还是不怎么样,先浇铸大砂型吧。"

浇完那包铁水,那两位师傅赶紧跑过来抱怨。

"熔炉班怎么搞的嘛?今天这铁水,浇大砂型都不行。动作稍微慢了一点,后面就浇灌不进了。"

我师傅就发火了:"动作怎么能慢呢?一口气接不上,再热的水都会降低温度。算了,我还是自己掌握吧。"

然后他夺过钢钎,把我从炉前支开,戴上深色墨镜,亲自把守在冲天炉出水槽前。什么时候出铁水,什么时候堵炉口,一概不让别人插手。看他那气鼓鼓的样子,明摆着就是在跟我较劲。

回到炉子后面,余师兄瞅见师傅没注意,把我拉到了一边。

"哲民,我必须告诉你,昨天晚上,师傅把炉膛又改回去了。"他提心吊胆地看着炉前,"师傅把我整得好好的炉膛敲了个稀巴烂,还把我骂得狗血淋头。我都一直不敢告诉你呢。"

就算余师兄不告诉我,我心里也猜到了是怎么回事。余师兄这一证实,我心里就来了脾气。

我师傅还在炉子前头发犟。他决不相信温度上不来是自己整炉子的原因,就把出水的间隔拖得特别长,希望让温度更高一些。他使尽浑身解数,炉子里出来的铁水总是达不到他希望的状态。

看见他那手足无措的样子,我心里又不生气了,觉得他那会儿挺可怜的,心里就明白了一个不是道理的道理。我搞技术革新不容易，师傅他想因循守旧也很不容易。可见革新最大难度是走不出第一步。一旦走出来，获得了大家的公认，无论是谁，他要想倒退回去，难度比我走出来要大得多。

我师傅当时就是那样。他无论如何都想不明白，跟他打了一辈子交道的冲天炉，居然就不听他使唤了。这还了得！

"狗日的，怎么搞的嘛。"他火冒三丈，故意不喊我，只是朝着梁师兄发脾气，"你告诉我，今天烧的是哪里的焦炭？"

"牛马司的。"梁师兄清楚地回答说。

牛马司煤矿生产的焦炭在国内非常有名。他们的焦炭硫磺和其他杂质的含量最小，发热量极高，被人称作种子煤，质量是无可挑剔的。

我师傅无话可说了。面对失败，他极其不甘心，终于恼羞成怒。把钢钎往地下一扔，猛地转过身，指着我的鼻子就骂开了。

"杨哲民，以为我不晓得？趁我不在班上，你把炉子一顿乱搞。昨晚上我进去看过，肯定是炉衬出问题了。"

我平静地看着他："师傅，炉衬在外层，炉膛在里层。里层都没出问题，外层怎么会出问题呢？"

师兄们便集体沉默。梁师兄还背着朝我竖大拇指。

"都有问题！"师傅当时就气急败坏，"炉衬有问题，炉膛的问题更大！明天我找技术员，里里外外检查清楚。冲天炉是国家财产，必须按规程操作。搞坏了，那是要负法律责任的。"

没有人比我更了解我师傅，他不可能去找技术人员，那是一句气话。他心里非常清楚，真有技术员来，人家跟我更有共同语言。如果表态支持了我，他的回旋余地就彻底失去了。

他不敢找技术员，却找雷元干发了一通脾气。第二天刚上班，雷主任就到班上来找我了。"哲民，怎么啦？跟师傅闹矛盾了？"

我就把大致经过告诉了他。

雷元干早有预料，就笑嘻嘻对我说："没关系，按上次我跟你说的办，肯定就没事了。"

他上次跟我说的话我没有忘记。无非就是要我开通点，把粉抹在师傅脸上。

"雷主任，我没问题。可师傅还没容我说什么，自己就把葫芦形的炉膛给捣回去了。都等不及看看那新炉膛的效果如何，我还能说什么呢？"

雷元干想了想。"我跟师傅做做工作。一会儿你也过办公室来，我们三师徒好好地沟通。你配合我就行。"

师傅先去了办公室。我安排好班上的工作，去到办公室的时候，雷元干已经把话都说给师傅听了。

凭我的感觉，师傅好像也想通了。进去的时候明明看见师傅脸上挂着微笑，一见到我又觉得面子上多少有点过不去，劈头盖脸就把我教训了一通。

"杨哲民，师傅不是讨米要饭的叫花子。不稀罕赏我一口饭吃。"他把雷元干也捎带进去一起训斥，"你们两个人都是我的徒弟。师傅看得起你们，你们也要看得起师傅。技术问题，讲得再好也没有用，要看真家伙。这句话你们听得明白不？"

雷元干知道我有个性，怕我听不得训斥，赶快应承说："师傅，这话讲得好。要不今晚上就按照杨哲民的方法整炉膛，效

432

果好不好,亲眼看看再说。您看要得不?"

"那当然。"师傅就开始转弯,"不看哪行?本来就不是我搞的,硬要讲是我的革新。要是出了事故,那不是给我栽赃啊?我才不会当那个冤大头呢。"

这话我最听不得,当即就回了他一句。

"那还不好办?当着车间主任的面,我立个保证搁这儿。效果好算师傅的,效果不好,或者出任何意外事故,都算我杨哲民一个人的。这总可以吧?"

"民儿,话也莫这样讲。"他终于把对我的称呼改回去了,"那,今天晚上你自己动手整炉子,师傅在边上看,要得不?"

"不用。这个星期轮到余师兄,他的炉子也整得蛮好。"

师傅赶快摆手:"那怎么可以?你余师兄手脚毛糙。再说每个人的手法都不一样呢。"

"那都是过去的事了。"我自豪地说,"现在有了新模版,做出来都是一样的。基本上可以达到零失误。"

"是不是啊?"他迟疑了一下,有点后悔了,"只是我昨天晚上性子急,把那模版丢到炉子里烧了。"

"没关系。"我早就作过防备,"我一次准备了三副模版。宿舍里还有两副,让余师兄过来拿就是了。"

"哦,那就好。"听说我还有备份,他就彻底放心了。"你看看,民儿做事就是不一样。那,今天晚上师傅就过去开开眼界。老话讲,活到老学到老嘛。哈。"

再次开炉的时候,我师傅怀着满心的期待,就像是等待儿子出生一样,守在炉前眼睛都不敢眨动。他惊喜地发现,照新模版修整出来的炉膛,每一炉铁水白花花亮爽爽,看得他心花怒放。

其实人都爱个面子,很难得心服口服。我师傅跟别人还不相同,他即便心服了,口也不肯服。那天开完炉,师傅破例召开了一个班组总结会。他首先泛泛地表扬了几句,紧接着就以美中不足的理由提出了三条改进意见。说炉膛还不够完美,下一步要组织力量继续攻关。哪里不完美他没说,由谁来攻关他也没宣布。大家也不追问。想怎么说就怎么说,只要他高兴就好。

那几天师傅亲自修整炉子,几炉铁水质量都不错。师傅在班会上跟大家说:"越来越好了吧?看看,事实到底胜于雄辩吧?"

梁师兄不怀好心似的,特意早一天摸到班上,把师傅修整的炉膛偷看了一遍,然后悄悄跟我说:"哲民,你说怪不怪?师傅整的炉膛跟你一模一样。我钻进去瞄了半天,一点都看不出改动。"

我心里暗自发笑。

"师傅到底是师傅,他的功夫很深。要是能让你看出来,那还叫师傅吗?"

梁师兄哈哈大笑,学给其他师兄听,一个个笑得直不起腰。

没过多久,车间办公室就把熔炉班关于冲天炉的技术革新成果写成一份正式报告。他们找我要了葫芦形炉膛的图纸,还要求我整理了技术数据,提供给厂技术科过来验证。技术科非常重视,没有过多反复,一份全新的冲天炉操作规程就发下来了。

规程最后面"技术带头人"那一栏,签名人是莫正强。

新操作规程那面镜框在熔炉班挂了两天,第三天就被摘下来了。后来听汪春廷说,是我师傅让他摘下来的。师傅说:"事情又不是一个人做的,把班长的名字写上去干什么？算了。我不出那风头。"

三十四

我师傅那人也真是。不好好疗养，着急回来干吗呢？

不该回来的人提前回来了，该回来的却没有回来，比如吴启军。他只是抽到机电局参加比赛，打完比赛就得返回电机厂，他却没有。不光比完赛没回，从此以后，他再也不会回来了。

市篮球锦标赛打到决赛阶段，由于中心工作开展得非常迅猛，没响哨就紧急叫停。看形势总决赛比不成了，市体委就趁机发一份征调函，把吴启军正式调过去，成为了市篮球队专业运动员。他的确有那种专业能力。

作为好朋友，我还特别替他高兴。至少他再也不必面对过河拆桥的宋玉香，更不可能同人面兽心的段一村碰面了。

小梅的事情就有点尴尬。市体委觉得她年龄偏大，最多只能打两三年。又觉得她专业水平不错，下一步倒是可以作为领队培养。本来也决定调她，一了解才知道她的对象徐士良在电机厂当工人。两地分居，将来总是一个负担，就放弃了那个打算。

那天我碰见徐士良，发现他整个人都比以前瘦了一圈。脸色灰暗发黑，精神萎靡不振。我还以为他的身体出了什么毛病，赶紧问了他一句："士良，你怎么啦？没生病吧？"

"说不好，大概是心病吧？唉，哲民啊，真的不好意思跟你说。我徐士良居然这么无能，把最亲爱的人都给耽搁了。"他连连摇头，"说句良心话，我宁可牺牲自己，也不愿意影响小梅的前途啊。唉，唉。这么窝囊，活着还有什么意思啊？还不如死了的好。"

"胡说些什么啊？"他这种话我已经听麻木了，"小梅怎么说？她自己有什么想法吗？"

徐士良半晌没做声。隔了一会儿，嘤嘤地哭了起来。

"哲民，我的确没什么值得骄傲的地方，可我把一颗心全交给她了。女人是怎么回事？她去市里之前，我每次都可以把她搞得神魂颠倒。未必小梅当时那心满意足的样子，是故意装给我看的？"

我顿时就觉得事情有点严重了。

"士良，你是不是觉得小梅的情感开小差了？"

"哲民，我的好兄弟啊，这话我只跟你一个人讲。情感真不真，只在床上分。以前她一抱住我就不肯松手，现在是怎么啦？总是催我快点，快点。她的心完全不在那上头了。天哪，把我心里搞得好虚。每次都像根烂香蕉，根本振作不起来。哲民，我该怎么办啊？像这样被她蒙哄，我这一辈子还有什么意思啊？"

徐士良把话讲到了这个程度，我就听明白怎么回事了。不消说，吴启军已经把江红梅撬过去了。

想想这件事情也在所难免。同时抽到局里去了，两人一起训练，一起衣食住行，几乎是零距离接触。一个血气方刚，一个情窦已开，想不擦出火花都难。平心而论，要找个值得托付终身的男人，吴启军绝对比徐士良强。他们两人根本就不在一个级别。

何况吴启军的好事被他师傅一脚踢翻，面子绝对放不下来。有了江红梅在身边，解近渴不用远水。男女之事除非没有机会，遇上机会谁也不会礼让三先。一来二往，小梅的心被吴启军夺过去也是件顺理成章的事情。

徐士良痛彻心扉地跟我哭诉，那意思很清楚。他希望我找吴启军做做工作。看在老同学的份上，以怜悯之心高抬贵手，放小梅一马，不要继续做这件丧失天良的事情。

我毫不犹豫地答应了他，心里却半点把握都没有。

正琢磨着找个合适的时间跟吴启军问情况，一件非常凄惨的事情就发生了。

那天我刚刚开完炉，准备去职工澡堂洗澡，焊接车间的胡先胜慌得跟什么似的跑过来找我说："杨哲民，出大事了。徐娘出了工伤事故，右手一下子轧掉了四个指头，只剩一根大拇指了。"

我后悔不迭。徐士良发生这样的事情，我应该早就预料得到，偏偏没有交待徐士良不要胡思乱想。他那岗位属于高危工种，怎么就忘了提醒他呢？

一切都晚了。再想这些也于事无补，我就骑上自行车飞快赶到了职工二院，澡都没顾上洗。

那时候徐士良还躺在急诊室的病床上，脸色石灰一般苍白，两只死鱼一样的眼睛望着天花板，叫了他好几声都没回应。

我跑进医院办公室，问怎么还不给他接手指头。医生坦率地告诉我说："恐怕不行了。车间工人当时又没经验，没想起把断掉的手指头一起送过来。等找回来，再拿过去做检验，那些断指早就失去活性，肌肉也完全坏死，再接的可能性已经不存在了。"

好在不涉及到生命危险，徐士良也没有休克。医生说："先住院，如果没感染，过几天还是回单位去休养，每天过来换药就行。"

回到病房，安慰徐士良的话一句都想不出来。默默地坐在他病床前，一直陪到天色大亮。

我师傅成为了技术带头人之后，工作积极性比以往更加高涨。原本他上班就有早去晚归的习惯，那天他想起了一件要紧的事情，天还没怎么亮就往熔炉班那边赶。

从他的宿舍区走到翻砂车间，厂里那个钻石形状的大水塔是必经之地。师傅从那里经过的时候，漫不经心地朝塔上头看了一眼，神经立刻就紧张起来。

后来我听他描述说，那天很奇怪，天都快要亮了，好大一轮月亮还挂在头顶上，就跟刚升起来没多久似的。

我师傅就是抬起头来看月亮的时候，看见水塔顶上蹲着一个人。那人在上头抱头痛哭，声音不大，却听得很清楚。

我师傅马上意识到了有人要轻生，赶紧走了过去。他看不清楚上面是什么人，就仰起头喊话："好兄弟，天宽地阔，山高水长呢。再怎么看不透的事情，你站得那么高，也看透了。听我的话，坐在那里别动，我这就上来接你。好不？"

他说那么些话是为了拖延时间，一边喊话一边四处观察。

水塔脚下不远的地方有一块铺垫设备的泡沫海绵，跟床垫似的，我师傅就一个箭步跑过去拿那块海绵。

那人在上头看见我师傅想救他，就再不犹豫。当时他想死的愿望极其强烈，飞快绕到塔顶的另一边，撕心裂肺喊了声："娘啊！儿子手没了。爱人也没了。再也不能伺候您老人家了！我的娘啊！"

我师傅吓得心里发抖，拖过那块海绵就往那边跑。

只是已经来不及了。那人喊完话之后，身子往前一扑，就跟高台跳水一般往下跃。师傅心慌意乱，飞快把海绵扔过去，还扔得很准。那人身体沉重地砸在海绵上，顿时弹起两米多高。再落下来的时候，就在地下翻了几个滚。然后仰面朝天，身子直抽搐。

这时候我师傅才认出来他是我的同学徐士良。师傅并不知道他的名字，却深刻地记得去年拿走过他两张五块的钞票。

师傅扑到他跟前，伸手去拉他，却看见徐士良渐渐停止了抽搐，嘴和鼻孔里鲜血正在泉水一般地往外涌。

师傅和巡逻的护厂队员把他送到二医院，可怜的徐士良，他早就没有生命体征了。

我师傅一听那话，当时就一屁股顿在地下，望着徐士良的尸体放声哭喊。

"同学啊，好同学，怪只怪莫师傅没本事，就在眼面前都没把你的命抢回来。"然后用手摸他的脸，"你是最大的好人啊，怎么就不给莫师傅机会啊？我还没有报答你呢，好同学啊……"

徐士良自杀的消息我知道得比较晚。出事的前两个小时我就整完炉子回宿舍休息了。上午十点才有同学过来把我叫醒，匆忙赶到医院的时候，我们大部分同学早就守在太平间外头了。

我师傅一直在那里张罗。他弯腰扛起徐士良的时候闪了椎间骨，走路都有点困难。看见我来了，他的眼睛又有些湿润。跟我谈经过的时候喉咙沙哑，几次都哽咽得说不出话来。

莫主席和冲压车间赵主任也赶了过来。还带来一辆大货车，准备把徐士良的遗体往殡仪馆送。

几个男同学抬着担架刚走出太平间，江红梅一下就扑过去，压在遗体上嚎啕大哭。

三四名女同学赶快上前劝她，小梅就站了起来。她对莫主席说："怎么就往殡仪馆送？厂里就不给徐士良开个追悼会？"

莫主席说："追悼会可以开啊。殡仪馆里头有地方开呢。"

小梅不同意，说非得在电机厂礼堂举行不可。她认为徐士良是因公殉职，厂里要负全部责任，还要发抚恤金。

"因公殉职还是算不上吧？"莫主席显得非常为难，"公安都出勘查报告了。死亡原因是自杀。这个结论怎么好改动？"

"那也不能这么匆忙，得等徐士良的家里来人。"

"那倒没问题，殡仪馆有冷藏棺木。"莫主席望着她，"你不是跟他很熟吗？都是衡州人，可不可以请你打电话通知他家人？"

小梅一口就拒绝了："我不行。他爸爸不在了，妈妈的身体又不怎么好。这么伤心的事情，我真的不敢跟她说。"

四车间的赵主任就站了出来。"这事就交给我吧，本来就应该由公家出面。徐士良是个好职工。不管怎么讲，他的死因跟工伤事故是有关系的。"她很干练，朝担架看了一眼，"请大家帮帮忙，把徐士良同志护送到殡仪馆。追悼会是一定要开的，不麻烦厂工会，就由我们四车间安排。在厂门口贴个讣告，治丧委员会的主任，就写我赵吉芳的名字。莫主席你看呢？"

莫主席肯定有很多难言之隐。车间主任主动地承担下来，莫主席也被感动了。

"小赵，治丧主任还是写我莫德龙的名字吧。我是工会主席，讲到哪里都不怕。具体事情就请四车间代劳吧。经费支出有困难，来厂工会来找我。就这么办吧。"

当天晚上我把班上的工作调整了一下，然后赶到殡仪馆为徐士良守护了一通宵。

赵吉芳主任就像是一位操持家务的大姐姐。她让车间的文书骑车送来了一批小白花，率先取一朵戴在胸前。殡仪馆方面所有手续都是她去办好的。要不然，我们这些书呆子门道都摸不清。她还要求文书给四车间每个班组发了通知。除开当班职工，其他人第二天上午十点之前，全部赶到殡仪馆参加追悼会。

前前后后一直忙到转钟两点，她才劝说我师傅，一起离开吊唁厅。

那以后，吊唁厅里就只留下了二十多人。其中绝大多数都是我们学校分配来的同学。

我不声不响地清点了一下人数，发现还有三个同学一直没到场。姜红梅肯定没能赶过来。谁都不知道该怎么通知她，她当然更不知道徐士良已经离开了人间。

宋玉香也没有来。知情的同学说她和段一村已经办了结婚登记，这几天双双赴青岛度蜜月去了。说内心话，在这种场合下，我最不愿意看见的人就是宋玉香。

她要是出现在这儿，可能会唤起我对江红梅的歧视。两个人都朝秦暮楚，无情无义地甩掉了痴迷于自己的男人。这种人我很鄙视，尽管她们都能够为绝情找到各自的理由。

正当大家都昏昏欲睡的时候，吊唁厅大门外有自行车的声音传进来，接着就看见一条清瘦孤单的身影走了进来。

谁都不可能想到，走进来的那人是政工科长骆青涛。

我已经有很长时间没见过骆科长了。只知道中心工作推开之后，他们那个系统的人忙得飞起来一样。

骆青涛本来就面色苍白。一段时间不见，眼睛里头布满了红丝，令我飞快地想起了姜红梅。

她不会也是这种疲惫的面色吧？不会也是满眼红丝吧？我真的为她担心。

学校来的同学对骆科长的印象是不可磨灭的。培训的第一天他给我们留下的印象至今不能忘记，也不敢忘记。

这个人的确不可亲近。却不知道为什么，骆青涛在这种场合突然出现，反倒令我小有激动，仿佛还有某种期待。

我们同学大概都有这感觉，就赶快站起身来，默默看着骆科长。凌晨时分，气温清冷。他居然连个咳嗽的声音都没有。

骆科长没朝我们看，直接走到了徐士良遗体前，身体笔直，垂手肃立，然后很虔诚地三鞠躬。每次鞠躬他都停顿了三秒钟。我觉得那样的停顿格外有一种诚意。

在我们的注视下，骆青涛从右方走到徐士良身边。一边朝他面容打量，一边绕行到他的左边。

我们都记得这位政工科长特别喜欢绕行。第一天在会议室培训的时候，他就绕我们全体学员前后走了一大圈。人心惶惶的记忆，至今难以忘怀。

走到徐士良腰间位置，骆青涛就站住了。他伸出一只手，轻轻地抚摸着徐士良的膝盖。

"徐士良同志，我刚回厂里有点事，不

知道你这么匆忙就走了。你是个好工人，好同志。你的同学都很优秀，你就放心走吧。我还有其他任务，只能送你到这儿了。一路走好啊，徐士良同志。"

他说的每一个字都清晰地传到我们心里，大家都有点忍不住了。吊唁厅里先是有女同学抽泣，很快所有人都哭了起来。

这情景真是说不清楚。骆科长还算不上厂级领导，他这几句话却引得满堂痛哭。这是一种反差。反差越大，分量越重。

一个深怀成见的人，连他都真诚地表示肯定，就说明徐士良的确优秀。同时也证明，我们这一批工业大学分配来的青年男女，凭借着自己鲜血与生命的付出，已经在人生平台上站稳了脚跟。

凄凉的夜晚即将熬过去的时候，除了姜红梅和宋玉香之外，就只吴启军没到场了。

我觉得他不来也是明智的。徐士良的眼睛虽然永远不会睁开了，但我绝对相信，如果吴启军来了这儿，他一定能感觉得到。不管怎么开脱，徐士良的轻生，与吴启军有必然的联系。可以说，他就是压垮徐士良的最后那根稻草。

天快亮之前的那段时间是最黑暗的。就在那个时候，一辆吉普车亮着惨白的灯光开到吊唁厅外头停了下来。

最先反应过来的是江红梅。那辆吉普车是市体委单位上的公车。她在那边参加过集训，一听声音就能辨别出来。其他同学都困意浓浓撑不住了，唯有她一个人不停地看钟，像是在等待什么。看见灯光，她飞快地站起身，箭直朝大门外头跑了出去。

吴启军到底还是来了。只是他进来得很不果断，五分钟之后，才尾随在小梅身后走进了吊唁厅。

看见来人是吴启军，在场的同学顿时骚动起来。我觉得自己太过迟愚，原以为吴启军跟小梅的事情只有我一个人知道，天晓得徐士良早就跟其他同学哭诉过了。

我想吴启军在这种情况下也是左右为难。他到底是条汉子，做出了最艰难的选择。走进吊唁厅，吴启军朝同学聚集的那个角落走了过去。

他首先表示的，竟然是对小梅的担心："出了这样的事情，我完全没有想到。不管怎么说吧，我吴启军一人做事一人当。要打要骂，都冲我吴启军来。一点都不关小梅的事儿。拜托各位同学了。"说完他就朝大家鞠躬，身体弯成九十度，半天没直起来。

小梅那会儿也转过身，跟着吴启军朝大家鞠躬。

接下来吴启军就有点过分，他伸出右臂，一把将小梅搂在身边。

"小梅本来是个自由人，她完全可以在我和士良之间再作考虑，可现在晚了，士良已经走了。我不仅害了士良，还把小梅也一道给害了。"吴启军的声音有点哽咽，"各位校友，吴启军可以给大家磕头下跪，只求各位高抬贵手，再也不要谴责小梅了。行不？她又不能调市里去，今后还要跟各位长期相处。给一个机会，让我和小梅好好地报答各位。行不？"

他这番话说得也还算诚恳，我把吴启军拉开，指了指徐士良的遗体，让他赶紧过去表达心中的悼念。

吴启军是燕赵大汉，他有自己的悼念方式。他走到徐士良遗体前，一言不发，三跪九磕，将近一米九的身体，笔直跪下

438

去，地面都发出了声响。每次下跪和每次磕头他都一丝不苟。完成这个仪式再抬起头来，额头处几乎全是尘土。

他显然还有一些话要跟徐士良说。担心一时说不全面，就从衣兜里取出了一张文稿纸。

"士良，你是我的好兄弟，我舍不得你走。你要不着急走，很多事情咱们都好商量。小梅是我们俩的好同学，可她也有自己选择的自由，这在法律上绝对是允许的。你可以把徐士良这个名字刻在她心上，我吴启军也是可以的。最后到底刻上谁，还得由小梅说了算。士良啊，好兄弟，你说是这个道理不？"

小梅就在旁边凄凉地哭了起来。

吴启军往小梅那边看了一眼，咳了一声，继续念稿子："士良，你知道不？我吴启军也喜欢过一个女朋友，还为她担过风险，付出过很大的代价。可结果呢？人家眼睛都没眨一下就把哥给蹬了。人嘛，不就是这么回事吗？咱大老爷们，就为这个，还能把命都不要了吗？兄弟，不值啊，太不值了。"

我觉得他这几句话有点不靠谱。一回味，又觉得并不怎么离谱。他就是这么一个憨人，说话一直比较本色。

"好了，兄弟。有句话我必须跟你说，你要是听不见，这儿还有好些同学在听着呢。他们会替你监督我。你是为小梅走的，我知道你有多心疼小梅。哥说句话搁这儿，我会努力让小梅过得很好。将来小梅要丢了我，吴启军绝无怨言。这是为了你。只要她安心跟我，吴启军这一辈子绝不丢她。这也是为了你。"

他收好稿纸，望着徐士良的遗体，大声说了最后一句话。

"士良，好兄弟，哥把小梅全安排好了。你安心上路吧。"

三十五

送走徐士良一个月的样子，我妈终于扛不住胃部反复痉挛，也住进了二医院。

医生说，得给她进行一个疗程的治疗。主要是通过动脉注射，用药物对胃部神经进行修复。为了不让她老人家来回颠簸，我就给她办了住院手续。那里的条件也还不错。主要是饮食方面不用自己操心。流食半流食一应俱全，对她身体的恢复有独特的优势。

下班后匆匆洗了个澡，担心我妈第一天住院不太习惯，又蹬上自行车赶到了住院部。

推开病房，就看见一名女子坐在床沿上服侍我妈吃米粥。我心里一阵狂喜，根本不用仔细看，她肯定是姜红梅。

我妈看见我来了，就让姜红梅把碗端开，说已经吃好了。

姜红梅回头看见我，笑了一下，埋怨我说："杨妈妈住院了，你怎么也不告诉我一声啊？"

我本想反问一句怎么告诉你啊，都不知道上哪儿找你呢。那句话都到嘴边上了，又吞了回去。我注意到姜红梅改了发型。大概是太忙的原因，原来一头的短发变长了很多，就用橡皮筋扎了两根往下垂的小辫子。这种发型非常流行，有一种积极向上的革命精神。我觉得她扎辫子很好看。她一张脸生得清秀端庄，搭配什么发型都有一种与众不同的气质。

我妈让我赶紧带她去吃晚饭，再晚饭馆都关门了。

这次我没带姜红梅去那家上海味道的小餐馆。那是徐士良和小梅带我去过的地方，我担心触景生情，就临时找了另一家。

"这不是上次那家吧？"她看了我一眼，"我知道，你是不愿意面对徐士良的结局。"

"那当然。士良还年轻，"我叹息了声，"他是一个缺乏自信心的人，经受不起那种打击。"

"你呢？"姜红梅忽然盯着我，"你经受得起吗？万一也遇上了同样的事情，你能够经受住那种打击吗？"

这话顿时让我很敏感："梅子，你是在暗示什么吗？"

她居然没有断然否定。暗自思量了一下，然后轻轻地摇了摇头："唉，怎么可能？即使你经受得住，我恐怕早就崩溃了。"

饭后我们又去厂后面那块蔬菜地走了一大圈。那个看守瓜果的小棚子不知道什么时候拆除了，顿时便让我们产生了一种陌生的感觉。

"我们前几次来过的，是这个地方吗？"姜红梅不禁问了声。

"那不重要。"我望着她，"只要陪在身边的人，还是原来那个，就足够了。"

"什么意思？"她站住了，"你在抱怨我？"

"梅子，你扎两条辫子，变化真的大。"我岔开话题，伸手抚摸她前额梳得很整齐的刘海，"怎么看怎么漂亮。"

"我相信这是你的心里话。"她的目光很敏锐，"可我觉得，你心里还有比这更想说的话。"

我琢磨了一下，便点了点头："梅子，我真的想问一句，在你的心目中，杨哲民还是杨哲民吗？"

"哲民，我理解你的担忧。几个月时间没见面，我也很担忧。"她站住了，"我知道你对我的感情，知道你无条件地信任我。我真的不应该忽略你，可我又毫无办法。哲民，我对不起你。"

我赶紧打断了她："梅子，别这么说。我知道你的工作性质。"我抓住她的手。"没关系，梅子。该干什么你就干什么。都到这种程度了，我还能不信任你吗？"

"可问题是，我都不知道自己还值不值得你信任。"她抬头望着我的眼睛，"我不喜欢身不由己的感觉。你懂这意思吗？"

我不太懂，却又不是不懂。我把手伸出去，想搂住她的腰。

姜红梅也在想自己的心思。我的手刚接触到她的身体，竟然把她吓了一跳。

"啊，干吗？"她蓦地转过头来，一脸的惊惶。

"梅子，你怎么啦？"我赶紧说，"不行吗？是我呢。"

"是，当然是你。"姜红梅眼睛里头似乎有一种苦涩，"对不起，我在想别的事儿。"

"看出来了。"我心里有点酸楚的滋味，"梅子，你累了。"

她默默地点了一下头，然后痴痴地望着我。眼看泪水就要涌出来的时候，她忽然扑过来，紧紧地抱住了我。

"带我走，哲民，我现在就跟你走。去哪儿都行。"

"好，梅子。"我朝黑暗中看了一眼，"去我妈家，那儿没人。"

"别。还是去我宿舍，那我们自己的床。"她说。

屋子里跟上次不一样，顶上的大灯没关。她回过身去给我沏茶，我看见她连外套都没有脱下。如果这时候我想一把火烧了她，恐怕是点不着的，那就一切顺其自然吧。

姜红梅把茶水放到我面前，一开口就问起了一件我最不愿意说的事情，炉膛改造技术革新。我把前后经过告诉了她。

姜红梅的吃惊程度令我感到意外。"你把成果让给莫师傅了？是你自愿的吗？"

"是的，我觉得那不重要。"

"不重要吗？"她脸色都变了，"我的建议，你觉得不重要？"

"梅子，不是这样的。"我一时解释不清楚，"机会有的是。我还有几个更重大的革新项目。总有一天，我会让你感到骄傲的。"

"怎么没听明白？我说过，你得给我说话的资本，越快越好。"她心情很急迫，"你怎么就没有一点危机感啊？"

"危机感？"我有点难以理解，"我遇到危机了吗？"

姜红梅张了一下嘴，好像吞回去了一句什么话。

"哲民，有些话我现在还说不好。可你应该看得出来啊。我心里很着急知道吗？我急于说服一些人，想争取他们认可你。这一番苦心都是为了你。怎么就不配合我呢？"

她这么一说，我才意识到问题有点严重。什么情况下姜红梅才会这样急？她需要去说服什么人？很显然，除了我之外，她面前还有另外一个人。她急于在两个人之间做出选择。

她问我怎么不明白，其实我是不想太明白。

难怪她一进小餐馆就问我能不能经受徐士良那样的打击。显而易见，姜红梅离开我的可能性是完全存在的。

好在一切都还来得及，至少姜红梅眼下还只认定我。否则她不会主动去照看我妈，也不会逼着我赶快做出成就来。

她正拼尽全力苦苦挣扎，为的是游回我的身边。我必须给她足够的信任，才能坚定她游回来的信心。

"梅子，我真的很感谢你。"我的话相当诚恳，"你说的意思我都明白。谋事在人成事在天。能不能走到头并不重要，重要的是我们手牵手走过了。"

"哲民，没必要说得那么悲壮。"仿佛是为了减压，她笑了笑，"我的命运，不会掌握在别人手里，这一点你必须信任我。"

我伸过手去，抓住了她的手："因为信任你，我就想知道那个人是谁。纯粹出于好奇。"我很友善地看着她，"可以满足我的好奇心吗？"

她忍不住噗哧一笑："那我还得请示一下。"

"请示谁？"我也笑了笑，"不会是骆科长吧？"

她还是笑，没作肯定也没有否定。

"梅子，那就别请示了。"我跟下赌注似的说了句，"无论那人是谁，我都不会在意的。"

"是吗？"姜红梅很重视这句话，"你居然不在意？"

"当然，其他人算不得什么。"我站起来，一把将她搂在怀里，"我只在意我的梅子。"

其实，很多事情不在意是不可能的。

那天晚上，跟第一次相比，无论怎样调整都很难抵达至善至美的地步。

当然那只是我自己的感受。

姜红梅甚至比上次还要疯狂。我觉得她和那种激情是抵命发泄出来的，夹带着强烈的忏悔。她在我滚烫的胸膛下不断升温。我那沸腾的精血，助燃剂一般点燃了她。

只有我自己知道，激情勃发那一刻，我的心正在流泪。

我刻骨铭心地记得，上一次她身体燃烧的时候，说了句以命相许的话。她说她想怀孕。这次再回想起她那句话，我幡然醒悟。

她那个时候就已经有了另外的人。她并不喜欢那个人，于是希望用怀孕的方式予以拒绝。她真是那样想的，当时便没有对我采取任何防范措施。正如掷骰子一样，怀上了就认了。

可这次全然不同。她在床头柜的小抽屉里藏了一盒避孕套，严防死守那道关口。我并不反对这种小心谨慎的做法，却意识到这个变化是很能够说明问题的。如果说上一次她心里的天平沉向我这头，这一次显然就是个问号了。

然后她疲软地依偎在我身上，很长时间没有说话。她的热潮逐渐退落，心里却充足了很多。

"哲民，我妈一直在为我张罗找对象的事儿。前段时间，我妈又托人给物色了一个。"

"还是在福建那边吗？"

"不是，就在我们市里。她是托我爸的那个老部下给介绍的。"

"是吗？这么说，给你介绍的对象，层次也不会低嘛。"我不禁揶揄了句，"这下我就惨了。介绍人是领导干部，满意的是你母亲。我就跟一个田径领跑员似的。陪到今天，也该退出跑道了。"

"你敢。"姜红梅戳了一下我的鼻尖，"只要我一天不离开跑道，你就得一直陪着我跑到底。"

"那没问题，我本来就是为了陪你而诞生的。"我说得很俏皮。"万一不行，提前告诉我一声就好。放心，我是有信仰的人，绝不会走徐娘那条路。"

姜红梅捂着嘴直笑。

"我就喜欢你这不拐弯的死心眼。"然后她认真地说，"哲民，你给我的鼓励，比我想象的还要多。"

"我给过你鼓励了？"我回想了一下。

"哲民，你还有很多事情并不知道，但是你不去追问。你能容忍我去面对一些复杂的局面。难道这不是最大的鼓励吗？"

我便点了点头，十分平静地望着她笑了一下。

我不觉得这是对她的鼓励。充其量只是一种无奈之举。姜红梅如果把这看作一种鼓励，那也未尝不可。说不定我这淡然处之的态度，相反还能收到意外的效果。鼓励也好，无奈之举也罢，归根结底还是一种信任。这一点姜红梅早就深有体会。

那天晚上谈得非常惬意。分手的时候，我们还约定要坚定信念。她说："你有你的革新，我有我的工作。别老想着见面。我也说，对。把思念埋在心底。就跟酿酒似的，时间越长，品质越纯正。"

说是这么说，刚离开她宿舍我就开始想她，牵肠挂肚地想。

尤其没有意料到，这一想就是大半年时间。

寒冬过后春暖花开，姜红梅一点消息

都没有。一直熬到骄阳酷暑三伏天，我的自信心已经逐渐淡化。

形势变化太快，无暇儿女情长，个人思绪便掩盖得更深了。

三十六

又到了一天开一炉的日子。

不知道天气反常还是其他的原因，今年的三伏天格外炎热。我们这边跟北方天气不大一样，越是炎热，湿度越大。汗水把溽热紧紧地裹在身上，那种要命的感觉，恨不得剥去一层皮才好。

那天清早，我师傅通知每个人都要去熔炉班开会。不论是上白班还是上夜班，任何人都不能缺席。

开什么会他又不肯讲，对我都没透露一句，搞得神秘兮兮，大家就意识到那不是一场普通的班会。

穿过翻砂工段的时候，我远远就看见班上放了一圈小板凳。已经有四个人坐在那儿了。除了我师傅，阳华生厂长也在那儿。

师傅的左手边是雷元干，右边的那位男子看上去非常眼熟，一时又想不起来他是谁。

那人见我走过来，很平稳地朝我点点头，什么话都没说。

我心里暗自一惊，他不就是机电局那位鲁昌顺局长吗？

幸亏我的嗅觉比较灵敏，从他们的脸色看出了异样。这种场合可不能套近乎，我就装作不认识，找一只小板凳坐下了。

上班铃响过之后，熔炉班所有师徒都在小板凳上围坐成一个圈。我师傅那天显得十分威严。环视一周，用硬邦邦的语气朝阳厂长说："厂长，就这些人了，可以开始了。"

阳厂长用询问的目光朝鲁昌顺望了一眼，鲁昌顺赶紧点头，阳厂长就发言了。

"熔炉班的各位师傅，今天到你们班上来，是有个重要的任务要交给你们。"他指了指鲁昌顺，"先认识一下。今天到我们班来的这位同志叫鲁昌顺……"

我师傅马上把声音提得很高："他是机电局的局长，以前的，现在不是了。"然后望着阳厂长，"你接着讲，阳厂长。"

阳华生的话被打断，想了想才把话找回来。"莫班长讲的没错。鲁昌顺同志是局里下放到我们厂来接受工人阶级再教育的。"他斟酌了一下词句，"按照上级的指示，领导干部都需要接受工人阶级再教育，必须到基层去参加劳动……"

我师傅又一次不客气地打断了他："而且要到最苦最累的地方。"他摆了摆手，"阳厂长，你再接着讲。"

阳华生明显地不高兴了："是的。从明天起，我也要到锻工车间参加劳动。这是很有必要的。在机关待久了，思想感情多多少少会发生变化。工人阶级才是领导阶级。要跟工人群众同吃同住同劳动，用劳动和汗水让自己脱胎换骨，努力成为一个合格的好干部。"

他不愿继续主持这个班会，说完这番话就不再做声。雷元干那会儿也不知道该怎么办，气氛就僵住了。

鲁昌顺就坐正身子，主动地朝大家打了个招呼。

"莫班长，班上的各位师傅，刚才阳华生同志已经把主要意思都跟大家传达了。非常拥护领导干部接受工人阶级再教育的英明决定。从现在起，我就是你们熔炉班的一名普通成员了。"他朝在座的师徒看了一眼,"咱们这个班很威武啊。兵强马壮,生机勃勃。好,我很幸运。别看我个子不如你们高大,体力方面,我也是很强硬的。我不懂技术,以后班上有出力的活儿都交给我做。就跟莫班长说的那样,最苦最累的活儿,尽管交给我。请各位师傅严格监督。"

几个师兄当时就想鼓掌。一看气氛不对,又收回了。

这时候雷元干就充当了临时主持人。

"莫班长,"他望着我师傅,"您也讲几句吧?"

"好。讲几句就讲几句。"我师傅朝几位师兄看了一眼,话说得很生硬,"这件事情,领导上是专门做了布置的。既然要搞再教育,那就要有个再教育的样子。我们班从今天起,做事要更加过硬。团结紧张严肃嘛,互相不准开玩笑。活泼也要讲,那放到最后。你们几个都听清楚没有?"

说说话的时候,他的眼睛总是看着鲁昌顺,师兄们就不知道他在问谁。又不敢不答应,就锣齐鼓不齐地应了声。

"已经不是局长了,要怎么称呼他呢?"我师傅这才望着我们。"我专门请示过领导。他们说,叫老鲁就行。"他扭头看着鲁昌顺,"你自己觉得呢?这么叫要得不?"

鲁昌顺赶紧说:"当然,叫我老鲁最好。"

"也不是最好。"我师傅似乎早考虑好了。"既然跟工人群众打成一片,那就按我们的喊。老张老李都显得好生分,叫张家的李家的,那才亲切。从现在起,我们都喊你鲁家的,要得不?"

鲁昌顺得笑了:"好啊。这称呼,我还是头一次听见呢。"

我师傅没有笑:"头一次的事情,那还多得很呢。你切莫把我们熔炉班的事情看淡了。还讲你身体强硬。我告诉你,鲁家的,莫以为当炉工舒服。锅都是铁打的,晓得不?我会按领导要求分配你任务。鲁家的,你要能坚持一个星期,那就算你狠。"

这时候我就看见阳厂长朝鲁昌顺看了一眼。鲁昌顺有点不自在,望着我师傅,一句话都不说。上次在机电局我跟他吃过饭。以我当时的感觉,他不是忍气吞声的性格。

当然,时过境迁,这一次,他只能忍耐。当领导的人,涵养是很重要的。

接下来师傅的话匣子就打开了。他作足了准备,从忆苦思甜开始讲起。他回忆起旧社会他是怎样走村串户去讨米要饭。上次莫主席讲的那个细节,他自己描述得更加生动鲜活。说他提早半个钟头躲在人家厨房外头,听人家怎么烧锅搁油,怎么下锅烩肉。一个多小时红烧肉出了锅,他闻得腿都直不起来了。那次是他好多年第一次闻到肉香。翻身做主人以后,凡是家里烧肉,他就要给儿女讲过去的事情,让他们不要忘本。要艰苦奋斗努力学习,把国家建设得更强大。绝不能再受二遍罪,再吃二茬苦。

那次的班会开了足足两个小时,效果还挺不错。

雷元干给鲁昌顺准备了一套崭新的工作服,一散会他就换上了。师傅交给鲁昌顺的任务只有两项:白天他参加备生料;晚上开完炉,他负责出炉渣。

"其他事情都是技术活,你干不了的。"师傅吩咐说,"能做好这两件事情,就算是给社会主义建设添砖加瓦了。"

梁师兄转过背朝二师兄吐了一下舌头。那意思很明显,师傅这是给鲁局长霸王硬上弓。

那一周正好轮到我修整炉子。师傅提前找到我,非常认真地告诫我说:"民儿,这是政治任务。晓得不?你现在是党小组长,思想上一定要划清界限。要给全班工人带一个好头,帮助鲁家的改造思想。不管怎讲,这对他本人也是一件大好事。晓得不?"

有一件事情我还没想明白。师傅几次说到厂领导作过交待,当时阳华生厂长不也在会上吗?难道厂领导已经不包括他了?

"你怎么不关心国家大事呢?"师傅听我这问,就批评我说,"现在电机厂是莫主席管事。工人阶级领导一切,知道不?"

我琢磨了一下:"那,莫主席具体有些什么要求?"

师傅其实很信任我:"莫主席说,这个姓鲁的本质是好的,只是毛病太多。年轻气盛,尽搞一言堂。平时又看老同志不起。都是资产阶级思想作怪,要狠些改造。听明白了不?不痛不痒是没有用的,那反而会害了他。"

我这才明白过来。师傅把熔炉班最要命的活儿全都压在他头上,是担心他感觉不到痛痒。

而之所以责怪鲁昌顺一言堂,是莫主席怀疑去年评劳模的事情最后是让机电局长给刷掉的。那天验收之后骆青涛马不停蹄去了市里。莫主席分析他不可能直接找到市领导。一切都得按程序来。以他那级别,只能先去机电局跟鲁昌顺报告。

我觉得那是个误会。跟鲁局长吃饭的时候,骆青涛还跟他谈到过我师傅。我在边上听得清清楚楚,鲁昌顺对我师傅反倒是特别关心。他还着重提出革命就是解放生产力,那是发自内心的。

"民儿,你怎么不做声?"师傅望着我那犹豫的样子,就把语气加重了,"心里软不得的。啊?不是讲要脱胎换骨吗?"他交待说,"其他你也莫问,照师傅讲的做就好。"

话讲到这个程度,我再问也有点不合适,就点了点头。

三十七

开完炉的车间已经空无一人。走进去的时候,满车间都是尘埃。跟没有打扫过的战场似的,东一处西一处地冒着白烟。

鲁昌顺早早就在冲天炉前等候我了。他大概还没适应新的身份,背着手打量冲天炉的样子,仍然像一名领导干部。

看见我走过来,他转过身望着我,目光中充满友善:"小杨吧?上次吃饭我记得你当时在搞技术革新?还专门过去请教郑总?"

"是的。当时的确有那么点想法。"

"有想法就好。尤其你们这些青年知识分子,在基层工作,比较切合实际。"他不想让我以为在拖延时间,"先不说这些了。今天是我第一次清理炉渣,该怎么做,你教我吧。"

"好的。"我对他很有好感,"要不我还称呼您老鲁吧。"

"都行啊。"他笑了笑,"叫鲁家的也不错,蛮亲切的。"

"白班您参加备料了?"我看他那样子一点都不显得疲倦,"砸铁锭,劳动强度很大吧?"

"还真是。今天干得猛了点，胳膊有点酸疼。没事，过两天就会习惯的。"他并不在意劳动强度，情绪好像还很高。

我特别欣赏老鲁这种不畏艰难，乐观向上的积极态度。砸铁锭是白班的事儿，出炉渣属于晚班的工作，平时一个人不会在同一天完成这两件事情。偏偏我师傅对于改造思想的任务格外上心，特意把白班和晚班两件最苦最累的事情摘出来，叠在一起分配给了鲁昌顺。我来熔炉班快三年了，这种苦上加苦的活儿，还从没看见有谁干过。

老鲁当然不明白这些情况。也许他觉得砸铁锭是最累的。挺过来之后，以为清理炉渣会轻松很多。其实完全想错了。跳到滚热的炉坑里清理炉渣，那才是熔炉班最辛苦的事情。

我把挖锄和簸箕拿过来："用不着讲解，我跟您一起干就是了。咱们先出炉渣，一边干一边说。"

"炉渣在哪儿？"他朝周围打量了几眼。

"在炉坑里呢。"我指了一下身后。

鲁昌顺回过身，仔细看了好几眼。

"炉坑在哪儿？怎么也没看见？"

我觉得奇怪。那么大个炉坑，怎么就没看见呢？赶紧走到冲天炉跟前，一看那景象我就叫苦不迭。

冲天炉架设在地平面，正下方挖出一道长槽，三米长一米五宽，人跳下去齐脖子深，那就是炉坑。每次开完炉，冲天炉里总有些剩余的渣料。又不能存放在炉膛里头，炉工们就用一条五米多长的钢钩，拉警报一样把其他人吆喝走，然后将炉底的垫板猛力拉开，让炉膛里的余料全部垮进炉坑，习惯的说法叫做"垮炉"。那情景有点像定向爆破，渣土四散，烟尘漫天，所有的人避之唯恐不及。

按道理说，我们要根据翻砂工段那边的砂型数量准确掌握投料的多少。砂型浇铸完毕，炉膛里的余料应该剩不了太多。垮下来的炉渣一般都不到半个炉坑。

这方面我师傅是个顶级高手。他对投料掌握得相当精准。有时候垮完炉，余料连炉坑的底部都盖不完全。

但是今天就完全不是那么回事了。垮完炉之后，倾泻在炉坑里头的剩渣余料多得不可思议。难怪鲁昌顺看了半天也没有找到炉坑在哪儿。偌大一个坑，差不多全被炉渣填平了。

我当然做不得声，心里明白那是我师傅有意为之，还绝对不敢让鲁昌顺知道。毕竟我师傅跟他又无冤无仇，他只是在贯彻执行对领导干部进行思想改造的政治任务，贯彻得非常用心。

仿佛觉得有点对不起鲁昌顺，我就拿着挖锄跳进炉坑，用簸箕盛里面的炉渣。当时炉渣还没有完全冷却，我担心老鲁受不了那里面的温度。鲁昌顺说了几次让他来挖，我都没有答应。

那满满一坑炉渣，挖得我头昏眼花，心里真是服了我师傅。

不仅是量大，垮下去的炉渣成分还极其复杂。有烧完的焦煤渣，也有没烧完的焦炭，还有各种各样的辅料。麻烦最大的是那些铁块。有的熔化开了，有的没熔化开，还有很多半熔化半没熔化，结成张牙舞爪的模样。提一提，比好几条大铁锭还重。

鲁昌顺跳下去摇了半天，根本就没办法从炉坑弄上来。

我拖过一柄大铁锤递给他："老鲁，使锤子。先把它砸成小块，要不然没办法把它弄上来。"

炉坑比较狭窄，鲁昌顺的大锤又施展不开。我就找一把小锤跳了下去。两个人又是敲打又是翻转，手上的皮都磨破了。

"好家伙。"鲁昌顺汗流浃背，笑着说，"要是没有你小杨帮忙，我一个人，五个钟头都清不完呢。"他望着清理干净的炉坑，"还要跳上跳下。哈，佩服你们炉工，铁打的汉子啊。"

"您要休息一下吗？"我指了指窗户那边。那儿有一个搪瓷桶。"我的茶缸子在那儿。每天都消过毒的。"

老鲁一点都不见外，走过去拿起我的茶缸子，一连喝了三杯。他还非常幽默，走回来的时候，看见炉坑两边清出来的炉渣堆成了两座小山包，指着它们说像他老家的地标，他是湖南双峰县的，当兵出去十多年了。

鲁昌顺看了看钟："哟，别说了。下面我该干什么？"

"清渣。"我告诉他说，"刚才咱俩那叫出渣。"

他看着那两堆炉渣："清渣有什么要求？"

"主要是分门别类。"我随手从渣堆里头拿过几坨铁块，"您看，黄豆大以上的铁块，拇指大以上的焦炭，必须全部挑选出来，一颗都不能遗漏。要回收的。"我告诉他说，"我师傅的要求更加严格。挑剩下的炉渣，最后还要用钢丝筛子全部过一遍。"

"他是对的。"鲁昌顺称赞说，"老工人对国家财产，看得比自己家老婆孩子还重。"

"老鲁您说得对。尤其我师傅，心里头只有熔炉班。一忙起来，吃饭都不回去。我师母拿他没办法，只好把饭送到车间。"仿佛想让鲁局长加深对师傅的良好印象，我就故意点了一下他的爱厂如家。

"真不容易。"老鲁感叹地说，"我也看过莫师傅的先进材料。听你这一说，感受更深刻了。"

他不想耽误时间，又问我："清完渣呢？下一步？"

"把炉渣清完，炉子里面的温度也降得差不多了。那时候您就下班休息，剩下的工作叫整修炉膛，那是属于我干的活儿。"

老鲁竟然来了兴趣："修整炉膛的技术含量很高吗？"

"当然。这是熔炼技术里头比较关键的一个部分。炉膛修整得好不好，直接关系到下次开炉的铁水质量。"我有点小得意，"上次去局里找郑总请教，我就是想改造一下炉膛。还算幸运，经过技术革新，现在的炉膛跟以前就完全不是一回事了。"

"是不是啊？"老鲁高兴地望着我，"就是说，这炉膛技术革新的成果，都是你弄出来的？"

这句话问得我心里很恼火。"啊，全班人的共同努力吧。"我很不情愿地补充了句，"好像我师傅是带头人。"

"他是班长。带头人算在班长身上也不奇怪。"鲁昌顺很明白，便轻轻一笑，"干得好啊。杨哲民，这就叫长江后浪推前浪。世界是我们的，也是你们的。但是归根结底是你们的。这是伟大领袖对我们的教导。这句话，我们要牢牢记在心里。"

"是啊，我会记住的。谢谢老鲁。"

"那，杨哲民，"他忽然提了个要求，"清理完炉渣，我可以留下来跟你学习修整炉膛吗？"

"哟，那怎么行？"我脱口拒绝，又赶紧解释了句，"我没别的意思。又是白班，又是晚班,您的身体怎么受得了?"

"你是说这个?好办。"他劲头十足,"大炼钢铁那会儿,我曾经五天五夜没合眼。哈,怎么样?收我这个徒弟不?时间不能白费。既然来了趟电机厂,走的时候我得带一门技术回去,绝不空手而归。"

老鲁非常耿直,边干活边聊天的时候,什么话都跟我说。

其实他对机电工业不算陌生,曾经在舰艇上干过轮机长。后来还当过驱逐舰副舰长。转业的时候,市委组织部门点名把他要了回来。但他却只当了副局长。干了七八年,好不容易才上升到一把手。

"哲民,年轻人的成长是要付出代价的。我的代价真不小呢。我的群众关系非常好。可跟领导的关系,那就不怎么样了。当然也有领导爱护我。批评我说,小鲁,你怎么就长不大呢?哈,瞧这话说的。我还没长大?都快三十八岁了。"

他这句话让我听得一愣。趁给他递簸箕的时候,我朝他脸上仔细打量了一眼。他才三十八岁吗?只比我大十来岁?

看来当领导也相当劳神,担子太重,每一份操心都要付出青春的代价。就像我师傅说的,条条蛇都咬人。的确挺不容易的。

三十八

第二天下午还是四点开炉,白天没我什么事儿,也没鲁昌顺什么事儿。

没想到还不到三点,师傅派人到宿舍区来找我,还找了老鲁,说是马上到班上去开个重要会议。

我赶到班上的时候,师傅和其他人已经坐在那里等候了。班会的形式跟上次一样,小板凳摆了一个圆圈。我看见圆圈中间摆放了两只竹箩筐,其中一只箩筐装了大半筐生铁的残料,另一只里头满满都是烧剩的焦炭余料。

我没看见鲁昌顺,以为他迟到了。其实他在车间办公室跟雷元干说话。三点整,雷元干陪他到了熔炉班。

我师傅看见他们过来,没跟他们打招呼。只是闷着头卷喇叭筒。从疗养院回来之后,他已经把那习惯戒掉了。今天又捡了回来,我就知道他心里憋着很大的火气。

雷元干提醒说:"莫班长,人齐了。开会吧?"

我师傅就扔掉了手上的旱烟。他只是做个样子,其实也不想抽。干咳一声,指着那两只箩筐说:"都给我看看,这是什么?啊?都给我看清楚,这是生铁不?这是焦炭不?看清楚没有?这都是国家财产,是人民的血汗呢。"

然后他一转身,冲着我劈头盖脸一通好骂。

"杨哲民,昨晚上你搞些什么名堂?鲁家的刚刚来,我只怪你这传帮带的人。你还是个骨干,就这样不负责任?昨天晚上炉渣怎么清理的?啊?这些都是可以回炉利用的原材料,就忍心一古脑往废渣堆里扔?公子少爷大手大脚的坏毛病,都带到工人队伍里来了?"

其实谁都明白,他以我做幌子,每句话都冲着鲁昌顺。

老鲁肯定也听明白了。他只是还没有想明白,中间那两箩筐残铁余焦,都是自己扔掉的吗?

这一点我也很难相信。昨晚上清炉渣我就在他身边,怎么就没注意呢?我心里

448

又有点犹豫，觉得当时跟他聊得很开心，不经意之间出点纰漏也是有可能的。

往废料堆倒炉渣是老鲁的事，我不好替他大包大揽。鲁昌顺倒是很谦逊，没作任何解释就道了歉。

我观察得很细致。老鲁道歉的时候不卑不亢，内心肯定是不怎么服气的。其实我心里清楚，熔炉班的炉渣长年累月往一个地方堆放，堆成了一座山。你怎么搞得清楚哪些渣料是哪个人倒上去的？

师傅这个班会的确引起了我和老鲁的注意。往后的两三天，我都提前到班上跟他一起出炉坑，炉渣也清理得特别仔细。总算是风平浪静了。

第四天轮到梁师兄修整炉膛，我就没办法继续兼顾老鲁了。

结果那天又出了问题。仍然是同样的问题。我师傅又从废料堆捡来两簸箕生铁渣和焦炭余料，直接拿到车间办公室，放到雷元干办公桌上大呼小叫。

雷元干就陪着鲁昌顺来到班上，又一次向大家做检讨。

老鲁那人真的不简单。他首先诚恳地检讨了自己的不足，接着就提了一条建议。

"莫班长，能提个建设性意见吗？我今天下午就去找环卫部门，让他们派车把所有的废料拖走。堆得太高了，既不便于我们的生产，也给环境卫生造成了很大的影响。您看可以吗？"

我师傅没有料到他会提这个建议，就推脱说："环卫部门吃的是大锅饭，一个个都是大爷，喊了好多次都不肯来。"

"那好办。"老鲁很有把握，"这个任务交给我。只要您觉得行，我保证他们今天就来车拉走。"

果然，下午刚刚上班，环卫部门就开来两辆大卡车，来回跑了好几趟，把围墙外面堆积了大半年的垃圾山清除得干干净净。

从那以后，老鲁清理炉渣的废料，倒出去清清爽爽。任别人仔细翻找，再也捡不出任何铁渣和焦炭余料。

只可惜跟鲁昌顺相处的时间过于短促。当初说至少要在这儿锻炼半年以上，结果形势发生变化，三个月都不到，老鲁又调回了市里。

我后来经常怀念那段日子。

那期间我们也多次谈到过我师傅。老鲁话说得直："你以为我不明白，他铆着劲想法子整我。有时候也做得太过分了，把我搞得一肚子火。我不会责怪他，可我也绝不纵容他。总是栽赃怎么受得了？干脆，我请环卫部门把废渣山一股脑清除。你还能怎么样？以为下放接受再教育，就没自己的尊严了？哈。怎么可能？"

这话我真的喜欢听，可我又做不到。我搞出来的革新成果活生生拱手让人，就没做到像鲁昌顺那样理直气壮。让姜红梅好一阵埋怨，一直到现在我都有口难言。

"杨哲民，人都是有个性的。那不算什么，得看本性。莫师傅这个人本性没得说，我不会记恨他。"鲁昌顺心如明镜，"我们要站得高看得远，多反省自己。与其怨恨别人，不如做好自己。古人说得好，不畏浮云遮望眼，自缘身在最高层。你觉得呢？"

三十九

姜红梅终于回厂里来了。她告诉我，市里让她先回原单位工作，下一步怎么安排，组织上会统筹考虑。

这个决定没能让我的心里落到实处。

"哲民，你就那么在意我在哪里工作？"她仿佛在为今后作铺垫，"比我爱不爱你更加在意？"

这两种在意好像不可以并列考虑。再说眼下她已经来到我身边，以后走不走，至少目前还说不好，我就没再问了。

姜红梅回来没多久，骆科长就调离了电机厂。市机电局政治部的主任到了退休年龄，局里提升骆青涛去接替那个职务。姜红梅副科长已经当了很长时间，骆青涛一调走，她来接任科长顺理成章。

厂里的领导层也发生了变化。原来主管生产的阳华生厂长，正式接任了厂党委书记。雷元干当了副厂长。阳厂长原来的工作职责，全交给雷副厂长代理。有人说上面并不打算派不熟悉电机制造的干部过来，代理一段时间之后，厂长职务就正式委任给雷元干。

雷元干一走，我们翻砂车间主任的职务也出现了空缺。

厂部照样没派其他干部来。车间主任由原先分管技术的一名副主任代理。那名副主任姓孙，是一名老牌中专毕业生。这人在我们车间一直没有任何存在感，明确他代理，显然只是权宜之计，于是乎车间上下传言纷纷。

有些传言近乎荒诞。比如有人说下一任车间主任可能是段一村，我师傅一听就跳脚大骂："呸！脑壳想破了都没他的份。"

还有一种更不靠谱的议论，说熔炉班的杨哲民是最合适的人选。这次我师傅没有变脸，一听就哈哈大笑。"杨哲民也不是不行，他只是不可以。为什么呢？班长都没当过，他还差几节楼梯呢。"

那段时间，无论生活上还是工作上，我都感到称心如意。

姜红梅虽然代替了骆科长，反而比过去轻松了不少。她几乎每天都去我妈那儿。日日入厨下，洗手作羹汤。

我妈特别喜欢吃她做的菜，就凭空担心她会因为忙不经常过来。我安慰妈说："没事的，她这是认定了我。心里一认定，就有了主次。主次分明，该忙什么不该忙什么，她都能掌握得非常好。"

其实这话是说给我自己听的。那段时间我就处于那种状态。我的心里也明确了主次。平时上班照常不误，那属于次要的。我主要精力全部凝聚在冲天炉本身。我对技术革新已经走火入魔了。

毫无疑问，那也是姜红梅对我的急切期待。

但是我很清醒。她的期待是我努力的方向，并不包括我的全部。那是我必须做成功的事情。我跟失败两个字不共戴天。

有一天，四车间的主任赵吉芳找我。离春节不到一个月了，她准备派车间工会的同志去衡州慰问徐士良的遗属。

他的家庭情况只有小梅才清楚。小梅跟吴启军结婚之后，还是想办法调到市里去了。我连她的联系方式都不知道。

我记得小梅有个玩得好的女工，好像也是她们衡州老乡，就专门去了嵌线车间找她。

这件事情进行得很顺利，那女工不仅知道徐士良衡州的地址，还对他的家庭情况了如指掌。她一边干活一边就把情况讲给我听了。

同时我还得到了另外一桩意外收获。那女工是一名质量督察员，她干的活很独特。质量合格的机芯，她会把它压进电机外壳。发现有哪台电机的线圈不合格,她当时就得把机芯从机壳里面拔出来,退回返工。

我还是第一次见到那道工序。一个弱小女子,将几十斤重的机芯压进机壳,或者拔出来,不借用机械的力量,绝对是不可能的事情。

再看那台机械,我的目光就被吸引住了。

尽管机械传动部分有些复杂,动力来源却一目了然。那不就是杠杆原理吗?就跟小孩子玩的跷跷板一样,中间有一个支点。一头叫做阻力臂,另一头叫动力臂。阻力臂越短,动力臂越省力。所以阿基米德曾夸下海口说,给我一个支点,我可以撬动地球。不管地球能不能撬动,至少那名女工体力上不可能做到的活儿,她居然做得毫不费力。

这个发现,就好比那天胡先胜的父亲带来的那只白沙液酒瓶子,顿时打开了我想象的空间。

回到宿舍,我反复查找有关高炉泥炮机的资料。

泥炮机基本的要求只有三点:第一就是远距离控制,利用杠杆正好可以做到;第二点是运动轨迹准确,杠杆肯定是固定在支架上的,完全可以保证轨迹不偏离;第三点更不困难,为保证操作的可靠性,要求机械结构牢固精准。这个要求对于我们机械行业来说,不过是小菜一碟。

思路一打开我就坐不住了。当晚就在我的书桌上挑灯夜战,一连设计了好多张构思草图。

根据我的操作经验,我认为三个地方是突击点:首先是堵铁水,必须远距离把堵泥推送到出水口;再就是锁紧机构,堵住铁水之后,要保证锁住出水口,没有任何缝隙,才能确保炉膛内继续升温熔铁;最后就是这几项动作的回转机构,要想可靠地推进和打开炉口,科学的回转机构就是命脉所在。

我这人有个难得的优点。别看我经常心潮澎湃,事到临头,反而能够保持一副清醒的头脑。我觉得谋大者必须存静气。虽然我大事还没能谋成,静气是够了,时机未到而已。

比如我那天晚上设想的炉口操控机械。经过一周多时间的推敲和修改,已经接近了成熟期。我计算过大量的数据,然后选取了合理的基数。我的推进非常谨慎,知道每一项技术革新都伴随着失败风险,还从相反的方向多次进行否定性逆向式测算。

应该说已经做到了万无一失。

星期日那天,我起了个大早,携带好全部资料就往轮船码头赶。头天下午我就跟郑总约好了,他说星期天正好在办公室加班。

当时我还想了想,去找郑总的事情要不要告诉姜红梅一声。后来这想法居然让我给忍住了。

过后她越感到意外,惊喜的分量就越大。不是需要说话的资本吗?我要让她看看这份资本是何等的雄厚。

郑总在机电局技术部有一间单独的办公室。把图纸和数据递给他的时候,心里突然真空,觉得自己有点像一名走进考场的应试生。

郑总把每个部位的设计图看了个遍。

"小杨,非常好。我没来得及核对数据。光看这设计图,就觉得传动部分非常合理。如果在数据上能获得有力支撑,基本上问题不大。"他放下图纸，热情地望着我，"小杨，何不更加大胆一点，把驱动部分改进一下？匹配一套合适的弱电操控系统，不就变成全自动了吗？我给你个建议，索性一步到位。头都磕了，再作个揖又如何？你觉得呢？"

其实那正是我下一步的设计方案。郑总的建议跟我的思路如此吻合，令我激动不已。伯牙抚琴子期听，那会儿我真的有一种高山流水遇知音的感觉。

机电局的位置不在市中心，门前那条街道倒也宽阔，中间隔离带是一长溜东北塔松。两边林荫道上，又是南方的白玉兰。街面上整齐洁净，很有一点舒适幽静的异国情调。

郑总陪伴我走出机电局。刚要跟我握手道别，就看见一辆墨绿色吉普车开了过来。

"哟，那是鲁局长。"郑总知道我跟他熟，"小杨先别走。把这个好消息跟局长汇报一下。"

从车上下来的那个人，竟然是姜红梅。

郑总也认识她，赶快打了声招呼："哦，是小姜啊？"他回头看了我一眼，"嗬，有点意思。上次小杨过来也遇见你。你们是约好一起来的？"

姜红梅那会儿显得有点尴尬："没有呢，郑总。鲁局长要找我谈话。"

"啊，明白了。"郑总知道一些情况，"好事啊，小姜。局里正在调整基层单位的领导班子。找你谈话，必定是好消息。"

郑总兴致勃勃地告诉她："小杨搞了一个了不起的项目。好家伙，要是搞成了，那就是个重大贡献。"

"是吗？"姜红梅非常沉得住气，"郑总也这么认为？"

"可不是？这项目对我们有冲天炉的厂子来说，具有全面推广的价值。还不仅是一项革新，那叫技术革命呢。"

姜红梅让我不必等她一起返回，我再次跟郑总握手告别。来市里一趟也不容易，何不顺便去办点别的事情？

四十

其实上个月我就想到市里来看吴启军。那家伙跟小梅结婚的消息没有跟我们任何一个同学通报，连我都没说一声。

我知道他不单独请我是替我着想。他担心影响我在同学中间的威望。眼下正好有空闲，我就乘公交车赶到了体委的宿舍大院。

吴启军的家很好找。主要是那家伙名气大，问谁都知道。

敲开房门，吴启军见到我就是一个熊抱："哲民，我早就知道。咱们同学要是还有谁记得我，除了你没别人。"

"你还不至于混到那种地步吧？"我嘲笑了句，"只要不把自己看得那么重要，谁来谁不来，就都不重要了。你说是不是？"

"哈，哲学家杨哲民。服了你。"他打开冰箱去取啤酒。

我朝屋子里打量了一眼，感觉非常局促。卧室十多个平米。一个小厨房一个卫生间。

他递一瓶啤酒给我："明年三月份我就副科了。房子会比这大一倍。"

"嗬，行啊。树挪死人挪活。"我取笑他，"一个小小的翻砂工，刚挪过来，就有一把副科的交椅等着你。真有福气啊。"

"福气真没有。"他一口气灌下小半瓶

452

啤酒,"一半靠运气,一半靠手腕。信不信由你。"

"是吗?你还有手腕?我怎么没看出来?"

"只是一种说法。其实也不能说是手腕。"他把啤酒瓶放下了,"哲民,咱们一个外地人,要想养家糊口,可不能太本分。知道不?我过来没俩月,就发现组织部长是保定人,跟咱是老乡。这老领导是军队上转业的,看过我打球,当时我就把他粘连上了。老两口真把我当儿子看。哈,这不全有了?"

我没做声,心里只在感叹。人都很难说,各有各的活法。吴启军他这也叫因地制宜,然后一通百通。

吴启军说小梅去做孕期检查了,双胞胎,明年四月份的预产期。

然后他突如其来地问了声:"告诉我,大梅怎么样?还继续跟你好吗?"

"就那样吧。"我回答得有点含混,"只是没经常在一起。出去了大半年时间,前不久刚刚回电机厂。"

"瞧瞧,没把哥当朋友吧?"吴启军对我这种回答显然不满意,"我是想点拨你一句。如果她还跟以前那样对你好……"

他说到一半忽然刹了车,似乎后面的话有点说不出口。

"接着说。"我盯着他的眼睛,"没错,她还跟以前那样,一直都对我好。怎么啦?"

"那你得赶紧离开她。"吴启军顺势就把那句话蹦出来了。

"这是什么逻辑?"我内心有点惊慌,表面仍然保持住了镇定。

"你说她出去了大半年时间,知道那是去干什么吗?"

"抽调到市里搞中心啊。前段时间好多干部不都那样吗?"

"没错。这理由百分之七十是真的。剩下的百分之三十,就是个借口。"

我没有接他的话,脑子里在飞快地过电影。送给我妈的胃仙U、李商隐的诗,冲天炉前的热吻,对怀孕的期盼以及锁在床头柜里面的避孕套,一帧一帧的镜头组合,传达给我的感觉,到底归属于那百分之七十,还是归属于那百分之三十?

吴启军去确定房门关没关好,说:"刚才我说过的那位老乡部长,知道他是谁不?我不说你绝对想不到,他就是姜红梅爸爸的老部下。难怪分工种的时候,大梅直接就去了政工科。"

"启军,别绕那么远。"我没兴趣听那些,"后来呢?"

"老部长自己也有个从海军转业来的部下,培养成了局级领导。就在咱们机电局,叫鲁什么,你听说过吗?"

我心里顿时波涛翻涌,好歹没让他看出来:"再后来呢?"

"那天我干妈过生日,小范围喝了顿酒。"他解释了句,"啊,我叫她干妈,部长的太太,也是保定人。我去了,那个鲁局长也去了。两杯酒下去,干妈问鲁局长,还单着啊?知道你眼界高,给你介绍个比你眼界更高的姑娘,敢要不?鲁局长赶紧说,别别,比我眼界还高的姑娘,人家哪瞧得起我啊?部长就说,那可不?那孩子是我老首长的女儿呢。大学毕业,在电机厂政工科工作。我一听就明白了,说的不就是大梅吗?"

"就这些?"我听得耳朵滚烫,"说完了?"

"还没完。"吴启军想了想,"只不过,

我看见的就这些。"

"除了看见的，还有没有听说的？"

"有啊。后来听我干妈说，他们俩还真好上了。"

我强力压制住自己："怎么个好法？好到了什么程度？"

"我干妈说……"

"吴启军，你他妈有屁就放。"我突然冲动，使劲拍一下桌子，"一口一声干妈、干妈。没干妈你就不会说话了是不是？"

吴启军当时就傻眼了："我的意思，鲁局长他特满意，可大梅她还不一定，到底大她十好几岁。"他小心地看着我，"本来想早跟你说，又不知道大梅自己到底是什么态度，就犹豫着没告诉你。"

我便渐渐冷静下来。除了刚刚知道这里面有个鲁昌顺，其他情况都是我早一晌判断到了的。

"那，知道她爹妈的意见吗？"

"听我干妈说过，大梅的妈特满意。说，年龄大个几岁算什么？她爹也比我大了十好几岁呢。"吴启军又想起了什么，"对了，她妈妈还有两个月退休，到时候会亲自过来看看。"

这个消息又让我的担心陡然升温。

"她看了只会更满意。"我苦笑了声，"真的。那人耐得看。"

"你见过他？怎么样？你觉得？"

"四个字：一表人才。"我一指冰箱，"不说了，再喝！"

吴启军没有起身拿酒，按下我的手，认真地说："哲民，还是我那句话，赶紧离开姜红梅。那边太强大了。咱干不过他们。"

我眼一瞪盯着他："启军，还记得咱们校队跟省青年队打过一场比赛吗？人家是省级专业队伍，咱们业余球队能干得过他？"

"呵，那场球痛快。"吴启军一拍大腿，"谁都想不到，只三十秒时间了咱们还输两分。最后时刻你出手命中了三分球。赢了！"

"首先要不怕输。"我的犟性子被引发了，"不怕输才有可能赢。还没开打就蔫了，咱们还是个男人吗？"

吴启军跟不认识似的望了我好一阵。起身打开冰箱，一口气搬出五六瓶啤酒放在桌子上。

"好久没听过这种涨气焰的话了。哲民，没说的。喝！"

回到厂里，我感到头昏脑涨，就先回宿舍蒙着被子睡了一大觉。大白天，居然一个梦接着一个梦。两小时之后睁开眼睛，望着天花板回想了半天，做了些什么梦一个都不记得。

骑着自行车回到我妈家，我妈听出了我有一肚子牢骚。我没忍耐住，就都跟我妈说了。

我妈摇了摇头："你这孩子啊，样样都想比别人强，也太心高气傲了。梅子的事情，我看你平时也没怎么上心。咱可不敢太过自信。时间长了也会出问题。虽然说好女不嫌清贫窝，可好女也不嫌富贵多啊。"

"妈，您到底什么意思啊？"我没听明白她的话。

"还没听明白？妈的意思，你得抓紧时间。"她关切地望着我，"跟梅子商量一下，赶紧把婚结了不行吗？"

我一时不知道怎么回答。

如果我告诉她，目前这状态结婚几乎

没有可能，我妈一定会特别伤心。恰恰这又是坚硬的现实。姜红梅心在哪里似乎并不重要，毕竟她仍然在另一条道上行走。她完全没有自主权。

四十一

下午五点的时候，姜红梅从市里赶回来了。她拎回了一篮子菜，说那些菜我们这边买不到，市里的大菜场才有卖。

趁我妈去厨房拾掇，我不冷不热地问了姜红梅一句。

"你还是坐吉普车回来的？"

"当然。"她毫不避讳，"既然要送我，不坐白不坐。"

我就怪怪地笑了声："哈，恐怕也不是白坐吧？"

"我喜欢你这酸溜溜的样子。"姜红梅心平气和地望着我，"其实你没必要关心我是不是白坐。"

"那我要关心什么？"

她噗哧笑了声："应该关心人家是不是白送。"

"哈，那还用问？肯定白送。"我完全明白了她说的意思，心情顿时大好，"那叫瞎子点灯白费蜡。"

"唉。我发现你这人真的没良心。"姜红梅摇了摇头，"人家对你心明眼亮，你还说人家是瞎子。"

"谁啊？人家、人家的？"

"当然是鲁局长呗。"她大方地说，"他对你的看法，好得出乎我意料之外。"

"是吗？"我相信这句话，只是眼下没有兴趣听，"那，他对你的看法呢？"

姜红梅就有点犹豫了。

"当然也非常好啊。还不光是他，所有的领导同志对我的工作都很满意。"

她忽然跟我打起了太极拳。

我觉得不能再追着这个题目问，就转换了话题。

星期天厂里放假，职工宿舍那边人影都见不到一个。我把姜红梅送回宿舍，在她门口停了下来。

"进去啊。"姜红梅望着我，"怎么啦，还要回去弄图纸？"

"好。进去。"我就扶着她的肩头走了进去，"图纸全部弄完了，心里轻松着呢。"

我的确很轻松，但也并不是完全彻底。

当然我不能让姜红梅感觉到任何异常。我的心底里大睁着另一只眼睛，像雷达一样对准她精密扫描。我必须辨明吴启军那些话的真实程度，免得弄个措手不及。

关上房门，姜红梅忽然想起了什么，从衣柜里取出来一套睡衣，扔给我的时候，眼睛里头躲闪着一种甜甜美美的亮光。

我接过来一看，那套睡衣真的高级。纯丝绸，杭州产的。"穿这个合适吗？我这身体整个就跟锉刀似的，没几下子就揉坏了。还不如不穿。"我开玩笑说。

"真的野蛮。"她回了句，"穿上的感觉更好。傻瓜。"

她拿着自己那件藕荷色丝绸睡袍走进了卫生间。

望着她的背影，我产生了一个不应该产生的疑问。姜红梅自从跟我有第一次之后，在我面前就越来越放松了。我觉得她每次的魅力都丝毫不减，每次都让我感受到一种全新的体验。

有句话我知道绝对不该问。天底下所有的女人都是这样吗？

她们这种经验是与生俱来，还是博采

众家之长？比如宋玉香那种见异思迁的女人？

不会的，至少姜红梅绝对不会。我相信这就是她与众不同之处。她是上帝在我沉睡之际，从我身上取下的一根肋骨。上帝用这根肋骨造就了一个女人，取名叫姜红梅。然后把她领到了我跟前，让我心中充满了快慰和满足。

绝对没错。这女人原本就是从我身上取出来的，是我骨中的骨，肉中的肉。

我必须采取一切手段逼退竞争者。绝不允许任何人夺走她。

姜红梅从卫生间走出来，已经换好睡袍。那一刻我的感觉非常夸张。这女子的确美若天仙。

"你去洗啊，抓紧时间。"她妩媚地说。

洗完澡擦拭身体的时候，我心里陡然冒出一个邪恶的念头。

梳妆镜下面有几只用来扎头发的小卡扣。我的心怦怦直跳，回头看了看卫生间的门，觉得外面没动静，一咬牙，用卡扣把避孕套前端扎了三个洞。

干那件事的时候我的两只手都在颤抖，几次戳到了手指。

还好，那枚卡扣不怎么尖利，没戳出血来。

四十二

第二次从郑总那里回来，我感到心里特别踏实。抬头仰望天上的云朵，觉得伸手就能摘一片下来。

这种感觉是真实的。我所构思的炉口操纵系统垫高了我的眼界。喜欢我也好，讨厌我也罢，都只是地面上的一条划痕，形不成阻碍。我的目光已经越过了凡尘。

郑总建议我加装一套自动操控装置，我真的早就设想过。应该说全自动改造并不困难，我们厂至少百分之五十以上的机床后来都改造成了全自动。技术相当成熟，照搬过来就是。

或者分做两步走也行，先把炉口操控的设备弄出来，那才是心脏部分。后续的自动化改造，只是加装辅助设备而已。

我师傅在某些方面的敏感性令人生畏。

那段时间我埋头弄图纸搞设计，除了话说得少了些，上班下班，备料开炉，完全跟平时没有任何区别。所有的人都毫无知觉的事情，师傅居然就看出来了。

那天我正在和余师兄备生料，师傅在侧门那边出现了。

"民儿你过来一下。"他背着手喊了声，"问你件事。"

我放下大锤，赶紧走了过去："师傅，什么事儿？"

"你又在我背后玩什么名堂，啊？"他劈头盖脸问了句。

"怎么啦师傅？"我对他这套方式已经见怪不怪了，"是不是有谁跟您说我什么了？"

"用不着别人跟我说。往地下一蹲，我就知道你在屙什么屎。"他每句话都咄咄逼人，"又想搞革新了？想革我的命是不是？"

我就想起了老鲁当时那不卑不亢的态度。

"师傅，你我都是共产党员，说这话不公平。"我也不纵容他，"技术革新和技术革命是共同的使命。难道我做错了吗？"

师傅没想到我会当面顶他，火一下就上来了。

"你还想给师傅上纲上线？共同的使命，那你还偷偷摸摸？到底是搞技术革新，

456

还是在搞小动作？总是趁我不在的时候搞，什么事情那么见不得人？事先都不敢跟我讲一声，你光明正大不？"

他这么说我反而平静下来了，觉得他这话还有点道理，就没再做声。

见我没继续顶撞，他也就火烧牛皮自转弯。

"师傅难得发一回火。又不是为个人的私事。搞技术革新，是件好事，只是不要背着师傅搞。就跟师傅是个思想保守派一样。你也不想清楚点，师傅要是不支持，你动得了冲天炉的一根毫毛？除非你去外头搞。那又何必呢？又何必不配合师傅一起搞呢？"

我还是没有说话。心里想，这一次的带头人你真的没戏。我就是自愿把粉往你脸上抹，你也要挂得住才行啊。光是那计算公式，凭你加减乘除那点碗底，谁会相信你能盛得下江河湖海？

何况我已经不是昨天那个杨哲民了。我的目标一个比一个远大，随便抽取一个，都值得我为之奋斗。尤其我还答应过姜红梅，为我们的终身大事，我也不能让心中的伴侣再一次失望。

只是还没起步就遇上了拦路虎。如果我师傅不开闸门，任何设想都是空中楼阁。别的也许他做不到，不允许任何人靠近冲天炉，这点他绝对做得到。

除了我师傅，其他方面该怎么进行，我也是一筹莫展。

这一次不比炉膛改造。弄炉膛不需要设备，用耐火泥就能鼓捣出来。炉口操控系统本身就是一套完整的设备。我需要使用其他设备，把这套设备给制造出来。

郑总已经给电机厂技术科打过电话，请他们全力协助这项革新。技术科长那天把我的图纸要过去，一看就直摇头。

"杨哲民，你这工程不小啊。"他没全看完就将图纸还给了我，"按照程序，你首先得申请立项。没立项，一切都谈不上。"

"是啊，我知道。"我很小心地问他，"项该怎么立？由厂技术科提出申请，还是我自己直接报厂部生产办？"

"当然得由技术科提出申请。可我们申请是需要有前置条件的。达不到条件就不能申报。"他倒是挺为我着想，"直接报生产办也不是没有先例，那得厂长签字同意。要不你去找找雷厂长？"

我没有做声。雷元干正好也是我师傅的大徒弟，正好可以把这件事情通报给我师傅。我心里很警觉，绝不能轻易让他知晓。

"要不你们先做个模拟试验吧。"技术科长建议说，"这个程序是必不可少的。刚好批准做模拟试验的权限又在技术科。你打个报告，我可以给你签字盖章。"

这是个意外的惊喜，我赶快向他表示感谢。

"先别感谢。郑总交待的事情，我们不能不给面子。"他说得很实际，"话说在前头，就只签个字而已。模拟试验首先得要有模型，没有模型是无法模拟的。你知道技术科没有调动设备和材料的权力。模型怎么完成，只能全靠你自己了。"

有一个人我是可以信赖的，那就是我的同学胡先胜。他跟我一样喜欢动脑筋，现在已经成为了焊接车间无所不能的技术能手。他可以凭一条焊枪玩转任何钢铁材料。听说我要弄个模型，胡先胜立马表态说："哲民，你的事就是我的事。一天二十四小时，除了上班，其他时间都给你了。"

剩下的问题就是原材料。工厂对于原材料的进出有很严格的管理制度。钢板钢管都有专门的材料仓库，还有专门的保管员。从仓库里拿出来一颗螺丝钉，也得找相关的领导批条子。

尽管胡先胜心灵手巧，他也难为无米之炊，就建议我说："材料这道坎咱们迈不过去。这事儿还得争取厂领导支持。搞技术革新又不是干私活，你到底担心些啥啊？"

我担心的事当然不好跟他明说，这件事情就搁浅了。一连好多天我都找不到头绪。

有句老话叫天无绝人之路，这说法还真有道理。那天我去传达室取邮件，一出门就撞见了莫德龙主席。

我都记不清有多长时间没见到这名工会主席了。只知道阳厂长当书记之后，莫主席的名字就从厂党委委员行列中消失了。

其实那个头衔对他没多大意义。有那顶头衔的时候，谁都不认为他想高人一等。不当党委委员了，他的威望丝毫不减。

只要他自己不告老还乡，工会主席那把交椅谁坐都不合适，也没别人敢坐。那是群众举手公认的。

只是他的身体明显地差了很多。从外头走回来的时候，手上拎了七副中药包。一边走还一边咳嗽。

莫主席对我的喜爱溢于言表："这阵子有空不？要不去我办公室喝杯茶？听说你又在搞技术革新，正好让我也听听。可以不？"

进到他办公室，莫主席夸奖我说："民儿，你那炉膛搞得漂亮。你师傅带我进去看了一次，好得很。我这老炉工还头一次见到。"

我赶紧说："主席您说错了。那都是我师傅搞的。"

"狗屁。他晓得搞个鬼？"莫主席轻轻一笑，"你师傅那个人我还不晓得？那家伙做事舍得下气力，没人比得上他。可惜文化底子太差了，换个样子就搞不像。搞不像就不肯换样子。不换样子那还叫做技术革新？"

我心里好一阵感动。看来炉膛改造那件事莫主席早就心知肚明。就跟雷元干一样，都知道那不是我师傅搞的。

问题是当时他们对那件事情的处理方式也高度一致，都一条心把我师傅列入了技术带头人。

当然，这件事情对于我来说并不重要。而且都过去很久了。眼下所面临的种种困难，那才是我最为关切的问题。趁着莫主席心情好，我就把下一步的革新方案说给他听了。

莫主席表示人力和材料，他鼎力支持。

"主席，那我就不客气了。做模型，首先就需要钢板。"

"没问题。要好厚的钢板？"

"零点三公分的。"我早就想好了，"跟冲天炉一样。一比一。"

莫主席就有点犹豫了。"一比一？"他想象了一下，"你是想做个一模一样的冲天炉？"冲天炉的整个高度将近十米，他担心耗费掉太多的钢材。

"那倒不必。"我赶紧解释说，"直径跟冲天炉一样大，高度只需要一米五。只做出水口那一截，模拟试验足够了。"

"那好办。"莫主席有勤俭持家的优良传统，"用旧钢板可以不？反正只做个试验，用完了还可以回收。"

"主席说得对，我打的也是这个主意。"我赶紧附和他，"没必要用新的。旧钢板的强度跟老炉子更加吻合。"

"好。还有什么要求？"

"能不能跟锻压车间打个招呼，帮忙把钢板卷成圆筒？"我记得胡先胜跟我说过，那么大的卷筒，靠手工是无法完成的。

"都不是问题。"莫主席非常爽快，"哲民，一下想不全没关系。你先列个单子。缺什么，我就帮你解决什么。除了原材料，其他难办的事也告诉我。"他很快又想起了什么，"这件事情，是不是还没有跟你师傅报告？"

我觉得到了这个程度，索性把球踢给莫主席去处理。

"莫主席，我正想请教您。不跟师傅报告肯定不合适。可报告了他要是不同意，我该怎么办？"

"是啊。不报告也讲不过去。他到底是熔炉班的班长。"他心里很明白，"只是之前没跟他讲。这一报告，那家伙又肯定不会同意。他那人砍倒树捉八哥，呆滞得要命。"莫主席似乎也没有想好该怎么做，"你先搞你的。他要是找麻烦，就讲我同意的。放心大胆搞你的试验，剩下的屁股，我替你去擦。"

在这之前，一想到需要做一段模拟炉身，我跟胡先胜头都大了。按圆周率计算，首先得拼接一块四五米长的钢板。那倒还简单，等到再把这么长的钢板卷成一个圆筒，就不可想象了。零点三厘米的钢板相当硬，一般滚筒机都压它不弯。

幸亏我们厂有一台苏联进口的重型滚筒设备，莫主席就亲自过去打了个招呼。那道不可想象的难题，十分钟就解决了。

接下来的困难就是往哪儿放。毫无疑问，在哪儿做试验，这玩意就得放到哪儿。问题是我还没有想好试验地点。

按照最便捷的设想，运到熔炉班生料场最为合适。离冲天炉近，还可以一边比对一边调整数据。可那地方又最不合适，那儿归熔炉班管，没有我师傅同意，想都别想。

莫主席说得很轻松，我要跟师傅说莫主席同意了，他会觉得我搬厂领导来压他。本来就有些麻烦，他要再发犟脾气，干得成的事情也干不成了。

胡先胜也找了几个地方，跑来告诉我那个大水塔下面有块空地。半个篮球场大，存放过自来水管，还有一个简易棚子。自打徐士良从水塔跳下来之后，谁都有点忌讳，那个地方一直都空着的。

我赶紧跟胡先胜跑过去看了一趟。的确还比较合适。就请了一台平板车，把卷好的炉身运过去烧电焊。

那段炉身虽然不是一件庞然大物，个子却并不小巧。摆放在水塔下面，老远就看得见。好在那位置没人注意。一般人又不怎么从那边经过。有个简易棚子遮挡，猫在那里做事也不显得张扬。

有点麻烦的还是我师傅。那可是他每天清早去车间的必经之地。上次没有把徐士良救过来，他仿佛留下了一块心病。每次经过那儿，他都要抬头往水塔望。忽然放了半截冲天炉模型，想瞒过他的眼睛是几乎不可能的事情。

好在他第一次发现的时候我不在那儿。他不怎么认识胡先胜，看见有个人蹲在那里烧电焊，走过去看了一眼，自言自语说："怎么跟冲天炉一般粗啊？这是个什么鬼东西嘛。"胡先胜不敢回应，继续烧他的电焊。我师傅就没关注了。

第二次是我在那里摆弄，师傅一看就明白了。

"民儿，又是你搞的鬼啊？"他倒是没有发火，"昨天有个人在这里烧电焊，我心里就在打鼓，当时我就看出来像是一截炉子。以为瞒得过我的眼睛？以为你师傅蠢到那个程度了？"

都到这份上了，我索性把想法全告诉他了。担心他根本不想听，就讲得尽量简略一点。

我真的了解他。他果然不想听那么多。

"唉，你总是把我搞得好被动。是不是还在记恨炉膛那件事啊？那是雷元干硬往我头上扯，这你也晓得的。"他叹了口气，"到今天还防着我？有技术革新要搞，师傅未必真的反对你啊？"

当时我就觉得他这态度有点奇怪，还以为莫主席找他做过工作。听那语气还挺诚恳，又好像没人跟他谈过。

也许他总是挡我不住，心里就有点疲倦了。就连对我表达不满，也比往常少了很多气力。

他思想斗争了好一阵："唉，民儿，也莫把师傅看扁了。人都是朝前走的。听我的要得不？要搞也莫在这里搞。我看这模型体积不大，喊上几个师兄，拉到生料场去。地方宽敞，离冲天炉又近。未必不比这里好得多？"

"那当然没说的啊。"我非常高兴，"还没开始就想到生料场了。师傅您不开口，我哪敢啊？"

"民儿你记住一句话。只要你不跟师傅对着搞，师傅跟你当徒弟都心甘情愿。我想通了，好多东西师傅搞不来。真的还要跟你学。"他那话不是在赌气，"打翻天印怎么不可以？带出来的徒弟要超不过师傅，那就证明我这个师傅没本事，卵用都没有。"

这句粗口太惊艳了，把我感动得半天说不出话来。

四十三

还没到两个月时间，我的工作岗位忽然出现了变动。厂领导找我谈话，让我出任翻砂车间主任。

听说党委书记要找我谈话，我还以为是阳华生。推开书记办公室的房门，里面坐着的那个人忽然变成了骆青涛。

原来，他调回电机厂担任党委书记，阳书记调到机电局任副局长。

他信任地望着我："哲民，怎么样？你也该担点责任了吧？翻砂车间主任位置一直空缺，我往这儿一坐就想到了你。我还请示过鲁局长呢。"

"可我连班长都没当过呢。"我有点茫然，"这合适吗？"

"怎么不合适？"老骆不忘旧事，友好地取笑了一句，"第一次见面，你的同学就说你组织能力很强。记得吗？我当时就很有同感。哈，回过头一想，我还挺有远见呢。"

我的兴趣都集中在技术革新上头。那台炉口操控装置再过十来天就要进入装配阶段了。如果一切顺利，月底就可以作模拟试验。

突然让我去干车间主任，虽然还在翻砂车间，可那是全厂最大的车间，有四五个工段，两三百名职工。我要是继续埋头到熔炉班搞技术革新，似乎就有点不务正业了。

从书记办公室出来，拐个弯就遇见了莫德龙主席。

他拎一只熬中药的紫砂罐，从工会办公室走出来倒药渣。走廊上好重一股当归的气味。

"莫主席，这合适吗？"我觉得可以跟他说实话，"您知道的，我那革新项目还没搞完呢。"

"不怕，接着搞就是了。"莫主席点醒我说，"那才是最重要的。车间主任谁搞不好啊？换了搞革新试试，那可不是谁都搞得出来的。以为摁得猪叫就是屠夫啊？"

他这比喻听得我哈哈大笑。"没错，莫主席。一开始我真的以为自己是个屠夫。模型搬到熔炉班之后，我师傅盯在旁边指导。他到底经验丰富，好多意见都有道理。图纸我都改过两次了。不服真不行，我师傅那才是真屠夫呢。"

"那也是。刚解放那阵子大办工业，我和你师傅就在砂子上头画样子。土法子想了好多种，那也叫技术革新呢，只是没现在的新。"他倒完药渣直起身来，"唉，到底老了，不退休也搞不动了。民儿，你放开手脚搞就是。我们这些老家伙都会支持你的。"

跟莫主席相比，我师傅的身体就更差了。

人衰退的速度跟雪崩一样势不可挡。师傅的精力明显地一天不如一天。消减之快肉眼可见。他还在顽强地抗争。脾气一点都没减少，却很少再发出来。的确，他想发脾气也发不动了。

他在生料场围着模型出主意，露天底下一受凉就喘得满脸通红。头几天还撑得住，一星期不到就站脚不稳。

担心他顶不住，我专门给他找来一张靠背椅。偶尔站起身想指点一下，一开口就猛烈咳嗽。至少咳两三分钟，才能勉强说话。

那天骆青涛来我们车间召开全体职工大会，宣布我为车间主任。还要我发表一个就职的感言。我一点都没表现出激动。发言的时候，脑子里总是那尊倔强而又孱弱的楷模，那就是我师傅。

我说："雷主任调走的时候，有人猜我会当车间主任。只有我师傅讲了句实话，他说我连班长都没当过。的确，我师傅怕我担当不起。他是对的。比起我师傅这批老工人，我还相差十万八千里。熔炉班正在搞技术革新，师傅天天守在那里。知道他身体现在是什么状况吗？一辈子跟冲天炉打恶架，职业病把他摧残得站都站不稳了。他每一声咳嗽，对于我都是警钟。工人阶级的优秀品质，我学到了多少？当家做主人的集体主义精神，我能发扬光大吗？幸好我还有个优秀的师傅。不仅仅一个，在座的都是我的师傅。以后车间有什么事，大家都可以像使唤徒弟一样使唤我。先就讲这么几句吧。"

骆青涛第一个为我鼓掌。他还站起身，四下里找我师傅。

其实我师傅就坐在人群中间。这段时间他的确病得不轻，人瘦了两个圈还不止，萎缩在人堆里，不仔细认还真难发现他。

四十四

变故来得太快。我当上车间主任的第二天，上班铃刚刚打响，我就看见梁师兄带头，领着熔炉班所有的人往车间外头跑。

迎面碰见我的时候，余师兄话都讲不

转，结结巴巴告诉我，师傅起不来床了，得赶紧送医院，救护车已经开过来了。

我当时又不能分身。好不容易等到各个班组长到齐，匆忙把工作交待了一下，蹬上自行车就往医院赶。

师傅已经被送进重症病室。

师母说："昨天你师傅回到家，饭都没吃就往床上倒。想起你的发言他就哭。差不多哭了一通夜。"师母说，"两个伢儿过去看他，他拉着毛妹子和毛坨的手，说你们长大要跟哲民哥哥学。他比爹的亲儿子还亲。那是天底下最有良心的人。"

我什么都没说，拔脚就去了院长办公室。

"癌症是肯定的。"知道我是病人的领导，主任医师说话就口无遮拦，"具体什么程度，有没有细胞转移，就得等活检结果了。"

院长说得更直接："根据目前情况看，对结果不要抱什么希望。你们当领导的心中有数就行，也没必要告诉患者家属了。"

下午我陪莫主席去看师傅，他已经从重症病室转到了特护病房。

师傅有话要跟我们讲，就挥手让师母出去。莫主席在病床旁边坐下。他抓住我师傅的手，什么话都没说，只是轻轻地摇了几下，我师傅的眼泪就下来了。

"老哥，我恐怕不行了。讲好了两兄弟都要当劳模的，我这老弟又不争气。"师傅喉咙哽咽，话语凄凉，"那朵大红花，这辈子我只怕是戴不上了。"

"都什么时候了，还想那个。"莫主席听得难受，就大声劝他，"别的都不想，把命保住再说。劳模的事组织上正在抓紧搞，戴得上戴不上你怎么晓得？安心治病。啊？到时候，红花有了人又不在了，那才叫划不来呢。先把心稳住，晓得不？"

我师傅就不哭了。

莫主席离开之后，师傅望着我说："车间里接没接到通知？刚才莫主席不是讲了，劳模的事情正在抓紧搞吗？"

"师傅，您知道的，我昨天才到位，好多事还没来得及交接。"我想了一下，"您有什么想法，尽管跟我说。"

师傅知道我误会了他的意思。

"民儿你还没搞明白，师傅不想当劳模了，真的不想了。莫主席他还没有想清楚呢。这一次，再怎么作努力我都没指望，就不凑那个热闹了。做梦娶媳妇的事情，师傅再也经受不起了。"

"师傅，莫主席说得对，只要您符合劳模条件，能当干吗不当？我回去查查通知。该争取的，一定要争取。"

"算了，民儿，听我的。这一次，师傅是自觉自愿不想争取。"他表达得极其明白，"我们两师徒私下里说，再怎么争取也不行的。你看，那个姓骆的又回来了，官当得更大了。还记得那个鲁家的不？他又当了机电局一把手。就算材料能走到局里，鲁家的会恨死我。唉，当时我也太过分，搞错了上头的意思，把鲁家的往死里整。他要知道莫胡子还想当劳模，随随便便就捻死我，就当捻死一只蚂蚁。"

我听得笑了："师傅，信徒弟一句话，鲁局长绝对不是那种人。我跟他很熟。个性是个性，原则是原则。他做人真是没得说。"

"你跟他熟啊？"师傅眼睛就发亮了，"看看，这多好？民儿，师傅的意思，今年这个劳模你来当。师傅想过了，你搞的技术革新，全厂没一个人比得了你，真的。

师傅没当上，徒弟当上了更好。换个别的人当，我肯定是不服气的。民儿要当了劳模，师傅才称心如意，死也闭得眼了。"

回到车间一问那个姓孙的副主任，他果然收到过厂工会关于评选年度劳模的通知，还一直压在他抽屉里。新的车间主任不来，他绝不自作主张。

我感到十分恼火，当天就让他通知全体总支委员开会。

那是我召开的第一个总支会议，没有一个人请假缺席。作为新任书记，我没有烧三把火，只是把每件事情都布置得丝丝入扣。

我吩咐文书印了几百份民主推荐表格。采取无候选人方式，请全体职工自主推荐一名劳模人选，没有列任何条件。每个人都可以推举自己最满意的人。

三天之内，群众自主推举的候选人名单和票数统计就返回到了总支会议室。

我师傅得票比较理想，排名在第二位。唯一超过他的人选是我，比师傅多了三十几票。

我在总支会上解释说："这得客观地看。如果我不担任车间主任，票数肯定不会比莫师傅多。"

参会的人员都听懂了我的意思，也就没有提出任何异议。

票数当然不能说明所有的问题。连段一村都得了好几票，肯定是有人在搞恶作剧。他跟宋玉香结婚以后就再也没有回来过。听说段一村后来去了浙江一个地方。那边的乡镇工业做得灵活，那家伙得到了一份非常满意的合同，就让宋玉香打辞职报告，两个人一起过去了。半年之后厂里已经对他作了自动除名处理。

最后我们以总支部委员会的名义，归纳了一份旗帜鲜明内容扎实的文字报告，把我师傅列为唯一人选，报到了厂工会。

那几天我经常去医院看我师傅。他的状况比想象的要好了很多，至少脸上开始有了颜色，就跟得到了什么消息似的。

其实他什么消息都不知道。我跟师兄们作过交待，话说得很重："劳模的事情正在进行，一切都是未知数。要是事先告诉他了，最后还是没搞到手，对于师傅来说，你们这样做的后果就相当于蓄意谋杀。"

四十五

材料报上去的第二天，姜红梅就亲自过来考察了。她开口就告诉我，党委书记骆青涛特别重视，一定要她亲自来做工作。

"骆书记说，你们这材料弄得好。"她望着我笑了笑，"还说比我们政工科弄得好多了。我一看就知道是你修改的。你这家伙，连我的饭碗都抢，还给不给人一口饭吃啊？"

"哈，你慌什么？"我也很开心，"杨哲民会让你吃亏？我吃饭不吃菜，山珍海味都让给你。这总可以吧？"

姜红梅朝门外看了一眼，就收住了笑容。

"骆书记的意思，从各方面考察，莫正强师傅的条件是完全合格的，可惜民主投票的结果不是太理想，多数群众的意见也应该得到尊重，所以骆书记希望翻砂车间另外补报一名候选人，年龄在三十周岁以下。"

我想了一下："其他条件呢？"

"一模一样。条件不能放宽，只能更加严格。"

我听明白了。她指的另一名候选人，以年龄划线就只能是我了。按照普通群众的说法，这叫戴帽候选人。

"姜科长，你说的这个条件，我们车间目前还选不出来。"我笑了笑，"还是下次再努力培养吧。你看呢？"

姜红梅告诫我说："这是领导的要求。你还没听明白吗？"

她责怪我没听明白，那内涵不光是领导的要求，更多是她自己的期望。那是她对我的一份情感。

"是这样的，梅子。"我改变了口吻，"我现在的身份不一样了，你得替我着想。刚当上车间主任，什么好处都想自己拿，这哪行啊？拿得越多，就越没有话语权。这你应该比我更懂的。"

我这样的态度，她其实是料得到的。

"我给你看一样东西。"她忽然说，"晚上你到我宿舍来一下，如果晚上没有重要工作的话。"

"好，我先去医院看师傅。"觉得两人说话都带点官味儿，就开了句玩笑，"今天晚上最重要的工作，就是去姜科长宿舍报到。"

她没有笑，收好笔记本站了起来："哲民，不以权谋私是对的，问题是你们车间的推选结果是公开的。你不顾及那个结果，坚持要推自己的师傅，不也是以权谋私吗？你还是慎重考虑一下吧。"

从医院回来，赶到姜红梅宿舍的时候还不到八点半。差不多又有一个多月没跟她单独在一起了，心里一直很想她。

一进门她就给了我一片房门钥匙。

我接过来一看就笑了："这就是你要给我看的东西？"

"怎么啦？你不会嫌它太轻，不想收吧？"她平静地看着我。

"不轻啊。"我在手心上掂了掂，"沉甸甸的，很有分量。"

"钥匙不能白给你，交给你个任务，抽空把房间弄一下。这墙壁必须重新粉刷。"她指了指床铺，"买张双人床回来。其他还缺什么，你看着办。也别搞太复杂，舒适整洁就行。"

我很惊喜："梅子，急着弄房子，是打算跟我结婚吗？"

"你说呢？"她用一种不满的目光看着我，"难道你打算在这么简陋的地方迎娶我？不说我是个有身份的国家干部，好歹你现在也是工厂里的一名中层领导了。这种脸面，你丢得起？"

"哈，当然。到了那天咱俩要搞得热热闹闹，一点都别寒酸。"我心里十分欣喜。

的确，姜红梅要我搞房子这个主意很能够说明问题。从犹豫不决到最后抉择，她需要一个过渡期。这间宿舍就是她的诺亚方舟。一旦进入过渡阶段，她游回我身边的日子就指日可待了。

心里一激动，我就有点情不自禁，很夸张地朝她张开双臂，诗意地说了声："欢迎啊，梅子终于回到了我的身边。"

她愣了一下："这是什么话？我离开过你吗？有人跟你说什么了？"

"那天我去吴启军家了。"我觉得没必要再隐瞒，就说吴启军认了她爸爸老部下的爱人做干妈，听说他干妈给姜红梅介绍了一个对象。

"不就是鲁局长吗？"姜红梅非常坦率，"这事儿都一年多了，一点都不新鲜。"

"可我觉得新鲜啊。"我有点在意，"从来没听你说过。"

464

"那都是他们的事儿，我有必要跟你说吗？"她有充足的理由，"你又不是不在意我。我要说了，你受得了吗？妈知道了，我对得住她老人家吗？跟自己的亲人伤和气，我才没那么傻呢。"

我完全相信她的话，心里就坦荡了许多。

想了想，我又问了句："那鲁局长呢？他应该很在意你吧？"

"我觉得是。"姜红梅没有回避。"搞中心那大半年时间，他一直很用心帮助我。后来他去接受再教育，那几个月就没什么联系了。"然后她盯住了我的眼睛，"记得那天他派车接我去机电局吗？"

"怎么不记得？后来又派车送你回来，是那次吗？"

"是。"她平静地说，"那次去，我跟他作了最后的了结。"

"了结？"我没想明白，"什么意思？"

"那是鲁局长第一次跟我摊牌。他说，咱俩要是有希望，你就调市里来工作。如果你还坚持要留在电机厂，那就等于明白地拒绝了我。你考虑好，不管怎么决定，我都尊重你的选择。"姜红梅顿了一下，"我回答说，对不起，很感谢您，我实在离不开电机厂。"

这话感动得我热血奔涌，恨不得当时就把她抱在怀里。但我没有那样做。知道她做出了最终选择，心里反而感到有些愧疚。

鲁昌顺肯定很爱她，她肯定也喜欢过鲁昌顺。虽然最后没能走到一起，但对于他们来说，那段经历到底在内心留下了一道划痕。我不能马上拥抱姜红梅。毕竟划痕也是伤口，那上头照样也撒不得盐。

"梅子，我要谢谢你一辈子。"我诚恳地说，"我知道，你做这样的决定，肯定是相当不容易的。"

她叹了口气，说她妈对鲁局长特别满意，她说了跟老鲁分手的事情，话还没说一半她妈就炸了。"你知道我妈怎么说吗？你要不听妈的话，我就把你弄回福建来。信不信？妈就有这么大的本事。我妈那人旧脑筋，她心里总想着门当户对。我不会盲从，又担心说服不了她。我妈说，她正在办退休手续。办完了她会亲自赶过来。"

"就没有别的办法了？"我担心地看着她，"要不跟你爸爸说，请他帮咱们做做工作？"

"没用。"她摇了摇头，"我妈高兴的时候会听他的。不高兴了，谁说的都不听。"然后她一咬牙，"看来只好鱼死网破了。"

这话吓我一跳："梅子，什么意思？你想干吗？"

她走到小桌前，拉开抽屉取出来一张纸。

"这才是我要让你看的那件东西。你自己看吧。"

我赶紧接过那张纸。上面一行字看得我莫名其妙——妇幼保健院妊娠检测报告。

下面的内容是一些检测数据，我看不明白。

"还没看懂吗？"姜红梅冷静地说，"我怀孕了。我用试验棒测了三次，都是阳性。又特意去妇幼保健院验了血，已经明确无误了。"

这时候我才知道自己闯了大祸。

我记得很清楚，那次我用卡扣扎破了避孕套。一个月时间没发现有什么问题，后来每次我都如法炮制。我的动机非常自私，只想争夺姜红梅。

没料想她又主动离开了鲁昌顺，我这

阴暗的举动就失去了意义，反而把她给害惨了。

姜红梅觉得我的反应很奇怪："你怎么啦？害怕了？"

我连连摇头："梅子，对不起，我真的不应该。"

"这有什么不应该的？"她竟然没起疑心，"谁知道那东西质量没过关呢？要怪也只怪我自己。我不好意思去医院拿，就自作主张在街边的小药店随便买了一盒。"

"那怎么办？"我心里只顾着担忧，"你妈又快要来了？"

姜红梅居然非常坦荡："那不正好吗？还省了我很多口舌。生米都煮成了熟饭，她还能怎么着？我妈只我一个独生女，她心疼我还来不及呢。"

我木讷地望着她，实在没想到姜红梅竟然这样有主见。

这是一场虚惊吗？肯定不是。我的确是铤而走险，却歪打正着，铆定了这段姻缘。

我不确定做手脚这件事要不要跟梅子挑明，觉得暂时不说好像也没什么关系。从另一个角度看，有了孩子也是一件大好事。姜红梅都坦然接受了，我一个男子汉，还有什么理由畏缩不前呢？

"哲民，两个月之内，我们必须结婚。"她坚定地望着我，"再往后拖，肚子就显出来了。你作好准备了吗？"

"绝对。"我更坚定地回答说，"明天结婚都行。"

"这种不现实的话，以后千万不要说。"她非常现实，"我只希望你平平常常地爱我，一辈子都那样，你做得到吗？"

"梅子，我明白。我就是一把平平常常的尺，每天都会丈量你这个不平常的人。"

我真诚地望着她，"我要时刻知道自己差距在哪里，始终保持一颗敬畏之心。"然后笑了，"你觉得这样可以吗？"

姜红梅也忍俊不禁："这鬼家伙，尽跟我油嘴滑舌。"她开心了，"别学吴启军，知道不？"

"当然，不学吴启军，不学段一村，更不学宋玉香。"我做出严肃的样子，"不到万不得已，咱也不学徐士良。"

她极其敏感："干吗？是不是提醒我别学小梅？报复心理啊？"

我哈哈大笑，顺势把她搂了过来。

四十六

最后一次做模拟试验，我让余师兄去医院看看师傅情况怎么样。模拟试验做过不下十次了，都是在没有炉内压力情况下完成的，主要是检测传动系统的可靠性。

这一次是超强度试验。那是所有试验里头的关键项，好比军队的实战演练。我们要用压缩机给模型加压。通过了压力检验，各项指标才能达到标准值，否则就不可能获得生产许可证。从这个意义上说，带压操作正常或者不正常，决定着炉前设备的生死存亡。

应该说我对强度试验是相当有把握的。很奇怪，临近这个关头，心里忽然感到不怎么踏实。我觉得师傅如果在跟前，万一哪里不顺利，他的应急办法可能会比我更多一些。

但是很遗憾，那天正好要给他做术前检查。师傅托余师兄捎来话："你告诉民儿，压力要分做三次加。从低到高，一次次来。师傅知道模型的结构比冲天炉脆弱得多。只要模型顶得住，冲天炉就绝对不

466

会有问题。胆子要大心要细。师傅相信你们，肯定会成功的。"

他这是一句吉言。模型试验的效果的确比想象的还要好。

只是师傅术前检查的结果很糟糕，比想象的还要糟糕。

医院会诊的最后结论，刀不开了手术也不做了，进行保守治疗。

第二天我就赶到医院去看师傅。他反而劝我说，以后你不要经常来了，车间主任很忙的。

"放心，我一时半刻还死不了，真的。"他平静地望着我，"我们那台炉前操控设备还没有投产呢。晓得不？我都跟阎王爷商量好了。等我亲手操作一次新设备，当天晚上你就把牛头马面派过来。就算是去阴间，也要走得无牵无挂不？"

我听得心里像是塞进了一坨铅。

师傅有儿女有老婆，难道他不牵挂？他不拿这些跟阎王爷求情，却牵挂着我们的技术革新。虽然只是一些虚无飘渺的冥思遐想，那份情意却实实在在，灼热烫人。

四十七

那天清早醒来，推开窗户就见到了漫天飞舞的瑞雪。

这真是一个不可思议的巧合。

我们那台炉前操控设备已经全部安装就位，刚好也定在今天这个日子正式投入生产。

机电局总工程师郑总的到来令我格外开心，是电机厂技术科特意邀请他过来的。郑总是这项革新的催化剂，他感到非常有颜面。

就好比过来给亲朋好友办喜事，他的身份绝对是证婚人。

郑总看见我的时候不知道有多高兴。第一句话就告诉我，鲁局长昨天就说要亲自到场。临时有件急事，又来不成了。

郑总背着人送给我两样东西。一件是沉甸甸一套旧书，另一件是一只小信封。

打开信封一看，竟然是鲁局长亲笔写给我的一张小纸条。

哲民你好。

不能参加你的革新成果投产，深表遗憾。送你一套马克思《资本论》以表祝贺。这是一部论述劳动价值的著作，是我们工人阶级的圣经。提醒一句，这是新中国第一次印刷的版本，弥足珍贵，值得永久收藏。另，姜红梅极其优秀，绝对是一位最理想的终身伴侣。哈，妒嫉你啊老弟。倍加珍惜哦。昌顺祝福你们。

看完最后一个字，我心里好一阵慌乱。

老鲁这份心意太过厚重，令我却之不恭，受之有愧。这位老大哥胸怀廓大，境界高远，太值得我敬重了。除了翘首景仰，我再也无话可说。

紧接着骆青涛、雷元干和莫主席几位厂领导也赶到了车间。

看见局里的总工程师到了现场，他们感到非常高兴，赶紧上前跟郑总握手。

郑总一边握手一边解释："局长一再表示说，电机厂是他工作过的地方。他特别想念熔炉班，特别想念莫班长，还有并肩工作过的师兄师弟们。他说，以后一定会抽空过来看望各位。"

可惜说这番话的时候我师傅还没赶到。

也就只差了两分钟，一辆救护车很快地开进车间，汪春廷忙手忙脚用轮椅把我师傅推了过来。

郑总说那就是莫班长，赶紧走上前拉住他的手，把鲁局长的原话再一次转达给师傅。

我师傅连连摇头："快些莫讲了，听得心里好惭愧。唉，鲁局长人真的好，他不记恨我。有机会请你告诉他，都是我莫胡子要不得。实在对不起鲁家的。"

然后骆青涛走过来小声问我："哲民，有仪式议程吗？"

我说："没有啊。不就是开机投产吗？咱别搞那些，可以吗？"

他并不满意，说："没有就算了。那就抓紧时间，赶快开始。"

"好的骆书记，等郑总参观完就开始。"

这时候师傅让汪春廷把轮椅推到了我身边。

"民儿，刚才在救护车上，我想起一件很重要的事情。我看你那锁紧装置特别牢靠，就觉得堵泥不必黏性太大。改变一下配方，减少黏土，多加点石英砂进去。"他郑重其事地望着我，"这只是我个人的建议。行不行你决定。"

我那几个师兄都没吭声。你看我，我看你，最后又望着我。

我定的配方跟师傅交待的完全一样。现在的堵泥就是按那个配方制作的。

生怕他们多嘴，我就赶快告诉师傅说："这个建议有道理，而且太及时了。谁负责做堵泥？梁师兄吧？还得麻烦你，赶紧按照师傅说的，改变配方，重新做一批堵泥。"

梁师兄还真配合，一声吆喝就把堵泥盆端了出去。

郑总已经参观完毕，退到炉侧一个安全的位置，满面笑容地朝我竖起了大拇指。

莫主席和骆书记站在他左右两边，用目光示意我可以开始了。

我忽然心血来潮，走到了师傅身边。

"师傅，既然您到了现场，今天这把火非您来点不可。"

师兄们一阵吆喝，随后就响起了爆豆般的掌声。

这样的煽动令人感奋，绝难抗拒。我师傅就答应了。

我从汪春廷手上接过轮椅，亲手把师傅推到了冲天炉前，小声说："师傅，可以开始了。"

师傅那会儿忽然有点手足无措，轻声对我说，"我晓得。莫催。民儿，师傅有点紧张呢。"接着他就满面红光，清了一下嗓子，他忽然一声猛喝："鼓风机呢？"

梁师兄精神抖擞："鼓风机到位！师傅。"

"卷扬机？"

"卷扬机到位！师傅。"余师兄高声回应。

"生料呢？"

"师傅，生料到位！"

"熟料？"

"熟料到位！师傅。"

呼喊声亢奋激昂，节奏紧促。每个人的心咚咚乱跳，有如擂响了冲锋陷阵的战鼓。顷刻之间我竟有一种依依不舍的感觉。

师傅之后，还会有人像他这样把人呼喊得热血沸腾吗？

可能没有了。这是一道年代的印记。但是我坚定地相信，电机厂熔炉班将来一定会怀念这个仪式。绝对会的。

当时我心血来潮让师傅再主持一次，虽然没有细想，潜意识就是让我师傅与冲天炉作最后的也是最欢乐的离别。

468

接下来师傅就要高声宣布点火了。

但是非常意外，到这个节点上，师傅竟然没有往下继续。大家都不明白出了什么事，炉前炉后忽然死一般寂静。

师傅不情愿结束这个庄重的仪式。他的目光呆滞地盯住冲天炉。望了一阵，他自己把轮椅移得离炉子更近些。

他终于抬起头，望着炉顶喃喃地说："冲天炉啊冲天炉，莫胡子跟你只成了一次亲，狗日的你跟我结了八辈子仇啊。几十年过下来，不是你整我，就是我整你。唉！老子爱的是你，恨的也是你啊。"

他这些话说得非常流畅，咳都没咳一声。我这角度看得很清楚，每说一个字，他脸上的泪水就涌出来一两滴。

然后他就没流泪了。

"这下好了，总算有年轻人整你的弯筋了。看在我莫胡子伺候你一辈子的份上，你以后要听招呼。给年轻人争气晓得不？从今以后，莫胡子再也不陪你玩了。莫胡子我活不过你，老子也不轻易放过你。今天还要朝你喊最后一次……"

他从轮椅上站起来，身体一趔一趔就往冲天炉上倒。我心里一紧，抢前一步去搀扶他。

师傅已经失去了重心，身体急剧往下跌，我竟然扶不住他。

倒地那一瞬间，他伸出两条干瘦的胳膊，像要拥抱冲天炉一般，使出生命中最后那点气力，嘶哑地嚎了声："点、点火——"

尾声

从全市劳模表彰大会回来，连胸前的大红花都没摘下，第一时间我就去了师傅的墓地。

我让姜红梅安排车把他的两个孩子送过来，消息就走漏出去了。莫主席亲自带侄女和侄子赶了过来。然后骆青涛书记和雷元干厂长也同时赶到了。

师母是本乡人，已经在那儿等候。

汪春廷带着丘桂兰早早准备了几碟当地水果作为祭品，摆放在师傅的坟头。

简单的祭奠仪式不需要主持，骆书记就上前三鞠躬。

然后他掏出来一份文件，告慰我师傅说："莫正强同志，经劳动模范评选领导小组决定，您被追授全市劳动模范荣誉称号。莫师傅，您毕生的愿望，现在终于实现了。"

莫德龙主席也跟骆书记一样，走到墓碑前三鞠躬。骆书记想请他也讲几句话，莫主席连连摇头。

年纪大了，他不想过度伤感。

其实他心里那些话我都知道，差不多每个字我都记得。

我也不想说任何话。

鞠躬之后，我慢慢走到师傅坟头前。从身上取下红绸授带，连同那朵大红花，牢牢地系在了墓碑上。

毛妹子和毛坨忽然跑上前，把两样东西放在了墓碑底下。

我看清楚了。那是我师母让他们放过去的。

那两件东西我再熟悉不过了。一件是有盖的搪瓷茶缸，还有一件是那条雪白的毛巾。两个物件上都印有奖励劳动模范的字样。那是我第一次去师傅家，转送给师傅和师母的见面礼。

我的心里隐隐作痛。相信别人不会有我这时候的感觉。

这才多长时间啊？那份见面礼，怎么

又变成诀别的礼物了?

汪春廷没有朝我师傅鞠躬。不知道什么时候,他在坟墓两边铺了长长两挂鞭炮。

祭奠完毕,鞭炮声骤然鸣响。

不远处有一片沼泽地。一群白鹤受了惊扰,扑翅而起。

望着越飞越高的鹤群,我心里想,要是它们能把那朵大红花带上天去,说不定还能追上我师傅。

……

[特约编辑:钟红明]

图书在版编目（CIP）数据

收获长篇小说.2022.冬卷 /《收获》文学杂志社编.
-- 上海：上海文艺出版社, 2022（2024.3重印）
ISBN 978-7-5321-8579-5
Ⅰ.①收… Ⅱ.①收… Ⅲ.①长篇小说－小说集－中国－当代 Ⅳ.①I247.5
中国版本图书馆CIP数据核字(2022)第219833号

主　　编：程永新
副 主 编：钟红明　谢　锦

发 行 人：毕　胜
责任编辑：李伟长　张诗扬
封面设计：陈安栋
特约法律顾问：王　嵘　光　韬

书　　名：收获长篇小说.2022.冬卷
编　　者：《收获》文学杂志社
出　　版：上海世纪出版集团　上海文艺出版社
地　　址：上海市闵行区号景路159弄A座2楼　201101
发　　行：上海文艺出版社发行中心
　　　　　上海市闵行区号景路159弄A座2楼206室　201101　www.ewen.co
印　　刷：苏州市越洋印刷有限公司
开　　本：710×1000　1/16
印　　张：29.5
插　　页：2
字　　数：612,000
印　　次：2022年12月第1版　2024年3月第3次印刷
Ｉ Ｓ Ｂ Ｎ：978-7-5321-8579-5/I.6758
定　　价：55.00元
告 读 者：如发现本书有质量问题请与印刷厂质量科联系　T:0512-68180628